Grace Flint, Mitglied der amerikanischen Financial Strike Force, ist die beste Undercover-Agentin weit und breit. Sie schleust sich in das Netzwerk des Geldwäschers Karl Gröber ein und versucht einen Krieg zwischen ihm und seinem albanischen Verbündeten Çarçani, Chef eines weltumspannenden Frauenhändlerrings, anzuzetteln. Die Operation »Payback« droht zu scheitern, und allmählich verschwimmt die Grenzlinie zwischen Polizistin und Killer. Denn Special Agent Flint und Karl Gröber haben eine gemeinsame Vergangenheit, und Grace will mehr als Gerechtigkeit, sie will Rache. Doch die Agentin hat ihre Spuren nicht so gut verwischt, wie sie dachte, und jetzt zielt Gröber auf das Einzige, was Grace um keinen Preis verlieren will – ihren Sohn.

Paul Eddy, geboren 1944, hat fünfundzwanzig Jahre lang für britische Zeitungen geschrieben, vor allem für die ›Sunday Times‹. Mit seinen Reportagen und acht Büchern über Spionage, Krieg und internationalen Drogenhandel hat er sich einen Namen als Undercover-Journalist gemacht.
Im Fischer Taschenbuch Verlag sind seine Grace-Flint-Thriller ›Der 1. Plan‹ (Bd. 17944) und ›Der 2. Verrat‹ (Bd. 17945) lieferbar.

Unsere Adresse im Internet: www.fischerverlage.de

Paul Eddy

GRACE FLINT
DIE 3. MISSION

THRILLER

Aus dem Englischen
von Ulrike Wasel und
Klaus Timmermann

Fischer Taschenbuch Verlag

Deutsche Erstausgabe
Veröffentlicht im Fischer Taschenbuch Verlag,
einem Unternehmen der S. Fischer Verlag GmbH,
Frankfurt am Main, Juni 2008

Die Originalausgabe erschien unter dem Titel
›Flint's Code‹ bei Headline, London.

Satz: Pinkuin Satz und Datentechnik, Berlin
Druck und Bindung: Nørhaven Paperback A/S, Viborg
Printed in Denmark
ISBN 978-3-596-17639-7

In Erinnerung an Robert Ducas
und für Annoushka und Louise

KISSIMMEE
CENTRAL FLORIDA

1

Grace Flint steht gebeugt wie ein Fragezeichen bis zu den Knöcheln im Matsch und zerrt an der Anlasserkurbel eines verrosteten Traktors. Ihr ist klar, dass die Kurbel, sollte der Motor überhaupt anspringen, mit Wucht zurückschnellen und ihr den Arm brechen könnte. Deshalb achtet sie gar nicht darauf, was Special Agent Jarrett Crawford sagt.

»Grace!« Crawford wird allmählich sauer.

»Was denn?«

»Ich hab gesagt, wir könnten die Scheißtür doch einfach eintreten.«

Flint schnaubt. »Nicht, wenn Gröbers Leute hier waren«, entgegnet sie. Gemeint ist Karl Martin Gröber, der auf der Fahndungsliste des FBI steht, aber für Flint und alle Agenten der Financial Strike Force noch immer nicht den Spitzenplatz einnimmt, den er verdient. Sie lässt die Kurbel los, richtet sich auf und fährt sich mit den Händen durch das nasse Haar, das ihr am Schädel klebt wie eine Mütze. »Wenn Karl nämlich dahintersteckt, dann hat er bestimmt eine kleine Überraschung für uns vorbereiten lassen.«

Jetzt schnaubt Crawford, als teile er die Gewissheit von Deputy Director Flint nicht. »Weißt du was, DD? Der Traktor, an dem du da hantierst, ist verdammt gefährlich. Pass bloß auf, die Dinger bocken wie verrückt.«

Aber weder Crawford, der unter einem schützenden Kieferndach steht, noch irgendeiner der vier Uniformierten in ihren

Streifenwagen machen Anstalten, ihr in diesem sommerlichen Wolkenbruch zu Hilfe zu eilen. Natürlich könnte Flint Crawford befehlen, die Kurbel zu drehen, aber Delegieren war noch nie ihre Stärke.

Sie schindet Zeit, überprüft den Palstek-Knoten, mit dem sie ein Abschleppseil an der Traktordeichsel befestigt hat. Das andere Ende des Seils hat sie an das Gitter vor dem einzigen Fenster einer großen, gemauerten Scheune gebunden. Falls der Knoten hält, so Flints Überlegung, das Seil nicht reißt und sie den verdammten Motor je zum Laufen kriegt, dann wird der Traktor das Gitter wie einen Korken aus der Flasche ziehen und wahrscheinlich auch noch die halbe Wand einreißen.

Hören Sie, ich hab getan, was Sie wollten, und jetzt mach ich mir vor Angst in die Hose, hatte Vincent Regal auf Flints Mailbox gesprochen und dabei ganz anders geklungen, als sie ihn kannte. Das hatte sich nicht nach dem üblichen großspurigen angeberischen Vincent angehört – dem Betrüger, Geldwäscher und, wenn es ihm in den Kram passt, Grace Flints Top-V-Mann in Sachen Karl Gröber – sondern zutiefst verängstigt. *Kommen Sie so schnell Sie können … Sie müssen vor denen bei mir sein. Sie sind mir was schuldig, Flint.*

Richtig. Und deshalb sind Flint und Crawford und ihre kleine Hilfstruppe von Polizisten – mehr konnten sie in der Kürze der Zeit nicht auftreiben – jetzt am Ende eines drei Kilometer langen Feldweges versammelt, wo Vincent sich in einer Scheune versteckt hält, falls er noch lebt. Es hat niemand geöffnet, als sie an die Tür hämmerten und seinen Namen riefen.

Flint greift unter ihren Parka, wischt sich die Hände an der Kevlarweste, die sie sich von den Polizisten geliehen hat, trocken, dann bückt sie sich erneut und umfasst die Kurbel. Um ihren Adrenalinpegel in die Höhe zu treiben, konzentriert sie sich auf eines von Karl Gröbers zahlreichen Verbrechen und spürt sogleich, wie Wut in ihr hochkocht.

»He, DD.«

Crawford mosert noch immer im Schutz der Kiefern herum. »Überleg doch mal. Falls Gröbers Leute hier waren, dann haben sie vielleicht auch eine Sprengladung am Fenster angebracht.«

Der Traktormotor springt spotzend an.

»Dann, Crawdaddy«, sagt Flint, als sie zum Fahrersitz hastet, »geh lieber in Deckung.«

»Worauf du dich verlassen kannst«, entgegnet Crawford seelenruhig.

Unvermittelt schießt Flint eine Kindheitserinnerung durch den Kopf: das gespenstische, porzellanweiße Gesicht eines jungen Mannes – eigentlich noch ein Kind –, der zerquetscht unter einem umgekippten Traktor liegt, ihr Vater, der zu spät zum Unfallort kommt, sie wegzieht, ihre Augen mit seinem Mantel bedeckt.

Sie hat die Deichsel tiefer gehängt, um die Gefahr, dass der Traktor nach hinten kippt, zu minimieren, aber die gewaltigen Hinterräder reißen tiefe Furchen in den Schlamm, und der Traktor bockt wie ein ausgelassenes Fohlen und hebt vorn vom Boden ab, als das Seil sich spannt. Crawford ruft ihr irgendwas zu, vermutlich irgendwelche gut gemeinten Ratschläge, aber bei dem lauten Geknatter des Auspuffs versteht sie ohnehin kein Wort. Genauso wenig wie auf Crawford achtet sie auf die Stimme in ihrem Inneren – diesen nörgelnden, weinerlichen Teil ihres Unterbewusstsein, den sie so verachtet; die Stimme, die sie warnt, dass das Führerhaus offen ist, dass es kein Dach hat, rein gar nichts, was sie im Fall eines Überschlags schützen würde – und dann tritt sie das Gaspedal durch.

Sie wird in den Sitz gedrückt, spürt die Metallstreben, die sich ihr in den Rücken bohren, und sie würde die Sterne sehen, falls welche am Himmel wären.

»Ach du Schande!«, ertönt es von links, wo die Streifenwagen stehen, über den Krach des Motors hinweg. Wahrscheinlich einer von den Polizisten, die, so Flints Vermutung, endlich beschlossen haben einzugreifen, ehe die Traktorschnauze komplett senkrecht steht.

Wird auch Zeit!

Aber zu spät. Ohne Vorwarnung wird der Traktor von einem Beben erschüttert und macht einen Satz nach vorn. Die Vorderräder senken sich, und Flint wird von dem plötzlichen Schwung in die Luft katapultiert. Sie klammert sich mit aller Kraft am Lenkrad fest, als der Motor mit einem lauten Husten erstirbt, und einen kurzen Moment lang ist alles erschreckend still, bis das Fenstergitter wie ein Geschoss hinten gegen Flints Sitz kracht.

Instinktiv zieht sie den Kopf ein und lässt sich nach links vom Traktor fallen, rollt sich bei der Landung ab wie ein Fallschirmspringer. Dennoch erwischt das abgeprallte Gitter sie mit nahezu unverminderter Wucht an der Schulter.

Als sie im Schlamm liegt und darauf wartet, dass der Schock nachlässt und der Schmerz einsetzt, registriert sie vage Crawfords hektische Stimme.

»Alles in Ordnung, Grace?«

»Jerry, schnell. Zugriff ... Aber sei bloß vorsichtig.«

Weitere Anweisungen sind nicht nötig, denn er ist schon wieder weg und rennt geduckt auf das klaffende Loch in der Mauer zu, den Arm mit der Pistole vorgestreckt. Die Polizisten folgen ihm, laufen an Flint vorbei, als wäre sie gar nicht da.

Sie hört das Durchladen verschiedener Waffen und gerufene Kommandos und Bestätigungen.

»Gebt mir Deckung!«

»Verstanden.«

»Okay, herkommen ... weiter nach links, weiter nach links! Auf neun Uhr ... Abwarten.«

»In Position.«

Jetzt tritt Stille ein, und Flint reckt den Hals, um irgendwas sehen zu können. Rechts von ihr, knapp fünf Meter entfernt, liegt einer der Polizisten bäuchlings im Dreck. Er hat seine Schrotflinte wie ein Scharfschützengewehr auf das gähnende Loch in der Mauer gerichtet, um für Deckung zu sorgen. Einige Meter weiter haben sich Crawford und die übrigen drei Polizisten in einer klassischen Zugriffsformation postiert, mit dem Rücken an die Mauer gepresst, je zwei links und rechts von dem Loch. Für den Fall, dass ihnen jemand in dem Gebäude auflauert, hat Crawford sich auf Handzeichen verlegt, um so ein gewisses Überraschungsmoment zurückzugewinnen. Er deutet auf sich selbst, um zu signalisieren, dass er als Erster reingeht, und dann nacheinander auf die Uniformierten, damit sie wissen, wer ihm als Zweiter, Dritter und Vierter folgen soll. Mit dem rechten Arm beschreibt er, wie er sich den Zugriff vorstellt. Er wird gut vier Meter geradeaus in die Scheune stürmen, die zwei nächsten abwechselnd nach rechts und links, der Letzte wiederum geradeaus.

Diese Taktik ist schulbuchmäßig, wie von Crawford nicht anders zu erwarten. Aber die Ausbilder in Quantico wissen, dass es »gute« Zugriffpunkte gibt und »schlechte« Zugriffpunkte, und Crawford hat keine Ahnung, wie es hinter dem Loch in der Wand aussieht. Besteht die Scheune aus einem einzigen großen Raum oder aus mehreren kleinen Räumen und Gängen, wo ihnen Gott weiß wie viele von Karl Gröbers Leuten auflauern könnten? Und, falls Letzteres zutrifft, wird Crawford in einen Gang gelangen – was als »gut« gilt – oder in einen geschlossenen Raum mit einer offenen Tür am Ende? Das wäre »schlecht«, weil der Erste im Team, der sogenannte *Point Man*, zum leichten Ziel wird, noch ehe er eine Chance hat, sich zu orientieren, und das kann ihn, wie es im Ausbildungshandbuch nüchtern heißt, »das Leben kosten«.

Wenn Flint könnte, wäre sie beim Zugriff dabei, aber sie hat ein taubes Gefühl in der Schulter und kann den Arm nicht bewegen, schafft es gerade mal, sich auf den Ellbogen zu stützen. Während sie auf das Loch in der Mauer starrt und versucht, die pechschwarze Finsternis dahinter zu durchdringen, muss sie fast kichern, als ihr der absurde Gedanke durch den Kopf schießt, dass eine Bresche, wie sie sie gerissen hat, in Quantico als »Mauseloch« bezeichnet wird – die hier würde glatt für ein gigantisches Nagetier reichen.

Crawford zählt die Sekunden mit den Fingern ab – fünf, vier, drei, zwei –, dann dreht er sich von der Wand weg und taucht in die Dunkelheit, und jetzt zählt Flint selbst – eins, zwei, drei – und wartet darauf, dass Schüsse fallen. Als sie bei fünf angekommen ist, ruft eine Stimme: »Harper geht rein!« – die vorschriftsmäßige Warnung, die verhindern soll, dass er vom eigenen *Point Man* erschossen wird –, und der erste Polizist löst sich von der schützenden Mauer und verschwindet durch das Loch. Sekunden später der nächste Ruf: »Connelly geht rein!«, und gleich darauf »Kowalski geht rein!«, und beide Männer verschwinden. Jetzt ist sie allein mit dem *Cover Man*, der noch immer wie eine umgestürzte Statue reglos auf dem Boden liegt, das Loch in der Mauer im Visier.

Acht, neun, zehn ... und ein weiterer nutzloser Gedanke jagt ihr durch den Kopf.

Es ist wie in einem Flugzeug beim Start, wenn sich die Nase hebt und man anfängt, die Sekunden bis zu dem Moment zu zählen, ab dem die Maschine in der Luft bleiben kann, selbst wenn ein Triebwerk ausfallen sollte. Wer in diesem katastrophenträchtigen Augenblick darüber nachdenkt, was alles schiefgehen kann – wer *weiß*, was alles schiefgehen kann –, der atmet flacher und dessen Herz pumpt schneller, um den Sauerstoffmangel auszugleichen.

Sie verdrängt den Gedanken und konzentriert sich aufs Zählen. Sie ist bei dreizehn, als sie ein Krachen hört, das ihr das Herz stocken lässt, dann ein zweites Krachen – doch diesmal meint sie, auch das Splittern von Holz wahrzunehmen, und sie vermutet, dass bloß eine Tür eingetreten worden ist, vielleicht auch zwei. Also befindet sich das Team jetzt vermutlich in einer

Art Gang, und sie stellt sich vor, wie Crawford als *Point Man* rasch vorrückt, aber nicht zu rasch, damit die anderen Schritt halten können, während der zweite Mann jede Tür, an der sie vorbeikommen, eintritt, um den Raum dahinter zu kontrollieren.

Die Taubheit in ihrer Schulter weicht allmählich einem pochenden Schmerz, aber zumindest kehrt wieder ein bisschen Kraft in ihre Arme zurück, und sie hievt sich hoch auf die Beine. Sie bleibt schwankend stehen und nimmt sich einen Moment Zeit, um ihre Waffe aus dem Halfter unter Parka und Kevlarweste zu ziehen, und jetzt läuft sie auf das schwarze Loch zu, ruft dem *Cover Man* zu: »Flint geht rein!«

Sie schafft es nicht mehr. Von einer Sekunde auf die andere, schneller, als ihre Netzhaut es registrieren kann, schlägt die undurchdringliche Finsternis des Mauselochs in strahlendes, grelles Weiß um. Sie hört einen brüllenden Wind und spürt ihn sengend heiß auf der Haut, hat das Gefühl, als würde ihr der Atem aus der Lunge gesaugt, merkt, wie er sie von den Füßen hebt, als wäre sie schwerelos, und sie nach hinten schleudert.

Jetzt liegt sie auf dem Boden, rollt durch den Schlamm, rollt und rollt und rollt, schlägt sich mit flachen Händen ins Haar und versucht, das Feuer zu ersticken, das sie zu verschlingen droht.

2

Ihr ist kalt, fürchterlich kalt. Die Rettungssanitäter haben sie in eine Decke gewickelt, die Flint wie Alufolie vorkommt, um ihren Körper warm zu halten. Aber ihr Körper hat keine Wärme, jedenfalls spürt sie keine, nur Frost in den Adern. Sie liegt im Krankenwagen, angeschlossen an ein EKG-Gerät und einen Venentropf, der sie mit Glukose und Kochsalzlösung versorgt, damit ihr Kreislauf wieder in Schwung kommt. Ein Beruhigungsmittel hat sie abgelehnt, weil sie noch einen Anruf tätigen muss – der längst überfällig ist. Sie muss Director Cutter mitteilen, was passiert ist, ehe er es von jemand anderem erfährt: Dass wieder einmal Menschen unter ihrem Kommando gestorben sind.

Das wird langsam zur Gewohnheit, Flint.

Das ist nicht fair, Mr. Cutter.

Nicht fair? Flint, Sie haben ein Zugriffsteam mit dem Hintern voran in ein Gebäude geführt, über das Sie nicht das Geringste wussten, das aber höchstwahrscheinlich mit Sprengladungen präpariert war …

Crawford hat sie reingeführt.

Sie hatten das Kommando.

Ich lag im Dreck mit einer lädierten Schulter und war vorübergehend außer Gefecht.

Grace, verraten Sie mir eins, was hatten Sie vor, als Sie da aufgetaucht sind, was für einen Plan hatten Sie?

Ich hatte gehofft –

Gehofft? Sie hatten gehofft*? Hoffnung ist kein Plan, Flint.*

Das wird Aldus Cutter sagen, oder so was in der Art, und er wird recht haben, und danach wird sie sich noch mieser fühlen als ohnehin schon, aber anrufen muss sie ihn. Sobald das Zittern ihrer Hände sich so weit gelegt hat, dass sie die Nummer wählen kann. Sobald ihre Zähne nicht mehr klappern, sobald sie Worte sinnvoll aneinanderreihen kann.

Die Hecktüren des Wagens stehen offen, und sie kann einige der Einsatzfahrzeuge sehen, die mittlerweile eingetroffen sind: Streifenwagen mit rotierendem Blaulicht und Limousinen des FBI, Feuerwehrautos und Rettungswagen und, Flint am nächsten, ein großer weißer Truck vom Sprengmittelräumdienst. Das wuchtige Fahrzeug kommt Flint fast lächerlich vor, denn schließlich gibt es keine Bombe mehr, die entschärft werden müsste.

Sie ist explodiert und hat die Polizisten Harper, Connelly und Kowalski mit giftigem Rauch und weißem Phosphor – Phosphor, der mit über zweitausend Grad Celsius brennt, jenseits des Schmelzpunktes von Stahl – umhüllt und zu Brandopfern gemacht. Und selbst im Schockzustand kann Flint noch immer ihre Schreie hören.

Jerry Crawford hat überlebt, weil er als *Point Man* vorschriftsmäßig weiter vorn in dem Gang gewesen war, weiter weg von der Detonation, und nur seine Rückseite vom Nacken bis zu den Knöcheln ist mit Verbrennungen dritten Grades übersät.

Flint ist bislang wenig gesagt worden, aber sie hat gesehen, wie drei Leichensäcke verladen wurden, wie Jerry behutsam zu einem Hubschrauber getragen wurde, der ihn in die nächstgelegene Spezialklinik fliegen wird. Sie wollte zu ihm, seine Hand halten und ihm sagen, wie gottverdammt leid es ihr tut, aber die Sanitäter ließen sie nicht.

Im Vergleich dazu ist Flint glimpflich davongekommen. Sie wurde eher angesengt als verbrannt, und man hat ihr versichert, dass Haare, Augenbrauen, Wimpern, die weichen Härchen an Hals und Armen wieder nachwachsen werden. Sie hat sich keinen Spiegel geben lassen, weil ihr egal ist, wie sie aussieht. Sie hat nur einen Wunsch: Wärme.

Sie muss eingeschlafen sein oder eher ohnmächtig geworden, denn sie sieht oder hört ihn nicht kommen. Auf einmal steht er über sie gebeugt, ein Mann mit breiter Brust und geschorenem Kopf und kleinen hellen Augen mit der Farbe von Pappe. Er trägt eine Combathose, und auf seiner Jacke ist über dem Herzen ein Namensschild aufgenäht: CHARLIS, FDLE.

»Florida Department of Law Enforcement«, erklärt er, als wüsste sie das nicht. »Ich habe ein paar Fragen an Sie.«

Der Speichel auf ihrem Mund ist getrocknet und klebt ihre Lippen zusammen, sodass sie nur nicken kann.

»Wir haben einen weiteren Toten gefunden, aber der ist nicht bei der Explosion gestorben. Er steckte im Verpackungskarton eines Fernsehers, und zwar kein Breitbildformat. Der war zusammengefaltet wie ein Gummimensch. Wir müssen wissen, wer er war.«

»Schreibung«, sagt Flint.

»Wie bitte?«

Sie bewegt den Mund, um Speichel zu produzieren, und versucht es erneut.

»Beschreibung.«

»Das ist nicht so einfach, Ma'am. Man hat ihm die Kehle und die Pulsadern durchgeschnitten, er ist also regelrecht ausgeblutet. Dann wurden ihm die Wirbelsäule, Rippen, Beine, Fußknöchel, Arme und Handgelenke gebrochen. Vielleicht auch vorher schon. Jedenfalls, so haben sie ihn zusammengefaltet, verstehen Sie? So haben sie ihn in den Karton gekriegt.«

»Alter?«

Charlis zuckt die Achseln. »Über vierzig? Vielleicht fünfzig.«

»Wie oß?«, fragt Flint.

»Wie groß? Schwer zu sagen bei seinem Zustand, aber ziemlich klein. Ich schätze, einsfünfundsechzig, so um den Dreh.«

»Statur?«

»Ausgestreckt sieht er aus wie plattgewalzt, aber von den Knochen her würde ich sagen, eher schwer.«

»Augen.«

»Tja, Agent Flint. Er hat keine Augen mehr.«

O Gott!

»Aare«, sagt Flint und wiederholt das Wort dann etwas klarer: »Haare? Haarfarbe?«

»Die hat er noch. Überwiegend schwarz. Graue Strähnen, entweder natürlich oder gefärbt. Ziemlich lang, über die Ohren, Stufenschnitt. Ich würde sagen, er hat sich seine Frisur was kosten lassen.«

»Ennzeichen?«, fragt sie. Sie meint »besondere Kennzeichen«, aber das bringt sie nicht heraus.

Charlis versteht sie. »Also, beim Zustand der Leiche kann ich wirklich nicht sagen, was vorher da war und was vor oder nach Eintritt des Todes angerichtet wurde. Das erfahren wir erst nach der Obduktion. Aber eines ist sicher: Der Kerl war behaart. Jede Menge Körperbehaarung. Über Tote soll man ja nichts Schlechtes sagen, aber er sieht aus wie ein Gorilla.«

Flint ist plötzlich weit weg.

Es ist fast zweieinhalb Jahre früher, eine Stunde nach Mitternacht, und sie sitzt in ihrem Auto auf dem Parkplatz vom River Café auf der Water Street in Brooklyn, neben ihrem besten V-Mann, ihrem produktivsten Informanten, der ihr beschreibt, wie mühelos Karl Gröber für osteuropäische Verbrechersyndikate Hunderte Millionen Dollar über namenlose Firmen in Delaware wäscht.

Weil in Delaware kein Mensch irgendwelche blöden Fragen stellt. Wer sind die Gesellschafter? Scheißegal. Was sind es für Landsleute? Wen interessiert's? Wo ist der Hauptsitz der Firma? Scheiß der Hund drauf. Der Kunde braucht nichts weiter als eine gemeldete Adresse in Delaware, die ich für fünfzig Mäuse im Monat mieten kann.

Und auf der Rückbank hört die junge Ruth Apple aufmerksam zu. Sie ist von Flint frisch für die Financial Strike Force angeworben worden und soll sich undercover und unter Flints geschickter Anleitung in Gröbers Organisation einschleusen. Ruth wird schließlich durch Gröbers Hand sterben, und es wird Flints Schuld sein, das denkt sie zumindest.

Aber woran Flint sich jetzt mit einem Schauer erinnert, ist, wie ihr V-Mann ihr eine Hand auf den Arm legt, eine Hand mit dichten, schwarzen Haaren darauf.

Ihr Mund ist nicht mehr trocken, und das Zittern hat aufgehört. Vor lauter heißem Zorn friert sie auch nicht mehr.

»Der Tote heißt Regal, Vincent Regal«, sagt sie zu Charlis. »Er war ein V-Mann von uns, und seinetwegen sind wir hier. Regal hat für mich gearbeitet; er sollte den Aufenthaltsort eines gewissen Karl Gröber herausfinden. Gröber steht auf der Fahndungsliste des FBI und wird von Interpol gesucht, und er ist ein mieses Schwein und hat für uns oberste Priorität, nicht zuletzt weil –«

Sie redet wirr, und Charlis sagt: »Ma'am, bitte etwas langsamer.«

Flint schluckt und räuspert sich. »Mr. Charlis, vor gut zwei Jahren hat Karl Gröber eine unserer Agentinnen getötet. Er hat sie aus einem Hubschrauber geworfen, vor unser aller Augen.«

»In New York, nicht?«

»Ja, Sir ... Genauer gesagt, hundertachtzig Meter über New York ... ich hab versucht, sie zu fangen, den Aufprall abzubremsen.«

Charlis sagt, dass er sich an die Bilder in den Fernsehnachrichten erinnert.

»Seitdem sind wir verschärft hinter Karl Gröber her, haben fast überall auf der Welt nach ihm gesucht, mit allen uns zur Verfügung stehenden Mitteln – und dazu gehörte auch Vincent Regal ...«

Sie muss einen Moment innehalten, weil sie das Gefühl hat, dass ihr gleich der Schädel platzt.

»Überanstrengen Sie sich nicht«, sagt Charlis, der den Schmerz in ihren Augen sieht.

»Mir geht's gut.« Das stimmt nicht, aber sie muss weitermachen. »Vincent Regal ist – war – ein Vermittler für Leute wie Gröber, Leute, die zig Scheinfirmen brauchen und die dazugehörigen Bankkonten. Aber er war auch unser Informant, weil wir genug gegen ihn in der Hand hatten, um ihn dreißig Jahre in den Knast zu stecken, daher hat Regal für beide Seiten gearbeitet. Er war ein verschlagener, gieriger kleiner Scheißer, aber er war unser kleiner Scheißer, zumindest teilweise, und er hat sich verdient gemacht. Jedenfalls hatte er den Mut, Gröber zu bespitzeln, obwohl er panische Angst vor ihm hatte ... Obwohl er genau wusste, dass er in einer Kiste landen würde, falls Gröber herauskriegte, dass er uns Informationen zuspielte.«

»In einem Fernsehkarton?«

Flint fröstelt innerlich und versucht, ihre Gefühle mit einem schwachen Lächeln zu überspielen. »Nein, das wohl nicht. Aber er wusste verdammt gut, dass Gröber nachtragend und völlig skrupellos ist ...« *Und er wusste, dass ich das auch bin* – aber das spricht sie nicht aus.

»Jedenfalls hab ich Regal vor etwa einem Monat zu mir bestellt und ihm ein Angebot gemacht: Wenn er uns Gröbers präzisen Aufenthaltsort liefert – wo genau er sich an einem bestimmten Tag zu einer bestimmten Uhrzeit befindet, und wenn sich dieser Tipp als korrekt erweist – vergessen wir alles, was wir gegen ihn in der Hand haben, und er bekommt zusätzlich eine Belohnung von einer Million Dollar. Ansonsten ...«

Charlis stieß einen leisen Pfiff aus. »Donnerwetter, habt ihr im Lotto gewonnen oder so? Und was heißt ›ansonsten‹?«

»Das ist mit Abstand die höchste Belohnung, die wir je angeboten haben, woraus Sie sehen können, wie wichtig Gröber uns ist. Mit ›ansonsten‹ war gemeint, dass er unseren Schutz verloren hätte. Ich hab Regal gesagt, wenn er die Info nicht liefern könne oder wolle, würden wir ihn abservieren und nicht mehr einschreiten, falls ihn mal wieder das FBI oder die Steuerfahndung oder irgendeine andere Behörde vor Gericht bringen will. Was ich nicht gesagt habe und auch nicht sagen musste, weil sich das von selbst verstand, war, dass er einen eventuellen Prozess höchstwahrscheinlich nicht mehr erleben würde, falls tatsächlich Anklage gegen ihn erhoben und Gröber davon erfahren würde. Gröber geht nämlich ungern Risiken ein.«

»Mit euch ist nicht zu spaßen, was?« Das ist nicht als Frage gemeint. Charlis' Tonfall und seine Miene sind völlig neutral. Nichts verrät Flint, was er denkt.

»Während der ersten zwei Wochen hat Regal mich fast täglich angerufen. Meistens hat er gejammert, er könne die geforderten Informationen unmöglich liefern. Dann, an einem Sonntag, hat er mir eine Nachricht auf die Mailbox gesprochen. Er habe eine Spur, hat er gesagt, und er würde verreisen und mir eine Ansichtskarte schicken, von ›irgendwo, wo's schön warm ist‹. Dann hab ich nichts mehr von ihm gehört, bis gestern. Da hat er mir wieder was auf die Mailbox gesprochen.‹

Ich bin's. Hören Sie, ich hab's geschafft! Ich weiß, wo er ist, ich hab das Arschloch gefunden. Aber er weiß, dass ich es weiß, und er ist stinksauer, und ich bin seit achtundvierzig Stunden auf der Flucht, und ich kann bald nicht mehr. Seine Leute haben in Orlando am Flughafen auf mich gewartet, und ich bin ihnen nur haarscharf entwischt. Ich bin jetzt unterwegs zu meiner Schwester – KISS ME, wissen Sie noch? Kommen Sie so schnell Sie können. Hören Sie, ich hab getan, was Sie wollten, und jetzt mach ich mir vor Angst in die Hose. Sie müssen vor denen bei mir sein. Sie sind mir was schuldig, Flint.

»Kiss me?«

»Kissimmee. Hier … Regals Schwager gehört das Haus.«

»Tja«, sagte Charlis lakonisch, »anscheinend sind Sie zu spät gekommen. Trauen Sie sich schon zu, ihn offiziell zu identifizieren?«

Eigentlich nicht, aber sie nickt trotzdem.

»Kommt Jerry Crawford durch?«

»Steht auf der Kippe.« Charlis fügt noch etwas hinzu, aber sie hört nur Cutters Stimme.

Was haben Sie sich bloß gedacht, Flint? Was hatten Sie gehofft?

3

Die Stimme von Director Cutter am Telefon, diesmal die echte. Er klingt leise und besorgt. Ganz anders, als Flint erwartet hatte.

»Machen Sie sich keine Vorwürfe, Grace. Der Sprengsatz wäre auf jeden Fall hochgegangen. Die Schweine haben ihn nämlich ferngezündet, per Handy – zumindest sieht die Spurensicherung das so. Wahrscheinlich hatten die jemanden irgendwo auf einem Hügel ein paar hundert Meter weit weg postiert, und der hat euch durchs Fernglas beobachtet und einfach den richtigen Moment abgepasst. Als Ihre Leute reingegangen sind, brauchte er bloß das entsprechende Handy anzuwählen, um den Sprengsatz hochgehen zu lassen. Sie hätten gar nichts dagegen tun können.«

»Um Kissimmee gibt es keine Hügel, Mr. Cutter«, sagt Flint. Sie hatte mit Schuldzuweisungen gerechnet, und jetzt ist sie durcheinander, will noch nicht so recht akzeptieren, dass er sie vom Haken lässt.

»Von wo auch immer«, entgegnet Cutter ohne Zögern. »Die haben euch beobachtet oder belauscht. Vielleicht hatten sie irgendwo in der Scheune ein Mikro mit Sender und konnten mithören, als ihr reingegangen seid. Der Beobachter könnte einen Kilometer oder noch weiter weg gewesen sein. Wie auch immer, Sie hatten keine Chance.«

»Ich hätte ein Bombenkommando reinschicken können, um nach Sprengsätzen suchen zu lassen.«

»Klar, hätten Sie. Dann wären eben die Jungs getötet worden. Grace, hören Sie. Es spielt keine Rolle, wer da zuerst reingegangen ist und mit welcher Ausbildung, sobald sie durch das Loch in der Mauer waren, waren sie so gut wie tot. Gröbers Leute sind Profis, und wenn man Psychopathen mit taktischen Fähigkeiten verfolgt, sind Verluste unvermeidlich. Sie können von Glück sagen, dass Sie nicht dabei waren.«

»Jerry hatte kein Glück«, sagte Flint leise. Cutters Gleichmut geht ihr allmählich auf die Nerven.

»Vielleicht doch. Ich hab vor zehn Minuten mit dem Leiter der Spezialklinik in Orlando gesprochen, und der sagt, dass Jerry eine echte Chance hat. Also –« Cutter redet einfach weiter, doch das Timbre seiner Stimme verändert sich, als er wieder zur Sache kommt –, »ich hab Rocco Morales und das Go Team per Flugzeug zu euch geschickt, nach Absprache mit Supervisor Charlis. Die müssten bald eintreffen.«

Er hatte nicht von Flint erfahren, was passiert war. Ehe sie körperlich in der Lage war, Cutter in New York anzurufen – nachdem Charlis ihr erklärt hatte, entweder sie würde freiwillig ins Krankenhaus gehen oder er würde sie unter irgendeinem Vorwand festnehmen und dorthin bringen lassen –, kamen die ersten knappen Meldungen von dem Kissimmee-Massaker schon in den Abendnachrichten. Der diensthabende Beamte der Nachtschicht in der Zentrale der Financial Strike Force hatte zwei und zwei zusammengezählt und Cutter auf seinem Autotelefon angerufen, woraufhin dieser seine Verabredung zum Abendessen absagte, den Wagen wendete und ins Marscheider-Gebäude zurückfuhr, um die Leitung im Einsatzraum zu übernehmen. Neunzig Minuten nach der Explosion wusste Cutter in groben Zügen, was geschehen war, hatte sich vom FBI einen Gulfstream-Jet ausgeborgt, das Go Team alarmiert, Supervisor Charlis vom FDLE angerufen und ihm eine schlichte Wahrheit mitgeteilt: Wenn es um technisches Know-how im Bombenbasteln ging, zählte Rocco Morales zu den Besten, weil er früher bei der Delta Force gedient hatte. Dann rief Cutter in der Spezialklinik an, wo man Jerry Crawford kaum eine Überlebenschance gab, und rief Jerrys Frau an, um ihr etwas anderes zu erzählen.

In ihrem Krankenhausbett, teilweise von einem dünnen Baumwolltuch bedeckt, weil sie etwas Schwereres nicht ertragen würde, umspielt vom wohltuenden Luftzug des Ventilators, der ihre Haut kühlt, stellt Flint sich die Halbwahrheiten, die Beinahelügen vor, die Cutter Crawfords Frau aufgetischt hat.

Er schafft das, Christie. Die Ärzte sagen, er hat gute Chancen, und wir wissen beide, dass er ein zäher Hund ist, nicht? Glaub mir, Christie, er ist bald wieder zu Hause.

So was in der Art.

Christie Crawford wird sich nicht lange etwas vormachen lassen. Sie ist ein heller Kopf und ausgebildete Krankenschwester, und sobald der Schock nachlässt, wird sie begreifen, dass ein Mensch, der mit brennendem Phosphor bespritzt wurde, nicht bald wieder nach Hause kommt, wenn überhaupt, und Christie wird im nächsten Flugzeug nach Orlando sitzen. Doch dann wird Cutter bereits Betreuer von der Strike Force vor Ort haben, Leute, die sie begleiten, ihre Hand halten, mit den Ärzten, den Medien reden, sie vor den schlimmsten Wahrheiten schützen. Auf eines legt Director Cutter stets großen Wert: dass der Kollateralschaden begrenzt bleibt, wenn einer seiner Leute verletzt wird.

Am Telefon sagt Cutter: »... ein Mauseloch finden, einen Weg in seine Organisation.« Flint hat den Faden verloren und antwortet nicht, und plötzlich wird Cutters Stimme schneidend: »Flint? Führe ich hier Selbstgespräche?«

»'tschuldigung, Mr. Cutter, was haben Sie gesagt? Die Verbindung ist ziemlich schlecht.«

»Ich habe gesagt, ich brauche Sie so schnell wie möglich hier. Ihre Operation ist im Eimer. Ohne Vincent Regal haben sie keine Chance, Gröber zu finden und –«

»Vielleicht ja doch«, unterbricht sie ihn.

»Ach ja? Wie denn bitte, wenn ich fragen darf?«

»Regal ist gestern in Orlando gelandet, und selbst wenn er falsche Papiere benutzt hat, können wir wahrscheinlich rausfinden, mit welchem Flug er woher gekommen ist. Dann sind da noch Gröbers Leute, die am Flughafen gewartet haben. Und die sind höchstwahrscheinlich auch von irgendwoher eingeflogen, sodass wir deren Flug zurückverfolgen könnten. Bestimmt gibt es Aufnahmen der Sicherheitskameras und –«

»Grace!«, fällt Cutter ihr ins Wort. »Sie reden Unsinn. Die Chance steht bestenfalls eins zu tausend. Und selbst wenn was dabei rumkommt, wenn Sie Gröber finden, dann nützt Ihnen das immer noch nichts. Entscheidend ist, dass er Regal ausgeschaltet hat, und Regal war Ihr einziger lebendiger Zeuge, der Gröber eindeutig identifizieren konnte. Ansonsten haben Sie nur Indizienbeweise: Banker und Steuerprüfer, die Gröber nie zu Gesicht bekommen haben, ihn nicht mal erkennen würden, wenn sie mit ihm zusammenstießen; korrupte Anwälte, die sich mit Händen und Füßen dagegen wehren werden, eine Aussage zu machen – und selbst wenn man sie dazu zwingen kann, wird keine Geschworenenjury ihnen auch nur ein Wort glauben. Sie haben nichts außer Flowcharts und Chronologien und Analysen, bei denen jeder Geschworene sofort einschläft. Ohne Regal können Sie keinen Prozess gegen Gröber gewinnen, und genau diese Botschaft hat er Ihnen heute geschickt. Ehrlich gesagt, ich wundere mich nur, dass er um diesen Scheißkarton nicht noch eine Schleife gebunden hat.«

Flint schweigt einen Moment, und dann sagt sie ruhig: »Gröber hat heute die Grenze überschritten, Mr. Cutter.«

»Weiß Gott, das hat er.«

»Und nicht zum ersten Mal.«

»Völlig richtig.«

»Und ihn vor Gericht zu bringen ist nicht die einzige Möglichkeit ... nicht, wenn er sich der Festnahme widersetzt.«

Jetzt sagt Cutter eine Weile nichts. Dann: »Nur wenn Sie ihn finden, Grace.«

»Ich finde ihn, Mr. Cutter. Ich finde das Mauseloch und geh rein.«

»Ihr Wort in Gottes Ohr«, sagt Cutter.

Auf Flints Schädel und Hals bilden sich Blasen, also sind einige ihrer Verbrennungen zweiten Grades, aber sie sagt Cutter, dass sie am Wochenende wieder in New York ist und gleich Montagmorgen ins Marscheider-Gebäude kommt, egal, was die Ärzte sagen.

Nach dem Telefonat sinkt sie in einen leichten Schlaf, der immer wieder von Gedanken an Jerry Crawford und die Erinnerung an die Schreie der Polizisten unterbrochen wird, bis die Nachtschwester darauf besteht, ihr ein Sedativum zu spritzen.

Unter dem Einfluss eines starken Schlafmittels hört Flint nun die Schreie ihres Kindes.

WASHINGTON D. C.

4

Vor dem Unterausschuss des Senats zur Bekämpfung von Steuerflucht und illegaler Geldwäsche sagt Flint: »Karl Gröber wäscht die Erlöse aus kriminellen Aktivitäten. Sein Hauptkunde ist ein gewisser Alexander Çarçani, genannt Sascha, ein Albaner mit einem ähnlichen Hintergrund wie Gröber. Beide waren Apparatschiks der alten Schule, die ihren jeweiligen kommunistischen Regimen bedingungslos gedient haben, bis diese Regime zusammenbrachen. Dann machten sich beide praktisch über Nacht den Kapitalismus zu eigen, als hätten sie nie etwas anderes gekannt, und zwar die schlimmsten Aspekte des Kapitalismus. Çarçani verdient sein Geld mit unvorstellbaren Verbrechen.«

»Geht das etwas genauer, bitte?«, fragt der Ausschussvorsitzende Senator Coleman mit einem Unterton, als hätte er es allmählich satt, schon wieder einer widerspenstigen Zeugin alles aus der Nase ziehen zu müssen.

Flint zögert, weiß nicht recht, wie weit sie gehen soll, und das instinktive Misstrauen der Polizistin gegenüber allen Politikern steht ihr förmlich auf der Stirn geschrieben.

Senator Coleman seufzt. »Also schön, nochmal von vorn. Ich habe diese geheime Anhörung einberufen, damit sich der Ausschuss ein Bild von den Hintergründen des Kissimmee-Massakers machen kann. Ihre Aussage ist vertraulich, Miss Flint, nur für unsere Ohren bestimmt, und auch wenn Sie sich das nicht vorstellen können, dieser Ausschuss hat keine undichte Stelle.«

Er blickt nach rechts und links und erntet bekräftigendes Nicken von seinen vierzehn Mitsenatoren. »Nichts, was Sie hier sagen, wird diesen Raum verlassen. Kein einziges Wort. Haben wir uns verstanden, Miss Flint?«

Sie zögert weiter, bis das rundliche Knie von Aldus Cutter ihr unter dem Tisch einen kräftigen Stoß versetzt.

Dann holt sie tief Luft. »Seit Ende 1999«, beginnt sie, »verkauft Alexander Çarçani Frauen aus den alten Ostblockländern als Prostituierte in den Westen, und Karl Gröber wäscht das Geld, das er damit verdient. Erschreckend ist die Größenordnung dieses Menschenhandels. Es sind Jahr für Jahr Tausende von Frauen, manche davon fast noch Kinder, und der Profit beläuft sich auf mehrere hundert Millionen Dollar. Nach unseren Informationen kontrolliert Çarçani inzwischen die Prostitution oder ist ihr Hauptzulieferer in zahlreichen Städten rund um den Globus.«

»Wo genau?«, hakt Coleman nach.

»Mailand und Rom, London und Manchester, Madrid und Barcelona, Amsterdam und Rotterdam, Hamburg und Frankfurt und Berlin und« – Flint legt eine effektvolle Pause ein – »New York, New Jersey, Chicago, Miami, Los Angeles. Das ist nur eine kleine Auswahl«, fügt sie hinzu. »Überall im Westen, wo Prostitution und Pornographie florieren, hat Çarçani seine Finger im Spiel. Soll ich fortfahren?«

»Sie haben unsere ungeteilte Aufmerksamkeit«, sagt Senator Coleman.

»Wo Çarçani operiert, zeigt das älteste Gewerbe sein hässlichstes Gesicht. Die Frauen werden in den Westen gelockt, indem man ihnen eine gut bezahlte Arbeit verspricht, meistens in Nachtclubs, angeblich als Kellnerinnen, Hostessen, Bardamen und so weiter. Man sagt ihnen, sie könnten als Stripperinnen arbeiten, wenn sie etwas dazuverdienen wollten, oder auch als Tabledancer oder Lapdancer, wenn sie in einer einzigen Nacht mehr Geld verdienen wollten als in Tirana oder Bukarest oder

Sofia in sechs Monaten. Wenn sie dann in den Westen kommen, sieht die Wirklichkeit ganz anders aus. Die meisten von ihnen sehen nie einen Nachtclub von innen. Wenn sie Glück haben, landen sie als Gefangene in einem Zimmer über dem Club, wo sie von ihren Aufpassern wieder und wieder vergewaltigt werden, bis Sex völlig bedeutungslos wird. Sobald ihr Wille gebrochen ist, sobald ihnen egal ist, was irgendwelche Männer ihnen antun, werden sie als Prostituierte eingesetzt, und sie müssen tagtäglich fünfzehn bis zwanzig Kunden bedienen. Sie sind begehrt, weil sie jung sind, meistens hübsch, und Çarçanis Frauen sind immer billiger zu haben als die einheimische Konkurrenz – das ist der Schlüssel zu seinem Erfolg, er drückt die Preise. Dabei spielt es für die Frauen keine Rolle, was die Freier zahlen, weil sie sowieso keinen Cent davon bekommen. Man gibt ihnen Unterkunft, Verpflegung, Kleidung, Kosmetika und Zigaretten, mehr nicht. Falls sie sich über die Behandlung beschweren oder über die Wünsche der Freier, werden sie geschlagen. Falls sich die Freier beschweren, werden sie geschlagen. Manchmal werden sie einfach so zum Spaß geschlagen. Falls sie schwanger werden – und das ist meistens der Fall, weil geschützter Verkehr nicht in Frage kommt –, zwingt man sie zur Abtreibung. Überwiegend«, fügt Flint hinzu und stockt erneut, aber diesmal nicht um der Wirkung willen.

Senator Coleman wartet einen angemessenen Moment, ehe er sie auffordert: »Fahren Sie fort, Miss Flint.«

»Uns, das heißt den Strafverfolgungsbehörden hier in den USA und in Europa, liegen die Aussagen von Hunderten von Zwangsprostituierten aus Çarçanis Organisation vor, und sie alle sagen, dass sie zur Abtreibung gezwungen wurden. Dabei handelt es sich um Frauen, die entweder bei Polizeirazzien festgenommen wurden und dann freiwillig geredet haben oder die ihren Aufpassern entkommen konnten und Hilfe gesucht haben, in Frauenhäusern, bei Sozialarbeitern. In letzter Zeit bemerken wir jedoch immer öfter ein neues Muster: Schwangere Frauen werden gezwungen, das Kind zur Welt zu bringen. Aus dem letzten Jahr haben wir achtundsechzig Aussagen von Çarçani-Frauen, wenn ich diesen Ausdruck verwenden darf, denen das Neugeborene unmittelbar nach der Niederkunft weggenommen wurde. Sie haben ihre Kinder nie wiedergesehen. Wir haben Grund zu der Annahme, dass Çarçani zwei kleine, aber äußerst profitable neue Geschäftszweige entwickelt hat: Er verkauft die Babys an Organisationen, die im Bereich der illegalen Adoption arbeiten, oder …«

Diesmal legt Flint keine Pause ein, aber der Schluss des Satzes klingt wie ein heftiges Ausatmen, als hätte sie einen Schlag in den Magen bekommen, und die Senatoren verstehen nicht, was sie sagt.

»Oder was? Bitte sprechen Sie lauter, Agent Flint.«

»Ich habe gesagt« – jetzt ist ihre Stimme durchdringend laut –, »oder die Babys werden verkauft, um ihren Körper auszuschlachten.«

»Wie bitte?«

»Um ihre Organe zu Geld zu machen. Herz, Lunge, Leber, Nieren … Die Monster, mit denen Çarçani Geschäfte macht, entnehmen den Babys alles, was sie verkaufen können.«

Dann wird ihre Stimme wieder schwächer, und ihr Flüstern verliert sich in der plötzlichen Stille des Raumes.

»Skrupellosigkeit ist ein Ausdruck, mit dem wir viele Kriminelle beschreiben, und wir entwerten ihn damit«, sagt Flint. »Im Vergleich zu diesen beiden, im Vergleich zu Karl Gröber und Alexander Çarçani, wissen die meisten organisierten Verbrecher, mit denen wir es zu tun haben, nicht einmal, was Skrupellosigkeit überhaupt ist. Wir sagen oft, dieser oder jener Schurke würde glatt seine eigene Mutter umbringen, aber genau das hat Gröber getan. Er hat seine Mutter und seinen Vater getötet, indem er sie an die ostdeutschen Behörden verriet und dafür sorgte, dass sie von Grenzposten erschossen wurden, als sie in den Westen fliehen wollten. Da war er erst achtzehn Jahre alt.«

Der Damm ist offenbar gebrochen. Flint hat sich von einer widerwilligen Zeugin in eine verwandelt, die gar nicht genug erzählen kann. Sie weiß selbst nicht genau wieso, aber Senator Colemans stille Autorität und seine ernste Höflichkeit wirken irgendwie beruhigend, ja sogar verführerisch auf sie. Sie hat beschlossen, alles zu sagen, und ihre einzige Angst ist die, dass ihr die Zeit davonläuft, dass der Senator die Anhörung für beendet erklärt, ehe sie dem Ausschuss mehr als nur einen Hauch dessen vermitteln kann, was sie alles über Gröber und Çarçani weiß.

Sie redet schon wieder weiter, als Coleman sie unterbricht.

»Miss Flint, könnten Sie vielleicht –«

»Verzeihung?«

»Könnten Sie vielleicht noch einmal erläutern, fürs Protokoll, wer diese Leute eigentlich sind?«

Sie will schon sagen: »Das steht in der Akte«, doch Cutter stößt sie erneut mit dem Knie an.

Ich bitte Sie, Mr. Cutter, warum haben unsere Terrier sich abgeschuftet und extra eine ausführliche Akte angelegt, wenn diese Leute nicht mal einen Blick reinwerfen?

Die Terrier, das sind die Analysten der Financial Strike Force, die von Cutter aus Eliteuniversitäten rekrutiert wurden. Sie sind jung, meistens respektlos und ohne Ausnahme hyperintelligent. Ihre Aufgabe ist es, aus Tausenden, manchmal Zehntausenden Seiten von Beweismaterial und geheimdienstlichen Informationen knappe, verständliche »Falldarstellungen« zu formulieren, die selbst der ausgebrannteste Ermittler oder Staatsanwalt noch spannend findet. Als unterhaltsame Fingerübung haben sie *Krieg und Frieden* auf achtunddreißig Seiten gekürzt, ohne auch nur eine Figur oder einen Handlungsstrang zu streichen.

Auf dem Tisch vor Flint liegt eine Kopie der von den Terriern bearbeiteten Akte über »Payback«, wie Cutter die Operation getauft hat, aber sie muss nicht darin nachschlagen.

»Karl Martin Gröber«, leiert sie herunter, »am neunzehnten

Juni einundfünfzig in Leipzig geboren. Çarçani, Alexander George Çarçani, ist älter. Entweder im November 1940 oder im April 1941 in Vlorë an der Adriaküste geboren – unsere albanischen Quellen sind da uneindeutig. Im Vergleich zu Gröber war er ein Spätzünder. Alexander wurde erst mit einundzwanzig oder zweiundzwanzig vom Sigurimi rekrutiert. Karl dagegen meldete sich schon mit fünfzehn freiwillig für die Stasi.«

»Si-gu-rimi?«, wiederholt Coleman langsam. »Erläutern Sie das bitte.«

»Die Geheimpolizei, die albanische Version der ostdeutschen Stasi und mehr oder weniger deren Kopie. Die gleiche galoppierende Paranoia, der gleiche Drang, alles über jeden zu wissen, die gleichen brutalen Unterdrückungsmethoden – totale Isolation der sogenannten Dissidenten, willkürliche Verhaftungen, Folter, manchmal Mord. Schwer zu sagen, welche Organisation schlimmer war, aber vielleicht hatte der Sigurimi doch die Nase vorn, und wenn auch nur, weil Albanien lange Zeit praktisch vom Rest der Welt abgeschnitten war. Es gab keinen kritischen Blick von außen, verstehen Sie, während die DDR zumindest so tat, als wäre sie eine Demokratie.« Flint verzieht das Gesicht. »Aber das hat wohl kaum einer gemerkt, der auf der Liste der Stasi stand.«

»Haben Stasi und Sigurimi zusammengearbeitet?«, fragt Coleman.

»Keineswegs. 1961 brachen die Sowjets und der übrige Ostblock alle Beziehungen zu Albanien ab, und 1978 kam es zum Zerwürfnis mit China, dem letzten noch verbliebenen Freund des Landes. Çarçani war während eines Großteils seiner Arbeit für den Sigurimi stellvertretender Leiter der Auslandsaufklärung, und eines seiner Ziele war die DDR. So gesehen waren der Sigurimi und die Stasi Gegner.«

»Dann könnte man also sagen, dass die Zusammenarbeit von Çarçani und Gröber erst nach dem Zusammenbruch des Ostblocks begann?«

»Richtig, Senator, denn beide wussten, dass dieser Zusammenbruch unvermeidlich war, und beide hatten Vorkehrungen für die Zukunft getroffen. Gröber zum Beispiel gründete 1984, als er der Abteilung 21 zugeteilt war, der Zentralen Auswertungs- und Informationsgruppe der Stasi, eine Untergruppe, um das westliche Bankensystem zu studieren, angeblich um die Herkunft der von der Stasi an Agenten und Spione im Ausland geschickten operativen Finanzmittel besser verschleiern zu können. Die Untergruppe arbeitete drei Jahre lang, ohne je einen Bericht vorzulegen, und danach kannte Gröber alle Tricks und Schliche. Çarçani hingegen steckte 1989 bis zum Hals in einer sogenannten Großalbanischen Bewegung, die den Kosovo von jugoslawischer Herrschaft befreien wollte und viel Geld von albanischen Banden erhielt, die hier in den USA die üblichen kriminellen Geschäfte betrieben: Drogenhandel, Prostitution, koordiniertes Ausrauben von Geldautomaten. Neu war jedoch, dass sie offenbar ausgeklügelte Überwachungs- und Gegenüberwachungstechniken einsetzten. Das FBI schaltete sich ein und stellte tatsächlich fest, dass diese Banden zu kleinen, unabhängigen Zellen umorganisiert und von Sigurimi-Agenten ausgebildet wurden.«

»Die von Mr. Çarçani in unser Land geschickt wurden?«

»Ja, Sir.«

In der anschließenden Stille schielt Flint auf die Uhr und sieht, dass sie schon seit zwei Stunden aussagt, ohne auch nur annähernd zum Kern der Sache gekommen zu sein. Sie wird nervös, weil ihr die Zeit davonläuft.

»Habe ich Sie richtig verstanden, Agent Flint? Sie geben vor diesem Ausschuss zu Protokoll, dass Alexander Çarçani als hochrangiger Mitarbeiter eines ausländischen Geheimdienstes Spionageagenten in die USA entsandt hat, um eine Verbrecherorganisation auszubauen?«

»Exakt.«

»Nach Erkenntnissen des FBI?«

»Jawohl, Senator, und alles, was wir anschließend herausgefunden haben, untermauert diese Erkenntnisse.« Irgendwie unterdrückt sie den Impuls, ein »ausnahmsweise mal« hinzuzufügen.

Jetzt blickt Senator Coleman auf die Uhr und beugt sich dann zu seinem Stellvertreter hinüber, um sich flüsternd mit ihm zu beratschlagen. Flint spürt, wie Cutter unruhig wird, eine Schlange, die hungrig aus dem Schlaf erwacht.

»Director Cutter.«

»Senator?«

»Anscheinend haben wir in Bezug auf die Aussagen Ihrer Strike Force den Zeitaufwand unterschätzt, der erforderlich ist, um die Sachlage in ihrer Gänze zu erfassen.« Ein verständnisvolles Nicken von Cutter, und Coleman fährt fort: »Ich muss diese Anhörung für heute beenden, weil wir im Senat zu tun haben, aber wir werden so bald wie möglich eine weitere oder nötigenfalls auch mehrere Anhörungen anberaumen, und ich bitte Sie und Agent Flint, daran teilzunehmen.«

»Sie meinen Deputy Director Flint«, sagt Cutter freundlich. »Kurz DD.«

»Ich bitte um Verzeihung, Deputy Director Flint – und das bestätigt mich in meiner Einschätzung der Lage. Denn auf der einen Seite muss dieser Ausschuss umfassend über die Bedrohung informiert werden, die von Gröber und Çarçani und deren Organisationen für unser Land ausgeht, andererseits jedoch sind wir uns durchaus darüber im Klaren, dass unser Informationsbedarf Sie von der Aufgabe ablenkt, dieser Männer habhaft zu werden. Einfach ausgedrückt, Director, können Sie und Ihr Deputy die Zeit erübrigen?«

»Ich kann mir nichts Wichtigeres vorstellen, als unsere Legislative über die Gefahren zu informieren, mit denen wir es zu tun haben«, sagt Cutter. »Daher können wir die Zeit unmöglich *nicht* erübrigen.«

Schleimer, denkt Flint. *Was für ein Spiel spielen Sie, Mr. Cutter?*

Senator Coleman berät sich mit seiner Sekretärin, die kopfschüttelnd den Terminkalender durchblättert.

»Director Cutter, wir werden uns wegen der endgültigen Termine bei Ihnen melden. Aber wäre es möglich, dass Sie und DD Flint sich Mittwoch und Donnerstag kommender Woche frei halten?«

»Wir werden da sein, Senator, wann immer es Ihnen passt.«

»Gut, vielen Dank für Ihre Kooperation. Apropos Kooperation …« Coleman beginnt, übertrieben eifrig in seinen Unterlagen herumzusuchen. »Es wäre ausgesprochen hilfreich, wenn Ihr Büro eine schriftliche Zusammenfassung erstellen könnte, die umfangreicher ist als … das hier.«

Coleman hält die von den Terriern erstellte Akte der »Operation Payback« hoch, aber die ist, wie Flint sieht, hauchdünn, höchstens ein paar kümmerliche Blätter, nicht die fast zweihundert Seiten, die ihre Kopie der Terrier-Akte umfasst.

Cutter zuckt nicht mal mit der Wimper.

»Die Ergebnisse unserer Ermittlung – und dabei handelt es sich um einen Berg von Papier, mit dem man den Raum hier füllen könnte – knapp und bündig zusammenzufassen wird nicht leicht werden. Aber, ja, Sir, wir werden in der Kürze der Zeit unser Möglichstes tun.«

Flint weiß nicht, wo sie hingucken soll. Sie weiß nur, wenn sie auch nur einen Blick auf die Akte vor ihr wirft, verliert sie die Beherrschung.

»Nun, muten Sie Ihren Leuten nicht zu viel zu«, sagt Coleman. »Ich denke, eine Chronologie der Ereignisse und eine Liste der wichtigsten Beteiligten müsste genügen.«

»Wie *Krieg und Frieden*«, sagt Flint so leise, dass nur Cutter es hört – und erneut spürt sie den Druck seines Knies.

»Wie Sie wünschen, Senator«, sagt Cutter munter. »Wir tun, was wir können.«

Im riesigen Atrium des Hart-Gebäudes, wo Flint und Cutter auf den Wagen warten, der sie zum Flughafen bringen soll, gibt Cutter sich arglos. Er merkt, dass Flint innerlich kocht, und fragt sich, wann ihr wohl der Geduldsfaden reißt.

»Wissen Sie, wer Hart war?«

»Was?«

»Der Senator, nach dem das Gebäude benannt ist?«

»Nein, Sir.«

»War ein interessanter Typ«, sagt Cutter, als spräche er von einem guten Freund. »Hier ist irgendwo eine Inschrift«, er dreht sich langsam um, sucht die Wände mit seinen blassblauen Augen ab, »eine Eloge auf seinen Mut und seine Integrität ... und wenn ich mich recht entsinne, steht da noch was über ... wie war das noch, ach ja, innere Haltung und äußere Freundlichkeit. Kein schlechter Nachruf, was?«

»Wunderbar«, sagt Flint, hebt ihre Aktentasche auf und stellt sie wieder ab.

»Haben Sie was, Flint?«

»Nein, Mr. Cutter. Was soll ich denn haben? Ich hab doch nur neben Ihnen gesessen, als Sie vorhin unter Eid vor einem Senatsausschuss gelogen haben.«

Cutter verzieht das Gesicht. »Ich hab nicht gelogen, Grace, ich hab Zeit geschunden.«

»Ach ja? Und was wäre gewesen, wenn Coleman mich gefragt hätte, was in meiner Ausfertigung der Akte steht?«

»Da wäre Ihnen schon was eingefallen.«

Frustriert versetzt Flint ihrer Aktentasche einen kräftigen Tritt und marschiert von dannen. Das Wachpersonal wird auf sie aufmerksam, und Cutter wirft ihnen einen hoffentlich beruhigenden Blick zu.

»Warum haben Sie denen nicht den vollständigen Bericht gegeben, Mr. Cutter?« Flint baut sich vor ihm auf. »Warum nicht?«

Jetzt lächelt Cutter übers ganze Gesicht, nicht um Flint zu

beschwichtigen, sondern weil er Bob Tyrer gesehen hat, den Chefermittler des Unterausschusses, der aus dem Fahrstuhl tritt, den Blick durch das Atrium schweifen lässt und, sobald er Cutter und Flint erblickt hat, zielstrebig auf sie zukommt.

»Weil er zu gut ist, zu bestechend. Wer das liest, denkt sofort, er kennt die ganze Geschichte, und dann hätten wir von Glück sagen können, wenn die uns zwei Stündchen ihrer Zeit geschenkt hätten. Jetzt haben wir zwei volle Tage.«

Flint sieht ihn an, als wäre er nicht bei Trost. »Sie wollen zwei Tage vor einem Ausschuss verbringen?«

»Zwei Tage? Menschenskind, ich würde zwei Wochen nehmen, wenn wir die kriegen. Hören Sie, Grace, Sie sind ein großartiger Cop, aber eine miese Politikerin, deshalb kapieren Sie nicht, wie wichtig das hier für die Strike Force ist, und jetzt ist keine Zeit mehr für weitere Erklärungen, weil wir nämlich Besuch bekommen.«

Er fasst Flint an die Schulter, dreht sie um und hebt grüßend eine Hand, um sie auf den näher kommenden Tyrer aufmerksam zu machen.

»Wir sind noch nicht fertig«, sagt Flint gepresst, unwillig, sich so abspeisen zu lassen.

»Wie einer von euch Briten mal gesagt hat, die Zeit, die man mit Aussagen verbringt, ist selten verschwendet.«

»Er sagte Auskundschaften, Mr. Cutter. Zeit, die man mit Auskundschaften verbringt.«

»Ist dasselbe«, sagt Cutter. »Bringt jedenfalls dasselbe Ergebnis.«

Tyrer ist kantig, knochig und lässt die Schultern hängen, als wollte er dadurch kleiner erscheinen. Sein langes, blasses Gesicht hat Furchen, die noch nicht da sein sollten, aber seine Augen sind klar und auffällig blau, und sie betrachten Flint mit unverhohlenem Vergnügen.

»Tut mir leid«, sagt er.

»Was denn?«

»Dass Sie nächste Woche wieder herkommen müssen. Sie halten das bestimmt für Zeitverschwendung.«

»Mein Boss nicht«, sagt Flint spröde. Tyrers Blick geht ihr langsam auf die Nerven, und sie sieht weg, tut so, als suche sie das Atrium nach Cutter ab, der sich angeblich erkundigen will, wo der Wagen bleibt.

»Die Sache ist die«, sagt Tyrer zu ihrem Profil, »ich wollte Sie fragen, ob Sie mit mir essen gehen würden.«

»Wie bitte?«

»Ich meine nächste Woche, wenn Sie wieder hier sind. Ich kenne da ein französisches Restaurant, kein Schickimickiladen, aber es gibt da ein –«

Flint wendet verblüfft den Kopf und sieht ihn an. »Wollen Sie mich anmachen, Mr. Tyrer?«

»Um Himmels willen nein. Das würde ich nicht wagen.«

Aber seine hellen Augen ruhen unverwandt auf ihr, und sein Lächeln strotzt vor Selbstbewusstsein.

»Die Sache ist die –«

»Sie wiederholen sich.«

»Ich weiß, Sie machen mich nun mal nervös. Die Sache ist die, ich muss mit Ihnen reden.«

»Worüber?«

»Wenn ich es Ihnen sage, versprechen Sie mir, nicht gleich auf die Palme zu gehen?«

»Nein«, sagt Flint. »Das Risiko müssen Sie eingehen.«

Sie verschränkt die Arme, er ebenfalls, und sie registriert unwillkürlich, was für schöne schlanke Finger er hat.

»Die Sache ist die, ich hab achtundneunzig an der Columbia Examen gemacht, und zwar mit einigen von Ihren – wie nennen Sie die? Terrier? Jedenfalls, ein paar von uns haben heute noch Kontakt, und manchmal reden wir über gemeinsame Interessen, und es gibt da ein paar Dinge in der Beziehung zwischen Gröber und Çarçani, die ich nicht verstehe, und –«

Er hält inne, denn obwohl ihre Miene und ihre Haltung unverändert sind, spürt er die Drohung in ihrer Reglosigkeit.

»Also, es wäre bestimmt angenehmer, wenn wir bei einem schönen Essen und einem Glas Côtes du Rhône darüber reden könnten.«

»Nein, wäre es nicht. Nennen Sie mir ihre Namen?«

»Meine befreundeten Terrier? Niemals«, sagt er mit Nachdruck und einem netten Lächeln.

»Dann adieu, Mr. Tyrer«, sagt Flint. Sie hebt ihre Aktentasche auf, wendet sich von ihm ab und geht Richtung Ausgang, fest entschlossen, entweder Cutter zu finden oder zumindest auf der Constitution Avenue ein Taxi zu erwischen, und erst als er lautstark durchs Atrium hinter ihr herruft: »STIMMT ES, DASS GRÖBER VERSUCHT HAT, ÇARÇANI ZU TÖTEN?«, macht sie auf dem Absatz kehrt und hastet zu ihm zurück.

»Sind Sie wahnsinnig?«

»Ich halte das für wichtig.«

»Was halten Sie für wichtig? Und sprechen Sie leiser.«

»Tirana, Sommer 1979, Skanderbeg-Platz, irgendeine Feier der Ruhmreichen Revolution, Vorsitzender Enver Hoxha, ewiger Erster Sekretär der Partei, auf dem Podium. Irgendwer schießt aus zirka einhundert Metern Entfernung mit einem Scharfschützengewehr, aber nicht auf Hoxha, sondern auf Alexander Çarçani. Der Schütze verfehlt, ritzt nur Çarçanis Schädel ein bisschen an, aber die Sache ist die« – Tyrer nickt, um seinen sprachlichen Tick zu entschuldigen –, »mir ist zu Ohren gekommen, dass aller Wahrscheinlichkeit nach Karl Gröber der Schütze war.«

»Und worauf wollen Sie hinaus?«

»Stimmt das?«

»Wer weiß?« Flint zuckt die Achseln.

»Aber was, wenn Çarçani das wüsste? Ich meine, was, wenn Çarçani glaubt, dass Gröber versucht hat, ihn umzubringen? Würde das ihre Beziehung nicht empfindlich stören?«

»Er weiß es schon«, sagt Flint.

»Ach ja? Woher?« Aber Flint strebt erneut Richtung Ausgang, und diesmal macht sie nicht wieder kehrt.

Weil ich es ihm gesagt habe, spricht sie nicht aus.

ENGLAND

5

Als Flints Schwangerschaft fast so weit fortgeschritten war, dass Fluggesellschaften sie nicht mehr als Passagierin akzeptieren würden, unterbrach sie ihre schonungslose Jagd nach Karl Gröber und kehrte nach England in das Haus ihres Vaters in Oxfordshire zurück, um dort die letzten Wochen bis zur Geburt ihres Sohnes zu verbringen. Um sich von ihren körperlichen Beschwerden abzulenken – Verdauungsstörungen, Kurzatmigkeit, Rückenschmerzen, geschwollene Beine – hatte sie sich auf die Geheimdienstberichte über Çarçani gestürzt. Da die Berichte vom MI6 stammten – dem britischen Auslandsgeheimdienst, dem Flint aus gutem Grund zutiefst misstraute –, war sie nicht bereit, alles, was sie darin las, so ohne weiteres für bare Münze zu nehmen. Dennoch war sie fasziniert gewesen von der Behauptung des MI6 – eigentlich war es reine Spekulation –, Karl Gröber von der Stasi habe versucht, Sascha Çarçani vom Sigurimi im Sommer 1979 auf dem Skanderbeg-Platz zu ermorden. Der Wahrheitsgehalt dieser Behauptung, so ihr Gedanke, war eigentlich unwesentlich. Was, wenn Çarçani dazu gebracht werden könnte, es zu glauben? Und wie könnte ihm dieser Gedanke eingeimpft werden? In den langen unruhigen Nächten, wenn sie vor ständigem Harndrang nicht schlafen konnte und es ohne die Hilfe eines Partners aus dem Bett und wieder hinein schaffen musste, hatte sie sich einen Plan zurechtgelegt, der hoffentlich zu einem Kleinkrieg zwischen Gröber und Çarçani führen würde.

Kontakt zu Çarçani herzustellen war kein Problem, da er anders als Gröber nicht offiziell gesucht wurde. Er war kein Flüchtling und lebte nicht versteckt, sondern ganz offen, ja exponiert in Mailand, wo er als erfolgreicher Finanzier und großzügiger Wohltäter auftrat. So spendete er öfter große Summen für den Erhalt der Basilika San Ambrogio, wo er an den meisten Sonn- und Feiertagen anzutreffen war. Aber Flint wusste, dass sie Çarçani nicht einfach ansprechen und Vorwürfe gegen Gröber erheben konnte, wie überzeugend die Legende auch war, die sie für sich erfinden würde. Sie würde »Beweise« brauchen, die sie ihm vorlegen konnte, irgendetwas Greifbares – zum Beispiel Dokumente aus den unerschöpflichen Akten der Stasi. Sie wären natürlich gefälscht, die Frage war nur: von wem? Eine Frage, die sie Cutter gegenüber angesprochen hatte, als sie ihn im Marscheider-Gebäude in New York anrief und ihm von ihrem noch unausgereiften Plan erzählte.

»Sprechen Sie mit Ridout«, sagte er. Gemeint war Nigel Ridout, Leiter der Osteuropa-Abteilung des MI6 und Flints Erzfeind.

Sie lachte, als hätte er einen Witz gemacht.

»Das ist mein Ernst, Grace. Ridout ist mit im Spiel, ob's Ihnen passt oder nicht, und Sie werden mit ihm zusammenarbeiten müssen. Sie müssen drüber wegkommen, Ihren Stolz runterschlucken.«

Stolz! Ihren *Stolz*! Damals war sie nahe am Wasser gebaut – vermutlich kam das von den vielen Hormonen, die sich ihres Körpers bemächtigt hatten –, und sie hätte fast losgeheult.

»Es geht hier nicht um Stolz, Mr. Cutter. Es geht um die Tatsache, dass Nigel Ridout ein verlogenes, durchtriebenes, doppelzüngiges Stück Dreck ist.«

»Stimmt. Hört sich ganz nach jemandem an, den Sie auf Ihrer Seite haben sollten. Hören Sie, Grace, ich weiß nicht, ob die Masche, die Sie da vorhaben, klappen wird. Aber eines weiß ich genau: Falls Sie einen Krieg zwischen Gröber und Çarçani vom Zaun brechen wollen, dann müssen die Beweise, die Sie Çarçani vorlegen, verdammt überzeugend sein, ansonsten wäre es für mich sparsamer, wenn Sie sich bloß eine einfache Fahrtkarte nach Mailand kaufen, weil Sie nämlich nicht mehr zurückkommen werden, wenn Sie schlecht vorbereitet da auftauchen. Wenn Sie das Ding schaukeln wollen, und ich glaube, es ist den Versuch wert, dann brauchen Sie Ridout, auch wenn er ein verlogenes, durchtriebenes Stück Dreck ist, und damit basta.«

Sie wollte ihren Ohren nicht trauen. »Sie haben doppelzüngig ausgelassen, Mr. Cutter«, sagte sie bissig. »Haben Sie vergessen, was er gemacht hat?«

»Nein, und Sie auch nicht – und genau darum geht's. Klar wird er seine eigenen Interessen verfolgen, und früher oder später wird er irgendeine Nummer abziehen, versuchen, Sie zu hintergehen, wie gehabt. Aber diesmal sind Sie vorgewarnt – das hoffe ich zumindest. Benutzen Sie ihn, Grace, genau wie er Sie benutzt hat. Und seien Sie auf der Hut.«

All ihre Einwände prallten an Cutter ab, und nachdem er das Gespräch mit einem schroffen »Ich muss jetzt Schluss machen« beendet hatte, brach sie tatsächlich in Tränen aus. Sie schluchzte so laut, dass ihr Vater ins Zimmer kam und fragte, was denn passiert sei. »Ridout«, sagte sie, und ihr Vater begriff sofort.

»O Gott, nein. Nicht nochmal, Grace. Nicht nochmal.«

Was Nigel Ridout ihr angetan hat, wird sie nie beweisen können, obwohl sie es instinktiv sicher weiß und niemals vergessen wird: Drei Jahre zuvor hatte sich ein junger Mann in einer Bar in Miami an ihren Tisch gesetzt, und sie waren ins Gespräch gekommen. Er hieß Ben Gates, und er war Ornithologe mit einer leidenschaftlichen Liebe zur Natur, und das gefiel ihr an ihm. Ihr gefiel überhaupt vieles an ihm. Sie trafen sich öfter, verliebten sich, wurden ein Paar und heirateten schon acht

Monate später – und alles war wunderbar. Zu schön, um wahr zu sein, wie sich herausstellte.

Nichts von alledem war wahr. Er hieß nicht Ben Gates, und er war kein Ornithologe, und er liebte Grace Flint nicht. Er stahl sich in ihr Leben, um Zugang zur Financial Strike Force zu bekommen, um über seine Frau an Informationen über streng geheime Undercover-Operationen zu gelangen – vor allem über ihre Operation gegen Karl Gröber –, und er handelte im Auftrag von Nigel Ridout, der ein eigenes Interesse an Gröber hatte und eigene Pläne verfolgte. Flints Ehemann war Ridouts Spitzel, sein Maulwurf, und Ridout war sein Zuhälter.

Flints Ehemann war inzwischen tot, aber in gewisser Weise lebte er weiter – als Vater ihres ungeborenen Kindes.

»Das kann Aldus Cutter nicht von dir erwarten, Grace«, sagte John Flint mit tiefen Sorgenfalten im Gesicht. »Das ist einfach zu viel verlangt.«

Und sie stimmte ihrem Vater vehement zu, schwor, sie würde Ridout eher umbringen, als ihn um Hilfe zu bitten oder ihm irgendwas von ihrem Plan anzuvertrauen.

Eine Woche später, unmittelbar vor der Geburt ihres Kindes, rief sie ihn zu Hause an.

»Grace, was für eine reizende Überraschung! Ich hoffe, Sie erfreuen sich bester Gesundheit, so kurz vor dem großen Ereignis.«

»Hab mich nie besser gefühlt.«

»Ausgezeichnet. Und was kann ich für Sie tun?«

»Ich hab hier keine sichere Telefonleitung, deshalb hab ich alles aufgeschrieben. Sie müssen jemanden herschicken, der es abholt.«

Sein Zögern dauerte nur den Bruchteil einer Sekunde. »Selbstverständlich, meine Liebe. Umgehend. Mit *hier* meinen Sie wohl das Haus Ihres Vaters?«

Als ob er das nicht wüsste.

Ihr Sohn war dreizehn Wochen alt, als Flint von Nigel Ridout die Nachricht erhielt, er habe »etwas« für sie.

Sie war nach London gefahren, hatte sich aber geweigert, die Zentrale des Secret Intelligence Service, Ridouts Festung, zu betreten. Stattdessen bestand sie auf ein Treffen zum Lunch in einem Souterrain-Restaurant in Covent Garden, dem Orso, wo sie von einem Tisch in der hinteren Ecke, um den sie speziell gebeten hatte, die Treppe im Auge behalten und genau sehen konnte, wer kam und wer ging.

»Wie ich höre, haben Sie einen strammen Jungen.« Ridout strahlte sie an. »Und wie geht's Jack?«

»Prächtig, danke.«

»Ist er nicht noch zu klein, um ihn allein zu lassen?«, fragte Ridout, als ob ihn das kümmern würde.

Flint schüttelte den Kopf. *Na los, Nigel, frag doch, ob er seinem Vater wie aus dem Gesicht geschnitten ist.* Aber Ridout hatte nie zugegeben, dass Ben Gates seine böse Kreatur gewesen war.

Er reichte ihr eine Akte, und während sie las, streute er Salz auf das Tischtuch und malte mit der Fingerspitze ein kunstvolles Muster aus konzentrischen Kreisen. Dann: »Ist ziemlich gut geworden, finden Sie nicht?«

»Nicht schlecht«, räumte sie ein.

»So gut wie echt«, stellte Ridout fest. »Wenn der gute Çarçani die Akte forensisch untersuchen lässt – und darauf können Sie bei diesem argwöhnischen Mistkerl Gift nehmen –, wird er feststellen, dass das Papier, die Tinte, die offiziellen Stempel – vor allem die Stempel, wie man mir gesagt hat – absolut echt sind. Eine Gefälligkeit von Otto, natürlich, der Sie übrigens herzlich grüßen lässt.«

Dr. Otto Schnell ist leitender Direktor des deutschen Bundesnachrichtendienstes und nach Nigel Ridout der Mensch, dem Flint am zweitwenigsten über den Weg traut. Ihrer festen Überzeugung nach stecken Schnell und Ridout unter einer Decke und versuchen, sie bei der Jagd nach Karl Gröber zu behindern und zu hintergehen. Zwei Jahre zuvor legte Schnell ihr Beweise vor, dass Gröber und ihr flüchtiger Ehemann gemeinsam bei einem Hubschrauberabsturz ums Leben gekommen waren. Die Beweise erwiesen sich als falsch, und sie glaubt, dass Ridout das wusste.

Dennoch lächelte sie scheinbar erfreut.

Ridout sagte: »Wissen Sie, Grace, Sie sollten Otto wirklich ein wenig Nachsicht entgegenbringen, ein bisschen Verständnis für seine – wie soll ich sagen? Seine notwendigen Täuschungsmanöver?«

»Wenn Sie so wollen«, sagte sie.

»Denn genau das waren sie: notwendige Täuschungsmanöver – unter den damals gegebenen Umständen.«

»Ich verstehe.«

»Ach ja? Verstehen Sie das wirklich, Grace?« Ridout beugte sich über den Tisch zu ihr und nahm plötzlich einen bitteren beschwörenden Tonfall an. »Weil ich mich nämlich manchmal frage, ob Sie das wirklich verstehen, ob Sie auch nur die leiseste Ahnung haben, worum es in diesem Spiel wirklich geht.«

»In welchem Spiel, Nigel?«, sagte sie ruhig, bloß eine höfliche Nachfrage.

»Die Suche, den Gral, Grace – diesen verdammten heiligen Gral, den wir alle suchen, gemeinsam, aber getrennt, auf getrennten Wegen und mit verschiedenen Mitteln, und mit, wenn ich das sagen darf, unterschiedlichem Erfolg. Sie denken, Sie besitzen Gröber, Gröber und Çarçani, dass sie Ihnen gehören, nur Ihnen allein. Und dabei vergessen Sie geflissentlich, dass Otto und ich unabhängig voneinander den Genossen Gröber schon lange im Visier hatten, ehe Sie überhaupt von seiner Existenz wussten. Und ehe Sie mich daran erinnern, dass Gröber Ihre Agentin getötet hat, nicht einen von meinen oder Ottos Mitarbeitern, darf ich Sie wiederum daran erinnern, dass wir nichts mit Ihrer gescheiterten Operation zu tun hatten. Dass Sie einen Alleinflug beschlossen hatten, wenn ich diese

Metapher benutzen darf, und dass Sie vielleicht gerade deshalb abgestürzt sind.«

Eine geschmacklose Metapher, Nigel, hätte Flint entgegnen können, denn Special Agent Ruth Apple – Flints Special Agent Ruth Apple, ihre Verantwortung, ihre Untergebene, ihr Fehler – machte tatsächlich einen Alleinflug, nachdem sie in hundertachtzig Metern Höhe aus Gröbers Hubschrauber geworfen worden war.

»Worauf wollen Sie hinaus, Nigel?«, entgegnete sie stattdessen.

»Auf Folgendes, meine Liebe: Wenn diese Akte es Ihnen ermöglicht, an Çarçani ranzukommen, wovon ich überzeugt bin, und wenn sie es Ihnen ermöglicht, lebend aus Mailand rauszukommen, was ich hoffe, dann sollten Sie dieses eine Mal nicht Ihre Freunde vergessen – ich meine mich, ich meine Otto. Wir sind an diesem Unternehmen beteiligt, Grace Flint. Wir sind Ihre Partner, wir halten zusammen – und gemeinsam sind wir mehr als die Summe unserer Teile.« Ridout zeigte seinen spitzen weißen Zähne. »Oder so ähnlich.«

»Hören Sie doch auf, Nigel!«

»Wie kommen Sie dahin?«, fragte er unvermittelt, ließ sein Lächeln verschwinden und schnippte mit den Fingern imaginäre Brotkrümel vom Deckel der Akte. »Nach Mailand, meine ich, schließlich ist Ihre Frau Fischer eine verarmte Witwe, nicht wahr? Kein Geld für sündhaft teure Flugtickets. Sonst riecht der gute Çarçani auf der Stelle Lunte.« Sein Tonfall war jetzt knapp, sachlich, als wollte er tatsächlich nur ein paar grundlegende Dinge ansprechen.

Flint schüttelte den Kopf. »Partner hin oder her, Nigel, ich will nicht über Ihre Aufpasser stolpern, Ihre Begleiter oder Schatten oder wie auch immer Sie die nennen.«

»Selbstverständlich nicht«, sagte Ridout, als wäre er nicht mal auf die Idee gekommen.

»Ich mach das allein. Ist mir lieber.«

»War das je anders?«

»Dann müssen Sie auch nicht wissen, wie ich nach Mailand komme.«

Ridout beugte sich noch näher zu ihr. »Ich würde Ihnen raten, den Bus zu nehmen«, sagte er vertraulich. »Von Frankfurt durch die langweilige Schweiz bis Mailand. Euroline heißt die Buslinie, glaube ich. Dauert zwar eine Ewigkeit, ist aber erstaunlich preiswert, sogar erschwinglich für den Geldbeutel einer armen Witwe.«

»Wirklich?«, sagte Flint. *Du Schwein*, dachte sie, denn die Euroline-Fahrkarte – von Frankfurt nach Mailand – steckte schon in ihrer Tasche.

MAILAND

6

San Ambrogio ist die älteste Kirche Mailands und in ihrer schmucklosen Art auch die schönste. Im Innern der Basilika, wo neun Könige Italiens gekrönt wurden, befindet sich der Goldene Altar, der das Gotteshaus nicht nur für die meisten frommen Mailänder zum Wallfahrtsort macht, sondern auch für die besonders modischen unter ihnen, vor allem an einem strahlenden Sonntagmorgen im April, wenn viele ihrer Kinder oder Enkelkinder darauf warten, zur Erstkommunion zu gehen. An diesem speziellen Sonntag konnte die Basilika die vielen Gläubigen nicht fassen, die sich bis in den Hof drängten, wohin die Messe über dezent angebrachte Lautsprecher übertragen wurde.

Flint schob sich zwischen den Menschen und zahllosen Kinderwagen hindurch und bemerkte Çarçanis Bodyguards, die an den Säulen lehnten und sich strategisch so platziert hatten, dass sie im Fall eines Schusswechsels nicht Gefahr liefen, einander gegenseitig ins Kreuzfeuer zu geraten.

Scusi, scusi, per favore – höflich, aber bestimmt bahnte Flint sich ihren Weg in die Kirche. Vom Kopftuch bis hinunter zu den Strümpfen und bequemen Schuhen war sie ganz in Schwarz gekleidet. Eine trostsuchende junge Witwe, den Eindruck wollte sie jedenfalls erwecken. Trotzdem wurde sie von dem aggressiven Bodyguard, der den Zugang zur Galerie mit Blick über das Kirchenschiff bewachte, respektlos behandelt. Ehe er sie durchließ, tastete er sie ab, strich ihr über Brüste, Gesäß und die Innenseiten der Oberschenkel.

Alexander Çarçani wartete allein auf der Galerie, reglos wie eine Statue, und blickte nach unten, wo sein jüngstes Enkelkind gleich mit Öl gesalbt und in den Schoß der Kirche aufgenommen werden würde – ein Junge mit tief liegenden Augen, die im Dämmerlicht des Altarraumes beinahe schwarz wirkten.

»Was wollen Sie?«, fragte Çarçani mit einem flüchtigen Blick auf sie.

»Gerechtigkeit«, sagte Flint, und Çarçani nickte, als wäre das etwas, das er möglicherweise gewähren würde. Er hatte abgenommen und wirkte etwas größer als auf den Überwachungsfotos des MI6, aber der Kopf war im Profil gesehen unverkennbar: langes herrisches Kinn, fleischige Unterlippe, römische Nase, die gleichen tief liegenden Augen wie sein Enkel, fliehende Stirn. »Sieht ein bisschen wie ein Mischling aus, nicht?«, hatte Ridout in seinem typischen abfälligen Ton Flint gegenüber bemerkt, aber in natura war Çarçani eine imposante Erscheinung, keine Frage. Das volle, nach hinten gekämmte, wellige, silbergraue Haar betonte die tiefe Bräune seines Gesichts, die nur von einem helleren horizontalen Streifen beeinträchtigt wurde, der sich wie eine Rille von knapp oberhalb des linken Augenwinkels bis hinter das Ohr erstreckte.

»Ich weiß, wer Ihnen das angetan hat«, sagte Flint leise und deutete auf die Narbe.

Çarçani schien sie nicht zu hören. Er blickte weiter starr in den Altarraum, während seine Lippen die Worte des Glorias formten, das die Gemeinde jetzt intonierte.

Gloria immensa, Signore Dio, Re del cielo, Dio Padre omnipotente. Signore, Figlio unigenito, Gesù Cristo, Signore Dio, Agnello di Dio, Figlio del Padre …

»Deshalb hab ich um dieses Treffen gebeten«, sagte sie. »Um Ihnen zu sagen, wer das war.«

»Ich bin … ich *war* mit Peter Fischer verheiratet«, sagte Flint in passablem Italienisch mit, wie sie hoffte, starkem deutschen

Akzent. »Zwei Jahre lang hat er für die Firma gearbeitet, in der Zentrale in Berlin, Abteilung 21, der Zentralen Auswertungs- und Informationsgruppe. Karl Gröber war sein Vorgesetzter.«

Çarçani zeigte nicht den Hauch einer Reaktion. Er schien lediglich die Szene unterhalb der Galerie wahrzunehmen, wo sich jetzt die Kinder in cremefarbenen Soutanen ordentlich vor dem Goldenen Altar aufstellten.

Flint sprach trotzdem weiter: »Nach dem Mauerfall erhielt Peter von Karl Gröber die Anweisung, gewisse Akten aus der Zentrale zu entfernen, vor allem Akten aus der Abteilung 21. Es war keine Zeit für eine gründliche Auswahl, weil die Demonstranten draußen auf der Normannenstraße von Tag zu Tag mehr wurden und wir nicht wussten, Peter nicht wusste, wie lange es noch dauern würde, bis sie das Gebäude stürmten. Also schaffte Peter einfach möglichst viel weg. Er arbeitete nachts und brachte die Akten im Kofferraum seines Autos zu uns in die Wohnung, bis wir einfach keinen Platz mehr hatten, sie zu lagern. Unsere ganze Wohnung war zum Bersten voll mit Akten. Glauben Sie mir, Signor Çarçani, wir konnten uns kaum noch rühren.«

Tu sei pie-tran-go – la – re, Signo-re – eine einsame engelhafte Sopranstimme, beim ersten Ton noch zögernd, doch dann immer kräftiger, schwebte aus dem Altarraum herauf.

»Als Peter das Problem meldete, hatte Gröber gleich eine Lösung parat. Irgendwie hatte er erfahren, dass meine Eltern ...« Sie verstummte und lachte leise, als schämte sie sich ihrer eigenen Naivität. »Nicht irgendwie, natürlich hatte er es erfahren, wie er immer *alles* erfuhr. Aber, verzeihen Sie.« Sie kam rasch wieder zur Sache. »Gröber wusste also, dass meine Eltern bei Potsdam wohnten und auf ihrem Grundstück ein paar Nebengebäude hatten, in denen sich viele, viele Akten lagern ließen. Kennen Sie Potsdam, Signor Çarçani?«

Keine Antwort.

»Egal. Es liegt nicht weit von Berlin, nur fünfundvierzig

Minuten mit dem Auto. Hin und zurück inklusive Entladen braucht man zwei Stunden. Also vier Fuhren täglich – das war Gröbers Lösung. Wenn ich vier Fuhren täglich machte, könnte ich die Akten in weniger als einer Woche von unserer Wohnung in Ostberlin nach Potsdam schaffen, meinte er. Derweil würde Peter natürlich mehr und mehr Akten zu uns nach Hause bringen, und ich würde sie auch in der folgenden Woche und der Woche danach weiter nach Potsdam schaffen müssen, so lange, bis Gröber zufrieden war oder ich erwischt wurde.«

Glauben Sie sich selbst, Flint, hatten die Ausbilder an der Akademie ihr eingeschärft. *Sie müssen Ihren eigenen Lügen glauben. Wenn Ihnen das nämlich nicht gelingt, wenn Sie nicht die Angst oder den Schmerz oder die Freude spüren, oder was auch immer Sie der Zielperson verkaufen wollen, wenn Sie nicht daran glauben, dass es wirklich passiert ist, dann glaubt es die Zielperson auch nicht.*

Flint fröstelte, nicht weil es in der Kirche so kühl war, sondern weil sie die Szene im Geist vor sich sah: ihr Trabant, der auf dem Weg nach Potsdam von der Polizei gestoppt wird. Aufgeregte Suchhunde und die schwer bewaffneten, selbstgerechten Hüter einer neuen deutschen Ordnung im Osten, die den Kofferraum voll gestohlener Stasi-Akten entdecken, Zeugen eines einst allmächtigen Regimes, das praktisch über Nacht der Lächerlichkeit preisgegeben wurde. *Und zu welchem Zweck haben Sie die Akten gestohlen?*

»Jedenfalls, ich hab die Akten nach Potsdam geschafft«, sagte Flint, »einschließlich dieser hier. Das ist Ihre Akte, Signor Çarçani.«

Inzwischen sang ein ganzer Chor im Altarraum, herrliche, vibrierende Stimmen, die selbst das hartnäckige Klingeln irgendeines Handys übertönten.

Alexander Çarçani hielt die Akte in Händen – *seine* Akte, die aus den Archiven der Stasi gestohlen worden war, falls er den leisen Worten von Frau Fischer glaubte, dieser schönen Frau in Trauerkleidung.

»Es tut mir leid, dass ich Ihnen keine schriftliche Übersetzung geben kann, Signor Çarçani«, sagte Flint. »Mein Italienisch ist einfach nicht gut genug. Ich will versuchen, Ihnen zu erklären, was da steht, aber ich bin sicher, Sie haben die Möglichkeit, eine korrekte Übertragung –«

Çarçani winkte ungeduldig ab.

»Also gut. Die ersten beiden Seiten sind das Original eines Memos von Oberst Martin Braun, dem Leiter der Abteilung 10 innerhalb der Hauptabteilung 2 des Ministeriums für Staatssicherheit. Wie Sie sehen«, sagte sie – obwohl Çarçani nicht in die Akte blickte, sondern nur auf ihr gespenstisch bleiches Gesicht –, »ist das Memo auf den 12. Januar 1979 datiert und an den Minister selbst adressiert, General Mielke. Ich muss hinzufügen, dass die Hauptabteilung 2 für Spionageabwehr zuständig war, und Oberst Brauns Unterabteilung 10 speziell Kontakt zu den anderen Geheimdiensten des Warschauer Paktes hielt. In der Betreffzeile des Memos steht: ›Konterrevolutionäre und terroristische Aktivitäten des Sigurimi‹. Im ersten Absatz wird erläutert, dass Abteilung 10 auf Anweisung des Ministers Rücksprache mit den befreundeten Alliierten gehalten und dabei Folgendes festgestellt hat: 1. Der Sigurimi führte und führt feindliche Operationen gegen Mitgliedsländer des Warschauer Paktes durch. 2. Diese feindlichen Operationen umfassen Spionage, subversive Aktivitäten, Einschüchterung albanischer Überläufer und Sabotageakte. 3. Der Hauptverantwortliche und Organisator dieser ›antisozialistischen Aktivitäten‹, wie Oberst Braun es formuliert, ist der stellvertretende Leiter der Auslandsaufklärung des Sigurimi. Genauer gesagt: Sie, Signor Çarçani.«

Die verwitwete Frau Fischer las nicht aus der Akte vor. Sie klang wie eine Nachrichtensprecherin, die ihr Skript auswendig gelernt hatte.

»In den Abschnitten zwei bis sechs liefert Oberst Braun Beispiele für Sigurimi-Aktionen ... vielleicht sollte ich lieber sagen, angebliche Sigurimi-Aktionen« – sie sah kurz weg, um Çarçanis starrem Blick einen Moment zu entfliehen – »in der DDR, der Tschechoslowakei, Polen, Ungarn und der Sowjetunion. In Absatz sechs ist die Rede vom Tod des Überläufers Adil Meksi. Dieser Vorfall wird in den Absätzen sieben bis neun ausführlich erläutert. Oberst Braun stellt darin die Behauptung auf, Sie persönlich hätten die Eliminierung des Überläufers Meksi, seiner Frau Nikki und ihres Kindes Ramiz angeordnet. Angeblich ist die Moskauer Polizei eindeutig zu diesem Schluss gelangt, wie ihm das sowjetische Ministerium für Staatssicherheit, besser bekannt als KGB, berichtet hat. In Absatz zehn steht, der zwölfjährige Ramiz Meksi und seine Mutter seien auf Ihren Befehl hin mehrfach vergewaltigt worden, ehe man ihnen die Gurgel durchschnitt.«

Als man Ramiz Meksi mehrfach vergewaltigte und ihm anschließend die Gurgel durchschnitt, war er ungefähr im selben Alter wie der schwarzäugige Enkelsohn von Alexander Çarçani, der Junge im Kirchenschiff mit der goldenen Stimme, und Flint hätte nicht übel Lust gehabt, Çarçani das Genick zu brechen: zwei Schritte vor, seinen Verteidigungsschlag abwehren, seinen eigenen Schwung nutzen, um ihn herumzureißen, den Unterarm erbarmungslos auf seinen Kehlkopf pressen, das Knie in seinem Kreuz – selbst wenn der Bodyguard unten an der Treppe etwas mitbekäme, er hätte keine Chance, das Schlimmste zu verhindern.

Aber Frau Fischer ließ sich nichts anmerken. »Oberst Braun liefert keinerlei Belege für diese Anschuldigung«, sagte sie, als wäre die Sache damit vom Tisch. »Er stellt sie lediglich als Tatsache fest.«

Alexander Çarçani hatte, wie sie bemerkte, die Gabe der Ruhe. Mit den Gespenstern seiner Vergangenheit konfrontiert, blieb er reglos, ungerührt.

»In Absatz zehn erwähnt Oberst Braun seine Gespräche mit Boris Letkin vom KGB-Verbindungsdirektorat in Berlin über die Gefahr, die von den Aktivitäten des Sigurimi ausgeht. Angeblich hielt Genosse Letkin Vergeltungsschläge gegen den Sigurimi und gegen Sie, Signor Çarçani, für unerlässlich. Im nächsten und letzten Absatz schlägt Oberst Braun dem Minister vor, die Angelegenheit dem Kollegium zu unterbreiten, um darüber zu befinden, wie diese Vergeltungsmaßnahmen aussehen sollten. Das Kollegium war das Beratungsgremium des Ministers, aber es ist allgemein bekannt, dass General Mielke nicht gerade …« Flint zögerte, suchte nach dem passenden Wort.

»Empfänglich war. General Mielke war nicht *empfänglich* für Ratschläge. Schließlich war er der Minister, wie er gern klarstellte. Sie sehen, was er persönlich unter Oberst Brauns Memo geschrieben hat: ›An Gröber weiterleiten.‹ Nicht an das Kollegium, Signor Çarçani, sondern an Oberleutnant Karl Gröber von der Abteilung 21, der Zentralen Auswertungs- und Informationsgruppe. Warum?«

Keine Antwort von Çarçani.

»Der Grund ist meiner Meinung nach auf den nächsten drei Seiten der Akte zu finden. Zuerst ist da eine von Mielke unterschriebene und mit seinem persönlichen Siegel versehene Reiseerlaubnis, mit der Oberleutnant Gröber nach Moskau fahren darf. Angaben zu Datum, Dauer und Zweck des Aufenthaltes fehlen. Oberleutnant Gröber hat damit die unbeschränkte Befugnis, so oft und so lange er will nach Moskau zu reisen, weil der Minister ihm das erlaubt. Ich versichere Ihnen, Signor Çarçani, das ist höchst ungewöhnlich. Im Haus meiner Eltern in Potsdam habe ich Tausende von Stasi-Akten durchgesehen und bin auf keine einzige Reiseerlaubnis gestoßen, auf der solche Angaben fehlen. General Mielke hatte strengste Anweisung erteilt, dass alles schriftlich festgehalten werden musste – und auf einmal stellt er uns vor ein Rätsel. Wen sollte Gröber in Moskau treffen und warum?«

Preghiamo, sagte unten der Priester, seine Aufforderung zur rituellen *pausa di silenzio*, die dem letzten Akt der Kommunion vorausgeht, und Alexander Çarçani hob mahnend einen Finger an die Lippen. Doch Frau Fischer sprach weiter, denn Flint wusste, dass ihr die Zeit davonlief.

»Die nächste Seite«, flüsterte sie und trat näher an Çarçani heran – bis auf Tuchfühlung –, »liefert die Antwort. Es handelt sich um einen Brief von Minister Mielke an Arkadi Sobolew vom Ersten Hauptdirektorat des KGB; darin bestätigt er, dass Oberleutnant Gröber bei den bevorstehenden Gesprächen über Sie, Signor Çarçani, mit seiner persönlichen Erlaubnis handelt.«

Çarçani legte beide Hände auf ihre Schulter und schob sie weg.

»Die nächste Seite«, sagte sie inzwischen leicht atemlos vor Hast, »ist ein streng vertrauliches Memo von Oberleutnant Gröber an Minister Mielke, in dem er ihm von seinem Treffen mit Vertretern des Ersten Hauptdirektorats berichtet. Der Betreff lautet: ›Empfohlene Eliminierung des albanischen Terroristen Çarçani.‹ Das Memo beschreibt exakt, wann und wie Gröber Sie mit Billigung Moskaus töten soll.«

Çarçani wendet sich ab und geht Richtung Treppe.

»Wie mein Mann, der von diesem Schwein Gröber mit einem Schuss in den Hinterkopf getötet wurde. Soll ich Ihnen erzählen, was passiert ist?«

E Spirito santo, intonierte der Priester.

Amen, antwortete die Gemeinde.

Ehe sie noch etwas sagen konnte, war Çarçani verschwunden, und der dreiste Bodyguard stand oben an der Treppe, das Gesicht zu einem Grinsen verzogen, und winkte sie mit dem Zeigefinger der rechten Hand zu sich.

Komm her, schien er zu sagen. Weil dir nichts anderes übrig bleibt.

NEW YORK

7

Grace Flints Akte im Marscheider-Gebäude enthält einen Vermerk von der Personalabteilung, wonach ihre Ernennung zum Deputy Director (Operations) bei der Financial Strike Force »vierteljährlich überprüft« werden soll. Einige in der Personalabteilung sind nämlich der Ansicht, dass Flint sich nach den jüngsten Ereignissen in ihrem Leben – vor allem dem Verrat durch ihren Mann und der Geburt des Kindes – in einem psychisch labilen Zustand befinde und typische Symptome einer handfesten Depression aufweise: willkürliche Einmischungen (in jeden Aspekt der laufenden Ermittlung gegen Karl Gröber), Überbewertung (von Gröbers Wichtigkeit), Unterbewertung (von so ziemlich allem anderen). Außerdem soll sie unter Angstzuständen leiden (vor allem beim Fliegen, nicht jedoch, so scheint es, wenn es um das Wohl ihres Kindes geht) und zu viel trinken – und da Flint meistens allein trinkt, unbeobachtet, spätabends allein in ihrer Wohnung, können sich die Herrschaften aus der Personalabteilung nicht mal annähernd ein Urteil erlauben.

Wenn es noch eines weiteren Beweises bedurft hätte, so hat ihn nun das von den Medien so getaufte Kissimmee-Massaker geliefert, ein Ereignis, das Flints Urteilsvermögen erneut in einem schlechten Licht erscheinen lässt, wie man in der Personalabteilung meint. Flint sollte abserviert oder zumindest in unbefristeten Urlaub geschickt werden, und nur Cutters legendäre Sturheit, seine unbeirrte Überzeugung von ihren einzigartigen und für die Strike Force unersetzlichen Talenten haben sie davor bewahrt. Der Preis, den sie dafür bezahlen muss, ist der Kompromiss, auf dem Cutter bestand: Flint behält ihren Job so lange, wie sie einmal wöchentlich zu einer Psychotherapeutin geht, die von der Personalabteilung ausgesucht wurde – eine ehemalige russische Ärztin, deren Nachnamen Flint kaum aussprechen kann und deren ungebärdige silbergraue Mähne ihren Kopfumfang zu verdoppeln scheint.

»Als ich zuletzt hier war«, sagt Flint. Sie sitzt in einem unbequemen Polstersessel mit kaputten Sprungfedern, der Dr. Przewalski als Therapiecouch dient.

»Als Sie zuletzt *nicht* hier waren«, sagt Dr. Przewalski.

»Ich hab angerufen und abgesagt, Dr. P., ich hab Ihnen aufs Band gesprochen. Und ich hab Ihnen einen Scheck geschickt.«

»Geld! Meinen Sie, es geht mir um Ihr Geld?«

Offensichtlich nicht, denn Dr. Przewalskis Praxis wirkt bescheiden. Die meisten ihrer Patienten sind frisch aus der ehemaligen Sowjetunion in die USA gekommen, verstörte Flüchtlinge, die selbst Dr. Przewalskis ermäßigtes Honorar kaum bezahlen können. Flint zahlt die vollen dreihundert Dollar pro Doppelsitzung, aber manchmal vergisst Dr. Przewalski, die Schecks einzulösen.

»Nun?«, sagt sie fragend, reckt das Kinn vor und fixiert Flint mit Augen, in denen wortlose Vorwürfe blitzen. Sie will Flint provozieren, will, dass sie die gleichen Gefühle für ihre Therapeutin entwickelt, wie sie sie für ihren toten Ehemann hegt und vielleicht für ihren Vater, die verbotenen Gefühle, die im unbewussten Teil ihrer Psyche verborgen sind. Der psychoanalytische Fachbegriff dafür ist Übertragung, und häufig klappt das auch, aber nur, wenn die Patientin bereit ist mitzumachen.

»Ich war beruflich unterwegs und konnte nicht rechtzeitig zurückkommen.« Flint zuckt die Achseln, als wäre ihr die Erklärung lästig. »Ich dachte, ich würde es schaffen, wurde aber aufgehalten.« Wieder ein leichtes Heben der Schultern. »Kann passieren.«

Kein Wort von Flint über eine Phosphorbombe oder die Schreie sterbender Männer, kein Wort über eine in einen Karton gestopfte Leiche. Sie verliert auch kein Wort über ihre eigenen Verletzungen oder den Krankenhausaufenthalt (durch den sie »aufgehalten« wurde), und sie liefert keine Erklärung für das blaue Tuch, das sie eng um den Kopf gebunden hat, um ihren kahlen Schädel zu verbergen.

Aber natürlich weiß Dr. Przewalski das alles, denn die Personalabteilung hat sie natürlich informiert. *Sie können mit ihr reden, als säßen Sie im Beichtstuhl*, hat man Flint gesagt. Soll heißen, Dr. Przewalski ist »sicher«, wurde also gründlich durchleuchtet und darf selbst die geheimsten operativen Informationen bekommen.

Aber das ist deren Meinung – und außerdem geht Flint niemals zur Beichte.

Dr. Przewalski vergeudet ein paar Dollar von Flints Geld mit Schweigen, während sie vorgebeugt dasitzt und das Kopftuch anstarrt. Flint weiß, dass Przewalski auch der Name der letzten überlebenden Wildpferdrasse ist, das hat ihr die Therapeutin stolz erzählt, und manchmal – wie jetzt auch – scheint sie ihren Kopf mit ungezähmter Ungeduld zu schütteln.

»Wollen wir anfangen?«, fragt Flint und wartet die Antwort gar nicht erst ab. Sie öffnet ihre Aktentasche, fischt ein kleines ledergebundenes Notizbuch heraus und blättert darin, bis sie findet, was sie sucht. »Hier, darüber haben wir gegen Ende der letzten Sitzung gesprochen.«

Dr. Przewalski hebt den Kopf und schnaubt genau wie ein Pferd. »Wieso müssen wir das nachschlagen? Das hier ist schließlich keine Besprechung. Wieso machen Sie sich jedes Mal Notizen? Hat das was damit zu tun, dass Sie Agentin sind? *Ermitteln* Sie gegen mich?«

Flint unterdrückt ein Schmunzeln. Ruhig antwortet sie: »Ich schreib mir Sachen auf. Das machen Polizisten nun mal.«

»Aber Sie schreiben sich doch nichts auf, wenn Sie mit einer Freundin ins Café gehen und über ihr Leben sprechen, oder? Da machen Sie sich keine Notizen.«

»Nein, Dr. P., aber einer Freundin zahle ich auch keine dreihundert Dollar, nicht wahr? Das ist schließlich was anderes. Wenn ich durch ein Gespräch mit einer Freundin dahin käme, wo ich hin will, dann würde ich nicht zu Ihnen kommen.«

Erneutes Schnauben, und Dr. Przewalski schüttelt den Kopf, als wollte sie sagen: *Nicht schlecht, aber darauf fall ich nicht rein.* »Manche Psychotherapeuten würden versuchen, das zu interpretieren, aber das hab ich nicht vor, ich lass Sie diesmal vom Haken. Aber wissen Sie, was Sie da tun, wenn Sie alles aufschreiben? Sie blockieren jeden möglichen unbewussten Gedanken, weil Sie Angst davor haben. Ich hatte mal eine Patientin, die jedes Wort von mir aufgeschrieben hat, wirklich jedes Wort, ich musste sogar immer wieder warten, damit sie mitkam.«

»Klingt nicht schlecht«, sagt Flint.

Das ist der Mechanismus, so läuft es, so war es schon Dutzende Male zuvor: Dr. Przewalski versucht, in Flints Gedanken einzudringen, die Geheimnisse ihres Über-Ichs zu ergründen. Flint wehrt sich gegen die Vorstöße, findet immer bessere Wege, die Wahrheit zu umgehen, wird ausweichender, gerissener. Sie spürt vielleicht zum ersten Mal in Anwesenheit von Dr. Przewalski, dass sie die Oberhand hat.

»Geht es darum? Machen Sie sich Notizen, um zu blockieren, ja? Um Ihre Gedanken zu blockieren?«

»Nein, Dr. P. Es geht um Respekt. Respekt Ihnen gegenüber, weil das, was Sie sagen, brauchbar ist und wichtig. Respekt mir gegenüber, weil ich diese Sitzungen ernst nehme und mich an alles erinnern können möchte.«

Dr. Przewalski blickt verwirrt. Diesmal scheint es ihr die Sprache verschlagen zu haben.

Kollaps einer wackeren Psychotherapeutin, denkt Flint.

Aber der Wettstreit ist erst vorbei, wenn die Sitzung zu Ende ist, und wie Flint aus einem längeren Artikel in der *New York Times* weiß, hat Marina Przewalski schon mit den besten Gegnern Psychospiele gespielt. Als sie noch in Russland lebte, als sie beim KGB als subversiv denunziert wurde, als sie in der Moskauer Lubjanka achtzehn Tage hintereinander verhört wurde, als sie mit dem Gulag bedroht wurde, als man ihr Arbeit und Wohnung wegnahm, als man ihre Freunde verscheuchte, als sie über ein Jahr lang als Unperson lebte, also als jemand, den es offiziell nicht gab, knickte sie nicht ein, gestand nicht, unterschrieb kein Geständnis, das man für sie aufgesetzt hatte – sie *diskutierte* mit ihnen. Am Ende waren sie sie leid, schoben sie nach Amerika ab, aber ohne ihren zweijährigen Sohn, ihre gebrechliche Mutter, ihre Katze. Erst neun Jahre später durfte der Junge zu ihr nach New York. Da waren ihre Mutter und die Katze längst tot.

Ehe die Personalabteilung Flint eine Kopie des *Times*-Artikels über Marina Przewalski gab, hatte jemand umsichtigerweise den brisantesten Absatz gelb markiert, die Passage, aus der hervorging, dass der Informant, der sie beim KGB denunziert hatte, ihr Mann gewesen war, der Vater ihres Kindes. Vielleicht glaubte man in der Personalabteilung, das würde eine gewisse Empathie zwischen Grace und Marina bewirken, zwei Frauen, die ähnlich verraten worden waren.

Von wegen.

»Als Sie zuletzt hier waren«, greift Dr. Przewalski Flints Eröffnungsworte wieder auf, »habe ich Sie gefragt, ob Sie Ihren Mann wegen des Babys oder trotz des Babys getötet haben.«

»Es war ein Fötus, Dr. P., ein klitzekleiner Fötus. Ich wusste nicht mal mit Sicherheit, ob ich schwanger war. Und« – Flint rutscht in dem Sessel hin und her – »ich habe ihn *nicht* getötet. Ich war bloß dabei, als er starb.«

»Aber hatten Sie davor Angst?«

»Wovor?«

»Dass Sie schwanger waren, dass Sie Bens Baby bekommen würden. Nachdem er Ihnen so unvorstellbar Schreckliches angetan hatte, wuchs sein Samen jetzt in Ihnen.«

»Er hieß nicht Ben, Dr. P. Auch das war eine Lüge. Sein wirklicher Name, wenn Sie's unbedingt wissen wollen, war Errol – Errol Flynn, und das ist kein Witz.«

»Warum beantworten Sie meine Frage nicht?«

»Ich dachte, das hätte ich gerade getan.«

»Ich glaube nicht.«

»Herrgott, Marina!« Flint ist aufgesprungen und geht zu dem verdreckten Fenster. »Es ist verdammt heiß hier drin. Wie krieg ich das auf?«

»Überhaupt nicht, das lässt sich nicht öffnen. Und Sie blockieren noch immer.«

Flint fährt mit hochrotem Kopf herum. »Nein, tu ich nicht, ich verstelle mich nur. Ich tu das, was jeder Tatverdächtige tut, wenn er in die Enge getrieben wird, denn genau so fühl ich mich, Dr. P. – als wäre ich eine Tatverdächtige und das hier ein Verhör. Sie wollen mich dazu bringen, etwas zu sagen, was nicht stimmt, und wenn ich mich weigere, werfen Sie mir vor, ich würde *blockieren*, was immer das ist. Ich hab schlechte Karten, verstehen Sie? Je mehr ich die Schuldgefühle abstreite, die ich Ihrer Meinung nach habe, desto überzeugter sind Sie, dass ich versteckte Gefühle unterdrücke. So was nennt man auch Zwickmühle.« Sie verschränkt die Arme und lehnt sich mit dem Rücken gegen das Fenster. »Eins würde mich interessieren, Dr. P., haben Sie Ihre Technik beim KGB gelernt?«

Dr. Przewalski lächelt, aber in ihren bleigrauen Augen lodert Zorn auf. »Nein«, sagt sie leise. »Beim KGB habe ich andere Techniken gelernt, die in diesem Land illegal sind. Seien Sie froh.«

»Es tut mir leid. Das war unangebracht.«

Dr. Przewalski akzeptiert das mit einem knappen Nicken

und nickt dann erneut, diesmal Richtung Polstersessel. Widerwillig begibt sich Flint erneut in die Patientenposition.

»Ich meine, Sie behaupten immer wieder, ich hätte ihn getötet und –«

»Sie haben gesagt, Sie haben etliche Schüsse auf ihn abgegeben.«

»Genau, Dr. P., ich hab neun Schüsse auf ihn *abgegeben*, weil er versucht hat, mich zu töten – oder zumindest glaubte ich das … in dem Moment.«

Dr. Przewalski schweigt.

»Hören Sie, ich möchte wirklich nicht darüber sprechen. Wozu auch?«

Sie wartet noch immer.

»Er war ein Spitzel, ein Maulwurf, der mich vom ersten Tag an hintergangen hat. Er hat mich unter Vorspiegelung falscher Tatsachen geheiratet, nicht weil er mich geliebt hat oder mit mir schlafen wollte – obwohl er das weiß Gott oft getan hat –, sondern um an die Akten ranzukommen, die ich dummerweise manchmal mit nach Hause genommen habe. Er hat Kopien von diesen Akten gemacht und sie seinen Arbeitgebern zugespielt. Er hat mich verraten und, was noch wichtiger ist, er hat die sensibelste Operation verraten, die die Strike Force je durchgeführt hat, und die unmittelbare Folge davon war, dass eine meiner Agentinnen aus einem Scheißhubschrauber geworfen wurde. Jetzt ist er tot, und ich habe sein Kind … Das war's, Ende, aus. Was gibt es da noch zu sagen?«

»Woher soll ich das wissen?« Dr. P.s Augen blicken arglos.

Herrgott!

Jetzt verlegt Flint sich aufs Schweigen. Sie richtet ihre Aufmerksamkeit auf eine Spinne, die hinter Dr. Przewalskis Kopf die Wand hochkrabbelt.

Nach einer Weile: »Was hatten Sie und Ihr Mann gemeinsam?«

»Wenn man mal all seine Lügen abzieht, absolut nichts.«

»Außer den Lügen natürlich.«

»Wie bitte? Ich versteh nicht.«

»Das Verstellen. Sie beide haben gern vorgegeben, jemand anderer zu sein.«

Flint springt wieder auf. »Ich nicht, Dr. P. Nicht zu Hause ... nicht im Ehebett.«

»Aber wenn Sie arbeiten, dann sind Sie doch manchmal undercover, oder? Und genau das hat doch auch Ihr Mann gemacht, undercover gearbeitet, selbst wenn es im Ehebett war, nicht wahr?«

»Ach, hören Sie doch auf! Das kann man doch nicht vergleichen. Wenn ich eine falsche Identität annehme, dann um gegen Kriminelle zu ermitteln, mich in ihre Organisation einzuschleusen, ihre Pläne zu durchschauen. Um das Gesetz zu schützen. Und ich hintergehe niemals meine Familie oder meine Freunde, niemals. Er hat seine Frau hintergangen, mich, um eine kriminelle Verschwörung zu unterstützen, was unmittelbar zu Mord geführt hat.« Sie bemüht sich, leise zu sprechen, nicht zu schreien. »Finden Sie nicht, das ist ein Unterschied?«

Dr. Przewalski hat das Kinn in beide Hände gestützt. »Stimmt«, sagt sie. »Das kann man wirklich nicht vergleichen.«

Schließlich kapituliert Flint, aber zu ihren eigenen Bedingungen. Sie tigert auf dem fadenscheinigen Teppich auf und ab, weigert sich, im Patientensessel Platz zu nehmen.

»Also schön. Nachdem er meine Operation verraten hatte und nachdem eine meiner Agentinnen ermordet worden war – selbst wenn er nicht wusste, dass es dazu kommen würde –, ist er abgehauen. Er ist vor mir geflohen, klar, aber auch vor den Geheimdienstlern, für die er gearbeitet hat: dem MI6 in London, dem deutschen Bundesnachrichtendienst. Er dachte sich, dass er ihnen vielleicht nicht mehr nützlich sein könnte, dass er entbehrlich geworden war. Umgekehrt wollten die Geheimdienste nicht, dass ich nach ihm suchte, weil sie ihn selbst finden wollten. Deshalb haben sie irgendwelche Beweise getürkt, damit ich glaube, er wäre in Kroatien bei einem Flugzeugabsturz ums Leben gekommen – er und Gröber –, und ich war so blöd, das tatsächlich zu glauben, eine Weile zumindest. Jedenfalls –«

»Warum nennen Sie ihn nicht beim Namen?«

»Ich hab Ihnen doch schon gesagt, Ben war nicht sein richtiger Name, nur einer von vielen.«

»Errol, sagten Sie.«

Flint denkt darüber nach, lehnt den Vorschlag ab. »Sein Deckname beim MI6 war Mandrake.«

»Gut, dann eben Mandrake.«

»Jedenfalls war Mandrake inzwischen auch vor Gröber und dessen Gangstern auf der Flucht, weil er Gröber mit der Drohung erpresst hatte, mir zu erzählen, dass Gröber noch lebte und wo ich ihn finden könnte.«

Dr. Przewalski blickt verwundert. »Ich versteh nicht ganz. Sie sollten doch glauben, auch Mandrake wäre tot, nicht? Dass er und Gröber zusammen tödlich verunglückt wären? Wie hätte er Ihnen mitteilen können, dass Gröber noch lebte, ohne selbst –«

»Richtig. Aber er hatte sich ausgerechnet, er könnte von Gröber Schweigegeld kassieren – was ihm auch gelang – und ihn trotzdem noch an mich verraten – was er auch vorhatte, in einem Brief. Er dachte, wenn er mir Gröber liefert, würde ich ihm vielleicht verzeihen. Oder zumindest wäre Gröber mein Hauptziel, und während ich mich auf Gröber konzentrierte, könnte er endgültig untertauchen.«

»Mandrake?«

»Ja.«

»Und war seine Einschätzung richtig?«

»Nein.«

»Weil Ihr Hass auf Mandrake noch größer war als Ihr Hass auf Gröber? Ist das möglich?«

Flint tigert noch immer auf und ab, durchlebt wieder Augenblicke und Gefühle, die sie lieber verdrängt hätte, die Arme fest um den Oberkörper geschlungen.

»Es ging nicht um Hass, Dr. P. – obwohl ich sie weiß Gott beide verabscheut habe. Aber wenn Sie mich fragen, wer von beiden böser war, mehr Schuld auf sich geladen hatte, dann würde ich eindeutig Gröber sagen. Bei allem, was Mandrake mir angetan hat, wusste ich doch immer, dass er bloß eine Schachfigur war, ein Rädchen im Getriebe, und wenn ich gewusst hätte, wo Gröber war, wäre er ganz sicher mein Hauptziel, meine erste Wahl gewesen ... Aber Mandrake hatte sich schlicht verkalkuliert. Er hat mit dem Brief an mich zu lange gewartet. An dem Tag, als er ihn zur Post brachte, wusste ich bereits, wo er steckte.«

In La Rochelle, an der französischen Atlantikküste, auf einer Hochseejacht, die er mit von Gröber erpresstem Geld gekauft hatte. Aber Gröbers Leute waren der Spur des Geldes gefolgt, und Flint wiederum war ihnen gefolgt, und bevor sie Mandrake töten konnte – was ihre feste Absicht war – hatte eine Elitetruppe der französischen Polizei eingegriffen.

»Mit Gewalt?«, fragt Dr. Przewalski, die offenbar nicht vor einem gewissen Hang zur Sensationslust gefeit ist.

»Mit brutaler Gewalt«, antwortet Flint ausdruckslos, doch mehr ist ihr nicht zu entlocken. »Mandrake floh mit seinem Boot in den Golf von Biscaya, Richtung Spanien – und wer weiß, wohin er anschließend wollte –, aber er hatte einen blinden Passagier an Bord. Mich.«

Das Boot war etwa eine Stunde im Golf unterwegs gewesen, als sie mit einer Beretta in der Hand aus ihrem Versteck kam und die Hauptkajüte betrat.

»Hallo, Mandrake«, sagte sie.

Draußen ist es dämmrig geworden, und nur das gelbliche Licht, das von den Straßenlampen und Autoscheinwerfern auf dem Upper Broadway durch die schmutzigen Fensterscheiben dringt, erhellt Dr. Przewalskis Praxis. Die Therapeutin sitzt im Schatten, fast unsichtbar für Flint, und nur noch die kleinen Lichtpunkte in ihren Augen sind zu sehen.

Flint, die wieder in dem Patientensessel Platz genommen hat, sagt: »Er hat mir seine wahre Geschichte erzählt, angefangen mit seinem richtigen Namen, Geburtsdatum und –ort, wo er aufgewachsen ist und so weiter.«

Dr. Przewalski lächelt. »So einfach. Sie haben Mandrake gefunden, und er hat Ihnen die Wahrheit erzählt.«

»Mehr oder weniger.«

»Warum. Meinen Sie, er hatte Angst vor Ihnen?«

Flint zuckt die Achseln. »Kann sein«, sagte sie, als wüsste sie es nicht.

Hör zu. Du glaubst, du kennst mich, aber du kennst mich nicht, nicht richtig, nicht mehr. Und deshalb hast du auch keine Ahnung, wozu ich fähig bin, was ich mit dir machen werde, wenn du mich dazu bringst. Ich frage dich also noch einmal und zum letzten Mal …

»Und was, glauben Sie, hätten Sie mit ihm gemacht?«

Keine Antwort.

»Hätten Sie ihn getötet?«

»Ja.«

Die nächste Frage lautet *wie*, aber Flint schüttelt den Kopf, will nicht daran denken. Stattdessen kommt sie hastig zum Kern der Mandrake-Geschichte.

»Er war Drogenhändler, versorgte eine Gruppe von reichen jungen Arabern, die in einer Wohnung in London wohnten, mit Kokain und Heroin – ein paar saudische Prinzen, einen ägyptischen Bankierssohn und so weiter. Eines Abends fand in der Wohnung eine Party statt, und eine junge Frau starb mit einer Spritze im Arm, wahrscheinlich einer Überdosis oder Herzversagen. Jedenfalls erklärte Mandrake sich bereit, die Leiche wegzuschaffen, sie in die Themse zu werfen, aber er wurde von der Polizei überrascht, als er die Tote gerade aus seinem Wagen zog. Während er in U-Haft saß, kam ein Mann, den er noch nie gesehen hatte – ein Geheimdienstler, wie sich herausstellte – in den Vernehmungsraum und erklärte Mandrake, das Heroin, das die Frau sich gespritzt hatte, sei mit einem tödlichen Toxin vermischt gewesen. Er zeigte ihm Überwachungsfotos, auf denen zu sehen war, wie Mandrake den Stoff kaufte, und sagte ihm, er müsse sich auf eine Mordanklage gefasst machen. Ach übrigens, die Tote war die Tochter eines Ministers in der britischen Regierung, daher hätte ihm vermutlich die Höchststrafe geblüht. Der Geheimdienstler stellte Mandrake vor die Wahl: ›Entweder Sie arbeiten für mich, oder Sie werden im Knast alt und grau.‹ Und da Mandrake nun mal ein elender Schleimer war, konnte er gar nicht schnell genug unterschreiben. So wurde aus ihm ein topgeheimer Undercover-Agent des MI6. Und gleich nach seiner Ausbildung wurde er auf eine Zielperson angesetzt … auf mich.«

»Und Sie haben Mandrake die Geschichte abgekauft?«

»Überwiegend. Das meiste passte zu dem, was ich über Nigel Ridouts Arbeitsweise wusste.«

»Ridout?«

»MI6. Der Mann im Vernehmungsraum – Mandrakes Anwerber, sein Führungsoffizier, sein Zuhälter.«

»Ach ja, der Geheimdienstler«, sagte Dr. Przewalski. »Sie hassen diesen Ridout, glaube ich.«

»Ja«, bestätigt Flint prompt.

»Aber Sie sagen, Gröber hassen Sie nicht, Sie verabscheuen ihn nur. Denken Sie, diese Unterscheidung ist –«

»Ich verabscheue Gröber, weil er der ist, der er ist, und die Dinge tut, die er tut, aber er ist zweifelsohne der Feind. Ridout dagegen ist angeblich ein Verbündeter. Wir müssten verdammt nochmal auf derselben Seite stehen!« Flints Temperatur steigt wieder an. »Und ich weiß, was Sie denken, Dr. P., und Sie liegen falsch. Wenn ich vorgebe, etwas anderes oder jemand anderer zu sein, wenn ich andere täusche, dann tu ich das aus Gründen der Strafverfolgung und bin dabei sowohl der Strike Force als auch den Gerichten gegenüber rechenschaftspflichtig. Ridout betrügt und bewegt sich in Grauzonen aus Gründen, die nichts mit Strafverfolgung zu tun haben – manchmal sogar die Strafverfolgung behindern –, und er wird nie zur Rechenschaft gezogen.«

»Dann haben Sie Mandrake erschossen, weil Sie Ridout hassen?«

»*Nein!* Ich habe *auf* Mandrake geschossen, weil wir eine Absprache hatten und er sie gebrochen hat. Er hatte versprochen, mir zu helfen, Gröber zu schnappen, tot oder lebendig, selbst wenn Mandrake dafür als Lebendköder hätte herhalten müssen. Er hatte auch versprochen, mir zu helfen, Ridout zur Rechenschaft zu ziehen, was immer dazu auch erforderlich gewesen wäre. Ich sagte, er solle uns zurück nach La Rochelle bringen, und dann hat er mich ausgetrickst: Er hat das Boot so schnell rumgeschwenkt, dass ich vom Baum des Großsegels am Kopf getroffen wurde. Ich bin in die Kajüte gefallen, und dann sah ich ihn auf mich zukommen. Ich hab auf ihn geschossen, bis das Magazin leer war, aber ich war benommen, hab blind drauflos geschossen. Dann hab ich mir die Leuchtpistole geschnappt, um ihm damit ein Loch in die Brust zu schießen – aber da war er nicht mehr da. Ich dachte, ich hätte ihn nicht getroffen, weil kein Blut auf Deck zu sehen war, deshalb hab ich angenommen, dass er über Bord gefallen oder gesprungen war. Ich musste das Boot unter Kontrolle bringen – die Segel einholen, den Motor anlassen –, und ich versteh nichts davon, deshalb hat das eine Weile gedauert. Erst dann konnte ich nach ihm Ausschau halten, und da hab ich ihn im Wasser gesehen, rund sechzig Meter entfernt, und hab auf ihn zugehalten, es zumindest versucht.

Sie sieht ihn in einem Wellental auf und ab hüpfen wie ein Korken, einen Arm erhoben, winkend.

»Er hat also versucht, Sie zu töten, und Sie haben versucht, ihn zu töten, und dann wollten Sie ihn retten, damit er es erneut versuchen kann. Hab ich das richtig verstanden?«

»Im Wasser war er keine Bedrohung für mich. Ich wollte ihm eine Schwimmweste zuwerfen und ein Seil, aber ich wollte ihn nicht wieder an Bord holen, nicht vor Eintreffen der französischen Polizei.«

»Aber Sie haben es nicht getan?«

»Was nicht getan?«

»Ihm eine Schwimmweste zugeworfen.«

»Weil er verschwunden ist. Er war ziemlich nah am Boot, und ich bin schnell zum Spind, um eine Schwimmweste zu holen, genauer gesagt, einen ganzen Armvoll Schwimmwesten. Aber als ich mich wieder umgedreht hab, war er weg, verschwunden, nicht mehr zu sehen.«

»Und die ganze Zeit über – als Sie ihn verhört haben, als er versuchte, Sie zu töten, als Sie versuchten, ihn zu töten, als Sie versuchten, ihn zu retten – haben Sie nie daran gedacht, was da in ihnen wuchs?«

Dr. Przewalskis Frage kommt völlig überraschend, und Flint braucht einen Moment, um sie zu verarbeiten.

»Sie meinen das Baby? Nein, nicht in dem Moment.«

»Wann dann? Wann haben Sie daran gedacht?«

»Später. Nachdem er ertrunken war. Nachdem ich die Notsignale abgefeuert hatte. Während ich auf das Polizeiboot wartete.«

»Was haben Sie gedacht?«

»Dass ich schwanger war. Ich meine, auf einmal wusste ich es, obwohl ich es seit dem ersten Ausbleiben meiner Periode verdrängt hatte. Ich *wusste* es.« Flint sucht kurz nach einer ausführlicheren Erklärung, findet keine. »Ich wusste es einfach«, fügt sie hilflos hinzu.

»Und was haben Sie empfunden?«

»Ich weiß nicht. Panik, vielleicht. Zorn, ganz sicher.«

»Haben Sie gedacht, ich muss das Kind dieses Ungeheuers loswerden?«

»Nein. Na ja, später hab ich an Abtreibung gedacht, aber meine erste Reaktion war: Okay, das setzt mir eine Frist von sieben Monaten. Ich meine, mein erster Gedanke war, dass ich nur noch sieben Monate hatte, höchstens, um Karl Gröber zu finden.«

»Und was dann?«

»Ihn für seine Taten bezahlen lassen.«

»Aber Sie haben ihn nicht gefunden.«

»Nein. Die Zeit reichte nicht.«

»Wenn Sie abgetrieben hätten, wäre das kein Problem gewesen, oder?«

»Ich konnte es nicht.«

»Aber Sie haben dran gedacht.«

»Ein paar Tage lang, vielleicht eine Woche. Ich wollte, aber ...« Wieder fehlen Flint die Worte.

»Sie wollten das Kind nicht, nicht sein Kind?«

»Nein und ja. Ich wollte kein Kind von ihm, also musste ich beide innerlich trennen, das Kind nur zu meinem Kind machen, zu einem Kind, das nichts mit ihm zu tun hat.«

»Und können Sie sie innerlich trennen?«

»Meistens.«

»Meistens? Was heißt meistens?«

»Manchmal meine ich, bei Jack Ähnlichkeiten mit Mandrake festzustellen, äußerliche oder Eigenarten. Ich weiß, das ist reine Einbildung, weil Jack, als ich ihn das letzte Mal gesehen hab, aussah wie ... na ja, ein Baby, aber –«

»Wann haben Sie ihn zuletzt gesehen?«

»Vor fünf Monaten, fünfeinhalb, aber mein Vater schickt mir Fotos, Videos –«

»Fünf Monate?«

»Ich konnte noch nicht wieder nach England. Wegen Gröber.«

»Wie viel macht das? Die Hälfte seines Lebens? Sie haben Ihren Sohn seit –«

»Und wie lange hatten Sie Ihren Sohn nicht gesehen? Neun Jahre, hab ich recht, Dr. P.?«

»Ich hatte keine andere Wahl.«

»Ich auch nicht.«

»Blödsinn! Das ist vollkommener Blödsinn! Sie könnten morgen Ihren verrückten Job an den Nagel hängen und –«

»Nein, kann ich nicht.«

»Warum nicht?«

»Wegen Gröber.«

»Halten Sie sich für den einzigen Menschen auf der Welt, der diesen Gröber schnappen kann? Halten Sie sich wirklich für etwas so Besonderes?«

»Es ist eher Schicksal. Ich weiß genauso sicher, dass ich ihn finden werde, wie ich wusste, dass ich schwanger war.«

»Und wann wollen Sie endlich die Mutter Ihres Sohnes werden?«

»Nach Gröber.«

»Und dann fahren Sie zu Ihrem Sohn nach Hause? Glauben Sie das ernsthaft?«

»Natürlich«, lügt Flint.

Flint verstellt sich noch immer. Jetzt verheimlicht sie, warum sie auf unabsehbare Zeit keine Therapiesitzung mehr haben wird.

Der wahre Grund, der unausgesprochene Grund ist, dass sie wieder undercover arbeiten und ihre wahre Identität abstreifen wird wie eine Schlange ihre Haut. Sie wird mit niemandem, den sie kennt, Kontakt haben. Mit niemandem in der Strike Force, nicht mal mit Aldus Cutter – außer es gibt echte Fortschritte oder eine ernste Gefahr zu melden. Nicht mit ihrem Vater oder Jacks Kindermädchen. Ganz sicher wird sie keinen

Kontakt mit Dr. Przewalski haben. So lange wie nötig wird Grace Flint verschwinden, praktisch aufhören zu existieren.

»Ich werde eine Weile fort sein«, sagt sie jetzt. »Ein paar Wochen, vielleicht auch Monate.«

»Fort? Wohin denn?«

»Das kann ich Ihnen nicht sagen.«

Dr. Przewalski schnaubt.

»Ich kann es Ihnen nicht sagen, weil ich es nicht weiß. Ich verfolge eine Spur, und ich weiß nicht, wohin sie mich führt.«

»Eine Spur? Das hat doch wieder mit Ihrer Gröber-Obsession zu tun, nicht wahr?«

»Ich verfolge eine Spur zu Gröber, ja.«

»Und Ihre Arbeitgeber sind einverstanden?«

»Falls Sie Ihre Freunde in der Personalabteilung meinen, würde ich nicht direkt sagen, dass sie einverstanden sind. Aber Director Cutter hat meine Operation abgesegnet, und nur das zählt. Die Sache ist ganz offiziell, Dr. P., das hab ich sogar schriftlich: Ich darf auf Ihre wöchentlichen Dienste verzichten, bis ich wieder in New York bin.«

»Das will ich sehen«, sagt Dr. Przewalski, beugt sich aus dem Schatten nach vorn und streckt eine Hand aus.

Flint greift in ihre Aktentasche und zieht die von Cutter unterschriebene Genehmigung heraus. Sie reicht sie der Therapeutin, die das Schreiben übertrieben gründlich studiert.

»Möchten Sie, dass ich Licht mache?«, fragt Flint.

»Ich möchte, dass Sie mir noch einige letzte Fragen beantworten, ehe Sie gehen.«

»Gern«, sagte Flint nonchalant. »Schießen Sie los.«

»Wurde Mandrakes Leiche gefunden?«

»Nein.«

»Dann gibt es ohne Leiche also keinen Beweis dafür, dass er wirklich ertrunken ist?«

»Keinen Beweis, dass ich ihn getötet habe – erschossen oder was auch immer? Meinen Sie das?«

»Nein, nein. Ich meine, es gibt keinen Beweis dafür, dass er tot ist. Vielleicht hat er Sie getäuscht, vielleicht hat er überlebt, gewartet, bis Sie weg waren. Vielleicht ist er an Land geschwommen, wurde von einem anderen Boot aufgelesen. Das wäre möglich, oder? Haben Sie je daran gedacht, dass er noch leben könnte?«

»Die Chancen stehen eins zu einer Milliarde – aber, ja, der Gedanke ist mir gekommen. Meistens im Traum.«

»Und versucht er in Ihren Träumen je, sein Kind zu holen?«

Selbst in dem spärlichen Licht bemerkt Dr. Przewalski, dass Flints Gesicht kreidebleich geworden ist.

»Manchmal.«

»Und was tun Sie dann?«

»Ich töte ihn.« Flint beugt sich im Sessel vor, streckt einen Arm aus und zielt mit einer imaginären Pistole auf einen Punkt in der Mitte zwischen Dr. Przewalskis glänzenden Augen. »Ich schieße ihm eine Kugel in den Kopf.« Ihre Hand springt hoch, wie durch einen Rückschlag.

»Immer? Erschießen Sie ihn im Traum immer?«

»Nein, nicht im Traum. Wenn ich mir vorstelle, ihn zu erschießen, ihn zu töten, wenn ich sehe, wie sein Kopf nach hinten schnellt und sein Genick bricht, bin ich immer wach, Dr. P. Glauben Sie mir, dann bin ich hellwach.«

8

Im Schlafzimmer ihrer kleinen Wohnung auf der 11th Street West legt Grace Flint ihre Identität ab. Sie hat das schon oft getan, aber noch nie so gründlich: Sie löst die Etiketten aus Kleidungsstücken, die nicht zu der Legende passen, die Aldus Cutter für sie geschaffen hat. Sie sortiert Toilettenartikel aus, die nicht überall in den USA angeboten werden. Sie entfernt jedes Element ihrer wahren Identität aus Portemonnaie und Aktentasche. Die Frau, die am nächsten Tag von hier aufbrechen wird – die in den frühen Morgenstunden aus dem Haus schleichen wird, wenn das Risiko, irgendwelchen Nachbarn zu begegnen, verschwindend gering ist –, wird neu geboren sein, komplett erfunden, genauso eine Lüge wie ein gefälschter Geldschein.

Im Hintergrund läuft der Fernseher – Nachrichten, irgendwas über den Irak –, aber der Ton ist leise gestellt. Stattdessen hört sie die neueste CD von Annie Lennox, die wie immer die treffenden Worte findet.

Sämtliche Postsendungen ihres Vaters liegen auf dem Bett, bei den Sachen, die weggeschafft werden müssen – die Sachen, die die Reinigungsleute von der Strike Force morgen früh, wenn sie fort ist, mitnehmen werden, zusammen mit jedem anderen Hinweis darauf, dass Grace Flint je in dieser Wohnung gelebt hat. Die letzten fünf Umschläge sind noch verschlossen, weil sie es nicht mehr erträgt, sich die Bilder anzusehen, die sie enthalten.

Und können Sie sie innerlich trennen?, hatte Dr. Przewalski gefragt, und damit ihr Kind und den Vater ihres Kindes gemeint.

Meistens, hatte Flint gelogen, eine Lüge, die hauptsächlich dem Selbstschutz diente.

Gott, es ist heiß hier drin – noch heißer als in Dr. P.s Praxis, aber zumindest lassen sich die Fenster öffnen. Flint will eines aufmachen und entdeckt ihr Glas auf der Fensterbank. Der Wein ist warm geworden, und sie geht in die Küche, um kühlen nachzuschenken. An der Kühlschranktür ist mit einem Magneten ein Bild von Annie Lennox befestigt, ein Werbefoto für die CD *Bare*, auf dem sie anscheinend nackt hinter einer großen Gitarre zu sehen ist und eine auffällige schwarze Perücke trägt, mit der sie ein bisschen wie eine jüngere Version von Dr. Przewalski aussieht. Auch Flint hat eine schwarze Perücke, wenn auch nicht so wild wie die von Annie, und sie wird Teil ihrer neuen Identität sein. In ihrer Wohnung trägt sie das Kopftuch nicht. Sie hat im Badezimmerspiegel gesehen, dass die Brandblasen von Kissimmee allmählich abheilen.

Flint füllt ihr Weinglas und geht ins Schlafzimmer zurück, wo sie am offenen Fenster den Luftzug spürt und auf das Verkehrsrauschen von der Fifth Avenue lauscht. Sie steht mit dem Rücken zum Bett, aber in der Fensterscheibe spiegelt sich der Berg mit den auszumistenden Sachen, die ungeöffneten Briefumschläge von ihrem Vater. Sie nagen an ihr wie ein schlechtes Gewissen, und schließlich muss sie irgendwas tun. Sie will schon zurück in die Küche, um einen Müllsack zu holen, die Umschläge hineinzuwerfen und schnurstracks zum Müllschlucker auf dem Flur zu marschieren, um sich von den Dingen zu befreien, deren Anblick sie nicht ertragen kann – sie auszutilgen.

Doch dann schaltet sich Annie ein, mit *The Saddest Song I've Got*, das Stück, das jetzt auf dem CD-Player läuft.

Annies Stimme, quälend wie reiner Schmerz, durchdringend wie ein Messer, fragt: »Don't it hurt a lot?«, und Flint bewegt sich auf die Briefumschläge zu, wird förmlich von ihnen angezogen, als hätte sie keinen eigenen Willen. Jetzt nimmt sie einen Umschlag nach dem anderen, reißt sie auf, schüttet den Inhalt aufs Bett: Briefe von ihrem Vater, auf die sie nicht mal einen Blick wirft, fünf Videokassetten, jede datiert. Annie erinnert sich an Vergessenes – und Flint kann kaum atmen, kaum sehen, was ihre Hände tun, weil ihre Augen so nass sind.

Wahllos greift sie sich eine der Kassetten, ohne auf das Datum zu achten. Sie schiebt sie in den Videorecorder, spürt Widerstand, weil sie versucht, sie falschherum einzulegen. Sie dreht die Kassette um, zweiter Versuch, und das Gerät schluckt sie mit einem mechanischen Seufzen. Annie singt weiter mit ihrer Engelsstimme, während Flint den Startknopf am Videorecorder drückt.

Der Fernseher flimmert kurz, das beruhigende Gesicht des Nachrichtenmoderators verschwindet und wird von einem Gesicht ersetzt, das grotesk verzerrt aussieht, weil es zu dicht vor der Kamera ist. Dann geht die Kamera zurück, das Gesicht wird erkennbar, und es ist ihr Vater, der auf seine Art ebenso beruhigend wirkt.

»Und jetzt«, sagt er übertrieben theatralisch, »präsentieren wir Ihnen … präsentieren wir Ihnen mit großem Stolz … das Ereignis, auf das die Welt gewartet hat: Die … JACK … FLINT … SHOW!«

Sein grinsendes Gesicht duckt sich aus dem Bild heraus, und jetzt erkennt Flint die anscheinend leere Terrasse vor der Küche auf der Glebe Farm. Doch dann schwenkt die Kamera provozierend langsam nach rechts, bis sie ihren Sohn zeigt, und Flint ist einen Moment lang völlig fassungslos, denn er ist nicht mehr das Baby, als das sie ihn in Erinnerung hat. Jack Flint trägt eine leuchtend gelbe Latzhose und eine passende Mütze, und er steht ohne fremde Hilfe, hält sich nur mit einer Hand an einem Stuhl fest. In der anderen hält er einen roten Gummiball.

»Gib mir den Ball, bitte, bitte, gib mir den Ball«, sagt eine Frauenstimme – das Kindermädchen Sally, vermutet Flint –, und Jack kräht vergnügt und wirft den Ball in die Richtung, wo sie wahrscheinlich steht, und man hört John Flint vor Freude laut lachen.

Der Junge strahlt. »Ma-ma«, sagte er und blickt direkt in die Kamera.

Am Morgen, wenn die Reinigungsleute mit einem Nachschlüssel in Flints Wohnung kommen, werden sie feststellen – und das auch Director Cutter berichten –, dass alles in Ordnung ist, alles, wie es sein sollte. Flint hat eine Liste mit all den Dingen gemacht, die sie identifizieren könnten, und alles, was auf der Liste steht, wird ordentlich auf dem Bett liegen.

Sie werden anerkennend hinzufügen, dass sie selbst solche Dinge zurückgelassen hat, von denen so mancher Undercover-Agent sich nur schweren Herzens trennt: Ihr Tagebuch, in dem ihre intimsten Gedanken stehen, ihr privates Adressbuch, ihre Fotos, ihre Korrespondenz.

»Alles?«, wird Cutter fragen.

»Soweit wir das beurteilen können, ja, Sir.«

»Briefe von ihrem Vater?«

»Ja, Sir, Briefe und kurze Mitteilungen. Insgesamt siebzehn.«

»Fotos von ihrem Kind?«

»Über hundert.«

»Videos?«

»Wie?«

»Videoaufnahmen von ihrem Kind. Sie hat der Therapeutin erzählt, ihr Vater hat ihr Videobänder geschickt.«

Auf der anderen Seite wird kurzes Schweigen entstehen, dann: »Videobänder waren nicht dabei, Mr. Cutter.«

FRIENDSHIP HEIGHTS
MARYLAND

9

Aldus Cutter hält Grace Flint für schlauer als einen Fuchs. Wenn sie undercover ist, weiß sie instinktiv, wie sie ihre Spur am besten verwischt, wann sie umkehren oder untertauchen muss, wann sie sich Zeit lassen kann, wann sie um ihr Leben laufen und vollständig verschwinden muss. Wenn sie dagegen die Jägerin ist, sagt Cutter, kann Flint die feinste Witterung aufnehmen und verfolgen, ausdauernd wie ein Foxhound. In der Strike Force erzählt man sich ehrfürchtig, dass sie einmal ganz allein über hundert Stunden lang ohne Unterbrechung eine wichtige Zielperson verfolgte.

Aber schon nach gerade mal vier Wochen ihres neuen fiktiven Lebens scheint Grace Flints legendäres Durchhaltevermögen völlig erschöpft. Wenn morgens um fünf ihr Wecker geht – wie jeden Morgen von Montag bis Samstag – findet sie kaum die Kraft, aus dem Bett zu kriechen und zur Kommode zu taumeln, um dem immer lauter werdenden Getöse der Uhr ein Ende zu bereiten. Weder die heiße Dusche noch die morgendlichen drei Tassen Kaffee können sie richtig beleben. Sie fühlt sich müde bis in die Knochen, als hätte ihr Körper ein Kalziumleck.

Trotzdem verlässt sie ihre Wohnung im achten Stock des Hauses 4550 Park Avenue North pünktlich kurz vor sechs, fährt mit dem Lift hinunter auf die zweite Ebene der Tiefgarage, wo ihr Ford Mustang steht. Ein gewohnheitsmäßiger Blick in den Rückspiegel, um das Make-up zu überprüfen, das sie sonst nicht trägt, ein zweiter Blick, um sich zu vergewissern, dass die Perücke richtig sitzt, und dann lässt sie den Motor des kleinen roten Sportwagens an und scheint ein wenig von seiner Energie zu tanken.

»Guten Morgen, Kathy McCarry«, sagt sie munter zu sich selbst, »wie geht's uns denn an diesem schönen Morgen?«

Noch immer beschissen, lautet die richtige Antwort, aber jetzt hat sie den Tag etwas besser im Griff. Sie schlüpft in ihre Rolle, ihre Nebennieren produzieren Adrenalin, und schon bald wird sie da sein, wo sie sein muss, wo sie hingehört: an vorderster Front.

Das triste dreistöckige Gebäude am Rockville Pike in North Bethesda, in dem die Firma Gup Securities ihre Büros hat, stammt aus der Zeit, als Architekten noch nicht ihre Liebe zu ausgedehnten Glasfronten entdeckt hatten. Die monotonen Reihen kleiner, einförmiger Fenster und die wuchtige Eingangstür aus Holz, durch die man nur mit einer Magnetkarte kommt, verleihen ihm ein festungsähnliches Aussehen, als lägen hinter den Betonmauern wohlgehütete Geheimnisse. Wenn man den Analysten der Financial Strike Force glauben darf, den Terriern, trügt dieser Eindruck nicht, denn nach Durchsicht von zigtausend finanziellen Transaktionen, die von Banken und anderen Institutionen als »verdächtig« eingestuft und pflichtgemäß den Behörden gemeldet wurden, sind sie zu dem Schluss gelangt, dass sich unter den Kunden von Gup Securities auch ein gewisser Alexander Çarçani befindet und dass Çarçani über Gup Securities Millionen illegal erwirtschafteter Dollar in völlig legale Unternehmen investiert hat. Selbstverständlich macht Çarçani offiziell keinerlei Geschäfte mit Gup Securities, nicht unter seinem eigenen Namen. Die investierten Gelder werden durch ein kompliziertes Netz von Banken und Scheinfirmen und Anwaltskanzleien mit Offshore-Niederlassungen in der Karibik geschleust. Trotzdem haben die Computerprogramme der Terrier erkennbare Muster und verräterische »Signaturen« und Spuren herausgefiltert, die zu Çarçani führen und speziell auf die typischen Methoden seines Chefgeldwäschers, Karl Gröber, hindeuten.

Und deshalb arbeitet Grace Flint jetzt undercover bei Gup Securities als Steuerexpertin – genauer gesagt, als Expertin für Steuervermeidung.

»Das könnte unsere letzte Chance sein, Gröber und Çarçani zu kriegen«, hatte Cutter gesagt, als er Flints Einsatz absegnete und den dafür erforderlichen Aufwand genehmigte. »Ich schätze, nach drei Anläufen ist der Zug abgefahren.«

Der erste Anlauf war Flints Plan, einen Krieg zwischen Gröber und Çarçani anzuzetteln, ein Unterfangen, das aus ihr bis heute unerklärlichen Gründen kläglich gescheitert ist. Warum hatte Çarçani den Köder nicht geschluckt? »Vielleicht lässt er sich nur Zeit?«, hatte Flint hoffnungsvoll gemutmaßt, obwohl sie selbst nicht recht daran geglaubt hatte. Der zweite Anlauf hatte zum Mord an Vincent Regal in Kissimmee geführt. Trug sie auch für diesen Fehlschlag die Verantwortung? Wenn es im Fall Gröber um Schuldzuweisungen ging, hatte Cutter sich bewusst immer ganz allgemein ausgedrückt: Es war *unsere* Schuld, *wir* waren verantwortlich, niemals *Sie*. Aber nicht *wir* hatten Regal unter Druck gesetzt und gedroht, ihn im Stich zu lassen, falls er Gröber nicht ans Messer lieferte. Nicht *wir* hatten Regal auf die Suche nach einem Psychopathen geschickt. Manchmal erscheint ihr im Traum der Geist von Regals Leiche, wie sie aussah, nachdem sie aus dem Fernsehkarton geholt worden war, verfolgt Flint und erinnert sie daran, was sie getan hat.

Aber sie darf nicht zulassen, dass der Schatten dieser Fehlschläge sie einschüchtert und davon abhält, das zu tun, was sie tun muss. Sie vergräbt die Erinnerungen tief in ihrem Unbewussten, betritt das Gup-Gebäude und stellt sich der Herausforderung.

»Das ist gut«, sagt Joseph Gup, der Seniorpartner von Gup Securities. »Nein, das ist nicht nur gut, das ist brillant.«

»Falls es funktioniert«, sagt Nathan Gup, sein jüngerer Bruder.

»Oh, das funktioniert schon, Nat, keine Sorge. Die Frage ist nur, wie lange. Was meinen Sie, Kathy?«

Kathy McCarry lässt sich Zeit mit der Antwort. Die Gup-Brüder zahlen ihr nicht zweihundertachtzigtausend Dollar im Jahr plus großzügige Zulagen plus einen Bonus in Höhe von zwei Prozent des Unternehmensgewinns, weil sie glattzüngige Ratschläge von ihr erwarten. Wenn man ihrem Lebenslauf glaubt und den exzellenten Zeugnissen, die Aldus Cutter ihr besorgt hat, dann war sie zuvor eine hochrangige Mitarbeiterin bei der Steuerfahndung, bis sie die Seiten gewechselt hat.

»Der Fiskus dürfte kurzfristig kein Problem sein«, beginnt sie vorsichtig. »Auf lange Sicht sehe ich Probleme. Er könnte zum Beispiel meine Auslegung des Steuerrechts anfechten oder die angesetzte Steuerbefreiung, und das könnte einen Rechtsstreit zur Folge haben. Aber es wird ja noch eine Weile dauern, bis die Ferienanlage tatsächlich Gewinn erwirtschaftet, und dann hat sich Ihr Kunde wohl schon wieder aus dem Geschäft zurückgezogen.«

»Längst«, bestätigt Joseph Gup.

»Okay, deshalb ist die Frage weniger, was wir tun, sondern für wen wir es tun. Wegen des eigentlichen Kunden bin ich weniger besorgt, denn den haben Sie ja unsichtbar gemacht. Sorgen bereiten mir dagegen die anderen Partner und die sichtbaren Akteure, weil wir nicht genug über sie wissen, und das stellt seit dem elften September ein echtes Risiko dar.«

»Inwiefern?«

»Wegen möglicher Verbindungen zu Terroristen.«

»Ach, jetzt hören Sie aber auf, Kathy!« Bis zu diesem Moment hat Joseph Gup seine geschätzte neue Mitarbeiterin Kathy McCarry stets überaus höflich behandelt, jetzt jedoch ist er offensichtlich beleidigt. »Wir haben nichts mit Terroristen am Hut. Die sichtbaren Akteure sind Anwälte, Steuerberater, Banker – alles überaus respektable Leute.«

»Nein, sind sie nicht«, entgegnet McCarry sachlich. »Sie sind entweder durch grobe Nachlässigkeit oder durch Komplizenschaft an einem Geldwäschesystem beteiligt, um Gelder mit ungeklärter Herkunft legal zu machen, genau wie wir, Gentlemen« – sie blickt die beiden Gup-Brüder niedergeschlagen an, »und machen wir uns nichts vor, diese Leute wissen ebenso wenig wie wir, was genau wir da eigentlich tun.«

Nat Gup ist fünf Jahre jünger als sein Bruder und ordnet sich ihm bei allen Besprechungen unter, die Flint bislang erlebt hat. Trotzdem ist er es, der sie beunruhigt. In den vergangenen vier Wochen hat sie ihn, als sie von ihrem Schreibtisch aufblickte, zweimal dabei ertappt, wie er in der offenen Tür zu ihrem Büro stand. Beim ersten Mal hatte sie ihn erstaunt angelächelt, und er war weggegangen. Beim zweiten Mal, als sie Überstunden machte und glaubte, sie wäre allein im Haus, hatte sie ihn angesprochen – »Kann ich Ihnen irgendwie helfen?« –, und er war erneut wortlos gegangen. Und dann war sie eines Abends gegen neun aus ihrer Wohnung gekommen, um bei Clydes einen Drink zu nehmen und was zu essen, weil sie zu müde zum Schlafen, zu müde zum Kochen war. Dank ihres berufsbedingten instinktiven Misstrauens hatte sie sogleich einen Wagen registriert, der im absoluten Halteverbot auf der Park Avenue North stand, eine dunkle Silhouette hinter dem Lenkrad, und als sie stehen blieb, um genauer hinzusehen, war der Wagen losgefahren. Sie hatte sich Fabrikat und Farbe des Autos gemerkt und die ersten drei Ziffern des Kennzeichens in die Handfläche geschrieben. Als sie am nächsten Morgen im Gup-Gebäude am Rockville Pike zur Arbeit kam, hatte sie den Parkplatz abgesucht, bis sie einen metallic-grauen Cadillac Seville mit denselben drei Anfangsziffern auf dem Stellplatz entdeckte, dessen Reservierungsschild mit »N. Gup« beschriftet war. Sie hatte ganz normal angefangen zu arbeiten, war nach etwa einer Stunde über den Gang zu Nats Büro geschlendert und hatte ihn ganz beiläufig gefragt: »Mr. Gup, haben Sie mich letzte Nacht beobachtet? Vor meinem Haus, in Ihrem Wagen?«

Er hatte sich taub gestellt und die Nase weiter tief in die Akte gesteckt, die er gerade las, bis sie nachhakte: »Mr. Gup?«

Erst dann hatte er sich zurückgelehnt, die Hände hinter dem Kopf verschränkt und sie bedächtig von oben bis unten gemustert. »Wieso sollte ich so etwas tun?«, hatte er schließlich gefragt.

»Genau darauf will ich hinaus.«

»Und worauf wollen Sie hinaus?«, fragt Nat Gup jetzt.

Sie sitzen zu dritt an einem ovalen Konferenztisch im Vorraum von Joseph Gups Büro, der weder Fenster noch Außenwände hat und in unregelmäßigen, kurzen Abständen auf elektronische Abhörvorrichtungen untersucht wird. Die Beleuchtung ist gedämpft, nur ein paar in die Decke eingelassene Halogenspots beleuchten das Material, das Kathy McCarry mit in die Besprechung gebracht hat: drei Ausfertigungen eines dicken Berichts, in dem ein Monat intensive Arbeit steckt. Er trägt den Titel: »San-Ambrogio-Projekt: Prognose & Analyse«. McCarry sitzt zwischen den Gup-Brüdern und muss sich entscheiden, wen sie ansieht, und obwohl Nat ihr die Frage gestellt hat, wendet sie sich jetzt Joseph zu.

»Es ist mit an Sicherheit grenzender Wahrscheinlichkeit davon auszugehen, dass die sichtbaren Akteure auch für andere Parteien in ähnlicher Funktion agieren oder agiert haben. Anders ausgedrückt, sie fungieren oder haben bis vor Kurzem als Strohmänner für Scheinfirmen fungiert, die den Zweck haben, Gelder zu verstecken oder zu waschen oder zu bewegen. Die Frage ist, bestehen oder bestanden bei manchen dieser Firmen irgendwelche Kontakte zu Personen oder Gruppen oder Staaten, denen Verbindungen zu Terrornetzwerken unterstellt werden. Wenn ja, und darauf will ich hinaus« – erst jetzt wendet sie den Kopf und blickt Nat eindringlich an –, »dann stehen ihre Namen höchstwahrscheinlich auf einer oder mehreren offiziellen Listen von Personen, die nicht in die USA einreisen dürfen, den sogenannten Watchlists, und wenn dem so ist und irgendeine Behörde die Namen unserer sichtbaren Akteure ins System eingibt, dann bricht das Projekt San Ambrogio in sich zusammen. Und«, fügt sie hinzu und richtet ihren Blick wieder auf Joseph, »in diesem Fall können Sie sich darauf gefasst machen, dass ein Sondereinsatzkommando durch diese Tür da kommt.«

Während die Gup-Brüder dieses beängstigende Szenario verdauen, hört Flint in der Stille das schwache Summen der Klimaanlage, deren Leitungen über der abgehängten Decke verlaufen. Sie stellt sich vor, wo sie ihre Geheimkameras und Mikros platzieren würde, falls das erforderlich wird, denn ihr stehen Abhörsysteme zur Verfügung, die niemals entdeckt werden, wie häufig der Raum auch durchsucht wird.

»Reden Sie jetzt von der Finanzverwaltung oder vom FBI?«, fragt Joseph Gup.

»In Bezug auf die Watchlists? Weder noch. Da mache ich mir eher Sorgen wegen der Financial Strike Force und dem Bureau of Intelligence im Außenministerium. Nur wenige wissen, dass man dort die umfassendste Datenbank über mutmaßliche Terroristen führt. Sie wurde in den späten Neunzigern eingerichtet, um zu verhindern, dass solche Leute Einreisevisa in die USA erhalten, aber seit dem elften September hat sich endlich die Erkenntnis durchgesetzt, dass man ohne Geld keine terroristischen Anschläge durchführen oder Terrorzellen unterhalten kann, und da Geld bewegt werden muss, kann die Bewegung von Geld ein ebenso guter Indikator dafür sein, dass etwas im Busch ist, wie die Bewegung von Menschen. Daher haben nach dem elften September das Außenministerium und die FSF ihre Ressourcen und Datenbanken zu einem System zusammengeschlossen, das sich TIPOFF nennt. Es soll dazu dienen, Hinweise auf mögliche terroristische Anschläge zu sammeln. TIPOFF enthält nicht nur die Namen und Decknamen mutmaßlicher Terroristen, sondern auch die ihrer bekannten oder mutmaßlichen oder auch nur möglichen Helfershelfer: Diplomaten, Anwälte, Steuerberater, Banker, Broker, Boten und so weiter. Außer den Auslandsstellen des Außenministeriums kann jeder Geheimdienst, jede inländische oder ausländische Strafverfolgungsbehörde Namen für die Aufnahme in die Datenbank vorlegen. Sie ist riesig, effektiv und wächst rasend schnell.«

Nat Gup ist uneinsichtig. »Na und?«, sagt er mürrisch. »Selbst wenn ein paar der Akteure oder Partner auf Ihrer tollen Watchlist stehen, wieso sollte irgendwer ihre Namen überprüfen wollen?«

»Wenn sie Einreisevisa für die USA brauchen, geschieht das automatisch.«

»Mal angenommen, sie brauchen keine.«

»Wenn wir die ersten Anträge stellen, könnte jemand in der obersten Finanzverwaltung oder der Börsenaufsicht oder irgendeiner im örtlichen Bauamt oder jemand, der nicht will, dass man ihm eine Ferienanlage vor die Nase setzt, und deshalb seinen Abgeordneten anruft, oder ein Reporter, der zu viel Zeit hat – ich meine *egal wer* – auf die Idee kommen, sich zu fragen, wer hinter diesen Offshore-Firmen steckt. Wenn sie die Frage an die falschen Stellen richten, dann kommt früher oder später die Finanzverwaltung oder die Börsenaufsicht oder die FSF oder Drogenbekämpfung, das FBI, die CIA, die Einwanderungsbehörde, die Grenz- und Zollkrontrolle – Sie haben die Auswahl – und will von Ihnen Namen wissen. Und sobald das passiert, ist eines klar: Die Namen werden überprüft.«

»Kathy, ich möchte Sie was fragen«, sagt Joseph Gup. Er wartet ab, bis sie sich zu ihm umdreht und sieht, dass er näher ist, als sie gedacht hat. »Als Sie bei der Finanzverwaltung waren, haben Sie da Namen im System überprüfen lassen?«

»Nein, das gehörte nicht zu meinen Aufgaben. Aber Special Agents, mit denen ich zusammengearbeitet habe, haben vom Außenministerium Namen checken lassen, und gegen Ende kam das immer häufiger vor.«

Mit »gegen Ende« meint sie Kathy McCarrys bitteren Abschied von der Finanzverwaltung ein Jahr nach ihrer erschreckenden Brustkrebsdiagnose und nach monatelanger durch die Krankheit bedingter Arbeitsunfähigkeit; nachdem sie erkannt hatte, dass ihre vielversprechende Karriere durch die zufällige Entdeckung eines kleinen bösartigen Tumors irreparabel beschädigt worden war.

So will es zumindest ihre Legende, die akribisch entworfen wurde, damit die Gup-Brüder sie glauben.

»Und wer hat sonst noch die Möglichkeit, Namen bei TIPOFF überprüfen zu lassen?«

»Jede Stelle des Außenministeriums, die Visa-Anträge bearbeitet, und jede angeschlossene Geheimdienst- beziehungsweise Strafverfolgungsbehörde. Im Grunde sind alle, die das System mit Informationen beliefern, automatisch auch mögliche Nutznießer. Wenn sie eine Anfrage haben, kriegen sie, was sie brauchen.«

»Und was ist mit uns? Können wir als Gup Securities nicht auch an das Außenministerium herantreten und sagen, wir haben diesen oder jenen möglichen Kunden, und ehe wir den annehmen, würden wir uns gern vergewissern, ob er nicht vielleicht bei Al-Quaida ist, und wären Sie wohl so nett, die Namen zu überprüfen? Können wir das nicht machen?«

»Nein.«

»Aber Sie könnten es.« Nat Gup sagt das zu ihrem Hinterkopf. »Sie könnten die Namen überprüfen lassen.«

Kathy McCarry erstarrt einen Moment lang. Dann nimmt sie langsam und zum ersten Mal in Anwesenheit der Gup-Brüder ihre Brille mit den riesigen Gläsern ab, die fast ihr halbes Gesicht bedecken, und als sie sie auf den Tisch legt, klappert das Gestell auf dem schimmernden Eichenholz, weil ihre Hände zittern.

»Mr. Gup«, sagt sie an Joseph gewandt, weil sie Nat jetzt nicht ansehen will, »ehe ich bei Ihnen anfing –«

»Ich weiß«, sagt er beschwichtigend.

»Ehe ich bei Ihnen anfing«, wiederholt sie trotzig, »habe ich klipp und klar gesagt, was ich tun werde und was nicht.«

Wieder will er sie unterbrechen, doch sie hebt die Hand, um ihn zu bremsen.

»Ich habe gesagt, dass ich Ihnen mein Fachwissen im Steuerrecht zur Verfügung stellen werde, meine Kenntnisse der steuerlichen Schlupflöcher und bis zu einem gewissen Grad mein Insiderwissen über die Interna der Finanzverwaltung, um es Ihren Kunden leichter zu machen, gewisse … Fallstricke und Irrtümer zu vermeiden, die sie ins Gefängnis bringen könnten.«

Hinter ihr hört sie geräuschvolles Schaben von Stuhlbeinen übers Parkett und dann Nats erboste Stimme. »So ein Schwachsinn! Sie haben doch selbst gesagt, wir wissen alle genau, was wir hier machen.«

Joseph sagt: »Halt den Mund, Nathan.« Zum ersten Mal benutzt er in Flints Anwesenheit den vollen Namen seines Bruders.

»Das ist kompletter Schwachsinn«, beharrt Nat.

»Nathan, halt die Klappe und setz dich hin!« Jetzt schabt Josephs Stuhl über das Parkett, und seine Stimme klingt erbost. Er ist gut sieben Zentimeter größer als Nat und zwölf Kilo schwerer, und einen langen angespannten Augenblick steht er kampfbereit da, fixiert seinen Bruder wütend über Flints Kopf hinweg, die Hände zu schweren Fäusten geballt. Aber Nat nimmt die Herausforderung nicht an.

»Bitte, Nat, setz dich«, sagt Joseph schließlich in gemäßigterem Ton, und Flint hört, wie Nat wieder Platz nimmt.

»Entschuldigen Sie, Kathy«, schiebt Joseph nach, während auch er sich wieder an den Tisch setzt.

»Ich habe Ihnen außerdem gesagt, Mr. Gup«, sagt Kathy, die den Faden wieder aufnimmt, als wäre nichts geschehen, »dass ich weder mein Insiderwissen noch irgendwelche Kontakte, die ich möglicherweise noch zur Finanzverwaltung habe, dazu nutzen werde, um geltendes Recht zu brechen. Ich habe gesagt, ich werde Ihren Kunden helfen, Steuern zu vermeiden, nicht, sie zu hinterziehen.«

»Genau das haben Sie gesagt«, bestätigt Joseph, »und anders hätten wir es auch gar nicht gewollt.«

»Deshalb, nein, Mr. Gup. Selbst wenn ich könnte, und dem ist nicht so, würde ich niemanden bei der Finanzverwaltung bitten, die Namen Ihrer sichtbaren Akteure – selbst wenn mir deren Namen bekannt wären, was nicht der Fall ist – im TIP-OFF-System überprüfen zu lassen. Ist das klar?«

»Vollkommen klar.«

»Also?«, fragt Kathy McCarry und nimmt ihre Brille mit ruhigeren Händen vom Tisch, was erkennen lässt, dass ihre Empörung sich allmählich legt.

»Also, wie können wir sichergehen, dass unsere Akteure nichts mit Terrorismus zu tun haben?«

»Gar nicht, also lassen Sie sie fallen.«

»Sie fallen lassen?«

»Zumindest die Anwälte. Holen Sie das Projektmanagement ins Land und lassen Sie es von der angesehensten Anwaltskanzlei vertreten, die Sie in South Carolina finden können. Holen Sie eine bekannte Persönlichkeit als Aushängeschild an Bord – vielleicht einen ehemaligen Gouverneur oder Kongressabgeordneten, jemand mit hohem Ansehen, der über jeden Verdacht erhaben ist. Besetzen Sie den Vorstand mit der Crème de la Crème von Charleston. Binden Sie mindestens eine ortsansässige Bank in die Teilfinanzierung ein, selbst wenn die Darlehen in New York oder Chicago abgesichert werden müssen. Kurz gesagt, Mr. Gup, tun Sie, was Sie können, um das Interesse hier im Land zu halten, wo es hingehört. Ich glaube, das minimiert das Risiko, dass irgendwer allzu neugierig wird, wer die Leute in der Karibik sind, und anfängt, ihre Namen bei TIPOFF überprüfen zu lassen.«

Joseph Gup sieht bedrückt aus, und Kathy McCarry fügt hinzu: »Sie bezahlen mich für meine Ratschläge, Mr. Gup. Aber Sie müssen sie ja nicht annehmen.«

»Nein, nein, wir schätzen Ihre Ratschläge sehr. Ich denke nur über die Konsequenzen nach.«

»Falls Sie finanzielle Konsequenzen meinen, so gibt es zweifellos negative steuerliche Implikationen.«

»Wie negativ?

»Kann ich noch nicht genau sagen, aber ich arbeite das aus.«

Nat Gup hat eine Weile geschwiegen, doch jetzt sagt er mit Nachdruck: »Unser Kunde wird alles andere als begeistert sein.«

»Da hast du leider recht«, bestätigt Joseph.

»Dann muss dem Kunden die Sachlage eben erklärt werden«, sagt McCarry scharf, als reiße ihr allmählich der Geduldsfaden. »Falls die falschen Leute auf San Ambrogio aufmerksam werden, falls sie die Namen im System überprüfen lassen, falls sie – Gott bewahre – irgendwelche Treffer landen, dann verliert der Kunde nicht bloß ein paar Millionen, sondern alles, bis auf den letzten Cent.«

»Ach Quatsch, Sie wollen doch wohl nicht behaupten, dass der Kunde gegen US-Recht verstößt?« Nats Tonfall trieft förmlich vor Sarkasmus.

McCarry dreht sich abrupt zu ihm um und sagt: »Jetzt hören Sie mir mal zu« – und es klingt, als müsste sie mühsam ein *Sie Trottel* unterdrücken. »Ob der Kunde ein US-Bürger ist oder nicht, ob er seinen Wohnsitz in den USA hat oder nicht, das spielt alles keine Rolle. Und es spielt auch keine Rolle, dass die Gelder, wie Sie sagen, nicht ursprünglich aus den USA kommen. Wenn nämlich die Terrorismusflagge gehisst wird, dann machen die USA in jedem Land der Welt, mit dem sie Verträge unterhalten oder wo sie Einfluss haben, Jagd auf seine Vermögenswerte, ganz gleich, wo die sich befinden. Die werden dann beschlagnahmt oder bestenfalls eingefroren, und er bekommt sie nicht zurück, ehe er nicht bewiesen hat, dass er keinerlei Verbindungen zum Terrorismus hat und seine Vermögenswerte legal erwirtschaftet wurden. Es ist völlig gleichgültig, wo er sein Geld versteckt – Cayman Islands, Schweiz, Jersey, Antigua, Liechtenstein –, das macht keinen Unterschied. Wir leben nämlich heute in einer anderen Welt, in der schon eine Andeutung von Terrorismusverdacht genügt … Wissen Sie noch, die vielen geheimen Türen, die wir nie aufbekamen? Tja, heute, nach dem elften September, nach Bali, Istanbul, Casablanca, Madrid – fliegen sie wie von Zauberhand auf. Falls Ihr Kunde nicht vorhat, seine Bankgeschäfte in Myanmar oder Nordkorea abzuwickeln, sollte er sich ein tiefes Erdloch suchen, denn das ist so ziemlich der einzige Ort, wo seine Vermögenswerte sicher sind. Haben Sie verstanden? Ist das jetzt klar, Nat?«

Der Ausdruck in Nats Gesicht beunruhigt Flint, und sie fragt sich, ob Kathy McCarry es möglicherweise übertrieben hat, ob sie die Gup-Brüder so eingeschüchtert hat, dass sie das San-Ambrogio-Projekt aufgeben. Doch dann sieht sie den verschlagenen Blick, der in seine Augen tritt. Sie entspannt sich und dankt stumm allen erdenklichen Göttern für das unwandelbare Gesetz, auf das alle guten Cops bauen: dass die Vorsicht eines Kriminellen fast immer von seiner Gier überboten wird.

»Sie werden das dem Kunden erklären müssen«, sagt Joe Gup – und irgendwie schafft sie es, keine Miene zu verziehen.

10

Gleich am nächsten Tag, einem Freitag, kommt Joseph Gup morgens in ihr Büro. Er bleibt nicht lautlos in der offenen Tür stehen wie sein Bruder, sondern klopft an den Rahmen und fragt höflich: »Könnte ich Sie kurz sprechen?« Er schließt die Tür, deutet auf einen Stuhl – »Darf ich mich setzen?« – und knöpft das Jackett mit dem sportlichen Karomuster auf. Freitags kleiden sich die Mitarbeiter von Gup Securities, International Financial Consultants, nämlich leger. Er nimmt Platz und lächelt Kathy McCarry an. Er hat eine Ausfertigung des San-Ambrogio-Berichts dabei.

»Sie machen sehr gute Arbeit, Kathy.«

»Danke, Mr. Gup.«

»Hoffentlich übernehmen Sie sich nicht.«

»Bitte?«

»Das hier«, sagt er und hebt den San-Ambrogio-Bericht hoch, »ist ein ausgezeichnetes Konzept, hervorragend recherchiert und formuliert und ungemein gründlich. Ehrlich gesagt, ich kann kaum glauben, dass Sie das ganz allein in knapp einem Monat geschafft haben.«

Flints Verstand arbeitet fieberhaft, denn kein Wort davon stammt von ihr. Die Anerkennung für diesen Bericht gebührt ausschließlich Cutters fleißigen Terriern, und im Marscheider-Gebäude wird schon gewitzelt, die wüssten jetzt so viel über die Entwicklung von Ferienanlagen, dass sie mit dem Gedanken spielen, selbst in die Tourismusbranche einzusteigen.

Kathy McCarrys Augen werden schmal, und sie starrt Mr. Gup an. »Was wollen Sie damit sagen?«

»Ich will damit sagen, dass ich Ihretwegen besorgt bin. Keine Ahnung, wie viele Nächte, wie viele Wochenenden Sie durchgearbeitet haben, aber ich sehe Ihnen doch an, wie erschöpft Sie sind. Kathy, ich mache mir Sorgen um Ihre Gesundheit.«

»Falls Sie meine Krankheit meinen, mir geht's gut.«

»Wirklich?«

Er blickt skeptisch, und da Flint immer dann am besten lügt, wenn sie improvisieren muss, beruhigt sie ihn rasch.

»Mit der Chemo bin ich fertig, und die letzten beiden Aufnahmen waren ohne Befund. Die Tumor hat anscheinend keine Metastasen gebildet, weil er rechtzeitig entdeckt wurde. Natürlich kann der Krebs wiederkommen, aber ...« Sie lächelt mit einem Achselzucken. »Das Einzige, was mir wirklich zu schaffen macht, ist das hier.« Dabei hebt sie die Hände an den Kopf und wackelt kurz an der Perücke.

»Wachsen Ihre Haare nicht nach?«

»Doch, aber noch ganz stoppelig, und das juckt wie verrückt.«

»Na ja, wenn das das Schlimmste ist.«

»Genau«, sagte McCarry, und jetzt lächeln sie beide. »Ehrlich, Mr. Gup, ich arbeite gern, und ich bin gründlich, und ich kann meine Kräfte einteilen.«

»Joseph«, sagt er, »oder noch besser Joe.«

»Bitte?«

»Ich dachte, unter vier Augen könnten wir die Förmlichkeiten sein lassen.«

»Okay.«

»Okay, Joe«, korrigiert er, und jetzt arbeitet Flints Verstand erneut fieberhaft, um abzuschätzen, wohin dieses Gespräch führen soll.

Ganz gemächlich lässt er die Augen durch ihr Büro wandern. Sie registrieren die fast leere Schreibtischplatte, den Computerplatz, frei von jeglichem persönlichen Schnickschnack oder privaten Fotos, die Regale, vollgestellt mit Steuerhandbüchern und Gesetzestexten, die sie nie gelesen hat, die Wände, leer bis auf ein gefälschtes Dankschreiben von der obersten Finanzverwaltung.

Sie wartet gespannt, was als Nächstes kommt.

»Haben Sie Familie, Kathy? In England, meine ich.«

»Mein Vater lebt dort.«

Der Sohn, den sie schon über die Hälfte seines Lebens nicht gesehen hat, bleibt unerwähnt.

Gup nickt. »Besuchen Sie ihn öfter?«

»Ab und zu.«

Gup nickt erneut, als hätte er die Antwort erwartet. »Das tut mir leid für ihn. Mit meiner Tochter ist es dasselbe. Sie studiert an der Westküste, in Berkeley, und ich bekomm sie fast nie zu Gesicht, seit ihre Mutter tot ist.«

»Das tut mir leid, das wusste ich nicht.«

Er tut ihre Entschuldigung mit einem Achselzucken ab. »Sie waren nie verheiratet, nicht wahr?«

Wollen Sie mich anbaggern, Mr. Gup?

»Ich bin mit der Arbeit verheiratet«, sagt sie, und er lacht verständnisvoll.

»Fehlt es Ihnen?«

»Was?«

»England. Fehlt Ihnen Ihre Heimat?«

»Eigentlich nicht. Ich bin ja schon mit siebzehn in die Staaten gekommen, deshalb fühl ich mich hier zu Hause.«

»Aber dann und wann fahren Sie gern mal hin?«

»Ja«, räumt sie ein.

»Vielleicht um alte Bekannte zu besuchen?«

Sie merkt, dass sie den Faden verliert, und das behagt ihr nicht, ein Gefühl, als würde sie zu dicht über dem Boden fliegen.

»Mr. Gup – Verzeihung, Joe. Worauf wollen Sie hinaus?«

Gup beugt sich vor, legt den San-Ambrogio-Bericht auf ihren Schreibtisch, stützt die Ellbogen auf und sagt: »Ich möchte Sie was fragen. Gestern, als Nat den völlig unangebrachten Vorschlag machte, dass Sie die Namen –«

Weiter kommt er nicht, weil sie aufgestanden ist und mit

einem vorwurfsvollen Finger auf seinen Kopf zeigt, als hielte sie eine Pistole in der Hand. »Mr. Gup, das Thema ist erledigt!«

»Lassen Sie mich zu Ende reden.«

»Ich habe gesagt –«

»Ich weiß, was Sie gesagt haben, und Sie hatten recht, vollkommen recht.«

»Dann fangen Sie nicht wieder damit an.«

»Okay, okay«, sagt er, lehnt sich zurück und hebt kapitulierend die Hände.

»War das alles? Ich hab nämlich zu tun.«

Er scheint ihre Aufforderung zu gehen abzuwägen. »Na ja, da ich Sie bezahle, möchte ich noch ein bisschen bleiben. Falls es Ihnen nichts ausmacht.«

Wenn man Aldus Cutter glauben darf, braucht ein guter Undercover-Agent neben zahlreichen anderen Talenten auch die Fähigkeiten eines erfahrenen Anglers. Er muss nämlich nicht nur wissen, wann und wo er die Angel auswirft, sondern auch, sobald der Fisch angebissen hat, wann er ihm Leine gibt und wann er ihn einholt.

Hol ihn ein, Flint, sagt sie sich.

»Okay, Joseph, ich geb's auf. Nun sagen Sie schon, warum Sie hier sind.«

»Nicht, wenn Sie mir gleich wieder an die Gurgel gehen.«

»Versprochen.«

»Was ist versprochen?«

»Ich bleibe ruhig. Ich lasse Sie ausreden.«

Gup, der die vergangene halbe Stunde mit belanglosem Geplauder gefüllt hat, ohne Ermüdungserscheinungen zu zeigen, grinst sie an, als wollte er sagen, ich wusste doch, dass Sie irgendwann nachgeben. Und dann beginnt er seine Ausführungen mit einem indirekten Lob.

»Am meisten würde mir missfallen, wenn Ihre herausragende Arbeit vergeblich gewesen wäre.« Als sie ihn unterbrechen will, hebt er einen Finger an die Lippen und erinnert sie an ihr Versprechen. »Ich räume ein, dass wir einen Teil des Projektes im Inland abwickeln sollten, das hat gewisse Vorteile. Aber den grundlegenden Aufbau Ihres Konzeptes will ich erhalten. Denn, eins muss ich Ihnen sagen, Kathy, die Struktur, die Sie da entwickelt haben, ist großartig. Ehrlich. So großartig wie eine Kathedrale.«

Donnerwetter!, denkt Flint und stellt sich vor, wie sich die kopflastigen Terrier der Strike Force in dem Kompliment sonnen. Gup ist ahnungslos, warum Kathy McCarry übers ganze Gesicht lächelt, aber es gefällt ihm.

»Übrigens, wussten Sie, dass es tatsächlich eine Kirche namens San Ambrogio gibt? In Mailand?«

Ja, Mr. Gup, das weiß ich allerdings, weil ich nämlich dort war – zusammen mit Ihrem Dreckskerl von Kunden, oder dem Kunden Ihres Kunden. Ihr Lächeln erstirbt, als sie noch einmal im Zeitraffer die zweiundsiebzig Stunden durchlebt, die sie praktisch als Gefangene in zwei kleinen Zimmern über einer Pasticceria verbrachte, während Alexander Çarçani die angebliche Stasi-Akte untersuchen ließ und sie die Anzüglichkeiten der drei zotigen Bodyguards erdulden musste, die ihr nicht mal erlaubten, unbeobachtet die Toilette zu benutzen.

»Jedenfalls«, fährt Gup fort, »möchte ich die Unversehrtheit Ihrer Kathedrale weitestgehend erhalten, und wenn dafür einige Änderungen an der Fassade erforderlich sind, dann meinetwegen. Aber das Fundament darf nicht unterminiert werden, und die Balken müssen stabil bleiben, was bedeutet, dass wir absolut sicher sein müssen, dass keiner unserer Akteure irgendwelche Verbindungen zu Terroristen hat, und das wiederum heißt, wir müssen ihre Namen überprüfen lassen. Aber, Kathy, wie schaffen wir das?«, fragt er. »Ich habe hin und her überlegt, wie wir die Namen checken lassen können, ohne Ihre Integrität zu gefährden, was ich niemals zulassen würde, das versichere ich Ihnen, niemals.« Gup hält inne, als grübelte er über diese

Schwierigkeit nach, und dann sagte er: »Kathy, ich glaube, ich habe eine Lösung gefunden.«

Jetzt kommt's, denkt Flint.

Gup ist aufgestanden und geht im Zimmer auf und ab, gestikuliert wie ein Dirigent, um die wichtigsten Aspekte seiner Konstruktion zu betonen. Würde es Kathy McCarrys berufliche Integrität kompromittieren, wenn die Bitte, gewisse Namen durch das TIPOFF-System laufen zu lassen, von einer Behörde käme, für die sie nie gearbeitet hat, die in einem Land sitzt, das sie fast noch im Kindesalter verlassen hat, und mit der sie daher keinerlei Verbindung haben kann? Und damit nicht genug. Was, wenn es Mittelsmänner gäbe, die in der Lage wären, diese Behörde in ihrem Auftrag zu kontaktieren? Mittelsmänner, die nicht wissen und nicht wissen wollen, wer sie ist; die niemals von einer Kathy McCarry oder dem San-Ambrogio-Projekt oder gar von Gup Securities gehört haben. Und falls eine derartige Distanz gewahrt bliebe, wäre es denn dann wirklich ethisch falsch, diesen Aufwand zu betreiben, wenn dessen einziger, wirklich *einziger* Zweck darin bestünde, absolut sicherzugehen, dass sie sich nicht mit Komplizen des Terrors einließen?

»Denn sollten wir herausfinden, dass das der Fall ist, Kathy, dass die Akteure Kontakt zu Terroristen haben, dann verständigen wir postwendend das FBI.«

Bei dieser inbrünstigen Erklärung stützt Gup die Hände auf den Schreibtisch und beugt sich zu ihr vor, und Flint erkennt, dass er wie ein Schauspieler Sinn fürs Dramatische hat. Er bleibt ein paar Sekunden in dieser Haltung, hält Blickkontakt, lässt sie die Kraft seiner aufrichtigen Gesetzestreue spüren. »Wenn sich das herausstellt, dann lassen wir die Akteure nicht nur fallen, Kathy. Dann beerdigen wir sie.«

Er beginnt wieder, auf und ab zu gehen, und räumt ein, dass er nicht der alleinige Architekt dieser Konstruktion ist. Nach ihrer Besprechung gestern Abend hatte er das Dilemma von

Gup Securities einem engen Vertrauten, einem guten Freund dargelegt – »und nicht am Telefon, Kathy, das ist wohl klar« –, und dieser Freund hatte ihm von den Mittelsmännern erzählt.

»Es handelt sich um private Sicherheitsberater in London, sehr diskret und so unauffällig, dass es sie fast gar nicht gibt, aber mit richtig wichtigen Kunden. Mein Freund sagt, sie sind erstklassig, nicht zuletzt wegen ihrer Kontakte zu den Sicherheitsbehörden. Hervorragende Kontakte, Kathy, bis ganz nach oben. Ich weiß nicht, ob Polizei- oder Geheimdienste oder beides, und Sie wollen das bestimmt auch nicht wissen.«

O doch, Mr. Gup, und ob ich das will.

»Entscheidend ist, die Leute können die Sache erledigen, wie mein Freund aus eigener Erfahrung weiß. Allerdings sind sie sehr wählerisch, mit wem sie Geschäfte machen, und ohne Empfehlung nehmen sie keine Neukunden an, aber das Problem hab ich schon gelöst.« Gup hat ihr gerade den Rücken zugewandt, aber er legt eine perfekte, anmutige Drehung hin. »Mein Freund hat sich bereit erklärt, Sie persönlich vorzustellen.«

Ich? Warum gerade ich, Mr. Gup? Haben Sie Angst vorm Fliegen? Oder wollen Sie sich nicht die Hände schmutzig machen?

Das also ist Joseph Gups Vorschlag.

Kathy McCarry wird nach England fliegen – »Erster Klasse, alles vom Feinsten« –, im Gepäck die vollständige Namensliste aller geheimen Partner und Akteure im San-Ambrogio-Projekt, eine Liste, die Gup aus dem Banktresor holen wird, wo er sie aufbewahrt. Sie wird die Liste den Mittelsmännern übergeben, zusammen mit fünfundzwanzigtausend Dollar in bar, die in London bereits auf sie warten – »Ganz schön teuer, ich weiß, Kathy, aber wenn es um den Schutz Ihrer Integrität geht, werden keine Kosten und Mühen gescheut« –, und nach einer gewissen Wartezeit – »eine Woche, vielleicht auch zehn Tage, wurde mir gesagt« – wird sie erfahren, ob irgendwelche Namen im System sind.

»Und während Sie warten, ruhen Sie sich bitte aus und entspannen. Wir bringen Sie im Savoy unter oder im Ritz, wo Sie wollen, Hauptsache edel. Sehen Sie sich ein paar Shows an, gehen Sie shoppen – auf meine Kosten natürlich. Was denken Sie, Kathy?«

Ich denke, Sie fliegen zu nah an der Sonne, Mr. Gup.

»Vielleicht könnten Sie ja auch Ihren Dad besuchen«, schlägt Gup zu guter Letzt noch vor.

Oder meinen Sohn, denkt Flint, aber sie schiebt diese beängstigende Vorstellung weit von sich.

11

Als Kathy McCarry auf dem Weg nach London ist – als das Flugzeug den ruhigen Atlantik überquert und sie definitiv an Bord ist –, fährt ein roter Mustang auf ihren Stellplatz in der Tiefgarage des Hauses 4550 Park Avenue North. Er ist fast identisch mit Kathys Auto und hat dasselbe Kennzeichen, und die Fahrerin ist eine Frau Mitte dreißig, mit verwuscheltem schwarzem Haar, das auch eine Perücke sein könnte, und sie trägt eine Brille mit riesigen Gläsern, die fast ihr halbes Gesicht bedecken. Für den Fall, dass irgendwer die Monitore der Überwachungskameras beobachtet, holt sie ein paar Tüten mit Lebensmitteln aus dem Kofferraum und tut dann lange und ausgiebig so, als ob sie nach irgendwas suchen würde, so lange, bis sie einen Mann sieht, der auf die verschlossene Tür zugeht, die zu den Fahrstühlen führt. Jetzt knallt sie den Kofferraumdeckel zu, hebt die Einkaufstüten mit beiden Armen auf, sodass ihr die Träger von Laptop und Handtasche fast von der Schulter rutschen, und hastet hinter dem Arglosen her. Als der Mann das Klappern von Absätzen auf dem Beton hört und sich umdreht, ruft sie atemlos: »Halten Sie mir bitte die Tür auf?«

Der Mann gehorcht und wird mit einem hinreißenden Lächeln belohnt. Im Fahrstuhl fragt er nach ihrer Etage, drückt auf die Acht und für sich selbst auf die Neun, und dann fällt ihm ein, ihr betont lässig anzubieten, die Einkaufstüten zu ihrer Wohnung zu tragen, und sie sagt: »Nur wenn Sie wissen, wie man in null Komma nix ein Risotto zaubert … Ach du Schande! Wie spät ist es?«

Sie versucht, auf ihre Uhr zu schauen, und lässt dabei fast die Tüten fallen, also sagt er ihr, wie spät es ist, und sie erwidert: »Entschuldigen Sie meine Panik, aber in weniger als einer Stunde kommen die Eltern von meinem Ex zum Abendessen!« Die Erwähnung des »Ex« deutet an, dass sie frisch getrennt und möglicherweise nicht abgeneigt ist, und was auch immer der Mann denkt, die Möglichkeit, dass er gerade Beihilfe zu einer Straftat leistet, kommt ihm nicht in den Sinn. Als der Fahrstuhl im achten Stock hält, streckt der Mann die Hand aus und sagt: »Frank Delaney« – und sie müssen beide lachen, weil die Geste so zwecklos ist.

»Kathy McCarry«, sagt sie, als die Tür aufgleitet.

»Und Sie kommen wirklich allein zurecht?«

»Kein Problem.«

»Ich hoffe, wir sehen uns bald wieder.«

»Nur, wenn Sie Risotto mögen, größer ist mein Repertoire nämlich nicht.«

»Ich bin Risotto-Fan.«

»Dann wissen Sie ja, wo Sie welches bekommen.«

Sie tritt aus dem Fahrstuhl, biegt um die Ecke in den Flur, drückt sich mit dem Rücken gegen die Wand, atmet tief durch und wartet, bis sie hört, wie die Tür sich wieder schließt.

Jetzt kommt der schwierige Teil. Ihre derzeitigen Arbeitgeber konnten ihr keine Nachschlüssel für Kathy McCarrys Wohnung besorgen, daher muss sie zwei komplizierte Sicherheitsschlösser knacken. Das wird eine Weile dauern, und da der Flur einen Bogen beschreibt und mit Teppich ausgelegt ist, wird sie währenddessen weder sehen noch hören können, ob jemand kommt. Sie hat sich Erklärungen zurechtgelegt – den Inhalt ihrer Handtasche hat sie auf den Boden gekippt, als würde sie nach dem richtigen Schlüssel suchen –, aber falls irgendwer kommt und sie anspricht, wird sie sagen, dass sie die Schlüssel bestimmt im Büro vergessen hat, und schleunigst das Weite suchen müssen, ehe jemand beim Portier anruft: *Hören Sie, es geht mich ja nichts an, aber da will eine Frau in Nummer achthundertdreizehn, und ich habe irgendwie das Gefühl, dass das nicht ihre Wohnung ist …*

Sie achtet auf die Zeit, und es dauert zwei Minuten und vierzig Sekunden, ehe sie hört, wie das zweite Schloss aufgeht.

Sobald sie die Wohnung betreten und die Tür hinter sich geschlossen hat, bleibt sie im Eingangsbereich stehen und orientiert sich. Rechts von ihr führt ein kurzer Flur in die Küche. Geradeaus ist der Wohn- und Essraum mit einer Glasschiebetür vor einer überdachten Terrasse. Linker Hand ist ein Flur, an dem zwei Schlafzimmer und zwei Bäder liegen, wie sie aus dem Grundriss weiß, den sie sich ansehen, aber nicht behalten durfte. Die Durchsuchung wird lange dauern, wenn sie gründlich vorgeht, aber sie kann sich Zeit lassen, Stunden oder sogar Tage, falls nötig.

Im zweiten Schlafzimmer, das Kathy McCarry offenbar als Arbeitszimmer nutzt, sieht sie einen Schreibtisch mit Glasplatte, einen Drehstuhl, einen rollbaren Aktenschrank mit zwei Schubladen, einen billigen Laserdrucker, einen Flachbildschirm und einen Breitband-Internetzugang. Kein Computer, was vermuten lässt, dass McCarry einen Laptop benutzt, den sie mitgenommen hat, doch die Ordner im Aktenschrank geben einiges über ihr Leben preis.

Sie hat die Wohnung möbliert samt Fernseher für ein Jahr gemietet. Ihr Kücheninventar hat sie bei William-Sonoma und Sur La Table gekauft, Handtücher und Bettwäsche bei Linens'n'Things, Bücher und CDs bei Borders – alles Geschäfte im näheren Umkreis.

Das Computerzubehör, die Mini-Stereoanlage und der Videorecorder stammen aus dem Einkaufszentrum White Flint, nicht weit von ihrem Arbeitsplatz.

In der Wohnung befindet sich somit kaum etwas, das Kathy McCarry besitzt, und das, was ihr gehört, wurde ganz in der Nähe und innerhalb der letzten sechs Wochen erstanden.

»Sie hat fast nichts mitgebracht«, tippt die Frau, die sich als Kathy McCarry ausgibt, in ihren eigenen Laptop, der jetzt auf dem Glasschreibtisch steht und an den sie einen Scanner angeschlossen hat, um die wichtigeren Dokumente zu kopieren. »Warum?«

Im Aktenschrank finden sich reichlich Belege dafür, dass Kathy McCarry eine Vergangenheit hat: Kontoauszüge aus den letzten fünf Jahren; die Korrespondenz mit ihrem Broker, die noch länger zurückreicht – und die ersten Briefe beginnen sogar mit »Liebe Kathy«, was eine Vorgeschichte vermuten lässt. Steuererklärungen bis 1992 und im selben Ordner ein Briefwechsel mit der obersten Finanzverwaltung über die Höhe ihrer Abfindung. Medizinische Unterlagen über eine hartnäckige interstitielle Zystitis, an der sie offenbar bis weit nach der Pubertät litt, und welche aus der jüngeren Zeit über ihren Kampf gegen Brustkrebs, der möglicherweise noch rechtzeitig entdeckt wurde.

Und dann noch Privates aus der Vergangenheit: Briefe von alten College-Freundinnen und Einladungen zu Klassentreffen; neckische Ansichtskarten, von jemandem namens »Scooter«, abgeschickt im Sommer 1988 aus Marrakesch; weitere Ansichtskarten von Scooter, zirka 1991, diesmal aus Bali und im Ton neutraler und distanzierter. Fünf Geburtstagskarten, unterschrieben mit »Dad«, mit liebevollem und zuweilen leicht enttäuscht klingendem Inhalt (»Hoffentlich sehe ich Dich dieses Jahr mal«); ein Umschlag, darin eine Silberkette mit kaputtem Verschluss und ein einzelner Diamantohrring; eine gefaltete, verblasste Speisekarte von einem Restaurant in San Francisco, auf der Rückseite in knallgrünen Lettern eine Songzeile von Tim Hardin – »Knowing that you lied straight-faced while I cried«; ein Foto von einem schlaksigen Mädchen im Badeanzug; ein weiteres Foto des Mädchens, jetzt weiblicher, die Arme um die Taille eines älteren Mannes – Scooter oder Dad?, fragt sich die falsche Kathy McCarry.

»Wirklich echt?«, tippt sie in ihren Laptop, löscht dann die Frage und stellt eine andere, umfassendere: »Warum gibt es so viele Lücken in der Vergangenheit der Zielperson? Wie ein Puzzle, bei dem die Hälfte der Teilchen fehlt.«

Für sie steht bereits fest, dass sie mindestens eine Nacht in der Wohnung bleiben wird. Sie hat sich Proviant mitgebracht und tritt jetzt mit einer Thermosflasche koffeinfreiem Kaffee und einer Plastikpackung Nudelsalat und einer Plastikgabel auf die Terrasse. Es ist schon spät, aber die Luft ist noch warm und schwül, und der Schutzanzug, den sie angezogen hat, um keine DNA-Spuren zu hinterlassen, klebt ihr am Körper. Sie nimmt die Kapuze ab, öffnet den Reißverschluss, zieht sich bis auf die Unterwäsche aus und stellt sich in die äußerste linke Ecke der Terrasse, wohin kein Licht fällt. Ihre erfahrene Intuition sagt ihr immer wieder ein und dasselbe: Kathy McCarry ist eine vierundzwanzigkarätige Fälschung.

Betrügerin? Auf der Flucht? Verrückt? Undercover-Cop?

Die Terrasse geht auf die Gartenanlage und den Swimmingpool, an dem ein Schild, wie sie mit ihrem Nachtsichtzielfernrohr lesen kann, darüber informiert, dass das Schwimmen nach zwanzig Uhr auf eigene Gefahr erfolgt. Sie sucht den Pool ab, bis sie einen einsamen männlichen Schwimmer entdeckt – den Mann aus dem neunten Stock, den Risotto-Fan, wenn sie sich nicht täuscht –, der gemächlich seine Bahnen krault.

Kathy McCarry scheint den Pool nicht zu nutzen, denn es findet sich kein Badeanzug unter ihren wenigen Kleidungsstücken, aus denen sorgfältig die meisten Herstelleretiketten entfernt wurden.

»Um was zu verbergen?« Auch diese Frage wurde bereits in den Laptop getippt. »Wo kommt sie her, wo war sie?«

Die falsche Kathy McCarry wird unruhig und schließt den Deckel der noch halb vollen Nudelsalatpackung. Sie zieht den Schutzanzug wieder an und geht zurück in die Wohnung. Jetzt wird sie Zimmer für Zimmer auf den Kopf stellen. Sie wird jeden Schrank, jede Schublade, jedes Regal leeren, jedes Möbelstück, jedes Elektrogerät unter die Lupe nehmen, wird nötigenfalls die Teppiche anheben, bis sie das Versteck findet, das, wovon sie überzeugt ist, irgendwo sein muss.

Warum ist sie sich da so sicher?

Weil sie bei der ersten Durchsuchung der Wohnung keine Videobänder entdeckt hat, und wer würde sich einen Videorecorder kaufen, wenn er keine Bänder hat, die er sich ansehen will? Auch die Möglichkeit von Leihvideos scheidet weitestgehend aus, sonst hätte sie entsprechende Kreditkartenbelege oder Überweisungen an einen Videoverleih gefunden.

Also bleiben zwei logische Möglichkeiten. Entweder hat McCarry die Bänder mit nach London genommen – und warum sollte sie das tun? Oder sie hat sie irgendwo in der Wohnung versteckt.

Auch hier gilt: warum?

Vielleicht, weil es Pornovideos sind, die sie vor den neugierigen Blicken irgendwelcher Leute verstecken will, die in ihrer Abwesenheit die Wohnung möglicherweise betreten könnten. Der Hausmeister zum Beispiel, der irgendwas reparieren muss.

Denkbar.

Vielleicht, weil es private Videos sind, mit irgendwelchen intimen Aufnahmen oder solchen, die zu Kathy McCarrys Darstellung ihrer Vergangenheit im Widerspruch stehen.

Ebenso denkbar.

Auf jeden Fall wird die falsche Kathy McCarry die Wohnung durchkämmen, bis sie die fehlenden Videos findet oder sich davon überzeugt hat, dass es keine gibt, denn sie ist ungemein penibel in ihrer Arbeit, fast obsessiv gründlich. Das ist ihr Markenzeichen, der Grund, warum sie engagiert wurde.

Zuerst trifft sie die notwendigen Vorbereitungen. Mit einer Digitalkamera macht sie Fotos von jedem einzelnen Regalbrett, jeder Schublade, jedem Schrank, jedem Zimmer, um nach der Durchsuchung alles wieder an exakt dieselbe Stelle zurücklegen zu können.

Egal, wie lange das dauert.

Der Morgen bricht an. Das Licht der Dämmerung ist trübe, blaugrau, und durch die offene Terrassentür dringt das unaufhörliche Brummen des Berufsverkehrs auf der Wisconsin Avenue. Sie hat nicht geschlafen und wird auch nicht schlafen, bis sie mit der Durchsuchung fertig ist. Die Wohnung sieht aus wie Kraut und Rüben, denn Kathy McCarrys Habseligkeiten sind überall auf dem Boden verstreut. Bei genauerem Hinsehen jedoch lässt sich eine gewisse Ordnung in dem Chaos erkennen, denn die einzelnen Gegenstände liegen genau in der Reihenfolge, wie sie entnommen wurden. Zwei Bereiche sind noch zu durchsuchen. Die Küche will sie sich am Schluss vornehmen.

Denn jetzt konzentriert sie sich auf den kurzen Flur, der zur Küche führt und auf beiden Seiten Schränke mit Lamellentüren hat. Zwei Schränke sind praktisch leer, enthalten bloß einen Wok, einen Kochtopf, eine Pfanne, zwei Teller und zwei Schüsseln; viel gefeiert wird hier nicht, denkt sie. Allerdings stehen da auch sechs Weingläser und sechs Whiskeygläser, und im unteren Fach des zweiten Schranks entdeckt sie ein Dutzend Weinflaschen, eine halb leere Flasche Whiskey und eine volle als Reserve.

Alkoholikerin?, denkt sie und geht zurück in das Arbeitszimmer, um weitere Fragen in den Laptop zu formulieren: »Verträgt sich Alkohol mit den Krebsmedikamenten, die sie angeblich nimmt? Ist sie wirklich krebskrank?«

Der dritte Schrank stellt eine größere Herausforderung dar: Besen, ein Staubsauger, zwei Schirme, zwei Eimer, ein Fach voll mit Reinigungsmitteln, alles eingezwängt in einer schmalen Lücke neben einer Waschmaschine mit Trockner obendrauf. Um hinter die Elektrogeräte schauen zu können, muss sie sie ein Stück vorziehen.

Sie schiebt die Hände unter die Vorderkante des Trockners und versucht, ihn anzuheben, um das Gewicht abzuschätzen, aber er lässt sich keinen Millimeter bewegen, und jetzt sieht sie auch, warum. Die Geräte sind nicht freistehend, wie sie gedacht hat, sondern sind von einem Metallkorsett umschlossen, das in einer Spindel eingehängt ist. Die einfache Arretierung kann mit einem Druck auf ein Fußpedal gelöst werden, und schon schwingt die ganze Vorrichtung in einem Neunzig-Grad-Bogen auf sie zu und gibt eine Nische frei, in der zwischen Wasserrohren fünf unbeschriftete Videokassetten stecken.

Es dauert nicht mal eine Stunde, sich sämtliche Videos anzusehen. Ein geringer Zeitaufwand, der aber ungeahnte Früchte trägt. Sie tritt wieder an ihren Laptop und tippt die Sätze ein, mit denen sie ihren Bericht beginnen wird.

»Der wirkliche Name der Zielperson ist nicht McCarry, sondern Flint. Und sie hat einen Sohn namens Jack.«

LUGANER SEE
SCHWEIZ

12

Karl Martin Gröber lebt derzeit am Südufer des Luganer Sees, in einem Teil der Schweiz, der eigentlich keiner ist. Die Autokennzeichen sind schweizerisch ebenso wie die Banken, die Währung, die Polizei, der Telefonanbieter, die Post – alles funktioniert reibungslos wie das sprichwörtliche Schweizer Uhrwerk – was lediglich praktische Gründe hat. Unpraktisch dagegen ist, dass die Stromversorgung aus der Lombardei kommt, über Leitungen, die sich auf dünnen Stahlmasten die Berghänge hinabhangeln und so eine Nabelschnur nach Italien aufrechterhalten, die seit fast anderthalb Jahrtausenden besteht, seit ein Grundbesitzer namens Campione seine kleine Parzelle direkt am Seeufer an die Kirche San Ambrogio in Mailand abtrat. Dieses eigenartige Arrangement wurde nie angetastet, und Campione d'Italia blieb bis heute eine italienische Exklave in einem fremden Land, die durch ein Spielkasino mit der stolzen Besucherzahl von einer halben Million jährlich finanziell am Leben gehalten wird. Karl Gröber hat Sinn für Ironie, und ihm gefällt der Gedanke, dass sein gegenwärtiges Refugium vom Glück abhängt und ebenso von der Norm abweicht wie er selbst.

Denn inzwischen nennt er sich Klimt, Oskar von Klimt, und er hat einen österreichischen Pass, in dem steht, dass er im Juli 1949 in Mozarts Geburtsstadt Salzburg geboren wurde, was ihn zwei Jahre älter macht, als er in Wirklichkeit ist. Sein Antrag auf festen Wohnsitz im Steuerparadies Campione (steuerfrei wegen der üppigen Erträge des Kasinos) beschrieb ihn als finanziell unabhängigen Finanzier, und da die Immobilienpreise in Campione wegen der Steuerfreiheit ungefähr so exorbitant sind wie in Tokio und er die erforderlichen Mittel hatte, um eine Villa in Uferlage an der Via Matteo da Campione bar zu bezahlen, haben die italienischen Behörden, die in diesen Dingen weitaus weniger pedantisch sind als die Schweizer, nicht weiter nachgefragt. Wenn er nicht auf Reisen ist, was selten vorkommt, lebt Herr Klimt zurückgezogen, hört sich Mozart-Aufnahmen in gemäßigter Lautstärke an, um die Nachbarn nicht zu stören, liest zeitgeschichtliche Bücher über den Zusammenbruch des Kommunismus in Osteuropa, nimmt sein Mittagessen allein in der Rally-Club-Pizzeria ein, sitzt am See oder fährt gelegentlich mit seinem offenen Motorboot hinaus, das an einem Steg direkt unterhalb seines Hauses liegt.

Heute Abend ist der See unruhig. Aus Richtung Lugano weht ein launischer Wind, der immer wieder böig wird, die Oberfläche aufwühlt und das Boot ins Schwanken bringt, als Gröber vorsichtig an einer Ferretti-Motorjacht längsseits geht – ein fünfzig Fuß langer extravaganter Luxus, der in Gröbers Augen auf einem Binnensee völlig fehl am Platze ist. Ein paar von den zahlreichen Bodyguards, die Alexander Çarçani normalerweise umgeben, stehen träge an die Reling gelehnt und beobachten gelangweilt, wie Gröber näher kommt. Ihre gegelten Haare und teuren schwarzen Leinenanzüge, die sie wie Uniformen tragen, können Gröber nicht darüber hinwegtäuschen, was sie in Wahrheit sind: durchtriebene, grausame und häufig tödliche Tosken aus Südalbanien, lebenslange Mitglieder des Çarçani-Clans, die der Krieg im Kosovo nach Italien gespült hat und für die nur ein Gesetz gilt, der brutale Kodex des Clans.

Çarçani selbst steht auf der Laufbrücke. Im letzten Moment, als er sieht, wie Gröber in einem halsbrecherischen Manöver nach der Fangleine greift, die vom Heck der Ferretti hängt, ruft er etwas auf Russisch, der Sprache, die beide Männer gleichermaßen fließend sprechen. Grob übersetzt sagt Çarçani: »Mach mir bloß keinen Kratzer ans Boot, du Trottel.« Gröber grinst, hebt die rechte Hand zu einem zackigen Gruß, doch der ausgestreckte Mittelfinger macht die Geste obszön. »Arschloch«, entgegnet Çarçani und streckt ihm ebenfalls den Mittelfinger hin.

Auf der Laufbrücke wendet Çarçani sich plötzlich von der Reling ab und lässt spielerisch die Faust haarscharf an Karl Gröbers Kopf vorbeifahren, und dann fallen sich die Männer in die Arme, schlagen einander klatschend auf die Schultern, dass sie fast das Gleichgewicht verlieren.

Çarçani ist heute Abend bester Stimmung. Atemlos und lachend, befreit er sich aus Gröbers Umklammerung. »Hast du mir was mitgebracht? Wehe, du hast mir nichts mitgebracht, du Drecksack.«

»Aber Sascha, ich bring dir doch immer was mit«, sagt Gröber, doch er macht keine Anstalten, Jackett und Hemd auszuziehen, um den wasserdichten Beutel hervorzuholen, den er sich über dem Hosenbund auf den Rücken geklebt hat. »Ich bin auch bloß eine deiner Huren.«

»Klar bist du das, aber denkst du, denen zahl ich fünf Prozent?«

O nein, Sascha, keine fünf Prozent, diesmal nicht, denkt Gröber. *Diesmal geht's um sehr viel mehr als fünf Prozent. Wegen der Schwierigkeiten und Zusatzkosten und weil du mich brauchst, mein ahnungsloser Freund.*

Er lächelt schwach.

»Du bist der reinste Parasit.«

»Wenn du meinst«, sagt Gröber und beobachtet Çarçanis Augen.

Aus der Dunkelheit weiter hinten auf der Brücke kommt leises Kichern. Ein Fingerschnippen von Çarçani, und die Dunkelheit wird von einem Scheinwerferstrahl vertrieben.

Zwei Mädchen liegen Kopf an Kopf auf einer Bank, die Lippen dunkelrot, die nackten Körper weiß im grellen Licht. Ihr Alter ist schwer einzuschätzen, doch Gröber würde wetten, dass sie erheblich jünger sind als die jüngste von Çarçanis Enkeltöchtern.

»Frischfleisch«, sagt Çarçani. »Willst du sie?«

»Ich will einen Whiskey, Sascha«, sagt Gröber. »Ich will einen Whiskey, und wenn's dir nichts ausmacht, will ich aus diesem Scheißwind raus.«

Çarçani lacht. Auf einen Wink von ihm wird der Scheinwerfer ausgeschaltet, und dann packt er Gröber an der Schulter und bugsiert ihn zur Kajütstreppe.

»Dieser Wind«, sagt er, »ist ein laues Lüftchen. Weißt du was, Karl? Du bildest dir ein, du hast genug Mumm, mir mein Geld zu klauen, aber ich glaube, du wirst langsam weich.«

13

Im Salon der Ferretti steht Alexander Çarçani an einem Kartentisch, auf dem er die künstlerische Darstellung eines Jachthafens mit angeschlossener Ferienanlage ausgebreitet hat, der seine nächste wichtige Investition werden soll, wie Gröber meint. Eine am Tisch befestigte Arbeitslampe beleuchtet die detaillierten Entwürfe von der Fassade eines Luxushotels, zwei Seitenflügeln mit Apartments, einer halbmondförmigen Einkaufsstraße mit Boutiquen und Cafés an einem Hafen, in dem teure Motorjachten an Anlegestegen dümpeln, aufgereiht wie parkende Autos. Der Komplex soll in South Carolina entstehen, zwei Stunden Fahrt von Charleston entfernt, und, wie den Zeichnungen zu entnehmen ist, den Namen »San Ambrogio« tragen, was Çarçani angesichts der großzügigen Spenden, mit denen er die Basilika unterstützt, als nette Geste bewertet.

»Und was wird mich das kosten?«, fragt er, während er ungeduldig die anderen Dokumente überfliegt, die Gröber aus dem wasserdichten Beutel geholt hat. Diese Unterlagen sind größtenteils in schwer verständlichem Juristenkauderwelsch verfasst, und Çarçani versteht sie nicht, was ein Grund für seine Ungeduld ist.

»Dein Anteil kostet siebzig Millionen Dollar«, sagt Gröber, »über den Daumen gepeilt. Sagen wir inklusive Abwicklungsgebühren zweiundsiebzig, vielleicht dreiundsiebzig.«

»Mein Anteil? Ich soll dir dreiundsiebzig Millionen Dollar geben, damit mir ein Anteil gehört?«

»Gehören wird dir gar nichts, Sascha. Du gewährst ein Darlehen – nein, nicht mal das. Du gibst eine Darlehensgarantie. Gehören wird dir bloß eine Gutschrift.«

»Ein Stück Papier?«

»Genau, aber nicht direkt, durch Mittelsmänner. Es wird nichts geben, was zu dir zurückverfolgt werden kann.«

Çarçani nimmt die Brille ab und fährt sich mit den Fingerknöcheln über die Furche in seinem Gesicht.

Ein Mailänder Anwalt namens Umberto Belli, der die rätselhafte Sprache des internationalen Business perfekt beherrscht, steht jetzt am Kartentisch und studiert die Dokumente, die Karl Gröber mitgebracht hat. Gröber räkelt sich auf einem Sofa und trinkt langsam seinen Whiskey. Alexander Çarçani ist in seine Kabine gegangen, wo er sich, wie Gröber vermutet, Frischfleisch zu Gemüte führt. Die Bodyguards sind wandernde Schatten, die dann und wann an den Bullaugen vorbeigehen, während sie auf Deck patrouillieren.

Umberto Belli ist der fleischgewordene Widerspruch. Er

trägt ausgelatschte Joggingschuhe zu seinem Armani-Anzug, einen Diamantring zusammen mit einer billigen Plastikuhr. Er ist unrasiert, aber sein pechschwarzes Haar ist makellos gepflegt und mit Gel fixiert. Er blättert die Unterlagen hastig durch, als könnte er kaum Zeit dafür erübrigen, aber er ist hier, um eventuelle Fehler aufzuspüren, und seinen dunklen Augen entgeht nichts.

»Das hier«, sagt er mit Blick auf eines von Gröbers Dokumenten, »soll das ein Witz sein?«

Diese Möglichkeit ist wohl auszuschließen, denn Karl Gröber hat bekanntermaßen wenig Sinn für Humor.

»Dieser Lindling …« Belli klopft auf die Seite, die sein Missfallen erregt hat. »Dieser Garfield Lindling, wer ist der Typ?«

»Er ist Anwalt.«

»Das sehe ich, aber wer ist er? Was ist so Besonderes an ihm, dass er siebzig Millionen von Saschas Geld verwahren soll?«

»In einem Treuhandkonto.«

»Na prima! *Fantastico!* Denken Sie, von einem Treuhandkonto kann er nichts stehlen?«

Gröber beantwortet lieber die erste Frage. »Er leitet die renommierteste Anwaltskanzlei auf der Insel. Sein Schwager ist der Premierminister und seine ältere Schwester die Justizministerin. Seine jüngere Schwester leitet die Bank.«

»Und wer ist Oberbefehlshaber der Armee – seine Mutter?«, fragt Belli sarkastisch.

»Es gibt keine Armee, nur die Polizei«, sagt Gröber und fügt dann todernst hinzu, »der Polizeichef ist, glaube ich, sein Cousin.«

Belli stöhnt. »Dann hat er ja die perfekte Bühne. Er ist unantastbar, auf allen Seiten geschützt, nicht wahr?«

»Er wird nicht stehlen, Umberto.«

Diesmal stöhnt Belli deutlich dramatischer. »Glauben Sie mir, Karl, alle Anwälte stehlen. Ich muss es schließlich wissen.«

»Uns bestehlen sie nicht.«

»Wieso? Wieso sind Sie sich da so sicher?«

»Weil Garfield Lindling eine Frau hat, eine sehr schöne Frau, die er nicht verlieren will. Und während der drei Wochen, die das Geld auf dem Treuhandkonto liegt, wird sie bei mir sein, unter meinem … Schutz.«

Ein raues Lachen verkündet die Rückkehr von Alexander Çarçani. Er steht nackt an der Tür seiner Kabine und trocknet sich das Haar, das noch nass vom Duschen ist.

»Karl, Karl.« Çarçani schüttelt den Kopf. »Du *piccone*. Ist dir je eine Frau begegnet, die siebzig Millionen Dollar wert ist?«

»Nein«, sagt Gröber und steht bedächtig vom Sofa auf, »aber ich bin nicht sentimental. Lindlings Frau ist schwanger. Es wird ein Junge, das hat man ihm gesagt, und er will seinen Sohn nicht verlieren.«

Jetzt nickt Çarçani, als fände er diese Antwort vernünftig. Er wickelt sich das Handtuch um die Hüfte und tappt wie ein Bär zur Bar, um sich einen Drink einzugießen. Er hat Gröber den Rücken zugewandt, aber er beobachtet ihn im Spiegel, als er seelenruhig fragt: »Und hast du den Mumm, jemanden zu töten, Karl, ihm eine Kugel in den Kopf zu jagen? Ich meine Auge in Auge, nicht aus der Distanz mit einem Scharfschützengewehr – so was machen nämlich Scheißfeiglinge, richtig?«

»Weißt du Sascha, das Schießen aus der Entfernung hat den Nachteil«, antwortet Gröber gelassen, »dass man manchmal daneben trifft.«

Oben an Deck hören die patrouillierenden Bodyguards erneut das kalte Lachen ihres Bosses.

ENGLAND

14

Grace Flint steht unter der Dusche und spült sich den Schmutz ab. Der Londoner Schmutz, der an ihrem Kragen einen dunklen Rand hinterlassen hat, löst sich rasch. Aber was sie einfach nicht loswird, ist der hartnäckige Dreck von ihrem Treffen mit William Goodheart oder der Geruch seines Aftershaves.

»Nichts für ungut«, hatte er gesagt, »aber ich muss Sie bitten, Ihre Bluse aufzumachen.«

Flint saß in einer Tiefgarage an der Tottenham Court Road auf dem Beifahrersitz seines BMW. Er hatte den Wagen rückwärts geparkt, um die Umgebung möglichst gut im Auge behalten zu können.

»Tun Sie mir den Gefallen«, hatte er als Reaktion auf ihren versteinerten Blick gesagt. »Mit ›nichts für ungut‹, hab ich gemeint, es ist nichts Persönliches. Will heißen, Sie sind nicht mein Typ. Ich will Ihre kleinen Titten nur sehen, um mich zu überzeugen, dass Sie nicht verdrahtet sind. Sie haben zwei Möglichkeiten. Entweder Sie machen Ihre Bluse auf, oder Sie verpissen sich. *Comprende, amiga?*«

Sie hatte ihre Bluse aufgemacht.

»Jetzt der Rock«, hatte er gesagt. »Ziehen Sie ihn hoch, zeigen Sie mir Ihre Schenkel.«

Wieder hatte sie getan, wie geheißen, und mit resigniertem Schweigen das Grinsen auf seinem fleischigen rosa Gesicht erduldet. Er war ein Exbulle, das war unverkennbar, wahrscheinlich ein Detective Inspector bei der Londoner Polizei, dem man zur Vermeidung von Peinlichkeiten einen vorgezogenen Ruhestand angeboten hatte, ehe die Jungs von der Antikorruptionsabteilung antanzten. Seine Kleidung, die Schuhe, die Uhr, der Siegelring am kleinen Finger, das Aftershave – alles war zu protzig, Ausdruck seiner Eitelkeit. Sie hätte ihren Pensionsanspruch darauf verwettet, dass er eine schicke Loftwohnung hatte, vielleicht in den Docklands, eine Exfrau in irgendeinem Vorort, die hinter seinen Unterhaltszahlungen herrennen musste, Kinder, die er nie sah, und eine Freundin, die seine Tochter sein könnte. *Vergessen Sie nicht, es ist nie persönlich.* Das war Cutters Mantra, aber in diesem Moment war es doch persönlich. In diesem Moment drang ihr nicht nur sein Aftershave in die Nase, sondern auch der Gestank der Korruption, und sie musste fast würgen.

»Geben Sie mir Ihre Tasche«, hatte er verlangt und den Inhalt durchwühlt, wobei er sich besonders für ihr Handy interessierte und sich vergewisserte, dass die Sprachaufzeichnung nicht aktiviert war.

»Okay«, hatte er schließlich gesagt. »Kommen wir zur Sache.«

»Nein, nicht okay.« Und dann hatte sie auf seine Brust gedeutet und hinzugefügt. »Sie sind dran.«

Er zog ein Gesicht, als wäre er geohrfeigt worden, und Flint musste daran denken, wie sie damals, als sie noch eine britische Polizistin war und als verdeckte Ermittlerin im Sonderdezernat für Kapitalverbrechen arbeitete, in einer Londoner Tiefgarage ganz ähnlich wie dieser von einem Anwalt aus Los Angeles namens Clayton Buller brutal zusammengeschlagen worden war, zuerst mit dem Griff einer Neunmillimeter Browning und dann mit dem Absatz seiner handgemachten italienischen Schuhe; dass ihr Gesicht in zahllosen Operationen wiederhergestellt werden musste. William Goodheart war kein Clayton Buller, und sie glaubte nicht, dass er eine Waffe trug, aber seine Körpersprache signalisierte Gewaltbereitschaft, und Flint reagierte rasch, um die Situation unter Kontrolle zu halten.

»Hören Sie, Sie müssen wissen, die Leute, für die ich arbeite, legen ebenso großen Wert auf die Vertraulichkeit unseres Arrangements wie Sie. Genauer gesagt, sie bestehen darauf, und unter uns, sie sind Leute, die man wirklich nicht enttäuschen sollte. Wenn Sie mir jetzt also kurz beweisen würden, dass Sie kein Mikro tragen, dann können wir die Sache erledigen, und diese blöden Dinger da«, sie zeigte durch die Windschutzscheibe auf eine Säule mit etlichen Sicherheitskameras, »werden keine Bilder übertragen, auf denen ich mit ungeordneter Kleidung aus diesem Auto hier stürze und aus vollem Halse ›Vergewaltigung‹ schreie.« Er war noch dabei, die Drohung zu verdauen, als sie leise hinzufügte: »Bitte, Billy. Billy, so werden Sie doch von Ihren Freunden genannt, nicht? Ich will doch nur meine Arbeit machen, also bitte, helfen Sie mir ein bisschen.«

Jetzt wusste er nicht, ob er wütend oder amüsiert sein sollte.

»Sie halten sich wohl für verflucht clever, was?«

»Wie gesagt, ich mache nur meine Arbeit«, sagte sie.

Dann beschloss er mitzuspielen, nahm die Krawatte ab und knöpfte das Hemd auf, und fragte mit einem Grinsen: »Sie wollen bestimmt auch noch bei mir in der Hose nachsehen, nicht?«

Sie schien kurz über diesen Vorschlag nachzudenken.

»Nein, das wird nicht nötig sein. In Ihrer Hose ist kein Platz mehr, um irgendwas zu verstecken. Hab ich recht, Billy?«

Die Liste, die sie ihm gegeben hatte, umfasste dreiundzwanzig Namen von Akteuren, Partnern und *Nominee Directors*, also praktisch allen Strohmännern des San-Ambrogio-Projektes, sowie deren Staatsangehörigkeit, Wohnsitz und Geburtsdaten. Im Fall der *Nominee Directors* hatte sie auch Fotokopien ihrer

Pässe dabei, und die hatte Goodheart ausgiebig studiert, ehe er abfällig erklärte: »Anwälte, Strohmänner.«

Sie hatte achselzuckend erwidert: »Klar, aber das heißt nicht, dass sie sauber sind. Wir müssen sicher sein.«

»Da ist was dran.«

Sie hatte ihm fünfundzwanzigtausend Dollar in nicht registrierten Hundertdollarscheinen überreicht, Geld, das sie am Vormittag bei den Londoner Anwälten der Gup-Brüder abgeholt hatte, und auch nach dieser Begegnung hatte sie sich irgendwie schmuddelig gefühlt. Sie war pünktlich auf die Minute in deren Kanzlei in Marylebone eingetroffen, doch dann ließ man sie vierzig Minuten in einem öden Wartezimmer schmoren, bis sie zu der verkniffenen Empfangssekretärin gesagt hatte: »Eins würde mich interessieren, behandeln Sie hier alle Mandanten so, oder sind Sie zu mir besonders unhöflich?« Die Sekretärin hatte sich zwar keine Entschuldigung abgerungen, dafür aber zum Hörer gegriffen und etwas Unverständliches gemurmelt. Wenige Minuten später war Flint in ein blitzsauberes Büro geführt worden, wo Mr. Atherton, der jüngste Partner der Kanzlei, hinter seinem Schreibtisch wartete.

»Entschuldigen Sie«, sagte er munter, ohne ihr die Hand zu geben. »Ich hatte vergessen, dass Sie kommen.«

»Sie machen so was wohl öfter, was?«, hatte sie erwidert und mit dem Kinn auf einen Stapel Banknoten gedeutet, dessen einzelne Bündel mit Banderolen versehen waren.

Ohne auf ihre Provokation einzugehen, zog er ein Blatt Papier hervor. »Wenn Sie nachgezählt haben, unterschreiben Sie bitte hier die Empfangsbestätigung.«

»Meinen Sie, ich sollte Ihnen nicht trauen, Mr. Atherton?«

»Nein, Miss McCarry. Und wo wir gerade von Vertrauen reden, ich muss eine Kopie von Ihrem Pass machen, zu Identifizierungszwecken.«

»Für den Fall, dass ich nicht die bin, für die Sie mich halten?«

»Für den Fall, dass Sie nicht die sind, als die Sie sich ausgeben. Sehr richtig. Ihren Pass bitte«, hatte er gesagt und die Hand ausgestreckt, »Und dann, zählen Sie.«

Billy Goodheart hatte das Geld nicht gezählt. Mit dem Selbstbewusstsein eines Mannes, der stets bekam, was ihm zustand, hatte er nur kurz in den Umschlag geschielt.

»Wann bekommen wir die Ergebnisse?«, hatte sie gefragt.

»Kommt drauf an. Wenn alle sauber sind, das System keinen Treffer meldet, in zweiundsiebzig Stunden, vielleicht auch schneller. Falls es Treffer gibt … tja, dann kommt's drauf an, wo der Alarm losgeht – welche Behörde, wie schnell die reagieren, Sie wissen schon. In dem Fall, schätzungsweise eine Woche, vielleicht auch zehn Tage. So« – er war jetzt umgänglich, hatte sein Hemd nicht wieder zugeknöpft, zeigte ihr ungeniert seine Brust –, »wo wohnen Sie? Wir könnten was essen gehen.«

Sie hatte einen Stift aus ihrer Tasche geholt, seine Hand genommen und ein paar Zahlen in seine Handfläche geschrieben.

»Meine Handynummer«, hatte sie gesagt. »Rufen Sie mich an, wenn Sie was wissen.«

»Kann ich Sie irgendwo hinfahren?«

»Nein, danke, ich bin mit dem Wagen da.«

»Kathy«, hatte er gesagt, als sie schon halb ausgestiegen war, »was ich vorhin gesagt habe, dass Sie nicht mein Typ sind, das könnte sich ändern.«

»Billy«, hatte sie gesagt, »dafür ist leider keine Zeit.«

15

Grace Flint hätte sich die Zeit, die sie in London festsaß, mühelos vertreiben können. Es gab ehemalige Kollegen von der Polizei, die sie hätte treffen können – nicht viele, zugegeben, aber ganz sicher Tom Glenning, ihren damaligen Commander, der sie ins Simpson's-in-the-Strand eingeladen und mit einem köstlichen Roastbeef, einer guten Flasche Rotwein und seinem onkelhaften Mitgefühl verwöhnt hätte. Aber als Kathy McCarry hatte sie keine alten Freunde, denen sie einen Besuch abstatten, niemanden, mit dem sie reden konnte. Und obwohl sie Vertrauen zu ihrer Verkleidung hatte, überzeugt war, dass nicht mal Tom Glenning sie wiedererkannt hätte, wenn er ihr auf der Straße über den Weg gelaufen wäre, scheute sie das Risiko einer zufälligen Begegnung, wovor jedem Undercover-Ermittler graut: *Grace? Grace, bist du das?*

Also blieb sie die meiste Zeit in ihrem Zimmer im Connaught Hotel – genau genommen in ihrer Suite, denn Joe Gup hatte sich nicht lumpen lassen –, saß vor dem Fernseher, schaltete zwischen CNN und Sky hin und her, bis sie die Nachrichten auswendig konnte. Als sie den Zimmerservice satt hatte, war sie mal zum Essen ins Hotelrestaurant gegangen und zweimal in die American Bar auf einen Drink, und beim zweiten Mal hatte sie ein Gesicht entdeckt, das ihr bekannt vorkam. Sie hatte weggeschaut und hastig ihr Gedächtnis durchforstet, bis der Groschen fiel: Sie saß nur einen Meter von Bob Tyrer entfernt, dem Chefermittler des Untersuchungsausschusses des US-Senats.

Also, es wäre bestimmt viel angenehmer, wenn wir bei einem schönen Essen und einem Glas Côtes du Rhône darüber reden könnten.

Tja, fast wäre Ihr Wunsch in Erfüllung gegangen, Mr. Tyrer, dachte sie, während sie rasch zahlte und ging.

Die Suite, so komfortabel und luxuriös sie auch war, hatte für Flint etwas Bedrückendes angenommen, und sie tigerte durch die Räume, als wären es Gefängniszellen. Seit ihrem Treffen mit Billy Goodheart waren vier Tage vergangen, und er hatte nicht angerufen, also musste er inzwischen erfahren haben, dass ein paar Namen auf ihrer Liste in der TIPOFF-Datenbank geführt wurden. Irgendwo auf der anderen Seite des Atlantik, in der Zentrale irgendeiner Behörde, klingelten jetzt die Alarmglocken, aber es würde eine Weile dauern, bis Billy wusste, wo. »Kommt drauf an«, hatte Goodheart gesagt. »Eine Woche, vielleicht auch zehn Tage« – und beides kam Flint vor wie eine unerträgliche Ewigkeit.

Um acht Uhr am Samstagmorgen hatte sie unten im Empfang angerufen und für zwei oder drei Tage einen Mietwagen bestellt.

»Gern, Madam. Mit Chauffeur oder fahren Sie selbst?«

»Ich fahre selbst. Etwas Flottes bitte, vielleicht ein Cabrio.«

»Wann wünschen Sie den Wagen?«

»So schnell es geht.«

Eine Stunde später hatte man ihr Bescheid gegeben, dass ein Mercedes Coupé für sie vor der Tür bereitstehe und sie dem Mann von der Firma Hertz nur noch die Papiere unterzeichnen müsse. Wann immer sie so weit war.

Sie wusste nicht, wo sie hinwollte, und es war ihr auch egal. Sie hielt sich ungefähr Richtung Süden, auf einem Zickzackkurs zur Küste, fuhr über Landstraßen, genoss das berauschende Gefühl der Freiheit und den warmen Wind im Gesicht. Die Schilder, an denen sie vorbeikam, kündigten Ortschaften mit herrlich schrulligen englischen Namen an: Thakeham und Partridge Green, Coldwaltham und Amberley, Madehurst und Lavant. An jeder Kreuzung entschied sie sich ganz spontan, und so war es reiner Zufall, dass sie am frühen Nachmittag in Chichester ankam und beschloss zu bleiben. Sie nahm sich im Ship Hotel ein Zimmer mit Himmelbett, zog eine kurze Hose und Sandalen an, ließ trotzig Perücke und Kopftuch in der Reisetasche und machte sich auf, die Stadt zu erkunden wie eine ganz normale Touristin.

Kathedrale und Kreuzgang; Tee und Scones im Refektorium, die ständige Ausstellung in der Pallant House Gallery – sie sah sich alles an, was man gesehen haben musste, und fuhr dann mit dem Taxi zum Hafen von Chichester, südlich der Stadt. Dort suchte sie sich ein ruhiges Fleckchen und beobachte, wie Boote durch die Fahrrinnen navigierten und langschnäbelige Wattvögel im Schlick nach Essbarem suchten. Beides erinnerte sie unweigerlich an Mandrake – und weil ihr verstorbener Mann eine so ansteckende Leidenschaft für die Vogelwelt hatte (das einzig Echte an ihm, glaubte sie inzwischen), konnte sie heute Brachvögel und Regenbrachvögel und Pfuhlschnepfen unterscheiden. Prompt kam ihr Jack in den Sinn, und mit einem Mal spürte sie eine abgrundtiefe Leere in sich.

Lange Zeit, über eine Stunde, wanderte sie barfuß durch das Watt, spürte den weichen Schlamm zwischen den Zehen, versuchte, ihr Gefühlschaos zu lösen, bis sie, ohne recht zu merken, was sie tat, ihr Handy hervorholte und eine New Yorker Nummer wählte und nach zweimaligem Klingeln eine Bandansage hörte.

»Guten Tag, hier ist die Praxis von Dr. Przewalski. Ich bin übers Wochenende nicht erreichbar. Hinterlassen Sie nur im Notfall eine Nachricht nach dem Piepton. Sprechen Sie langsam und deutlich. Mal sehen was passiert. Auf Wiederhören.«

Hi, Dr. P., hier spricht Grace Flint, ihre widerspenstigste Patientin, die sich immer Notizen macht. Ich glaube nicht, dass ich verrückt bin, und was ich im Augenblick empfinde, ist fast unerträglich. Wissen Sie, ich bin in England, verfolge eine Spur zu Gröber – das dürfte ich Ihnen eigentlich gar nicht sagen, aber was soll's –, und genau in diesem Moment bin ich nur zweihundertvierzig Kilometer von meinem Sohn entfernt, und ich könn-

te in drei Stunden bei ihm sein, und ich hab sonst nichts zu tun, nichts, was mich davon abhalten könnte, und ich möchte nichts lieber, als zu Jack fahren und ihn in die Arme nehmen – und ich kann es verdammt nochmal nicht. Ich habe Angst, Dr. P., Angst davor, was ich empfinden werde oder vielleicht nicht empfinden werde. Verstehen Sie das? Ich bin wie gelähmt. Marina, ich brauche Ihre Hilfe, und es tut mir leid, dass wir Wochenende haben, und es bedeutet wirklich nicht, dass ich keinen Respekt vor Ihnen habe. Ehrlich, das Gegenteil ist der Fall, und deshalb wende ich mich an Sie. Also, wenn Sie mich zurückrufen würden, bitte …

Das hätte Flint sagen können, das hätte sie sagen wollen. Stattdessen sagte sie nichts und legte auf.

In ihrem Traum ist Flint ganz in Schwarz gekleidet: schwarze Lederschuhe, ein formloser knöchellanger schwarzer Rock, eine schwarze Satinjacke, bis zum Hals zugeknöpft, und ein schwarzer steifkrempiger Zylinder mit einem Schleier, der ihr Gesicht bedeckt. Sie ist vor den Toren einer Kathedrale und versucht, sich durch die Menge zu schieben – *Scusi, scusi, per favore* –, aber niemand scheint sie zu verstehen, und sie kriegt langsam Panik, zu spät zu kommen. Zu spät wofür? Das weiß sie nicht. Sie weiß nur, sie muss den Altar erreichen, weil sonst etwas Schreckliches geschieht, und als sie entschlossen weiter vorwärtsdrängt, dreht Alexander Çarçani sich um, legt seine Hände auf ihre Brüste und stößt sie heftig zurück; sie verliert das Gleichgewicht, stürzt rückwärts auf die Stufen, wodurch sie den Hut verliert und ihr kahler Schädel zum Vorschein kommt.

»Zeigen Sie ein wenig Respekt«, sagt Çarçani. »Haben Sie denn keinen Respekt vor den Toten?«

Niemand ist tot!, schreit sie, doch im Traum hört sie sich selbst sagen: *Nessuno è morto.*

Sie versucht es erneut.

Nessuno è morto. Questo è il punto, esso è tutto un terribile errore. Queste è ciò che devo dire a loro, prima che sia troppo tardi. Dovete lasciarli passare.

»Verdammte Ausländer«, sagt eine Frau in der Menge.

Flint will den Leuten sagen, es ist alles ein schrecklicher Irrtum, niemand ist tot, und sie sollen sie durchlassen, ehe es zu spät ist, aber die Worte kommen ihr nur auf Italienisch über die Lippen.

»Was soll das ausländische Gebrabbel?«, sagt die Frau.

Und dann kommt eine weitere Ungereimtheit. Als sie auf dem Rücken liegt und zu der Kathedrale hochblickt, sieht sie die Fassade von Chichester, nicht die von San Ambrogio – aber warum stehen dann uniformierte Carabinieri herum und sehen zu, wie sie vergeblich versucht, Alexander Çarçanis handgefertigten italienischen Schuh von ihrer Brust zu heben?

»Hilfe, bitte, helft mir!«, ruft sie (*Aiuoto, vi prego aiuto!*, hört sie), doch die Carabinieri lachen bloß, und Çarçani tritt noch fester zu, und jetzt hat er eine Pistole in der Hand und zielt auf ihren Kopf.

»Warum haben Sie das getan?«, fragt er. »Warum haben Sie Ihr Kind getötet?«

Nessuno è morto, nessuno è morto!, kreischt sie, aber er drückt trotzdem ab, und der Widerhall des Schusses klingelt und klingelt und klingelt …

Sie erwacht, das Laken um den schweißnassen Körper gewickelt. Der Klingeln dauert an, und sie denkt, es wäre in ihrem Kopf, und presst die Hände gegen die Schläfen, damit es aufhört.

Vergeblich. Das Klingeln wird lauter, und endlich begreift sie, dass es von ihrem Handy kommt.

»Hab ich Sie geweckt?«, fragt Cutter mit einer so deutlichen Stimme, als wäre er im selben Zimmer.

»Nein, nein«, sagt sie und versucht, sich aus dem Laken zu befreien.

»Ich hab eine Neuigkeit und dachte, die würden Sie gern hören.«

»Moment, ich hab mich ein bisschen verheddert.« Sie legt das Handy weg und zerreißt das Laken, weil sie sonst ihre Arme nicht freibekommt. »So geht's«, sagt sie zu Cutter. »Was ist denn?«

»Jerry Crawford ist außer Gefahr – er ist sogar schon von der Intensivstation runter.«

Flint bricht unwillkürlich in Jubel aus, bis Cutter sagt: »Grace, ich hoffe, Sie sind in einem schalldichten Raum.«

»O Gott, Aldus, das ist wunderbar. Wann? Wie? Was wissen Sie sonst noch? Nun sagen Sie schon.«

»Nicht viel. Christie hat mich angerufen und gesagt, er ist bei vollem Bewusstsein, atmet selbständig und meckert rum, weil er künstlich ernährt wird. Er sagt, er will was Anständiges zu essen.«

»Kriegt er. So viel Kaviar wie er will, auf meine Rechnung.«

»Jerry und Kaviar? Kann ich mir nicht vorstellen.«

»Okay, Hummer, Steak, was er will.«

»Ich werd's ihm sagen.«

»Sie fliegen nach Orlando?«

»Sobald ich einen Flug kriege.«

»Aldus ... Mr. Cutter, tun Sie mir einen Gefallen? Wenn es irgendeine Stelle an Jerry gibt, die ihm nicht wehtut, würden Sie ihm dann einen Kuss von mir geben?«

»Nein«, sagt Cutter, »aber ich sag ihm, dass Sie mich drum gebeten haben. Und jetzt hab ich noch eine schlechte Nachricht für Sie.«

Flint zuckt zusammen, wappnet sich innerlich.

»Ich hab nämlich eben erfahren, wer Ihre Liste bei TIPOFF vorgelegt hat. Raten Sie mal.«

Aber sie muss nicht raten. In diesem Augenblick weiß sie es plötzlich – mit derselben Gewissheit, wie sie plötzlich wusste, dass sie von Mandrake schwanger war.

»Der verdammte Ridout«, flüstert sie ins Telefon.

»Nicht ganz«, sagt Cutter. »Die Anfrage wurde vom MI6 gestellt und war unterschrieben von einem Typ namens Sullivan, James Sullivan. Aber sie kam aus Ridouts Laden, keine Frage.«

Flint zittert vor Kälte, zieht sich das zerrissene Laken um die nackten Schultern.

»Was soll ich machen?«

»Ich denke, Montagmorgen reden Sie als Erstes mit Tom Glenning, aber nicht am Telefon. Treffen Sie sich mit ihm, wenn möglich, setzen Sie ihn ins Bild, fragen Sie ihn, ob er mehr herausfinden kann, diskret. Wir brauchen knallharte Daten. Wir müssen wissen, was dieser Goodheart und vielleicht auch die Gup-Brüder mit Ridouts Mafia im MI6 zu tun haben.«

»Mafia trifft die Sache auf den Punkt«, sagt Flint.

»Was?«

»Nein, falsch: Er ist schlimmer als jeder Mafioso.«

»Lassen Sie es nicht persönlich werden, Grace.«

»Wie könnte ich!« Ein paar Augenblicke herrscht angespanntes Schweigen, dann sagt sie in versöhnlicherem Ton: »Commander Glenning wird mit Ihnen reden müssen, Mr. Cutter, nur um die Formalitäten zu klären.«

»Klar. Sagen Sie ihm, er soll über eine sichere Leitung im Büro anrufen, sobald er so weit ist. Die verbinden ihn dann weiter, egal, wo ich gerade bin.«

»Mach ich.«

»Und, haben Sie Ihren Dad schon besucht? Wie geht's Ihrem Jungen?«

»Ich fahr heute zu ihnen«, antwortet sie, ohne nachzudenken – und in diesem Moment weiß sie, dass sie genau das tun wird.

Es ist kein Nachtportier am Empfang, als Flint um vier Uhr morgens aus dem Hotel schleicht und nur eine kurze schriftliche Erklärung zurücklässt sowie das Geld für ihr Zimmer und zwanzig Pfund extra für das zerrissene Laken.

Im sicheren Kokon ihres Mercedes fährt sie über nahezu verlassene Straßen Richtung Norden, sieht Insekten in den Scheinwerferkegeln und lässt sich von Annie Lennox im CD-Player Gesellschaft leisten.

NEW YORK

16

Auf der Fahrt zu Jack denkt Flint nicht an die Glebe Farm, sondern an eine Sitzung mit Dr. P., und zwar an die vermutlich quälendste.

»Was haben Sie in den letzten Phasen Ihrer Schwangerschaft gefühlt?«, fragte Dr. Przewalski, die sich einen Kugelschreiber wie eine Zigarette dicht vor den Mund hielt.

»Gefühlt? Keine Ahnung. Das Übliche, glaub ich.«

»Und was ist das Übliche? Es war Ihr erstes Kind, soweit ich weiß, wie können Sie da das Übliche gefühlt haben?«

»Ich meine, ich hab mich wahrscheinlich so gefühlt wie die meisten Frauen. Müde, weil ich so dick war. Ich hatte Verdauungsstörungen, war kurzatmig, musste nachts zigmal aufs Klo. Hatte Rückenschmerzen mit diesem komischen Ziehen, weshalb du dich immerzu hinsetzen möchtest. Geschwollene Beine, wodurch du nicht anders kannst, als dich hinzusetzen. Sorge, die Fruchtblase platzt, wenn du weit weg von jedem Krankenhaus bist. Also, ich hatte ein bisschen Angst vor dem Unbekannten, fühlte mich ziemlich müde und fett. Ach so, ja, und hässlich. Ich hab mich wahnsinnig hässlich gefühlt.«

Dr. Przewalski hatte die Spitze des Kugelschreibers zwischen die Zähne gesteckt, sog kräftig daran und stieß dann eine langgezogene nicht existente Rauchfahne aus. Es war erst ihre vierte oder fünfte Sitzung, und Flint hatte noch nicht gelernt, die Fallen rechtzeitig zu entdecken.

»Dr. P., wenn Sie rauchen möchten, nur zu. Stört mich nicht.«

»Rauchen? Ich rauche nicht, nicht mehr. Wissen Sie, was ich hier mache?« Wieder sog sie übertrieben an dem Kuli und pustete Luft aus. »Genau das Gleiche wie Sie: Ich schauspielere. Verstehen Sie? Versuchen Sie, sich daran zu erinnern, was Sie gefühlt haben.«

Flint zuckte mit den Schultern.

»Freude?«

»Nein.«

»Begeisterung?«

»Nein.«

»Vorfreude?«

»Nicht direkt.«

»Was dann? Zorn vielleicht? Ablehnung?«

Flint schwieg, und Dr. Przewalski zog die Schlinge enger. »Schuld«, sagte sie mit Nachdruck.

»Warum sollte ich Schuldgefühle gehabt haben?«

»Nicht damals, jetzt. Jetzt leiden Sie unter Schuldgefühlen, nicht wahr? Jetzt fühlen Sie sich schuldig, weil sie Ihr ungeborenes Kind die ganze Zeit der Schwangerschaft über abgelehnt haben. Halten Sie das für möglich?«

»Nein!«

»Was, nein? Nein, Sie haben es nicht abgelehnt? Oder nein, Sie fühlen sich nicht schuldig?«

»Weder noch«, sagte Flint. »Beides«, schob sie nach und spürte, wie ihre Augen feucht wurden.

Dann hatte Flint etwas ruhiger gesagt: »Vor allem war ich frustriert, Dr. P., einfach total frustriert. Wissen Sie, ich hab bis weit ins letzte Schwangerschaftsdrittel hinein gearbeitet, weil ich Gröber bis nach Brasilien verfolgt hatte, nach São Paolo, wo er sich eine vollständig neue Identität gekauft hatte. Er hatte sich auch Schutz gekauft – von ziemlich hochrangigen

Cops, korrupten Angehörigen der Sicherheitsdienste, ein paar Politikern –, aber es war kein kugelsicherer Schutz. Das liegt in der Natur der Sache, denn korrupte Beamte verkaufen immer an den Höchstbietenden, und ich ließ durchsickern, dass ich mir Gröbers Kopf einiges kosten lassen würde.«

»Sie haben Polizisten bestochen?«

»Wir zahlen für Informationen, Dr. P., wenn wir müssen. Wenn es keine andere Möglichkeit gibt. Schockiert Sie das?«

»Mich schockiert gar nichts. Reden Sie weiter.«

»Okay, ich bin also immer wieder nach Brasilien geflogen und hab mich peu à peu an Gröber rangearbeitet. Ich hab den amerikanischen Konsul in São Paolo dazu gebracht, Druck auf die brasilianischen Behörden auszuüben, bis sie schließlich eine ernsthafte Suche nach Gröber einleiteten, anstatt den üblichen Schwachsinn zu erzählen. Ich wusste, dass ich Gröber immer näher kam, kurz davor stand, seine neue Identität zu knacken, und was entscheidender war: Ich wusste, dass er es wusste. Dafür hatte ich gesorgt. Ich gab Interviews, trat im Fernsehen auf, hielt am Flughafen Pressekonferenzen ab und so weiter. Und je dicker mein Bauch wurde, desto reißerischer wurde die Story: ›Schwangere Polizistin jagt Killer – wie viel Zeit bleibt ihr?‹ – so was eben. Ich war ständig auf den Titelseiten.«

»Was glauben Sie, warum Sie die öffentliche Aufmerksamkeit gesucht haben?«

»Ich wollte Gröber provozieren. Ich hab gedacht oder gehofft, er würde entweder flüchten, und dann wäre er am Flughafen oder an der Grenze geschnappt worden – oder …« Flint hatte in dem Polstersessel die Position verändert, als säße sie unbequem.

»Oder?«

»Oder er setzt einen Auftragskiller auf mich an.«

Dr. Przewalski hatte einen starren Ausdruck im Gesicht. Flint schien es fast so, als ob sie lächelte.

»Jetzt hab ich Sie doch schockiert, nicht?«

»Auf Sie und Ihr Kind«, sagte Dr. P.

»Was?«

»Sie wollten Gröber provozieren, dieses Tier, wie Sie ihn nennen, damit er einen Auftragskiller auf Sie und Ihr ungeborenes Kind ansetzt. Hab ich recht?«

»Nein, ich –«

»Oder haben Sie gehofft, Sie könnten den Angriff – ein Messer, eine Kugel in den Bauch, in die Gebärmutter – irgendwie überleben und nur Ihr Kind würde sterben?«

»Mein Gott, Marina! Nein! Mein Plan war doch nicht, tatsächlich angegriffen zu werden. Ich wollte nur, dass er einen Killer beauftragt, weil wir dann mit ziemlicher Sicherheit davon erfahren hätten, und selbst in Brasilien – selbst in São Paolo – hätte ihn das vollkommen isoliert. Man plant keinen Mord an einer ausländischen Polizistin, noch dazu einer schwangeren Polizistin, die in allen Medien zu sehen ist, ohne einen Riesenskandal auszulösen. Wenn er es getan hätte, und wir hätten davon erfahren, dann wäre das auf die Titelseite von jeder Zeitung in Brasilien gekommen, glauben Sie mir, und er hätte bestimmt keine vierundzwanzig Stunden mehr durchgehalten.«

»Durchgehalten?«

Flint wurde plötzlich unendlich müde und musste ein Gähnen unterdrücken.

»Ehrliche Cops hätten ihn aufgespürt und verhaftet. Sie hätten unter einem gewaltigen Druck gestanden. Wahrscheinlicher aber ist, dass die korrupten Cops oder die Geheimdienstler, die ihn beschützt und sein Geld genommen hatten, ihn getötet hätten – aus Selbstschutz. So oder so wäre er innerhalb von vierundzwanzig Stunden erledigt gewesen.«

»Welche Variante wäre Ihnen lieber gewesen?«

»Das war mir egal. Klar hätte ich ihn liebend gern nach New York gebracht – ich hätte auf jeden Fall in der Maschine gesessen –, aber es wäre vielleicht schwierig geworden, seine Auslieferung zu erwirken. Korrupte Richter, zwei unterschiedliche

Rechtsprechungen, mögliche außergerichtliche Einigungen, alles ziemlich problematisch. Und selbst wenn ich ihn nach New York gebracht hätte, wäre der Ausgang seines Prozesses unsicher gewesen: Geschworene können eingeschüchtert oder um den Finger gewickelt werden, und manchmal fällen sie Urteile, die einfach nur dumm sind. Selbst im Falle eines Todesurteils hätte sich das ganze Verfahren mit Revisionen und Gnadengesuchen noch zwanzig Jahre hinziehen können. Deshalb kann ich wirklich nicht sagen, was mir unterm Strich lieber gewesen wäre, Dr. P., aber wenn sie ihn getötet hätten – und ich hätte mir die Leiche zeigen lassen und persönlich den DNA-Test überwacht –, dann hätte ich zumindest Gewissheit gehabt.«

»Hätten Sie ihn getötet?«

»Wenn er mein Leben oder das anderer akut bedroht hätte? Ja. Und das gilt auch jetzt noch.«

»Falls Sie ihn finden.«

»Wenn ich ihn finde, Dr. P.«

»Aber in Brasilien haben Sie ihn nicht gefunden. Trotz Ihrer ganzen Bemühungen ist es Ihnen nicht gelungen, ihn zu provozieren. Wissen Sie warum?«

»Vorschriften der Airlines«, sagte Flint trübselig.

»Das müssen Sie mir erklären.«

»Wie wir erfahren haben, hatte Gröber tatsächlich die Nase gestrichen voll von mir gehabt und mit einem seiner Kumpane vom Geheimdienst darüber gesprochen, einen Killer auf mich anzusetzen. Aber der hat ihm das ausgeredet und gesagt, die Vorschriften der Airlines würden Gröber die Arbeit abnehmen – mich ihm vom Hals zu schaffen, meine ich –, und es würde ihn keinen Cent kosten und nicht den geringsten Skandal verursachen. Wissen Sie, die meisten Airlines fliegen schwangere Frauen ab der sechsundzwanzigsten Woche nur, wenn die ein ärztliches Attest vorlegen können, und nach der vierunddreißigsten Woche nützt selbst das beste Attest nichts mehr, man darf nicht mehr fliegen. Als Gröber endlich beschloss, Maßnahmen zu ergreifen, wusste sein Geheimdienstkumpel, dass ich kurz vor der zweiunddreißigsten Woche war und nur noch rund sieben Tage Zeit hatte, um São Paolo zu verlassen. Sonst hätte ich in Brasilien bleiben und das Baby dort zur Welt bringen müssen – und das war ausgeschlossen. Also –«

»Wenn dieser Gröber Ihnen so wichtig war, wieso wollten Sie dann nicht bis zur Niederkunft in Brasilien bleiben?«

»Weil ich meinem Vater versprochen hatte, nach Hause zu kommen – zu ihm nach Hause, meine ich, nach England, wo ich aufgewachsen bin. Ich hatte meinem Dad versprochen, das Baby dort zur Welt zu bringen.«

»Ah ja«, sagte Dr. Przewalski munter, und Flint hatte irgendwie das Gefühl, als würde die Therapeutin im Geiste in einem imaginären Notizbuch eine neue Seite aufschlagen und sie mit dem Kuli, den sie als Zigarette zweckentfremdete, mit einer Überschrift versehen. »Sprechen wir über Ihren Vater, bitte.«

17

Als Mandrake auf der Flucht war, tauchte er unangemeldet bei ihrem Vater auf der Glebe Farm auf, um die gefälschten Pässe und hundertdreißigtausend Dollar in bar aus einem Versteck zu holen. Er hatte es unter einem Dielenbrett in Flints Kinderzimmer angelegt, als er und Grace während der Flitterwochen eine Nacht auf der Glebe Farm verbrachten, denn offenbar wusste er von Anfang an, dass er eines Tages würde fliehen müssen. Arglos und nicht ahnend, dass sein Schwiegersohn auf internationalen Fahndungslisten stand und darüber hinaus ein psychopathischer Lügner war, der alle betrogen hatte, vor allem seine Frau – die noch nicht den Mut gefunden hatte, ihrem Vater zu beichten, dass sein Schwiegersohn ein Schwindler war –, hatte John Flint Mandrake mit offenen Armen empfangen, ihm einen Whiskey eingeschenkt und darauf bestanden, dass er bei ihm übernachtete, ein weiteres Mal in Grace' Bett schlief.

Und was war Mandrakes Dank gewesen? Er hatte sich, als John Flint seine Tochter anrufen wollte, um ihr zu sagen, wie sehr er sich über »Bens« Überraschungsbesuch freute, von hinten an ihn herangeschlichen und ihn mit einer schweren gusseisernen Tischlampe bewusstlos geschlagen. Anschließend hatte er ihn geknebelt und gefesselt in einen Hundekäfig gesperrt –

»Einen Hundekäfig?«, hatte Dr. Przewalski sichtlich erschrocken gefragt und Flints Erinnerungen unterbrochen.

»Mein Vater ist Tierarzt. Er hat seine Praxis in der Scheune eingerichtet, und die Käfige – es sind eher Verschläge – braucht er für seine frisch operierten Patienten, wenn sie zur Beobachtung dableiben müssen. Für Hunde, selbst große Hunde, sind sie recht geräumig. Aber nicht für einen eins neunzig großen, bewusstlosen Mann mit einer Schädelfraktur. Der verdammte Mandrake musste ihn praktisch zusammenklappen, um ihn da reinzukriegen. Und dann hat er ihn halbtot da liegen lassen.«

Flint staunte selbst, wie ruhig ihre Stimme klang.

»Aber Ihr Vater hat überlebt.«

»Ja. Er wurde noch rechtzeitig gefunden – im letzten Moment, denn er lag im Koma. Die Neuronen in seinem basalen Vorderhirn wurden dauerhaft geschädigt, weshalb er an Erinnerungsstörungen und einem gewissen Aufmerksamkeitsdefizit leidet. Aber ja, er lebt und arbeitet, hat noch immer seine Praxis. Er kommt zurecht.«

»Und was hat Ihr Vater gesagt, als Sie ihm eröffneten, dass Sie das Kind des Mannes in sich trugen, der versucht hatte, ihn zu töten?«

»Nichts.«

»Nichts?«

»Er hat mich ganz lange fest in den Arm genommen und gewartet, dass ich anfange zu weinen – was ich dann auch getan habe, ausgiebig.«

Flint fand, dass ihre Stimme jetzt nicht mehr so gefasst klang.

»Später an dem Abend hab ich ihm gesagt, ich würde nicht abtreiben, dabei war ihm der Gedanke gar nicht in den Sinn gekommen. Ich hab gesagt, ich würde den Jungen gleich nach der Geburt zur Adoption freigeben – ich wusste irgendwie, dass es ein Junge werden würde. Ich wusste einfach, dass Mandrakes Kind ihm wie aus dem Gesicht geschnitten sein würde. Da hat mein Dad geweint. Und als er schließlich wieder sprechen konnte, hat er gesagt, er fände den Gedanken unerträglich, dass ich mein Kind abgebe.«

Dr. Przewalski wusste, wann es besser war, zu schweigen.

»Wir haben uns gestritten. Ich meine, richtig gestritten. Er hat gesagt, wie ich an so was auch nur denken könnte. Ich hab gesagt, es wäre nur zur Hälfte mein Kind, und die andere Hälfte würde ich auf keinen Fall wollen. Außerdem hätte ich einen anstrengenden Beruf und müsste Gröber finden und so weiter und so weiter, und die Adoption sei die beste Lösung. Na schön, hat er gesagt, dann adoptiere ich eben das Kind, und ich hab gesagt, das wäre doch lächerlich, er könnte kein Kind großziehen, und er hat sich aufs hohe Ross gesetzt und gesagt: ›Vergiss nicht, junge Dame‹ – so nennt er mich immer, wenn er wütend ist –, ›vergiss nicht, junge Dame, dass ich dich allein großgezogen hab, und mit Erfolg, wie ich finde.‹ ›Ja‹, hab ich gesagt, ›aber vergiss du bitte nicht, dass ich sechs war, als Mummy verschwunden ist, und hier geht's um einen Säugling. Und als ich sechs war‹, hab ich gesagt, ›warst du knapp über dreißig, und jetzt bist du …‹ Was machen Sie da?«

Flint sah Dr. Przewalski förmlich an, dass sie eine neue Seite ihres imaginären Notizbuchs aufgeschlagen hatte und wie besessen schrieb.

»Sie sagten, Ihre Mutter ist verschwunden, als Sie sechs waren?«

»Gestorben.«

»Ich dachte, Sie hätten verschwunden gesagt.«

»Läuft in ihrem Fall auf dasselbe hinaus.«

»Haben Sie eine Leiche?«

»Hab ich was?«

»Wurde ihre Leiche je gefunden?«

»Nein, Dr. P., wurde sie nicht – und könnten wir jetzt bitte wieder zur Sache kommen?«

»Finden Sie das denn nicht relevant?«

»Für Sie vielleicht. Ich will aber nicht darüber reden, nicht jetzt.«

»Aber wie sollen wir –«

»Schluss! Schluss mit dem Thema, Dr. P., sofort, oder ich gehe, und es ist mir schnuppe, was die Personalabteilung davon hält.«

Flint war aufgesprungen, weiß im Gesicht, wütend. Einen Moment lang sah Dr. Przewalski aus, als wollte sie es drauf ankommen lassen, doch dann blätterte sie pantomimisch in ihrem imaginären Notizbuch zurück und strich die Seite mit dem Handteller glatt.

»Wie alt war Ihr Vater, als er vorschlug, Ihr Kind zu adoptieren?«, fragte sie, als sei nichts geschehen.

»Zweiundsechzig«, antwortete Flint noch immer aufgewühlt, noch immer im Stehen und bereit zu gehen.

»Zu alt, finden Sie?«

»Nicht unbedingt. Nicht, wenn mein Scheißehemann ihn nicht mit einer Tischlampe halbtot geschlagen hätte«, erklärte sie eiskalt, sachlich. »Nicht, wenn er ihn nicht seiner Fähigkeiten oder zumindest einiger Fähigkeiten beraubt hätte. Nicht, wenn mein Scheißehemann ihn nicht zu einem vorzeitig gealterten Mann gemacht hätte. Verstehen Sie das, Dr. P.? Leuchtet Ihnen das ein?«

»Bitte, mein Kind, setzen Sie sich.«

»Ich bin nicht Ihr Kind.«

»Dann eben Deputy Director Flint, bitte ... Bitte setzen Sie sich wieder hin.«

Flint blieb stehen.

»Trinken Sie Alkohol?«

»Das wissen Sie doch – anscheinend zu viel.«

»Aber trinken Sie auch Wodka? Echten russischen Wodka, nicht das scheußliche Zeug, das man hier in Amerika kriegt.«

»Selten.«

Daraufhin eilte Dr. Przewalski wortlos zu ihrem Schreibtisch, öffnete eine Schublade, nahm eine Flasche und zwei Schnapsgläser heraus, in die sie eine farblose Flüssigkeit goss. Sie trat zu Flint – ihr Kopf mit der wilden Haarmähne reichte Flint kaum bis zu den Schultern – und drückte ihr ein Glas in die Hand.

»Wir trinken auf Ihren Vater, dass er überlebt hat, dass er Ihnen seine Liebe geschenkt und Ihnen Ihren Sohn zurückgegeben hat.«

Flint schnupperte misstrauisch an dem Glas. »Dr. P., ist so was erlaubt?«

»Absolut nicht! Patienten Alkohol zu verabreichen ist absolut verboten, herrlich verboten. Falls die Personalabteilung davon erfährt, lassen die mich erschießen, glaube ich – und es ist mir völlig schnuppe.«

»Dann cheers«, sagte Flint.

»Genau«, sagte Dr. Przewalski. *»Na zdorowje!«* Und sie leerte ihr Glas in einem Zug.

Hinterher dachte Flint, dass es wohl der Alkohol war, siebenundfünfzig Prozent, der ihre Abwehrmauern durchdrang und ihre Entschlossenheit aufweichte.

»Was meine Mutter betrifft«, brach es impulsiv aus ihr heraus. »Als ich ungefähr sechzehn war –«

»Sechzehn? Sie sagten doch, Sie waren sechs, als Sie Ihre Mutter verloren, als sie verschwand.«

»War ich auch. Ich meine was anderes.«

»Bitte«, sagte Dr. Przewalski, um sich für die Unterbrechung zu entschuldigen.

»Als ich ungefähr sechzehn war, hatte ich immer wieder einen Traum, in dem ich meinen Vater sah, wie er meine Mutter totschlug. Mit einem Hammer ... In seiner Praxis, auf dem Operationstisch. Nacht für Nacht sah ich dieselben Bilder: sie mit eingeschlagenem Kopf, ihn, wie er mit dem Hammer in der Hand dasteht, Blutspritzer auf dem Kittel.«

Noch heute, zwanzig Jahre später, hat sie manchmal diesen Traum.

»Im Internat wurde ich nachts immer öfter mit starken Kopfschmerzen oder von einer Angstattacke wach. Es wurde immer schlimmer, bis ich glaubte, ich würde den Verstand verlieren. Schließlich, nach etwa einem Monat, hatte ich einen Nervenzusammenbruch und kam in eine psychiatrische Klinik. Die haben mich richtig durch die Mangel gedreht – Transaktionsanalyse, Hypnose, Regressionstherapie – um rauszufinden, was mir fehlte. Alles war vergeblich, bis sie es mit medikamentös unterstützter Exploration versuchten, wie sie das nannten.«

»Amobarbital?«

»Genau.«

»Und da waren Sie sechzehn Jahre alt?«

»Ja. Den Rest können Sie sich wahrscheinlich denken, Dr. P.«

»Ach, Sie armes Kind«, sagte Dr. Przewalski, und diesmal wehrte sich Flint nicht gegen die mitfühlende Anrede. »Man hat Ihnen Amobarbital verabreicht, damit Sie glauben, Sie hätten tatsächlich gesehen, wie Ihr Vater Ihre Mutter getötet hat?«

»Ja.«

»Und dann hat die Polizei Sie befragt?«

»Ja – und ja, ich hab ihn des Mordes beschuldigt.«

»Wurde er festgenommen?«

»Ja, und sie haben den Boden der Praxis aufgerissen, um nach der Leiche zu suchen.«

Mich schockiert gar nichts, hatte Dr. Przewalski kurz zuvor behauptet, doch der Ausdruck in ihren Augen strafte sie jetzt Lügen.

»Es war natürlich alles kompletter Schwachsinn. Mein Vater hat meine Mutter nicht getötet; hätte er gar nicht gekonnt. Ich war mit ihm zusammen, als sie mit Hector, unserem Labrador, einen Spaziergang machte, von dem sie nie zurückkam. Und ich war auch bei ihm, als er sich auf die Suche nach ihr machte und wir Hector fanden, im Straßengraben hinter den Feldern nicht weit von unserem Haus, fast totgeprügelt. Sie wurde entführt, verschleppt und vermutlich ermordet – und nicht von ihm ...« Der Schmerz der Erinnerung wurde unerträglich, und Flint flüchtete sich in eine Frage: »Haben Sie jemals Amobarbital benutzt, Dr. P., um zur sogenannten Wahrheit vorzudringen? Ich meine, als Sie noch in Russland waren?«

»Nein, aber ich habe sehr oft miterlebt, wenn es eingesetzt wurde. Ich weiß, wie es wirkt.«

»Also?«, sagte Flint forsch, als wollte sie fragen: Sind wir fertig?

Noch längst nicht.

»Wie lange hat es gedauert, bis Ihnen klar wurde, dass Ihre vermeintlichen verdrängten Erinnerungen Schwachsinn waren, wie Sie es nannten.«

»Kompletter Schwachsinn«, korrigierte Flint mit einem müden Lächeln, um zu zeigen, dass sie den Sinn für die heitere Seite der Dinge nicht ganz verloren hatte. »Wie lange? Ich weiß nicht, Dr. P., sehr lange. Mein Vater konnte mir einen Platz in einer psychiatrischen Klinik in Paris besorgen, wo ein unglaublicher Arzt, Dr. Holt, den Schaden behutsam wieder repariert hat. Ich war ungefähr fünfzehn Monate dort, glaube ich. Jedenfalls durfte ich an meinem achtzehnten Geburtstag wieder nach Hause.«

»Und Ihr Vater hat Ihnen vergeben?«

»O nein! Er musste mir gar nicht vergeben, weil er mir nie irgendwelche Vorwürfe gemacht hat, verstehen Sie? Dass ich ihn des Mordes bezichtigt habe, war nicht meine Schuld, jedenfalls nicht in seinen Augen. Er hat die Seelenklempner – Verzeihung, das geht nicht gegen Sie – dafür verantwortlich gemacht. Er war wütend auf die Ärzte, die Medikamente, die Polizei, auf alles und jeden, nur nicht auf mich. Die einzige absolute Gewissheit in meinem Leben ist, dass er nie aufgehört hat, mich zu lieben, Dr. P.«

»Dann können Sie sich sehr glücklich schätzen, nicht wahr?«

»Ja.«

»Daher frage ich mich, ob Sie wissen, warum Sie so zornig sind. Wo kommt Ihr Zorn her, was meinen Sie?«

»Wie bitte?«

»Sind Sie vielleicht zornig auf Ihre Mutter, weil sie Sie verlassen hat?«

Flint war erneut aufgesprungen und beugte sich jetzt über Dr. Przewalskis billigen Schreibtisch. »Sie hat mich nicht verlassen! Sie wurde entführt! Sie reden Unsinn, Marina, totalen Stuss.«

»Wahrscheinlich. Wahrscheinlich haben Sie völlig recht – ich rede Stuss. Gut, ich möchte Sie etwas anderes fragen: Sind Sie zur Polizei gegangen, um den Mord an Ihrer Mutter zu rächen?«

Flint nahm die Hände vom Schreibtisch und hob sie entnervt in die Luft. »Wohl kaum. Wie hätte ich das machen sollen?«

»Dieser Gröber oder Leute wie er, wenn Sie die jagen, wenn Sie undercover gehen, wenn Sie Ihr Leben so waghalsig und so voller Zorn aufs Spiel setzen, halten Sie es für möglich, dass diese Leute für Sie Ersatzziele sind, Stellvertreter für den Mörder Ihrer Mutter?«

Immer, lautete die Antwort, die Flint nicht aussprach.

»Weil Sie wissen, dass Sie ihn nie finden werden?«

»Wer sagt das?«, fragte Flint.

Sie kehrten in ruhigere Gewässer zurück.

»Finden Sie, dass Ihr Vater Sie mit seiner Liebe überhäuft?«

»Ich würde nicht sagen, überhäuft. Er liebt mich sehr, und er weiß, dass ich das weiß, aber es ist keine fordernde Liebe, wenn man so sagen kann.«

»Bedingungslose Liebe?«

»Ich glaube ja.«

»Und wie steht es mit Ihrer Liebe zu ihm?«

»Ich bin nicht so großzügig wie er, Dr. P., oder so nett. Aber natürlich liebe ich ihn, und ich versuche, ihm das auch zu zeigen. Auf jeden Fall weiß er, dass er der wichtigste Mensch in meinem Leben ist.«

Eine lange Pause trat ein, dann sagte Dr. Przewalski: »Und wann haben Sie beschlossen, dass Ihr Vater Ihr Kind adoptieren darf?«

»Nicht adoptieren, sich um den Jungen kümmern, zumindest eine Zeit lang. Nachdem die Fruchtwasseruntersuchung ohne Befund blieb. Wegen meines Alters bestand ein erhöhtes Risiko genetischer Defekte – vor allem Down-Syndrom und Spina bifida –, und ich dachte, man würde mir vielleicht einen Abbruch empfehlen, falls sich bei der Fruchtwasseruntersuchung etwas in der Art ergeben hätte. Dann hätte ich mich sicherlich für eine Abtreibung entschieden.«

»Sie wollten es sich leicht machen?«

»Etwas leichter zumindest. Aber wie sämtliche Tests ergaben, war das Baby kerngesund. Damals hatte ich mir zwei Monate Urlaub genommen und war in England. Ich wusste noch nicht, dass Gröber in Brasilien war. Ich wohnte auf der Glebe Farm, und als die Testergebnisse kamen, war mein Vater überglücklich. Er wirkte, als wäre er über Nacht um zehn Jahre jünger geworden, wie der Mann, der er gewesen war, ehe Mandrake ihn beinahe umgebracht hatte. Es war unglaublich. Kurz danach musste ich für ein paar Tage nach London, um meinen früheren Boss in Sachen Gröber auf den neuesten Stand zu bringen. Ich wollte, dass die Briten ein paar Bankkonten überwachten, die er möglicherweise benutzte. Als ich zurückkam, war das Haus die reinste Baustelle. Mein Vater stand mit nacktem Oberkörper da, schaufelte Sand in einen Zementmischer und trällerte aus vollem Halse irgendwas von Gilbert und Sullivan. Er sagte wörtlich, er hätte aus einer Laune raus beschlossen, die Wand zwischen zwei ungenutzten Zimmern einzureißen, um so etwas wie ein Kinderzimmer mit zusätzlichem Schlafzimmer und Bad für eine Kinderfrau zu bauen, nur für alle Fälle. Außerdem, fügte er hinzu, habe er eine Agentur in London kontaktiert, und die würden ihm Unterlagen zu mehreren qualifizierten Kandidatinnen zusenden. Aber wie gesagt, nur für alle Fälle.«

»Hat Sie das geärgert?«

»Nein. Es hat mir kurz die Sprache verschlagen. Und dann spürte ich eine unglaubliche Erleichterung, als würde mir ein gewaltiges, unerträgliches Gewicht von der Brust genommen. Ich hab mich in seine Arme geworfen und geheult wie ein Schlosshund.«

»Also hat er ein Kinderzimmer gebaut.«

»Ja. Ich konnte ihn zum Glück überreden, drei junge Burschen aus der Gegend anzuheuern, die ihm bei den schweren Arbeiten geholfen haben. Aber ja, er hat ein wunderschönes Kinderzimmer gebaut und einen hübschen Raum für Sally, die Kinderfrau, für die er sich letztlich entschieden hat, und –«

»Ihr Vater hat die Kinderfrau ausgesucht?«

»Na ja, wir haben sie gemeinsam ausgesucht, aber schließlich muss er ja mit ihr unter einem Dach leben, und da war es natürlich wichtig, dass die beiden gut miteinander auskommen. Dad ist nicht immer leicht im Umgang. Er kann ganz schön distanziert sein – nein, nicht distanziert, eher geistesabwesend, als wüsste er nicht mal, dass man überhaupt da ist. Jedenfalls hielten wir Sally Beaumont für die mit Abstand beste von allen Bewerberinnen. Sie ist nur ein paar Jahre jünger als ich und hat eine Ausbildung als Krankenschwester gemacht, ehe sie auf den Trichter kam, dass sie lieber mit Kindern arbeiten würde. Sie lebt gern auf dem Lande und ist begeisterte Reiterin. Sie ist intelligent, lustig, unabhängig, weiß, wie man eine Sicherung auswechselt. Und sie kocht sehr gern, was ein weiterer Pluspunkt ist, weil mein Vater nämlich nicht mal in der Lage ist, ein Ei in die Pfanne zu hauen.«

»Sie ist perfekt.«

»Nicht ganz«, sagte Flint und verzog das Gesicht. »Sie ist Australierin, kommt aus Melbourne, genau wie Mandrake – obwohl ich das erst an dem Tag erfahren hab, als er starb –, und jedes Mal, wenn ich diesen Melbourner Akzent nach einer Weile zum ersten Mal wieder höre, krieg ich Gänsehaut. Das ist verrückt, ich weiß. Mandrake hatte einen kanadischen Akzent, er hat sich ja als Kanadier ausgegeben, aber ich kann nicht vergessen, dass er aus Melbourne kam. Jedenfalls entscheidend war Mrs. Gilbert. Sie ist schon seit einer Ewigkeit Dads Haushälterin und Putzfrau, kommt an fünf Vormittagen die Woche, und sie führt das Regiment im Haus. Auf der Glebe Farm passiert so gut wie nichts ohne ihre Einwilligung. *Fragen wir doch Mrs. G., was sie davon hält* – das ist so ein Standardspruch meines Vaters. Also wurde Mrs. G. gefragt, was sie von Sally halte, und zum Glück hatte Mrs. G. nicht das Geringste an Sally auszusetzen. Sie meinte sogar, Sally wäre von einem gnädigen Schicksal geschickt worden. Mrs. G. ist nämlich eine Expertin in Schicksalsfragen.«

»Haben Sie was gegen die anderen Frauen im Leben Ihres Vater?«

Flint brauste augenblicklich auf. »Was?«

»Sie scheinen Mrs. G. abzulehnen.«

»Im Gegenteil. Was mich betrifft, steht das G für Gold, und sie sollte wirklich in Gold aufgewogen werden. Ich weiß nicht, was mein Vater ohne sie gemacht hätte, vor allem, nachdem Mandrake versucht hatte, ihm den Schädel einzuschlagen.«

»Dann war also alles perfekt.« Dr. Przewalski lächelte.

»Das ist ein bisschen übertrieben, aber jedenfalls war mein Vater in den letzten Monaten, als ich noch häufig nach Brasilien geflogen bin, im siebenten Himmel. Er hat eingekauft wie ein Verrückter! Ich meine nicht nur die üblichen Babysachen. Jedes Mal, wenn ich wieder nach England kam, war so ziemlich das Erste, was er sagte: ›Gracie, komm mit, das musst du dir anschauen. Ist das nicht schön?‹ Und dann war da eine neue Wiege oder ein Babykörbchen – davon hat er mindestens sechs gekauft – oder ein Schaukelstuhl oder ein Schaukelpferd oder ein Laufgitter oder ein Sicherheitstor oder ein Laufstühlchen. Ich hab gesagt: ›Dad, das Baby ist noch nicht mal auf der Welt, und du kaufst schon ein Laufstühlchen?‹ Und natürlich hat er sich gleich wieder aufs hohe Ross gesetzt: ›Rechtzeitige Planung hat noch keinem geschadet, junge Dame.‹ Er hat ein Babyfon gekauft, nein, nicht bloß eins. In jedem Zimmer war ein Babyfon, wirklich überall, auf den Klos, in der Praxis und im Stall. Als wäre die gesamte Farm von einem Überwachungsteam verdrahtet worden. Ach ja – und Babybücher! Er hat bestimmt jedes Buch über Schwangerschaft und Säuglingspflege gekauft, das je veröffentlicht wurde. Stapelweise. Von Sally weiß ich, dass er immer die jüngsten Neuanschaffungen versteckt hat, ehe ich nach Hause kam, wie ein Alkoholiker die leeren Flaschen, aus Angst, ich könnte finden, er übertreibt.«

»Lebte Sally da schon auf der Farm?«

»Ja. Sie brauchte sofort einen Job, und wir wollten sie nicht verlieren, also hat mein Vater sie ein paar Monate zu früh eingestellt. So konnte sie sich schon mal einleben, die Gegend kennenlernen, Bekanntschaften schließen. Für mich war es auch schön, in der Wartezeit bis zur Geburt jemanden zu haben, der mir Gesellschaft leistete.«

»Und wie war es?«

»Das Warten? Endlos. In einem der zahllosen Bücher, die mein Vater angeschafft hatte, hab ich gelesen, lange Spaziergänge, scharfe Currys und Sex könnten die Geburt beschleunigen. Tja, es war Dezember, kurz nach Weihnachten, die Wege waren vereist und Spaziergänge daher nicht ratsam. Außerdem hasse ich schon den Geruch von Currys, und Sex kam auch nicht in Frage. Also hab ich einfach nur gewartet.«

»Bis?«

»Zum sechsten Januar. Ich bin früh am Sonntagmorgen ins Krankenhaus, und Jack erblickte um neun Uhr abends das Licht der Welt.«

Dr. Przewalski spielte mit ihrem leeren Glas, drehte es zwischen den Handflächen und musterte Flints Gesicht aufmerksam, ehe sie fragte: »Möchten Sie darüber reden?«

»Nein, aber unter zwei Bedingungen tu ich es. Erstens, Sie schenken mir noch einen Wodka ein. Zweitens, Sie schauen mich jetzt schon so missbilligend an, wie Sie nur können, damit wir das hinter uns haben.«

»Sie glauben, ich missbillige Ihr Verhalten?«

»Dr. P., seien wir ehrlich. Ich entspreche nicht dem Klischee einer Mutter, und für mich war die Geburt nicht das größte Wunder, das es angeblich sein soll. Beileibe nicht. Ich bin in meinem Leben schon angeschossen, niedergestochen, beinahe vergewaltigt und halbtot geprügelt worden – aber auf die Geburt war ich nicht vorbereitet.«

Dr. Przewalski goss ihnen beiden noch einen Wodka ein und warf Flint einen gespielt tadelnden Blick zu, den das Blitzen in ihren Augen Lügen strafte. »War Ihr Vater dabei?«

»Nein, er hat vor dem Kreißsaal gewartet. Er wollte dabei sein, aber ich war dagegen. Ich wollte unbedingt zur Märtyrerin werden. *Ich habe keinen Partner, also stehe ich das allein durch, und für mich keine Periduralanästhesie und bloß keine Schmerzmittel, vielen Dank – ich bin nämlich hart im Nehmen.* Ha! Sie haben mir Lachgas und Sauerstoff gegeben, und ich war sehr schnell ziemlich high, außer Kontrolle, und ich glaube, ich hatte eine Panikattacke. Ich hab erklärt, dass ich jetzt nach Hause ginge, und wollte vom Tisch runter, und die Hebamme hat mich aufs Bein geschlagen, richtig fest, und mir gesagt, ich solle mich am Riemen reißen. Als ich schließlich um Schmerzmittel gebettelt hab, war es zu spät, und als Jack schließlich draußen war, fühlte ich mich total stumpf und verwirrt, vielleicht stand ich unter Schock. Dann haben sie mir eine Spritze gegeben, ein Zeug, das sich Syntometrin nennt, um das Abstoßen der Nachgeburt zu beschleunigen, und davon ist mir schlecht geworden. Gott, war das ein widerliches Gefühl! Als sie dann versucht haben, mir Jack zu geben oder ihn mir auf den Bauch zu legen, hab ich leider nichts von all dem empfunden, das man angeblich empfindet. Ich hab dieses runzelige, blutverschmierte Etwas angesehen, das sie mir hinhielten, und ihnen klipp und klar gesagt, sie sollten mich verdammt nochmal in Ruhe lassen. So, jetzt wissen Sie's«, fügte Flint hinzu und kippte ihren Wodka in einem Zug runter.

»Glauben Sie etwa, Sie wären die einzige Frau, der es so ergangen ist? Glauben Sie, es wäre immer so wie in den Illustrierten und im Kino?«

»Nein, aber wenn es um Geburt und Mutterschaft geht, sind wahre Gefühle nicht gern gesehen, stimmt's? Wir sollen unser Kinder auf der Stelle lieben. Und nicht genug damit, dass ich Jack nicht sofort lieben konnte oder dass meine Gefühle vielleicht ambivalent gewesen wären. Meine Gefühle waren sehr, sehr … negativ.«

»Sie konnten seinen Anblick nicht ertragen.«

»Ja.«

»Weil er Sie an Mandrake erinnerte?«

»Er hat mich an niemanden erinnert. Ich konnte mir einfach nicht vorstellen, dass dieses Baby irgendwas mit mir zu tun hatte.«

»Und wie lange hat dieses Gefühl angehalten?«

»Mehrere Tage. Die ganze Zeit, während ich im Krankenhaus war, und auch als ich ihn mit nach Hause nahm. Ich hab ihn einfach Sally in die Arme gedrückt und bin in mein Zimmer geflohen. Ich wollte nicht mal zu den Mahlzeiten rauskommen. Mein Vater, der durch mein Verhalten am Boden zerstört war, hat mir das Essen vor die Tür gestellt.«

»Dann haben Sie also nicht gestillt?«

»Nein.«

»Hatten Sie es vor?«

»Ja.«

»Aber Sie haben trotz allem schließlich doch eine Bindung zu Ihrem Baby aufbauen können. Ihr Gefühle änderten sich, hab ich recht?«

»Ich glaube, ich habe mich an den Gedanken gewöhnt, dass dieses Kind mein Baby war, dass ich seine Mutter war – und, ja, meine Gefühle veränderten sich, und es entstand etwas, das ich als Liebe bezeichnen würde. Ungewollte Liebe, vielleicht, aber deshalb nicht weniger real.«

»Und dann haben Sie dieses Baby, das Sie lieb gewonnen hatten, nach drei Monaten verlassen? Sind bei der ersten Gelegenheit davongelaufen.«

»Ich bin nicht gelaufen, Dr. P. Ich hab ein Taxi zum Flughafen Birmingham genommen und bin geflogen.«

MID COMPTON

18

Falls es einen Geschwindigkeitsrekord für die Strecke zwischen Chichester und Mid Compton gibt, dann hat Flint ihn mit Sicherheit gebrochen. Der erste rötliche Hauch der aufgehenden Sonne zeigt sich gerade am Horizont, als sie die scharfe Kurve in die Einfahrt zur Glebe Farm nimmt. Sie spürt, wie das Heck des Mercedes ausbricht, und reißt das Lenkrad herum, um den Wagen wieder unter Kontrolle zu bringen. Dann bremst sie auf Schritttempo ab und rollt den Hügel hinauf auf das Haus und die Scheune zu, die wie Zitadellen vor blutig eingefärbten Wolkenbänken aufragen. Sie hat den Rekord (unter häufiger Missachtung des Tempolimits) gebrochen, um hierher zu gelangen, doch jetzt weiß sie plötzlich nicht mehr, ob sie wirklich ankommen will.

Als sie die Hügelkuppe erreicht, fährt sie auf die Grasböschung, stellt den Motor ab und lässt den Wagen rund fünfzig Meter vor dem Haus ausrollen. Sie fürchtet nicht, Jack oder Sally zu wecken, da deren Zimmer nach hinten liegen, aber das Schlafzimmer ihres Vaters geht auf die Einfahrt. Sie rechnet schon fest damit, dass jeden Augenblick bei ihm das Licht angeht, sich das Fenster öffnet, sein Kopf auftaucht, mit zerzaustem Haar, und sie ihn gleich darauf rufen hört: »Hallo! Wer ist denn da?«

Und plötzlich ist es ihr sehr wichtig, dass er nicht aufwacht – noch nicht, weil sie genau weiß, was dann passiert. Sie hört ihn förmlich schon – *Gracie, bist du das? Du willst Jack besuchen!*

Das ist ja wunderbar, einfach wunderbar –, und schon wird er loshasten, um den Jungen zu holen. *Jack, Jack, rate mal, wer da ist!*, aber sie ist noch nicht bereit, das Kind zu sehen, das sie die Hälfte seines Lebens allein gelassen hat – noch nicht. Sie fühlt sich wie ein Taucher, der aus der Tiefe aufsteigt und an die Taucherkrankheit denkt. Sie weiß, sie muss sich Zeit lassen, um sich an die veränderten Druckverhältnisse zu gewöhnen.

Also wartet sie, bis sie sicher ist, dass ihr Vater nicht aus dem Schlaf geschreckt ist, dann steigt sie vorsichtig aus dem Wagen, drückt die Fahrertür mit einem kaum hörbaren Klicken zu und geht über das Gras, nicht über den Kiesweg, zum Haus. Der Schlüssel liegt in der Nische, wie immer, solange sie denken kann. Sie schließt auf und schlüpft lautlos wie ein Dieb hinein.

Jetzt steht sie in der dunklen Diele und will Richtung Küche schleichen, um sich einen Kaffee zu kochen, als sie auf der Stelle erstarrt, weil sie plötzlich spürt, dass irgendwas nicht stimmt, irgendwas nicht so ist, wie es sein sollte. Sie atmet flacher und konzentriert ihre Sinne, will sehen oder hören oder schmecken oder riechen, was sie nicht benennen kann. Als Erstes reagiert ihr Hörnerv und signalisiert dem Gehirn, dass die Membranen im Außenohr ganz schwache Schallwellen wahrnehmen, die durch menschliches Lachen ausgelöst wurden. Langsam dreht sie den Kopf hin und her, bis sie sicher ist, dass die Schallwellen aus dem ersten Stock kommen.

Behutsam steigt sie die Treppe hinauf, bleibt auf jeder Stufe stehen und durchforscht ihr episodisches Gedächtnis nach Informationen aus ihrer Kindheit, welche Stufen sie meiden muss, weil sie knarren. Jetzt meldet ihr Gehörnerv, dass das Lachen immer wieder von gedämpften Worten unterbrochen wird.

Oben angekommen, folgt sie dem L-förmigen Flur, der zum Schlafzimmer ihres Vaters führt, vorbei an der geschlossenen Tür zu den Zimmern von Jack und Sally, vorbei an ihrem alten

Zimmer. Als sie um die Ecke biegt, sieht sie in dem helleren Licht, dass die Tür zum Zimmer ihres Vaters nur angelehnt ist, und sie kann jedes Wort verstehen, das an ihr Ohr dringt.

»… wo er jetzt die ganze Nacht durchschläft«, sagt ihr Vater gerade.

»Fast die ganze Nacht«, sagt Sally mit ihrem Melbourner Akzent, der Flint immer noch frösteln lässt.

»Ist er aufgewacht, Darling? Ich hab nichts gehört.«

Darling? Flint registriert das Wort, aber noch nicht die Bedeutung.

»Kein Wunder.«

»Tut mir leid, du hättest mich wecken sollen.«

»Alte Männer brauchen ihren Schlaf, das ist gut fürs Stehvermögen.«

»Alte Männer, von wegen!« Ihr Vater lacht laut, und jetzt macht er anscheinend irgendwas mit Sally, denn sie quietscht, wie ein junges Mädchen. »Irgendwelche Beschwerden, was das Stehvermögen dieses speziellen alten Mannes angeht?«

»Alles zur vollsten Zufriedenheit«, sagt Sally schließlich und klingt außer Atem.

»Sicher?«

»Ganz sicher.«

»Also, was machen wir jetzt?«

»Na ja, ich hab Jack vor einer Stunde gefüttert und gewickelt, also schläft er wahrscheinlich bis neun. Wir könnten vielleicht …«

»Jaaa?«, sagt Flints Vater gedehnt.

»Wir könnten … einfach weiterschlafen?«

»Mhm.« Nach kurzem Schweigen sagt er: »Weißt du was, meine Kleine? Ich glaube, ich hab keine Lust zu schlafen.«

»Ach nein?« Sally klingt verspielt. »Und worauf hättest du Lust, alter Mann?«

»Ich hätte Lust, dich zu küssen, zu streicheln, zu lecken, zu lutschen, zu vögeln.«

»Schon wieder?«

»O ja. Wieder und wieder und wieder und wieder.«

»Schon gut!« Sally lacht. »Du bist unersättlich, was?«

»Das will ich hoffen.«

»Und du hast kein Mitleid mit einer berufstätigen Frau?«

»Weißt du was, ihr jungen Leute heutzutage habt keine Ausdauer mehr.«

»Aha? Das wollen wir doch mal sehen«, sagt Sally und scheint es ernst zu meinen.

Flint hat das Gefühl, sich nicht bewegen zu können; als stände sie nicht auf dem Seegrasteppich, sondern würde mit den Füßen in Schnellzement stecken. Aber sie muss sich bewegen, weil sie sich jeden Augenblick übergeben muss und bestimmt erstickt, wenn sie nicht schleunigst hier rauskommt, an die frische Luft. Und vielleicht liegt es an der Anstrengung, die erforderlich ist, um sich aus diesem Lähmungszustand zu befreien, dass sie einen Schrei ausstößt.

Sie rennt: zurück über den Gang, die Treppe hinunter, durch die Diele, zur Haustür hinaus, über den Kies, die Böschung hinab – strauchelt, kommt wieder auf die Beine, strauchelt erneut –, schafft es auf die Wiese, läuft auf die Bäume zu; rennt, so kommt es ihr vor, um ihr Leben.

»Gracie, Gracie, Gracie … Bitte, bleib stehen. Gracie, bitte komm zurück.«

Sie hört die flehenden Rufe ihres Vaters, aber sie achtet nicht darauf.

19

Grace Flint sitzt mit dem Rücken gegen eine niedrige Trockenmauer gelehnt, die westliche Grenze der Glebe Farm. Das Blätterdach einer verkrüppelten Esche hängt über die Mauer und bietet ihr ein wenig Schutz vor dem unaufhörlichen Nieselregen, obwohl er ihr völlig gleichgültig ist. Der Baum markiert die Stelle, wo ihre Mutter aller Wahrscheinlichkeit nach verschleppt wurde, vor über dreißig Jahren, die Stelle, wo Madeline Flint wie vom Erdboden verschwand, als hätte es sie nie gegeben. Und da der Baum an Grace' zehntem Geburtstag auf ihre Bitte hin zum Gedenken an ihre Mutter gepflanzt worden war und Grace oft hierherkommt, wenn sie Einsamkeit oder Trost sucht, ist das der Ort, an dem John Flint zuerst nach ihr sucht.

Trotzdem ist über eine Stunde vergangen, ehe er sich der Stelle nähert, vorsichtig den Glebe Rise hinabstapft und ein gutes Stück von seiner Tochter entfernt stehen bleibt, als hätte er Angst, dass sie davonläuft.

»Gracie, du holst dir noch den Tod«, sagt er, während sie einfach durch ihn hindurchstarrt. »Du bist ja nass bis auf die Haut.«

Mit seiner Schlägermütze, den grünen Gummistiefeln, in die er die Hosenbeine gestopft hat, und der vor Nässe glänzenden knielangen Öljacke ist er wetterfest gekleidet. Er hält ihr eine ähnliche Jacke hin.

»Bitte, Gracie, bitte komm nach Hause.«

Weil sie nicht reagiert, weil sie wirkt wie in Trance, macht er einen zögernden Schritt auf sie zu, tritt unter den Schutz des Blätterdachs und hält ihr weiter die Jacke hin wie ein Friedensangebot.

Er versucht es erneut. »Gracie?«

Jetzt ist er ihr ganz nahe, geht in die Hocke, auf gleiche Höhe mit ihr, damit er in ihre leeren Augen blicken kann.

»Gracie, du musst mir glauben, ich wollte wirklich nicht, dass du es so erfährst. Ich hätte es dir gesagt, natürlich hätte ich das, aber ich wusste nicht, dass du kommst. Wenn ich es gewusst hätte …« Der Gedanke ist banal, und er führt ihn nicht zu Ende. »Ich hatte gehofft, du freust dich vielleicht für mich«, sagt er stattdessen mit einem leisen Anflug von Vorwurf in der Stimme.

Für dich freuen?

»Bitte schick sie weg«, sagt Grace tonlos.

»Was?«

»Weg von meinem Kind.«

John Flint steht hastig auf, als hätte er einen Krampf in den Waden. Er hat die Augenbrauen hochgezogen, einen verblüfften Ausdruck im Gesicht.

»Es ist mein Ernst, Dad«, fährt Flint ungerührt fort. »Ich will sie aus dem Haus haben, weg. Sie soll nie wieder auch nur in Jacks Nähe kommen.« Jetzt steht sie ein wenig steifbeinig auf, und die Regentropfen auf ihren Wangen sehen aus wie Tränen.

»Grace, bitte.«

»Ich ertrage es nicht«, sagt sie. »Du musst ihr sagen, dass sie gehen soll.«

Ihr Vater hebt flehend beide Hände. »Ich kann Sally unmöglich wegschicken. Verstehst du denn nicht? Grace, um Gottes willen, ich liebe sie.«

Er bemerkt den völlig perplexen Blick im Gesicht seiner Tochter, den Schmerz in ihren Augen, die jetzt die Farbe von Veilchen haben. Sie wendet sich von ihm ab, tritt unter dem Schutz der Esche hervor und geht müde Richtung aus.

»Ich weiß, dass du zornig bist, Grace«, ruft er ihr nach. Dann fügt er etwas leiser wie für sich selbst hinzu: »Ich wüsste nur gern, warum.«

Sie ist fest entschlossen, Jack von der Glebe Farm wegzubringen, und nichts und niemand kann sie davon abbringen, auch nicht ihr Vater, der sie beschwört, doch Vernunft anzunehmen. In dem Mercedes Coupé kann der Kindersitz nicht richtig befestigt werden. Es ist auch nicht annähernd Platz für Jacks Kinderwagen, sein Reisebettchen, die Bettwäsche, seinen Hochsitz, das Sterilisiergerät, seine Windeln, das Töpfchen, seine Kleidung, die Spielsachen.

Jacks Kinderfrau – die Person, die er zweifellos mit Fug und Recht als seine Mutter betrachtet – redet ähnlich besorgt auf sie ein, bis Flint die Wagentür zuknallt und sagt: »Hören Sie, Sally, Sie sind entlassen, klar? Was Sie und mein Vater miteinander treiben, ist Ihre Sache. Aber ich will Sie nicht mehr in der Nähe meines Sohnes haben.« Sally wimmert und flieht ins Haus, rennt nach oben in ihr Zimmer und verriegelt die Tür.

»Grace, Herrgott nochmal!«, sagt ihr Vater, ehe er seiner Geliebten ins Haus folgt.

Jack beobachtet das Ganze lautlos mit großen Augen, nuckelt an einem Schnuller und hält sich an einem Zipfel seiner Schmusedecke fest. Erst als der Mercedes die Einfahrt hinunterrollt und in den Spurrillen schlingert, dämmert ihm das Ausmaß seines Verlustes. Er ist auf dem Rücksitz festgeschnallt wie eine Geisel, und plötzlich heult er in einer Lautstärke los, die das Gehirn seiner Mutter vibrieren lässt.

Auf einem Rastplatz an der A40 steigt Flint aus dem Auto und ruft per Handy in der Zentrale der Financial Strike Force an. Es ist zwar Sonntag und nach New Yorker Zeit früher Morgen, doch sie verlangt, mit Rocco Morales verbunden zu werden, weil sie überzeugt ist, dass er in Ermangelung eines Privatlebens an seinem Schreibtisch sitzt. Und wirklich, er meldet sich gleich nach dem ersten Klingeln, und nach ein paar einleitenden Floskeln bittet sie ihn, sich in die Datenbank der Personalabteilung einzuhacken und die Privatnummer von Dr. Przewalski rauszusuchen. Geht nicht, sagt Rocco, obwohl die ganze Strike Force weiß, dass es keinen Computer auf der Welt gibt, in den Rocco nicht reinkommt.

»Wo liegt das Problem?«

»Es ist ein geschlossenes System.«

»Na und?«

»Ich hab keine Genehmigung dafür. Will heißen, ich bin nicht befugt.«

Flint merkt, dass ihr gleich der Geduldsfaden reißt.

»Ich könnte einfach fragen«, schlägt Rocco vor.

»Fragen?«

»Die Personalabteilung nach der Nummer fragen. Man weiß nie, vielleicht sind die ja –«

»Rocco, hör mit der Schleimscheißerei auf!«

»Womit?«

Der Faden reißt.

»Rocco, jetzt pass mal gut auf! Ich erteile dir hiermit einen Befehl, schreib das meinetwegen ins Dienstbuch, und wenn es Ärger gibt …« Sie verstummt und zwingt sich, leise bis fünf zu zählen. Dann sagt sie sehr viel ruhiger. »Tu's einfach, Rocco. Bitte.«

»Hallo? Wer ist da?« Dr. Przewalskis Stimme trieft vor Misstrauen.

»Dr. P., ich bin's, Grace Flint, Ihre unbeliebteste Patientin. Entschuldigen Sie, dass ich Sie zu Hause anrufe, aber ich wollte Ihnen was sagen.«

»Was denn?«

»Ich wollte Ihnen als Erster sagen, dass Jack wieder bei mir ist. Endgültig, Dr. P. Er ist jetzt hier bei mir. Ich nehm ihn mit nach Hause.«

Dr. Przewalski hört die Hysterie in Flints Stimme und wartet erst einmal ab.

»Okay, okay, ich weiß, das ist sehr spontan, aber ich hatte keine andere Wahl.«

Flint geht auf und ab und betrachtet ihren eingesperrten Sohn durch das Seitenfenster des Mercedes.

»Das war nämlich so: Ich hab rausgefunden … Ich bin in England, auf der Jagd nach Gröber, und das dürfte ich Ihnen eigentlich gar nicht erzählen, aber was soll's? Jedenfalls hatte ich ein bisschen Zeit und bin nach Hause gefahren, um Jack zu besuchen. Nein, nicht nach Hause, das ist definitiv nicht mein Zuhause, nicht mehr. Also, Berichtigung: Ich bin zum Haus meines Vaters gefahren und hab die beiden zusammen im Bett erwischt, ihn und das Kindermädchen. Nicht zu fassen, oder, Dr. P.? Mein Vater schläft mit einer Frau, die seine Tochter sein könnte. Nee, noch nicht mal das! Sie ist jünger als ich, jünger als seine Tochter! Er will sie nicht aufgeben. Er meint, er liebt sie. Sie lieben? Was ich da gehört hab, die Art, wie er geredet hat, das hat sich nun wirklich nicht nach Liebe angehört. Jedenfalls musste ich Jack da rausholen. Das sehen Sie doch wohl ein, oder? Ich musste ihn da rausholen, ehe er … Ich weiß nicht … Ehe er vielleicht an seinem eigenen Erbrochenen erstickt, während die beiden sich um den Verstand vögeln, weil sie nicht ihre Arbeit macht, für die sie bezahlt wird, nämlich auf Jack aufzupassen, nicht mit meinem Vater ins Bett zu gehen. Was denken Sie, Dr. P.?«

»Ich denke, Sie sind wütend.«

»Ja.«

»Sogar angewidert, denke ich.«

»Ich bin wie taub.«

»Können Sie sich erklären, warum?«

Schweigen am anderen Ende. Flint versteht nicht mal ansatzweise, welche Gefühle sie so überwältigt haben.

»Ich denke, Sie stehen unter Schock, genau wie Ihr Kind. Weint der Kleine?«

»Er hört gar nicht mehr auf.«

»Weil Sie ihn aus seiner vertrauten Umgebung gerissen haben.«

»Ich hatte doch keine andere Wahl«, sagt Flint, während ihr Sohn brüllt, sein Gesicht hinter der Scheibe ein Bild des Jammers.

Auf Dr. Przewalskis Rat hin hat Flint Jack die Windeln gewechselt und ihm ein Fläschchen gemacht, das er gierig geleert hat. Jetzt schläft er endlich. Sie hat den Rückspiegel so eingestellt, dass sie sein Gesicht beobachten kann – die Autos hinter ihr interessieren sie nicht –, und ihre Erleichterung grenzt an Euphorie.

Als sich der dichte Sonntagabendverkehr in Richtung London immer wieder staut, beschließt Flint, auf Nebenstraßen auszuweichen, auf Schleichwege, die sie noch von früher kennt. Allein das Fahren, sich von der Stelle zu bewegen, hat eine kathartische Wirkung auf sie und vermittelt ihr das Gefühl, etwas Sinnvolles zu tun. Als selbst die Nebenstraßen allmählich verstopfen, überlegt sie sich zum Zeitvertreib, mit welchen Entschuldigungen sie Jacks unerwartete Ankunft im Hotel erklären kann.

Das Kind meiner besten Freundin … Nein, der Sohn meiner Schwester … Plötzlicher Krankheitsfall in der Familie … Oder vielleicht ein Autounfall. Beide Eltern im Krankenhaus und sonst niemand da, der sich um Jack kümmern kann. Ich bräuchte also ein paar Sachen aufs Zimmer: Kinderbettchen, Hochstuhl, vielleicht ein Laufgitter, wenn Sie haben. Und ab morgen brauche ich praktisch eine Ganztagshilfe, die sich mit Babys auskennt, weil ich nämlich, ehrlich gesagt, keine Ahnung habe.

Auf der Rückbank wimmert Jack im Schlaf, und seine Mutter fragt sich: *Was träumen Babys?*

LONDON

20

Flint hat die ganze Nacht keine Auge zugetan, aber jetzt fühlt sie sich dank vierhundert Milligramm Modafinil wieder putzmunter, als sie mit flotten Schritten an der Themse entlanggeht, um sich mit ihrem ehemaligen Vorgesetzten Tom Glenning zu treffen. Keiner weiß so genau, wie Modafinil funktioniert und das Gehirn austrickst, aber es funktioniert nun mal, zumindest bei Flint, und diese kleinen weißen Tabletten – ihre »Starterpillen«, wie sie sie nennt – sind das wohlgehütete Geheimnis hinter ihrem legendären Durchhaltevermögen. Sie hatte versucht, sie sich abzugewöhnen, nachdem sie in der *New York Times* gelesen hatte, dass Versuchstiere mit chronischer Schlafdeprivation ausnahmslos an bakteriellen Infektionen sterben. Doch schon die ersten Stunden allein mit Jack im Hotel hatten sie überzeugt, dass Schlaf nicht in Frage kam, nicht in dieser Nacht. Nicht solange er ohne Unterbrechung schrie; nicht solange er seinen Brei nicht aß, sondern ihn lieber durch die Gegend schmiss und eine unbeschreibliche Sauerei auf dem Edelteppich des Connaught anrichtete; nicht solange er, kaum aus seinem Hochstuhl befreit, durchs Zimmer krabbelte und mit klebrigen Fingern jede einzelne Steckdose untersuchen wollte; nicht solange er die Fernbedienung des Fernsehers auseinandernahm und versuchte, sich die Batterien in die Nasenlöcher zu schieben. Als Jack also endlich in einen unruhigen Schlaf gefallen war, kramte sie ihre obligatorische Modafinilpackung aus der Handtasche und nahm die doppelte Dosis. Piloten der US Air Force, die im Rahmen eines Experiments Modafinil einnahmen, blieben bis zu achtundachtzig Stunden lang wach und voll einsatzbereit. Flint schätzt, dass sie ungefähr so lange brauchen wird, um Jack nach Hause zu bringen.

Falls alles glatt läuft. Falls Tom Glenning ihr hilft.

Er erwartet sie an ihrem hastig vereinbarten Treffpunkt, pünktlich wie eh und je, die Ellbogen auf das Geländer gestützt und den Blick über den Fluss auf das Südufer der Themse und die Zentrale des MI6 gerichtet, Nigel Ridouts Festung. Zweimal hat er kurz den Kopf gesenkt und nach rechts geschaut, die näher kommende Flint beobachtet, ohne das geringste Anzeichen von Wiedererkennen. Flint weiß nicht, ob das Absicht ist oder ob er sie tatsächlich nicht erkennt.

Sie geht hinter ihm vorbei, wirbelt dann herum und ruft: »Onkel Tom!«, um sich gleich darauf in die Arme des Verblüfften zu werfen und ihm einen Kuss auf die Wange zu geben.«

»Meine Güte, Grace!«

»Kathy, bitte«, sagt sie und lacht, als wäre sie freudig überrascht, ihn zu sehen. »Und da ich angeblich Ihre Lieblingsnichte bin und für den Fall, dass wir beobachtet werden, wäre eine kleine Demonstration Ihrer Zuneigung nicht schlecht.«

Commander Glenning gehorcht, gibt ihr einen unbeholfenen Kuss, aber er ist leicht aus der Fassung.

»Wie kriegen Sie das hin?«, fragt er. »Ich meine, ich sehe, was Sie mit Ihrem Aussehen gemacht haben. Aber ändern Sie sogar Ihren Gang?«

»Das liegt an den Schuhen.«

»An den Schuhen?«

»Ja. Die sind ein bisschen zu klein, und ein Absatz ist höher als der andere. Knickt das Becken ab, verändert die Schrittlänge.«

Er legt die Hände auf ihre Schultern, schiebt sie auf Armeslänge weg und mustert ihr Gesicht, als sehe er sie zum ersten Mal.

»Grace, haben Sie Probleme?«

»Nein, ehrlich nicht, ich hab einen wunderbaren Orthopäden. Der richtet mein Becken wieder aus und –«

»Das hab ich nicht gemeint«, fällt Glenning ihr ins Wort.

»Ich weiß.«

»Also nochmal: Stecken Sie in Schwierigkeiten?«

»Ein bisschen«, sagt Flint, »aber nicht so, wie Sie vielleicht meinen.« Sie ergreift seine Hand. »Kommen Sie, wir unterhalten uns bei einem Spaziergang.«

Sie überqueren die Vauxhall Bridge, biegen am anderen Themseufer nach links auf das Albert Embankment und bleiben vor der Zentrale des MI6 stehen – außer Reichweite der sichtbaren Überwachungskameras, doch nach einem Moment fröstelt Flint trotzdem und sagt: »Nichts wie weg hier.« Über die Lambeth Bridge kehren sie ans Nordufer zurück und entscheiden sich für ein Pub auf der Horseferry Road, in dem keine Jukebox plärrt und nur eine Handvoll Gäste zu Mittag essen. Commander Glenning bestellt ein Glas Guinness, das er aber kaum anrührt, und Flint trinkt Weißwein. Sie setzen sich an einen der hinteren Tische, von wo aus sie die Tür im Auge haben, und sie redet die meiste Zeit, schildert ihm ausführlich den Verlauf von Operation Payback. Commander Glenning hört mit dem Ernst eines Priesters zu, sagt nur wenig, wobei sein breites sommersprossiges Gesicht kaum eine Reaktion zeigt, bis sie ihm von ihrer vorletzten Begegnung mit Joseph Gup erzählt.

»Am nächsten Morgen kommt Gup in mein Büro. ›Kann ich Sie mal kurz sprechen‹«, Flint ahmt Josephs tiefe joviale Stimme nach. »Und dann legt er eine Zirkusnummer hin, von der mir ganz schwindelig wurde. Ich würde hervorragende Arbeit machen, sagt er, aber vielleicht würde ich ja zu viel arbeiten und er sei um meine Gesundheit besorgt. Ich hab übrigens eine

Krebserkrankung hinter mir, das gehört zu Kathys Legende. Ich versichere ihm, dass es mir gut geht, alle Tests negativ, und dann will er auf einmal wissen, ob ich manchmal in meine alte Heimat fahre. Er meinte, nach England, um meinen Vater zu besuchen, was auch zu Kathys Legende gehört.« Glenning hebt eine Augenbraue, und Flint erklärt: »Das haben Sie uns doch in Hendon beigebracht: Eine Legende sollte immer auch etwas Wahres enthalten. Jedenfalls, er kommt wieder auf meine Analyse für das San-Ambrogio-Projekt zurück, überhäuft mich nochmal mit Lob für meine Arbeit, beteuert, wie schade es doch darum wäre, aber dass er natürlich einsieht, dass ich die Namen der Strohmänner nicht bei TIPOFF abfragen kann, ohne meine Integrität zu gefährden, bla bla bla, und dann lässt er endlich die Katze aus dem Sack. Er sagt, er hatte einen Freund, der von Mittelsmännern wisse, die die Namen checken könnten. Mittelsmänner in meiner alten Heimat; private Sicherheitsberater, so nennt er sie, sehr diskret. Er sagt, die hätten Kontakte zu offiziellen Behörden, hervorragende Kontakte. Dann sagt er«, und Flint nimmt erneut Gups Tonfall an: ›Ich weiß nicht, ob Polizei- oder Geheimdienste oder beides, und Sie wollen das bestimmt auch nicht wissen.‹«

Glenning befingert den Tabak in seiner noch kalten Pfeife. »Da hat er sich aber getäuscht, was Grace?«

»Und ob.«

»Hat er Ihnen die Namen dieser Mittelsmänner genannt?«

»Erst als ich mich einverstanden erklärt habe. Er hat mir eine Reise nach London angeboten, alles nur vom Feinsten. Ich könnte meinen Vater besuchen, wenn ich wolle. Ich müsste dafür nur ein paar schmutzige Dollars von einer halbseidenen Anwaltskanzlei abholen.« Flint zieht einen zusammengefalteten Zettel aus der Manteltasche, auf dem sie die Anschrift der Londoner Anwälte der Gup-Brüder notiert hat, und schiebt ihn über den Tisch. Commander Glenning blickt darauf und nickt.

»Kennen Sie die?«

»Wir haben sie im Visier«, antwortet Glenning zurückhaltend, und Flint sieht ihn missbilligend an. Er lächelt traurig. »Ich darf Ihnen nicht erzählen, warum, Grace. Hat natürlich nichts mit Ihrem Fall zu tun. Ich kann nur sagen, dass wir schon vor einer Weile auf sie aufmerksam geworden sind, in unterschiedlichen Zusammenhängen, und dass wir demnächst mit einem Durchsuchungsbefehl bei denen auftauchen. Eine Aussage von Ihnen könnte da hilfreich sein.«

»Gern, aber nicht, solange ich Kathy McCarry bin.«

»Wann immer es Ihnen passt«, sagt Glenning. Dann trinkt er einen Schluck von seinem Guinness und sieht sie erwartungsvoll an.

»Gut, ich hab Joe also einen Tag lang schmoren lassen, um über die Sache zu schlafen – ich wollte ja nicht übereifrig wirken –, und dann hab ich gesagt, ich würde es machen, nach London fliegen. Daraufhin hat er mir einen Namen und eine Telefonnummer gegeben.«

Wieder greift Flint in ihre Manteltasche, und ein weiterer Zettel wandert über den Tisch. Commander Glenning wirft einen Blick darauf und weiß ganz genau, dass Flint auf jede Reaktion von ihm achtet.

»Ich war ein bisschen voreilig«, sagt sie, als Glennings Miene wie versteinert bleibt. »Mit meinem Urteil über Billy Goodheart, meine ich. Nach nur zwei Minuten in seiner Gegenwart – in einer Tiefgarage an der Tottenham Court Road – war ich mir ziemlich sicher, dass er mal Bulle war, Londoner Polizei, wahrscheinlich Detective Inspector mit besten Aussichten auf Beförderung, bis er in Misskredit geriet. Ich vermute, seine Vorgesetzten wussten, dass er bestechlich war, aber sie konnten ihm nichts nachweisen, richtig? Also haben sie auf den bewährten Kompromiss zurückgegriffen: Vorzeitiger Ruhestand aus gesundheitlichen oder irgendwelchen anderen Gründen, nur um ihn loszuwerden, und dafür blieb er unbehelligt.« Flint wird nicht lauter, aber ihre Stimme nimmt einen harten, verächtlichen Ton an. »Jetzt denke ich, die hohen Tiere haben gehofft oder sogar damit gerechnet, Billy würde mit seinen Bestechungsgeldern irgendwo im tiefsten Essex ein Pub oder einen Gebrauchtwagenhandel aufmachen, und damit wäre das Problem aus der Welt. Aber stattdessen hat sich Billy mit ein paar alten Kumpeln zusammengetan – wahrscheinlich ebenfalls korrupte Exbullen –, und sie bieten ihre Dienste als sogenannte Sicherheitsberater an.«

Flint hält inne, um Atem zu schöpfen, und in die Stille hinein sagt Glenning: »Risikobegrenzung.«

»Was?«

»Sie bezeichnen sich als Spezialisten für Risikobegrenzung. Will heißen, sie greifen auf Unterlagen und Archive zu, auf die sie eigentlich keinen Zugriff haben sollten, und sie verschaffen dir für ein paar Hundert Pfund Informationen über die Geldtransfers von jeder Person, für die du dich interessierst. Plus Auflistungen von Handyverbindungen – getätigte und empfangene Anrufe –, Kfz-Kennzeichen, Überprüfung des Vorstrafenregisters, und wer ordentlich was drauflegt, erfährt sogar, was die Datenbank unseres Geheimdienstes so alles gespeichert hat. Sie bestechen ehemalige Kollegen und aktive Officer, um an Informationen ranzukommen.«

Flints Zorn ist offenbar ansteckend. Seinem sachlichen Tonfall nach könnte Glenning auch über das Wetter reden, aber seine Wangen sind verräterisch gerötet und jetzt fast so rot wie sein Haar.

»Sie hatten den richtigen Riecher. Goodheart war Detective Inspector beim Raubdezernat, und seine Vorgesetzten hielten große Stücke auf ihn, bis er unter Korruptionsverdacht geriet, wodurch er schließlich untragbar wurde. Grace, ich weiß nicht, ob man Anklage gegen ihn hätte erheben oder ihm auch nur ein Disziplinarverfahren hätte anhängen können. Ich weiß aber, es war wirklich besser, ihn loszuwerden, und nebenbei bemerkt, sein Ruhestandsgeld wurde auf den Mindestsatz festgelegt. Ich will nicht behaupten, dass wir in einer vollkommenen Welt leben, aber glauben Sie mir, ein paar Federn hat Billy Goodheart lassen müssen.«

»Trotzdem vertickt er noch immer eure Geheimnisse.«

»Vorläufig. Wir schnappen ihn schon noch.«

Flint will widersprechen, doch Commander Glenning lässt ihr keine Gelegenheit dazu. Er steht auf, blickt zur Theke und sagt: »Ich brauch jetzt was Anständiges zu trinken. Sie auch, vermute ich – und übrigens, wie geht's Ihrem Vater und Ihrem Jungen?«

»Dazu komme ich noch«, sagt Flint.

Glennings Fahrer – der Fahrer eines schwarzen Jaguar, der ihnen, wie Flint bemerkt hat, seit zwei Stunden gefolgt ist – steckt den Kopf zur Tür herein und zeigt auf seine Armbanduhr, als wollte er sagen: »Sir, wir müssen los.« Commander Glenning sieht ihn im Spiegel hinter der Theke und winkt ihn hinaus.

Die zwei Gläser Malt Whiskey, die jetzt auf dem Tisch zwischen ihnen stehen, sind bislang noch unangetastet, und auch Glennings Pfeife ist noch immer kalt, als Flint sagt: »Tom, es geht hier nicht um Kleinigkeiten. Ich hab Billy Goodheart nicht ein paar Hundert Pfund gezahlt, damit er ein paar Namen im Polizeicomputer überprüfen lässt. Ich hab ihm fünfundzwanzigtausend Dollar gezahlt, damit die Namen im TIPOFF-System abgefragt werden, und dafür brauchte er jemanden mit Einfluss, jemanden, der teuer ist, vermute ich – und dann ist die Sache gelaufen. Vier Stunden, nachdem ich ihm die Liste übergeben hatte, wurden die Namen bei TIPOFF gecheckt und zwar von … tja, vielleicht können Sie sich denken von wem.«

»MI6, vermute ich«, sagt Glenning.

»Genau. Von dem verdammten MI6.«

»Ridout?«

»Nicht direkt. Die offizielle Anfrage an TIPOFF durch den MI6 kam von einem gewissen James Sullivan, aber Cutter ist sicher, dass er –«

»Für Ridout arbeitet?«, führt Glenning den Satz zu Ende. »Ja, stimmt.«

»Sie kennen ihn?«

Glennings Augen gleiten einmal kurz durch die inzwischen fast leere Bar, ehe er Flint knapp zunickt.

»Ist er bestechlich?«, fragt sie.

»Sullivan?« Glenning streicht sich mit den Daumen über die Augenbrauen, ehe er sagt: »Ob er von Typen wie Billy Goodheart Geld annehmen würde? Das kann ich mir ehrlich nicht vorstellen, Grace.«

»Dann hat er die Anfrage an TIPOFF also auf Ridouts Anordnung hin gestellt?«

»Zumindest mit Ridouts Wissen. Ich kenne den Burschen schon lange, und soweit ich weiß, ist Jamie Sullivan so sauber wie ein OP, soll heißen, er hält sich strikt an die Vorschriften. Er hätte sich bestimmt nicht ohne das stillschweigende Einverständnis seines Vorgesetzten an TIPOFF gewandt.«

Aber Glennings Behauptung wirkt halbherzig, als wäre ihm in diesem Moment ein anderer beunruhigender Gedanke gekommen. Sein Blick wandert erneut durch den Raum, bis er auf Flints Glas verweilt. »Sie trinken ja gar nicht«, sagt er und hebt sein Glas, um ihr aufmunternd zuzuprosten.

Flint denkt, dass eine Mutter, die sich um ein kleines Kind kümmern muss, nicht schon am Nachmittag Whiskey trinken sollte. Trotzdem hebt sie ihr Glas, nimmt einen kräftigen Schluck und genießt die Wärme in ihrer Kehle. »Also«, sagt sie dann, »was ist los, Tom?«

»Das Ganze ergibt keinen Sinn. Wie ich schon sagte, Sullivan ist sauber, und Ridout ist ein durchtriebener Drecksack, zugegeben. Aber glauben Sie mir, Grace, Ridout hat es nicht nötig, Bestechungsgeld zu kassieren. Geld interessiert ihn nicht.«

Flint spürt, dass sie gleich etwas Wichtiges erfahren wird, und tut deshalb möglichst gleichgültig. »Kann sein«, sagt sie, »aber Sie wissen ja, jeder ist käuflich, es kommt nur auf den Preis an.«

»Glauben Sie das wirklich?«

Flint schüttelt den Kopf. »Nein, nicht von Ihnen. Oder von Cutter. Und auch von mir nicht, hoffe ich. Aber Ridout?«

Glenning stützt die Ellbogen auf den Tisch und beugt sich näher zu ihr. »Es weiß kaum jemand, und bitte behalten Sie es für sich, aber Ridout hat vor zehn Jahren, als sein Vater starb, einen Batzen Geld geerbt, und zwar erheblich mehr, als Sie und ich in unserem ganzen Leben verdienen werden. Und er gibt kaum was davon aus. Na ja, er hat sein Haus abbezahlt, und er kauft sich sündhaft teure Pflanzen für seinen Garten, aber das ist für ihn praktisch Kleingeld. Im Grunde ist er ein steinreicher Mann.«

Nachdem Flint diese Neuigkeit verdaut hat, starrt sie bedrückt in ihr Glas und sagt: »Da ist noch was, was keinen Sinn ergibt. Heute Morgen, kurz nachdem ich Sie angerufen hatte, bekam ich einen Anruf von Billy Goodheart, der sich mit mir wieder in der Tiefgarage treffen wollte. Billy ist der reinste Strahlemann, ganz stolz auf sich – und er will, dass ich auch übers ganze Gesicht strahle. ›Sie müssen sich Ihr hübsches Köpfchen nicht mehr zerbrechen‹«, fügt Flint jetzt in Goodhearts Südlondoner Akzent hinzu. »›Sämtliche Namen sind sauber, weiß wie Schnee, blitzeblank.‹«

»Das war alles?«

»Mehr oder weniger«, entgegnet Flint und beschließt, Billys lästige Anzüglichkeiten unerwähnt zu lassen.

»Und?«

»Das war erstunken und erlogen, Tom. Weil wir nämlich auch die Namen bei TIPOFF überprüft haben, und das hat elf Doppelnullen ergeben: Null, Null – das wirft der Computer aus, wenn er einen Treffer gefunden hat. Sieben Leute sind auf der Watchlist der Einwanderungsbehörde, zwei hatten den Vermerk ›sofort festnehmen‹, und zwei weitere stehen auf der No-Fly-Liste, das heißt, sie wären nicht mal ins Flugzeug gelassen worden. Die Frage ist also, warum lügt Billy Goodheart mich an, genauer gesagt, warum lügen Ridouts Leute Billy an?«

»Sind Sie sicher, dass der MI6 von TIPOFF dasselbe Ergebnis erhalten hat?«

»Ja, dafür hat Cutter gesorgt. Sobald wir wussten, dass auf der Liste Namen von Verdächtigen stehen, hat Aldus das Bureau of Intelligence im Außenministerium kontaktiert und sich die Garantie geben lassen, dass auch jede spätere Anfrage wahrheitsgemäß beantwortet werden würde.« Flint lächelt matt. »Wir hatten gehofft, damit Kathys Legende untermauern zu können«, erklärt sie. »Laut Plan sollte ich zurück nach Maryland, um den Gup-Brüdern zu zeigen, dass meine schlimmsten Befürchtungen hinsichtlich der Namen berechtigt waren. Daraufhin würden sie mir unendlich dankbar sein. Kathys Aktienkurs würde nach oben schnellen, und dem Kunden – von dem wir fast hundertprozentig sicher sind, dass es Gröber ist – würde zu Ohren kommen, dass eine geniale Anwältin sie mit ihrem Insiderwissen davor bewahrt hatte, in eine Falle zu tappen. Natürlich nur, weil die Gup-Brüder den Weitblick hatten, mich überhaupt einzustellen. Wir hatten gehofft, der Kunde würde daraufhin den Wunsch äußern, Kathy McCarry kennenzulernen, und wenn auch nur, um herauszufinden, ob sie noch mehr Insiderinformationen hat, die ihm eines Tages den Hals retten könnten. Aber jetzt …« Flint zuckt die Achseln. »Jetzt sind wir im Eimer.« Erneut zuckt sie die Achseln und verstummt.

»Hätten Sie sich allein mit ihm getroffen?«, fragt Glenning und meint ohne Absicherung, ohne irgendwelche Unterstützung.

»Ja. Als ich Cutter versprochen habe, ich würde ein

Mauseloch finden, einen Weg, um in Gröbers Organisation hineinzukommen, da war mir von Anfang an klar, dass ich allein reingehen muss.« Sie sieht Glenning an, was er denkt, sieht das Unbehagen in seinen Augen. »Tom, manchmal ist es sogar besser so«, fügt sie mit einem gezwungenen Lächeln hinzu. »Jerry Crawford ist immerhin mit einem ganzen Sondereinsatzkommando reingegangen, und was hat es ihm genützt?«

Jetzt verraten Glennings Augen ihr, dass er ihre verdrehte Logik nicht glaubt.

»Was ist?«

»Herrgott, Grace! Gröber hat am helllichten Tag eine Agentin von Ihnen umgebracht. Er hat sie vor Ihren Augen aus einem Hubschrauber geworfen.«

»Ja, stimmt, danke, dass Sie mich daran erinnern« – das sagt sie mit deutlichem Sarkasmus –, »aber das bestätigt mich ja gerade. Als Gröber Ruth in diesen verdammten Hubschrauber geschleppt hat, hatten wir überall so viele Leute verteilt, dass wir uns fast gegenseitig über die Füße gefallen sind. Und trotzdem waren wir zum Zusehen verdammt. Wir konnten das Feuer nicht eröffnen, weil er Ruth als Schutzschild benutzt hat. Konnten nicht zugreifen, weil wir von seinen Leuten beschossen wurden. Und um den Hubschrauber am Abheben zu hindern, hätten wir auf Gröber schießen müssen und wahrscheinlich auch Ruth getroffen.«

Flint spielt die Szene erneut in Gedanken durch.

»Wissen Sie, was ich glaube? Er hat Ruth getötet, gerade weil wir zugesehen haben. Er hatte überhaupt keinen Grund, sie umzubringen. Wenn keine Verstärkung da gewesen wäre, hätte er ihr einfach nur zu sagen brauchen, er weiß, wer sie ist, und gehen können. Sie war nicht bewaffnet, hätte nichts machen können, um ihn dran zu hindern.«

»Aber Sie werden bewaffnet sein?«

»Was?«

»Sie werden eine Schusswaffe tragen, falls und wenn Sie Gröber je treffen?«

»Allerdings.«

»Und dann?«

Flint antwortet nicht. Plötzlich nimmt sie den Lärm eines Staubsaugers wahr, der von einem jungen Mann mit einem silbernen Piercingstecker in der linken Augenbraue über den Teppich geschoben wird. Sie wirft ihm einen gereizten Blick zu, den er mit unverhohlener Dreistigkeit erwidert. Nichts wie weg hier, denkt sie.

»Ich muss zurück ins Hotel«, sagt sie, »aber vorher wollte ich Sie noch fragen –«

»Draußen wartet mein Wagen«, sagt Glenning, und Flint tut überrascht. »Ich bring Sie hin, dann können wir unterwegs weiterreden.«

Aber er macht keine Anstalten aufzustehen. Während Flint sich erhebt, ihre Sachen zusammensucht und auf dem Display ihres BlackBerry nachsieht, ob irgendwelche Nachrichten eingegangen sind – drei, alle von Cutter, und sie verdreht innerlich die Augen –, bleibt er sitzen, die rundlichen Arme fest auf den Tisch gestützt.

»Gehen wir?«, fragt sie munter.

»Erst wenn Sie die Frage beantwortet haben. Grace, ehe ich Ihnen helfe, muss ich wissen, was Sie vorhaben.«

Flint seufzt, einen langen müden Seufzer, als hätte sie den Punkt erreicht, wo ihr alles egal ist. Sie sinkt wieder auf den Stuhl, stellt sich die Handtasche auf den Schoß und sagt bemüht ruhig: »Tom, ich bin Polizistin, aus Instinkt und weil ich mich dafür entschieden habe, und ich halte mich an die Regeln, das wissen Sie. Falls Gröber allein ist, wenn ich ihn treffe, und falls die Umstände es erlauben, werde ich ihm meinen Ausweis zeigen und ihn wegen des Mordes an Ruth festnehmen. Falls er sich der Festnahme widersetzt, werde ich ihm meine Waffe zeigen, und falls er sich dann immer noch weigert oder gewalttätig wird, werde ich alles Erforderliche tun, um mich selbst zu verteidigen und ihn zu überwältigen. Aber eben nur das Erforderliche. Sollte das unmöglich sein, falls er beispielsweise von Bodyguards umringt ist oder falls Zivilisten in der unmittelbaren Umgebung sind, bekommt er weder meinen Ausweis noch meine Waffe zu Gesicht. Dann bleibe ich Kathy McCarry, erzähl ihm, was er hören will, und warte auf ein weiteres Treffen zu einem späteren Zeitpunkt. Dann warte ich noch hundert Tage, wenn's sein muss. Noch einmal, zum Mitschreiben, ich werde mich absolut an die Vorschriften halten. Wollten Sie das hören?«

Schwer zu sagen. Ohne eine Antwort oder überhaupt eine Reaktion steht Commander Glenning auf und geht vor ihr her zur Tür.

21

Also, Tom Glenning, ich muss Sie um Folgendes bitten. Sie haben doch nach meinem Vater gefragt. Tja, körperlich ist er wohlauf, es geht ihm so gut wie schon lange nicht mehr, aber in anderer Hinsicht ist er nicht *wohlauf, da ist er vollkommen außer Kontrolle. Ich erspare Ihnen die Details und mir die Peinlichkeit, wenn ich darf. Sagen wir einfach, ich traue ihm nicht mehr zu, dass er sich richtig um Jack kümmern kann, und deshalb nehme ich meinen Sohn mit zurück in die USA. Das Problem ist nur, Jack hat keinen Pass, und ich hab nicht mal seine Geburtsurkunde – und selbst wenn ich die hätte, kann ich ja wohl kaum behaupten, ich sei seine Mutter, und einen Pass für ihn beantragen, wenn ich bloß einen Pass auf den Namen Kathy McCarry vorlegen kann. Ich bekomme Jack unmöglich aus England raus, es sei denn, Sie lassen Ihren Einfluss spielen und besorgen ihm einen Pass. Und dann müssten Sie noch den Leuten bei British Airways ganz im Vertrauen sagen, dass es völlig in Ordnung ist, wenn Kathy McCarry mit einem kleinen Jungen reist, mit dem sie offensichtlich nicht verwandt ist – unterschiedliche Nachnamen, unterschiedliche Staatsangehörigkeit – und ob sie bitte aus Gründen der nationalen Sicherheit oder aus egal was für Gründen einfach so tun könnten, als wäre alles in bester Ordnung? Hauptsache, wir gelangen beide an Bord der Maschine. Sobald wir in den Staaten sind, komme ich schon klar. Ich weiß, das ist viel verlangt, Tom, aber* bitte*!*

Das ist mehr oder weniger die Rede, die Flint sich zurechtgelegt hat, der Appell, den sie an ihn richten wollte. Aber als sie jetzt neben Commander Glenning im Fond seines Dienstjaguars sitzt, ohne Trennscheibe zum Fahrer – und obwohl der Fahrer so tut, als lausche er klassischer Musik aus dem Radio, ist Flint sicher, dass er jedes Wort mitbekommen würde –, kommt ihr kein Wort über die Lippen.

Das liegt nicht nur an der Anwesenheit des Fahrers; es liegt auch an der Distanz, die Glenning hergestellt hat, indem er auf dem Ledersitz bis zur Tür von ihr abgerückt ist, möglichst weit von Flint und ihren fragwürdigen Absichten entfernt.

So zumindest deutet Flint seine Körpersprache.

Sie glauben mir nicht, was?, würde sie Glenning vielleicht fragen, wenn der Fahrer nicht wäre. *Sie glauben, ich bin wild entschlossen, Gröber zu töten*, würde sie vielleicht hinzufügen, wenn sie nicht den Verdacht hätte, dass Glenning mit einem barschen Ja antworten würde.

Stattdessen sitzt sie in mürrischem Schweigen da und beobachtet die Scheibenwischer, die in langen Intervallen über die Windschutzscheibe gleiten, während der Jaguar im Schneckentempo Richtung Hyde Park Corner rollt, weil die Straßen schon wieder verstopft sind. Vor ihnen erstreckt sich, so weit das Auge reicht, ein endloser Strom aus Bremslichtern, die hell in der Dämmerung leuchten.

Schließlich fragt Glenning leise: »Was soll ich für Sie tun?«, und als sie nicht sofort antwortet, sagt er mit einem Nicken Richtung Fahrer: »Keine Sorge, er ist praktisch taub. Reden Sie nur nicht zu laut.«

Als Flint noch immer nicht reagiert, erkundigt sich Glenning: »Was werden Sie ihnen bei Ihrer Rückkehr erzählen?«

»Den Gups? Ich kann Ihnen ja nichts anderes erzählen, als dass die Namen sauber sind. Zumindest dass Billy Goodheart das behauptet. Daraufhin werden sie wohl bei ihrem ursprünglichen Plan bleiben, und es wird nicht nötig sein, dass Kathy McCarry mit dem Kunden zusammenkommt.« Flint seufzt. »Die verdächtigen Strohmänner werden bestimmt geschnappt, sobald sie in die Staaten einreisen, und bei den Gups wird ein Sondereinsatzkommando auftauchen. Das können wir nicht verhindern. Aber dann ist Kathy McCarry längst verschwunden, genau wie Gröber, sobald er die ersten Probleme wittert. Der verkriecht sich irgendwo unter einen neuen Felsen, von dem nicht mal die Gups wissen. Deshalb werden sie uns auch nichts sagen können – vorausgesetzt, sie sagen überhaupt was –, was uns zu Gröber führt. Verdammt, Tom, da geht eine gute Operation total den Bach runter.«

Trotz Glennings Warnung ist Flint vor lauter Frustration laut geworden. Sie bemerkt den Blick des Fahrers, der sie im Rückspiegel beobachtet.

»Billy Goodheart hätte nur die Wahrheit erfahren müssen«, fährt sie etwas leiser fort, »und mir die Wahrheit sagen müssen, dann hätte ich eine echte Chance gehabt, Gröber abzuschießen – im übertragenen Sinne natürlich«, schiebt sie hastig nach und erntet dafür den Hauch eines Lächelns von Glenning. »Aber jetzt stehen wir schlechter da als am Anfang, und das verdanken wir dem verdammten Ridout.«

»Was für eine Absicht verfolgt er wohl?«, will Glenning wissen.

»Das hab ich mich selbst schon zigmal gefragt und bin noch kein bisschen schlauer geworden. Meine paranoide Seite sagt, er hat irgendwie Wind von der Kathy-McCarry-Operation bekommen und will sie sabotieren. Er weiß einiges über Operation Payback, den Çarçani-Teil dabei, weil der MI6 ein berechtigtes Interesse an Çarçanis Sex-Geschäften hat und wir vereinbart haben, uns gegenseitig mit Informationen zu beliefern und Operationen abzustimmen, damit wir uns nicht gegenseitig in die Quere kommen. Er hat zum Beispiel die getürkten Stasi-Akten besorgt, die ich Çarçani in Mailand übergeben habe. Er weiß, dass ich als deutsche Witwe mit Rachegelüsten gegen Gröber aufgetreten bin. Aber ehrlich Tom, von der McCarry-Sache kann er nichts wissen, weil nur Cutter und ein paar handverlesene Vertrauensleute innerhalb der Strike Force eingeweiht sind. Und jetzt natürlich Sie.«

Und vielleicht Ihr praktisch tauber Fahrer, denkt die paranoide Seite von Flint, während sie den Blick starr auf den Rückspiegel gerichtet hält. Überhaupt, was heißt denn eigentlich »praktisch« taub?

Als hätte er ihre Gedanken erraten, beugt Glenning sich vor und tippt dem Fahrer auf die Schulter, der den Kopf wendet und ihn ansieht. Dann sagt er langsam, als würde er einer Sekretärin mit schlechten Stenokenntnissen einen Brief diktieren: »Wenn Sie eine Lücke sehen, schalten Sie Blaulicht ein, wenn nötig auch die Sirene.«

»Er liest von den Lippen ab«, erklärt Glenning, als er sich wieder zurücklehnt. Er sitzt Flint jetzt so nahe, dass ihre Knie sich fast berühren. »Autohupen, Musik und alle hellen Geräusche kann er hören, aber Sprache ist für ihn nur ein unverständliches Summen. Genau deshalb hab ich ihn eingestellt. Und wegen seiner Fahrkünste. Sie werden schon sehen. Schnallen Sie sich lieber an.«

Sie rücken auseinander, legen die Sicherheitsgurte an und warten darauf, dass sich eine Verkehrslücke auftut.

»Aber was für ein Spiel spielt Ridout auf lange Sicht?«, fragt Glenning. »Will er Gröber für sich allein, um sich mit Ruhm zu bekleckern, oder meinen Sie, er schützt ihn? Vielleicht ist Gröber einer seiner Informanten. Haben Sie schon mal an diese Möglichkeit gedacht?«

»Aber Tom, das wär doch ein viel zu großes Risiko. Ich meine, stellen Sie sich mal die Konsequenzen vor, wenn irgendwann rauskäme, dass der MI6 ein Schwein wie Gröber gedeckt hat!«

»Ich hab nicht vom MI6 gesprochen, sondern von Ridout. Vielleicht ist Gröber einer der Informanten, die er inoffiziell unterhält. Vielleicht ist die Ware, die er von Gröber bekommt, so verdammt gut, dass keiner fragt, wo er sie herhat. Ist doch denkbar. Und es wäre nicht das erste Mal.«

Glennings Theorie scheint einen Schatten über Flint zu werfen, und sie sitzt eine Weile in düsterem Schweigen da, den Blick aus dem Fenster gerichtet. Dann: »Tja, ganz gleich, was Ridout vorhat, ganz gleich, welches Spiel er spielt, ich sehe im Moment keinen Ausweg. Ich hab schon dran gedacht, die Gups zu belügen, ihnen zu sagen, Bill hätte gesagt, ein paar von den Namen seien nicht sauber, aber das kann ich nicht riskieren. Schließlich könnte Billy ja noch was Schriftliches nachreichen, und –«

»Moment, hat er das noch nicht?«

»Nein, aber ich hab ihn auch nicht drum gebeten. Als ich zu dem Treffen ging, war ich absolut sicher, dass er mir die schlechte Nachricht« – Flint malt Anführungszeichen in die Luft – »eröffnen würde, und als er mir dann das genaue Gegenteil von der Wahrheit erzählt hat, war ich einfach – zu unvorbereitet.«

»Na, sollen wir ein bisschen feiern?«, hatte Billy gesagt und ihr eine Hand aufs Knie gelegt. »Wir könnten in Ihr Hotel gehen und ein Fläschchen Schampus aufs Zimmer kommen lassen. Damit Ihr Leben mal wieder prickelnd wird, was?«

»Ich wollte nur noch weg da, weg von ihm.«

»Kann ich mir vorstellen«, sagt Glenning, als wüsste er, wie Billy sich benommen hat. »Und jetzt seid ihr im Eimer, wie Sie es ausdrücken.«

»Ja.«

»Es sei denn, Billy wird …« Glenning führt den Satz nicht zu Ende.

»Ja? Es sei denn, Billy wird was?«

»Diskreditiert. Als Informationsquelle. Wie wäre es, wenn …« Wieder bricht Glenning ab, als nehme der Gedanke nur allmählich am Rand seines Bewusstseins Gestalt an, und Flint kann vor Ungeduld kaum noch still sitzen. Schließlich redet Glenning weiter: »Was wäre, wenn Billy irgendwann zwischen jetzt und Ihrer Rückkehr in die USA verhaftet würde – mit viel Aufsehen verhaftet würde. Sagen wir, seine Wohnung und seine Geschäftsräume werden gleichzeitig von Polizeikräften gestürmt. Vielleicht schnappen sie auch seine Geschäftspartner. Ehemalige Scotland-Yard-Detectives bei Großrazzia im Morgengrauen festgenommen«, fügt Glenning in Nachrichtensprechermanier hinzu. »Das hätte gute Chancen, auf die Titelseite vom *Evening Standard* zu kommen. Vielleicht sogar in Sky News, wenn die ordentliches Filmmaterial von der Festnahme in die Hände bekommen. Auf jeden Fall würden Sie davon erfahren und vermutlich prompt die Gups anrufen, um denen zu sagen, dass Sie keine Ahnung haben, was los ist, aber Ihr Informant ist gerade geschnappt worden. Die Nachrichten sind voll davon, und Sie nehmen den ersten Flug nach Hause, den Sie kriegen können, ehe die Cops Ihnen einen Besuch abstatten. Nach Ihrer Rückkehr erzählen Sie ihnen dann, Billy hätte zwar behauptet, alle Namen seien clean, aber kann man ihm wirklich trauen? Und selbst wenn er die Wahrheit gesagt hat, woher wissen wir, dass er die Namen jetzt nicht ausplaudert – das heißt, falls die Polizei sie nicht schon längst kennt. Kurz gesagt, Grace, Sie verunsichern sie. Sie sagen, selbst wenn die Namen clean waren, jetzt sind sie es nicht mehr. Wir müssen Abstand von ihnen nehmen und einen anderen Weg finden, Gentlemen. Meinen Sie, die Gups würden auf Sie hören?«

Flint starrt Glenning mit offenem Mund an. »Das würden Sie für mich tun?«

»Wieso nicht? Billy Goodheart wäre früher oder später sowieso dran, also warum nicht früher? Mit dem, was wir schon jetzt gegen ihn in der Hand haben, müssten die Jungs von der Antikorruptionsabteilung problemlos einen Durchsuchungsbeschluss kriegen. Es müsste sogar reichen, um gegen ihn und seine Partner Anklage zu erheben. Ehe Billy vor Gericht kommt, werden sie eine Zeugenaussage von Ihnen benötigen, die auf heute zurückdatiert wird, aber das dauert noch Monate. Ja, ich sehe keinen Grund, warum sie noch länger warten sollten. Ich kann gleich morgen früh mit Putney reden.«

»Putney?«

»Da sitzen die Jungs von der AKA, jedenfalls die meisten.«

»Nennt man sie immer noch das Gespensterdezernat?«

»In ihrem Beisein jedenfalls nicht.«

»Darf ich Ihnen einen Kuss geben?«, fragt Flint.

Glenning blickt bestürzt und rückt hastig noch ein Stück weiter von ihr weg. »Benehmen Sie sich«, sagt er barsch. »Er ist taub, hab ich gesagt, nicht blind.«

Als sie sich in den Kreisverkehr von Hyde Park Corner einfädeln, tut sich endlich eine Lücke im Verkehr auf, der Fahrer drückt einen Knopf am Armaturenbrett, und ein Blaulicht, das unter dem Kühlergrill des Jaguars versteckt ist, beginnt zu blitzen. Flint wird durch die Beschleunigung des Wagens tief in den Sitz gedrückt, sieht, wie die Lücke sich schließt, hört das

Gellen einer Sirene und Bremsenquietschen, legt sich in die Kurve, als die Hinterräder den Halt verlieren, stützt sich ab, schließt die Augen und macht sich auf das Knirschen von Metall auf Metall gefasst, das aber nicht kommt. Als sie sich traut, wieder hinzusehen, sind sie schon irgendwie durch die Lücke durch, schießen jetzt quer über mehrere Fahrspuren auf die Ausfahrt Park Lane zu, und die Spiegelung des Blaulichts auf der nassen Straße taucht schreckstarre, oft wütende Gesichter in ein gespenstisches Licht. Glenning starrt ungerührt zurück, als wäre er die Queen.

Jetzt sind sie auf der Park Lane Richtung Norden unterwegs, wechseln ständig die Spur, jagen in immer neue Lücken hinein, die das Jaulen der Sirene ihnen öffnet. Flint schätzt das Tempo des Wagens auf mindestens hundert Stundenkilometer und hofft, dass das Glück ihnen hold ist. Sie überlegt, ob sie ihr eigenes auf die Probe stellen soll. Glenning liefert ihr das beste Stichwort.

»Und? Wie geht es Ihrem Dad – und natürlich auch Ihrem Jungen?«

Tja, Tom Glenning, wo Sie schon fragen, da ist noch was, um das ich Sie bitten wollte.

Aber das sagt sie nicht. Ehe sie es sich anders überlegen kann, antwortet sie prompt: »Sehr gut. Nein, nicht bloß gut. Ausgezeichnet.«

»Haben Sie sie besucht?«

»Am Wochenende.«

»Und Ihr Dad kommt zurecht?«

»Absolut.«

»Ich meine, ein Baby zu versorgen, und das in seinem Alter, ist bestimmt nicht leicht, auch wenn er Hilfe hat. Er hat doch eine Haushälterin, nicht? Oder eine Kinderfrau?«

»Beides.«

Flint fürchtet, ihr Lächeln ist ein bisschen zu strahlend, könnte aufgesetzt wirken.

»Und Sie, Grace, wie geht es Ihnen damit? Wie kommen Sie damit klar, dass Sie so selten bei Ihrem Sohn sind?«

»Ich versuche, nicht drüber nachzudenken. Ich hab einen Job zu erledigen.«

»Ja, aber …«

»Wir arbeiten schließlich nicht bei der Post oder so, nicht wahr? Ich meine, wenn sich irgendwas ergibt, und ich bin nicht zu erreichen, weil es nach achtzehn Uhr ist und ich bei meinem Sohn bin und mir das wichtiger ist als alles andere, dann muss ich mir einen anderen Job suchen. Ich sage mir gern, es ist wichtig, Leuten wie Gröber oder Çarçani das Handwerk zu legen, dass es etwas bewirkt. Ich sage mir gerne, dass es nicht bloß irgendein Job ist.«

Der Jaguar biegt scharf rechts ab, ohne spürbar langsamer zu werden, und überfährt halsbrecherisch eine rote Ampel.

»Ja schön, Ihr Engagement ist über jeden Zweifel erhaben, Grace. Aber ich will Ihnen ganz offen sagen, ich mache mir Sorgen um Sie, ich fürchte nämlich, diese Gröber-Geschichte ist eine zu große emotionale Belastung für Sie. Sie müssen auf sich aufpassen – nicht nur auf Ihren Körper, sondern auch auf Ihren Kopf und Ihr Herz.«

Flint weiß, wenn Glenning nicht sofort mit dem Quatsch aufhört, wenn er noch ein einziges verständnisvolles Wort von sich gibt, dann wird sie ihren Sicherheitsgurt öffnen und sich auf ihn stürzen; dann wird er sie nicht daran hindern können, ihm diesen verbotenen Kuss zu geben.

22

Jack Flint geht es offenbar prächtig. Er liegt in einem Bettchen mit handgemalten Pu-der-Bär-Motiven, das ein findiger Mitarbeiter des Connaught Hotel aufgetrieben und binnen einer Stunde in Flints Suite geschafft hat, und wirkt zufrieden und heiter. Doch kaum erblickt er seine Mutter, zerknautscht er bekümmert das Gesicht und stößt ein Wimmern aus, das sich rasch in ein Kreischen verwandelt, aber Marjorie Bennington, eine der beiden Kinderfrauen, die abwechselnd rund um die Uhr für das Kind da sind und ebenfalls vom Hotel besorgt wurden – Kostenpunkt sechshundert Pfund pro Tag – ist augenblicklich zur Stelle. Sie hebt Jack aus dem Bettchen und sagt zu Flint: »Meine Güte, Sie sehen aber furchtbar müde aus. Nehmen Sie doch erst mal ein schönes heißes Bad, ich kümmere mich schon um den Kleinen.« Mit schlechtem Gewissen, aber zugleich auch ungemein erleichtert zieht Flint sich zurück, und kaum hat sie den Raum verlassen, der jetzt Jacks Zimmer ist, hört sie, wie sein Weinen in glucksendes Kichern übergeht.

Miss Bennington hat etliche Vorzüge, wie Flint findet. Sie hat ausgezeichnete Zeugnisse, ist körperlich und seelisch gleichermaßen robust, spricht nicht mit Melbourner Akzent und ist laut ihrem Lebenslauf dreiundfünfzig Jahre alt.

Also nichts für meinen Vater, denkt Flint verbittert. Sie weiß, sie sollte die Sache abhaken – eine neue Seite aufschlagen, wie Dr. P. bestimmt sagen würde –, doch immer wieder gehen ihr Bruchstücke des Gesprächs durch den Kopf, das sie auf der Glebe Farm mitgehört hat, wie ein schlechter Ohrwurm, den sie einfach nicht vergessen kann.

Während sie Wasser in die Wanne laufen lässt, wirft sie erneut einen Blick auf ihren BlackBerry und sieht, dass inzwischen sieben Nachrichten von Cutter drauf sind: vier E-Mails, zwei SMS und schließlich eine Sprachnachricht. Widerwillig hört sie sich an, was er zu sagen hat.

»Flint, Cutter hier. Ich hab mit Ihrem Vater gesprochen. Eine Frage: Sind Sie komplett übergeschnappt?«

Gute Frage, Mr. Cutter.

Sie überlegt, sich einen Drink zu machen, entscheidet sich dagegen.

»Sie sind abhängig von Alkohol?«, hatte Dr. Przewalski in einer der ersten Sitzungen gesagt. Offenbar lagen ihr verlässliche Informationen von der Personalabteilung vor.

»Ich bin nicht abhängig von Alkohol, Dr. P., ich genieße ihn gelegentlich.«

Flint betrachtet die gut ausgestattete Bar ihrer Hotelsuite und überlegt es sich anders.

Cutter muss irgendwo unterwegs sein, wo es keinen Satellitenempfang gibt. Nachdem die Zentrale der Strike Force ihr versichert hat: »Sie werden durchgestellt«, vernimmt sie bloß Stille, die von kurzem heftigem Rauschen durchbrochen wird. Als sie gerade wieder auflegen will, hört sie erleichtert Rocco Morales' Stimme.

»Hallo, Grace, Rocco hier. Wir haben Probleme mit der Verbindung.«

»Schon gemerkt.«

»Aber der Director will dich unbedingt sprechen. Er landet in … Momentchen … Ich schätze, er ruft dich in allerspätestens zwei Stunden an. Mach dein Handy an.«

»Mein Handy ist an, Rocco. Sonst könnten wir jetzt nicht miteinander reden.«

»He, reiß mir nicht gleich den Kopf ab.«

»Schon gut. Also, wohin ist er unterwegs?«

»Kann ich nicht sagen. Die Leitung ist nicht sicher.«

»Was kannst du denn sagen, Rocco?«

Eine Pause entsteht, und wieder rauscht es in der Leitung, während Morales abwägt, wie offen er zu ihr sein soll.

Dann: »Der Director ist ziemlich sauer auf dich. Ich meine so richtig stinksauer. Ich weiß ja nicht, was los ist oder was du angestellt hast, aber er zieht dich aus London ab, sofort. Du und dein … dein Gepäck, ihr kommt nach Hause, Holzklasse – und Grace, mach mir keine Vorwürfe, ich bin bloß der Übermittler.«

»Welches Gepäck? Was soll das heißen, Holzklasse?«

»Ich muss Schluss machen«, sagt Morales und legt auf, ehe Flint noch etwas sagen kann.

CAMPIONE D'ITALIA

23

Karl Gröber findet die Ferretti zu groß und viel zu pompös, um im Porto Comunale anzulegen. Die Jacht würde Aufsehen erregen, die Leute würden auf ihren Besitzer aufmerksam werden und damit auch auf Karl Gröber, und da Gröber sich allergrößte Mühe gibt, in Campione nicht aufzufallen, sich sozusagen unter dem Radarschirm zu bewegen, kommt das für ihn nicht in Frage. Das sieht selbst Alexander Çarçani ein, obwohl es ihm Spaß macht, Gröber ein bisschen zu ärgern.

Gröber steht in einer Swisscom-Telefonzelle am Kai, hält den Hörer vom Ohr weg und wartet geduldig, bis die Beleidigungen seiner Männlichkeit abebben und Çarçani sich einverstanden erklärt, von Porlezza aus über die unsichtbare italienisch-schweizerische Grenze nach Lugano zu fahren, dort mit der Ferretti in dem großen Hafen anzulegen und eine der Fähren zu nehmen, die regelmäßig Glücksspieler aus der Schweiz über den See kutschieren, damit sie in Campiones Kasino ihr Glück versuchen können.

»Und komm allein«, sagt Gröber. Er meint ohne Çarçanis übliche Entourage von Bodyguards in Leinenanzügen, die in Campione so auffällig wären wie Soldaten, die eine Mafiakonferenz bewachen.

Çarçani knurrt widerwillig sein Einverständnis. »Wehe, es ist nicht wichtig«, warnt er.

Gröbers Villa auf der Via Matteo liegt in einem kleinen Garten und hat am Ufer eine lange hölzerne Anlegestelle, die wie ein schlanker Finger in den See ragt. Dort vertreiben Çarçanis Bodyguards sich die Zeit, indem sie wie kleine Jungs Steinchen übers Wasser hüpfen lassen. Er ist natürlich nicht allein gekommen, aber immerhin nur mit zwei Männern, die in ihren Jeans und lässigen Hemden fast als Touristen durchgehen könnten, obwohl sie für Gröbers scharfe Augen noch immer aussehen wie die Tosken, die sie nun mal sind. Seinem geübten Auge sind auch nicht die dezenten Ausbuchtungen unten an ihren Hosenbeinen entgangen, wo sie Pistolenholster tragen.

»Also, wer ist sie?«, fragt Çarçani hinter Gröbers Rücken mit einem gleichgültigen Ton, als wäre ihm die Antwort egal.

Gröber bleibt am offenen Fenster stehen und betrachtet die Bodyguards, die das Spiel leid geworden sind und jetzt zur Spitze der Anlegestelle schlendern. Sie haben sich jeder eine Zigarette angezündet, und kleine Rauchwölkchen treiben hinter ihnen her. »Geduld, Sascha«, sagt er.

Er wird tatsächlich Geduld brauchen, denn die PowerPoint-Diashow, die sich Çarçani auf Gröbers Laptop ansieht, ist so programmiert, dass jedes Foto dreißig Sekunden lang zu sehen ist, und Kathy McCarrys Reise hat eben erst begonnen. Die erste Aufnahme war ein grobkörniges Schwarzweißfoto von einer Überwachungskamera, auf dem zu sehen ist, wie McCarry siebzehn Tage zuvor um genau 08:06.35, so die Einblendung am unteren Bildrand, aus der Passkontrolle in Terminal 4 am Londoner Airport Heathrow kommt. Die Fotos zwei und drei wurden mit einer hochauflösenden Digitalkamera gemacht und zeigen vergleichsweise deutlich, wie McCarry ihr Gepäck neben sich auf den Boden gestellt hat und den Blick suchend durch die Ankunftshalle wandern lässt.

Das vierte Foto, auf das Çarçani jetzt gereizt starrt, zeigt das mögliche Ziel ihrer Suche: einen unscheinbaren Mann mittleren Alters, der ein Stück Pappe hochhält, auf dem in dicken schwarzen Buchstaben der Name »Ms. Kathy McCarry« steht. Der Name sagt Çarçani nichts. »Kann man das nicht schneller stellen?«, fragt er.

»Nein.«

Also muss Çarçani sich gedulden, bis nach der entsprechenden Wartezeit das fünfte Bild erscheint, ein vor dem Terminal aufgenommenes Foto, mit der Frau im Profil, während ihr Gepäck in ein Auto geladen wird, und jetzt kommt sie ihm auf einmal irgendwie bekannt vor; ihre Statur oder vielleicht der lange Hals oder die Kopfhaltung – irgendwas löst in Çarçanis episodischem Gedächtnis ein Gefühl des Wiedererkennens aus. Das Gefühl ist vage und flüchtig und gerade deshalb leicht beunruhigend. Çarçani muss genauer hinsehen.

Seine Finger schweben über der Laptoptastatur. »Wie kann ich das vergrößern?«

»Warte«, sagt Gröber, noch immer mit dem Rücken zum Raum, während er im Kopf die Sekunden zählt.

Foto Nummer sechs, und genau das wollte Çarçani sehen: eine Nahaufnahme des erstaunlichen Gesichts, das in einem Winkel von rund dreißig Grad nach unten geneigt ist. Der breite einladende Mund lächelt ganz leicht wie zum Dank für einen kleinen Gefallen. Vielleicht hält der Fahrer ihr die Tür auf, als sie auf der Rückbank Platz nimmt. Bis auf ein paar haarfeine Fältchen an den lorbeerblattförmigen Augen ist ihre Haut makellos. Es ist das verführerische Gesicht einer Frau, die Çarçani begehrenswert finden würde, und Çarçani ist sicher, dass er sie schon mal gesehen hat, aber nur gesehen, denn wenn er ihr bereits begegnet wäre, dann würde er sich daran erinnern und er hätte sie aller Wahrscheinlichkeit nach auch gehabt, hätte sie sich genommen oder gekauft. Also, so beschließt er, muss er irgendwo ein Bild von ihr gesehen und es sich eingeprägt haben. Vielleicht in einer Illustrierten oder im Kino. Er rät: »Ist sie Schauspielerin?«

Gröber will schon verneinen, doch dann fällt ihm die Ironie

auf, und er wendet den Kopf, um Çarçani mit gespielter Bewunderung für seinen vermeintlichen Scharfblick anzusehen. »Ja«, sagt er leise. »In gewisser Weise ist sie genau das, Sascha: eine Schauspielerin, die ihre Rollen spielt.«

»Was soll denn das nun wieder heißen?«

»Wart's ab, Sascha.«

Çarçani seufzt, Gröber dreht sich wieder zum Fenster um und betrachtet die Bodyguards, die jetzt am Ende des Anlegesteges sitzen. Sie haben die Schuhe ausgezogen, die Jeans hochgekrempelt, die Pistolenholster abgeschnallt. Sie lassen sich von der Morgensonne bescheinen und die Füße im Wasser baumeln. Sie wirken harmlos, was sie ganz sicher nicht sind, aber pflichtvergessen, was sie ganz sicher sind. Gröber ist überzeugt, dass er die Zeit haben wird, die er braucht, falls die Sache hier schiefgeht.

Noch zehn Bilder, noch fünf Minuten.

Kathy McCarry steigt vor dem Connaught Hotel aus der Limousine … Kathy McCarry geht eine Straße hinunter … Kathy McCarry betritt ein gesichtsloses Bürogebäude … verlässt das Gebäude – und Çarçani gähnt geräuschvoll.

Jetzt kommen weitere grobkörnige Aufnahmen von Überwachungskameras. Kathy McCarry steigt in ein Auto, steigt wieder aus. Es ist ein BMW, der anscheinend in einer Tiefgarage parkt. Auf dem nächsten Foto ist der Wagen näher an der Kamera. Die Frau ist nicht zu sehen, aber Çarçani kann das Gesicht des Fahrers durch die Windschutzscheibe erkennen. Wie aufs Stichwort sagt Gröber: »Deckname Starwood. Richtiger Name Goodheart, William Goodheart. Wir haben ihm fünfundzwanzigtausend Dollar gezahlt, Verzeihung, Sascha, du hast ihm fünfundzwanzigtausend Dollar gezahlt, damit er uns einen Haufen Lügen auftischt.«

Keine Reaktion von Çarçani. Er sitzt an Gröbers Schreibtisch und blickt konzentriert auf den Laptop, reglos, ausdruckslos. Das einzige Anzeichen für seine mutmaßliche Anspannung ist die pochende Ader, die an der linken Schläfe eine tiefe Furche in der Haut durchteilt.

Noch drei weitere Bilder, und Gröber macht sich innerlich auf alles gefasst.

Die nächste Aufnahme zeigt einen stämmigen Mann, der mit leerem Blick an einem Geländer steht. Im Vordergrund ist Wasser zu sehen, ein See oder Fluss, und das Foto scheint vom gegenüberliegenden Ufer gemacht worden zu sein, mit Teleobjektiv, denn es wirkt übergroß und hat keine Tiefenschärfe. Trotzdem, Çarçani sieht deutlich, dass der Mann nicht Starwood ist, nicht der blöde Arsch in dem Auto, der sich eingebildet hat, er könnte es für fünfundzwanzigtausend Dollar mit Alexander Çarçani aufnehmen. Çarçani wartet, dass Gröber ihm sagt, wer dieser neue Mann ist, doch Gröber schweigt.

Çarçani spielt das Spiel bereitwillig mit. Er hat sich an den Rhythmus der Diashow gewöhnt, die Intervalle kommen ihm jetzt kürzer vor – und außerdem ist Çarçani nicht immer ungeduldig. Während seiner Zeit beim Sigurimi, als es seine Pflicht war, in Albanien für Angst und Schrecken zu sorgen, hatte der Vorsitzende Enver Hoxha mal gesagt, Alexander Çarçani habe die Geduld, sogar Stalin auszusitzen, und das war als Kompliment gemeint. »Sieben Jahre!«, hatte Hoxha bewundernd gesagt, nachdem er ausgerechnet hatte, wie lange Çarçani gebraucht hatte, um den Verräter Meksi in seinem Versteck in Moskau aufzuspüren; Meksi mit seiner Hure und ihrem kleinen Bastard. »Wie lange hat ihr Sterben gedauert?«

»Zwei Tage«, lautete Çarçanis Antwort, und als Hoxha die Stirn runzelte, als wollte er sagen, zu schnell, hatte Çarçani hinzugefügt: »Bei dem Jungen drei Tage. Bei der Frau fünf.«

Hoxha, so hieß es, hatte über dreißig Jahre gewartet, bis er eine Cousine tötete, die sich geweigert hatte, ihn zu heiraten: Er verbot jedem Arzt, jedem Krankenhaus, jeder Praxis in ganz Albanien, die Frau zu behandeln, als sie an Krebs erkrankte.

Jetzt hat diese McCarry die Arme um den Hals des stämmigen Mannes gelegt. Bei dieser Aufnahme mit Weitwinkelobjektiv muss sich die Kamera in einiger Höhe befunden haben, vielleicht auf dem Dach eines hohen Gebäudes?

Die Bodyguards haben einen neuen Zeitvertreib gefunden: zwei junge Frauen in einem Tretboot, die provozierend nah am Anlegesteg vorbeifahren und so tun, als interessierten sie die Rufe der jungen Männer nicht. Gröber wendet sich vom Fenster ab, sieht Çarçani an, wartet.

Endlich kommt das letzte Foto – genauer gesagt, das Foto, von dem Çarçani annehmen wird, dass es das letzte ist, denn die Diashow ist extra so programmiert, dass diese Aufnahme so lange auf dem Bildschirm bleibt, bis Gröber die Taste drückt, die das Programm fortsetzt. Es ist ein förmliches Porträt des stämmigen Mannes, in einem dezenten Anzug, sitzend, die Unterarme auf der Schreibtischplatte, vor sich ein Schild, dessen Beschriftung zu klein ist, um sie auf Anhieb entziffern zu können. Çarçani beugt sich vor.

»Siehst du das Schwert, Sascha, das Schwert der Justitia, das genau auf deine Eier zeigt?«

Çarçani kann nur eine horizontale Linie erkennen, die quer durch die letzten drei Buchstaben verläuft.

»Ich glaube, das soll symbolisch sein, eine Darstellung ihrer Absichten.«

Gröber kommt immer näher, bis nur noch der Schreibtisch ihn von Çarçani trennt, und erklärt: »Die Buchstaben, die du nicht erkennen kannst, lauten N, C, I, S. Du bestaunst gerade das Logo des britischen National Criminal Intelligence Service, der die Aufgabe hat, einen verdeckten Krieg gegen alles zu führen, was sie als organisiertes Verbrechen bezeichnen: Drogenhandel, Menschenhandel, Organhandel, Waffengeschäfte. Anders ausgedrückt, gegen deine Verbrechen, Sascha. Und auch gegen meine, da es ihnen ein Dorn im Auge ist, dass du die Gewinne aus deinen Aktivitäten kaschierst. Der dicke Kerl da ist Commander Tom Glenning, der Leiter des NCIS. Er will uns vernichten, wenn er kann.«

Çarçani rechnet sich mit seinem raschen Verstand die möglichen Folgen aus und ist alles andere als begeistert. Ungläubig, als wäre die Frage schlicht absurd, äußert er seinen ersten Verdacht: »Was soll das heißen, Karl? Dass die Schlampe, die du nach London geschickt hast, um mein Geld zu verschenken, einen Lover hat, der ein britischer Spion ist?«

»Nicht ihr Lover, glaube ich, und ganz sicher kein Spion.« Gröbers Ton ist ausdruckslos, sachlich. »Glenning ist Polizeibeamter, ein hochrangiger Polizeibeamter – und sie ist Agentin, ebenfalls hochrangig, bei der amerikanischen Financial Strike Force. Verstehst du?«

Çarçanis Miene nach kann er kaum fassen, geschweige denn verstehen, was er da hört. »Das ist Flint?«, fragt er, und jetzt klingt er wirklich ungläubig. »Du hast zugelassen, dass Flint in meine Organisation eindringt?«

Ehe Gröber antworten kann, schlägt Çarçani mit beiden Fäusten auf den Schreibtisch, wobei sein goldenes Uhrenarmband auf der Verbundglasplatte einen Knall erzeugt, der in Gröbers Ohren wie ein Schuss klingt. Dann springt Çarçani auf und beugt sich über den Tisch, die Ader an seiner Stirn pocht so heftig, als würde sie jeden Moment platzen. »Du Schwachkopf! Du Vollidiot! Wie kann man nur so bescheuert sein?«, brüllt er, und seine Stimme, die durch das offene Fenster schallt, alarmiert prompt seine Bodyguards. Gröber reagiert schnell, beugt sich über den Laptop und drückt die Escape-Taste. »Die Show ist noch nicht zu Ende, Sascha«, sagt er mit der Stimme der Vernunft. »Bitte, mein Guter, setz dich, schau dir den Rest an.«

Çarçani bleibt stehen, aber er blickt auf den Monitor, und jetzt sieht er den Anfang eines Videofilms mit Hintergrundgeräuschen. Der Anfang ist wirr und verwirrend. Wilde, verwackelte Bilder von Beinen und Gesäßen, aufgenommen aus

Bodennähe, als haste die Kamera durch ein Gedränge von Halbmenschen, der Ton Fetzen eines Sprachengemischs, Musik aus Lautsprechern im Hintergrund, unaufhörliches Glockengeläut.

Aus dem Erdgeschoss von Gröbers Haus hallt das Geräusch herauf, wie eine Tür geöffnet wird und krachend wieder zuschlägt.

Dann wird das Bild ruhiger und klar. Offensichtlich ist die Kamera jetzt auf Schulterhöhe und schwenkt einmal senkrecht und waagerecht über die Marmorfassade einer hohen Kathedrale, eine Fassade, die mit Hunderten, ja Tausenden von Statuen verziert ist. Unaufhaltsam bewegt sich das Objektiv auf den Turm zu und erreicht schließlich die vergoldete Kupferfigur auf der Spitze, unverkennbar eine Darstellung der Madonna. Çarçani weiß genau, was er da sieht: die drittgrößte Kirche der Christenheit, den Dom in Mailand; sein Mailand, wie er inzwischen mit der Unverfrorenheit des Eindringlings denkt – ähnlich wie Napoleon, ein anderer Eroberer Mailands, der sich in ebendiesem Dom zum König von Italien krönen ließ.

Der Klang polternder Schritte auf der Treppe. Gröber geht um den Schreibtisch herum auf Position, stellt sich neben Çarçani und sagt ruhig: »Sascha, wenn deine Gorillas durch diese Tür kommen …«

»Fick dich ins Knie«, sagt Çarçani, erhebt sich aber und geht zur Tür, reißt sie auf und verschwindet auf den Flur. Gröber hört wütende Stimmen auf Albanisch, Çarçani wird lauter, eindringlicher. Was auch immer er schließlich sagt – zwei dröhnende Worte, die durchs ganze Haus schallen –, es beendet die Auseinandersetzung schlagartig. Einen Moment lang herrscht Stille, dann entfernen sich Schritte über den Flur und die Treppe hinunter.

Gröber hat das Video angehalten. Als Çarçani jetzt zurückkommt, lässt er es weiterlaufen, und die Kamera schwenkt gemächlich über die Piazza del Duomo. Offenbar ist es ein strahlender Sonntagmorgen kurz vor der Messe. Am Eingang zum Dom stehen Gläubige und Touristen Schlange, um ihre Taschen und Rucksäcke flüchtig von gelangweilten Polizisten durchsuchen zu lassen, während auf der Piazza selbst motorisierte Carabinieri in prächtigen schwarzen Uniformen mit breiten, weißen Schultergurten in Grüppchen neben ihren Motorrädern stehen und nach Taschendieben Ausschau halten. Die Kamera verweilt bei einem nordafrikanischen Straßenhändler, der beide Arme voller Armbanduhren hat und eine junge Frau bedrängt, bis zwei Carabinieri in ihre Trillerpfeifen blasen und zielstrebig auf ihn zugehen.

»Ha, *La Benemerita*«, sagt Çarçani, als wäre er stolz auf sie, als gehörten ihm auch die Carabinieri.

Jetzt nimmt die Kamera eine knallgelbe Straßenbahn ins Visier, die am Nordende der Piazza Fahrgäste ausspeit. Çarçani sieht etwa ein Dutzend Leute aussteigen, nichts, was ihn irgendwie interessieren würde, bis eine Frau in der Tür auftaucht und zögert, als wäre sie unsicher, ob das die richtige Haltestelle ist. Zum zweiten Mal spürt Çarçani einen Anflug von Wiedererkennen, das Gefühl, ein Bild von einer Begegnung irgendwann in seiner Vergangenheit zu betrachten.

Diese Frau ist nicht schön. Als sie in der offenen Tür steht, zoomt die Kamera das Gesicht heran, bis ihr magerer Hals, die verkniffenen Züge, die stumpfen Augen, das schlaffe Haar den Bildschirm füllen. Sie ist eigentlich noch nicht alt, aber sie sieht verhärmt aus, wie ausgetrocknet von einem Leben voller Enttäuschungen und vorsätzlicher Verwahrlosung. Also nicht das Gesicht einer Frau, die Çarçani begehrenswert oder unvergesslich finden würde. Und doch weiß er, dass er sie schon mal gesehen hat, und zwar nicht in irgendwelchen Illustrierten oder Filmen. Er schließt die Augen und kann ihre Stimme hören; nicht, was sie sagt, aber den schrillen, beschwörenden Tonfall.

»Erkennst du sie?« Auch Gröber betrachtet den Bildschirm, steht über Çarçanis Schulter gebeugt.

»Ich bin nicht sicher.«

»Vielleicht gleich.«

Jetzt entfernt sie sich von der Piazza, und die Kamera folgt ihr in sicherer Entfernung, als sie in eine enge Straße zwischen hohen Häusern geht. Sie trägt schwarze Kleidung, in der sie formlos wirkt. Obwohl sie es offenbar eilig hat, macht sie kurze Schritte. Sie hat den Gang einer alten Frau, schlurft beinahe – und das endlich hilft Çarçanis Gedächtnis auf die Sprünge. Kurz bevor sie um eine Ecke biegt und die Straße sich öffnet, kurz bevor die beiden Türme der Basilika San Ambrogio ins Bild kommen, weiß Çarçani plötzlich, wer sie ist.

»Sie heißt Ingrid Fischer«, sagt er. »Ihr Mann hat für dich gearbeitet, bis du ihn umgebracht hast.«

»Ja.«

Die verwitwete Frau Fischer ist jetzt im Hof von San Ambrogio, schiebt sich durch die Menge, und da die Kamera jetzt deutlich näher an ihr dran ist, gibt der Ton nicht nur die Kirchenmusik wieder, sondern auch die monotone, wehleidig klingende Stimme der Frau: *Scusi, scusi, per favore.*

»Ja – und nein«, schiebt Gröber nach.

»Hör auf, in Rätseln zu sprechen, Karl.«

»Gern, Sascha. Ja, Peter hat für mich gearbeitet, und nein, ich hab ihn nicht umgebracht – zumindest nicht absichtlich. Es war ein Unfall, ich wollte ihn nicht erschießen. Und nein, Sascha, sie war nie seine Frau oder auch nur in seinem Bett.«

Ingrid Fischer geht jetzt die Treppe zur Galerie hinauf, wo Alexander Çarçani sie erwartet, reglos wie eine Statue.

»Was redest du denn da?«

»Ich stelle dir dieselbe Frage, die du mir gestellt hast, weil jemand in deine feine Organisation eingedrungen ist.« Gröber schiebt den Mund ganz dicht an Çarçanis Ohr. Er flüstert jedes Wort einzeln: »Wie … kann … man … nur … so … bescheuert … sein?«

»Nein! Ausgeschlossen.«

Dennoch sieht Gröber die Wahrheit in Çarçanis Augen aufdämmern. »O doch, Sascha. Das ist leider die Wahrheit.«

»Soll das heißen, dieses Weib da ist Flint?«

»Ja.«

»Nicht zu fassen. Nicht mal meine Männer wollten die verschrumpelte Hexe anrühren. Nicht mal die hatten Lust auf sie.«

»Trotzdem.«

Die Kamera filmt jetzt von einer Stelle im Altarraum aus, und als sie Flint und Çarçani auf der Galerie heranzoomt, sind ihre Gesichter so dicht voreinander, dass man meinen könnte, sie wollten sich küssen. Doch auf diese Entfernung kann das Mikro nicht aufzeichnen, was Flint sagt. Auf Gröbers Laptop sieht Çarçani, wie sich Flints Lippen beschwörend bewegen, während er gleichzeitig die Gemeinde das *Gloria* intonieren hört.

Egal. Er erinnert sich an jedes Wort.

»Ich weiß, wer Ihnen das angetan hat«, hatte die Frau leise gesagt und auf seine entstellende Narbe gedeutet.

»Mach dir nicht zu viele Vorwürfe, Sascha. Wie du schon vermutest hast, sie ist eine Schauspielerin – eine sehr gute Schauspielerin, findest du nicht?«

»Ich werd dir sagen, was sie ist, was sie sein wird, wenn ich mit ihr fertig bin«, sagt Çarçani, ohne die Stimme zu heben, völlig ruhig. Ungerührt fügt er hinzu: »Sie ist erledigt. Im Arsch. So gut wie tot.«

»Moment.«

Çarçani schüttelt den Kopf, will aufstehen.

»Bitte, Sascha. Flint umzubringen ist nicht die einzige Möglichkeit. Vielleicht nicht mal die beste Möglichkeit. Sieh dir das an.«

Ein weiteres Video fängt an, Privataufnahmen mit recht guter Bildqualität.

Das Gesicht eines Mannes, zuerst verzerrt, dann deutlich. »Und jetzt«, sagt er, »präsentieren wir Ihnen ... präsentieren wir Ihnen mit großem Stolz ... das Ereignis, auf das die Welt gewartet hat: Die ... JACK ... FLINT ... SHOW!«

Çarçani sieht ein kleines Kind, fast noch ein Baby, das eine gelbe Latzhose mit passendem Hut trägt und sich mit einer Hand an einem Stuhl festhält, während es mit der anderen einen roten Gummiball umklammert. »Gib mir den Ball, bitte, bitte, gib mir den Ball«, sagt eine Frauenstimme außerhalb des Bildes. Der Junge tut wie geheißen, und ebenfalls außerhalb des Bildes lacht ein Mann laut auf. »Ma-ma«, sagt das Kind und lächelt in die Kamera.

»Flints Kind?«, fragt Çarçani.

Gröber antwortet nicht sofort. Stattdessen beugt er sich über Çarçanis Schulter, drückt auf eine Reihe von Tasten, um die PowerPoint-Präsentation zu beenden und dann von der Festplatte des Computers zu löschen.

»Ja«, sagt er. »Mittagessen?«

Es sind bequeme zehn Minuten zu Fuß von Gröbers Haus zur Rally-Club-Pizzeria, wo der Inhaber einen Fenstertisch für einen seiner treuesten Stammgäste reserviert hat.

»Haben Sie heute Gäste, Herr Klimt?«

»Nur einen«, sagt Gröber und hebt einen Finger. Çarçani versteht den Wink und bedeutet seinen Bodyguards mit einem Signal zu verschwinden.

»Dann eine Flasche von meinem besten Wein. Mit meiner Empfehlung, Herr Klimt.«

»Das ist sehr großzügig von Ihnen.«

»Bitte, bitte, nehmen Sie Platz.«

Sie sprechen Englisch, was Çarçani nur schlecht versteht, aber er bekommt ungefähr mit, worum es geht, und das amüsiert ihn. Die Information, dass Flint einen Sohn hat, scheint seine Laune ungemein gehoben zu haben.

»Welche Sprachen kann er sonst noch?«

»Französisch, ein bisschen Deutsch, natürlich Italienisch. Aber kein Russisch, Sascha, nicht ein einziges Wort.«

»Dann erzähl mir mal auf Russisch, Karl, wo du ja so gut informiert bist, was Flint nach Mailand geführt hat? Was wollte sie mir mitteilen?«

»Dass ich es war, der versucht hat, dich zu erschießen.«

Çarçani kichert, als hätte er mit Gröbers Antwort gerechnet. »Und du hast gedacht, das würde mich nicht weiter stören?«

»Ich war sicher, dass du ihr nicht glauben würdest.«

»Ach ja? Und wieso sollte ich nicht glauben, dass diese KGB-Schweine die Drecksarbeit nicht von Oberleutnant Gröber erledigen lassen würden? Das stimmt doch, Karl, oder? Du hast es nie weiter gebracht als bis zum Oberleutnant? Wieso eigentlich? Weil du daneben geschossen hast?«

»Weil ich keinen höheren Dienstrang brauchte. Weil ich von General Mielke persönlich autorisiert war. Er wollte das so.«

»Hat dich General Mielke persönlich autorisiert, mein Mörder zu sein, mir aufzulauern wie ein verdammter Feigling?«

»Nein, Sascha, und du weißt, dass das nicht stimmt. Wenn es stimmen würde, wärst du nämlich längst tot.«

Einen Moment lang herrscht Stille, dann stößt Çarçani ein brüllendes Lachen aus, das tief aus dem Bauch zu kommen scheint. *»Prego, prego.«* Er winkt den Inhaber mit dem Wein heran – Chianti Classico, der vorzügliche 97er Reserva, direkt vom Weingut seines Cousins in Collelungo, wie der Mann versichert. Çarçani hebt sein Glas und spricht einen Toast aus: »Trinken wir auf alle Drecksäcke im Kreml; auf deinen großen verstorbenen Chef, General Mielke, das arrogante Schwein; auf den Verräter Meksi und seinen kleinen Bastardsohn – und Karl, es stimmt nicht, dass der Junge vergewaltigt wurde; die Frau, ja, aber nicht der Junge. Auf das Miststück Flint und auf ihren Bastardsohn, möge sie wünschen, er wäre nie geboren worden. Auf alle imperialistischen amerikanischen Agenten, wo immer sie gerade die Erde verschmutzen, auf alle schwulen Spione der Briten –«

»Und auch auf Hoxha?«, wirft Gröber ein. »Wir sollten doch auch auf deinen großen Mentor trinken, finde ich.«

Wieder ein brüllendes Lachen von Çarçani. »Und auf Hoxha, das größte Arschloch aller Zeiten.« Çarçani leert sein Glas in einem Zug. »Sollen sie in der Hölle verrotten.«

»Du glaubst an die Hölle, Sascha?«

»Und ob, ich war schon da. Sie heißt Albanien.«

Jetzt muss Gröber lachen.

»Worüber wollen wir nun reden, Sascha? Die Akte?«

Çarçani fühlt sich überrumpelt und pariert erst mal. »Welche Akte?«

»Die Akte, die Flint dir gegeben hat. Die Akte, die ihr Mann angeblich aus der Normannenstraße weggeschafft hatte. Deine Akte, Sascha. Du hast sie forensisch untersuchen lassen und, wie ich glaube, ihre Echtheit bestätigt bekommen.«

Çarçani lächelt noch immer, aber mit Argwohn in den Augen.

»Die Echtheit wurde doch bestätigt, oder nicht? Das will ich jedenfalls hoffen, nachdem die sich solche Mühe gegeben haben. Das Papier, die Tinte, die offiziellen Stempel, alles korrekt. Sogar die Sprache – die Syntax, der Jargon, die Euphemismen: alles total authentisch. So authentisch, dass ich es selbst geschrieben haben könnte. Aber nein, Sascha, deine Akte wurde nicht von einem Mann, der nie der Gatte dieser Frau war, aus dem Archiv der Abteilung 21 weggeschafft, weil es eine solche Akte nie gab. Sie ist eine Fälschung, das Werk der Fälscher des Bundesnachrichtendienstes in Pullach, entstanden in den Wochen, ehe Flint zu dir kam, und zwar mit der kompetenten Hilfe einer Frau, die viele Jahre Funktionärin im Ministerium für Staatssicherheit war. Sie kannte unsere kleinen Tricks durch und durch. Um ehrlich zu sein: Sie hat für mich gearbeitet – bis sie über die Mauer abgehauen ist, bis sie sich an den Westen verkauft hat, eine Peinlichkeit, die General Mielke sauer aufgestoßen ist. Ihr Name war Elsa Krüger. Ich sage war, weil die gute Elsa, zwei Tage bevor Flint zu dir nach Mailand kam, in Regensburg ums Leben gekommen ist; sie wurde von einem Auto überfahren. Der Fahrer ist flüchtig.«

Çarçani hebt eine Augenbraue.

»Nein, nein, Sascha, ich hab nichts damit zu tun. Zugegeben, als mir erzählt wurde, dass Elsa an deiner Akte mitgewirkt hat –«

»Erzählt?«

»Vom MI6, denselben britischen Spionen, auf die wir gerade getrunken haben, mögen sie in – du hast es gesagt – in Albanien verfaulen.«

Çarçanis Lächeln hat sich verdunkelt. »Du redest mit britischen Spionen?«

»Mit einem britischen Spion, um genau zu sein. Ich erzähle ihm Dinge über unsere Konkurrenten; Dinge, die mir zu Ohren kommen, Dinge, die ich weiß. Ich liefere ihm kleine Siege, und im Gegenzug verrät er mir, was unsere Gegner im Schilde führen. Genauer gesagt, was Flint im Schilde führt. Er hat nichts für Flint übrig. Er legt Wert darauf, wie du verstehen wirst, dass unsere Beziehung streng vertraulich bleibt, aus naheliegenden Gründen. Aber er ist ein erfahrener Spion, Sascha, bekleidet beim britischen Geheimdienst eine hohe Position, das kann ich dir versichern.«

»Leck mich.«

Der Inhaber wittert ein Problem und kommt an ihren Tisch geeilt, um zu fragen, ob mit dem Wein etwas nicht stimmt.

»Nein, nein, alles bestens«, beruhigt Gröber ihn. »Er ist großartig, wirklich. Ich sollte Ihren Cousin bitten, mir eine Kiste zu schicken.« Und dann, als sie wieder allein sind, sagt Gröber mit einer Stimme, aus der plötzlich alle Jovialität gewichen ist: »Die haben versucht, uns aufs Kreuz zu legen, Sascha. Die Deutschen haben eine perfekte Fälschung zustande gebracht und sie den

Briten gegeben, damit die sie Flint geben, damit sie dir einen Köder vorwirft, wie einem hungrigen Fisch. Sie wollten dich auf mich hetzen. Aber die Briten trauen den Deutschen nicht ganz über den Weg – wie kämen sie auch dazu? –, und deshalb ruft mich mein britischer Spion an und erzählt mir, was sie gemacht haben. Karl, sagt er, du bist im Arsch. Erinnerst du dich an Elsa? Sie hat eine Akte gefälscht, du kannst dir also denken, wie gut die ist. Er wollte mich davon überzeugen, dass die Akte als echt durchgehen würde, dass du Flint die Lügengeschichte abkaufen würdest und meine einzige Überlebenschance die wäre, dich zu eliminieren, ehe du mich ausschaltest. Elsa ist tot, hat er gesagt. Sie kann dir nicht helfen. Die wollten einen Krieg zwischen uns anzetteln. Und ich glaube, es war ihnen egal, wer ihn gewinnt.«

Çarçani ist misstrauisch, denkt nach.

»Wer hat diese Elsa umgebracht?«

»Keine Ahnung. Elsa war eine Hure. Sie hatte sich schon einmal verkauft und würde es vielleicht wieder tun, wie jede Hure. Also konnte man ihr nicht trauen, und nachdem sie ihre Arbeit getan hatte, war sie entbehrlich geworden. Christopher hat angedeutet, dass die Deutschen sie getötet haben, aber ich bin mir da nicht sicher. Christopher belügt mich meistens.« Gröber zuckte die Achseln. »Aber ehrlich, Sascha, ob die Deutschen oder die Briten – wen interessiert's?«

»Wer ist Christopher?«

»Das ist sein Arbeitsname, so soll ich ihn nennen. Das ist natürlich nicht sein richtiger Name. Ich kenne seinen richtigen Namen, seine Blutgruppe, sein Geburtsdatum. Ich weiß, wo er wohnt, kenne den Code für die Alarmanlage in seinem Haus. Ich hab sogar einen Grundriss. Ich weiß, wo er seine Lebensmittel kauft, die Pflanzen für seinen Garten, und welche verschiedenen Strecken er für den Weg zur Arbeit benutzt. Ich weiß, welches Auto er fährt und mit wem er ins Bett geht – und, Sascha, das wird dich überraschen: Endlich mal ein britischer

Spion, der keine Schwuchtel ist. Ich weiß alles, was ich über ihn wissen muss. Dass er tatsächlich glaubt, mich zu kontrollieren, tja, das amüsiert mich.«

»Was hast du ihm gesagt?«

»Ich hab gesagt, Christopher, du spinnst. Grace Flint wäre nie im Leben nah genug an Alexander Çarçani rangekommen, um ihm die Akte zu zeigen. Ich hab gesagt, ich glaub dir nie wieder auch nur ein einziges Wort, es sei denn, du lieferst mir Beweise, Fotos, Nahaufnahmen. Einen Tag später hat er mich wieder angerufen und gesagt: ›Du hast eine E-Mail.‹«

»Das Video von vorhin?«

»Ja. Das Video mit Flints Sohn hab ich woanders her. Du weißt ja selbst, wie stolz die Gup-Brüder auf ihre Superüberläuferin von der oberen Finanzverwaltung waren. Ich war da skeptischer. Ich hab sie überprüfen lassen.«

»Karl, Karl …« Çarçani schüttelt den Kopf, aber er scheint wieder friedlich gestimmt zu sein.

Gröber sagt: »Nur interessehalber, wieso hast du eigentlich nichts gegen mich unternommen?«

»Meinst du, ich vertrau dir nicht?«

»Vertraust du denn überhaupt irgendwem, Sascha?«

»Sonntags vertraue ich auf Gott.«

»Mal im Ernst, es interessiert mich wirklich. Die Akte und die verwitwete Frau Fischer waren bestimmt sehr überzeugend. Ich selbst hätte mich vielleicht überzeugen lassen.«

Çarçani streicht das makellose Tischtuch mit den Händen glatt. »Ich wollte dich zu mir bringen lassen, damit ich dir die Eier abschneiden und sie dir in den Hals rammen kann. Dann hab ich gedacht, nein, Moment mal, vorläufig nutzt er mir lebend mehr. Was meinst du, Karl, denkst du, du wirst mir immer lebend mehr nutzen?«

»Ich denke, wir sollten essen.«

Sie bestellen frische in Butter gedünstete Seezunge, Röstkartoffeln und grünen Salat mit Balsamicodressing, und der

Inhaber überredet sie zu einem Orvieto Classico, von dem er behauptet, er komme direkt von dem Weingut seines zweiten Cousins.

Irgendwann während sie genüsslich speisen, fragt Çarçani: »Karl, waren wir zu unserer Zeit eigentlich auch so perfide?«

»Nein, Sascha, wir waren noch viel perfider«, sagt Gröber, und beide müssen lachen.

FRIENDSHIP HEIGHTS

24

Als Jack Flint endlich eingeschlummert ist, schleicht seine Mutter aus dem Schlafzimmer, das sie sich jetzt teilen, bleibt im Flur stehen und zählt lautlos bis sechzig. Er rührt sich nicht. Schon seit elf Abenden hintereinander hat er nun vor dem Einschlafen kein Theater mehr gemacht. Im orangegelben Schein der Nachtlichter, die in jeder zweiten Steckdose der Wohnung eingestöpselt sind, erlaubt Flint sich die Frage, ob sie vielleicht eine instinktive Begabung für Mutterschaft hat. Unwahrscheinlich, räumt sie ein, aber ein warmer, trockener, tränenloser Jack, der nach Talkumpuder und Babyöl riecht, ein glucksender Jack, der ihr Gesicht und ihren Hals unermüdlich mit winzigen weichen Fingerchen erkundet, wenn sie ihn im Arm hält, löst geballte mütterliche Gefühle in ihr aus, die erstaunlich und verwirrend real sind. Natürlich spielt sie die Mutter nur: Den größten Teil des Tages wird Jack von teuren Profis betreut. Aber um achtzehn Uhr dreißig – »Allerspätestens um sieben, und das ist ein Befehl, Kathy« – verlässt Flint ihr Büro bei Gup Securities. Meistens taucht Joe Gup dann an in ihrer Tür auf, strahlt sie an und sagt: »Feierabend, Kathy, Feierabend.« Anschließend holt sie ihren Sohn von der Tagesbetreuung ab und fährt mit ihm nach Hause. Sie füttert ihn, wechselt die Windeln, unterhält ihn. Sie liest ihm Geschichten vor, spielt mit seinen Spielsachen. Dann geht's ins Bett. Und so unwahrscheinlich es auch klingt, Grace Flint singt ihren Sohn in den Schlaf: Den Text improvisiert sie, die Melodien klaut sie von Annie Lennox.

Jack betrachtet sie mit weisen, forschenden Augen. Vielleicht sieht er sie noch nicht als seine leibliche Mutter, aber er scheint ausgeglichener und halbwegs zufrieden zu sein, als habe er begriffen, dass er bei ihr in Sicherheit ist.

Eine weitere Minute vergeht, während Flint im Flur steht und auf Jacks leises Atmen lauscht, das aus dem Babyfon an ihrem Gürtel dringt. Es klingt wie Wellen, die an einen Strand plätschern. Sie hat keine Ahnung, wie es weitergehen soll, und wenn sie über ihre neue Verantwortung nachdenkt, werden ihr vor Angst die Knie weich, aber Jacks Anwesenheit in ihrem Leben wird allmählich zu einer Freude für sie, die ebenso überwältigend wie unerwartet ist.

Na, was halten Sie davon, Dr. P.?

Da fällt ihr ein: Sie muss anrufen.

Dank einer Intervention von Director Cutter haben Flint und Dr. Przewalski inzwischen eine Vereinbarung. Nach Vorankündigung durch die Personalabteilung war Cutter eines Abends spät bei Dr. P. zu Hause auf der 98th Street West aufgetaucht, hatte sich im Wohnzimmer vor ihr aufgebaut und erklärt: »Das ist Rocco, er arbeitet für mich. Er wird Ihr Telefon in Ordnung bringen.«

»Ist mein Telefon kaputt?«

»Es ist undicht – möglicherweise. Rocco wird es abdichten.«

»Das Telefon ist undicht? Was reden Sie denn da?«

»Es ist undicht, es könnten Worte durchsickern, Dr. Przewalski, Dinge, die nicht über eine ungesicherte Leitung besprochen werden sollten. Wissen Sie, Grace steckt wirklich in Schwierigkeiten und braucht dringend Ihre Hilfe, aber sie kann nicht zu Ihnen nach New York kommen, das geht im Augenblick nicht. Also wird sie sich telefonisch mit Ihnen unterhalten, von wo sie gerade ist, bis sie ihren Auftrag abgeschlossen hat – oder bis er ihr um die Ohren fliegt –, und ich möchte nicht riskieren, dass Ihre Gespräche mit ihr abgehört werden, das könnte Flints Tod bedeuten. Es könnte auch …« Cutter verstummte und lächelte, als wollte er den Schock abmildern. »Es könnte auch Ihren Tod bedeuten, aber das wäre nun wirklich der schlimmste aller denkbaren Fälle.«

Dr. Przewalski, die Cutter ungefähr bis zur Brusthöhe reichte, blickte völlig ungerührt zu ihm hoch.

»Deshalb präparieren wir Ihr Telefon so, dass nur Rauschen zu hören ist, wenn jemand die Leitung anzapft. Dann kann Grace so offen mit Ihnen reden wie nötig, und wenn ich die Sache richtig sehe, bedeutet das, völlig offen. Sie hat in England einiges mitgemacht. Ich weiß, sie hat Sie wegen der Geschichte mit ihrem Vater angerufen, aber dann ist auch noch die Operation, an der sie gearbeitet hat, nicht so gelaufen, wie wir uns das vorgestellt hatten. Außerdem musste ich sie in einer Transportmaschine der Air Force zurückfliegen lassen, und im Frachtraum waren keine Sitzplätze; sie hat also fast neun Stunden in einer Hängematte gelegen, und das mit einem Baby, das ihr die ganze Zeit über lautstark seinen Unmut zu verstehen gegeben hat. Im Augenblick versucht sie, ihre Operation wieder ans Laufen zu bringen und sich um das Kind zu kümmern, was nicht zu ihren natürlichen Begabungen gehört. Kurz, sie hat ein paar ziemlich komplizierte Sachen zu klären – vor allem die Beziehung zu ihrem Sohn. Und Sie sollten noch was wissen: Das hier war Flints Idee. Ich bin nur hier, weil sie mich darum gebeten hat, das einzurichten. Damit sie ungestört mit Ihnen sprechen kann. Weil sie das nämlich jetzt dringend braucht, sie ist kurz vor dem Zusammenbruch, und ich kann ihr nicht helfen, nicht so, wie Sie das können, und das ist doch immerhin schon ein Erfolg, oder? Ich meine, dass sie Sie um Hilfe bittet, ist schon beachtlich. Was meinen Sie?«

»Wenn sie ein Atomreaktor wäre«, sagte Dr. Przewalski, »würden Sie sie abschalten?«

»Ganz bestimmt, als Vorsichtsmaßnahme. Aber die Option

habe ich im Augenblick nicht. Grace muss bleiben, wo sie ist, ihre Tarnung so lange wie möglich aufrechterhalten, und Sie müssen für sie erreichbar sein, wann immer sie mit Ihnen sprechen will. Sie verlässt sich auf Sie, Dr. Przewalski.« Cutter legte ihr die Hände auf die Schultern, als wollte er sie segnen. »Und ich verlasse mich auch auf Sie, wie Sie bestimmt schon gemerkt haben.«

»Wann wird sie anrufen?«

»Spätabends.«

»Uhrzeit?«

»Das kann ich Ihnen nicht sagen. Wenn ihr Sohn schläft, vermute ich.«

Dr. Przewalski schüttelte ihre Silbermähne. »Nein, nein. Sie muss feste Termine machen, so als würde sie in mein Büro kommen. Sie soll sich jeden Abend sagen, in einer Stunde muss ich Dr. P. anrufen, oder in zwei Stunden, um neun Uhr, um zehn Uhr, Mitternacht, egal wann, Hauptsache, sie vereinbart einen Termin für die Sitzungen, verstehen Sie? Sie muss eine Uhrzeit nennen und sich daran halten, damit sie sich innerlich vorbereitet.«

»Heißt das, sie soll Sie jeden Abend anrufen?«

»Sie sprachen von Zusammenbruch.«

»Ich hab gesagt, sie ist kurz davor.«

»Dann brauchen wir wohl doch nur … ja, lassen Sie mich überlegen.« Sie blickte Cutter spöttisch an. »Wenn sie bloß kurz vor dem Zusammenbruch ist, dann reichen vielleicht schon fünf Sitzungen wöchentlich. Samstags und Sonntags könnten wir frei machen. Ja? Bloß kurz vor dem Zusammenbruch, also kein Grund zur Panik.«

Und dann sagte sie: »Bitte, hier entlang«, und führte Rocco Morales in ihr Arbeitszimmer, damit er ihr Telefon präparierte – und hinterher hätte Cutter schwören können, dass sie zu Rocco sagte: »Brauchen Sie einen Eimer für Ihre undichte Stelle?«

Das Telefon klingelt. Als Dr. Przewalski sich meldet, sagt Flint leise: »Hi, Dr. P., rufe ich zu spät an?«

»Wieso zu spät?«

»Ich meine, ich hab Sie doch hoffentlich nicht geweckt? Haben Sie schon geschlafen?«

»In meinem Alter lese ich lieber. Trotzdem, ja, Sie rufen zu spät an; zwanzig Minuten, um genau zu sein, was bedeutet, uns bleiben nur noch dreißig Minuten.«

»Verstehe«, sagt Flint in einem Ton, der deutlich macht, dass sie keineswegs versteht. Sie haben noch nicht mal angefangen, und sie tigert schon in ihrer Küche auf und ab und spürt ein angespanntes Kribbeln auf der Haut. »Mir war nicht klar, dass es so auf die Minute ankommt. Na ja, egal.« Sie bleibt stehen und fügt hinzu: »Marina, ich hab Sie nicht haargenau um zehn Uhr angerufen – weil ich erst abwarten wollte, ob Jack auch wirklich eingeschlafen ist, damit er uns nicht unterbricht. Es tut mir leid, okay? Ich bitte um Verzeihung.«

»Es geht mich ja nichts an«, hatte Rocco Morales gesagt, als er in Dr. P.s kleinem Arbeitszimmer auf dem Boden lag und an der Telefondose hantierte, um die mögliche undichte Stelle zu beheben. »Aber Grace kann einen schon ganz schön auf Trab halten. Manchmal ist sie schneller von null auf hundert als ein frisierter Porsche, und dann auf einmal, wenn man gerade aus der Haut fahren will, bremst sie ab, gondelt ganz gemütlich auf der rechten Spur dahin und fragt, he, was soll die Eile? So ist sie nun mal, vor allem jetzt, seit dieser Geschichte mit Mandrake, seit sie das Kind hat. Wahrscheinlich ist das bei ihr ein Schutzmechanismus. Und wenn Sie ihr dabei helfen wollen, wieder besser klarzukommen, na ja … Wie gesagt, es geht mich wirklich nichts an, aber ich dachte, Sie sollten das wissen.«

Dr. Przewalski verlässt sich auf ihren Instinkt und gondelt auch erst mal gemütlich auf der rechten Spur dahin. »Gut, dann ist Jack also eingeschlafen. Wie schön. Wirklich, ich freue mich für Sie. Sie müssen sehr froh sein.«

Flint entspannt sich etwas. »Das kann man wohl sagen. Um ehrlich zu sein, Dr. P., eigentlich bin ich total erstaunt. Über uns, meine ich, Jack und mich. Dass wir jetzt, wo wir endlich zusammen sind, so schnell ... ich weiß gar nicht, wie ich das ausdrücken soll ... zueinander gefunden haben?«

»Jetzt, wo er nicht mehr Mandrake ist?«

»Was? Was haben Sie gesagt?« Flint ist sofort wieder auf der Hut, schneller als eine Porsche von null auf hundert.

»Vielleicht irre ich mich ja, aber ich könnte mir vorstellen, dass Sie ihn die ganze Zeit über, als er in Ihrem Bauch war, nicht als Ihr Kind gesehen haben, sondern als Mandrake, das Monster, das Sie einfach hassen mussten. Und selbst als er auf die Welt kam und Sie ihn Jack nannten, haben Sie ihn vielleicht immer noch als eine Fortsetzung von Mandrake gesehen, nicht als eigenständigen Menschen. Erst jetzt, da Ihr Jack sich allmählich von der Mandrake-Form löst, vielleicht sogar gegen Ihren Willen, können Sie ihn als das sehen, was er wirklich ist.«

Schweigen am anderen Ende, bis Dr. Przewalski nachschiebt: »Aber, wie gesagt, vielleicht irre ich mich ja auch.«

»Ist das mal wieder einer von Ihren Sprengsätzen, Marina? Eine Tretmine, die Sie einfach so auslegen?«

»Es ist bloß eine Überlegung, eine Möglichkeit. Etwas, worüber Sie vielleicht nachdenken sollten.«

»O ja.«

»Gut, erzählen Sie mir, was Sie derzeit über Ihren Vater denken.«

»Gar nichts. Deshalb rufe ich nicht an. Ich will nicht über ihn reden.«

»Wissen Sie warum?«

»Natürlich weiß ich das! Sie haben mal gesagt, ich blockiere. Und genau das versuche ich derzeit, möglichst jeden Gedanken an meinen Vater zu blockieren, weil ich nämlich sonst dermaßen ... Sogar jetzt, wo ich Ihnen sage, dass ich nicht an ihn denke, merke ich, wie mein Blutdruck in die Höhe schießt. Also bitte, sprechen wir nicht mehr über meinen Vater, ja? Ich will nicht an ihn denken oder über ihn reden, vor allem jetzt nicht. Mir geht es nur um Jack.«

»Selbstverständlich. Ich an Ihrer Stelle würde vermutlich auch nicht über ihn reden wollen. Ich frage mich nur, ob Sie wissen, warum Sie so zornig sind.«

»Ist das nicht offensichtlich?«

Pause. Dann sagt Dr. Przewalski: »Doch, ich glaube schon, aber ist es auch für Sie offensichtlich?« Nichts weiter, und Flint antwortet nicht, und sie schweigen sich gegenseitig an.

Das wollen wir doch mal sehen, denkt Flint. Sie ist genauso entschlossen, nicht über ihren Vater zu reden, wie Dr. Przewalski sie dazu bringen will. Denn die Szene auf der Glebe Farm will ihr einfach nicht aus dem Kopf. Sie lauert in ihrem Unterbewusstsein wie die Erinnerung an eine Migräne, zusammen mit der nagenden Frage: Warum warst du so aufgebracht? Und noch schlimmer ist die Antwort, die sie immerzu verdrängt und die doch immer wiederkommt: Weil du eifersüchtig warst. Sie hasst die Antwort, und sie wehrt sich dagegen – Ich bin in meinem ganzen Leben noch nie eifersüchtig gewesen! Ihr Unterbewusstes entgegnet: *Bis dahin nicht*, und dann streut es noch ein bisschen Salz in die Wunde, indem es ihr zwei Zeilen von William Blake in Erinnerung ruft: Grausamkeit hat ein Menschenherz / Und Eifersucht ein Menschengesicht. Und sie weiß, dass das stimmt und dass das Gesicht, das sie sieht, ihrem Vater gehört, und diese Wahrheit widert sie an.

O nein, Dr. P., das Thema ist tabu.

Aber Dr. Przewalski gibt nicht auf, hält diesen Willenskampf durch. In der Leitung ist nur Rauschen zu hören, und Flint muss die Frage unterdrücken: *Sind Sie noch dran, Dr. P.*? Sie sagt sich, dass nicht nur Therapeuten Schweigen als Waffe benutzen können. Jerry Crawford beispielsweise bringt einen widerspenstigen Verdächtigen zum Reden, indem er Kurt Vonneguts Roman *Hokus Pokus*, den er stets mit in eine Vernehmung nimmt, aus der Jackentasche zieht und stur darin liest, und wenn er an die Stellen kommt, die ihm besonders gefallen, pfeift er ziemlich disharmonisch »Danny Boy« vor sich hin. Jeder, der schon mal mit Crawford gearbeitet hat, kann bestätigen, dass dieses Pfeifen schwer zu ertragen ist, und Jerry brüstet sich damit, dass noch kein Verdächtiger länger durchgehalten hat als bis Seite dreiundzwanzig.

Flint dagegen zieht eine raffiniertere Methode vor. Wenn sie es mit einem besonders verstockten Verdächtigen zu tun hat, verlässt sie schon mal wortlos den Vernehmungsraum, kehrt zehn oder fünfzehn Minuten später mit einer leichten Mahlzeit auf einem gedeckten Tablett zurück, das sie gegenüber dem Verdächtigen auf den Tisch stellt, und fängt an zu essen. Was sie isst, spielt keine Rolle. Wichtig ist das Tuch auf dem Tablett, die blütenweiße Stoffserviette, die silbernen Salz- und Pfefferstreuer, die Tatsache, dass Flint von einem richtigen Teller isst, mit richtigem Besteck; der Korb mit knusprigem Baguette, das richtige Glas, aus dem sie offenbar Weißwein trinkt. Sie scheint zu signalisieren: Ist mir doch egal, wie lange das hier dauert, weil ich nämlich Erster Klasse sitze und es mir schmecken lasse, während du im Frachtraum hockst und nicht mal ein Glas Wasser kriegst. Und weil die Kränkung so willkürlich und so immens ist, verlieren die Verdächtigen fast unweigerlich die Fassung. Entweder sie fragen, ob sie auch was haben können, oder sie sagen so was wie: »Ich hoffe, du erstickst dran«, oder sie versuchen, sich das Messer zu schnappen, wie zum Glück erst einmal geschehen, und handeln sich einen gebrochenen Arm ein. Egal, wie die Reaktion ausfällt, sie haben das Spiel verloren.

Mit diesem Gedanken im Kopf sagt Flint wie zu sich selbst: »Ich stell mal auf Freisprechen, dann kann ich mir einen Drink machen, während ich warte, und vielleicht ein bisschen was essen.«

»Ja«, erwidert Dr. Przewalski, »Essen wird Ihnen guttun.«

Und jetzt ist durch die sichere Leitung zwischen Friendship Heights und New York nur zu hören, wie Flint sich etwas zu essen zubereitet: das Öffnen und Schließen der Kühlschranktür, das Entkorken einer Weinflasche, das Klappern von Geschirr, das Geräusch eines Messers, das Gemüse hackt, das Zischen von heißem Öl in der Pfanne. Während der Arbeit summt sie leise Mozart vor sich hin, und vielleicht erkennt Dr. Przewalski die Ouvertüre aus der *Hochzeit des Figaro*.

Jetzt stellt Flint einen Teller auf den Tisch, schenkt sich einen Schluck Wein ein, um ihn zu kosten, das Glas direkt neben dem Telefon. Ein leises genüssliches *Mmm*.

Ich sollte mal nach Jack sehen, denkt sie, und als sie das gerade tun will, hört sie Dr. Przewalski sagen: »Ja, ich finde, das war eine sehr interessante Sitzung, und wir sollten morgen an dem Punkt weitermachen. Mal sehen, was passiert«, dann legt sie auf.

»Mama«, sagt Jack im Babyfon, ruft im Schlaf nach ihr.

25

Im Vorraum von Joseph Gups Büro hat Kathy McCarry ihr Arsenal aufgebaut: vier akkurate Aktenstapel, die wie Kartenspiele auf der schimmernden Platte des Konferenztisches angeordnet sind. Heute hat sie es so eingerichtet, dass sie den Gup-Brüdern gegenübersitzt, um deren Reaktion beobachten zu können, wenn sie ihnen ihre Lösung zu dem »San-Ambrogio-Problem«, wie Joe Gup es nennt, unterbreitet. Ihren »Plan B«, wie auf der

Titelseite steht – ein kleiner Insiderscherz der jungen Terrier im Marscheider-Gebäude auf Director Cutters Kosten, eine Anspielung auf Cutters Standardfloskel, seine Leute müssten immer einen »Plan B« haben. Denn dieser Plan B ist das Werk der Terrier, wenngleich die Gup-Brüder glauben, er sei Kathy McCarrys unermüdlichem Einsatz zu verdanken, und Joseph Gup hat nicht einen einzigen Arbeitstag verstreichen lassen, ohne ihr »Engagement« zu loben.

Ganz anders dagegen Nathan Gup. Seine Reaktion auf die Neuigkeiten, die sie aus London mitbrachte, war unterkühlt, und seine frostige Stimmung ist unverändert. Er gibt Kathy die Schuld dafür, dass die Namen, wie sie es ausdrückt, »völlig unbrauchbar« sind, dass sie durch Billy Goodhearts spektakuläre Festnahme (über die tatsächlich in den Sky News und auf der Titelseite des *Evening Standard* berichtet wurde) »kontaminiert« worden sind. In den vergangenen drei Wochen hat Nat die Konsequenzen wiederholt als »Ihren Mist« bezeichnet, und Kathy hat dazu geschwiegen – bis zum letzten Mal, als sie einfach ihre Sachen packte und die Besprechung verließ und Joe Gup ihr auf den Flur folgte.

»Kathy, Sie müssen Nat verstehen, er … wie soll ich sagen? Er ist beunruhigt, weil der Kunde sehr, sehr zornig ist.«

»Dabei sollte der Kunde eigentlich sehr, sehr dankbar sein.«

»Natürlich.«

»Weil ich seinen Hals gerettet habe.«

»Ich weiß. Ich verstehe, was Sie sagen.«

»Dann sollten Sie das vielleicht auch mal Ihrem Bruder erklären.«

Aber da ist noch etwas, das Nathan Gup zu schaffen macht: Kathy McCarry ist nämlich aus London mit einem Kind zurückgekehrt, dem Kind ihrer Schwester, so ihre Erklärung, um das sie sich zumindest vorläufig kümmern muss.

»Wieso haben Sie eigentlich nie erwähnt, dass Sie eine

Schwester haben?«, hatte Nathan vorwurfsvoll gefragt, als hätte sie gegen irgendein ungeschriebenes Gesetz verstoßen.

»Sie haben nie danach gefragt, Mr. Gup, und nur der Vollständigkeit halber, sie ist meine Halbschwester, aus der zweiten Ehe meines Vaters. Aber wir hatten keinen engen Kontakt, und ich hab mehr oder weniger am Rande mitgekriegt, dass sie ein Kind hat. Ich hab sie nur angerufen, weil ich in England irgendwie die Zeit totschlagen musste und weil Joe, Verzeihung, Ihr Bruder, mich dazu ermuntert hatte, die Reise auch dazu zu nutzen, meine Familie zu besuchen. Und da hab ich mir gedacht, ich rufe Sally mal an. So hab ich erfahren, dass sie in einer psychiatrischen Klinik ist, ihr nutzloser Partner sich verdrückt hat und ihr Sohn Jack vom Jugendamt betreut wird und in eine Pflegefamilie gesteckt werden sollte, weil sich sonst niemand um ihn kümmern wollte. Da hab ich mir gedacht, Kathy, einmal in deinem Leben kannst du etwas tun, was nicht deiner Karriere dient. Also hab ich ihn mitgenommen, weil ich, solange meine Schwester krank ist, die einzige Verwandte bin, die für ihn Verantwortung übernehmen kann – und offen gesagt, Nathan, ich finde, das Ganze geht Sie einen feuchten Kehricht an.«

»Kathy, Kathy«, sagte Joseph Gup beschwichtigend. »Nathan und ich waren nur ... Na ja, wir waren ein wenig überrascht.«

»Es hat meine Arbeit nicht beeinträchtigt, das wissen Sie.«

»Selbstverständlich«, sagte Joe.

»Das wäre ja auch noch schöner«, sagte Nat, »schließlich ist es allein Ihre Sache, den Mist, den Sie verzapft haben, wieder aus der Welt zu schaffen.«

An dem Punkt reichte es Kathy, sie warf ihm nur noch einen vernichtenden Blick zu und ging. Ihre ganze Körpersprache verriet, dass sie ihm am liebsten eine geknallt hätte. Joseph war ihr bis in ihr Büro gefolgt, hatte die Tür geschlossen und gesagt: »Kathy, bitte setzen Sie sich«, und: »Kathy, ich möchte mich für Nathans Benehmen entschuldigen. Ich möchte Ihnen außerdem sagen, als De-facto-Alleinerziehender« – und aus Joes Mund hatte es tatsächlich wie ein Segen geklungen – »steht es Ihnen zu, sich freizunehmen, wann immer es die Umstände erfordern. Sollte der kleine Jack zum Beispiel mal krank werden. Und falls Sie zwei, drei Tage die Woche zu Hause arbeiten möchten, geht das ebenfalls völlig in Ordnung. Das ist unsere Firmenpolitik, und wir sind stolz drauf. Sie sind schließlich nicht die Einzige bei Gup Securities in der Situation, beileibe nicht. Also, melden Sie sich, wenn Sie irgendwas brauchen.«

Kathy hatte sich bedankt, daran gedacht, ihn Joe zu nennen, sich erneut bedankt, als er ihr das Versprechen abnahm, dass sie keine Überstunden mehr machen und auch nicht mehr am Wochenende ins Büro kommen würde. »Sie sind ein anständiger Mann«, sagte sie, und der Kathy-Teil von ihr meinte es sogar fast ehrlich, obwohl der Flint-Teil wusste, dass ihn selbst die größte Anständigkeit nicht würde retten können. Sie sah, wie sein noch immer attraktives Gesicht auf Kathys Dankbarkeit reagierte, und Flint konnte sich gut vorstellen, wie es erschlaffen würde, wenn sie die Maske falle ließ: *Mr. Joseph Gup, ich bin Agentin einer Bundesbehörde, Sir, und Sie sind vorläufig festgenommen.*

Würde er sie beschimpfen? Würde er sie als Flittchen, Schlampe oder noch Schlimmeres bezeichnen, wie schon so viele, wenn der orgastische Augenblick gekommen war, ihre wahre Identität zu offenbaren? Flint glaubte es nicht, denn man konnte über Joseph Gup sagen, was man wollte, aber er war ein Mann von Würde. Sie konnte sich eher vorstellen, dass er sie fassungslos anstarren und versuchen würde, das Ausmaß seiner zerschlagenen Illusionen abzuschätzen. Er würde irgendwas sagen wie: *Aber Kathy, ich dachte, ich wäre für Sie wie ein Vater.*

Tja, Mr. Gup, was Väter angeht, hab ich so meine Probleme.

»Wie?«

Er war schon halb im Gehen und hatte Kathy eine Frage gestellt, die Flint nicht mitbekommen hatte.

»Schon gut.«

»Nein, bitte.«

»Vorhin bei der Besprechung, als Nathan sich daneben benommen hat, mich würde interessieren, wie nah Sie dran waren, ihm eine zu knallen.«

»Aus Respekt vor Ihnen, Joe, eher weit davon entfernt.«

»Schade«, sagte er mit seinem gewinnenden Lächeln.

»Plan B«, sagt Kathy McCarry, die zwei rote Akten aus dem ersten Stapel zieht und sie den Gup-Brüdern reicht. »True Right Developments ist eine angesehene Firma in Nevada. Sie investieren hauptsächlich in kleine Einkaufszentren und Apartmenthäuser, sind seit neunundzwanzig Jahren im Geschäft, werden im NASDAQ geführt, hatten nie Probleme mit der Börsenaufsicht und nie Ärger mit der obersten Finanzverwaltung. Allerdings«, Kathy zieht die Nase kraus, um ihre Loyalität zu ihrem ehemaligen Arbeitgeber zu demonstrieren, »gibt Nevada keine Informationen an die Finanzverwaltung, daher hat das nicht viel zu sagen. Dennoch, True Right ist sauber, und deshalb schlage ich vor, dass sie das San-Ambrogio-Projekt übernehmen.«

»Übernehmen?«, wiederholt Joseph Gup, während er in der Akte blättert. Es klingt nicht so, als wollte er Kathys Vorschlag in Zweifel ziehen, eher, als probiere er aus, wie sich das anhört. Nathan Gup rührt sein Exemplar der Akte nicht an und starrt verdrossen in Kathys Gesicht.

»Hauptaktionäre sind Dorothy und Sherman Childs, die beide in Palm Springs, Florida leben, wenn sie nicht gerade in ihrer Eigentumswohnung auf den Bermudas weilen. Dorothy ist neunundsechzig und hat mir am Telefon erzählt, dass sie ein Schwäche für jüngere Männer hat, was erklären könnte, dass Sherman erst fünfundsechzig ist. Bis 1999 war die treibende Kraft hinter True Right ihr einziges Kind, Dale, und in diesem Jahr belief sich der Gewinn auf knapp unter dreißig Million Dollar. Im Dezember '99 steuerte Dale seine Cessna bei Boulder, Colorado gegen einen Berg. Als Unfallursache wurden schlechte Sicht und ein defekter Höhenmesser vermutet. Seitdem geht True Right den Bach runter. Die Jahresgewinne liegen bei unter einer halben Million, und das Geld stammt aus Restanteilen an Apartmentanlagen, die True Right gebaut hat. Der Aktienkurs dümpelt bei vierzig Cent – aber keiner will kaufen.«

»Und diese angeschlagene Firma soll San Ambrogio übernehmen?«, fragt Joseph Gup, und diesmal ist es wirklich eine Frage.

»Der reinste Schwachsinn«, wirft Nathan ein.

Kathy fährt unbeirrt fort. »Ich schlage vor, True Right nimmt ein Darlehen auf, um das Land zum geforderten Preis zu kaufen, also für zwei Komma sieben Million Dollar. Das dürfte kein Problem sein. Dorothy Childs – oder Dot, wie ich sie nennen soll – hat schon mit zwei Banken in Miami gesprochen, und sie bekommt das Geld, wenn sie es braucht. Um den Bau zu finanzieren, macht True Right über eine Bank eine neue Aktienausgabe – hundertfünfundsiebzig Millionen Aktien zu vierzig Cent, die der Kunde im Namen verschiedener Firmen kauft, die wir in Nevada gründen oder aufkaufen. Wenn Sie Seite achtzehn aufschlagen« – Joseph Gup tut es, Nathan nicht – »sehen Sie die von mir aufgeführten Firmen, insgesamt dreiundzwanzig, und wie die Aktien zwischen ihnen aufgeteilt werden sollten. Der Mandant kontrolliert diese Firmen und somit True Right, aber immer nur durch Strohmänner. Er bleibt völlig unsichtbar.«

Kathy nimmt die Brille ab, legt sie vor sich auf den Tisch neben den Ersatzstift, den sie gar nicht braucht. »Gentlemen, man könnte sagen, die von mir vorgeschlagene Struktur ist zu kompliziert und unnötig. Tatsache ist, wir brauchen keine dreiundzwanzig Firmen, um die Identität des Kunden zu verschleiern, nicht mal eine. Nach den Gesetzen des Staates Nevada müssen Aktionäre nicht namentlich bekannt sein. Außerdem sind in Nevada Inhaberaktienzertifikate erlaubt, auf die der Besitzer seinen Namen schreiben kann – oder Micky Maus und Donald Duck oder einfach nur der Inhaber oder auch gar nichts. Wer das Zertifikat besitzt, dem gehört die Aktie und damit die Firma, völlig anonym.«

»Und, was spricht dagegen?«, meldet Nathan sich zum ersten Mal zu Wort.

»Nichts, gar nichts, wenn man das Risiko eingehen will, dass das Zertifikat verloren geht, gestohlen oder bei einem Brand vernichtet wird.«

»Meinen Sie, der Kunde würde mit einem Stück Papier, das rund siebzig Millionen Dollar wert ist, achtlos umgehen?« Nathans Stimme trieft vor Sarkasmus.

»Ist alles schon vorgekommen, Mr. Gup. Oder der Kunde hat einfach nur Pech. Er bewahrt sein Stück Papier in einem hübschen sicheren Banktresor auf, und der Tresor wird ausgeraubt, weil es nämlich keinen Tresor auf der Welt gibt, der nicht ausgeraubt werden könnte. Und weil das Stück Papier für die Bankräuber keinerlei praktischen Wert besitzt, verbrennen sie es. Wenn der Kunde dann irgendwann seine Anteile verkaufen will, kann er seine Inhaberschaft nur beweisen, indem er vor Gericht geht und belegt, das er die Finanzmittel für das Projekt zur Verfügung gestellt hat. Ich kann mir nicht vorstellen, dass der Kunde das möchte. Glauben Sie mir, Mr. Gup, so was ist schon öfter passiert, als Sie es für möglich halten.«

Joseph Gup nickt, als wüsste er das aus Erfahrung.

»Hinzu kommt, dass True Right zwar in Nevada sitzt, aber in South Carolina tätig werden wird, und dort sieht die Gesetzgebung anders aus. Durchaus möglich, dass sich jemand dafür interessieren könnte, wer die Investoren bei True Right sind, und dann wäre es mir lieber, wenn er nicht gleich auf einen sechshundert Pfund schweren namenlosen Gorilla stößt. Dreiundzwanzig Firmen – selbst wenn es nur Scheinfirmen sind – erregen längst nicht so schnell Aufsehen, Mr. Gup.«

»Wie sieht es mit dem Zeit- und Geldaufwand aus?«, fragt Joseph.

»Die Firmen können von mir innerhalb von vierundzwanzig Stunden online gegründet werden. Kostenpunkt: fünfundachtzig Dollar pro Firma. Steuern sind gleich null: keine Körperschaftssteuer, keine Kapitalsteuer, keine Gebühr für Aktienübertragung. Wir werden Geschäftsführer brauchen, aber da in Nevada Einpersonenfirmen erlaubt sind, bedeutet das dreiundzwanzig Strohmänner.«

»Warum gerade dreiundzwanzig Firmen? Warum nicht zehn oder meinetwegen auch dreißig?«

Kathy lächelt. »Dreiundzwanzig ist meine Glückszahl, Mr. Gup.«

»Und müssen diese Geschäftsführer ihren Wohnsitz in Nevada haben?«

»Nein. Sie können überall wohnen, rund um den Globus.«

»Also, Kathy, was kostet es unterm Strich, um diesen sechshundert Pfund schweren Gorilla loszuwerden?«

»Unterm Strich, Joseph: Wenn Sie mir zehntausend Dollar zum Ausgeben anvertrauen, bring ich Ihnen noch Restgeld wieder.«

Joseph Gup blickt sehr erfreut.

Aber das ist bloß der Auftakt. In den folgenden vier Stunden werden die Gup-Brüder Kathy McCarrys Plan B unter die Lupe nehmen und analysieren – selbst Nathan wird ein wenig auftauen. Versteckt in den Bügeln von Kathys Brille sind zwei stecknadelkopfgroße Mikrophone und zwei Sender so dick wie ein menschliches Haar. Im Gehäuse des Ersatzstiftes verbergen sich ein digitaler Empfänger und ein Mikrochip mit einer Aufnahmekapazität von bis zu zehn Stunden, und am Abend, als er sich über Flints abhörsichere Leitung die Höhepunkte des aufgezeichneten Gesprächs anhört, wird Cutter über Nathan Gup sagen: »Widerlicher kleiner Pingel, nicht?«

»Im Grunde schlagen Sie eine umgekehrte Übernahme vor, richtig?«

»Mehr oder weniger, Mr. Gup. Aber Dot und Sherman Childs bleiben eingetragene Geschäftsführer von True Right, vor allem, weil sie Erfahrung und Glaubwürdigkeit in das Projekt einbringen. Immerhin sind sie Immobilieninvestoren, die nachweislich schon zahlreiche Projekte termingerecht abgeschlossen haben und häufig sogar unter dem geplanten Budget geblieben sind. Nichts in dieser Größenordnung, zugegeben, aber wenn das San-Ambrogio-Projekt angekündigt wird, können sie auf der Pressekonferenz glaubhaft versichern, dass sie seit fast dreißig Jahren auf dieses Projekt hingearbeitet haben. Und wenn sie das mit ihrer Geschichte tun, dann werden nirgendwo Alarmglocken losgehen.«

»Die beiden sind unsere Tarnung?«, wirft Joseph Gup ein.

»Ganz genau.«

Nathan der Praktiker will wissen: »Und was soll diese Tarnung kosten? Wie hoch ist der Anteil der beiden?«

»Durch ihren bestehenden Anteil an True Right werden ihnen fünfzehn Prozent des Projektes gehören.«

Nat stößt einen leisen Pfiff aus. »Donnerwetter! Finden Sie zehneinhalb Millionen Dollar für ein bisschen Geldwäsche nicht leicht überteuert?«

»Wenn ich das Ganze bloß als Geldwäscheaktion sehen würde, dann ja.« Kathy verdreht die Augen, als wollte sie andeuten, dass das ziemlich töricht wäre. »Wenn ich das Geschäft dagegen als das sehe, was es ist, nämlich eine Gelegenheit für den Kunden, seine finanziellen Mittel mit minimalem Risiko zu legalisieren und zugleich bombensicher zu investieren, dann, Mr. Gup, finde ich das keineswegs überteuert. Schauen Sie«, setzt sie an und zieht rasch eine bestimmte Akte aus einem der Stapel, »jede abgeschlossene Phase ist eine Wertsteigerung des Projektes: Wenn die Baugenehmigung erteilt wird, wenn das Grundstück freigegeben wird und Straßen und Kanalisation fertiggestellt sind, wenn der Hafen gebaut wird, wenn die Apartmenthäuser entstehen, wenn sie mit dem Hotel anfangen – mit jedem einzelnen Schritt wächst der Wert der Anlage exponentiell. Falls der Kunde bis zum Abschluss des Projektes dabei bleibt, schätze ich, sind für ihn zwischen hundert und hundertfünfzig Millionen Dollar Gewinn drin; saubere Dollar, Mr. Gup, die er zur Bank tragen kann. Aber noch besser ist das, was mit dem Aktienkurs von True Right passieren könnte oder wahrscheinlich passieren wird. Wenn der Kunde einen Teil seiner Aktien Schritt für Schritt verkauft, während das Projekt weiter wächst – ich meine eine Million hier, eine Million dort –, dann wird der Kurs vermutlich steigen. Ich kann Ihnen nicht sagen, um wie viel, aber ich glaube, dass der Kurs jedes Mal, wenn wieder ein Erfolg zu verzeichnen ist – sagen wir beispielsweise Ritz-Carlton oder eine andere Luxuskette kauft das Hotel – einen kräftigen Sprung nach oben tun dürfte.«

»Wie kräftig?«

Ein Lächeln umspielt Kathys Lippen, als sie kopfschüttelnd antwortet: »Tut mir leid, Mr. Gup, da kann ich Ihnen nicht weiterhelfen. Seien wir ehrlich, wenn ich die Börsenkurse vorhersehen könnte, dann säße ich jetzt nicht hier bei Ihnen.« Dafür erntet sie ein breites Grinsen von Joseph. »Aber ich hab nur mal so zum Spaß die NASDAQ-Zahlen der letzten Jahre analysiert, um zu berechnen, was möglich wäre, und ich schätze – bitte, Gentlemen, es handelt sich wirklich nur um eine Schätzung – dass der Aktienkurs für True Right zwei Jahre nach Beginn des Projektes irgendwo zwischen einem Dollar zehn und ...« Kathy schlägt rasch in ihren Unterlagen nach. »Zwischen einem Dollar zehn am unteren Ende und fünf Dollar fünfzig am oberen liegen könnte.«

»Das ist aber ein verdammt großer Spielraum«, sagt Nathan.

»Stimmt. Lassen Sie es mich anders ausdrücken. Zwei Jahre nach Beginn des Projektes könnten die investierten siebzig Millionen Dollar des Kunden, die er jetzt nicht zur Bank tragen kann, einen Wert von hundertzweiundneunzig Millionen absolut legaler Dollar haben, und das wäre das untere Ende der Skala. Falls Sie eine bessere Investitionsmöglichkeit kennen als diese, dann würde ich mich sofort daran beteiligen, Mr. Gup. Bei fünf Dollar fünfzig pro Aktie hätte der Kunde nach zwei Jahren … Na ja, das können Sie sich ja selbst ausrechnen.«

Joseph Gup rechnet es rasch schriftlich aus. »Das wären knapp eine Milliarde Dollar«, sagt er langsam und mit Staunen in der Stimme.

»Abzüglich fünfzehn Prozent für die Geldwäschegebühr«, ruft Nathan ihm säuerlich in Erinnerung – und Cutter, der das in der Aufnahme hört, wird sagen: »Was ist bloß los mit dem Kerl?«

»Die Gup-Brüder bekommen nur fünf Prozent«, wird Flint erklären.

»Das sind immer noch fünfzig Millionen Dollar, richtig?«

»Nicht ganz, aber der Betrag ist nicht ausschlaggebend. Ich glaube, Nathan stört das Prinzip; er findet, man hat ihnen ihren rechtmäßigen Platz in der Nahrungskette verweigert.«

»Ist nicht Ihr Ernst.«

Hundemüde und mit aschfahlem Gesicht wird Flint zum Fenster ihrer Wohnung gehen und mit einer Stimme, die so hohl klingt, als käme sie aus dem Grabe, ins Telefon sagen: »Selbst Nathan hat seine Prinzipien.«

Drei Stunden nach der Besprechung, in der Plan B vorläufig akzeptiert wurde, natürlich nur, falls der Kunde einverstanden ist, kommt Joseph Gup erneut in Kathy McCarrys Büro. Er klopft nicht an und schließt die Tür hinter sich. Eine halbe Ewigkeit bleibt er mit unergründlicher Miene vor ihr stehen, schweigend, die Arme schützend vor der Brust verschränkt, als kämpfe er mit einer schwierigen Entscheidung. Dann beugt er sich plötzlich über den Schreibtisch, und ehe Kathy ihn daran hindern kann, nimmt er ihr Gesicht in beide Hände und küsst sie leicht auf die Stirn.

»Kathy, ich hab es schon mal gesagt, und ich sage es wieder – und diesmal aus vollem Herzen: Ihre Arbeit ist ganz, ganz, ganz ausgezeichnet. Wenn ich nicht so alt wäre, dass ich Ihr Vater sein könnte, ich würde Ihnen glatt einen Heiratsantrag machen. Ach was, vielleicht tu ich's trotzdem! Was meinen Sie Kathy? Machen Sie einen alten Mann glücklich – und lassen Sie sich von mir richtig reich machen?«

Joseph, der übers ganze Gesicht strahlt, hat Kathys Perücke verschoben, und sie rückt sie unbeholfen wieder zurecht.

»Sie machen einer De-facto-Alleinerziehenden einen Antrag?« Etwas anderes fällt ihr nicht ein.

»Nein, stimmt, das spricht gegen Sie.« Joseph lacht fröhlich. »Das mit dem Heiratsantrag war nur Spaß. Aber dass ich Sie reich machen werde …« Jetzt hockt Joseph sich auf die Schreibtischkante und blickt sie absolut offenherzig an. »Das war vollkommen ernst gemeint.«

Nach einer ganzen Weile fragt Kathy: »Vorausgesetzt?«

»Vorausgesetzt, das Geschäft kommt zustande. Vorausgesetzt, die Zahlen bewegen sich auch nur annähernd im Bereich Ihrer Schätzungen. Kathy, bei diesem Kunden wird Gup Securities ergebnisabhängig bezahlt, und wie Sie selbst wissen, könnten die Ergebnisse für das Unternehmen sagenhaft sein. Und dann können Sie mit einer fetten Erfolgsprämie rechnen, nein, dann steht Ihnen eine sehr fette Erfolgsprämie zu. Ich meine im siebenstelligen Bereich, und die erste Ziffer ist keine eins, Kathy.« Er zögert einen Moment. »Keine eins, Kathy, es ist eine fünf, vielleicht sogar eine sechs.«

»Vorausgesetzt?«, fragt Kathy erneut, nimmt ihre Perücke ab und legt sie auf den Tisch, als wollte sie zeigen, dass sie nichts zu verbergen hat.

Joseph antwortet nicht sofort. Er rutscht vom Schreibtisch herunter und geht im Zimmer auf und ab, die Hände in den Taschen, wie ein vorsichtiger Mann, der seine Gedanken sammelt. Schließlich: »Es ist Ihre Kathedrale, Kathy, Ihre elegante, geniale Architektur, und deshalb sollten Sie sie auch verkaufen. Nein, verkaufen ist das falsche Wort. Präsentieren, wollte ich sagen. Sie sollten Plan B dem Kunden präsentieren, weil Sie genau wissen, wie er aufgebaut ist. Wenn der Kunde tausend Fragen stellt – und das wird er, darauf können Sie sich verlassen, dann brauchen wir Sie dabei, um sie zu beantworten.«

Dabei?

Flints Gesicht wird sie nicht verraten, das weiß sie, aber vielleicht das wilde Pochen ihres Herzens.

»Die Frage ist, können Sie reisen? Wir gehen zu ihm, wie der Prophet zum Berg, und das bedeutet eine vier- oder fünftägige Reise, vielleicht schon kommende Woche. Können Sie das irgendwie einrichten?«

»Selbstverständlich«, sagt sie, ohne nachzudenken – ohne an Jack zu denken –, und sobald sie es ausgesprochen hat, begreift sie, warum er fragt, und sie schämt sich plötzlich.

»Was ist mit Ihrem Jungen?«

»Das regle ich schon.«

»Haben Sie jemanden, der sich in dieser Zeit um ihn kümmern kann?«

»Kein Problem, Joe.«

»Ganz sicher?«

Kathy McCarry steht auf und sieht Joseph Gup mit einem Blick an, der vermitteln soll: *Wir sind vom selben Schlag*; dass sie für eine siebenstellige Summe, die mit einer fünf beginnt, ihren kleinen Schützling sogar ins Waisenhaus stecken würde, wenn es nicht anders geht. Sie atmen im selben Rhythmus, als sie sagt: »Joe, glauben Sie mir, ich bin absolut sicher.«

Joseph studiert einen Moment ihr Gesicht und sagt dann: »Ich wusste doch, dass ich mich auf Sie verlassen kann, Kathy.«

Reingefallen, denkt Flint.

26

Heute Abend ist Jack Flint unruhig. Er will nicht essen oder sich mit seinen Spielsachen beschäftigen, und jedes Mal, wenn sie ihn in sein Bettchen legt, wimmert er und schreit los, sobald sie das Zimmer verlässt, und dann muss sie ihn wieder hochheben und im Arm wiegen, weil sie das Geräusch nicht erträgt. Und sie hat selbst noch nichts gegessen – obwohl ihr das egal ist – und ist schon wieder fünfzehn Minuten zu spät dran mit ihrem Anruf bei Dr. Przewalski. Das einzig Gute ist der frische Luftzug, der durch die offene Schiebetür weht und die drückende Schwüle vertreibt.

Mit Jack auf dem Arm, sein Kinn auf der linken Schulter, sein schlafender Körper an ihrer Brust, tritt sie auf die Terrasse hinaus und geht im Kopf nochmal ihr Telefonat mit Aldus Cutter durch.

»Wir starten mit einer Chartermaschine ab Dulles Airport. Ich werde also nicht wissen, wo es hingeht. Er hat mir gesagt, ich soll einen warmen Pullover einpacken, weil es abends kühl wird, aber das kann ja praktisch überall sein. Joseph meint, wie fliegen morgen Abend oder vielleicht auch erst Mittwoch.

Sie warten anscheinend auf eine Nachricht von dem Kunden.«

»Ab Dulles, sind Sie sicher?«

»Das hat er gesagt.«

»Falls sich was ändert –«

»Aldus, dann erfahren Sie es als Erster.«

»Okay, wir überprüfen alle Privatmaschinen, die in den kommenden zweiundsiebzig Stunden in Dulles abfliegen, mal sehen, ob wir die Möglichkeiten einschränken können. Aber, Grace, da ich nicht weiß, wo ihr hinfliegt, und in der knappen Zeit, wird ist es schwierig, Sie abzusichern.«

»Ich weiß.«

»Eine Zeit lang sind Sie wahrscheinlich völlig auf sich allein gestellt.«

»Ich weiß.«

»Und das macht mir Sorgen.«

»Ich weiß.«

Schweigen am anderen Ende, bis Cutter sagt: »Sie haben keine Erlaubnis zum Zugriff, Grace, diesmal nicht.«

»Nein.«

»Das ist eine reine Geschäftsreise.«

»Genau.«

»Falls tatsächlich Gröber der Kunde ist, den Sie treffen, dann müssen Sie ihn davon überzeugen, dass San Ambrogio denen mehr Geld einbringen kann als alle illegalen Çarçani-Geschäfte zusammen. Und Sie müssen ihn von Ihrer Unersetzlichkeit überzeugen.«

»Völlig richtig.«

»Er muss einsehen, dass Sie für deren zukünftigen Wohlstand unabdingbar sind. Ich will nämlich nicht nur Gröber und Çarçani in den Knast bringen. Ich will ihre sämtlichen Vermögenswerte beschlagnahmen, und ich hab keine Lust, die nächsten zwanzig Jahre danach zu suchen. Und deshalb will ich, dass Çarçani erst mal siebzig Millionen Dollar in das

San-Ambrogio-Projekt investiert, damit ich zu gegebener Zeit genau weiß, wohin ich den Geldtransporter schicken muss.«

»Einer wird da nicht reichen.«

»So viele wie nötig. Grace, Sie waren erfolgreicher, als Sie ahnen. Wir hatten nichts gegen Gröber in der Hand, was für eine Anklage ausgereicht hätte – zumindest nicht, nachdem sie Vincent Regal plattgemacht und in einen Fernsehkarton gesteckt hatten –, und jetzt haben wir was, dank Ihnen, nämlich Verschwörung und Bildung einer kriminellen Vereinigung. Ich hab vor einer Stunde mit Rufus Hardy im Justizministerium gesprochen, und als er hörte, was Sie bislang haben, hat er sich vor Freude über die möglichen Anklagepunkte nicht mehr eingekriegt. Aber Sie haben Gröber und Çarçani erst am Haken. Die beiden sind noch lange nicht an Land, und Sie müssen sie langsam einholen. Es ist verlockend, diese Arschlöcher bei der ersten sich bietenden Gelegenheit einzukassieren, aber wir brauchen hundertprozentige Beweise, die vor Gericht standhalten. Und ich will ja nicht nur die beiden. Ich will ihr ganzes verfluchtes Imperium einreißen, und das wird dauern, vielleicht sehr lange. Ich habe nicht den Hauch eines Zweifels, dass Sie die Fähigkeit und das Durchhaltevermögen besitzen. Aber, Grace, ich frage mich, ob Sie auch die notwendige Geduld haben.«

»Ich bin die Langmut in Person.«

»Versauen Sie's nicht, Grace. Verlieren Sie nicht vor lauter Zorn den Überblick.«

»Nein, Sir.«

Das hatte sie gesagt, und in dem Augenblick hatte sie es auch fast geglaubt.

27

Kein Geräusch, kein ferner Knall, auch kein warnendes Pfeifen verrät das kleine Projektil, das sich ihnen mit Überschallgeschwindigkeit nähert. Hinterher wird Flint sagen, dass sie eine Nanosekunde vorher das Gefühl von großer Gefahr hatte, aber sie kann nicht beschreiben, wodurch ihre Sinne alarmiert wurden.

Auch der Aufprall löst keine heftige Reaktion aus. Jacks Körper zuckt nicht in ihren Armen, und sie wird nicht im Stuhl nach hinten geschleudert. Stattdessen fühlt sie, wie sein Körper kurz erbebt und dann erschlafft. Er schreit nicht auf. Sie hört lediglich ein Wimmern und ein leises Zischen, als würde plötzlich Luft entweichen.

Sie blickt nach unten und bemerkt unten an seinem Rücken, etwa fünf Zentimeter über der rechten Pobacke, einen Fleck, der in der dämmrigen Beleuchtung der Terrasse pechschwarz aussieht. Er ist nicht größer als der Radiergummi am Ende eines Bleistifts, und sie streicht mit der Hand darüber, weil sie denkt, es sei eine Fliege, aber der Fleck verschwindet nicht. Sachte betastet sie den Fleck durch Jacks Frotteeschlafanzug hindurch, und spürt in seinem weichen Fleisch ein Loch, in das ihr kleiner Finger hineinpasst. Sofort sendet der Stirnlappen ihres Gehirns das Alarmsignal: *Eintrittswunde*. Sie zieht instinktiv den Kopf ein und hält Jack mit beiden Armen fest an die Brust gedrückt, als sie aus dem Stuhl hechtet und nach einer Vorwärtsrolle auf dem Rücken landet.

Dann schiebt sie sich noch immer auf dem Rücken liegend mit den Beinen krebsartig über die Terrasse, reckt den Hals wie eine Rückenschwimmerin, um zu sehen, ob sie die offene Glastür bald erreicht hat. Sie schätzt die Entfernung falsch ein und knallt mit dem Hinterkopf gegen die Führungsschiene im Boden. Sie ist leicht benommen, doch ihr Beine arbeiten weiter, kraftvoll wie Kolben, und befördern sie durch die offene Tür ins Wohnzimmer. Ihr Oberkörper, der Teil von ihr, auf dem Jack reglos wie ein Leichnam liegt, ist halb über die Schwelle, als die Glasscheibe der rechten Türhälfte zerplatzt.

Egal! Der Schmerz ist egal! Weiter. WEITER!

Ihr Gesicht fühlt sich an, als wäre es mit Brennnesseln ausgepeitscht worden, und Blut sickert in ihr linkes Auge. Sie widersteht dem übermächtigen Impuls, die Hände wegzunehmen, die schützend auf Jacks Rücken und Hinterkopf liegen, und dank purer Willenskraft schieben ihre Beine sie und Jack ganz über die Schwelle.

Dann zerplatzt die Scheibe der linken Türhälfte – und hinterher wird Flint sagen, dass sie diesmal eine Kugel hörte, die nur Millimeter über ihren Kopf hinwegzischte.

Vorläufig in Sicherheit liegt Flint in einer Ecke des Wohnzimmers auf dem Rücken, spürt das schwache Flattern von Jacks Atem an ihrem Hals und denkt fieberhaft nach. Sie sitzen in der Falle. Das nächste Telefon ist in der Küche, und sie kann es nicht erreichen, ohne das Schussfeld vor den geborstenen Fenstern durchqueren zu müssen. Ebenso wenig kann sie den Schalter an der Wand erreichen, um die beiden Lampen auszuschalten, die das Zimmer erhellen, oder die Nachtlichter aus den Steckdosen ziehen, ohne sich zur Zielscheibe des Scharfschützen zu machen. Ihre einzige Chance, so beschließt sie, liegt darin, an der Wand entlang zum Schrank zu kriechen, wo sie unter einem Stapel nie benutzter Stoffservietten eine halbautomatische Pistole versteckt hat, die sie eigentlich gar nicht besitzen darf.

Aber dafür muss sie Jack von ihrer Brust nehmen, und davor graut ihr, weil sie sicher ist, dass er im Unterleib eine grapefruitgroße Austrittswunde haben muss und er nur so lange nicht verblutet, wie sie ihren Körper sozusagen als Kompresse einsetzt.

Tu es, sonst stirbt er ganz sicher, sagt ihr Verstand, und sie weiß, dass es stimmt.

Zögernd dreht sie sich zur Seite, um Jack mit dem Rücken auf den Boden zu legen. Sie ist auf einen grauenvollen Anblick gefasst, doch als sie allen Mut zusammennimmt und hinsieht, weiten sich ihre Augen ungläubig, denn da ist keine Austrittswunde, nur Flecken ihres eigenen Blutes, das ihr vom Gesicht tropft und seinen schneeweißen Schlafanzug verfärbt. Erleichterung übermannt sie, doch gleich darauf trifft die Erkenntnis sie wie ein Fausthieb, und ein Schluchzen dringt aus ihrer Kehle. Eine fehlende Austrittswunde kann nämlich nur bedeuten, dass der Schütze Munition benutzt, die im Körper explodiert wie eine kleine Granate.

Verzweiflung erfasst sie. Sie kann sich nicht bewegen, kann nicht denken; sie kann kaum atmen. Ihr Gehirn sendet schreiende Botschaften, die sich Gehör verschaffen wollen, doch sie gehen in einem wilden Gewirr unter. Sie weiß nur, dass Jacks Gesicht weißer ist als sein Schlafanzug, dass seine Augen riesig sind und voller Angst.

Vielleicht ist es das Entsetzen im Blick ihres Sohnes – als wüsste er irgendwie, dass er etwas Unvorstellbarem ganz nah ist –, das Flint die Kraft zu handeln verleiht. Sie erinnert sich nicht, aufgestanden zu sein, doch jetzt drückt sie den Rücken an die Wand und bewegt sich mit raschen Seitwärtsschritten. Aufgrund des letzten Schusses vermutet sie den Schützen auf einem der oberen Balkone oder auf dem Dach des angrenzenden Hauses, und das bedeutet, dass sie in die Schusslinie gerät, sobald sie den Schrank erreicht. Zwei Schritte vor ihrem Ziel verharrt sie. Überraschung ist ihre einzige Waffe. Sie zählt bis drei, und dann – *Tu es* – stößt sie sich von der Wand ab, reißt die Schranktür auf, packt Servietten und die Pistole, wirft sich auf den Boden und registriert im Fallen, wie ihre besten Weingläser auf dem zweiten Regalbrett im Schrank zerplatzen. Sie rollt über den Teppich aus dem Schussfeld. Bäuchlings auf dem

Boden hebt sie die Waffe, schießt auf die erste Lampe und verfehlt sie meilenweit.

Reiß dich zusammen, verdammt nochmal!

Jetzt ist sie auf den Knien, bringt ihre Atmung unter Kontrolle und nimmt eine korrekte Schussposition ein. Die Hand mit der Pistole ist ausgestreckt, die andere stützt das Handgelenk ab, sie schließt das linke Auge, zielt, feuert zweimal und beide Lampen erlöschen. Die beiden Nachtlichter sind sehr viel kleiner, und sie benötigt vier Schuss, um sie zu treffen. In dem kleinen Raum kommt ihr jeder Schuss ohrenbetäubend vor.

Zwei lautlose Antwortschüsse von draußen, aber sie schlagen harmlos weit über Kopfhöhe in die Wohnzimmerwand ein, und Flint ist sicher, dass der Schütze jetzt blindlings feuert.

Ihr kleiner Sieg macht ihr Mut, und sie eilt zu Jack zurück, nimmt ihn behutsam in die Arme und flüstert ihm mütterlichen Trost zu.

»Hab keine Angst, ich bin ja da ... ich pass auf dich auf, versprochen. Ich weiß, es tut weh, Schätzchen, aber ich mach dich wieder gesund. O Gott, Jack, ich hab dich so lieb, so furchtbar lieb ...«

An diesem Abend werden im Dienstbuch der Maryland State Police sechs Notrufe von Bewohnern des Hauses 4550 Park Avenue North im Stadtteil Friendship Heights verzeichnet. Die ersten vier gingen innerhalb von zwei Minuten ein und meldeten Schüsse im achten Stock. Der fünfte Anruf, um zweiundzwanzig Uhr siebenundzwanzig, kam von Miss Martha Skelhorn, einer Besucherin des Hauses, die angab, sie habe im achten Stock auf den Aufzug gewartet, als eine »verstörte Frau« auf sie zugelaufen kam. Die Frau war praktisch kahlköpfig, hatte Blutspritzer im Gesicht und hielt in ihrer ebenfalls blutbesudelten Bluse die Leiche eines kleines Kindes. Sie war barfuß, und im Bund ihrer Jeans steckte eine Pistole. »Rufen Sie die Polizei«, sagte sie nur, als sie an Miss Skelhorn vorbeilief und sie dabei fast umstieß. Die verstörte Frau wartete nicht auf den Aufzug, sondern rannte zur Treppe, als stünde das Gebäude in Flammen.

Der sechste Notruf kam etwa drei Minuten später. Diesmal wurde der Diebstahl eines Wagens von der Einfahrt des Hauses 4550 Park Avenue North gemeldet. Der Anrufer gab an, ihm sei der Wagen mit vorgehaltener Waffe geraubt worden.

»Fahr, Daniel. Steig ein und fahr los.« Flint zielte nicht richtig mit der Pistole, sondern schwenkte sie bloß.

Daniel ist der Nachtwächter des Gebäudes, und er und Flint – oder Miss McCarry, wie er sie kennt – verstehen sich gut, weil Daniel aus Martinique stammt und die beiden manchmal miteinander Französisch sprechen, was ihn aufmuntert, wenn er mal wieder unter Heimweh leidet.

Daniel wollte gerade auf die immer besorgteren Anrufe aufgeschreckter Bewohner reagieren und mit dem Fahrstuhl in den achten Stock fahren, als Flint in die Lobby gestürzt kam, ihn anschrie, er solle ihr helfen, und wissen wollte, wo das nächste Notfallkrankenhaus sei. Er sagte, es gebe eine Notfallpraxis ganz in der Nähe. Dann wollte er ihr den Weg beschreiben, überlegte es sich anders, sagte, er würde sie mit seinem Wagen hinfahren und trabte los, um ihn zu holen. Doch dann sah sie den leeren Chevy Blazer in der Einfahrt stehen, die Schlüssel im Zündschloss, und sie rief Daniel zurück und sagte: »Wir nehmen den da.«

Als Flint die Beifahrertür öffnete, kam ein Mann mittleren Alters in kurzer Jogginghose und einem knappen roten T-Shirt aus dem Haus gelaufen und rief empört: »He, was soll das?«

»Ist das Ihr Fahrzeug, Sir?«

»Allerdings.«

»Kennen Sie den Weg zur Notfallpraxis?«

»Was?«

»Ja oder nein?«

»Machen Sie, dass Sie von meinem Auto wegkommen.«

»Sir, es handelt sich um einen Notfall, und ich beschlagnahme hiermit Ihr Fahrzeug. Und, Sir, treten Sie zurück, sonst ...« In diesem Moment hatte sie die Waffe gezogen und herumgeschwenkt.

Los, Daniel. Steig ein und fahr.

Daniel jagt über die Wisconsin Avenue, schlängelt sich erstaunlich geschickt durch den Verkehr und hat offenbar alle Bedenken wegen möglicher Konsequenzen beiseite geschoben. Im Rückspiegel sieht er das ferne Blaulicht von Polizeiwagen, die sie verfolgen, aber er glaubt fest daran, dass er sie abschütteln kann. Bei der nächsten Straßenbiegung, wenn sie außer Sicht sind, wird er scharf rechts abbiegen und in den Nebenstraßen verschwinden.

»Wir sind gleich da«, sagt er. »*Ne vous en faites pas, ne vous en faites pas.*»

Flint hört ihn nicht. Sie hat jedes Zeit- und Ortsgefühl verloren. Sie denkt nur an ein Mantra aus ihrer Polizeiausbildung, als man ihnen die Grundlagen der Ersten Hilfe für Schwerverletzte beibrachte: *Luftwege, Atmung, Kreislauf.* Sie weiß, dass die erste Stunde nach einer Verletzung oft über Leben und Tod entscheidet. *Luftwege frei halten. Atmung sichern. Für stabilen Blutdruck sorgen.*

Sie hat mit den Fingern Schleim aus Jacks Mund geholt, und mit einem Frösteln registriert, dass Blutklumpen darin waren. Jetzt atmet sie in seinen Mund hinein, versucht, zusätzlichen Sauerstoff in seine Lunge zu pressen.

Zwischen jedem Atemzug fleht sie um Jacks Leben. Flint hält nichts von Religion oder dem Glauben an einen Gott – nicht nach all den Dreckskerlen, die ihr im Leben begegnet sind, nicht nach all den Grässlichkeiten, die sie gesehen hat –, aber was sie da unaufhörlich wiederholt, hört sich für Daniel sehr nach einem Gebet an.

28

Im North Bethesda Family Health Center geht für Dr. Robert Dolnick ein weiterer langer Arbeitstag zu Ende, an dem er hauptsächlich leichtere Erkrankungen und Verletzungen behandelt hat. Er sitzt im Empfangsbereich an einem Schreibtisch und erledigt Papierkram, als er hört, wie die Eingangstür aufgestoßen wird, und er eine blutverschmierte Frau auf sich zukommen sieht, die ihm wortlos das Kind entgegenstreckt, das sie im Arm hält. Sein erster Gedanke ist *Autounfall*, denn ihr Gesicht sieht aus, als wäre sie durch die Windschutzscheibe geflogen. Doch als er aufsteht, belehrt sie ihn eines Besseren.

»Mein Sohn ist angeschossen worden«, sagt sie mit einer unnatürlich ruhigen Stimme. »Einschuss rechts unten im Rücken, keine Austrittswunde. Ich vermute, die Kugel war ein Teilmantelgeschoss, das mit einem Hochgeschwindigkeitsgewehr abgefeuert wurde.«

Behutsam legt sie das Kind auf den Tisch, aber die rechte Hand hält weiter seinen Hinterkopf. »Er heißt Jack, Doctor, und er darf nicht sterben. Bitte helfen Sie ihm.«

Dr. Dolnick arbeitet seit zwanzig Jahren als Notfallarzt, aber so was hat er noch nicht erlebt. Das Kind vor ihm im Schlafanzug, der mit dem Blut der Mutter besprenkelt ist, hat in dem gespenstisch weißen Gesicht – völlig weiß, bis auf das Leuchtendrot, das aus der Nase quillt – einen Ausdruck, in dem sich eine Mischung aus Entsetzen, Hilflosigkeit und unerträglichem Schmerz spiegelt, einen Ausdruck, den Dolnick bislang nur in den Gesichtern von Soldaten gesehen hat, die vom Kampfeinsatz zurückkehrten. Er geht ihm so ans Herz, dass er wie erstarrt stehen bleibt. Nur eine Frage kommt ihm in den Sinn: »Großer Gott, wer macht denn so was?«

Flint hat das Gefühl, wie durch einen Traum zu schweben, was vielleicht ihre unnatürliche Ruhe erklärt. Doch beim Anblick des Arztes, der einfach nur tatenlos dasteht, verliert sie die Fassung. Unvermittelt schreit sie ihn an – *Himmelherrgott! TUN SIE DOCH WAS!* –, packt ihn mit beiden Händen an seinem grünen Kittel und will ihn zu Jack hinunterzerren.

Aber sein Körper ist stocksteif, und da sie über den Tisch greifen muss, hat sie keine Hebelkraft, und er bleibt weiter stehen und starrt auf den Jungen. Also fängt sie an, lauthals um Hilfe zu schreien – *Hilfe! Hört mich denn keiner, bitte, helft mir!* – und dreht den Kopf in Richtung des schwach beleuchteten Ganges, der vom Empfang wegführt.

Endlich hört sie hastige Schritte und eine Frauenstimme – *Was ist denn hier los?* –, und das ist die Wende.

»Loretta«, ruft Dolnick, den es plötzlich aus seiner Trance reißt, und legt vorsichtig die Hände auf Jacks Unterleib, »ich brauch die Notfalltrage, sofort.«

Eine Krankenschwester mit einem hübschen schwarzen Gesicht kommt aus dem Gang, bleibt kurz stehen, um die Situation zu erfassen, macht dann auf dem Absatz kehrt und verschwindet mit dezenter Eile, wie eine Stewardess, die schnell zum Piloten muss, aber den Passagieren keine Angst einjagen will.

»Wann ist das passiert?«, fragt Dolnick, während er Jack behutsam auf die linke Seite dreht, um die Wunde in seinem Rücken zu untersuchen.

Flint weiß es nicht, weil sie kein Zeitgefühl mehr hat.

»Wann wurde er angeschossen?« Diesmal klingt die Frage dringlicher.

»Vor zwanzig Minuten, ungefähr, vielleicht eine halbe Stunde«, schätzt Flint. *Bitte lass es noch keine Stunde sein*, fleht sie lautlos.

Der Arzt dreht das Kind wieder auf den Rücken, meidet den

Blickkontakt mit der Mutter, als er sich über den Schreibtisch beugt und einen Knopf an der Sprechanlage drückt.

»Charlie?«

»He, Bob, was gibt's?«

»Charlie, ich hab hier ein Kleinkind mit einer schweren Schussverletzung. Verdacht auf Organversagen, Flüssigkeit in der Lunge. Ich brauche jede Hilfe, die ich kriegen kann.«

Eine kurze schockierte Pause, dann sagt Charlie: »Schon unterwegs.«

Organversagen, Flüssigkeit in der Lunge? Flint ist noch dabei, die Worte zu verarbeiten, als sie von links das Geräusch einer Trage hört, die mit voller Fahrt durch eine Schwingtür geschoben wird, und fast im selben Moment von rechts das Schlagen weiterer Türen – und auf einmal hat sie das Gefühl, mitten in einer Invasion zu stehen. Loretta kommt mit einer Trage angelaufen, an der Beutel mit Kochsalzlösung und Infusionen und Sauerstoffflaschen und Monitore und sonstige Geräte klemmen, deren Zweck Flint nicht kennt. Und durch eine Tür auf der anderen Seite des Raumes stürmt eine kleine Armee, eine Reihe von Männern und Frauen – eins, zwei, drei, vier, fünf, sechs insgesamt – alle von Kopf bis Fuß in Chirurgenmontur. OP-Masken baumeln ihnen um den Hals, und ihre Gummisohlen quietschen auf dem Linoleumboden. Sie scheinen Jack förmlich zu überfluten, und als Flint ihnen vorsichtshalber Platz macht, hört sie jemanden sagen: »Sedieren und dann ab in den Schockraum mit ihm.«

Sie kann nicht sehen, was sie machen, und versteht nur wenig von dem, was sie sagen. Ehe sie sich's versieht, liegt Jack auf der Trage, die sogleich von fünf Leuten – einer hinten, zwei auf jeder Seite – in halsbrecherischem Tempo den Gang hinuntergeschoben wird. Als Flint ihnen folgen will, stellt sich ihr Loretta in den Weg.

»Wie heißen Sie?«

»Kathy McCarry«, sagte Flint automatisch, ehe sie sich vor

Augen hält, welche Komplikationen ihr falscher Name auslösen wird, sobald die Polizei eintrifft.

»Okay, Kathy –«

»Eigentlich heiße ich Grace.«

»Okay, Grace«, sagt Loretta ruhig, als wäre es das Normalste von der Welt, dass Leute von jetzt auf gleich ihren Namen ändern, »ich möchte Ihnen erklären, wie wir arbeiten. Die Leute, die Ihren Jungen in den Schockraum bringen, sind das beste Notfallteam in ganz Montgomery County: zwei Chirurgen, ein Anästhesist, drei erfahrene Krankenschwestern und Dr. Dolnick, der als Arzt bei der Army war und mehr Kriegsverletzungen gesehen hat, als ihm lieb ist. Ich will damit sagen, Ihr Kind ist in guten Händen. Aber was sie am wenigsten gebrauchen können, während sie versuchen, Ihren Jungen zu retten, Grace, ist, wenn seine Mutter ihnen dabei im Weg steht. Verstehen Sie?«

Nein, nicht ganz – aber Flints Körpersprache scheint zu signalisieren, dass sie es akzeptiert.

»Wir beide müssen jetzt ein paar Formalitäten klären. Grace, ich weiß, es kommt Ihnen bestimmt absurd vor, ausgerechnet jetzt ein paar blöde Formulare auszufüllen, aber wir brauchen dringend einige wichtige Informationen über ihr Baby, und im Augenblick ist das die einzige Möglichkeit, wie Sie ihm helfen können.«

Loretta fasst Flint am Arm, spürt den eisenharten Widerstand, sieht die Angst in ihren Augen.

»Grace, ich weiß, wie schwer das für Sie ist.«

»Ach ja?«

»Glauben Sie mir. Irgendwann, wenn Sie wollen, erzähl ich Ihnen, wieso ich das weiß. Aber jetzt müssen Sie mir einfach vertrauen.«

Und aus Gründen, die sie selbst nicht versteht, beschließt Flint, Loretta zu vertrauen. Vielleicht hat sie aber auch einfach nur keine Kraft mehr zum Widerstand. Sie lässt sich in ein kleines Behandlungszimmer führen, wo ihr schmerzhaft bewusst gemacht wird, wie wenig sie über ihren Sohn weiß.

Bisherige Erkrankungen? Sie weiß es nicht.

Irgendwelche Allergien? Sie weiß es nicht.

Ist er beispielsweise allergisch gegen bestimmte Medikamente? Sie weiß es nicht.

Blutgruppe? Sie hat keine Ahnung.

Loretta hält ihre großen, schokoladenbraunen Augen auf die Formulare gerichtet und hakt ohne eine Spur von Verwunderung oder Kritik die entsprechenden Kästchen ab, als wäre das alles ganz normal – he, Mütter, die hier reinkommen und nichts über ihre Babys wissen, so was kommt andauernd vor. Flint dagegen schämt sich zutiefst, und sie hat das Bedürfnis, das fehlende Wissen über ihren Sohn zu rechtfertigen. Sie ist dabei, sich eine Erklärung auszudenken, irgendeine komplizierte Lügengeschichte, als sie eine Männerstimme rufen hört: »Loretta! Schwester!«

Die Tür zum Behandlungsraum geht auf, und Dolnick kommt herein. Er bewegt sich langsam, geradezu widerwillig, und als er sich neben ihren Stuhl stellt, bemerkt Flint den düsteren Blick, den er mit Loretta wechselt. Er sieht angeschlagen aus, als wäre er in zehn Minuten um zehn Jahre gealtert, und vorn an seinem Kittel sind frische Blutspuren. Flint möchte etwas sagen, aber sie weiß, wenn sie den Mund öffnet, würde nur Gestammel herauskommen oder wahrscheinlicher noch ein Schrei.

»Es tut mir leid«, sagt Dolnick müde, »ich weiß nicht, wie Sie heißen.«

»Grace«, sagt Loretta.

»Gut, also, Grace …«

Er wird ihr sagen, dass Jack tot ist, dass er im Schockraum den inneren Verletzungen erlegen ist, die ein so kleiner menschlicher Körper unmöglich verkraften kann. Dass in einem Babykörper die lebenswichtigen Organe einfach zu dicht beisammen liegen, um den zahllosen Splittern eines Teilmantelgeschosses zu entgehen, das mit doppelter Schallgeschwindigkeit unten in Rücken eingedrungen ist.

»Die Kugel ist wie Konfetti zerplatzt«, sagt Dolnick jetzt. »Wie die Röntgenaufnahmen zeigen, haben die Splitter beide Lungenflügel verletzt, Leber, Milz und Magen. Es ist leider zu schweren inneren Blutungen gekommen.«

Flint hat unbewusst den Schutzmechanismus der Polizistin eingeschaltet. Um nicht verrückt zu werden, hört sie sich diese schrecklichen Informationen an, als wäre sie wieder eine junge unerfahrene Beamtin in einem grell beleuchteten, kahlen Obduktionssaal, die versucht, den Gestank des Formaldehyds zu verkraften und mit professioneller Distanz die Ursachen eines weiteren gewalttätigen Todes zu analysieren. Ihre Distanz ist natürlich unecht und wird nicht lange währen, nicht in diesem Fall. Aber Jack als irgendein anonymes Opfer zu betrachten ist im Augenblick die einzige Möglichkeit für sie, nicht zusammenzubrechen.

»Zum Glück«, sagt Dolnick gerade, »ist die regenerative Fähigkeit der kindlichen Lunge enorm, und dasselbe gilt auch für ...«

Zum Glück? Flints Verstand springt an, versucht den Rückstand aufzuholen. Sie will die Bedeutung des Gesagten verstehen, aber die Fähigkeit, Informationen schnell zu verarbeiten, ist ihr irgendwie abhanden gekommen.

Dolnick redet noch immer. »Und soweit wir das beurteilen können – wie gesagt, diese Diagnose ist nur vorläufig – scheint Jacks Herz unverletzt. Letzte Sicherheit kann aber erst die Untersuchung im Krankenhaus bringen. Wir haben hier einfach nicht die technischen Möglichkeiten ...«

Flint hat den Faden verloren, aber das Wichtigste begriffen. Jack ist am Leben oder noch nicht tot – und das ist so unendlich viel besser als die Nachricht, auf die sie sich gefasst gemacht hatte. Sie springt vor Freude auf.

»Bitte, eins muss Ihnen klar sein, Ihr Sohn ist sehr schwer verletzt.« Flints jähe Euphorie gibt Dolnick zu denken, und er versucht, sie wieder auf den Boden der Tatsachen zu holen, wo jede Hoffnung auf Jacks Überleben vermutlich illusorisch ist.

»Ich weiß, ich hab verstanden.«

»Er wird künstlich beatmet, und wir tun, was wir können, um die Blutung zu stoppen, aber er hat sechs oder sieben lebensbedrohliche Verletzungen, die sofort operativ behandelt werden müssen – und die Eingriffe können wir hier in der Praxis einfach nicht durchführen. Jack muss in eine entsprechende Klinik, sobald sein Zustand hinreichend stabilisiert ist, aber das ist riskant. Am liebsten würde ich ihn gar nicht transportieren, aber ...« Dolnick hebt die Hände, ergibt sich in das Unvermeidliche. »Er muss so schnell wie möglich ins Children's Hospital.«

»Children's Hospital?«, fragt Flint.

»In Washington.«

Flint sagt fassungslos: „Washington? So weit?«

»Grace, Ihr Sohn braucht die bestmögliche Behandlung, und bei seinen Verletzungen bekommt er die nur im Children's Hospital. Ein Rettungshubschrauber braucht bis zu dem Krankenhaus nur knapp fünf Minuten, und es steht bereits einer auf dem Luftwaffenstützpunkt Andrews bereit; der wartet nur auf das Signal von uns, dass Jack so weit ist. Das ganze Notfallteam im Children's Hospital – achtzehn Leute – ist alarmiert und bereitet alles vor.«

»Washington? Genau das hab ich auch gesagt«, wirft Loretta ein, »nachdem meine Jüngste angeschossen wurde. Als läge das am Ende der Welt.«

Flint hatte Loretta ganz vergessen, hätte nicht mal sagen können, ob sie überhaupt noch im Zimmer war. Als sie den Kopf wendet, sieht sie, wie die Krankenschwester an der Kante des Untersuchungstisches lehnt und sie mit ihren ausdrucksvollen Augen betrachtet.

»Das tut mir leid, ich wusste nicht …«

»Konnten Sie ja nicht wissen.«

»Was ist passiert?«

»Mit meiner Tochter? Sie lebt – sitzt im Rollstuhl, aber sie lebt. Und ehrlich, Grace, es vergeht kein Tag, an dem ich nicht dankbar dafür bin, Dr. Dolnick vertraut zu haben, als er sagte, sie würden Lorraine ins Children's Hospital bringen.«

Flints Euphorie verfliegt rasch wieder. Schon jetzt spürt sie die altvertraute Übelkeit, die einen Migräneanfall ankündigt. Sie reibt sich vorbeugend die Stirn, verzieht das Gesicht, als es wehtut.

»Darf ich fragen, was mit Ihrem Gesicht passiert ist?« Dolnick ist ein paar Schritte näher gekommen, während sie wegsah.

»Glassplitter. Die erste Kugel hat Jack getroffen, als wir auf der Terrasse meiner Wohnung waren. Die nächsten beiden haben die Glastüren getroffen, als ich ihn reinbrachte.«

»Wie viele Schüsse waren es insgesamt?«, fragt Dolnick, um sie abzulenken, während er ihr Gesicht in beide Hände nimmt und ins Licht dreht.

»Sechs, glaube ich – aua, das tut weh!«

»Ja, die Schnitte sind oberflächlich, aber es stecken noch ein paar Splitter drin. Die muss ich entfernen, aber vorher kriegen Sie eine Spritze.«

Flint wendet ein, dass sie bei Jack sein sollte, aber Dolnick schüttelt den Kopf. Der Junge, so beteuert er, ist in guten Händen. Sie sagt, sie will nichts gegen die Schmerzen, doch Loretta hat die Nadel bereits in einer Ampulle und zieht zehn Milligramm einer farblosen Flüssigkeit auf.

»Glauben Sie mir«, sagt Dolnick, »bei der Menge Adrenalin, die Sie im Blut haben, würde es ohne Schmerzmittel höllisch wehtun.«

Also lässt sich Flint widerwillig zum Behandlungstisch führen, legt sich hin und spürt gleich darauf den Stich der Nadel im Arm. Dolnick sagt, er möchte sie, bis die Wirkung des

Mittels einsetzt, noch auf andere Verletzungen untersuchen, die sie in ihrem Zustand vielleicht gar nicht bemerkt hat. »Sie glauben gar nicht, wie der Körper einen austricksen kann«, sagt Dolnick, während er ihren Unterleib abtastet. »Wir hatten mal einen Patienten hier …« Aber sie hört gar nicht zu. Sie starrt an die Decke, wohin ihre Phantasie ein Bild von Jack projiziert hat. Nicht das verkniffene weiße Gesicht, das starr vor Angst ist, sondern das friedliche Engelsgesicht, das er hatte, als er das letzte Mal in ihren Armen schlief und es schier unvorstellbar war, dass sein Leben durch so viele schwere Verletzungen bedroht werden könnte.

Und es ist allein deine Schuld – die finstere Wahrheit springt sie wie aus dem Nichts an.

Nein!

Weil du ihn da weggeholt hast, wo er in Sicherheit war.

Nicht!

Weil du dein Baby in die Schusslinie gebracht hast.

»Hat das wehgetan?« Dr. Dolnicks besorgtes Gesicht schwebt in ihr Blickfeld. »Sie haben eben am ganzen Körper gebebt.«

»Das ist nur die Anspannung«, sagt Flint.

»Mhm«, sagt Dolnick, und sein Ton verrät, dass er ihr nicht glaubt. Er bittet Flint, ihre Jeans zu öffnen, die Bluse auszuziehen und sich auf den Bauch zu drehen. Dann tastet er sie im Nierenbereich ab und ruft Loretta zu, dass er eine Ultraschalluntersuchung machen will. Flint fragt sich, ob ein Ultraschallgerät das Chaos in ihrem Kopf sichtbar machen kann.

Wenn du nicht so eine egoistische, dumme Kuh gewesen wärst, dann wäre er jetzt zu Hause, wo er hingehört, sicher und geborgen, schlafend in seinem Bettchen, nicht Tausende Kilometer entfernt in einem Schockraum, mit lauter Schläuchen im Körper, die ihm das Blut aus der Lunge saugen sollen. Das ist dein Krieg, nicht Jacks, aber er ist das erste Opfer, weil du dein Baby in Gefahr gebracht hast. Und warum? Um deinem Vater eins auszuwischen, weil er sich in eine Frau verliebt hat, die nicht du warst. Und Dr. P. hat recht: Du warst eifersüchtig –

Nein!

Doch, das warst du. Du warst eifersüchtig, weil eine andere Frau deine kleine glückliche Familie durcheinandergebracht hat: John und Grace Flint, das perfekte Paar, so gut wie verheiratet, nur ohne Sex. Für dich war das prima, weil du andere Beziehungen haben konntest, wenn du wolltest. Für ihn wohl nicht ganz so toll, was? Ist dir je in den Sinn gekommen, dass sein Leben total steril war, ohne jede menschliche Intimität? Nein, daran hast du nie gedacht. Und nun endlich – nach wie vielen Jahren? – lässt er eine Frau in sein Bett – und wieso stört dich ihr Alter? –, und du benimmst dich, als hätte sie dir etwas weggenommen, das dir gehört. Du konntest es nicht ertragen, was? Also hast du um dich geschlagen wie ein Betrunkener mit einem abgebrochenen Flaschenhals in der Hand, weil du ihn verletzen wolltest. Weil du ihn bestrafen wolltest, indem du ihm Jack wegnimmst. Aber du hast nicht deinen Vater bestraft, oder? Nicht dein Vater wird schwerverletzt in einem Scheißhubschrauber nach Washington geflogen …

Dolnick sagt, ihre Nieren scheinen in Ordnung, aber er will die Möglichkeit innerer Verletzungen noch immer nicht ganz ausschließen. Sie dreht sich auf den Rücken und sagt, ihr sei kalt, und Loretta legt eine Decke über ihren Oberkörper, während Dolnick beginnt, mit Pinzette, Sonde und Desinfektionswatte ihr Gesicht zu verarzten. »Die Narben auf Ihrem Schädel sehen aus wie Brandverletzungen.«

»Richtig.«

»Wohnungsbrand?«

»So was in der Art.«

»Meine Güte, Sie führen ein abenteuerliches Leben.«

»Nicht absichtlich, Doc. Können wir bitte über was anderes reden?«

»Im Augenblick nicht, weil sie Ihr Gesicht jetzt absolut ruhig halten müssen.«

Das Sedativum wirkt allmählich, denn sie spürt keinen Schmerz, das heißt, keinen körperlichen Schmerz. Selbst der Aufruhr in ihrem Inneren legt sich allmählich, vielleicht, weil sie durch andere Gedanken abgelenkt wird.

Trotz Dolnicks Ermahnung muss sie etwas sagen. »Die Sirenen, die Sie da hören …« Sie hat in den letzten Minuten darauf gelauscht und sich eine Strategie zurechtgelegt. Sie weiß genau, was vermutlich passiert, wenn das Heulen aufhört.

»Einen Moment noch.«

»Das ist die Polizei«, sagt Flint trotzdem, »auf dem Weg hierher, denke ich. Die gehen höchstwahrscheinlich davon aus, dass ich bewaffnet bin, was nicht stimmt, weil ich die Pistole im Auto gelassen habe – in dem Auto, dass ich mit vorgehaltener Waffe gestohlen habe, um Jack herzubringen. Die werden also durch Ihre Tür gestürmt kommen, wie –«

»Ja, ich glaube, ich verstehe, worauf Sie hinauswollen. Und jetzt halten Sie still, bitte.«

»Sie wollen doch keine Narben zurückbehalten, bei Ihrem hübschen Gesicht«, sagt Loretta und klingt wie eine Mutter, die weiß, was gut für ihr Kind ist.

Flint zwingt sich, stillzuhalten, bis Dolnick sagt: »Okay.«

»Doktor, Sie wissen, dass ich unbewaffnet bin.«

»Ja.«

»Aber die wissen das nicht, und jemand sollte es ihnen sagen. Ansonsten sind sie wahrscheinlich nervös, und dann kann es schnell zu Unfällen kommen. Und, Doktor, ehe die mich festnehmen, muss ich noch jemanden anrufen.«

»Ja, ja, nur noch einer«, sagt Dolnick ruhig, das Gesicht ganz dicht an ihrem. »Der steckt in Ihrem rechten Augenlid, also bitte nicht blinzeln.«

Das Sirenengeheul kommt nicht mehr näher. Es ist da, direkt vor der Tür.

»Okay, Loretta, machen Sie das hier für mich fertig, ich geh raus und rede mit ihnen.«

Dolnick geht aus dem Zimmer, und Flint hört die Tür zufallen und gleich darauf lautes Stimmengewirr.

»Die Pistole«, sagt Loretta leise, während sie Flints Gesicht mit einer Salbe eincremt. »Haben Sie sie benutzt?«

»Was?«

»Haben Sie das Schwein erschossen, das Ihnen das angetan hat?«

Noch nicht, denkt Flint, aber sie schüttelt nur den Kopf. »Loretta, dieser Anruf, von dem ich sprach ...« sagt sie.

Loretta hat ihr einen Schwesternkittel gegeben, weil ihre Bluse voller Blut ist, eine Kappe für den Kopf und grüne Gummistiefel für die Füße. Vielleicht nehmen sie Flint deshalb kaum zur Kenntnis und zücken nicht gleich ihre Dienstwaffen. Sie sind zu sechst, drängen sich waffenstarrend und ausgerüstet mit Funkgeräten im Empfangsbereich, und Dolnick steht vor ihnen, während einer der Chirurgen ihnen detailliert Jacks Zustand erklärt.

»Die Milz ist ernsthaft beschädigt«, sagt er gerade. »Er hat starke innere Blutungen, und selbst wenn wir seine Blutgruppe wüssten, reichen unsere Blutvorräte nicht aus. Wir haben nur ein paar Einheiten 0-negativ da, das ist besser als nichts, aber nicht genug. Deshalb kommt es auf jede Minute an.«

Ein Funkgerät knistert, und einer der Polizisten drückt mit den Fingern auf sein Headset, um besser hören zu können. »Moment«, sagt er, und dann: »Der Hubschrauber ist unterwegs. Geschätzte Ankunftszeit vier Minuten.«

»Ich hol den Jungen«, sagt Dolnick und eilt zum Schockraum. Flint bleibt, wo sie ist, so unauffällig wie möglich, den Rücken gegen die Wand gedrückt, bereitet sich darauf vor, das Unerträgliche zu ertragen.

Ein anderer Polizist, der ihr lächerlich jung vorkommt, beobachtet sie aufmerksam durch seine getönten Brillengläser, begreift allmählich, dass sie keine Krankenschwester ist, und fragt sich, wer sie sein könnte. Sie beobachtet ihn ebenfalls, sieht, wie er die rechte Hand langsam zum Griff seiner Dienstwaffe bewegt, betet, dass er noch ein paar Minuten wartet, ehe er in Aktion tritt: *Keine Bewegung! Halten Sie die Hände so, dass ich sie sehen kann* … Und so weiter.

Der Chirurg sagt: »… unmöglich zu operieren, das ist, als wollte man nasse Küchentücher zusammennähen …«

Flint hält die Hände bewusst weit von ihren Taschen oder jeder anderen Stelle entfernt, wo sie eine Pistole versteckt haben könnte, und die Waffe des jungen Polizisten steckt noch immer im Holster. Beide sind geduldig, warten auf den Augenblick, wo sie sich zu erkennen geben muss.

»… er kann natürlich ohne leben, aber das Problem ist die Blutung. Wenn er weiter so viel Blut verliert, droht Organversagen, Schädigung des Gehirns …«

Seine restlichen Worte gehen im Lärm des landenden Hubschraubers unter, dem tosenden Krach der Rotorblätter.

»… außerdem ist der Schwanz des Pankreas verletzt, der Bauchspeicheldrüse, und das macht mir Sorgen. Es gibt so einen Spruch unter Notfallchirurgen: Iss, wenn du kannst, schlaf, wenn du kannst – und Finger weg vom Pankreas …«

Flint steht noch immer am Ausgang des Korridors, den Rücken gegen die Wand gedrückt. Die Trage mit dem Kind, das sie nicht haben wollte und jetzt mehr will als alles auf der Welt, kommt auf sie zu. Dolnick lenkt sie mit einer Hand am Metallrahmen. Bei Flint bleibt er stehen und tritt zur Seite, und sie erträgt es nicht, hinzusehen, und sie erträgt es nicht, nicht hinzusehen, und als sie es dann tut, stockt ihr das Herz.

Jack liegt in einem festen Korsett auf dem Rücken, die Augen geschlossen. Überall sind Schläuche: Sie kommen aus beiden Nasenlöchern, aus einem Mundwinkel, aus beiden Seiten der Brust, drei aus seinem Unterleib und einer aus der linken Leiste. Für Flint sieht es so aus, als gebe es kaum noch eine unversehrte Stelle an ihm. Er wirkt jetzt viel kleiner, als wäre sein ganzer Körper geschrumpft.

Sie beugt sich über die Trage und schiebt vorsichtig eine Hand durch den Wald aus Schläuchen und Kabeln und streichelt ihn sanft mit den Fingerspitzen seitlich am Hals, spürt seine kalt-klamme Haut und flüstert: »Alles wird gut, Schätzchen, Mummy ist bei dir.«

»Tut mir leid, wir müssen«, sagt Dolnick.

»Ich komme mit«, sagt sie, doch Dolnick schüttelt den Kopf.

»Der Hubschrauber darf nur eine begrenzte Anzahl von Personen transportieren und außerdem …«

Mehr muss er nicht sagen. Flint spürt das Anrücken bewaffneter Männer, spürt es eher, als dass sie es sieht.

Sie sagt zu ihrem Sohn: »Bye-bye Jack, ich bin bald wieder bei dir«, und dann richtet sie sich auf und wendet sich ihnen zu, wischt sich mit denselben Fingern die Tränen aus den Augen.

29

Die Geheimnummer, die Loretta auf Flints Bitte hin angerufen hat, ist ausschließlich für Agenten der Financial Strike Force reserviert, und auch die dürfen sie nur dann benutzen, wenn sie im Undercover-Einsatz sind und irgendwas richtig schiefläuft, wenn ihre Tarnung aufgeflogen ist und sie untertauchen müssen oder sich überhaupt in akuter Gefahr befinden. Wenn die Nummer gewählt wird, klingelt ein Telefon im rund um die Uhr besetzten Einsatzraum des Marscheider-Gebäudes, und es wird augenblicklich eine Reihe von Maßnahmen eingeleitet, die auf einer Checkliste aufgeführt sind. Die allererste lautet: Director Cutter verständigen.

Cutter saß in Unterwäsche in seiner Wohnung in Manhattan an der Küchentheke und telefonierte gerade mit Jerry Crawford, der seine Genesung von den Brandverletzungen erstaunlich optimistisch einschätzte. Er war zwar noch immer in Orlando, wohnte aber inzwischen mit Christie in einer angemieteten Wohnung und wurde nur noch ambulant behandelt. Er mache so gute Fortschritte, meinte Crawford, dass er schon in ein paar Wochen wieder arbeiten könne.

Kommt gar nicht in Frage, dachte Cutter, während er sagte: »Das wäre ja prima, Jerry!« Dann klingelte sein Handy, er bat Crawford zu warten, um den Anruf entgegenzunehmen, und hörte, wie sich der Leiter der Nachtschicht meldete.

»Ich hatte gerade einen Anruf auf der Panikleitung, Sir. Offenbar ist DD Flint aufgeflogen.«

»Was heißt aufgeflogen?«

»Die Anruferin wollte ihren Namen nicht nennen, aber sie sagte, Flints Sohn wurde angeschossen, und die Polizei hat Flint selbst wegen bewaffneten Raubes verhaftet. Sie hat offenbar mit vorgehaltener Pistole ein Fahrzeug entführt.«

»Pistole? Wieso hat sie eine Pistole?«

»Ich hab nicht die leiseste Ahnung, Sir. Die Anruferin hat lediglich gesagt, Grace – so hat sie DD Flint übrigens genannt –, Grace lässt uns ausrichten, ihr Sohn wurde von einem Scharfschützen angeschossen, sein Zustand ist kritisch, er wird ins Children's Hospital in Washington gebracht und Grace selbst befindet sich in Polizeigewahrsam, weil sie mit vorgehaltener Waffe ein Fahrzeug geraubt hat. Dann hat die Frau aufgelegt.«

»Habt ihr den Anruf zurückverfolgt?«

»Ja, Sir. Er kam aus Maryland, irgendwo in Bethesda. Die genaue Adresse müssten wir in ein paar Minuten haben.«

»Okay, ruft die Cops an und findet raus, wo Flint jetzt ist.

Sie hat keine Papiere und kann nicht nachweisen, dass sie eine von uns ist, also wendet euch direkt an ganz oben. Macht denen klar, wer und was sie ist und was mit ihrem Jungen passiert ist, damit sie ja mit der entsprechenden Rücksichtnahme behandelt wird.«

»Verstanden.«

»Und jemand soll im Krankenhaus anrufen und rausfinden, wie es Jack geht. Und ruft Rocco an, er soll sein Team zusammentrommeln und einsatzbereit machen. Ich komme sofort.«

Als Cutter ins Schlafzimmer hastete, um sich anzuziehen, fiel ihm ein, dass Crawford noch in der Leitung war.

»Jerry, tut mir leid, wir haben hier einen Notfall, und ich muss los.«

»Klar, Boss. Grüßen Sie die anderen von mir, vor allem Grace. Wie geht's ihr? Immer noch auf der Jagd nach Gröber? Steckt bestimmt wieder bis zum Hals in Schwierigkeiten.«

Flint sitzt auf der Rückbank eines Streifenwagens, hinter dem Gitter, aber nicht mehr in Handschellen. Der Corporal am Lenkrad hat keine Ahnung, was eigentlich los ist. Als er sie das erste Mal sah, war sie eine ziemlich ramponiert wirkende Verdächtige in einem Schwesternkittel, die gefesselt aufs Revier gebracht wurde. Kurz darauf saß sie mit einem geliehenen, mindestens zwei Nummern zu großem Polizeihemd im Büro des Sergeant, der ihm dann die Anweisung erteilte, sie im Eiltempo nach Washington zu fahren. »Befehl von ganz oben«, sagte der Sergeant, und er solle »ordentlich auf die Tube drücken«. Okay, kein Problem. Dank der Eskorte von vier Polizeimotorrädern, zwei vorn, zwei hinten, deren Blaulichter die Nacht erhellen, ist die Überholspur frei, und er kann ungehindert Vollgas geben.

Sie hat noch kein Wort zu ihm gesagt. Sie sitzt dahinten wie eine Königin und treibt die Handyrechnung des Sergeant in wahrscheinlich astronomische Höhen.

»Ich verbinde Sie jetzt mit Director Cutter.«

»Grace?«

»Sir.«

»Ich brauche einen genauen Bericht, was passiert ist, aber zuerst, ich hab Neuigkeiten über Jack. Er ist noch im OP, wird seit rund drei Stunden operiert und hält sich tapfer. Er ist noch nicht über den Berg, beileibe nicht, aber sie konnten die Blutung stoppen und glauben, den größten Schaden beheben zu können.«

»Den größten?«

»Na ja, sie mussten die Milz entfernen, aber das ist kein Weltuntergang. Ich soll Ihnen von dem Arzt, mit dem ich gesprochen hab, ausrichten, dass Ihr Sohn eine Kämpfernatur ist und deshalb eine echte Chance hat. Ich hab ihm gesagt: ›Da ich seine Mutter kenne, wundert mich das nicht.‹«

»Aldus, wo sind Sie?«

»In der Luft, auf dem Weg zum Krankenhaus. Geschätzte Ankunftszeit fünf Minuten. Sobald ich da bin und etwas Neues weiß, ruf ich wieder an.«

»Bitte.«

»Sie müssten ja selbst in dreißig Minuten da sein. Und jetzt bitte: Ihr Bericht.«

Flint sucht im Wirrwarr ihrer Erinnerungen nach einem sinnvollen Anfang. »Nachdem wir telefoniert hatten … Es war heiß, und Jack war unruhig, und ich sollte eigentlich Dr. P. anrufen …« Sie findet keine klare Linie, als hätte sie sich im Nebel verirrt, also fängt sie nochmal neu an. »Irgendwann nach zehn Uhr – so etwa zehn oder zwölf Minuten nach zehn –, ich hatte Jack auf dem Arm und bin mit ihm auf die Terrasse, um frische Luft zu schnappen …« Und jetzt erzählt sie zusammenhängend. Sie schildert die Ereignisse präzise und in der richtigen Reihenfolge, schnörkellos, als würde sie im Zeugenstand aussagen, so wie sie es gelernt hat, und nur ganz am Ende muss Cutter noch etwas abklären.

»Was ist aus diesem Daniel geworden und dem Chevy Blazer?«

»Ich hab ihn gebeten, den Wagen seinem Besitzer zurückzubringen und meine ... *Verdammt!* Daniel hab ich ganz vergessen. Glauben Sie, er ist verhaftet worden?«

»Ich lass das überprüfen. Was ist mit der Pistole?«

»Hab ich unter den Beifahrersitz gelegt.«

»Und woher hatten Sie die?«

Flint wusste, dass die Frage kommen würde. »Aldus, können wir später darüber reden?«

»Okay, aber da führt kein Weg dran vorbei. So, das Krankenhaus ist in Sicht. Der Pilot sagt, der Hubschrauberlandeplatz ist auf dem Dach, acht Stockwerke hoch, klingt interessant. Ich ruf Sie an, sobald ich was Neues über Jack weiß.«

Allein mit ihren Gedanken, überlegt Flint, ob sie ihren Vater anrufen sollte.

Und was soll sie ihm sagen?

Flint ist im Krankenhaus, in der Eingangshalle am Empfang, und hört einer Frau zu, die ihr zum dritten Mal erklärt, dass kein Patient namens Jack Flint eingeliefert worden ist. Ihr ist bewusst, dass sie mit ihrem kahlen Schädel, den Schnittwunden im Gesicht, dem viel zu großen Polizeihemd, das sie über die blutbefleckte Jeans hängen lässt, und den auffälligen grünen Gummistiefeln an den Füßen nicht gerade den besten Eindruck macht, und deshalb versucht sie, ruhig und höflich zu bleiben und nicht die Nerven zu verlieren, als ihr diese blöde Kuh erneut beteuert, sie müsse sich irren.

Und dann sieht sie drei bewaffnete Wachleute rasch näher kommen und begreift, dass die Frau sie bloß hingehalten hat, dass sie unter der Theke irgendeinen versteckten Knopf gedrückt hat, um Hilfe anzufordern.

»Können wir Ihnen helfen, Ma'am?«, fragt der erste Wachmann, der einen blank geschorenen Schädel und keinen sichtbaren Hals hat und dessen Hemd über den muskulösen Schultern spannt.

»Ich will zu meinem Sohn.«

»Und wer ist das?«

»Er heißt Jack Flint. Ich weiß nicht, unter welchem Namen … Hören Sie, ich möchte Director Cutter von der Financial Strike Force sprechen –«

»Ich hab ihr schon hundertmal gesagt, wir haben hier niemanden namens Flint«, sagt die Frau mit Blick auf ihren Computerbildschirm. »Und auch niemanden namens Cutter.«

»Herrgott! Würden Sie bitte …« Flints strapazierter Geduldfaden ist zum Reißen gespannt.

Der Wachmann tritt auf sie zu. »Sie sind dann also Mrs. Flint, richtig? Sind Sie Polizistin? Können Sie sich ausweisen?«

Nein, lautet die Antwort, kann sie nicht, und selbst wenn sie ihren Ausweis dabei hätte, dann würde der auf Kathy McCarry lauten, und solange sie ihnen nicht ihren Dienstausweis der Strike Force unter die Nase reiben kann, hat sie einer unnachgiebigen Bürokratie nichts entgegenzusetzen, und ihr Temperament kocht gefährlich hoch – gefährlich für die Wachmänner, heißt das, denn jetzt überlegt sie, wie sie alle drei entwaffnen, zwei bewegungsunfähig machen und den dritten zwingen kann, sie zu Jack zu bringen. Doch da sieht sie am Rande ihres Gesichtsfeldes eine Fahrstuhltür aufgehen und einen Mann heraustreten, und sie braucht nur eine Sekunde, um die herbeigesehnte Gestalt von Director Cutter zu erkennen.

»Entschuldigung«, sagt sie, duckt sich unter dem erhobenen Arm des Wachmanns hindurch und rammt ihm den Ellbogen in die Rippen, sodass er das Gleichgewicht verliert. Dann läuft sie auf den Fahrstuhl zu, unbeirrt durch die hinter ihr hergerufene Aufforderung stehen zu bleiben. Wer weiß, was passiert wäre, wenn Cutter nicht prompt reagiert hätte: »Alles in Ordnung, Jungs! Sie gehört zu mir.«

»Jack wurde als Opfer eines Gewaltverbrechens eingeliefert. Und da der Täter noch immer hinter ihm her sein könnte, hat man ihm zum Schutz einen Decknamen gegeben. Das ist reine Routine.«

Cutter und Flint fahren zu dem Stockwerk hinauf, wo Jack noch immer im OP liegt, und Cutter erklärt Flint, wieso sie heute Abend schon zum zweiten Mal fast festgenommen oder sogar erschossen worden wäre.

»Für das Krankenhauspersonal und den Computer heißt Jack jetzt Wendell Young, und wer diesen Decknamen nicht kennt und hier auftaucht und sich nach Jack Flint erkundigt, löst Alarm aus, wie Sie soeben selbst gemerkt haben. Nicht bloß der Wachdienst ist in Alarmbereitschaft. Ich hab das Gefühl, die halbe Washingtoner Polizei rennt hier rum. Das Krankenhaus ist die reinste Festung.«

»Danke, dass Sie mich vorgewarnt haben«, sagt Flint säuerlich, als wäre sie ihm böse, dabei war sie in Wahrheit nie froher, ihn zu sehen. »Aber Sie konnten mich ja auch nicht warnen, weil Sie nicht zurückgerufen haben.«

»Stimmt.«

»Warum nicht?«

Cutter wägt seine Antwort ab und sagt dann: »Grace, es gibt ein paar Dinge, die Sie erfahren müssen, und die sollten nicht von mir kommen, weil ich nichts davon verstehe. Das müssen Ihnen die Ärzte direkt sagen.«

»Ist Jack …« Sie kann den Satz nicht zu Ende bringen.

»Nein, er ist nicht tot«, sagt Cutter rasch. »Aber es hat … Komplikationen gegeben.«

Sie weiß nicht, wie lange sie das noch aushält. Cutter spürt ihre Verzweiflung und legt ihr einen Arm um die Schultern.

»Hören Sie, Grace, wie schlecht es um Ihren Jungen steht, wissen Sie selbst, also werde ich Ihnen nichts vormachen. Es grenzt tatsächlich an ein Wunder, dass er nicht gleich am Tatort gestorben ist – und wahrscheinlich wäre er das auch, wenn

Sie nicht mehr Mumm in den Knochen hätten als jeder Mann, den ich kenne, oder auch jede Frau.«

Ein schwaches Lächeln von Flint.

»Sie sind außerdem auch der verrückteste Mensch, den ich kenne, nur deshalb konnten Sie ihn rechtzeitig in diese Praxis bringen, und das ist der einzige Grund, warum Jack noch lebt, und ich erzähle Ihnen hier keinen Quatsch. Ich hab da angerufen und mit dem Arzt gesprochen – diesem Dr. Dolnick –, und der sagt, wenn Sie auf einen Krankenwagen gewartet hätten, wäre Jack wahrscheinlich verblutet. Davor haben Sie Ihren Sohn bewahrt, Grace. Sie haben ihm die Chance gegeben zu überleben, mehr hätten Sie nicht tun können.«

Falsch, denkt Flint, *ich hätte ihn nämlich gar nicht erst in Gefahr bringen sollen* – aber trotzdem tun ihr Cutters tröstende Worte gut.

Als sich die Fahrstuhltür öffnet, fügt Cutter hinzu: »Was diese Pistole betrifft …«

»Ja?«

»Sie haben Ihre Tarnung gefährdet. Sie hätten keine Waffe in Ihrer Wohnung oder sonst wo haben dürfen.«

»Ich weiß.«

»Aber jetzt sind Sie bestimmt froh, dass Sie sie hatten, was?« Er drückt sacht ihren Arm und schenkt ihr ein kurzes zahnlückiges Lächeln.

Der Krankenhaussprecher wirkt auf Flint wie ein Investmentbanker im Umgang mit einem Kunden, der ihn für inkompetent hält. Er ist ungemein höflich zu ihr, sogar fürsorglich, aber emotional hält er sicheren Abstand, als erwarte er, dass sie jeden Moment anfängt, ihm für ihr Unglück die Schuld zu geben. Sie weiß nicht, warum er zu so später Stunde noch hier ist. Cutter vermutlich schon.

Sie sind im Büro des Krankenhaussprechers und warten auf den Chirurg, der Jacks Mutter die Komplikationen erläutern soll, auf die er gestoßen ist, nachdem er ihren Sohn vom Brustbein bis zum Bauchnabel aufgeschnitten hat. »Das war leider die einzige Möglichkeit, den vollen Umfang der Verletzungen festzustellen«, erklärt der Krankenhaussprecher eilig, als er Flints schockierten Gesichtsausdruck sieht. »Röntgenaufnahmen sind nur eindimensional, und für eine Computertomographie war einfach keine Zeit mehr. Das war jedenfalls Martys Meinung«, fügt er sicherheitshalber hinzu. Marty ist Martin Berger, der Leiter der Kinderchirurgie, und nach Meinung des Krankenhaussprechers »der Beste auf dem Gebiet«. *Das muss er auch sein*, denkt Flint stumm.

Das Gespräch erstirbt, und sie warten in quälendem Schweigen, weil sie sonst nichts tun können. Und als Cutter sagt: »Legen Sie sich doch ein bisschen auf das Sofa und machen die Augen zu«, wehrt sie sich nicht. Aus Angst vor Albträumen will sie unbedingt wach bleiben – aber welcher Traum könnte schlimmer sein als diese Wirklichkeit? Aus Selbstschutz lässt sie sich in eine Parallelwelt gleiten, einen sanfteren Ort irgendwo knapp unterhalb des Bewusstseins, wo alles gedämpfter ist, wo Jacks Leben nicht an einem ausgefransten Faden hängt, sondern sich bloß in einem Schwebezustand befindet, um ihm unnötige Schmerzen zu ersparen.

»Grace.« Cutters Stimme bringt sie wieder zu Bewusstsein.

Frühes Morgenlicht fällt durch das Bürofenster und verrät ihr, dass sie geschlafen haben muss. Jemand hat sie mit einer Wolldecke zugedeckt und ihr die Gummistiefel ausgezogen. Sie weiß genau, wo sie ist, kann sich aber einen Moment lang nicht erinnern, wieso – und dann kehrt das Wissen zurück und mit ihm das Grauen, und sie schießt hoch und ruft: »Aldus?« Es ist weniger eine Frage als Ausdruck ihrer Angst.

»Grace, das ist Mr. Berger.«

Marty Berger sieht nicht aus wie ein Chirurg, der gerade etliche Stunden in einem überheizten OP gearbeitet hat (überheizt, um die Blutgerinnung zu fördern). Er sieht frisch geduscht aus, und er war so feinfühlig, seinen Kittel – der bestimmt voll mit Jacks Blut war – durch ein Tweedjackett zu ersetzen. Er hat das volle silbergraue Haar glatt nach hinten gekämmt, was seine hohe Stirn betont, und seine leuchtend blauen Augen mustern sie offen über eine Halbbrille hinweg. Flint kommt er wie ein besonders kluger Professor vor, der seinen Studenten nun eine Vorlesung über ein anspruchsvolles Thema halten wird. Er räuspert sich, und Flint spürt, wie sich ihr die Kehle zuschnürt.

»Darf ich mich setzen?« – eine rein rhetorische Frage, denn er lässt sich schon neben ihr auf dem Sofa nieder. »Miss Flint – Grace, wenn Sie erlauben –, Ihr Sohn hat die Operation überstanden und ist jetzt auf der Intensivstation. Vorläufig ist sein Zustand stabil.«

Vorläufig?

»Darf ich zu ihm?« Flint hört, dass sie die Frage im Flüsterton herausbringt.

»Ja, natürlich. Aber zuvor muss ich Ihnen noch ein paar Dinge erklären. Mir wurde gesagt, Sie wünschen, dass ich vollkommen offen bin. Ist das richtig, Grace?«

Sie sagt: »Ja«, weiß aber nicht, ob er sie gehört hat, deshalb nickt sie.

»Physiologisch unterscheiden sich Kleinkinder stark von Erwachsenen – sie sind keine Erwachsenen im Miniaturformat, auch wenn sie uns so vorkommen. So ist das Herz eines Kleinkindes meist stark und widerstandsfähig und kann die Belastung eines schweren Traumas überstehen, wohingegen wir … Lassen Sie es mich so ausdrücken, wären Sie meine Patientin gewesen, hätte ich während der OP vor allem einen Herzstillstand befürchtet. Andererseits«, fährt er fort, und Flint denkt, *jetzt kommt's*, »ist eine kindliche Lunge kleiner und schwächer, sodass bei Kleinkindern Atemstillstand die Hauptgefahr ist. Und ich muss Ihnen leider sagen, dass es bei Jack zum Atemstillstand gekommen ist.«

Cutter ist diskret vom Sofa weggetreten, aber er hat sich genau in Flints Blickfeld platziert und beobachtet ihr Gesicht, wartet auf den Moment des Zusammenbruchs.

»Der zweite Lappen des linken Lungenflügels war durch Geschosssplitter extrem stark verletzt worden. Ich muss Ihnen sagen, in meinen dreißig Jahren als Kinderchirurg hab ich äußerst selten einen derartigen Schaden gesehen, und noch nie bei einem so kleinen Kind. Aber, da eine gesunde Lunge sich selbst heilen kann, entschied ich mich gegen eine Entfernung des Lappens. Während ich dabei war, ihn wiederherzustellen, kam es bei Jack zum Atemstillstand.«

Ihr Gesicht ist eine Maske, aber irgendwas in ihren Augen veranlasst Cutter, näher zu kommen.

»Wir konnten ihn wiederbeleben, und jetzt wird er künstlich beatmet, aber für einen Zeitraum von etwa neunzig Sekunden wurde Jacks Gehirn nicht mit Sauerstoff versorgt, und ich kann keine Prognose abgeben, welche Folgen das haben mag. Es ist durchaus möglich, dass das Gehirn keinerlei Schaden genommen hat. Andererseits …«

Flint spürt einen jähen stechenden Schmerz in der Brust, ihr wird schummrig vor den Augen, und als Cutter sie erreicht, ist sie bereits bewusstlos.

30

Selbst mitten in der Nacht sind in der Kinko-Filiale in Bethesda mehr Leute unterwegs, als die Scharfschützin erwartet hatte und als ihr lieb ist. Dennoch, mit der Geduld, die in ihrer Branche unerlässlich ist, geht sie mit ihrem Laptop am WLAN-Hotspot bei Kinko ins Internet und vertreibt sich die Zeit damit, harmlose Webseiten aufzurufen, bis die meisten anderen Kunden um sie herum verschwunden sind. Dann, als keiner mehr in ihrer Nähe ist, startet sie ihre Hacker-Software, ruft die Seite auf, wo sie die Internet-Adressen sämtlicher Krankenhäuser mit Notfallchirurgie im Umkreis von 50 Kilometern gespeichert hat, und hackt sich systematisch in die Patientenakten ein.

Sie weiß, dass sie die Zielperson getroffen hat, weiß, dass sie tot sein müsste, aber ihr sind Zweifel gekommen, und sie muss sich vergewissern.

Als sie nicht mehr sehen konnte, worauf sie zielte, hatte sie den Einsatz abgebrochen. »Töten Sie nur das Kind, nicht die Frau«, hatte der Kunde gesagt, und zwar mit *großem* Nachdruck. Deshalb hatte sie nur noch pro forma zweimal weit über Kopfhöhe in die Zielwohnung geschossen, dann ihr Gewehr auseinandergenommen, die Latexhandschuhe und die übrige Schutzkleidung ausgezogen, alles in ihren Rucksack gepackt und das Dach verlassen. Nachdem sie über die Feuertreppe und durch die Hintertür nach draußen gelangt war, hatte sie einen Spaziergang um den Block gemacht und sich zu den Gaffern gesellt, die auf dem Bürgersteig gegenüber von Flints Apartmenthaus standen. Nur eine von vielen, die ihrer Neugier frönten.

»Was ist denn passiert?«, hatte sie in die Menge gefragt.

»Irgendeine Verrückte mit Pistole hat den Geländewagen

von dem Typ da geklaut«, antwortete jemand. »Der mit den Cops redet und völlig aufgelöst aussieht.«

»Ach du Schande«, hatte sie gesagt. »Es gibt immer mehr Verrückte auf der Welt.«

»Ja«, sagte eine andere Stimme, »aber da kann man schon verrückt werden, wenn das eigene Kind angeschossen wird.«

»Er hat auf ihr Kind geschossen?«

»Nicht der da. Irgendein anderes Arschloch.«

»Und wieso hat sie dann das Auto geklaut?«

»Um das Kind ins Krankenhaus zu bringen.«

»Sie hätte doch einen Krankenwagen rufen können.«

»Klar. Und wie lange hätte das gedauert, bis der hier gewesen wäre?«

»Aber das Kind lebt?«

»Ein totes Kind bringt man doch nicht mehr ins Krankenhaus.«

»Stimmt«, hatte sie gesagt und sich dann unauffällig verzogen. Was die Ermittlungsbeamten später sowohl verblüffen als auch zur Verzweiflung treiben wird, ist die Tatsache, dass sie keinerlei Eindruck hinterlassen hat. Das FBI und die Polizei von Montgomery County werden mit vereinten Kräften rasch neun Personen identifizieren, aufsuchen und befragen, die in dem Pulk von Schaulustigen standen, mit dem Ergebnis, dass die mutmaßliche Schützin eine Weiße war, zwischen fünfundzwanzig und fünfzig Jahre alt; sie war groß oder nicht besonders groß; sie war dünn oder normal schlank oder ein bisschen füllig um die Hüften; sie hatte dunkelblaue oder schwarze oder vielleicht olivgrüne Augen; ihr Haar war kurz und braun oder blond oder mausgrau; sie trug Jeans und ein weites Top, das entweder gelb oder pink war; sie hatte einen Rucksack dabei oder eine Reisetasche oder gar nichts.

»Verdammt, sie könnte jede sein!«, wird Cutter zu Rocco Morales sagen, nachdem er den Ermittlungsbericht gelesen hat. »Was meinen Sie, wie hoch ist die Wahrscheinlichkeit, dass einer von diesen Volltrotteln sie bei einer Gegenüberstellung identifizieren könnte?«

»Gleich null«, wird Morales antworten.

Sie stammt nicht aus der Gegend und kennt die Hackordnung der Notaufnahmen nicht, weiß nicht, nach welchen Kriterien bestimmt wird, wer im Notfall wohin gebracht wird. Daher verliert sie einige Zeit damit, sich vergeblich in die Computersysteme der Krankenhäuser von Montgomery County zu hacken, ehe sie sich auf Washington konzentriert und das Children's Hospital ins Visier nimmt. Während ihre Software nach einem offenen, ungeschützten Zugang ins Netzwerk sucht, denkt sie über die Reaktion des Kunden nach, falls es ihr nicht gelungen ist, Flints Kind zu töten. Dass sie ihr Resthonorar vergessen kann, dürfte dann wohl das kleinste ihrer Probleme sein, vermutet sie. Dann taucht auf dem Laptopmonitor eine Raute auf, was ihr signalisiert, dass die Software einen Weg ins System gefunden hat und sie die Patientenakten des Children's Hospital jetzt durchforsten kann, als wäre sie vor Ort.

In eine Suchmaske tippt sie den Namen des Kindes ein und drückt die ENTER-Taste. Als das System keinen Treffer anzeigt, lässt sie sich nicht entmutigen. Sie weiß sehr wohl, dass Opfer von Gewaltverbrechen manchmal unter einem Pseudonym behandelt werden. Beim bislang einzigen Mal, als sie nicht sicher war, ob sie die Zielperson getötet hatte – vor drei Jahren in Tucson, Arizona –, war sie dem Rettungswagen bis zum Krankenhaus gefolgt, um zwei Tage später mit einem gefälschtem Presseausweis zurückzukommen. Sie hatte herausgefunden, dass das Opfer, ein Albaner namens Rexhep Kastrioti, in den Krankenhausakten als Ted Bryson geführt wurde.

Jetzt will sie eine Liste aller neuen Chirurgie-Patienten, die das Children's Hospital an dem Tag aufgenommen hat. Ihre Hacker-Software braucht zahllose Versuche, bis sie die Anfrage in der richtigen Syntax stellt, aber da das blitzschnell geschieht, wird sie rasch mit einer sieben Namen umfassenden Liste belohnt. Sechs der sieben Patienten wurden offenbar für eine ambulante Operation aufgenommen, da sie am selben Tag schon wieder entlassen wurden. Damit bleibt ein Kandidat übrig, ein gewisser Wendell Young, dessen Geburtsdatum nicht mit dem von Jack Flint übereinstimmt – aber das von Ted Bryson in der Datenbank in Tucson hatte auch nicht mit dem von Rexhep Kastrioti übereingestimmt. Als sie Wendells Patientenakte aufrufen will, wird sie um ein Passwort gebeten. Prompt macht sich ihr Trojaner für sie an die Arbeit und knackt den Code, und nach nicht mal einer halben Minute erscheint Wendells Akte auf ihrem Bildschirm.

Sie ist knapp und bündig.

Wendell Young wohnt mit seinen Eltern Betsy und Bill auf der 36th Street im Washingtoner Stadtteil Georgetown, aber eine Hausnummer fehlt. Die Youngs haben offenbar auch kein Telefon. Außerdem gibt es keinerlei Angaben zum überweisenden Arzt oder zur Krankenversicherung der Familie. Wendell wurde heute Abend wegen »akuter Atemprobleme« ins Children's Hospital eingeliefert – aber die Akte verschweigt, welche Diagnose gestellt wurde, wie er behandelt wurde, auf welcher Station er liegt.

Fälschung? Eine hastig und plump zusammengestoppelte phantasielose Tarnung?

Sie vermutet es. Als sie sich aus dem System ausloggt und die Verbindung zum Children's Hospital beendet, weiß sie bereits, wie sie sich schnell und zweifelsfrei vergewissern kann, dass die Familie Young auf der 36th Street eine Erfindung ist; dass Wendell Young in Wahrheit Jack Flint ist und sie jetzt weiß, wo sie ihn findet. Aber zuerst muss sie eine Nachricht schicken, die längst überfällig ist.

Sie öffnet den Instant Messenger, klickt den einzigen Namen in ihrer *Buddy List* an und schreibt: *Bist du da?*

Ja.

Wie ich höre, ist etwas Schreckliches passiert. Auf ein kleines Kind ist geschossen worden.

Tragisch. Tot?

Nicht unbedingt.

!!!

Noch nicht. Im Krankenhaus, glaub ich.

Wirst du es besuchen? Ich hoffe doch!

Sobald die Umstände es zulassen.

Gut. Und die Mutter?

Unter Schock, denke ich.

Nichts Schlimmeres?

Nein.

Dann ist nach deinem Besuch bestimmt alles gut?

Ich nehme ein Geschenk mit.

Unbedingt. Und auch eins von mir.

Ich glaub, ein *Geschenk genügt.*

Trotzdem. Nur sicherheitshalber.

Okay.

:-)

MID COMPTON

31

John Flint sitzt auf einem Stuhl an der Küchentheke, als Sally nach unten kommt. Er sieht elend aus: hageres Gesicht, ungekämmtes Haar, Bartstoppeln so grau wie seine Haut, was aussieht, als hätte er eine Hautkrankheit. Altmännerfüße mit gebogenen und knotigen Zehen ragen aus der Pyjamahose. Mit knochigen Fingern umschließt er eine Tasse schwarzen Tee, der schon Stunden alt und eiskalt ist. Er bemerkt Sally nicht, bis sie ihn in diesem fragenden, leicht schrillen Ton anspricht, der ihm allmählich auf die Nerven geht: »John?«

»Hallo, altes Mädchen«, sagt er und setzt sein müdes Lächeln auf.

»Was machst du?«

Ihre Frage verblüfft ihn. Es ist doch wohl offensichtlich, was er macht.

»Wie lange bist du schon unten?«, hakt sie nach.

»Och, nicht lange.«

»John?«

»Ich konnte nicht schlafen«, gesteht er.

»Schon wieder, zum x-ten Mal«, sagt sie. »John, so geht das nicht weiter.«

Im Gegensatz zu ihm ist sie ein Energiebündel, strahlend und frisch geduscht. Sie trägt eins seiner alten Twillhemden über einer engen Jeans, die ihre langen, wohlgeformten Beine betont; kein Make-up und keinen Schmuck bis auf einen schlichten goldenen Anhänger um den schlanken Hals. Sie sieht jungfräulich aus und so verdammt jung und unerreichbar für ihn, dass er sich nicht zum ersten Mal fragt, wie es eigentlich kommt, dass sie hier in seiner Küche steht, die Arme unter der Brust verschränkt, und wie eine Ehefrau mit ihm schimpft.

»Du brauchst Hilfe, John.«

»Ja, okay ... ich geh demnächst mal zu Dr. Potter und lass mir ein paar Schlaftabletten verschreiben.«

»Nein! Das hab ich nicht gemeint. Du musst mit jemanden darüber reden, was in dir vorgeht, was dich langsam auffrisst wie ein Krebsgeschwür. Tabletten helfen da nicht, John. Du leidest unter einem Verlust, aber willst nicht, kannst nicht trauern. Du brauchst professionelle Hilfe. Du musst mit jemandem über Grace sprechen.«

Da, jetzt war er heraus, der Name, den sie nicht mehr aussprechen sollte. Er wirft ihr einen wütenden Blick zu, spürt heißen Zorn in sich aufsteigen, und am liebsten würde er aus der Küche stürmen, auf die Terrasse und die Treppe hinunter in die Scheune, wo er die Tür hinter sich verriegeln und sie aussperren könnte. Wenn er bloß genug Energie hätte, um aufzustehen, wenn er bloß nicht so verdammt müde wäre.

»Sprich mit mir«, sagt sie, und auf einmal sieht ihr hübsches Gesicht so kreuzunglücklich aus, dass er es kaum ertragen kann.

»Bitte, Sally«, sagt er.

»Bitte, John«, entgegnet sie. »John, wenn du mich liebst, dann bitte, bitte sprich mit mir.«

»Es geht nicht um Gracie«, hört er sich selbst sagen, und die Wahrheit überrascht ihn selbst genauso wie sie. »Im Grunde nicht. Natürlich fehlt sie mir, aber Gracie hat mich schon vor langer Zeit verlassen. Dass ich Jack verloren habe, das verkrafte ich nicht. Ich weiß selbst nicht warum, ich kann's nicht erklären, aber ich fühle mich, als hätte Grace mir ein Stück aus der Seele gerissen, und dafür hasse ich sie, und es zerreißt mich innerlich, dass ich meine eigene Tochter hasse, und ...«

Und dann klingelt das Telefon, und nach kurzem Zögern geht Sally ran, und John Flint wird kurz abgelenkt, weil er hört, wie Autos in der Auffahrt halten – und dann sagt sie plötzlich: »Wer spricht da bitte?«, und »Worum geht's denn?«, und »Einen Moment bitte«, und sie hält die Sprechmuschel mit einer Hand zu, mit einer solchen Beklommenheit in den Augen, dass er von dem Stuhl aufsteht, auf sie zugeht, und dann sagt sie ihm das, was er nicht hören will: »Ein Commander Glenning von der Polizei. Er sagt, Grace ist etwas passiert … Grace und Jack.«

Vier bis an die Zähne bewaffnete Polizisten mit Schutzwesten und Maschinenpistolen kommen in die Küche und scheuchen Sally und John von den Fenstern weg.

John Flint wehrt sich und brüllt ins Telefon: »Tom, was zum Teufel soll das?«

Tom Glenning versucht, ihn zu beruhigen. »John, bitte, tun Sie, was die Männer sagen.«

»Was ist mit Jack?« Jack, wohlgemerkt, nicht Gracie gilt sein erster Gedanke.

»Gleich. Bewegt euch.«

Jetzt sind sie im Flur, der fensterlos ist, und trotzdem sagt man ihnen, sie sollen sich auf den Boden setzen und bleiben, wo sie sind.

»Tom, um Himmels willen, bitte. Sagen Sie mir, was passiert ist.«

»Ich werde Ihnen alles sagen, was ich weiß, aber das ist nicht viel. Vor einer Stunde bekam ich einen Anruf von Aldus Cutter. Jack ist angeschossen worden –«

»Angeschossen?«

»Er ist im Krankenhaus, und sein Zustand ist kritisch, aber stabil. Grace ist ebenfalls im Krankenhaus, und ihr Zustand ist ebenfalls stabil, aber nicht kritisch. Sie hatte Brustschmerzen und ist ohnmächtig geworden, daher bestand Verdacht auf einen Herzinfarkt. Aber es war anscheinend falscher Alarm, trotzdem steht sie zur Sicherheit noch unter Beobachtung. Cutter sagt, sie müsste in ein, zwei Tagen entlassen werden, wenn alles in Ordnung ist.«

John Flint versucht angestrengt, das alles zu begreifen, aber er kommt sich vor wie ein Legastheniker mit Hörstörung, denn er versteht kein Wort. Sally streicht ihm durchs Gesicht und flüstert: »John, was ist passiert?«, und er kann sie nur anstarren und fassungslos den Kopf schütteln.

»John, sind Sie noch dran?«, fragt Glenning.

»Ich … ich versteh nicht«, sagt Dr. Flint, doch jetzt tauchen allmählich grässliche Bilder vor seinem geistigen Auge auf. Gleichzeitig verraten ihm die Geräusche, die an sein Ohr dringen, dass die Polizei sein Haus durchsucht.

»Hören Sie, ich weiß, es ist schwer zu –«

»Wo wurde Jack angeschossen?«

»Wo? In den Rücken, glaube ich.«

»Nein! Wo?«

»Ach so. In Maryland, ganz in der Nähe von Washington, in oder vor Grace' Wohnung.«

Dr. Flint unterbricht ihn erneut. »Grace wohnt nicht in Maryland«, stellt er fest und klammert sich an die verrückte Idee, es könnte alles ein schrecklicher Irrtum sein. »Sie wohnt in New York.«

»Nicht mehr, jedenfalls zurzeit nicht. Schon bevor sie Jack mit in die Staaten genommen hat, wohnte sie in Maryland. Sie ist dort undercover. Mehr kann ich Ihnen nicht dazu sagen, jedenfalls nicht am Telefon.«

Grace lebt zusammen mit Jack undercover? War Jack Teil ihrer Tarnung? Hat sie ihn deshalb mitgenommen?

Schritte hasten die Treppe herunter, und einer der Polizisten kommt in den Flur. Er ist halb so alt wie Dr. Flint, wenn überhaupt, aber die Autorität in seiner Stimme duldet keinen Widerspruch. »Sir, das Haus und die übrige Farm sind sauber.

Ich möchte, dass Sie und Ms. Beaumont jetzt nach oben gehen und ein paar Sachen einpacken, genug für vier oder fünf Tage, vielleicht auch eine Woche. Aber bitte beschränken Sie sich beide auf je einen Koffer.«

»Wie bitte?« Flint kann ihm nicht folgen.

»Bitte beeilen Sie sich. Ich möchte, dass wir in fünf Minuten hier weg sind.«

»Hier weg? Ich kann nicht hier weg«, sagt Flint, als wäre das mitten in all diesem Wahnsinn das Absurdeste, was er sich vorstellen kann. Aber der Polizist ist schon unterwegs Richtung Haustür.

Ins Telefon sagte Flint: »Tom, was um alles in der Welt hat die Polizei hier zu suchen? Die sagen, wir müssten hier weg –«

»Dazu wollte ich gerade kommen«, sagt Glenning. »John, Sie müssen wissen, Jack wurde aus mittlerer bis großer Entfernung von einem Scharfschützen mit Präzisionsgewehr angeschossen. Es war kein Unfall, und Cutter sagt, es sieht ganz nach der Arbeit eines Profikillers aus, und damit ist mit hoher Wahrscheinlichkeit davon auszugehen, dass Jack tatsächlich das Ziel war. Anders ausgedrückt, jemand wollte Grace treffen, indem er ihren Sohn tötet, und da das gescheitert ist – ich bete, dass es gescheitert ist –, versuchen sie es beim nächsten Mal vielleicht bei einem anderen Angehörigen, nämlich bei Ihnen. Cutter hat mich beschworen, Sie unter Polizeischutz zu nehmen und Sie irgendwohin zu bringen, wo Sie in Sicherheit sind, bis er weiß, wer hinter dieser Sache steckt, und ich finde, er hat recht. Ich finde auch, dass Miss Beaumont mitkommen sollte, weil auch ihr Leben in Gefahr sein könnte.«

»Das ist alles so … verdammt unwirklich!«

»Nein, leider nicht, John, es ist absolut real. Bitte, befolgen Sie die Anweisungen der Beamten. Sie werden an einen sicheren Ort gebracht, und sobald ich mehr über Jacks Zustand weiß, komme ich schnellstmöglich zu Ihnen.«

Dr. Flint hat nicht mehr die Willenskraft zu widersprechen.

»John?«

»Also schön«, sagt er mit Resignation in der Stimme, als füge er sich in etwas ebenso Unvermeidliches wie den Tod.

»Gut. Bis bald.«

»Tom? Bitte verraten Sie mir eins. Wie konnte Grace nur so verdammt fahrlässig sein? Wie konnte sie Jack das antun?«

NEW YORK

32

Es sind acht Tage vergangen, seit ihr Sohn angeschossen wurde – für Flint eine Ewigkeit, da ist Cutter sicher. Seit sie auf eigene Verantwortung das Georgetown University Hospital verlassen hat – »Mir fehlt absolut nichts«, hatte sie beteuert, als er fragte, ob das klug sei –, verbringt sie jede Minute bei Jack, der in einer sterilen Umgebung am Leben erhalten wird. Der Polizeischutz für Mutter und Kind wurde verstärkt, seit feststeht, dass sich jemand erfolgreich in das Computersystem des Krankenhauses gehackt hat. Außerdem hat Cutter zwei Leute von der Strike Force abgestellt, Duncan und Fran. Das schweigsame Paar soll die Sicherheitsmaßnahmen kontrollieren und sich um Flint kümmern, Kleidung, Waschzeug und was sie sonst noch benötigt für sie aus der Wohnung holen und ihr etwas zu essen bringen, was sie meist nicht anrührt.

Wegen der Infektionsgefahr darf sie Jack nicht anfassen, nicht mal in seine Nähe kommen. Sie beobachtet ihn aus zweieinhalb Metern Entfernung durch eine Glasscheibe und behält die Monitore im Auge, die jedes Anzeichen eines drohenden Organversagens melden würden. Die Krankenschwestern könnten ihr sagen, dass ihre Wache unnötig ist, weil die Monitore an ein System angeschlossen sind, das bei Gefahr sofort im Schwesternzimmer Alarm auslöst, aber sie schweigen, weil sie Flints instinktives Bedürfnis verstehen, einfach nur da zu sein. Sie haben ein Feldbett auf ihrer Seite der Glasscheibe aufgestellt, damit sie schlafen kann, obwohl sie das selten tut und wenn, dann nur kurz. Die meiste Zeit sitzt sie stocksteif auf einem Holzstuhl, die Knie gegen die Scheibe gedrückt, und starrt ihren Sohn an.

Aber heute nicht, denn Cutter hat einen Kriegsrat im Marscheider-Gebäude einberufen, an dem alle Abteilungsleiter und Chefagenten teilnehmen werden, um Operation Payback zu besprechen, und Flints Anwesenheit ist dringend erforderlich. Cutter hat zuvor Jacks Arzt Martin Berger um Rat gebeten, und der hat sich entschieden dafür ausgesprochen. »Der komatöse Zustand des Jungen könnte Wochen oder sogar Monate dauern, und sie muss mal hier raus und frische Luft schnappen«, meinte er. Also sitzt Flint jetzt im Zug nach New York. Sie trägt einen schicken anthrazitgrauen Hosenanzug, den Fran aus ihrer Wohnung geholt hat. Zum Schutz wird sie von vier bewaffneten Agenten der Strike Force begleitet. »Koste es, was es wolle«, hat Cutter zu Rocco Morales gesagt. »Soll heißen, was auch passiert, Sie bringen Flint lebendig hierher.«

Alle Mitarbeiter im Marscheider-Gebäude sehen Flints Ankunft mit gemischten Gefühlen entgegen. Auch wenn sie nicht im Einzelnen wissen, was genau in Maryland passiert ist, hat sich doch herumgesprochen, dass Flint als Deputy Director eine wichtige Operation gefährdet hat – und in den Kaffeepausen herrscht allgemein die Ansicht, dass sie dieses Mal zu weit gegangen ist. Andererseits wissen alle, dass ihr Kind auf der Intensivstation liegt, und Cutter gehört nicht zu der Sorte, die auch noch nachtreten, wenn einer seiner Leute schon angeschlagen ist, und bei Flint schon gar nicht. Wahrscheinlich, so die einhellige Meinung, wird sie unbegrenzten Sonderurlaub bekommen, mit der Betonung auf unbegrenzt. Die Frage ist nur, wie wird Flint reagieren?

Der Zug läuft pünktlich auf die Minute in der Penn Station ein, wo Cutter sie von einem gepanzerten Geländewagen und einem Begleitfahrzeug abholen lässt, und nach kurzer Fahrt durch die Stadt manövrieren ihre Bodyguards sie durch den unauffälligen Kellereingang der FSF-Zentrale direkt zu den Aufzügen und hinauf in den vierzehnten Stock, wo sich elf Personen im Konferenzraum versammelt haben und offenbar auf sie warten.

Das Stimmengemurmel erstirbt, als sie den Raum betritt, und alle starren sie frostig an, als wäre jemand durch eine Absperrung gebrochen, und sie weiß, dass sie fürchterlich aussieht – aber was zum Teufel haben die denn erwartet? Als sie genau die Frage gerade stellen will, sagt Cutter: »Willkommen zu Hause, Grace«, und sofort ist das Eis gebrochen, und sie sieht die Ersten lächeln und hört ein paar Begrüßungsfloskeln. Kate Barrymore, die Chefin der Terrier, kommt mit ausgebreiteten Armen auf sie zu und drückt sie.

»Schön, dass du wieder da bist«, sagt Kate. Und Flint lässt zum ersten Mal den Gedanken zu, dass sie das hier vielleicht doch noch übersteht.

»Rocco, Sie fangen an«, sagt Cutter. »Wie wär's, wenn Sie uns alle zunächst mal auf den neuesten Stand bringen?«

Die Frage ist rein rhetorisch, denn Rocco Morales steht schon neben dem großen Bildschirm, auf dem seine Präsentation ablaufen wird. Er ist mit einem Laserpointer und einer Fernbedienung bewaffnet, mit der er zunächst mal die Raumbeleuchtung abdunkelt. Dann drückt er einen weiteren Knopf, und auf dem Bildschirm erscheinen in großen blutroten Lettern die Worte DER TATORT, um sich gleich anschließend aufzulösen und einem Foto von Flints Terrasse zu weichen. Es wurde aus der Perspektive der Schützin aufgenommen – vielleicht sogar von ihrer exakten Position aus –, und es zeigt einen umgekippten Kaffeehaustisch, einen auf der Seite liegenden Stuhl, zwei Schiebetüren mit klaffenden Löchern und jede Menge Glassplitter.

»Jetzt der Innenraum«, sagt Rocco, und Flint erkennt ihr Wohnzimmer, das aussieht, als hätte eine Bombe eingeschlagen – überall Glas, das Schrankinnere zerborsten, Einschusslöcher in der Wand, Tischlampen auf dem Boden. Sie muss ein Geräusch gemacht haben, denn Cutter berührt sie am Arm und fragt: »Alles in Ordnung?«

»Mm-Mm«, sagt sie nickend – eine Halbwahrheit.

»Sieben Schuss wurden abgegeben«, sagt Morales jetzt, »ohne die Pistolenschüsse von DD Flint auf die Lampen. Die Kugel, die das Opfer traf, zerplatzte beim Aufprall, weshalb der Eintrittspunkt zwar … hier war« – Flint kneift die Augen zu, aber zu spät, und so sieht sie kurz Jacks nackten Rücken mit dem roten Punkt des Laserpointers, der sich der Wunde nähert – »und der Schusskanal nach unten verlief, aber die meisten Splitter vertikal in die Brusthöhle und Lunge drangen. Wie man sieht, sind die Geschossfragmente, die aus dem Opfer entfernt wurden, extrem klein.« Flint öffnet die Augen und sieht eine Nahaufnahme von Metallsplittern, die wie feiner Kies aussehen. »Unsere Forensiker können praktisch nur sagen, dass es sich um ein Teilmantel- oder Hohlspitzgeschoss vom Kaliber zweiundzwanzig handelte. Ach ja«, fügt Morales hinzu, »da ist noch was …« Er hält inne und lässt den Blick durch den Raum wandern, um sicherzugehen, dass alle aufmerksam zuhören. »So etwas hab ich seit dem Golfkrieg nicht mehr gesehen und auch da bloß ein einziges Mal.«

»Rocco«, blafft Cutter, »ersparen Sie uns die Theatralik.«

»Ja, Sir, aber das ist wichtig. Diese Einzelteile kann man unmöglich wieder zusammensetzen, man kann unmöglich sagen, welche Fragmente vom Kern und welche von der Ummantelung sind. Die Forensik hat also sämtliche Stücke einzeln unter ein Elektronenmikroskop gelegt und sie aus jedem erdenklichen Blickwinkel untersucht, doch es ließen sich keinerlei Riefen feststellen. Es ist das reinste Wunder, denn diese Kugel ist mit Überschallgeschwindigkeit durch den Gewehrlauf geschossen und glatt wie ein Kinderpopo aus der Mündung gekommen – ach du Scheiße! Tut mir leid, Grace.«

»Schon gut, Rocco.« Flint bringt ein schwaches Lächeln zustande, um ihm zu zeigen, dass sie es ernst meint. »Du denkst also, unsere Schützin hat Spezialmunition verwendet.«

»Genau.« Morales holt ein anderes Foto auf den Bildschirm. »Das hier sind die anderen sechs Kugeln, und sie sind nicht zerplatzt. Okay, eins bis vier sind ziemlich verformt, aber sehen Sie sich mal die zwei an, die in die Wand eingeschlagen sind.« Morales zeigt ihnen eine extreme Vergrößerung von zwei nahezu unversehrten Geschossen, die für Flint aussehen wie die drohenden Spitzkegel, die aus Raketensilos ragen. »Meiner Meinung nach ist die Sache klar«, führt Morales fort. »Sämtliche sieben Projektile waren mit Plastik ummantelt, einem sogenannten Sabot, damit die Kugeln durch den gezogenen Gewehrlauf keine Riefen davontrugen. Die Ummantelung hat sich beim Austritt aus der Mündung aufgelöst, und an den Kugeln sind keinerlei Spuren festzustellen, anhand deren die Waffe zu identifizieren wäre, aus der sie abgefeuert wurden.«

»Also Sabot-Munition?«, fragt Flint.

»Richtig.«

»Ist die was Besonderes?«

»Handfertigung. Sabot-Geschosse bekommt man nicht in irgendeinem x-beliebigen Waffenladen.«

Cutter sagte: »Und warum sind die sechs Projektile, die in die Wohnung gefeuert wurden, nicht zerplatzt?«

»Weil sie keine Teilmantel- oder Hohlspitzgeschosse waren.«

»Was schließen wir daraus?«

»Dass nur der erste Schuss tödlich sein sollte. Die anderen sechs Schuss im Magazin waren normale Patronen, nur zur Sicherheit, für den Fall der Fälle.«

»Welchen Fall der Fälle?«

Morales zögert und schielt zu Flint hinüber, dann sieht er Cutter an, als wollte er sagen, *Muss sie das denn wirklich erfahren*?, aber Cutter übergeht seinen Appell.

Ein weiterer Blick zu Cutter signalisiert, *Okay, aber machen Sie mir keine Vorwürfe*, dann atmet Morales tief durch und sagte: »Für den Fall, dass der erste Schuss nicht sofort tödlich sein sollte«, sagt er. »Die Schützin ist Profi, und Profis wissen, dass man bei einer Entfernung von knapp über dreihundert Metern – auf die Entfernung gehe ich gleich noch genauer ein – nie sicher sein kann, ganz gleich, wie gut man ist. Bei einer so langen Flugbahn beschreibt die Kugel einen Bogen, und die genaue Krümmung dieses Bogens ist von mehreren Faktoren abhängig, von denen einige messbar sind und andere nicht. Zum Beispiel beeinflussen Temperatur und Feuchtigkeitsgehalt der Luft die Flugbahn. Beides ist mehr oder weniger messbar. Aber Stärke und Richtung des Windes stellen die stärksten Variablen dar, und wenn sowohl Schütze als auch Zielperson von Hochhäusern umgeben sind, hat der Schütze ein Problem, weil Windgeschwindigkeit und -richtung heftigen, unkalkulierbaren Schwankungen unterworfen sind. Man kann versuchen, sich an gewissen Anzeichen zu orientieren – wie die Bäume, so vorhanden, im Wind schwanken, wie Staub verwirbelt wird, wie Vorhänge in offenen Fenstern wehen –, um den wahrscheinlichen Flugbogen zu schätzen und dementsprechende Anpassungen vornehmen. Dabei geht es um Millimeter. Wenn man auf den Kopf zielt und die Krümmung der Flugbahn falsch eingeschätzt hat, trifft man vielleicht gerade mal die Füße der Zielperson. Die Schützin hat sehr wahrscheinlich auf den Kopf gezielt, weil das ein garantiert tödlicher Schuss ist, aber auch die Möglichkeit eines tiefer gelegenen Treffers in Erwägung gezogen. Nun ist die verwendete Teilmantelmunition vom Kaliber zweiundzwanzig an sich tödlich genug, aber je nach Treffpunkt kann es eine Weile dauern, ehe die gewünschte Wirkung erreicht ist. Und unter den gegebenen Umständen konnte sich die Schützin nicht sicher sein, dass ihr Schuss auf der Stelle tödlich ist. Mit den anderen sechs Schuss im Magazin wollte sie DD Flint daran hindern, Hilfe zu holen … bis die Zielperson verblutet wäre.«

Flint wird übel. Sie muss schnellstens zur Toilette.

»Okay, Leute«, sagt Cutter, der ihre Blässe bemerkt hat. »Kurze Pause.«

Flint ist von der Toilette zurück und sieht noch bleicher aus als zuvor. Morales hat jetzt auf dem Bildschirm eine dreidimensionale Computersimulation, die sie und Jack draußen auf der Terrasse zeigt. Sie wird durch eine Figur dargestellt, die an eine nackte Schaufensterpuppe erinnert, mit entsprechend haarlosem Kopf und unnatürlich hohen Brüsten. Jack sieht wie eine große Puppe aus. Er ist ebenfalls nackt und liegt in den Armen seiner Mutter mit dem Rücken zur Schützin.

»Da DD Flint saß«, sagt Morales nun, »und da wir die exakte Position, wie sie das Opfer hielt, nicht rekonstruieren können« – auf dem Bildschirm bewegt sich der Kopf der Puppenfigur von ihrer Brust bis über ihre linke Schulter und wieder zurück –, »lassen sich aus dem Einschusswinkel keine Rückschlüsse auf die Flugbahn der Kugel und somit auf die Position der Schützin ziehen. Dasselbe gilt für die nächsten vier Schuss, die herkömmlichen Kugeln, weil sie kreuz und quer im Zimmer abgeprallt sind. Aber bei den letzten zwei Schüssen – fünf und sechs oder sechs und sieben, je nach Zählweise – ist das anders. Sie sind hier eingeschlagen«, erläutert Morales, während die Computersimulation die hintere Wohnzimmerwand heranzoomt, »im Abstand von zehn Zentimetern. Die Wand besteht aus zwei doppelten Gipskartonplatten, und die Kugeln haben einen fast perfekten Einschusskanal hinterlassen. Daher wissen wir, dass die letzten zwei Schuss in einem nach unten geneigten Winkel von einundzwanzig Komma drei Grad einschlugen, wodurch wir die Flugbahn ziemlich präzise berechnen können. Demnach war die Position der Schützin …« das Bild auf dem Monitor dreht sich, und jetzt blickt Flint aus ihrem Wohnzimmer nach draußen über die Terrasse an zwei konvergierenden dünnen blauen Linien entlang »… genau hier.« Morales richtet den roten Punkt des Laserpointers zielsicher auf das Dach eines Gebäudes in der Ferne. »Das ist ein Apartmenthaus an der Willard Avenue.«

»Und Sie sagen, das sind über dreihundert Meter?«, fragt Cutter.

Morales drückt einen Knopf an der Fernbedienung, und eine dritte Linie zischt über den Bildschirm von einer Stelle auf dem Dach zum Rücken der Puppenfigur, während die Entfernung in großen roten Zahlen mitläuft und bei 328,08 m stoppt.

»Sie haben die exakte Position der Schützin gefunden.«

»Ja, Sir. Wie ich schon sagte, die Schützin war ein Profi, und Profis machen hinterher sauber, aber das ist nicht so leicht, wenn es dunkel ist, wenn man keine Lichtquellen benutzen kann und eigentlich möglichst schnell weg will. Hier«, sagt er – und jetzt erscheint ein Teil des Dachs in Nahaufnahme, und ein Klimagerät ist zu erkennen – »haben wir Schießpulverrückstände in kegelförmigen Mustern gefunden, was uns verrät, wo die Mündung war. Und knapp hinter den Kegeln waren Fasern aus Sackleinen und ein paar Körnchen Quarzsand, was uns verrät, dass die Schützin ein Sandsäckchen benutzt hat, um besser zielen zu können. Das ist eine klassische Scharfschützenmethode, und –«

»Ein Sandsäckchen? Wozu denn das?«, fragt Cutter.

»Na ja, man benutzt einen kleinen Sack mit Sand als Auflage für den Gewehrlauf. Beim Anvisieren lassen sich dann Feinabstimmungen vornehmen, indem man das Säckchen zusammendrückt, um die Mündung millimeterweise zu heben oder zu senken. Nicht gerade Hochtechnologie, aber ungemein effektiv.«

»Wo kam der Sand her?«, fragt Cutter.

»Wissen wir noch nicht, Sir. Die Quarzpartikel, die wir gefunden haben, waren klein und abgerundet, vermutlich durch Wasser, und sie enthalten eine ziemlich hohe Salzkonzentration, was auf Meerwasser schließen lässt, ergo auf einen Strand.

Aber auf welchen Strand, wissen wir nicht. Die Forensik arbeitet noch dran.«

»Okay, bleiben Sie am Ball. Kate, wollen Sie jetzt übernehmen?«

»Ja, Sir«, sagt Kate munter. Natürlich will sie, denn Flint kennt niemanden, der so bühnenverliebt ist wie Kate Barrymore. Mit einem knappen Lächeln in Cutters Richtung schreitet die Leiterin der Forschungs- und Analyseabteilung nach vorn. Sie hat einen dicken Packen Unterlagen dabei, den sie und ihre Terrier zusammengetragen haben, aber Flint weiß, dass Kate ihn nicht benötigen wird. Wie alle geborenen Schauspieler kann sie ihren Text auswendig.

Ein weiteres kurzes Lächeln, diesmal ins Publikum, und dann beginnt Kate mit dem Satz: »Das ist Joanna Fox.« Sie drückt einen Knopf an der Fernbedienung, und auf dem Bildschirm erscheint das Foto einer Frau im mittleren Alter mit kurzem braunen Haar, das ihre Ohren frei lässt, breiter Stirn, großen grünen Augen, einer Adlernase und vollen roten Lippen, die leicht lächeln.

»Die Schützin«, sagt Kate mit einer effektvollen Gebärde.

Jetzt ist Kate so richtig in Fahrt. Anders als Rocco, der während seiner Präsentationen immer auf der Stelle steht, schreitet sie stets auf und ab. Sie geht mal nach links, mal nach rechts, blickt ins Publikum, wendet sich ab, macht auf dem Absatz kehrt, unterstreicht ihren Monolog mit ausdrucksstarker Gestik und heftigen Kopfbewegungen. Sie ist groß und schlank und anmutig, und die Männer im Raum sind ganz gebannt von ihr.

»Abgesehen vom Marine Corps«, sagt sie, »den Sondereinsatzkommandos der Polizeikräfte und, so dürfen wir wohl annehmen, der CIA sind professionelle Scharfschützen eine Seltenheit. Natürlich gibt es in kriminellen Kreisen Profikiller, vor allem im Bereich des Drogenhandels. Und leider kommt es gelegentlich vor, dass irgendein Psychopath mit Gewehr anfängt, um sich zu schießen. Aber echte Scharfschützen, die sich als Killer ihren Lebensunterhalt verdienen – die Sorte Profikiller, die das Opfer nie zu Gesicht bekommt – sind ganz selten, außer in Romanen und Hollywooddrehbüchern. Tatsache ist, in den letzten vierzig Jahren hat es in den gesamten USA nur achtzehn dokumentierte Fälle von professionellen Scharfschützen gegeben.«

Mit oder ohne Rocco?, fragt Flint sich unwillkürlich, weil sie an seine Zeit bei der Antiterroreinheit Delta Force denken muss.

»Und weibliche Scharfschützen gibt es so gut wie gar keine«, fährt Kate fort. »Okay, angeblich haben in Kriegszeiten die Sowjets, die Türken, die französische Résistance, der Vietkong, die Serben und in jüngster Zeit die Islamisten in Tschetschenien Frauen zu Scharfschützen ausgebildet, aber das sind überwiegend unbewiesene Behauptungen. In Friedenszeiten und innerhalb der USA hat es bislang nicht einen Mordfall oder Mordversuch gegeben, der zweifelsfrei einer Scharfschützin zugeschrieben werden konnte.« Kate betätigt die Fernbedienung und dreht sich mit perfektem Timing zum Bildschirm. »Mit einer möglichen Ausnahme.«

Auf dem Schirm erscheint das körnige Bild eines übergewichtigen Mannes in einem kurzärmeligen, zitronengelben Hemd über weiten Shorts, der den Kopf eingezogen hat, um sich auf die Rückbank einer funkelnden weißen Stretchlimousine zu schieben.

»Tucscon, Arizona, vor drei Jahren«, sagt Kate. »Das ist Peter Slater alias Peter Slavitch, Kopf eines der größten Prostitutionsringe im Südwesten der USA, den er fast ausschließlich mit illegal eingewanderten Frauen betrieb. Am Morgen des vierundzwanzigsten Mai wurde Slater festgenommen und noch am selben Tag einem Richter vorgeführt, der seine Kaution auf eine Million Dollar festsetzte, weshalb Slater erst mal in Haft blieb.

In den darauffolgenden drei Wochen handelten Slaters Anwälte eine außergerichtliche Einigung mit der Staatsanwaltschaft aus. Er sollte mit maximal zehn Jahren davonkommen und im Gegenzug gegen die Menschenhändler aussagen, die ihm die Frauen für seine Bordelle besorgten. Am Tag nach Slaters Aussage wurde seine Kaution auf fünfzigtausend Dollar gesenkt, was ebenfalls Teil der Vereinbarung war. Er wurde freigelassen und fuhr nach Hause. Etwa eine Stunde später ging er nach draußen an seinen Pool und bekam eine Kugel vom Kaliber zweiundzwanzig in den Hals.«

Irgendwo im Hintergrund sagt jemand »Aua!«, und ein anderer witzelte: »Mit 'nem Loch im Hals kann man nicht mehr aua sagen«, was mit leisem Lachen quittiert wird. Kate gerät leicht aus dem Konzept, und selbst Flint muss schmunzeln, doch Cutter ist nicht in der Stimmung für Albernheiten.

»Lasst den Quatsch«, sagt er, ohne den Kopf zu wenden, um nach den Übeltätern zu suchen. »Kate, machen Sie bitte weiter.«

Jetzt sieht man auf dem Bildschirm eine Reihe von Fotos, die eine große Villa zwischen Büschen und hohen Saguaro-Kakteen in einer felsigen Hügellandschaft zeigen. Der Swimmingpool hinter dem Haus ist rautenförmig und die mit hellem Marmor geflieste Umrandung von endlosen Metern Polizeiabsperrband gesäumt. Die mit grell orangefarbener Kreide gemalten Umrisse eines Körpers markieren die Stelle, an der Slater von der Kugel getroffen wurde.

»Die Polizei konnte nur feststellen, dass der Schuss von irgendwo zwischen diesen Felsen abgefeuert worden sein muss«, sagt Kate und zeigt mit dem Laserpointer die möglichen Positionen an. »Das entspricht einer Entfernung von rund dreihundert Metern, was reiner Zufall sein kann, aber nicht sein muss. Vielleicht ist das die Lieblingsentfernung unserer Schützin.«

»Vielleicht auch nicht«, sagte Cutter, um unnötigen Spekulationen einen Riegel vorzuschieben. »Ist Slater am Tatort gestorben?«, erkundigt er sich, und Kate kehrt wieder zu den Tatsachen zurück.

»Nein, Sir. Er schaffte es bis auf die Intensivstation des El Dorado Hospital, wo er zwei Tage überlebte, wenn auch im Koma. Und genau an dieser Stelle kommt unsere Schützin ins Spiel – unsere mögliche Schützin. Zwei Tage nachdem Slater niedergeschossen worden war, tauchte eine Frau im Krankenhaus auf, die sich als Journalistin der Zeitung *Tucson Citizen* ausgab und Fragen nach ihm stellte. Sie zeigte einen Presseausweis auf den Namen Joanna Fox, und zum Glück war eine aufgeweckte Sekretärin im Krankenhaus so clever, den Ausweis in ihren Computer einzuscannen. Das Personal im El Dorado Hospital hatte strikte Anweisung, keinerlei Informationen über Peter Slater herauszugeben, der im Übrigen unter falschem Namen aufgenommen worden war. Sie hielten sich exakt an die Anweisung, und die Frau schien das Krankenhaus unverrichteter Dinge zu verlassen. Aber rund eine Stunde später wurde Alarm ausgelöst, weil offenbar jemand versucht hatte, ohne Genehmigung in Slaters Zimmer einzudringen. Acht Minuten danach sackte sein Blutdruck dramatisch ab, und er starb an Herzversagen.«

Der letzte Rest Farbe weicht aus Flints Gesicht. »Soll das heißen, sie ist an ihn rangekommen?«, fragt sie in einem Ton, der fassungslos und entsetzt zugleich klingt.

»Das Krankenhaus und die Polizei sagen nein, und es gab keinerlei Anhaltspunkte dafür, dass sich jemand an Slaters lebenserhaltenden Geräten zu schaffen gemacht hatte. Außerdem hatte die Kugel seine Luftröhre verletzt, und beide Lungenflügel waren eingefallen, daher bestand bei ihm ohnehin die Gefahr eines Herzversagens. Aber ...« Kate lässt den Gedanken unausgesprochen.

»Grace«, sagt Cutter in die darauffolgende bedrückte Stille hinein, »an Jack kommt niemand ran.«

Woher wollen Sie das wissen?, möchte sie am liebsten fragen, aber da es ohnehin sinnlos wäre, verkneift sie es sich.

»Wie dem auch sei«, sagt Kate nun, »kurz nach Slaters Tod erfuhr die Polizei vom Besuch der angeblichen Journalistin und fragte beim *Citizen* nach, wo niemand mit dem Namen beschäftigt war. Und dann, das muss man ihnen lassen, reagierten sie erstaunlich schnell. Sie kopierten dieses Bild« – das Foto von Joanna Fox erscheint wieder auf dem Bildschirm – »von dem Presseausweis, den die Sekretärin eingescannt hatte, und gaben eine Großfahndung heraus. Innerhalb von dreißig Minuten wurden alle wichtigen Straßen und der Flughafen kontrolliert. Sie zeigten das Foto in allen umliegenden Hotels, Motels, Autovermietungen und an fast jeder Tankstelle, sie ließen es über jeden Fernsehsender ausstrahlen, brachten es in allen Zeitungen – ohne Ergebnis. Bis auf fünf Leute im Krankenhaus konnte sich niemand an die Frau erinnern. Sie war aus dem Nichts aufgetaucht und nach vollbrachter Tat spurlos wieder verschwunden.«

Kate legt eine kurze Pause ein, blickt sich im Raum um und wartet, bis sich ein entsprechendes Maß an Enttäuschung breitmacht. Dann schiebt sie nach: »Bis vor acht Tagen in Friendship Heights.« Sie holt ein neues Foto auf den Bildschirm, das allem Anschein nach einen Schatten in einem Treppenhaus zeigt. Prompt tritt Rocco Morales wie aufs Stichwort neben Kate, und Flint vermutet, dass die beiden von jetzt an zu zweit agieren werden.

Rocco macht den Anfang. »Das ist die Feuertreppe des Apartmenthauses an der Willard Avenue. Sie führt bis aufs Dach, von dem aus die Schüsse abgegeben wurden. Das Bild wurde von einer Sicherheitskamera im Parterre direkt über der Hintertür aufgenommen, und zwar laut Zeitstempel um genau achtzehn Uhr zehn, also rund vier Stunden vor den Schüssen.«

Jetzt Kate: »Die Überwachungskameras in dem Gebäude sind ziemlich veraltet. Sie machen nur Bilder, keine Filmaufnahmen, werden nicht durch Bewegungssensoren ausgelöst und sind einfach nur darauf programmiert, alle dreißig Sekunden ein Foto zu schießen – und das, wie Sie sehen, in mieser Bildqualität.«

»Aber wir haben das Bild digital aufbereitet …« Rocco wartet kurz, während Kate an der Fernbedienung hantiert, bis die Aufnahme schärfer und größer wird und sich der Schatten im Treppenhaus als Rückenansicht einer eindeutig menschlichen Gestalt im Tarnanzug entpuppt, die die Treppe hinaufsteigt. »… und jetzt ist ein Eindringling zu erkennen, möglicherweise die Schützin.«

Mann oder Frau, das lässt sich unmöglich sagen.

Ein anderes Bild erscheint, und Rocco spricht weiter: »Okay, dieses Foto wurde laut Zeitstempel um zweiundzwanzig Uhr dreiundzwanzig, also über vier Stunden später, von derselben Kamera im Treppenhaus des Willard-Gebäudes aufgenommen. Das heißt, ungefähr fünf Minuten, nachdem der letzte Schuss auf DD Flints Wohnung abgefeuert wurde.« Das Bild zeigt eine Frau, die die Treppe herunter auf die Kamera zukommt. Sie hat keinen Tarnanzug an, sondern Jeans und T-Shirt, aber Flints Augenmerk richtet sich sofort auf den Gegenstand, den sie in der rechten Hand trägt. »Also, woher wissen wir mit ziemlicher Sicherheit, dass das hier dieselbe Person ist wie vorhin?«

»Die Tasche«, sagt Flint tonlos, und Rocco hebt kapitulierend die Arme. Kate grinst, und Cutter fragt: »Wo ist der Witz?«

»Kein Witz, Sir. Kate und ich haben gewettet, ob jemand auf den Trichter kommt, und ich hab verloren. Sehen Sie, die Tasche da« – auf dem Bildschirm werden die rechte Hand der Frau und die Tasche, die sie trägt, stark vergrößert – »besteht aus demselben Tarnmaterial wie der Anzug, und als die Verdächtige das Gebäude betrat, trug sie die Tasche auf dem Rücken, weshalb sie auf dem ersten Bild« – die Rückenansicht der Frau wird noch einmal gezeigt – »kaum zu sehen ist. Hab ich jedenfalls gedacht«, fügt er hinzu.

»Blöde Wette«, sagt Cutter, und Rocco akzeptiert diese Einschätzung mit einem kläglichen Lächeln Richtung Flint, doch die achtet gar nicht auf ihn.

Sie ist aufgestanden, tritt langsam näher an den Bildschirm und sagt zu Kate: »Hol die Vorderansicht nochmal rein«, und dann: »Zoom das Gesicht ran«, schließlich: »Jetzt stell die Verdächtige in dem Tucson-Fall daneben.«

Seite an Seite starren nun zwei übergroße Gesichter gleichgültig in den Raum – oder ist es ein Gesicht, aus unterschiedlichem Winkel fotografiert, unter anderen Lichtbedingungen und mit einem zeitlichen Abstand von drei Jahren? Flint sieht ein paar Ähnlichkeiten, aber auch ebenso viele Unterschiede.

»Habt ihr sie mit Gesichtserkennungstechnologie untersucht?«, fragt sie.

Kate tut enttäuscht. »Dazu wollte ich gleich kommen.«

»Dann eben jetzt. Wie hoch war der Ähnlichkeitswert?«

»Niedrig.« Kate klingt ein bisschen bockig.

»Wie niedrig.«

»Zwei Komma drei«, was bei der von der Strike Force verwendeten Gesichtserkennungstechnologie praktisch heißt: Diese beiden Gesichter gehören zu unterschiedlichen Personen.

»Kate, jetzt rück schon raus mit der Sprache!«, faucht Flint. Sie wird langsam sauer, weil sie ihre Rente darauf verwetten würde, dass Kates Auftritt nicht mit so einem frustrierenden Finale enden wird, und sie will das Ergebnis wissen, sofort. »Sag uns endlich, was du weißt.«

Kate schielt zu Cutter hinüber, um zu sehen, auf wessen Seite er steht. Als sie keine Reaktion bekommt, räumt sie ein: »Das war nur das Ergebnis beim ersten Durchlauf.«

»Und?«

»Dann haben wir ein paar Algorithmen programmiert, um die Unterschiede in Bildqualität, Bildgröße, Lichtbedingungen und Aufnahmewinkel auszugleichen, und dann haben wir die

Bilder nochmal durchlaufen lassen, und da ...« Kate kann sich eine dramatische Pause nicht verkneifen. »Da lautete das Ergebnis neun Komma vier.«

»Großer Gott!«, ruft jemand, und Kate lächelt, als hätte sie einen Preis gewonnen. In dem Softwareprogramm, das die Terrier entwickelt haben, ist eine Ähnlichkeitswert von neun Komma vier fast gleichbedeutend mit hundertprozentiger Übereinstimmung.

»Wie hoch ist die Wahrscheinlichkeit, dass ihr euch irrt?«

»Ungefähr eins zu einer Milliarde«, sagt Kate. »Joanna Fox und die Frau in dem Gebäude an der Willard Avenue sind also ein und dieselbe Person – und sie hier ebenfalls.« Mit diesen Worten holt Kate bewegte Bilder von verblüffender Schärfe auf den Schirm. Im Vordergrund ist der Hinterkopf eines Mannes zu sehen, und ein Stück hinter ihm steht eine Frau an einer Theke, das Gesicht der Kamera zugewandt. Ihre Lippen bewegen sich kurz, während sie Bargeld rüberreicht und Wechselgeld bekommt. »Das ist das Band der Überwachungskamera in der Kinko-Filiale in Bethesda, dem Kopierladen, bis zu dem wir den Hacker zurückverfolgen konnten. Sie hat sich mit Laptop und Wireless Card an den WLAN-Hotspot von Kinko angeschlossen und ist ins Internet gegangen, um sich mit irgendeiner speziellen Software in das System vom Children's Hospital zu hacken.«

Flint steht bewegungslos vor dem Bildschirm und beobachtet die Frau, die sich jetzt von der Theke wegdreht, als wäre alles erledigt, dann aber ihre Meinung ändert und sich wieder zur Kamera und dem Verkäufer umwendet, um noch etwas zu fragen. »Stopp mal und hol das Gesicht näher ran«, sagt Flint – und jetzt starrt sie in die vergrößerten Augen der Frau, die Jack ermorden wollte. Die Augen blicken leicht amüsiert, und ihr geöffneter Mund lässt nicht ganz regelmäßige Vorderzähne sehen. Ihr Lächeln ist sympathisch, hübsch. Sie sieht so verdammt normal aus; eine unauffällige Kundin bei Kinko's, die ihren Charme spielen lässt, um den Verkäufer um einen kleinen Gefallen zu bitten.

Kate sagt gerade: »Der Ähnlichkeitswert zwischen den Willard- und den Kinko's-Bildern liegt paradoxerweise nur bei acht Komma zwei, weil ...«, aber Flint hört ihr nicht mehr zu. Sie konzentriert sich ausschließlich darauf, die unveränderlichen Merkmale dieses Gesichts in ihr Langzeitgedächtnis einzubrennen: die Breite der Stirn, den Abstand zwischen den Augen, die Tiefe des Philtrums; Charakteristika, die nicht durch Verkleidung oder kosmetische Chirurgie verändert werden können. Flint will dieses Gesicht unbedingt auf der Stelle wiedererkennen, wenn sie es morgen oder in zwanzig Jahren auf der Straße, im Flugzeug, in den Fernsehnachrichten, in einer Akte, egal wo entdeckt.

Cutter weiß, was sie da macht, und er wartet, bis sie fertig ist. Dann: »Fragen?«

»Ich habe drei«, sagt Flint.

»Schießen Sie los.«

»Erstens, wie ist ihr richtiger Name?«

»Wissen wir nicht«, sagt Kate. »Noch nicht, obwohl wir –«

»Zweitens, wo ist sie jetzt?«

Kate schüttelt den Kopf, auch hier muss sie passen. »Natürlich haben wir ihr Bild an alle –«

»Drittens, wer hat sie beauftragt?«

Keine Antwort von Kate.

Das heißt, bis Flint aus den Augenwinkeln sieht, dass Cutter kaum merklich nickt, um sein Einverständnis zu bekunden. Erst dann sagt Kate: »Wir haben noch keine hieb- und stichfeste Beweislage, aber wir wissen noch etwas mehr über den Fall in Tucson. Der richtige Name des Toten war nicht Peter Slater oder Peter Slavitch. Er hieß Rexhep Kastrioti und stammte aus Albanien. Und der Mann, der ihm seine Prostituierten lieferte und den er mit seiner Aussage belastet hat, war ...« Sie zögert einen Moment, ehe sie sagt: »Alexander Çarçani.«

Flint starrt Kate fassungslos an, als könne sie nicht glauben, was sie da soeben gehört hat. »Das wisst ihr jetzt erst? Dass gegen Çarçani in den USA seit drei Jahren ein Verfahren anhängig ist? Dass ein Zeuge, der bereit war, gegen Çarçani auszusagen, von einem Profikiller ermordet wurde? Verdammt, Kate! Es ist euer Job, so was zu wissen. Wieso habt ihr das nicht schon früher gewusst?«

Kate brennen die Wangen, aber sie gerät nicht ins Wanken. »Weil das Verfahren gegen Çarçani laut richterlicher Verfügung unter Verschluss gehalten wird. Deshalb ist es gar nicht erst auf unseren Radar gekommen. Okay, das ist eine Schwachstelle in unserer Arbeitsweise, und wir bemühen uns, sie zu beheben. Aber Grace, selbst wenn wir es gewusst hätten, selbst wenn wir es in Echtzeit gewusst hätten, es hätte doch nichts geändert.«

33

Cutter ist in der Küche damit beschäftigt, Eigelb und Eiweiß zu trennen, um eine Sauce hollandaise zuzubereiten, während Flint auf seine strikte Anweisung hin eine lange heiße Dusche nimmt. Ein Teil von ihr kocht noch immer vor Wut, weil er ihr nicht erlaubt hat, nach Washington zu der Glasscheibe im Children's Hospital zurückzukehren, und zwar mit der abwegigen Begründung, er könne ihr heute keine ausreichende Sicherheitseskorte mehr zur Verfügung stellen. Ein anderer, größerer Teil von ihr ist erleichtert und sogar dankbar, weil sie zum ersten Mal seit einer Woche in einem richtigen Bett liegen wird – Cutters Bett –, während er auf dem Sofa schläft. Natürlich ist ihre Erleichterung von Schuldgefühlen durchsetzt – aber Schuld ist wie Angst ein Gefühl, das sie ohne frischen Anlass nicht lange nähren kann, und Marty Berger hat am Telefon versichert, dass sich Jacks Zustand in ihrer Abwesenheit nicht verändert hat: Er ist weiterhin stabil, im Koma, aber am Leben.

Sie stützt sich mit beiden Armen an der Wand ab, beugt den Rücken und hält die Schultern unter den Massagestrahl der Dusche. Sie denkt an einen Auszug aus Marty Bergers OP-Bericht, den sie lesen durfte und der sie seitdem verfolgt: *In dieser Phase des Eingriffs fiel die Körpertemperatur des Patienten auf 28 C, und DIG trat ein. Daraufhin wurde ihm AF-7 injiziert …*

»Ich weiß nicht, ob ich überhaupt fragen soll, was das heißt«, hatte Flint zu Berger gesagt, und sein Blick schien zu sagen, *Genau, fragen Sie lieber nicht.* Aber perverserweise hatte gerade sein Zögern ihre Neugier noch gesteigert, und auf mehrfaches Nachfragen hatte er ihr schließlich erklärt, 28 Grad Celsius sei eine katastrophal niedrige Körpertemperatur und DIG stehe für Dessiminierte Intravasale Gerinnung, was bedeutete, dass der gesamte Blutkreislauf zu gerinnen drohte und Jack dem Tod nicht mehr nur nah gewesen war, sondern sich bereits in einem Zustand des Vortodes befand. Nur die sofortige intravenöse Injektion eines Gerinnungshemmers hatte ihn vom Abgrund zurückgeholt.

»Grace, wie geht's Ihnen?«, ruft Cutter durch die Badezimmertür.

Flint stellt die Dusche ab und schlüpft in einen frisch gewaschenen Bademantel, der das Emblem des Buccaneer Hotels in Miamis Coconut Grove trägt.

»Besser«, sagt sie und öffnet die Tür einen Spalt, damit Cutter sich selbst davon überzeugen kann. »Viel besser, schon fast wie ein Mensch.«

»Steht Ihnen gut, Mrs. Breslin«, sagt Cutter mit Blick auf

den Bademantel, und sie müssen beide schmunzeln, weil sie an einen Undercover-Einsatz denken, der seinen gewaltsamen Abschluss in just diesem Hotel gefunden hatte, in dem sie sich als Ehepaar ausgaben.

»Recht herzlichen Dank, Mr. Breslin«, sagt Flint mit dem strahlenden, koketten Lächeln und dem gedehnten Südstaatenakzent, die zu ihrer Tarnung gehört hatten – und einen kurzen Moment lang verschwinden Anspannung und Müdigkeit aus ihrem Gesicht, und die jähe Rückkehr ihrer einzigartigen Schönheit versetzt Cutter einen kleinen Schock, weil sie Impulse in ihm weckt, die er sich verboten hat und gegen die er noch immer ankämpft. Während einer bitterbösen Scheidung hatte Cutters Exfrau behauptet, der Einsatz im Buccaneer habe ihrem Mann die lang erwartete Gelegenheit geboten, eine Affäre mit Flint anzufangen, und Flint habe sich ihre hohe Position als Deputy Director der FSF erschlafen. Und obwohl die frühere Mrs. Cutter mit ihren Verdächtigungen völlig falsch lag, so hatte sie doch Cutters heimliche Wünsche gewittert.

»Hier«, sagt er unerwartet schroff und reicht ihr ein Glas Weißwein. »Ich hab gedacht, Sie könnten einen Schluck gebrauchen.«

Flint öffnet die Tür ein Stück weiter, um das Glas zu nehmen, sagt noch immer im Tonfall von Mrs. Breslin: »Ach, Süßer, du kannst Gedanken lesen«, und Cutter brummt. Als er sich umdreht und den Flur entlangtrottet, ruft sie ihm nach: »Die Schürze ist einfach bezaubernd.«

Zurück in der Küche beschließt Cutter, dass er jetzt selbst einen Drink braucht. Er gießt sich zwei Fingerbreit Bourbon ein und kippt den Whiskey in einem Zug runter wie eine Bestrafung.

Sie essen Spargel mit Kartoffeln und Sauce hollandaise, und Flint kann nur staunen. Sie wäre nie auf den Gedanken gekommen, dass Cutter kochen kann, schon gar nicht so gut, und da ihr der Wein nach einer Woche ungewohnter Alkoholabstinenz zu Kopf gestiegen ist, hat ihre düstere Stimmung zumindest im Augenblick einer gewissen Euphorie Platz gemacht, und sie ist ihm aus tiefstem Herzen dankbar – und dann muss er es prompt verderben. »Ich muss Ihnen noch ein paar Dinge sagen«, beginnt er, »die Rocco und Kate heute Nachmittag nicht erwähnt haben.«

Nein! Sie weiß genau, wenn sie heute noch ein einziges Wort über die Scharfschützin hört, dann ist ihre gute Laune wieder dahin, also versucht sie ihn irgendwie abzulenken: »Aldus, ich will nur eines wissen, und zwar, was ist in dieser himmlischen Sauce?«

Ihre Frage scheint ihn zu verblüffen. »Eigelb, natürlich. Sechs Eigelb und sündhaft viel geklärte Butter.«

»Das weiß ja sogar ich!« Sie lacht und greift unbeholfen nach ihrem Weinglas, stößt dabei gegen eine brennende Kerze, die umkippen würde, wenn Cutter sie nicht festhalten würde. »Im Ernst«, sagt sie, »was ist der besondere Pfiff?«

»Tabasco und Cayennepfeffer, und ich nehme Limettensaft statt Zitrone.«

»Kann ich das Rezept haben? Falls ich jemals kochen lerne?« Sie lacht wieder und merkt selbst, dass sie fast hysterisch klingt.

»Grace, wir müssen uns unterhalten.«

»Ich weiß.«

»Deshalb sind Sie hier.«

»Ich weiß, aber bitte nicht jetzt, Aldus. Bitte, lassen Sie mich das hier genießen.«

Sie greift über den Tisch, um seinen Arm zu fassen, und blickt ihn flehend an, und er betrachtet ihre Augen im Kerzenlicht und bringt es nicht über sich, ihr die Bitte abzuschlagen. »Dann eben später«, sagt er. »Nach dem Abendessen, ja?«

»Ja.« Es klingt mehr nach einem Versprechen, als ihr lieb ist, und sie wechselt schnell das Thema, indem sie ihn fragt, was es als Dessert gibt, und er sagt *Œufs à la neige*, weil er nämlich dafür das Eiweiß von der Sauce hollandaise verwerten konnte. Sie stützt die Ellbogen auf den Tisch, legt das Kinn auf die Hände. »Aldus, jetzt mal ehrlich: Finden Sie mich zu dünn, oder wollen Sie mich zum Schlachten mästen?«

»Beides«, sagt er trocken, und obwohl sein Mund lächelt, sieht sie in seinen Augen kurz etwas aufblitzen, das ihr Angst macht.

»Grace, Sie haben's versaut. Sie müssen den Tatsachen ins Auge sehen, weil Sie keine andere Wahl haben, und ich auch nicht.«

Das Abendessen ist zu Ende, und jetzt tigert Flint wie ein gefangenes Tier im Wohnzimmer auf und ab, hinterlässt Spuren auf dem Teppich, während Cutter vom Sofa aus zusieht. *Das ist so verdammt unfair!*, will sie sagen, aber sie traut ihrer eigenen Stimme nicht.

»Irgendwie, irgendwann haben Sie einen Fehler gemacht, durch den Ihre Tarnung aufgeflogen ist. Ich weiß nicht, was Sie gemacht oder nicht gemacht haben, aber das war nicht einfach nur blödes Pech. Die haben Sie durchschaut, Grace, haben Kathys Tarnung durchschaut, und dann haben Sie es Ihnen gezeigt – und genau das bereitet mir am meisten Kopfzerbrechen.«

»Wieso?« Mehr bringt sie nicht heraus.

»Überlegen Sie doch mal. Als sie dahintergekommen sind, dass Sie Kathy sind, da müssen sie sich auch gedacht haben, dass das San-Ambrogio-Projekt eine Falle ist, ein Trick, um sie dranzukriegen. Also, warum haben sie nicht einfach alle Kontakte zu den Gup-Brüdern abgebrochen? Warum haben sie sich nicht wieder unter irgendeinen Stein verkrochen, damit Kathy McCarry sich fragen kann, was sie falsch gemacht hat?«

»Ich –«

»Oder«, unterbricht Cutter sie, »warum haben sie Sie nicht

einfach getötet und in einen Karton gesteckt wie Vincent Regal?«

Flint hat keine Antwort.

»Ich sag Ihnen, warum. Çarçani und Gröber wollten Sie raus aus dem Spiel haben, weil Sie eine zu große Gefahr darstellen, aber sie haben sich überlegt, Sie einfach abzuknallen wäre zu einfach, zu schmerzlos für Sie. Ich vermute, sie wollten Sie bloßstellen, Sie aus der Ermittlung raus haben, aber pervers wie sie sind, wollten sie auch, dass Sie leiden, richtig leiden. Und was böte sich da eher an, als Ihren Jungen zu töten? Die Tatsache, dass er noch lebt, ist in dem Zusammenhang unerheblich, denn leiden tun Sie, und wie, und Sie sind tatsächlich raus aus der Ermittlung. Denn jetzt, wo Sie persönlich so betroffen sind, würde es nach einem privaten Rachefeldzug aussehen, wenn Sie weiter an Operation Payback mitarbeiten oder weiter Deputy Director blieben. Bis wir Çarçani und Gröber schnappen – bis wir sie aufgespürt, verhaftet, vor Gericht gestellt und verurteilt haben –, können Sie nicht mehr bei uns mitmachen. Was bedeutet …« Cutter zögert, aber nur kurz, »dass mir keine andere Wahl bleibt. Ich muss Sie gehen lassen.«

Jetzt hat sie etwas zu sagen, egal in welchem Ton es herauskommt. Sie bleibt vor Cutter stehen, angespannt wie eine Springfeder, die Arme trotzig vor der Brust verschränkt, und sucht nach Worten. »Sie müssen mich … Sie … verdammt, Aldus, was reden Sie denn da? Ich fasse es nicht … Sie wollen … Sie wollen mich rausschmeißen? Sie schmeißen mich raus, weil auf meinen Sohn geschossen wurde?«

»Nein«, sagt Cutter. »Sie gehen in Sonderurlaub, bis wir sie erwischt haben, in auf absehbare Zeit unbegrenzten Urlaub. Aber machen wir uns nichts vor, Grace. Ohne Sie wird es sehr viel schwieriger werden, diese Drecksäcke aufzuspüren, und wir müssen ganz von vorn anfangen. Ich habe keine andere Undercover-Agentin von Ihrem Kaliber, und selbst wenn, Çarçani und Gröber werden aus dieser Sache gelernt haben.

Nochmal fallen die auf so eine Masche wie das San-Ambrogio-Projekt nicht rein. Es wird also lange dauern, bis wir sie kriegen, vielleicht sehr lange, und früher oder später werden die Erbsenzähler kommen und sagen, es ist Geldverschwendung, Sie weiter auf der Gehaltsliste zu lassen. Sie werden Ihren Vertrag beenden wollen, und ich hab nicht gerade die besten Argumente dagegen. Klar werde ich mich für Sie starkmachen, darauf können Sie sich verlassen. Aber letzten Endes kann ich für Sie doch nur eine möglichst hohe Abfindung rausschlagen. Ansonsten …« Cutter hebt beide Hände, um zu zeigen, dass sie leer sind.

Flint ist wie vor den Kopf geschlagen. »Aldus, denken Sie wirklich, Geld interessiert mich?«

»Nein, denke ich nicht, es sollte Sie aber interessieren. Schließlich haben Sie einen kranken Jungen zu versorgen, und unter Umständen kommen in den nächsten Jahren erhebliche Arztrechnungen auf Sie zu. Ich weiß, Ihr Vater hat Geld, aber –«

Jetzt ist er zu weit gegangen. Als er ihren Vater erwähnt, explodiert Flint. »Hören Sie auf!«

»Womit?«

»Lassen Sie meinen Vater aus dem Spiel.«

»Warum?«

»Weil er nichts damit zu tun hat.«

»Hat er wohl, Grace.« Cutter springt so unvermittelt vom Sofa auf, dass Flint erschrocken einen Schritt rückwärts macht. »Hören Sie, Çarçani und Gröber haben einen Stein in Ihren Teich geworfen, und die Wellen breiten sich in alle Richtungen aus. Denken Sie ernsthaft, Ihr Vater wäre nicht betroffen? Schwachsinn. Wollen Sie wissen, wo er im Augenblick ist? An einem sicheren Ort, wo er rund um die Uhr von bewaffneten Beamten in Schutzwesten bewacht wird. Seit einer Woche. Weil Tom Glenning und ich darin die einzige Möglichkeit sehen, für seine Sicherheit zu sorgen, solange die Schützin nicht identifiziert und festgenommen ist. Und selbst dann könnten Çarçani und Gröber einen zweiten Killer beauftragen. Ich muss davon ausgehen, dass alle in Gefahr sind, die Ihnen etwas bedeuten. Begreifen Sie, was ich Ihnen sage?«

In einem alten Spiegel über dem Kamin sieht Cutter Flints starres Gesicht und sein eigenes Spiegelbild, und er schaut weg.

»Es sei denn«, sagt er nachdenklich, als wäre ihm gerade eine Idee gekommen.

34

Flint wird vom Klingeln des Telefons wach und hört mit halbem Ohr, wie Cutter sagt, Moment, er müsse die Tür zumachen. Die Uhr auf dem Nachttisch zeigt kurz vor zehn, was bedeutet, dass sie fast elf Stunden durchgeschlafen hat. Sie liegt in Cutters Bett, genießt einen Moment lang das Gefühl von Ausgeruhtsein – bis die Erinnerung an die Geschehnisse der letzten Nacht sie wieder einholt.

Ich muss Sie gehen lassen, hatte Cutter gesagt und ihr dann einen Rettungsring zugeworfen: *Es sei denn* … Und dann hatte er sich geweigert, mehr zu sagen, und sie hatte ihn vor lauter Frustration praktisch angebrüllt: »Verdammt nochmal, Aldus, treiben Sie keine Psychospielchen mit mir. Es sei denn, was?«

»Vergessen Sie's. Ich hab mich da vergaloppiert.«

Danach hatte er gar nichts mehr gesagt, wie sehr sie ihn auch bedrängte, und schließlich hatte sie aufgegeben und war wortlos ins Bett gegangen.

»Wir reden morgen weiter«, war das Letzte, was er ihr noch hinterhergerufen hatte.

Worauf Sie sich verlassen können, denkt sie und ist schlagartig hellwach. Sie schlägt die Decke zurück, eilt ins Bad, um sich Wasser ins Gesicht zu klatschen und den Bademantel aus dem Buccaneer Hotel anzuziehen. Auf nackten Füßen marschiert sie durch den Flur Richtung Küche und sieht, dass die Tür geschlossen ist. Sie wird langsamer, schleicht sich näher heran und lauscht, ob Cutter noch immer telefoniert. Offenbar ja, denn sie hört eine leise Stimme. Sie überlegt noch, ob sie die Tür öffnen und ihn unterbrechen soll oder lieber abwarten, bis er das Gespräch beendet, als ihr irgendetwas – ihr sechster Sinn – plötzlich ein Kribbeln über den Rücken jagt.

Der Rhythmus stimmt nicht und auch nicht die Tonhöhe. Wer auch immer da in Cutters Küche telefoniert, es ist nicht Cutter. Jetzt fällt ihr auch ein, dass es noch keinen Arbeitstag gegeben hat, an dem Cutter nicht um sieben Uhr morgens im Büro war – und jetzt schleicht sie weg von der Tür, von einer möglichen Gefahr; schleicht über den Flur bis zum Schlafzimmer, schlüpft hinein, drückt geräuschlos die Tür zu, schließt ab. Sie lehnt sich mit dem Rücken gegen die Tür und zwingt ihr Gehirn zu arbeiten.

Wer ist das, und wie zum Teufel ist er hier reingekommen? Hat Cutter irgendwo eine Pistole versteckt?

Klar hat er, und jetzt öffnet sie hastig die Türen zu Cutters Kleiderschrank, durchwühlt die ordentlichen Stapel mit Unterwäsche und Socken, mit Taschentüchern, Pullovern und akkurat gefalteten Hemden, die noch in der Zellophanverpackung von der Reinigung stecken. Nichts, und auch nicht in den Taschen seiner Jacketts und Jacken und Mäntel oder in den penibel aufgereihten, blank polierten Schuhen. Sie sieht in den Schubladen der Nachtschränkchen nach und findet Manschettenknöpfe, Kleingeld, Nagelscheren und anderen Schnickschnack sowie ein Döschen mit irgendwelchen Tabletten – aber nichts, das sich auch nur irgendwie als Waffe benutzen ließe. Sie tastet unter der Matratze herum, schaut unters Bett, sieht hinter den gerahmten Drucken an der Wand nach. Nichts.

Komm schon, Aldus, wo hast du deine Pistole versteckt?

Schließlich gibt sie die Suche auf und zieht sich hastig an. Wenn sie schon unbewaffnet kämpfen muss, dann nicht im Bademantel; zu viel loser Stoff, den ein Gegner packen kann. Stattdessen zieht sie die Hose ihres anthrazitgrauen Anzugs an und rollte die Beine so weit auf, dass sie eng um ihre Waden liegen. Aus Cutters Schrank borgt sie sich ein weißes T-Shirt, das ihr viel zu groß ist, weshalb sie es mit einem seiner Gürtel in der Taille festzurrt. Ein Blick in den Badezimmerspiegel zeigt ihr eine Gestalt, die vage wie ein Samurai aussieht, ein Samurai ohne Schwert.

Denk nach, denk nach!

Hinter dem Spiegel ist ein Schrank, in dem sie eine spitze Schere mit acht Zentimeter langen Klingen findet, und eine Flasche Aftershave, das sich vielleicht für einen Angriff auf die Augen eignet. Besser als nichts, denkt sie.

Jetzt nimmt sie ihr Handy, setzt sich auf den Toilettendeckel und wählt die Nummer von Cutters Anschluss im Marscheider-Gebäude. Es klingelt zweimal, dann verändert sich der Rufton, weil der Anruf weitergeleitet wird.

»Bereitschaft.«

In kaum mehr als einem Flüsterton sagt sie: »Hier spricht DD Flint. Ich muss Director Cutter sprechen.«

Kurzes Schweigen am anderen Ende, und sie stellt sich vor, wie der Officer auf seinen Computermonitor schaut, um zu überprüfen, von wo der Anruf kommt.

»Director Cutter ist unterwegs, DD.«

»Wohin?«

»Nach Washington.«

Wo Jack ist, denkt sie bestürzt. »Warum? Was ist in Washington los?«

Wieder eine kurze Pause, dann: »Das kann ich Ihnen nicht sagen, Ma'am.«

»Ist er in der Luft? Können Sie mich dann zu ihm weiterverbinden?«

»Ich kann es versuchen.«

»Bitte tun Sie das.«

Während Flint wartet, geht sie ins Schlafzimmer und lauscht an der Tür.

»Ma'am?«

»Moment«, flüstert sie und huscht zurück ins Bad. »Okay, ich höre.«

»Ich kann Director Cutter nicht erreichen. Anscheinend hat sein Handy im Moment keinen Empfang.«

Sie hört das Geräusch des Türknaufs im Schlafzimmer, der langsam gedreht wird.

»Ma'am? DD, ist alles in Ordnung?«

»Warten Sie«, sagt sie so leise, dass sie nicht weiß, ob er sie überhaupt gehört hat. Nicht zu ändern. Sie lässt das Handy auf dem Toilettendeckel liegen und läuft ins Schlafzimmer zurück, bezieht Position neben der Tür, aber weit genug entfernt, um nicht von splitterndem Holz getroffen zu werden, falls sie aufgebrochen wird. Das Schloss, da ist Flint sicher, würde nicht standhalten, wenn jemand sich mit der Schulter gegen das Türblatt wirft. Sie wartet und sieht, wie sich der Türknauf erneut langsam dreht.

Sie steht lange da, die Schere in der rechten Hand erhoben wie einen Dolch. Dann, nach einer halben Ewigkeit, hört sie ein einzelnes Hüsteln, das aus halber Höhe des Flurs zu kommen scheint und ihr verrät, dass der Eindringling wieder Richtung Küche gegangen ist.

»Hallo?« Zurück im Bad, das Handy am Ohr, sucht sie fieberhaft nach anderen Möglichkeiten. »Verbinden Sie mich mit Rocco Morales.«

»Sorry, geht nicht. Der ist mit Director Cutter unterwegs.«

»Scheiße!«

Nach kurzem Zögern fragt der Mann vom Bereitschaftsdienst. »DD, stecken Sie in Schwierigkeiten? Kann ich irgendwas tun?«

Ja, würde sie am liebsten sagen, *schicken Sie mir die Kavallerie* – aber dann müsste sie angeben, dass sie in Cutters Wohnung ist, dort die Nacht verbracht hat, und ihr ist völlig klar, dass im Marscheider-Gebäude schon genug über ihre Beziehung zu Cutter spekuliert wird, mehr als genug.

»Kennen wir uns?«, fragt sie.

»Ich bin Fletcher«, sagt er. »Wir sind uns auf der Neujahrsparty vorgestellt worden, aber wahrscheinlich erinnern Sie sich nicht mehr an mich.«

Doch Flints Namensgedächtnis ist beinahe unheimlich, und jetzt lässt sie Fletcher durch ihre Erinnerungsdatenbank laufen. Sie sieht einen Mann mit freundlichem Gesicht und Sommersprossen auf den Wangen und einem lockigen rotbraunen Haarschopf.

»James, nicht? James Fletcher. Sie sind von der Drogenfahndung zu uns gekommen.«

»Ja, Ma'am.«

»Und Ihre Frau heißt Lucy, hab ich recht? Ist sie noch immer bei der Staatsanwaltschaft?«

Fletcher lacht leise. »Donnerwetter, ich bin beeindruckt, DD, schließlich haben wir höchstens zwei Minuten miteinander geredet.«

»Na ja, wie Sie merken, haben Sie einen bleibenden Eindruck hinterlassen, James. Und jetzt muss ich Sie um etwas bitten.«

»Was denn?«

»Ich bin vor der Wohnung von Director Cutter. Ich wollte ein Päckchen abgeben und sehe hier Spuren eines Einbruchs. Ich werde jetzt reingehen, um nachzusehen, und ich möchte, dass Sie in der Leitung bleiben, und wenn Sie mich lauthals schreien hören –«

»Wollen Sie nicht lieber warten, bis ich Verstärkung geschickt habe?« Fletchers Stimme klingt plötzlich aufgeregt.

»Dazu ist keine Zeit.«

»Zehn Minuten, höchstens fünfzehn.«

»James, ich gehe jetzt rein. Hören Sie einfach nur mit, und falls Sie irgendwas hören, was Ihnen zu denken gibt, dann schicken Sie alles, was wir haben.«

»Ich finde wirklich, Sie sollten …«, sagt Fletcher noch, doch Flint hört nicht mehr zu. Das Handy ist an Cutters Gürtel gehakt, die Schere steckt in der Hosentasche. Sie hat die Aftershave-Flasche aufgeschraubt – ihre Hauptwaffe, wie sie beschlossen hat –, und jetzt schließt sie die Schlafzimmertür auf, atmet zweimal tief durch und tritt nach draußen. Sofort nimmt sie zweierlei wahr: den frischen Kaffeeduft und das Pfeifen, eine disharmonische Version von »Danny Boy«, die sie auf der Stelle erkennt.

Sie ist fassungslos. »Crawdaddy?«, ruft sie. »Das gibt's doch nicht …«

Und schon taucht das grinsende Gesicht von Jerry Crawford aus der Küche auf.

Crawford hat abgenommen, stark abgenommen. Als sie ihn voller Freude und ungemein erleichtert umarmt, spürt Flint seine knochigen Schulterblätter.

»Tu ich dir weh?«, fragt sie, als sie an die Hautverpflanzungen auf seinem Rücken denkt.

»Höllisch, aber hör nicht auf.«

Flint fällt ein, dass sie ja nicht allein sind. Sie lässt Crawford los, zieht das Handy vom Gürtel und sagt: »James, falscher Alarm.«

»Hab ich mir schon gedacht.«

»Falls Sie also, wovon ich überzeugt bin, die Hunde bereits losgelassen haben, können Sie sie wieder zurückpfeifen.«

»Schon geschehen.«

»Und James?«

»Ja, Ma'am?«

»Wenn ich Ihnen das nächste Mal sage, Sie sollen sich nicht an die Vorschriften halten, hören Sie einfach wieder nicht auf mich. Und grüßen Sie Lucy von mir und bestellen Sie ihr, sie bringt es mit Sicherheit mal bis zur Oberstaatsanwältin, wenn sie auch nur halb so clever ist, wie ich glaube. Und jetzt lassen Sie uns allein.«

»Verstanden«, sagt Fletcher und legt auf.

Während Sie Kaffee trinken, ruft Flint im Children's Hospital an, doch Jacks Zustand ist unverändert. Dann sagt sie, sie möchte einen Spaziergang machen, sich mal richtig durchpusten lassen. Flint und Crawford fahren mit dem Taxi zum Central Park, und erst als sie in den Strawberry Fields herumschlendern, fragt sie ihn, was denn eigentlich los sei.

»Ich muss dir was über die Schützin erzählen«, setzt Crawford langsam an, als stünde er am Beginn einer langen Reise und müsse sich seine Kräfte einteilen. »Etwas, was keiner weiß, außer Cutter und mir. Ach so, und Blade. Der weiß das meiste.« Er sieht die Überraschung in ihrem Gesicht.

»Singleton? Was hat Al denn damit zu tun? Ich kapier gar nichts mehr.«

»Dann hör gut zu«, sagt Crawford, »damit sich das ändert.«

In der Nacht als auf Jack geschossen wurde, hatte Crawford mit Cutter telefoniert und davon gesprochen, dass er bald wieder anfangen wolle zu arbeiten – was Christie einfach lächerlich fand, weil er von den vielen Medikamenten, die er nehmen musste, immerzu todmüde war. Cutter war vermutlich derselben Ansicht, obwohl er sich am Telefon optimistisch gab. Dann hatte er einen Anruf auf dem Handy bekommen und gesagt, er müsse weg, und es hatte noch zwei Tage gedauert, ehe Crawford durch einen Anruf von Rocco Morales erfuhr, was passiert war.

»Daraufhin hab ich Cutter angerufen und gesagt, ich würde nach New York zurückkommen, um an dem Fall mitzuarbeiten. Und er hat gesagt: ›Nein, tun Sie das nicht, weil ich vielleicht Ihre Hilfe brauche, und dazu müssen Sie inoffiziell bleiben‹. Er hat gesagt, ich soll in Orlando bleiben, am Telefon, auf seinen Anruf warten.«

Flint hatte versprochen, keine Zwischenfragen zu stellen, aber allmählich kommt sie nicht mehr mit. »Inoffiziell bleiben?«

»Weiterhin krankgeschrieben, ahnungslos. Jemand, den man notfalls auch verleugnen kann.«

»Aha«, sagt sie, obwohl sie noch immer nicht weiß, worauf das hinausläuft.

Am Abend darauf, genauer gesagt, mitten in der Nacht, sagt Crawford, habe Cutter angerufen und ihn gebeten, nach Miami zu fahren, um dort mit einem legendären ehemaligen Detective bei der Mordkommission namens Al Singleton, genannt Blade, zu sprechen.

»Cutter wollte eine zweite Meinung einholen. Er hat gesagt: ›Rocco vermutet, das war die Arbeit einer professionellen Scharfschützin, und da Blade mal Scharfschütze bei den Marines war, mit fünfzehn bestätigten Abschüssen, kann er das besser beurteilen.‹ Aber Cutter wollte auch, dass Blade alles über die Ermittlung erfährt, und deshalb war schon ein FedEx-Päckchen zu mir unterwegs, mit dem Bericht der Spurensicherung, Bildern der mutmaßlichen Täterin und zweitausend Dollar in bar, aus Cutters Schmiergeldkasse, um meine Kosten zu decken. Er meinte, ich sollte Christie mitnehmen und uns ein hübsches Hotel suchen.«

Sie waren also nach Miami gefahren und hatten sich in Erinnerung an alte Zeiten im Buccaneer Hotel in Coconut Grove ein Zimmer genommen. Am späten Nachmittag trafen sie sich dann mit Blade und seiner Frau June in South Beach in einem Lokal namens Lola, wo Blade mehr oder weniger wie ein Ehrengast behandelt wurde. »Die Leute im Lola verehrten Blade«, sagt Crawford, knieten praktisch vor ihm nieder, wegen einer Sache, die zwei Jahre her war. Damals war er noch bei der Mordkommission gewesen und hatte mal mit June im Lola ihren Geburtstag gefeiert. An dem Abend waren auch ein paar Männer dort, Drogendealer aus Kolumbien, wie sich später herausstellte, und irgendwie kam es zum Streit. Einer von ihnen zog eine Waffe, wedelte damit herum, und im Lokal brach Panik aus, bis Blade sich einschaltete. In Miami müssen Detectives auch eine Waffe tragen, wenn sie außer Dienst sind, und Blade hatte so eine kleine Pistole im Wadenholster. Die hat er dem Kolumbianer gezeigt und gesagt, er soll sich beruhigen, und der Kolumbianer hat ihn angesehen, als wollte er sagen, *Was willst du denn mit dem Spielzeug da anrichten?* Vielleicht hat er auch noch mehr gesagt, vielleicht irgendwas über June. Jedenfalls hat Blade ihn in den Ellbogen geschossen, sodass er die Waffe fallen ließ, und ihn dann nach draußen befördert. Wie sich herausstellte, war er ein halbwegs wichtiger Importeur für das Cali-Kartell und wurde mit drei Haftbefehlen gesucht.«

»Jerry«, sagt Flint, »warum erzählst du mir das?«

»Wirst du gleich sehen«, antwortet Crawford. »Was du nämlich nicht weißt, was Rocco gestern auf Cutters Anweisung hin verschwiegen hat, ist, dass die Forensiker den Quarzsand aus dem Sandsäckchen der Schützin mit Proben aus Salzwassergebieten in den ganzen USA abgeglichen haben. Und dabei haben sie immerhin eine achtzigprozentige Übereinstimmung gefunden. Rate mal von wo?«

»Miami Beach«, sagt Flint, denn jetzt beginnt sie zu verstehen.

»Genau«, sagt Crawford. »South Beach, um genau zu sein. Also hat Cutter sich gedacht, wenn der Sand vom Strand von South Beach stammt, wieso sollte jemand extra nach Miami fahren, um dort ein Säckchen zu füllen, das er dann in Maryland benötigt, es sei denn, er kommt aus der Gegend? Deshalb meinte er, wir sollten uns mal umhören.«

»Und das habt ihr getan«, sagt Flint, bemüht, ihre Ungeduld zu zügeln.

»Nein.« Crawford schüttelt den Kopf. »Blade hatte eine bessere Idee. Er meinte, Luis soll sich mal umhören.«

»Luis?«

Es war folgendermaßen abgelaufen: Nach den Stone Crabs und den Prime-Rib-Steaks und ein paar Flaschen Merlot hatte Blade Luis, den Oberkellner im Lola, an ihren Tisch gerufen und gesagt: »Luis, tun Sie mir einen Gefallen?«, und Luis hatte gesagt: »Jeden.« Daraufhin hatte Blade ihm ein Foto von der mutmaßlichen Schützin gezeigt und gesagt: »Ich muss diese Frau finden, aber sie darf nicht wissen, dass ich nach ihr suche. Wahrscheinlich wohnt sie hier irgendwo, und vielleicht hat sie ja einen Lieblingsstrandabschnitt?« Tja, Luis scheint nachts nicht zu schlafen, denn kurz vor sieben am nächsten Morgen rief er Blade an. Luis sagte, im News Café arbeite ein Kellner namens Jimmy, der die Frau nicht nur kenne, sondern sogar wisse, wo sie wohne.

Eine halbe Stunde später saßen Crawford und Blade mit Jimmy an einem Tisch im News Café, spendierten ihm ein kräftiges Frühstück und hörten sich seine Geschichte an. Jimmy joggte leidenschaftlich gern. Jeden, aber auch jeden Morgen vor der Arbeit lief er mindestens acht Meilen am Strand entlang. Natürlich war er dort nie allein, aber die echten Läufer, die man bei wirklich jedem Wetter sah, waren nicht so zahlreich. Die Frau – die Frau auf dem Foto, die er schließlich als Courtney kennenlernen sollte – war zwar eine von ihnen, aber es gab immer wieder Phasen, wo sie zwei bis drei Wochen lang nicht auftauchte; verreist, wie Jimmy vermutete.

Sie war gut zehn Jahre älter als Jimmy, aber sie hatte einen durchtrainierten, sonnengebräunten Körper, der ihm gefiel, und so ließ er sich keine Gelegenheit entgehen, ihr sein Interesse zu bekunden: Blickkontakt, eine freundliche Begrüßung – *Hi, herrlicher Tag heute, was?* – so was eben. Sie reagierte stets völlig desinteressiert – das heißt, bis zu dem Morgen, als sie sich mal wieder über den Weg liefen, Jimmy seine üblichen Signale sendete und sie ihn nicht ignorierte, sondern sogar stehen blieb und ihn nach seinem Namen fragte. »Na, Jimmy«, sagte sie dann, »hättest du Lust, zum Frühstück mit zu mir zu kommen?« Und ob. Sie nahm ihn also mit zu einem Haus in der Nähe der 3rd Street und servierte ihm Joghurt und Honig. Dann ging sie mit ihm ins Bett und – »Entschuldige die Ausdrucksweise, Grace«, sagt Crawford, »aber so hat er es formuliert« – vögelte ihn bis zur Bewusstlosigkeit. Sie blieben den ganzen Tag im Bett – zum Glück hatte Jimmy frei, sonst hätte er seinen Job verloren. So gegen sechs Uhr abends schnauzte sie ihn plötzlich aus heiterem Himmel an, er solle sich anziehen und machen, dass er wegkomme. Am nächsten Morgen dann, als sie sich wieder am Strand begegneten, sah sie glatt durch ihn hindurch, als sei er Luft. Die folgenden zwei Tage liefen ebenso ab. Aber am dritten sprach sie ihn an, als wäre nie was gewesen, und sagte: »Jimmy, hast du Lust, mitzukommen und zu vögeln?«

So ging das ungefähr drei Monate lang. Courtney – ihren Nachnamen kannte er nicht – fiel entweder im Bett über ihn her, oder sie warf ihn aus dem Haus, als wäre er ihr lästig, und er konnte sich nie erklären, wieso. Schließlich hatte er die Nase voll. Eines Tages, als sie sich mal wieder in eine Schreckschraube verwandelte und ihm sagte, er soll verschwinden, weigerte Jimmy sich, aus dem Bett zu steigen. Sie schrie ihn an, aber er rührte sich immer noch nicht. Plötzlich flog die Schlafzimmertür auf, als hätte ein Maultier dagegen getreten, und eine zweite Frau kam herein; eigentlich noch ein junges Mädchen – sechzehn, höchstens siebzehn. Wie Jimmy bald erfahren sollte, war sie Courtneys Tochter, aber doppelt so massig wie ihre Mutter. Das war kein Fett, sondern reine Muskulatur – und sie hatte orangerotes Stachelhaar und Piercings in den Augenbrauen. Sie packte Jimmy wortlos bei den Haaren, hob ihn mit einer Hand aus dem Bett und ließ ihn fallen wie einen Kartoffelsack. Er rollte über den Boden, und sie versuchte, ihm zwischen die Beine oder in die Nierengegend zu treten, je nachdem, in welche Richtung er gerade schaute. Schließlich konnte er sich unters Bett verkriechen, und sie legte sich auf den Boden daneben und sagte: »Hör mal, du tust, was meine Mutter dir sagt, oder ich saug dir die Lunge durch die Nasenlöcher aus.«

»Das reichte Jimmy«, sagt Crawford. »Er hat sich seine Sachen geschnappt und ist abgehauen, nackt, wie er war. Und weißt du was?« Er ist sichtlich erschöpft vom Erzählen, und Flint geht mit ihm zu einer Bank. Als er wieder zu Atem gekommen ist, sagt Crawford: »Jimmy geht nicht mehr joggen. Zumindest nicht mehr am Strand von South Beach.«

Flint sieht sein müdes Gesicht und das schwache Lächeln, das er sich abringt, und sagt: »Lass uns zurück zu Cutters Wohnung fahren. Du musst dich ausruhen.«

»Ich ruh mich im Flugzeug aus. Unsere Maschine geht in …« Crawford blickt auf seine Uhr »… knapp vier Stunden.«

»Unsere Maschine?« Sie muss nicht erst fragen, wohin die Reise geht.

»Grace, heute ist Freitag, nicht? Spätestens am Montag muss Cutter dem FBI von Courtney erzählen, und dann schicken die mit ihrer üblichen Zurückhaltung ein Sondereinsatzkommando hin, und Courtney wird entweder erschossen, oder sie lässt sich, wenn sie nur halbwegs bei Trost ist, festnehmen und schweigt wie ein Grab, bis irgendein raffinierter Anwalt sie auf Kaution rausholt und sie untertaucht. Dann erfahren wir nie, wer ihr Auftraggeber war. Du und ich und Blade, wir haben zwei Tage Zeit, um einen Weg zu finden, wie wir sie zum Reden bringen.«

Flint weiß nicht mehr, was sie denken soll. »Das ist doch verrückt. Du weißt ja nicht mal, ob sie überhaupt da ist.«

»Doch, ist sie. Blade lässt sie seit gestern Morgen überwachen.«

»Nein, Jerry, ich kann nicht. Ich muss wieder zu Jack.«

»Wozu denn? Um ihn durch eine Glasscheibe zu beobachten und dir Selbstvorwürfe zu machen?«

Vor Zorn röten sich ihre Wangen, aber irgendwas hindert sie, die wütenden Worte auszusprechen, die ihr den Sinn kommen. »Jerry, ich muss –«

»Jack braucht dich nicht, Grace, weil du im Moment nichts für ihn tun kannst. Aber der Fall braucht dich, ich brauche dich. Cutter kann niemanden offiziell nach Miami schicken, weil es offiziell kein Fall für die Strike Force ist. Aber ich bin krankgeschrieben, und du bist beurlaubt, und wenn wir aus eigenem Antrieb beschließen, irgendeiner dünnen Spur nachzugehen, dann ist das unsere Sache. Falls es schiefgeht, kriegen wir mordsmäßig Ärger, aber wir sind inoffiziell, Grace, nur wir. Du musst mitkommen.«

Crawfords Logik leuchtet ihr ein. Und im Grunde wünscht sie sich nichts sehnlicher, als vor dem Haus der Schützin in der Nähe der 3rd Street zu stehen und den Zugriff vorzubereiten, mit aller erforderlichen Härte. Wenn da nur Jack nicht wäre.

»Tut mir leid«, sagt sie schließlich. Sie tätschelt Crawfords Knie, steht von der Bank auf und geht los.

»Wo willst du hin?«

»Washington«, sagt sie, ohne sich umzudrehen.

»Ganz wie du willst«, ruft Crawford ihr nach, »aber du solltest wissen, dass Jack nicht mehr da ist.«

Es dauert einen Moment, bis die Botschaft bei ihr ankommt. Dann bleibt sie abrupt stehen und wirbelt herum. »Was hast du gesagt?«

Crawford sitzt noch immer auf der Bank, hat die Beine gekreuzt und inspiziert die Fingernägel der linken Hand. »Cutter wird das Gefühl nicht los, dass die Gegenseite jemand Neuen beauftragen wird, Jack auszuschalten, und das macht ihn nervös. Deshalb ist er heute Morgen mit Rocco nach Washington geflogen und hat deinen Jungen in ein anderes Krankenhaus verlegen lassen. Ein Krankenhaus auf einem Militärstützpunkt, der von Elitesoldaten mit richtig beängstigenden Waffen bewacht wird.«

Sie traut ihren Ohren nicht. »Wo?«, fragt sie ungläubig.

»Ich weiß es nicht, Grace – und wenn doch, würde ich es dir nicht sagen. Du erfährst es Montag. Nachdem wir mit Courtney geredet haben.«

MIAMI

35

Al »Blade« Singleton, der zwanzig Jahre lang die Mordkommission der Polizei von Miami geleitet hat, vertreibt sich im Ruhestand die Zeit als Privatdetektiv, solange seine Frau noch bei der Mordkommission arbeitet. Sobald auch sie in Rente geht, werden sie Florida den Rücken kehren und sich in den Blue Ridge Mountains in Tennessee niederlassen. Als Flint mit Crawford aus dem Terminal am Miami International Airport in die schwülwarme Nachtluft tritt, sieht sie seine erschreckend magere Gestalt, die neben einem Ford Mustang steht, die Hände auf dem Dach gefaltet. Al parkt im absoluten Halteverbot und plaudert mit einer Verkehrspolizistin, die keinerlei Anstalten macht, ihn zur Weiterfahrt zu drängen.

»Officer, Sie sollten den Mann festnehmen«, sagt Flint und erntet ein jungenhaftes Grinsen von Blade.

Er hat Sorgenfalten in den Augenwinkeln, sein Haar wird an den Schläfen grau, und als er um den Wagen herumkommt, um sie zu umarmen, sieht sie den ersten Hauch eines Bauchansatzes. Ansonsten wirkt er so fit und jugendlich wie auf den Fotos, die sie kennt und die ihn als Scharfschützen der Marines in Vietnam zeigen. Als Flint noch für die Londoner Polizei arbeitete und vom britischen Konsulat in Miami als Verbindungsperson eingesetzt wurde, brachte Blade ihr das Schießen bei.

»Weswegen denn festnehmen?«, fragt die Polizistin gut gelaunt. Auf dem Namensschild ihrer Uniform steht Díaz, und so jung wie sie ist, könnte sie Blades Tochter sein.

»Weil er so tut, als wäre er ein alter Mann. Er hat sich seinen Ruhestand und die Pension unter Angabe falscher Tatsachen erschlichen.«

»Tja, dafür bräuchte ich Beweise«, sagt Díaz.

»Beweise? Sehen Sie ihn sich doch an!«

Díaz legt den Kopf schief und betrachtet Blade von oben bis unten. Dann geht sie langsam um ihn herum, mustert ihn gründlich, und Flint, die es ihr nachtut, sagt: »Sehen Sie sich diesen Hintern an.« Díaz äußert sich anerkennend zu seinen Beinen und meint dann: »Muss wohl ein Fall von Vorruhestand sein.«

Oder eine Verwechslung, schlägt Flint vor, und sie frotzeln weiter herum, bis er schließlich bettelt: »So, Mädchen, es reicht!«

Flint legt ihm lachend beide Hände auf die Schultern, küsst ihn auf die Wange und sagt: »Ich bin so froh, dich zu sehen.«

Ihre gute Stimmung ist nicht von Dauer. Sie sind im Auto Richtung Miami unterwegs, und Flint geht davon aus, dass sie den MacArthur Causeway nehmen, um über die Bucht nach South Beach zu fahren. Doch stattdessen biegt Blade auf die Interstate 95 Richtung Coconut Grove ein, und Flint begreift, dass es heute Abend nicht zur Konfrontation mit der Frau kommen wird, die höchstwahrscheinlich auf ihren Sohn geschossen hat. »Warum?«, fragt sie mürrisch von der Rückbank her. Weil das, was sie vorhaben, nicht gerade offiziell sei, erklärt Blade, und freitags abends gebe es wegen der vielen Besucher, die von Bars und Clubs und Restaurants angelockt würden, regelmäßige Polizeistreifen am Strand. Und er habe beileibe keine Lust, in eine Straßenkontrolle zu geraten und sich von den Cops in den Kofferraum schauen zu lassen.

»Weil?«

»Weil Jerry gesagt hat, ihr würdet keine Waffen mit ins Flugzeug nehmen, da ihr beide derzeit nicht im aktiven Dienst seid.

Deshalb hab ich eine Tasche im Kofferraum, deren Inhalt sich nicht so leicht erklären lässt.«

»Außerdem«, schaltet sich Crawford auf dem Beifahrersitz ein und blickt Flint im Rückspiegel an, »muss Blade uns erst mal auf den neuesten Stand bringen.«

»Genau. Wir essen was, ich erzähl euch, was ich über Courtney rausgefunden habe, und dann schlafen wir ein bisschen und fahren morgen früh zu ihr.«

»Ganz früh«, sagt Crawford.

»Wenn wir uns keine Sorgen mehr um Straßenkontrollen machen müssen«, sagt Blade. Flint sieht, wie die beiden einen Blick wechseln, und wittert eine Verschwörung.

»Na toll!«, sagt sie. »Und was ist, wenn Courtney abhaut, während wir essen und schlafen?«

Crawford dreht sich im Sitz um und sieht sie an. »Ausgeschlossen, Grace. Das würden wir mitkriegen.«

»Ach ja? Und wieso, wenn ich fragen darf?«

»Weil Blade eine Wanze in ihrem Telefon hat und einen Peilsender in ihrem Auto und drei Leute, die ihr Haus beobachten. Richtig, Blade?«

»Vier Leute, um genau zu sein. Vorn und hinten. Sie kann nirgendwohin.«

»Siehst du, Grace?«

Flints Frustration und das Gefühl, ausmanövriert worden zu sein, sind schwer zu ertragen. Sie möchte sie fragen, *Habt ihr zwei die Nummer eingeübt, oder improvisiert ihr einfach munter vor euch hin?* Aber was würde das bringen? Sie verstummt und schaut aus dem Seitenfenster, sieht gelangweilt, wie die vertrauten Wahrzeichen der Skyline von Miami vorbeiziehen.

In Coconut Grove hat Crawford drei Zimmer reserviert. Beim Einchecken vereinbaren sie, sich in zwanzig Minuten im Le Café im Erdgeschoss zu treffen, wo das Essen sowohl schickimicki als auch überteuert ist. Aber Flint verbindet eine wohltuende Erinnerung mit dem Lokal. Als sie das vorletzte

Mal dort war, hielt sie unterm Tisch eine halbautomatische Pistole auf den Schritt eines russischen Mafioso namens Aleksei Rykov gerichtet, während Cutter ihn munter davon in Kenntnis setzte, dass sie weder ein Ehepaar waren noch seine Komplizen bei dem Versuch, gefälschte Hundertdollarscheine zu waschen, sondern FBI-Agenten – »Und du kleiner Scheißkerl, du bist verhaftet.« Der Ausdruck totaler Fassungslosigkeit in Rykovs Gesicht ist ihr noch heute lieb und teuer.

Aber es gibt andere Bilder von der Operation damals im Buccaneer Hotel, die sehr viel dunkler sind: Bilder, die sie vergessen möchte, die sie aber in der vertrauten Umgebung des Zimmers wieder heimsuchen. Die sie in der Minibar nach flüssigem Trost suchen lassen. Sie kommt eine Viertelstunde zu spät ins Restaurant und ist ein bisschen beschämt, als sie erfährt, dass Crawford und Blade so höflich waren, mit der Bestellung auf sie zu warten. Sie sagt, sie hat nicht viel Hunger, aber Lust auf Wein.

Während die beiden Männer herzhaft zugreifen, schiebt sie ihr Essen auf dem Teller herum. Sie erzählen Anekdoten von früheren Einsätzen, doch Flint ist schweigsam. Sie fühlt sich ausgeschlossen, weil Crawfords und Blades gute Laune so gar nicht zu ihrer betrübten Stimmung passt.

Schließlich sagt sie: »Hört mal, können wir anfangen? Ich muss wirklich ins Bett.«

Klar, beteuern sie und schieben hastig ihre Teller beiseite. Zwei Kellner räumen den Tisch ab und bieten Kaffee an, den sie alle drei ablehnen. Blade wartet, bis die Kellner außer Hörweite sind, und fängt dann an: »Ich erzähl euch die Kurzversion, zu mehr reicht die Zeit nämlich nicht.« Er hat keine Akte, in der er nachschlagen kann. Alles, was er ihnen über die Schützin erzählt, hat er im Kopf.

Courtney Mary Morrison, sagt er. Geboren am siebzehnten Oktober 1966 in Tacoma, Washington, als einziges Kind von Frank und Velma Morrison. Frank war Vertreter für Singer-

Nähmaschinen und viel unterwegs. Velma war Näherin und arbeitete nach Courtneys Geburt zu Hause. Beide waren anständige Leute, aber Frank arbeitete hauptsächlich auf Provision, und sie hatten finanzielle Probleme. Velma musste jeden Dollar umdrehen, damit sie über die Runden kamen. Vielleicht verschwand sie deshalb. Am Morgen des sechsundzwanzigsten November 1977, also kurz nach Courtneys elftem Geburtstag, verließ Velma das Haus, um einige Kleidungsstücke auszuliefern, und kam nie wieder. Vielleicht hatte sie einen anderen Mann kennengelernt. Oder ihr war irgendwas zugestoßen. Auf jeden Fall blieb sie verschwunden. Auf der FBI-Webseite wird sie noch immer als vermisst aufgeführt. Ebenso wie ihr Auto, ein weißer Buick Nevada, Baujahr 1969, fast zweihunderttausend Meilen auf dem Tacho, die Kotflügel rechts und links, vorn und hinten verbeult. Velma, so sagt Blade, war berüchtigt für ihr unorthodoxes Einparken.

Crawford grinst. »Na, Blade, geht's nicht noch ein bisschen detaillierter?«

Flint, deren Mutter gleichfalls verschwand, als sie noch ein Kind war, hört mit weißem Gesicht zu. Die Vorstellung, etwas von solcher Tragweite mit der Schützin gemeinsam zu haben, kommt ihr obszön vor. Es fällt ihr schwer, sich zu konzentrieren, während Blade weiterredet.

Nach Velmas Verschwinden versuchte Frank einige Monate lang – über die Weihnachtstage und bis ins neue Jahr hinein – sein Kind zu versorgen und seinem Beruf nachzugehen. Es ging nicht, und Mitte Januar 1978 nahmen Velmas Schwester Vera und ihr Mann Hans das Kind zu sich. Das Ehepaar lebte rund zweihundert Kilometer südlich von Tacoma in Portland, Oregon. Hans Petersen arbeitete als Sicherheitschef am Flughafen in Portland, nachdem er zwanzig Jahre beim Militär gewesen war. Vielleicht ging Courtney deshalb gleich nach dem High-School-Abschluss in Portland zur Army.

Blade unterbricht seinen Monolog, um eine Falte in der Leinentischdecke glatt zu streichen. »Über ihre Laufbahn in der Army weiß ich nur wenig. In der Grundausbildung tat sie sich als ausgezeichnete Schützin hervor, mit einer beeindruckenden Trefferquote unter simulierten Kampfbedingungen, sechsunddreißig von vierzig beweglichen Zielen aus Entfernungen bis hundert Metern. Das ist an sich schon außergewöhnlich, und erst recht für eine junge Frau, die frisch von der High School kommt und noch nie eine Waffe in der Hand hatte. Diese Ziele tauchen nämlich gleichzeitig auf, immer zwei oder noch mehr auf einmal, und man hat nur den Bruchteil einer Sekunde Zeit zu entscheiden, in welcher Reihenfolge man sie anvisiert.«

»Wie haben Sie sich denn in der Grundausbildung geschlagen?«, fragt Crawford.

»Bei weitem nicht so gut, und doch wurde ich für die Scharfschützenausbildung ausgewählt. Sie nicht, weil unsere Regierung in ihrer Weisheit weiblichen Soldaten weder die Teilnahme an Kampfeinsätzen erlaubt noch die Ausbildung zur Scharfschützin. Also entschied sie sich für die zweitbeste Alternative: Sie lernte, leichte Feuerwaffen zu reparieren. Soviel ich weiß, hat sie in den folgenden drei Jahren jeden Tag mit Waffen gearbeitet, hat sie zerlegt, repariert, wieder zusammengebaut und Probe geschossen. Ich sage euch, die Lady versteht was von Waffen.«

»Sie ist keine Lady, Al«, sagt Crawford rasch. »Ladys schießen nicht auf Kinder.«

Blade scheint durch die Unterbrechung irritiert. Dann bemerkt er den gequälten Ausdruck in Flints Gesicht und sagt: »Stimmt, sagen wir so: Dieses verdammte Miststück versteht was von Waffen.«

»Schon besser«, sagt Flint und zwingt ihren Mund zu einem kurzen Lächeln, um die Anspannung zu lockern. »Verdammtes Miststück trifft es meiner Meinung nach nicht ganz, Al, aber die Richtung stimmt.«

Die Männer schmunzeln, während Crawford den Rest Wein

aus der Flasche verteilt. Blades Handy vibriert auf dem Tisch, und er nimmt den Anruf entgegen. »Ja«, sagt er und hört dann schweigend zu. Einer seiner Beobachter macht Meldung, vermutet Flint.

»Sie ist ins Bett gegangen«, erklärt Blade, als er aufgelegt hat. »Keine Spur von Melinda.«

»Und wer ist Melinda?«

»Dazu komme ich gleich«, sagt er.

Im Juli 1987 wurde Private Courtney Morrison mit zwanzig Jahren ehrenhaft aus der Army entlassen. Blade räumt ein, dass er nicht weiß, was danach geschah, außer dass Morrison dreizehn Monate später in einem Krankenhaus in New Orleans eine Tochter zur Welt brachte, Melinda. In der Geburtsurkunde wurde die Identität des Vaters als »unbekannt« ausgewiesen.

Und dann verschwinden Courtney und Melinda von der Bildfläche, und in sämtlichen öffentlichen Unterlagen, die bislang durchforstet wurden, findet sich keinerlei Hinweis auf sie. Jedenfalls bis zum Mai 2001, denn da unterschrieb Courtney einen einjährigen Mietvertrag für das Haus in South Beach, beantragte einen in Florida ausgestellten Führerschein und meldete Melinda in der Schule an. In jedem von ihr unterschriebenen offiziellen Dokument gab Courtney ihren Beruf mit »freiberufliche Designerin« an. Und im Juni 2002 kaufte sie das Haus für fünfhundertfünfzigtausend Dollar.

»Das war einen Monat nach dem Mord in Tucson«, stellt Flint fest.

»Siebenundzwanzig Tage, um genau zu sein.«

»Hat sie bar bezahlt?«

»Zweihunderttausend in bar. Für den Rest hat sie ein Darlehen aufgenommen, was kein Problem war, da sie durch Bankauszüge und den Steuerbescheid vom Vorjahr belegen konnte, dass sie um die hunderttausend im Jahr verdient.«

»Gut zu wissen«, sagt Crawford. »Dass sie Steuern zahlt, meine ich.«

»O ja, sie zahlt ihre Steuern, sie spendet für wohltätige Zwecke, sie geht wählen – sie ist übrigens eingetragenes Mitglied der Demokraten. Auf dem Papier ist sie in jeder Hinsicht eine Bilderbuchbürgerin. Es liegt nichts gegen sie vor, nicht mal eine unbezahlte Rechnung oder ein Knöllchen.«

»Na klar zahlt sie ihre verdammten Rechnungen.« Flint leert wütend ihr Weinglas in einem Zug. »Wenn du deinen Lebensunterhalt damit verdienst, Leute abzuknallen, dann hältst du deinen Vorgarten schön sauber. Dann lebst du so unauffällig, wie es nur geht.«

»Es sei denn, du hast eine Tochter wie Melinda«, sagt Blade.

Melinda sei ein Sorgenkind, erklärt er; ein brodelnder Vulkan, der in regelmäßigen Abständen ausbreche. In vier Jahren ist Melinda viermal von der Schule nach Hause geschickt worden, weil sie sich geprügelt hat und dabei extrem gewalttätig wurde. Im letzten Jahr musste die Polizei Courtney zweimal verständigen, weil ihre Tochter außerhalb der Schule in Schlägereien verwickelt war. Beim letzten Mal vor vier Monaten war sie nah dran, wegen schwerer Körperverletzung verhaftet zu werden. Und das wäre sie auch, wenn sie nicht eingewilligt hätte, eine Therapie zu machen.

»Dann ist Melinda die Schwachstelle, nicht?«, sagt Flint nach einem Moment. »Auf jeden Fall unsere Chance, durch die Haustür zu kommen, ohne sie eintreten zu müssen.«

»Wäre zu überlegen«, sagt Crawford, und Blade lächelt.

Flint liegt im Dämmerzustand irgendwo zwischen Schlafen und Wachen voll angezogen auf dem Hotelbett. Gegen ihren Willen durchlebt sie erneut die schlimmsten Augenblicke der Rykov-Operation im Buccaneer Hotel, als einer von Rykovs Leibwächtern, ein Schlägertyp namens Vladimir, eine MAC-10 Maschinenpistole auf ihren Kopf gerichtet und gesagt hatte: »Herkommen.« Sie war zu ihm gegangen, weil sie keine andere Wahl hatte – und weil sie dachte, dass sie ihn vielleicht würde ablenken können. Er hatte ihr zwischen die Beine gefasst und in die Brüste gebissen, hätte sie vergewaltigt, wenn ihn nicht der geballte Einsatz eines SEK-Teams daran gehindert hätte. Ehe Vladimir wusste, wie ihm geschah, hatte er schon eine Kugel im Kopf. Flint blieb körperlich unverletzt, trug aber tiefe Narben davon.

Sie kann nicht schlafen. Sie hat plötzlich den Drang, jemanden anzurufen, der kein Cop ist, und über Dinge zu reden, die nichts mit ihrer Arbeit zu tun haben. Sie würde ihren Vater anrufen – ehrlich – aber sie hat keine Ahnung, wo die britische Polizei ihn versteckt hat und wie sie ihn erreichen soll. Sie würde Dr. P. anrufen, aber es ist kurz vor vier Uhr morgens, und sie traut sich nicht. Sie hat keine Freundinnen oder zumindest keine, die sie anrufen kann. Keinen Partner, nicht mal hin und wieder einen Liebhaber. Sie fühlt sich völlig allein.

Die Zeit vergeht quälend langsam. Auf der Digitaluhr an ihrem Bett ist es drei Uhr achtundfünfzig. Flint schließt die Augen und meint, dass bestimmt fünf Minuten vergangen sein müssen, als sie sie wieder aufschlägt, doch die Uhr zeigt drei Uhr neunundfünfzig. Sie steht auf, geht ins Bad und dreht die Dusche auf. Sie lässt das heiße Wasser laufen, bis der Raum voller Dampf ist, zieht dann ihre zerknitterten Sachen aus und hängt sie an den Handtuchhalter, damit sich die Falten aushängen.

Nackt kehrt sie ins Schlafzimmer zurück und setzt sich an den Schreibtisch, um eine Nachricht zu schreiben, die sie unter Jerry Crawfords Tür hindurchschieben wird, ehe sie das Buccaneer Hotel verlässt:

Irgendwer hat mal gesagt: Zeit, die man mit Auskundschaften verbringt, ist selten verschwendet. Ich bin schon mal vorgefahren – zum Strand von South Beach.

36

Der Taxifahrer zuckt die Achseln und sagt: »Okay, ich hoffe, Sie wissen, was Sie tun«, und lässt sie an der menschenleeren Ecke Ocean Drive und 6th Street aussteigen. Bis Sonnenaufgang sind es noch gut dreißig Minuten, und der Himmel hat die Farbe von Asbest. Der Strand ist verlassen, jedenfalls sieht sie keine Menschenseele. Sie trägt eine weiß glänzende kurze Jogginghose, ein pinkfarbenes T-Shirt mit passender Baseballkappe, alle mit dem Emblem des Buccaneer Hotels versehen. »Sie könnten mir einen Riesengefallen tun«, hatte sie zum Nachtportier gesagt, und er ließ sich überreden, ihr das Fitnesscenter aufzuschließen, wo sie sich mit den nötigen Sportsachen eindeckte. Allerdings fand sie keine Laufschuhe, daher überquert sie den Strand jetzt barfuß. Die Wellen umspülen matt ihre Zehen, als hätte das Meer alle Energie verloren. Dabei fühlt eher Flint sich so. Das muss sich ändern, wenn sie das, was auf sie zukommt, überleben will. Sie muss ihren Adrenalinpegel in die Höhe treiben, indem sie sich auf den Feind konzentriert.

Hast du dir hier den Sand für das Säckchen besorgt, Courtney? Hast du dir hier überlegt, tja, das Ziel ist noch ganz klein, also muss ich besonders präzise schießen? Babys sind nämlich verdammt kleine Zielscheiben, nicht, Courtney? Zumindest auf eine Entfernung von dreihundert Metern und wenn du nicht weißt, wie stark der Wind ist. Haben Sie dir beim Militär Babyzielscheiben zum Üben gegeben? Oder ist das Schießen auf Babys eine ganz neue Dienstleistung, die du Kunden anbietest? Hast du durch dein Zielfernrohr gesehen, wie sein Körper zuckte? Wie hast du dich da gefühlt, Courtney? Schlecht? War es dir egal, weil du ja ein distanzierter Profi bist? Oder hast du vielleicht überhaupt keine Gefühle?

Mit wachsender Wut beginnt Flint, am Strand entlangzutraben. Sie ist nicht richtig fit, weil sie nur selten trainiert, aber an diesem Morgen treibt sie das Adrenalin an, und sie fühlt sich, als könnte sie einen Marathon laufen. Sie konzentriert sich gedanklich weiter auf Courtney und wird allmählich schneller. Unversehens hat sie das Südende des Strandes erreicht und macht kehrt. Und in diesem Moment sieht sie die Schützin.

Genauer gesagt, sie sieht eine ferne Gestalt, die ebenfalls am Strand läuft, zu weit weg, um sie klar zu erkennen. Aber sie weiß, dass es Courtney ist, weiß es instinktiv, und diese Gewissheit lässt sie schneller laufen. Wenn Courtney zwei Schritte macht, macht Flint drei.

Sie atmet ziemlich ruhig, und die Anstrengung in den Beinen ist noch gut auszuhalten. Sie holt unaufhaltsam auf.

Na, Courtney, was ist das für ein Gefühl? Jetzt, wo ich dich gefunden habe?

Eine Minute nachdem Crawford ihm am Telefon von Flints Alleingang unterrichtet und ihre Nachricht vorgelesen hatte, rief Blade Brendan Glees an, den Kopf des Beobachtungsteams in South Beach, und fragte, ob sich irgendwer dem Haus genähert habe. Nein, sagte Glees, alles totenstill. Dann gab Blade eine Beschreibung von Flint durch, erklärte, wer sie war und warum er sich ihretwegen Sorgen machte, und fragte, ob sie irgendwo in der Nähe gesehen worden war. Wieder verneinte Glees, und Blade fiel ein Stein vom Herzen – bis Glees hinzufügte: »Vielleicht ist sie am Strand.«

»Warum sollte sie denn am Strand sein, Brendan?«

»Weil Hotshot da ist.« Hotshot war ihr Codename für Courtney Morrison. »Die ist vor vierzig Minuten in ihren Joggingsachen aus dem Haus gegangen.«

Während seiner Zeit bei der Mordkommission war Al Singleton berühmt für seine Gelassenheit, aber selbst er kann aus der Haut fahren. »Dann, Brendan«, begann er noch ziemlich ruhig, obwohl seine Stimme ein wenig schneidend klang, »dann solltet ihr ja wohl auch dort sein, oder? Findest du nicht? Verdammt nochmal! Einer von euch beobachtet weiter das Haus, alle andere, bewegt eure Hintern und zwar sofort. Findet Redwing.«

»Und was sollen wir dann machen?«

»Passt auf sie auf. Und wenn es sein muss, hindert sie daran, irgendwelche Dummheiten zu machen.«

»Was für Dummheiten?«

»Zum Beispiel schwere Körperverletzung. Und«, ein letzter Gedanke, »ruft mich an, wenn ihr sie gefunden habt.«

Dann zog Blade sich hastig an, zerrte Crawford aus seinem Zimmer. Sie nahmen den Fahrstuhl ins Erdgeschoss und rannten durch die Lobby, als stünde das Hotel in Flammen. Jetzt sind sie in seinem Mustang und überqueren den MacArthur Causeway. Crawford sitzt am Steuer, während Singleton darauf wartet, dass sein Handy klingelt.

»Jerry, du glaubst doch nicht ernsthaft, dass Grace Hotshot am helllichten Tag angreift, oder?« Blade hofft, dass Crawford seine Befürchtung zerstreut.

»In ihrer derzeitigen Verfassung«, sagt Crawford, »würde ich es nicht ausschließen.«

»Dann gib Gas.«

Crawford sieht kurz auf den Tacho. Sie fahren jetzt schon hundertdreißig Stundenkilometer. Reflexartig blickt er in den Rückspiegel, rechnet schon fast damit, rotierendes Blaulicht zu sehen, aber hinter ihnen ist alles frei. Er tritt das Gaspedal weiter durch. Blades Handy klingelt, und er meldet sich sofort. »Brendan, wie ist die Lage?«, fragt er und lauscht dann aufmerksam mit unbewegter Miene.

Die Lage, wie Glees sie vor sich sieht, sind zwei Frauen auf einem ansonsten menschenleeren Strand, die nebeneinander herlaufen. Hotshot ist näher am Wasser. Redwing – Flints Deckname bei dieser Operation – zwanzig Meter links von ihr auf exakt gleicher Höhe. Immer wenn Hotshot schneller oder langsamer wird, tut Redwing es ihr nach. Wenn Hotshot stehen bleibt, die Hände in die Hüften stemmt und aufs Meer hinausschaut, bleibt auch Redwing stehen. Wenn Hotshot dem Meer den Rücken zuwendet und Redwing anstarrt, starrt Redwing zurück. Brendan Glees findet, Redwing könnte genauso gut ein Schild tragen mit der Aufschrift: *Ich beobachte dich* – und Hotshot ist sichtlich verstört. Sie scheint nicht zu wissen, was sie machen soll.

»Aber Redwing bleibt auf Abstand, ja?«

»Richtig.«

»Ausgezeichnet«, sagt Blade, wie so oft, wenn er sich freut. »Wir sind gleich da«, fügt er mit einem vielsagenden Blick zu Crawford hinzu, der erneut in den Rückspiegel sieht und das Gaspedal wider besseres Wissen noch etwas weiter durchtritt.

Na, was hast du vor?, denkt Flint, als Courtney endlich handelt. Ohne noch einmal in Flints Richtung zu blicken, dreht sie sich um und geht ins Meer, geht immer weiter, bis sie hüfttief von dem leichten Wellengang umspült wird. Jetzt schwimmt sie, krault mühelos aufs offene Meer hinaus, und Flint steht am Wasser, beobachtet sie und wartet, dass Courtney nach links oder rechts, Norden oder Süden abdreht. Aber sie dreht nicht ab. Sie bleibt stur auf Kurs Richtung Osten, als wollte sie zu den Bahamas, und mit jedem Armschlag ist sie vom Strand aus schlechter zu sehen. *Was soll das?*, fragt Flint sich jetzt nervös, und einen Moment lang fürchtet sie, es zu weit getrieben zu haben, dass sie gerade Zeugin eines Selbstmordes wird, dass Courtney eher ertrinken will, als sich festnehmen und verhören zu lassen.

Dann entscheidet sie: *Nein, das ist ein Bluff.* Sie zieht sich das T-Shirt aus, weil es sie beim Schwimmen nur behindern würde, und watet ins Wasser, verzieht das Gesicht, als sie die plötzliche Kälte spürt. Die Baseballkappe behält sie auf, als eine

Art Leuchtsignal, damit Courtney weiß, dass ihr Bluff nicht funktioniert hat.

Flint ist jetzt im tiefen Wasser und krault ebenso mühelos gen Osten. Befriedigt merkt sie, wie schnell sie durchs Wasser gleitet, und bildet sich schon ein, sie könnte das stundenlang durchhalten.

O ja, meldet sich eine nörgelnde innere Stimme, *und was ist die größte Distanz, die du je geschwommen bist?* Hundert Längen in einem mittelgroßen Becken, lautet die Antwort. Als sie zwölf Jahre alt war und eine Silbermedaille im Dauerschwimmen gewann.

Richtig, und was ist die längste Zeit, die du je im Wasser warst? Die Antwort auf diese Frage ist nicht beruhigender. Als junge unerfahrene Polizistin in London war sie spontan in die Themse gesprungen, um einen Mann zu retten, der von der Chelsea Bridge gesprungen war. Sie hatte ihn mitten im Fluss erreicht – und er wehrte sich nicht, weil er plötzlich doch nicht mehr sterben wollte –, aber die Flut drückte die Strömung flussaufwärts, und sie wurden fast bis nach Barnes getrieben, ehe die Polizeibarkasse kam und sie beide halbtot aus dem Wasser fischte. Flint hatte sich geschworen, *nie, nie wieder.*

Richtig, und wann war das nächste und letzte Mal, dass du geschwommen bist? In Australien, vor Hayman Island, in ihren Flitterwochen, als Mandrake – dieser verfluchte Mandrake – sie trotz ihrer Einwände überredet hatte, mit ihm tauchen zu gehen. Sie hatte nachgegeben, weil sie sich einbildete, ihn zu lieben, und ihn nicht enttäuschen wollte – und dann war ihr in zehn Metern Tiefe das Mundstück weggerutscht. Ihre Lunge hatte sich beim nächsten Atemzug mit Salzwasser gefüllt, Mandrake war nirgends zu sehen gewesen – natürlich nicht –, und sie hatte es kaum noch nach oben geschafft. Danach hatte Flint sich geschworen, nie wieder irgendwo zu schwimmen, wo sie nicht stehen könnte, und wenn doch, dann nur ganz nah am Beckenrand.

Sag ich doch.

Halt die Klappe.

Und was machst du dann hier mitten im Meer?

HALT DIE KLAPPE!

Abgesehen von ihrer warnenden inneren Stimme hält sie sich ganz gut, denkt sie. Sie hat einen regelmäßigen Rhythmus und schwimmt unbeirrt weiter.

Brendan Glees, der das Ganze vom Ocean Drive aus durchs Fernglas beobachtet, ruft Al Singleton an. »Blade, wo seid ihr? Ich hoffe nämlich, dass Redwing, wenn sie schon nicht fliegen kann wie ein Vogel, wenigstens schwimmt wie ein Fisch. Ansonsten brauchen wir ein Boot.«

Flint hat aufgehört zu schwimmen. Sie verwendet ihre ganze Energie und Konzentration darauf, irgendwie an der Oberfläche zu bleiben. Sie hat keine Ahnung, wo Courtney ist, keine Ahnung, wie weit sie vom Strand entfernt ist. Sie weiß nur, dass die Strömung sie erbarmungslos weiter aufs Meer hinaustreibt und dass der Wellengang stärker wird. Sie versucht, nicht auf die Viecher zu achten, die dann und wann ihre Beine streifen, versucht, ihre Panik unter Kontrolle zu halten.

So, Zeit für Plan B!, würde Cutter jetzt bestimmt sagen.

Sie hat aber keinen Plan B. Sie hofft, dass sie vielleicht von einer Segeljacht entdeckt wird, aber jedes Mal, wenn eine Welle sie hebt, sucht sie den Horizont ab und sieht nichts, gar nichts. Sie sagt sich, früher oder später – *bitte, lieber Gott, früher* – würde schon jemand das T-Shirt vom Buccaneer Hotel finden, das sie am Strand liegen gelassen hat, und zwei und zwei zusammenzählen und die Küstenwache alarmieren. Jerry und Blade hören sich jetzt sicher schon auf dem Ocean Drive um, ob irgendjemand sie gesehen hat, und irgendwer wird sich ganz bestimmt an die halbnackte Frau mit der Baseballkappe erinnern, die ins Wasser gewatet ist.

Meinst du wirklich? Sie hat keine Ahnung, was Jerry gemeint hat, als er ihr versprach, sie würden »ganz früh« aufbrechen. Hat er ihre Nachricht schon gefunden? Ist er überhaupt schon wach?

Um sich von solchen negativen Gedanken abzulenken – ehe die Panik übermächtig wird und sie anfängt, zu hyperventilieren –, stellt sie sich vor, sie wäre irgendwo anders, mit festem Boden unter den Füßen. Sie sieht sich in Dr. P.s stickiger Praxis am Broadway, wie sie in dem Sessel mit der kaputten Polsterung sitzt, und spinnt den Dialog für ihre nächste Sitzung aus.

Falls es noch eine gibt.

Halt die Klappe!

Sie sieht Dr. P.s wachsame Augen, die sie prüfend betrachten, und das wilde Silberhaar.

Fällt Ihnen auf, dass Sie sich unbewusst dafür entschieden haben, im Meer zu ertrinken, so wie Mandrake ertrunken ist? Glauben Sie, es gibt da einen Zusammenhang?

Ich hab mich nicht dafür entschieden zu ertrinken, Dr. P., ich hab um mein Leben gekämpft. Sonst wäre ich übrigens jetzt nicht hier.

Natürlich. Aber ich frage mich, was Sie sich dabei gedacht haben, als sie einfach so losgeschwommen sind.

Das ist ganz einfach: Ich habe eine Verdächtige verfolgt, die Frau, die vermutlich auf mein Kind geschossen hat.

Obwohl Sie Angst vor Wasser haben?

Ich habe keine Angst vor Wasser, Dr. P., ich habe nur nicht gern welches in der Lunge.

Und trotzdem wären Sie notfalls bis zu den Bahamas geschwommen? Achtzig Kilometer? Das ist absurd.

Nein! Ich wollte ihr nur klarmachen, dass ich ihr überallhin folgen würde. Ich habe gedacht, gehofft, sie würde umkehren.

Aber sie ist nicht umgekehrt?

Soweit ich weiß, nein.

Und Sie sind trotzdem weitergeschwommen. Bis Sie einige Kilometer vom Strand entfernt waren, richtig?

Ich hatte die Strömung nicht mit einkalkuliert. Ich hab nicht gemerkt, wie weit ich schon draußen war.

Wirklich? Aber als Sie es dann gemerkt haben, als Sie wussten, Sie würden immer weiter aufs Meer hinausgetrieben, als Sie dachten, Sie würden sterben, haben Sie da an Mandrake gedacht? Haben Sie sich gefragt, wie diese letzten Augenblicke vor dem Ertrinken für ihn gewesen sein müssen? Haben Sie sich ihm nahe gefühlt?

Nein. Eigentlich nicht.

Aber das stimmt nicht. Als das zukünftige Gespräch mit Dr. Przewalski in ihrer Phantasie verblasst, drängen sich Gedanken an Mandrakes letzte Augenblicke in ihr Bewusstsein. Sie sieht ihn jetzt deutlich vor sich. Er im Wasser, sie im Boot. Er hüpft wie ein Korken auf und ab, winkt mit einem Arm, fleht um Hilfe. Sie reagiert nicht sofort, weil ein Teil von ihr will, dass er stirbt. Das Boot treibt dahin, hebt und senkt sich mit den Wellen, so wie Mandrake sich hebt und senkt, den Mund schreckensstarr aufgerissen. Er liegt auf dem Rücken, versucht, an der Oberfläche zu bleiben, einen Arm zu heben, und seine Zeit läuft ab. Und dann will sie ihm doch helfen, schiebt den Gashebel vor, zieht an der Ruderpinne, um das Boot zu drehen, verringert den Abstand, holt eine Schwimmweste aus dem Spind, bindet sie an eine Leine. Sie kommt näher, korrigiert den Kurs, damit sie ihn nicht überfährt, versucht, den richtigen Augenblick abzupassen, wann sie den Gashebel auf Leerlauf stellen muss – und sie macht es falsch. Das Boot fährt mit dem eigenen Schwung an der Stelle vorbei, an der es zum Stehen kommen sollte, und als sie die Schwimmweste über das Heck wirft, landet sie viel zu weit von Mandrake entfernt. Sie drückt den Gashebel nach vorn und reißt an der Ruderpinne, und der Bug senkt sich und erwischt einen Wellenkamm, und das aufspritzende Wasser raubt ihr vorübergehend die Sicht. Als sie wieder sehen kann, beschreibt sie einen weiten Halbkreis, der das Boot zu Mandrake bringen müsste, aber Mandrake ist nicht mehr da.

Sie möchte an Jack denken, wie er aus dem Koma erwacht, an ihren Vater, der ihr verzeiht, sich vorstellen, wie sie Jack zurück nach Mid Compton bringt, wo er eigentlich hingehört, wie sie genau weiß. Aber immer wieder schieben sich Gedanken an Mandrake dazwischen.

Was ist das für ein Gefühl, wenn das Meer dich schließlich verschlingt? Wenn du den Kampf verlierst oder einfach aufgibst, versinkst?

Flint schluckt Wasser, spürt, wie sie nach unten gleitet. Sie gerät in Panik, schlägt wild mit Armen und Beinen. Einen entsetzlichen Moment lang glaubt sie, es nicht mehr zu schaffen, und dann stößt ihr Kopf durch die Wasseroberfläche, und sie schnappt gierig nach Luft.

Konzentrier dich, verdammt nochmal!

Sie schüttelt den Kopf, um das Wasser aus den Augen und Ohren zu bekommen, schmeckt den salzigen Schleim, der aus ihren Nasenlöchern rinnt. Sie legt sich auf den Rücken und stellt sich vor, ihre Arme wären langsame Propeller, die sie in alle Ewigkeit oben halten können.

Die aufgehende Sonne wird von Minute zu Minute stärker und glitzert grell auf dem Wasser. Das gibt ihr neue Hoffnung, denn jetzt müssen Jerry und Blade ganz sicher wach sein. Sie werden ihre blöde Nachricht gefunden haben, suchen jetzt bestimmt schon den Strand nach ihr ab, schlagen Alarm. Ihr ist nicht mehr so kalt, und sie fragt sich, ob das bedeutet, dass sie das warme Wasser des Golfstroms erreicht hat. Ihr einziger Anhaltspunkt für das Verstreichen der Zeit ist der immer höhere Stand der Sonne, der aber von ihrer stetig wechselnden Position aus schwer zu beurteilen ist. Eine Stunde vergeht, vielleicht zwei. Irgendwann meint sie, das allmähliche Nahen eines Motors zu hören – ein Boot oder Flugzeug, sie weiß es nicht. Das Geräusch wird lauter, bis es direkt über ihr ist, praktisch in ihrem Kopf, und dann verschwindet es, wie eine akustische Sinnestäuschung.

37

Courtney Morrison geht mit dem müdem Gang einer Joggerin, die sich ein bisschen überanstrengt hat, die 3rd Street entlang zu ihrem Haus, was ihr Zeit lässt, nach dem Überwachungswagen Ausschau zu halten, der bestimmt irgendwo in der Nähe steht. Sie weiß, es ist ein Risiko, zu ihrem Haus zurückzukehren, aber sie hat es gut kalkuliert. Wenn sie sie bei erstbester Gelegenheit festnehmen wollten, dann hätten sie es schon am Strand getan, wo sie unbewaffnet, völlig isoliert gewesen war, ohne eine Chance zur Flucht, und sie hätten ein SEK-Team geschickt. Nicht eine einzelne Agentin im T-Shirt, die sie offensichtlich nervös machen sollte. Courtney geht davon aus, dass man sie zur Flucht treiben will, um zu sehen, wohin sie geht. *Tja, Jungs, ihr wollt es ja nicht anders,* denkt sie. Sie wird die Zeit zu nutzen wissen, die sie ihr geben.

Sie bemerkt einen weißen Van, der gut zehn Meter von ihrer Einfahrt entfernt auf der anderen Straßenseite parkt, mit getönten Scheiben, hinter denen sich vermutlich ihre Gegner verbergen, zumindest einige. Mit Sicherheit hat sie noch mehr Beschatter, in anderen Fahrzeugen oder in den Fenstern günstig gelegener Häuser. Bestimmt wird auch die Rückseite des Hauses beobachtet.

Als sie die Einfahrt erreicht, in der ihr Wagen steht, geht sie quer über den Rasen, um ihren *Miami Herald* aufzuheben, den der Zeitungsjunge dort hingeworfen hat, und steigt dann die vier Stufen zu ihrer Veranda hinauf. Sie öffnet die Fliegengittertür, tippt den Code ein, um die Alarmanlage auszuschalten, schließt die Haustür auf und bleibt dann stehen, um mit den Fingern die Erde in dem Topf mit blassrosa Geranien zu testen, der vom Verandadach hängt. *Zu trocken,* befindet sie anscheinend. Sie lässt die Haustür offen und geht direkt in die Küche, wo sie einen Krug mit Wasser füllt, dann kehrt sie auf die Veranda zurück und gießt die Blumen.

Diese Frau macht sich keine Gedanken, sie könnte beobachtet werden, sie ist vollkommen sorglos. Genau den Eindruck möchte sie vermitteln.

Sie schließt die Fliegengittertür, lässt aber die Haustür nur angelehnt. Sie öffnet die Wohnzimmerfenster vorn und hinten. Sie geht davon aus, dass im Haus Abhörgeräte installiert sind oder dass sie Parabolmikrophone verwenden, deshalb ruft sie ganz beiläufig: »Melinda, Schätzchen, bist du da?«

Falls sie abgehört wird, dann hören die Lauscher nun eine CD von Bobby Darin, die sie aufgelegt hat, das Geräusch einer Kaffeemühle und andere Vorbereitungen für Courtneys Frühstück. Wieder ruft sie: »Schätzchen, bist du oben?«

Haben sie irgendwo Minikameras versteckt? Möglich, sogar wahrscheinlich, denkt sie. Ihnen zuliebe und als weitere Demonstration ihrer Gelassenheit geht Courtney in den Wirtschaftsraum hinter der Küche, zieht ihre Joggingsachen aus und stopft sie in die Waschmaschine. Sie wirft noch andere Kleidungsstücke aus dem Wäschekorb mit hinein, gibt Waschpulver und Weichspüler dazu, stellt das Programm ein und macht die Maschine an. Bobby schmettert »Beyond the Sea«, einen ihrer Lieblingssongs, und Courtney singt mit.

Nackt bis auf die Unterwäsche kehrt sie in die Küche zurück und schaltet die Kaffeemaschine an. Sie nimmt zwei Orangen aus der Obstschale auf der Küchentheke, zerteilt sie und drückt den Saft aus. Wer ihr zusieht, käme nie auf den Gedanken, eine Frau vor sich zu haben, die genau weiß, dass der Tag, den sie immer erwartet hat – mit einer Gewissheit, die sie wie einen nagenden Dauerschmerz akzeptierte –, endlich da ist. Während sie in kleinen Schlucken ihren Saft trinkt, hört sie den Anrufbeantworter ab, zieht den *Herald* aus der Schutzhülle und überfliegt die Schlagzeilen. Sie denkt, wenn das hier schiefgeht, falls sie sich verkalkuliert hat, dann steht morgen auf der Titelseite:

MUTMASSLICHE HECKENSCHÜTZIN IN SOUTH BEACH VERHAFTET, oder so was in der Art.

Das heißt, mit noch größerer Wahrscheinlichkeit wird die Schlagzeile lauten: MUTMASSLICHE HECKENSCHÜTZIN IN SOUTH BEACH ERSCHOSSEN, denn sie wird sich nicht ergeben – nicht, solange Melinda nicht im Haus ist. Sie rechnet eigentlich nicht damit, dass Melinda so bald nach Hause kommt, sie hat bei ihrer besten – ihrer einzigen – Freundin übernachtet, aber Melinda ist … unberechenbar. Ja, man weiß nie, was Melinda als Nächstes anstellt, und das ist einer der beiden Gründe, warum Courtney das kalkulierte Risiko eingegangen ist, nach Hause zu gehen; in eine mögliche Falle zu laufen.

Jetzt wird's ernst, denkt sie, pfeift den nächsten Song von Bobby Darin mit, während sie gemächlich die Eichentreppe hinauf in den ersten Stock geht. *Sie will duschen*, sollen die Beobachter glauben.

Oben sind drei Schlafzimmer, alle mit eigenem Bad. Melindas Zimmer liegt zwar zur Straße hin, weshalb es am lautesten ist, aber dafür ist es auch das mit Abstand größte. Außerdem unterscheidet es sich von jedem Teenagerzimmer, das Courtney sich vorstellen kann. Es ist penibel aufgeräumt, nichts liegt herum, keine Klamotten auf dem Boden, kein ungemachtes Bett. Die Wände sind weiß gestrichen, nicht in irgendeiner grellen Farbe, und es gibt keine Poster von Rock- oder Filmstars, keinen Fernseher, keine Stereoanlage, keine Gitarre, kein Schlagzeug. Melindas Computer ist das kleinste im Handel erhältliche iBook und liegt auf einem leeren Tisch neben einer Bambuslampe. Im ganzen Zimmer ist kein einziges Foto zu sehen, nichts Dekoratives, bis auf ein Kakejiku-Rollbild in einer Nische neben einem Arrangement aus zarten weißen Papierblumen und genau sieben Büchern – das Gesamtwerk von Yukio Mishima, nicht etwa übersetzt, sondern im Original.

Verantwortlich für die karge Ästhetik ist Melindas Freundin Unagi Shinoda – ein so zartes Mädchen, dass sie fast knochenlos wirkt. Sie war es, die Melinda mit Yukio Mishimas düsterer und häufig grausamer Weltsicht bekannt gemacht hat. Unagi saß im Schneidersitz auf den Tatamimatten, die in einem komplizierten Muster ausgelegt sind, das Glück bringen soll, las Melinda Seite um Seite aus Mishimas *Der Seemann, der die See verriet* vor und übersetzte sie anschließend, zog sie mehr und mehr in die verstörende Welt des jugendlichen Antihelden Noboru und seiner heimlichen Bruderschaft von Klassenkameraden hinein, in der er nur »Nummer Drei« genannt wird. Melinda sagt, was sie an Noboru und der Bruderschaft fasziniert, ist nicht ihre Gewaltbereitschaft, sondern das, was sie als ihr Bestreben sieht, die innere Ordnung des Universums durch die Zerstörung des Status quo wiederherzustellen. Ihre Mutter weiß nicht, was sie davon halten soll. Courtney hat Sorge, dass Melinda und Unagi vor allem von dem Schicksal fasziniert sind, für das sich Noborus Schöpfer entschied. Denn Yukio Mishima, der sich selbst unerreichbar hohe Maßstäbe für körperliche Fitness und moralische Rechtschaffenheit gesetzt und vergeblich versucht hatte, dem Ehrenkodex der Samurai in der japanischen Gesellschaft erneut Geltung zu verschaffen, beging 1970 Seppuku – rituellen Selbstmord. Eine Nachbildung des Schwertes, mit dem er sich durchbohrte, hängt unter Mishimas gerahmtem Porträt an Melindas Wand.

Courtney spürt beim Anblick des Schwertes wie immer ein beklommenes Frösteln und tritt aus dem Zimmer zurück in den Flur. Sie geht in ihr eigenes Schlafzimmer, lässt die Tür offen, noch immer ganz die Frau, die nichts zu verbergen hat. Eines muss sie noch erledigen, ehe sie verschwindet.

Zuerst sucht sie die Sachen aus, die sie anziehen wird: Unterwäsche, eine lässige beige Shorts, ein dazu passendes Top mit kurzen Ärmeln, weiße Sportschuhe und Socken. Sie nimmt alles mit ins Bad, macht die Tür zu und schließt ab. *Sind hier drin Kameras?*, fragt sie sich. Eher nicht, glaubt sie: Selbst FBI oder ATF oder wer immer ihre Gegner sind, würden so tief nicht sinken, nicht, wenn sie die Aufnahmen vielleicht vor Gericht werden rechtfertigen müssen. Ein Mikro vielleicht, denkt sie. Für den Fall, dass sie belauscht wird, setzt sie sich auf die Toilette, uriniert und betätigt die Wasserspülung.

Jetzt geht sie zu dem großen Schiebefenster und schiebt die untere Hälfte ganz nach oben. Das Fenster geht auf den Nachbargarten, aber den kann sie kaum sehen, weil die dicken Äste einer Sandbirke über den Zaun zwischen den Grundstücken ragen. Sie kann sie problemlos vom Fenster aus berühren.

»Ich muss was mit dem Baum machen«, hatte ihr Nachbar im letzten Herbst gesagt. »Fällen oder stutzen.«

»Aber nein, Mr. Jenkins, wozu denn?«, hatte sie erwidert.

»Na, die Äste vor Ihrem Fenster nehmen Ihnen doch bestimmt viel Licht weg.«

»Mr. Jenkins, ich liebe diesen Baum und finde es schön, dass er das Licht ein bisschen dämpft. Ich mag den Duft, ich mag das Zwitschern der Vögel, die darin nisten. Bitte, tun Sie ihm nichts.«

»Wenn Sie meinen«, hatte er skeptisch gesagt.

Und ob sie das meinte. Dutzende Mal ist sie schon im Geist und einmal sogar in Wirklichkeit – zur Probe in einer schlaflosen Nacht – auf den Fenstersims geklettert und hat sich nach den Zweigen gereckt, als wären sie offene Arme. Für sie ist Mr. Jenkins' Birke viel, viel mehr als bloß ein wild wuchernder Baum.

Sie bleibt am Fenster stehen und scheint die Baumkrone zu bewundern, während ihre Finger an der Unterseite des Fensterrahmens entlangtasten, bis sie das Sperrholzbrettchen finden, das die Vertiefung abdeckt, die sie mit einem Meißel herausgeschlagen hat. Das Brettchen ist bloß mit Klebeband befestigt und lässt sich mühelos entfernen. Jetzt ertasten ihre Finger einen kleinen Nylonbeutel, den sie im Juni 2001, einen Monat nachdem sie und Melinda eingezogen waren, in dem Loch versteckt hat.

Der Beutel enthält nicht viel – einen ganz normal aussehenden Schlüssel und fünfhundert Dollar in Zwanzigdollarscheinen –, aber für Courtney ist er ihr Fluchtgepäck; mehr braucht sie nicht, um zu verschwinden.

Sie geht zur Dusche und stellte die Zeitschaltuhr so ein, dass das Wasser genau fünfzehn Minuten läuft. Sie hat keineswegs vor zu duschen; sie war heute schon lange genug im Wasser.

Rasch zieht sie sich an, schiebt den Beutel tief in die Hosentasche und klettert auf den Fenstersims. Dort beugt sie sich vor, um einen dicken Ast zu fassen, und schwingt die Füße auf einen der tieferen. Sie geht in die Hocke, lässt sich hinab, bis sie an den ausgestreckten Armen hängt, und lässt los. Es sind höchstens zwei Meter bis zum Boden, und sie hat beim Militär gelernt, wie man sich abrollt.

Mr. Jenkins ist weder im Garten, noch steht er am Küchenfenster, von wo aus er sie sehen könnte. Aber auch das wäre nicht weiter schlimm gewesen, denn dann hätte sie ihm nur verschmitzt zugelächelt und gesagt, *Ich wollte einfach mal ausprobieren, ob ich das kann*, oder so was in der Art, und er hätte den Kopf geschüttelt, als hielte er sie für verrückt.

Stört es Sie, wenn ich hier durchgehe, Mr. Jenkins?, hört sie sich im Geist sagen, als sie seinen Garten durchquert und über den Holzzaun steigt. Sie gelangt auf den schmalen Weg auf der anderen Seite, der zur 4th Street führt, und kurz darauf ist sie schon auf der Alton Road – und die Zeitschaltuhr in ihrer Dusche wird noch neun Minuten weiterlaufen.

»Mrs. Shinoda?«

»Ja.«

»Hier spricht Melindas Mutter.«

»Ach ja, Miss Morrison, guten Tag.«

Courtney Morrison steht vor einem kleinen Laden auf der

Le Jeune Road und telefoniert von einem Münztelefon aus, während sie den Taxifahrer im Blick behält, dem sie schon dreißig Dollar für die Fahrt zum Flughafen bezahlt hat.

»Ist Melinda noch bei Ihnen?«

»Ja, sie hier. Schläft, Unagi auch. Ich sie soll nach Hause schicken?«

Mrs. Shinoda hat eine leise, melodische Stimme, die durch die Leitung zu flattern scheint.

»Nein, im Gegenteil. Ich möchte, dass sie bei Ihnen bleibt.«

»Hier?«

»Nur für ein paar Tage, vielleicht eine Woche. Ich weiß, das kommt ein bisschen plötzlich, aber ein Kunde hat mich angerufen, und ich muss so schnell wie möglich zu einer Besprechung nach New York. Genauer gesagt, ich bin schon auf dem Weg zum Flughafen.«

»Okay.«

»Geht das auch wirklich, Mrs. Shinoda?«

»Kein Problem.«

»Wunderbar, ich bin Ihnen sehr dankbar. Noch eines: Ich möchte nicht, dass Melinda ins Haus geht, während ich fort bin. Ich will ihr keine Angst machen, aber in den letzten paar Tagen hab ich ein paar ziemlich seltsame Gestalten bei uns in der Gegend herumschleichen sehen, und ich möchte nicht, dass sie allein im Haus ist.«

»Okay.«

»Falls sie irgendwas braucht – Kleidung, Kosmetik, Waschzeug –, kaufen Sie es bitte für sie, ja? Ich geb Ihnen das Geld, sobald ich zurück bin. Oder ich kann Ihnen von New York aus Geld überweisen. Soll ich das machen?«

»Nein. Geld kein Problem.«

»Sind sie sicher?«

»Sicher.«

»Ansonsten gilt natürlich unsere übliche Vereinbarung«, sagt Courtney, womit die zweihundert Dollar am Tag gemeint sind, die sie Mrs. Shinoda dafür bezahlt, dass sie auf ihre Tochter aufpasst, wenn sie geschäftlich verreisen muss. »Bestellen Sie Melinda bitte, ich rufe an, sobald ich kann.«

»Ich ihr sage.«

»Nochmal vielen Dank, Mrs. Shinoda«, sagt Courtney, während sie dem Taxifahrer per Handzeichen signalisiert, dass sie gleich kommt.

»Sie jetzt gehen. Sonst verpassen Flug.«

»Stimmt.«

»Ich mich um Melinda kümmern, kein Problem. Sie gehen«, fügt Mrs. Shinoda hinzu und legt auf.

Courtney lässt sich zum Flughafen fahren und betritt Terminal E. Dann geht sie zum Terminal H, verlässt den Flughafen und nimmt erneut ein Taxi.

»Wo soll's hingehen?«, will der Fahrer wissen, während er sie anerkennend im Rückspiegel betrachtet.

»Fort Lauderdale.«

»Wohin genau?«

»Das sage ich Ihnen, wenn wir da sind.«

Der Fahrer zuckt die Achseln und lässt den Motor an. »Ganz wie Sie wollen. Haben Sie kein Gepäck?«

»Ist nicht mit angekommen. Passiert andauernd.«

»Das können Sie laut sagen.«

»Fahren Sie«, sagt Courtney und lehnt sich zurück, um ihm verständlich zu machen, dass sie keine Lust auf Unterhaltung hat.

Gut eine Meile vor ihrem eigentlichen Ziel lässt Courtney sich am westlichen Stadtrand von Fort Lauderdale absetzen. Ihre Gegner werden inzwischen gemerkt haben, dass sie ausgeflogen ist. Sie werden eine Fahndung rausgegeben und sich bei sämtlichen Taxiunternehmen erkundigt haben. Also wissen sie vermutlich, dass sich eine Frau, auf die ihre Beschreibung passt, von Miami zum Flughafen hat bringen lassen. Und im

Augenblick vertun sie ihre Zeit damit, bei den einhundert Airlines am Miami International nachzufragen, bis sie sicher sind, dass sie nicht abgeflogen ist. Früher oder später wird ihnen klar werden, dass die Fahrt zum Flughafen ein Ablenkungsmanöver war, und früher oder später werden sie in Erfahrung bringen, dass eine Frau mit derselben Beschreibung vom Flughafen nach Fort Lauderdale gefahren ist. Da müssen sie nicht gleich wissen, wohin genau sie wollte.

Als das Taxi außer Sicht ist, geht sie das letzte Stück in flottem Tempo zu Fuß und erreicht kurz darauf sechs parallel angeordnete, langgestreckte Lagerhäuser hinter einem drei Meter hohen Zaun, der oben mit Stacheldrahtrollen gesichert ist. Das Eingangstor, über dem in großen Lettern BROWARD STORAGE steht, ist unbewacht, und während Courtney es öffnet, indem sie ihren PIN-Code in das Tastenfeld eintippt, ist ihr das weißrote Schild mit der Warnung AUTOMATISCHE VIDEOÜBERWACHUNG RUND UM DIE UHR! mehr als bewusst.

Sämtliche Lagerräume sind identisch, etwas größer als eine normale Garage, und alle mit einer robusten Rolltür und einer individuellen Alarmanlage gesichert, für die ein zweiter PIN-Code notwendig ist. Courtneys Lagerraum mit der Nummer 216 liegt am hintersten Ende des letzten Gebäudes, also weit vom Schuss, aber es ist ohnehin keine Menschenseele zu sehen. Sie hat das Gefühl, als ginge sie durch eine verlassene Kaserne, aus der die Truppen schon vor langer Zeit abgezogen wurden.

An ihrem Lagerraum angekommen, schaltet sie die Alarmanlage aus und geht in die Knie, um das schwere Vorhängeschloss zu inspizieren, mit dem die Tür an einem in den Zementboden eingelassenen Eisenring befestigt ist. Als sie das letzte Mal hier war, hat sie das Schloss mit einem dünnen Film Kerzenwachs überzogen, um feststellen zu können, ob sich jemand daran zu schaffen gemacht hat. Die Versiegelung ist unberührt, und sie löst sie mit dem Fingernagel ab. Sie schiebt den Schlüssel aus dem Nylonbeutel hinein, zieht das Schloss aus dem Eisenring und rollt die Tür so weit hoch, dass sie hineinschlüpfen kann. Nachdem sie sie wieder geschlossen hat, bleibt sie einen Moment im Dunkeln stehen und lauscht angespannt auf das sanfte Summen der Lüftungsventilatoren. Als sie sicher ist, allein zu sein, tastet sie sich an der linken Wand bis zum Schalter vor, macht das Licht an, schließt die Augen, während die Neonlampen an der Decke flackernd aufleuchten. Bei dem Anblick, der sich ihr jetzt bietet, muss sie unwillkürlich lächeln und würde am liebsten *Abrakadabra!* sagen.

Der Lagerraum 216 enthält nämlich Courtneys Schatzkiste, ihr eigentliches Fluchtgepäck, alles, was sie braucht, um überall hinzukönnen, wo sie hinwill. An der Rückwand des Raumes steht ein Safe mit zehntausend Dollar in bar und den kompletten Ausweispapieren für zwei verschiedene Identitäten: Zwei Reisepässe, zwei Ausweise für die Sozialversicherung, zwei Führerscheine, sechs Kreditkarten, drei für jeden Namen. Je nach Belieben kann sie nun in die Haut von Allison Elizabeth Berlin schlüpfen – deren Papiere vollkommen echt sind, wenngleich sie erst dreißig Jahre nach dem Tod der richtigen Allison im Säuglingsalter ausgestellt wurden – oder in die von Rosemary Alice Broughton, deren Papiere zwar gefälscht sind, aber von allerbester Qualität. Die Kreditkarten sind echt und gültig, und die Rechnungen für die gelegentlichen Einkäufe, die sowohl Allison als auch Rosemary in den letzten zwei Jahren per Internet getätigt haben, um ihre Existenz glaubhaft zu machen, gehen an zwei Postfachadressen in Orlando. Aber Courtney wird sie nur mitnehmen, um damit ihre falschen Identitäten zu unterfüttern. Von nun an wird sie für ihre finanziellen Bedürfnisse auf eine andere Karte zurückgreifen, die sie jetzt aus dem Safe nimmt. Es handelt sich um eine knallgelbe, von der Schweizerischen Post ausgestellten Postcard, mit der sie an fast einer Million Geldautomaten auf der ganzen Welt Geld abheben kann, ohne kaum eine Spur zu hinterlassen. Solange ihr Konto bei der Schweizerischen Post im Plus ist (wofür ihr Kunde nötigenfalls durch Bareinzahlungen sorgen wird), kann Courtney weltweit praktisch anonym an ihr Geld. *Schlaues Völkchen, die Schweizer*, denkt Courtney.

Und sie hat einen weiteren Grund, den Schweizern für ihren angeborenen Hang zur Diskretion dankbar zu sein. Denn in dem Safe befinden sich außerdem Prepaid SIM-Karten der Swisscom, mit der ihr Kunde sie versorgt hat. In der Schweiz kann man nämlich eine Prepaid SIM-Karte und eine dazugehörige Handynummer kaufen, ohne irgendwelche Ausweispapiere vorlegen zu müssen. Man zahlt einen Barbetrag ab einhundert Dollar aufwärts, der auf der SIM-Karte gutgeschrieben wird. Und solange der Betrag nicht abtelefoniert ist, kann man ohne das Risiko, identifiziert zu werden, weltweit fast überallhin anrufen oder von überall angerufen werden. Man ist kein Name, man ist lediglich eine Nummer. In Genf gibt es einen Laden, der diese Karten massenhaft verkauft. Courtney besitzt einhundert davon.

Sie nimmt weitere Gegenstände aus dem Safe: zwei neue, noch originalverpackte Handys, das zweite als Ersatz, nur für alle Fälle; ihren Laptop, in dem die sensiblen Daten auf einer versteckten, mit Passwort geschützten Festplatte verschlüsselt sind. Einen dicken, an ihren Anwalt adressierten Umschlag mit den vor über zwei Jahren unterschriebenen und notariell beglaubigten Unterlagen, durch die das Haus in South Beach in Melindas Besitz übergeht. Den Schlüssel zu ihrem anderen Haus, das nicht mit Courtney Morrison in Verbindung gebracht werden kann. Autoschlüssel.

Das dazugehörige Auto ist ein Volvo Kombi, zwei Jahre alt, aber kaum fünfzehnhundert Kilometer gelaufen, der den meisten Platz in Lagerraum 216 beansprucht. In dem grellen Neonlicht sieht er schwarz aus oder blau, aber in Wirklichkeit ist er dunkelgrün, und Courtney ist überzeugt, dass die FBI-

Agenten, wenn sie sich irgendwann die unscharfen Bänder der Überwachungskameras anschauen, die Farbe nicht genau werden bestimmen können. Der Volvo ist auf eine Firma in Delaware angemeldet, doch im Augenblick werden die Kennzeichen von falschen Florida-Nummernschildern verdeckt, die sie entfernen wird, sobald sie das von Kameras überwachte Gelände verlassen hat. Im Kofferraum befinden sich bereits drei gepackte Koffer.

Courtney zieht sich rasch ein schickes Businesskostüm an, und dann ist sie abreisefertig – fast. Sie hat nur noch eines zu erledigen, nämlich die Zeitschaltuhr einzustellen, die, exakt fünf Minuten nachdem sie die Tür zum Lagerraum 216 geschlossen hat, den Zünder der Semtexbombe aktivieren wird. Jeder, der danach das Schloss aufbricht und die Tür hochschiebt, wird eine Explosion auslösen. Nicht tödlich, aber stark genug, um die zweihundert Plastikcontainer mit siebenhundertfünfzig Litern Kerosin zu entzünden, die den Lagerraum in ein brennendes Inferno verwandeln und sämtliche verwertbaren Spuren von Courtney Morrison tilgen werden.

Weniger als fünfzehn Minuten nachdem Courtney ihren Lagerraum betreten hat – weniger als drei Stunden nach der alarmierenden Begegnung am Strand von South Beach – fährt die bislang unbescholtene Allison Berlin auf der Interstate 75 gen Westen.

38

Die Polizei von Miami Beach hat den Zugang zu Courtney Morrisons Haus wie einen Tatort mit gelbem Flatterband abgesperrt, obwohl überhaupt nicht klar ist, ob überhaupt und wenn ja, was für eine Straftat begangen wurde. Auf einen Notruf von Blade hatten zwei Streifenwagen reagiert, und jetzt sind Detectives von der Kripo eingetroffen, die versuchen, sich einen Reim darauf zu machen, wie sie das Haus vorfinden. Türen und Fenster stehen offen, die Alarmanlage ist ausgeschaltet, aber Morrisons Portemonnaie mit Bargeld und Kreditkarten und Führerschein, ihr Handy, ihre Uhr, ein Paar Diamantohrringe, Schlüssel für Haustür und Auto: Das alles liegt unberührt auf der Küchentheke. Im Haus ist nichts durchwühlt worden, es scheint nichts zu fehlen, und es gibt keinerlei Anzeichen von Gewalt. Andererseits deutete vieles darauf hin, dass ein ganz normaler häuslicher Alltag abrupt unterbrochen wurde: eine unberührte Schale mit Müsli und Obst auf der Theke, heißer Kaffee in der Kanne, feuchte Wäsche in der Waschmaschine.

»Das ist mir zu hoch«, sagt Lieutenant Manny Lucca, der sich gern als der geborene Loser gibt, den Blade aber als äußerst ausgefuchsten Ermittler kennt und schätzt. »Es sieht alles so aus, als wäre sie mal kurz auf die Veranda gegangen und hätte vergessen zurückzukommen.«

»Oder sie ist von Außerirdischen entführt worden.«

Lucca grinst.

»Hat irgendwer sie weggehen sehen?«

»Wir befragen noch die Nachbarn.« Lucca, der systematisch den Inhalt von Morrisons Portemonnaie durchgeht, entdeckt ein Bild von Melinda, auf dem sie weit harmloser aussieht als heute, und zeigt es Blade. »Wer mag das sein?«, fragt er.

»Vielleicht die Tochter?«

»Stimmt, hattest du gesagt.«

»Was gesagt?«

»Als du den Notruf angerufen hast. Da hast du gesagt, diese Morrison hat dich engagiert, weil ihre Tochter Probleme hat.«

Das stimmt nicht ganz. Um eine glatte Lüge zu vermeiden, hatte Blade lediglich angedeutet, dass Courtney Morrison eine mögliche Klientin sei, die Probleme mit ihrer Tochter habe, und dass er, als er sie zu Hause besuchen wollte, um die Sache zu besprechen, alles offen und menschenleer vorgefunden habe.

»Was für Probleme?«

»Hat sie nicht gesagt«, erwidert Blade wahrheitsgemäß.

»Weißt du, wie die Tochter heißt?«

»Melinda.«

»Okay.« Er dreht sich zu einem seiner Mitarbeiter um, der gerade die Küchenschränke durchforstet, obwohl er keine Ahnung hat, wonach er eigentlich sucht. »Hoskins! Lassen Sie eine gewisse Melinda Morrison überprüfen. Mal sehen, ob der Ärger, den sie hat, aktenkundig ist.«

»Haben wir das Geburtsdatum?«, fragt Hoskins.

Natürlich kennt Blade das Geburtsdatum von Melinda, aber ihm fällt kein plausibler Grund ein, wieso die Mutter ihm das gleich beim ersten Telefongespräch genannt haben sollte. »Tut mir leid«, sagt er daher kopfschüttelnd. »Über Einzelheiten haben wir nicht geredet.«

Während Hoskins über Funk eine Anfrage im Polizeicomputer macht, warten Lucca und Blade im Schatten auf der Veranda, und Lucca zündet sich den Stummel einer dicken kubanischen Zigarre an.

»Sag mal, Blade, diese Privatschnüfflerei, ist das wirklich was für dich?«

»Na ja, nicht so viele Überstunden, bessere Bezahlung, und

keiner schießt auf dich – zumindest bis jetzt nicht. Aber das ist ja sowieso nur vorübergehend. Sobald June bei der Mordkommission aufhört, sind wir hier weg.«

»Tatsache? Und dann?«

»Wir bauen uns ein Haus in Tennessee, vielleicht schreib ich ein Buch. Und hoffentlich machen uns die Kinder bald zu Großeltern.«

»Wie es sich gehört, was?« Lucca lächelt und wartet ein paar Augenblicke ab. Dann: »Und wie können dich deine Klienten finden?«

»Das läuft alles über Mundpropaganda.«

»Schön, schön. Und welcher Mund hat dich Mrs. Morrison empfohlen?«

Blade sagt, er weiß es nicht, und Lucca äfft sein »Hat sie nicht gesagt« nach, und sie lachen beide. Lucca pustet sachte auf die Zigarrenglut, bis sie hellrot leuchtet. »Verschweigst du mir was, Blade? Führst du mich an der Nase herum?«

»Warum sollte ich das tun?«

»Kann ich mir auch nicht vorstellen«, sagt Lucca.

»Wieso fragst du dann überhaupt?«

»Weil ich nun mal das komische Gefühl habe, dass hier irgendwas nicht stimmt. Kennst du das, Blade?«

Blade sieht, wie Hoskins mit dem entschlossenen Schritt eines Mannes, der eine wichtige Neuigkeit hat, vom Wagen zurückkommt. »Und ob ich das kenne, Manny. Das Gefühl nennt man Paranoia, und je länger man Cop ist, desto schlimmer wird's. Wie lange hast du noch vor dir?«

»Ein paar Jährchen.«

»Und dann?«

»Weiß ich nicht. Vielleicht werde ich auch Privatdetektiv wie du. Da wird man den Kunden ja per Mundpropaganda empfohlen.« Lucca sieht sich um, als suchte er nach einer Möglichkeit, seinen Zigarrenstummel loszuwerden. »Hat Mrs. Morrison dich von ihrem Telefon zu Hause aus oder vom Handy aus angerufen? Ich meine, wenn wir die Telefonlisten durchgehen, was werden wir da finden?«

»Nichts«, sagt Blade, als Hoskins die Verandatreppe hinaufkommt.

»Dachte ich mir.«

»Weil sie von einem Münztelefon aus angerufen hat.«

Lucca spitzt die Lippen, pustet einen Rauchring. »Bist du sicher, Blade?«

»Soweit ich mich erinnere.«

Am Flughafen Opa-Locka, dreißig Minuten nördlich von Courtney Morrisons Haus, sitzt Jerry Crawford nervös an Bord eines Guardian-Jets der Küstenwache, der am Anfang von Startbahn 9L darauf wartet, sich an der umfassenden Suchaktion nach Grace Flint zu beteiligen – oder eher nach ihrer Leiche. Inzwischen sind über vier Stunden vergangen, seit Brendan Glees beobachtete, wie sie ins Wasser watete, und der Leiter der Suche hat Crawford schon vorgewarnt, dass er ihre Überlebenschancen wenig optimistisch einschätzt. »Offen gestanden«, hatte er gesagt, »falls die Haie sie nicht erledigt haben, dann höchstwahrscheinlich die Unterkühlung.«

»Aber wir haben fast dreißig Grad«, hatte Crawford eingewendet.

»Nicht im Wasser.«

»Hören Sie, ich kann Ihnen versichern, Flint gibt niemals auf.«

»Agent Crawford, ich bin nur realistisch. Das heißt nicht, dass wir die Suche aufgeben. Wir tun weiterhin alles, was wir können.«

Und das stimmt. Zwei Boote der Küstenwache und zwei kleine RB-S-Rettungsboote suchen bereits das Seegebiet ab, und ein HC-130-Aufklärungsflugzeug von der Küstenwache in Clearwater ist unterwegs. Der Beitrag des Guardian-Jet wird darin bestehen, mit seiner Wärmebildkamera, die aus anderthalb Kilometern Höhe einen warmen Körper von der Größe eines Welpen orten kann, große Flächen des Ozeans abzuscannen.

Falls sie noch warm ist, denkt Crawford.

»Crawdaddy, sind Sie beim Fliegen immer so nervös?«, fragt Glees. Er hat sich in dem Sitz neben Crawford angeschnallt, direkt hinter dem Cockpit, wo die Crew noch immer mit Miami Center über die Starterlaubnis verhandelt. Das Problem ist, dass ihre vorgesehene Flugroute gefährlich dicht an den Start- und Landerouten des Miami International Airport vorbeiführt, und die Flugsicherung sucht nach einer Lücke, damit der Guardian keinem Passagierflugzeug in die Quere kommt.

»Omaha One-one, negativ, auf Position bleiben«, befiehlt eine Stimme über Funk.

»Hören Sie sich den Scheiß an«, sagt Crawford, der schon immer Angst vorm Fliegen hatte.

Glees tut so, als wäre das reine Routine. Um Crawford abzulenken, erzählt er ihm, wie Blade und er mal in einem Polizeihubschrauber einen Mordverdächtigen verfolgten. Der Typ hatte mit seinem Wagen den Absperrzaun des Flughafens niedergewalzt und war eine Rollbahn runtergerast, und der Hubschrauberpilot, der sich anscheinend für Tom Cruise hielt, war ihm hinterhergeflogen, und auf einmal kam ihnen eine Boeing 747 im Landeanflug entgegen …

Crawford hört gar nicht hin. Er konzentriert sich auf das Geschehen im Cockpit.

»One-one, Sie haben Starterlaubnis. Flug Richtung Zone Zero Five, Flughöhe tausend Fuß, und keine Abweichungen. Viel Glück, Gentlemen, und los!«

»Roger«, sagt der Kopilot. »Flug Richtung Zone Zero Five, Flughöhe tausend Fuß. Vielen Dank.«

Der Guardian beschleunigt unvermittelt, Crawford wird in den Sitz gedrückt, und der Magen hüpft ihm fast in die Kehle, so ein Gefühl hat er zu zumindest.

Detective Hoskins findet die Information, dass Melinda Morrison schon zweimal wegen einer Schlägerei mit der Polizei in Konflikt geraten ist, äußerst interessant. Vielleicht hat sie ihre Mutter bedroht, sagt er. Vielleicht hat die Mutter es mit der Angst gekriegt und ist einfach aus dem Haus geflüchtet, ohne ihre Sachen mitzunehmen. Vielleicht, Hoskins findet immer mehr Gefallen an der Theorie, ist sie schon öfter bedroht oder gar geschlagen worden und hat deshalb auch Blade angerufen.

»Für Sie immer noch Mr. Singleton«, sagt Lucca. »Und wieso hat sie uns nicht angerufen, wenn sie bedroht wurde?«

»Weil wir Melinda dann festgenommen hätten. Bei der Vorgeschichte wäre uns gar nichts anderes übrig geblieben. Vielleicht wollte sie das nicht. Vielleicht sollte bloß mal einer ihrer Tochter ordentlich die Leviten lesen, jemand, der ihr ordentlich Angst machen könnte, aber eben kein richtiger Cop – nichts für ungut, Mr. Singleton. Kein richtiger Cop, der ihre Tochter in Arrest genommen hätte.«

»Blade«, sagt Lucca, »finden Sie das einleuchtend?«

Blade muss daran denken, was Melinda zu Jimmy gesagt hat: *Hör mal, du tust, was meine Mutter dir sagt, oder ich saug dir die Lunge durch die Nasenlöcher raus.* »Eher nicht«, sagte er vorsichtig. »Ich hatte den Eindruck, die beiden stehen sich sehr nahe, dass Mrs. Morrison nicht vor Melinda Angst hatte, sondern um sie.«

Lucca wirft Hoskins einen strafenden Blick zu, und der hebt kapitulierend die Hände. »War ja bloß eine Theorie.«

»Tja, überlassen wir die Theorien lieber den Wissenschaftlern, und kümmern wir uns um die Fakten. Zum Beispiel um die Frage, wo Melinda jetzt ist.«

»Schule?«

»Wir haben Samstag, Hoskins.«

»Ich wollte sagen, vielleicht bei einer Schulfreundin.«

»Wenn sie überhaupt eine hat. Blade, weißt du, auf welche Schule sie geht?«

»Miami Beach Senior High, glaub ich.«

»Okay, Hoskins, wir machen uns jetzt mal beim Direktor der Schule richtig beliebt, indem wir ihm das Wochenende versauen. Lassen Sie einen von den Streifenbeamten hier, um das Haus zu bewachen.«

»Nicht nötig«, sagt Blade einen Tick zu schnell, wodurch er sich einen vielsagenden Blick von Lucca einhandelt. Blade zuckt mit den Schultern und sieht auf die Uhr. »Ich finde, wo ich schon mal hier bin und die Uhr läuft, kann ich auch noch ein Weilchen bleiben. Vielleicht kommt sie ja zurück, sie oder Melinda. Wenn ja, ruf ich euch an. Wenn nicht«, erneutes Schulterzucken, »schließ ich ab und bring euch den Schlüssel vorbei.«

Lucca steht die Skepsis ins Gesicht geschrieben: »Mögliche Klientin hast du gesagt.«

»Stimmt, weil ich mich da noch nicht entschlossen hatte, den Fall anzunehmen. Aber jetzt hab ich mich entschlossen, weil mich die Sache neugierig gemacht hat. Und sobald ich mein Büro verlasse, läuft die Uhr sowieso, und an Wochenenden berechne ich das doppelte Honorar.«

Lucca nickt, nicht etwa, weil er ihm auch nur ein Wort abkauft, sondern weil auch seine Neugier geweckt ist. *Mal sehen, wie die Sache weitergeht*, scheint er zu sagen, als er Blade leicht gegen den Oberarm boxt und dann zum Auto geht.

39

Flint gleitet auf einem Luftkissen über die Wellen, so fühlt es sich zumindest an. Sie hat keine Ahnung, wo es herkam, kann sich nicht erinnern, draufgeklettert zu sein, aber offenbar liegt sie auf einem dicken matratzengroßen Stück Polysteren. Vielleicht halluziniert sie aber auch. Auf jeden Fall hat sie ein paar äußerst seltsame Träume gehabt.

Dr. P. war schon zu Besuch, saß in einer knallroten Robe am Ende des improvisierten Floßes und starrte sie an wie eine gestrenge Richterin kurz vor der Urteilsverkündung. Jack war da, sah noch mehr als sonst wie eine Miniversion von Mandrake aus und erzählte ihr dieselben Lügen. Aldus Cutter ist ihr nackt erschienen, sprach mit Jerry Crawfords Stimme und sagte, sie wäre schon rot wie ein gekochter Hummer. Und sie hat trägen Sex mit einem Bekannten aus London namens Harry Cohen gehabt – und das ist wirklich eigenartig, denn so nett Harry auch ist, in ihren sexuellen Phantasien hat er nie eine Rolle gespielt.

Die Sonne ist erbarmungslos, die Hitze fast unerträglich. Immer wenn sie mal wieder wach wird, bespritzt sie sich mit Meerwasser, um die Körpertemperatur zu senken. Die Versuchung, ein paar Tropfen zu trinken, ist übermächtig, und der beißende Salzgeschmack im Mund ist eine höhnische Erinnerung daran, dass sie inmitten von so viel Wasser nicht einen Tropfen zu trinken hat.

Das Schlimmste aber, das Unerträglichste sind die wiederkehrenden akustischen Sinnestäuschungen. Schon wieder meint sie, ein Motorengeräusch zu hören, spürt ein Fünkchen Hoffnung, hebt den Kopf, um den Horizont abzusuchen, und sieht um sich herum nur Wasser und sonst gar nichts.

In dreitausend Fuß Höhe über dem Meeresspiegel fliegt der Guardian-Jet rasterartig einen Teil des sechsunddreißigtausend Quadratkilometer großen Suchgebietes ab, das der Koordinator in Opa-Locka abgegrenzt hat. Weiter nördlich hält sich das Aufklärungsflugzeug HC-130 an ein ähnliches Muster, während die vier Boote der Küstenwache die küstennahen Gewässer absuchen. Das unaufhörliche Dröhnen der beiden Triebwerke ist einschläfernd, und Crawford ertappt sich dabei, dass er einnickt. Nur eine Minute, denkt er, und schließt die Augen, und auf einmal rüttelt Glees ihn kräftig am Arm. »Setzen Sie ihr Headset auf«, sagt er. »Die haben was gefunden.«

Im hinteren Teil des Guardian sitzt der Bordingenieur, ein junger Unteroffizier namens Popovic, eingezwängt zwischen zahllosen Geräten, und Crawford dreht sich zu ihm und reckt den Hals. Popovics hageres Gesicht leuchtet weiß im Licht des Monitors, den er aufmerksam studiert, während er mit den Fingerspitzen den Joystick bedient, der über einen Sender die Position der Wärmebildkamera unter der Flugzeugnase steuert. Popovics vorstehender Adamsapfel hüpft, als er etwas in das Mikro der Sprechanlage sagt, und Crawford setzt sich rasch sein Headset auf, um mitzuhören.

»Ziel erfasst, Sir. Überprüfe die Koordinaten.«

»Lassen Sie sich Zeit, Popovic.«

Nach einer kurzen Pause: »Skipper, Anflug drei null neun, Entfernung elf Kilometer.«

»Okay, Mr. Norbury« – jetzt spricht der Kommandant mit dem Kopiloten – »bestätige: drei null neun und elf Kilometer. Nichts wie runter.«

Sogleich neigt sich das Flugzeug steil zur Seite, bis die Tragflächen praktisch senkrecht sind, fliegt eine enge Linkskurve und rast aufs Meer zu. Noch nie hat Crawford einen derart rapiden Sinkflug erlebt, und es trägt nicht gerade dazu bei, seine Panik zu lindern, dass selbst Glees ein bisschen verängstigt aussieht. Erst im allerletzten Moment – so kommt es Crawford zumindest vor – bremst das Flugzeug sowohl den Sturzflug als auch die Geschwindigkeit drastisch ab, und jetzt fliegen sie in kaum sechzig Metern Höhe über den Wellen fast mit Mindestgeschwindigkeit dahin. Crawford denkt: *Wie viel verdienen diese Leute eigentlich?* Wie viel auch immer, bei den Risiken, denen sie sich aussetzen, so Crawfords feste Überzeugung, sind sie auf jeden Fall maßlos unterbezahlt.

Auf jeder Seite des Flugzeugs sitzt je ein Späher, der das Meer mit seinem Hochleistungsfernglas durch die Panoramafenster absucht, und der auf der linken Seite sagt plötzlich: »Kontakt, Skip. Elf Uhr von Ihrer Position, Entfernung achthundert Meter.«

»Ich sehe das Ziel. Bringen Sie uns näher ran, Mr. Norbury.«

Das Flugzeug neigt sich sachte nach links, kommt den Wellen noch näher, und Crawford und Glees halten aus demselben Fenster Ausschau.

»Was ist das denn?«, fragt der Commander.

Der Späher sagt: »Eine Art Schaumstoff. Wahrscheinlich Verpackungsmaterial aus einer Kiste, die über Bord gegangen ist.«

»Muss aber eine verdammt große Kiste gewesen sein.«

»Okay, Sir, ich sehe eine Person an Bord. Anscheinend weiblich … Nein, Korrektur. Die Person ist halb nackt und eindeutig weiblich. Reglos.«

»Agent Crawford, sehen Sie sie?«

»Nein«, sagt er und stellt sein Fernglas schärfer. Dann: »Ja! Jetzt seh ich sie.«

Kaum dreißig Meter entfernt liegt Flint auf dem Rücken, Beine ausgestreckt, die nackten Arme über der Brust verschränkt. Crawford kann ihr Gesicht nicht sehen, weil es von einer Baseballkappe verdeckt ist, aber er erkennt das unverkennbare Emblem des Buccaneer Hotels und stößt einen lauten Freudenschrei aus.

»Ich vermute, wir haben Ihre Freundin gefunden, Agent Crawford.«

»Das habt ihr, ja, das habt ihr.«

»Sie bewegt sich noch immer nicht, Skip«, sagt der Späher. »Entweder sie schläft, oder sie ist bewusstlos, oder sie ist …« Der Rest bleibt ungesagt.

»Okay, mal sehen, ob wir sie aufwecken können. Mr. Norbury, wir gehen auf hundertfünfzig Meter und überfliegen die Zielperson, und wenn wir genau über ihr sind, geben Sie Vollgas. Mr. Popovic, Sie schauen hinten raus, ob sie irgendwie reagiert.«

»Jawohl, Sir.«

»Okay, Gentlemen, gut anschnallen bitte. Das könnte jetzt ein bisschen ruckeln.«

Um sich vom Geräusch der Phantommotoren abzulenken, hat Flint sich in eine andere Welt geflüchtet. In ihrer Vorstellung treibt sie nicht mehr auf dem Ozean, sondern sitzt gemütlich und geborgen in ihrem spirituellen Zuhause, genauer gesagt, unter einem schattigen Apfelbaum auf der Glebe Farm, trinkt selbstgemachte Limonade und plaudert mit Jack. Auch Dr. P. ist da, wenn auch vorläufig nur als stumme Beobachterin. Jack sieht noch immer aus wie ein Baby, scheint aber sensationelle Sprachfähigkeiten entwickelt zu haben.

So, Mummy, jetzt erzähl mir von meinem Vater.

Er ist gestorben, Schätzchen, vor deiner Geburt. Aber wenn er noch leben würde, hätte er dich ganz furchtbar lieb.

Nein. Hätte er nicht. Weil er dir schwören musste, nie Kontakt zu mir aufzunehmen.

Nur um dich zu schützen, Schätzchen.

War er so böse? Warum hast du ihn so gehasst?

Jacks Gesicht ist rot, und er blickt unsicher.

Ich hab ihn nicht gehasst, oder erst ganz am Ende. Er war schwach, Jack, und böse Menschen haben diese Schwäche aus-

genutzt, zuerst Drogenhändler und dann Geheimdienstler. Die Drogenhändler machten ihn erpressbar, und die Geheimdienstler haben ihn unter Druck gesetzt. Dieser miese Nigel Ridout vom miesen MI6 hat deinen Vater beauftragt, mich zu verführen. Dieser miese Nigel Ridout hat deinen Vater beauftragt, eine verdeckte Operation auszuspionieren, die ich geleitet habe.

Flints Vater – mit Panamahut und kurzer Khakihose, unter der seine knochigen Knie hervorschauen – gießt munter frische Limonade in ihre Gläser, ohne auf das Gespräch zu achten. Flints Szenario sieht für Sally keine aktive Rolle vor, aber die Geliebte ihres Vaters schwebt wie ein Gespenst irgendwo am Rand des Obstgartens.

Ich hab Sally lieb, sagt Jack, als könnte er die Gedanken seiner Mutter lesen.

Das ist auch gut so.

Aber du hast mich von ihr weggeholt.

Ich weiß, und das war falsch. Ich hätte dich niemals von Sally oder Grandpa oder von hier wegholen dürfen. Hier ist dein Zuhause, hier gehörst du hin.

Du auch. Es ist auch dein Zuhause.

Eines Tages wieder.

Wann?

Bald, Jack. Sehr bald, versprochen.

Dr. Przewalski hüstelt protestierend, und Flint wendet sich ihr zu. *Oh, ich weiß, was Sie denken, Dr. P., aber glauben Sie mir …*

Was auch immer Flint beteuern wollte, es geht im donnernden Getöse zweier Turbofan-Triebwerke unter, die direkt über ihrem Kopf volle Schubkraft entwickeln.

»Mr. Popovic, was sehen Sie?«

Der Guardian, der fast die Wellen berührt hat, befindet sich jetzt in einem steilen Steigflug, der die Lippen auseinanderzieht, das Zahnfleisch freilegt.

»Die Person lebt, Sir, keine Frage. Sie ist hochgeschossen, als hätte sie einen Stromstoß bekommen.«

»Dann wieder runter mit uns, Mr. Norbury, und senken Sie den Innenraumdruck. Mr. Cooper, Sie bereiten bitte ein Notversorgungspaket vor.«

Cooper ist der Späher auf der linken Seite, und er ist gleichzeitig für den Abwurf zuständig. Er nimmt einen Seesack, an dem zwei Schwimmwesten befestigt sind, und steckt eine leuchtend orangefarbene Seenotfunkboje hinein, einen Overall, ebenfalls orange, eine Tube Sonnencreme, Flaschen mit Trinkwasser und sechs Isotar-Energieriegel, und dann sagt er: »Agent Crawford, möchten Sie vielleicht eine kurze Nachricht schreiben? Dass sie durchhalten soll? Dass Hilfe unterwegs ist?«

Crawford zieht Stift und Block aus seiner Jackentasche und fängt an zu schreiben, schreibt noch, als er Coopers Bitte erst richtig begreift: »Was soll denn das heißen, Hilfe ist unterwegs? Wir sind doch schon hier!«

»Ja, aber gleich nach dem Abwurf, verschwinden wir wieder.«

»Verschwinden?« Crawford klingt fassungslos.

Über die Sprechanlage schaltet sich der Kommandant ein. »Mr. Crawford, wir haben nicht mehr viel Zeit – genauer gesagt, nicht mehr viel Treibstoff. Wenn Sie nicht wollen, dass ich den Vogel hier ins Wasser setze, müssen wir zurück zum Stützpunkt.«

»Was? Sie können sie doch nicht einfach hier lassen ...«

»Bitte, hören Sie mir zu.« Die Stimme des Kommandanten duldet keinen Widerspruch. »In diesem Moment starten in Opa-Locka zwei Rettungshubschrauber, und die Rettungsboote sind bereits auf Kurs. Bei den Bedingungen schaffen sie vierzig Knoten. Die HC-130 ist ebenfalls auf dem Weg hierher, und die haben genug Treibstoff, um in der Nähe Ihrer Freundin zu bleiben, solange es nötig ist. Sobald der Seesack im Wasser ist, sendet die Funkboje ein Signal, das ihre Position angibt. Spätestens in einer Stunde wird sich Ihre Freundin über zu wenig Gesellschaft nicht beklagen können. Sie selbst haben gesagt, Miss Flint gibt niemals auf. Und jetzt braucht sie nicht mehr zu kämpfen. Sie muss nur das Zeug benutzen, das wir ihr runterwerfen, also sich vor der Sonne schützen, trinken und essen, bleiben, wo sie ist und Geduld haben – und genau das sollten Sie ihr in der Nachricht schreiben. Haben wir uns verstanden, Agent Crawford?«

»Verstanden«, sagt Crawford und schreibt rasch weiter.

Aus einer Entfernung von ungefähr einer Meile fliegt der Guardian langsam und in niedriger Höhe auf Flint zu, und Cooper öffnet die Abwurfluke.

LACKLAND AIR FORCE BASE,
TEXAS

40

Die Lackland Air Force Base liegt elf Kilometer westlich von San Antonio und beherbergt auf ihrem fast zweitausendachthundert Hektar großen Areal mit Wilford Hall die größte medizinische Einrichtung der Air Force innerhalb der USA. Die Klinik ist spezialisiert auf die Behandlung schwerer penetrierender Verletzungen – wie Schussverletzungen – und mittlerer bis schwerer Hirnschäden. Zwei Gründe, warum Jack Flint hierher transportiert wurde. Ebenso ausschlaggebend war für Aldus Cutter, dass der Stützpunkt keine Besucher mehr zulässt. Seit dem elften September 2001 ist Lackland eine streng bewachte und extrem sichere »geschlossene Einrichtung«. So ist es beispielsweise nahezu unmöglich, eine aktuelle detaillierte Karte vom Stützpunkt zu bekommen. Cutter weiß das, weil Rocco Morales es vergeblich versucht hat.

Jack wurde dreißig Stunden zuvor mit der Flugambulanz von Washington nach Lackland gebracht, wo man ihn sogleich erneut umfangreichen diagnostischen Untersuchungen unterzog. Jetzt sitzt Cutter im Büro des leitenden Arztes in Wilford Hall bei geschlossenen Jalousien, sodass er nicht sagen könnte, ob draußen Tag oder Nacht ist, und wartet geduldig auf die Ergebnisse. Und er wartet auf Nachricht über das Schicksal von Jacks Mutter.

»Rocco, hören Sie auf, ständig herumzutigern!«, knurrt er vom Sofa her, wo er sich ausgestreckt hat. »Sie machen mich nervös.«

Morales seufzt schwer und lässt sich in einen Sessel fallen, doch selbst im Sitzen kann er die Füße nicht still halten. Über vier Stunden sind vergangen, seit Blade sie von einem öffentlichen Telefon aus auf den neuesten Stand gebracht hat: Dass Flint lebend gefunden worden ist, dass Rettungshubschrauber unterwegs zu ihr sind und dass Jerry Crawford die Situation im Griff hat. Seitdem nichts mehr.

»Soll ich Al auf dem Handy anrufen oder in Opa-Locka?«

»Das ist nicht Ihr Ernst, oder?« Cutter setzt sich auf, dreht den Kopf hin und her, um den Hals zu lockern. »Sie würden in jedem Fall eine Telefonspur hinterlassen, die verrät, dass wir von Jerrys und Grace' Einsatz unten in Miami wissen – und das wissen wir schließlich nicht, oder? Wenn uns einer fragt, sind die beiden irgendwie verschütt gegangen, und wir wissen weder, wo sie sind, noch, was sie treiben. Und wollen es auch gar nicht wissen. Richtig?«

»Vollkommen«, sagt Morales, steht auf und geht wieder ruhelos auf und ab.

Cutter zieht aus seinem Standardrepertoire von Reaktionen die Miene hervor, die Verwunderung ausdrückt: »Wissen Sie, Rocco, ich muss doch staunen. Für einen ehemaligen Killer zeigen Sie ziemlich viel Nerven.«

Morales bleibt wie erstarrt stehen. »He, Mr. Cutter. Das hör ich nicht gern. Ich war Soldat.«

»Klar, aber Sie haben Leute erschossen, das war schließlich Ihr Job, nicht? Und als Scharfschütze in Afghanistan, im Irak, wo auch immer – da haben Sie stundenlang, wenn's sein musste, auch tagelang in irgendeinem ungezieferverseuchten Drecksloch gehockt und auf den richtigen Moment gewartet, ohne mit der Wimper zu zucken, eiskalt. Und schauen Sie sich jetzt an. Blade ruft ein paar Stunden nicht an, und Sie sind nervös wie eine Jungfrau beim ersten Rendezvous. So kenn ich Sie gar nicht, Rocco. Verstehen Sie, was ich meine? Die Frage ist, wieso?«

»Weil ich ein ungutes Gefühl im Bauch habe, Sir.«

»Und welches bitte schön?«

»Dass Grace ihr Glück diesmal überstrapaziert hat. Das musste ja irgendwann kommen.«

»Nee«, sagt Cutter gedehnt, steht auf und strebt Richtung Kaffeemaschine. »Ich hab auch ein Gefühl im Bauch, und mein Bauch ist größer als Ihrer. Deshalb sag ich Ihnen jetzt, was passiert ist. Tasse Kaffee? Nein, gestrichen. In Ihrem Zustand wäre Koffein genau das Falsche.«

Cutter gießt sich eine Tasse ein und gibt reichlich Süßstoff dazu.

»Rocco ich wette hundert Dollar, das Einzige, worum man sich bei Flint Sorgen machen musste, als die Rettungshubschrauber sie erreichten, war ihre schlechte Laune. Die haben einen Mann per Seilwinde runtergelassen, oder ein Taucher ist ins Wasser gesprungen, jedenfalls, das Erste, was der Mann zu hören kriegte, war: ›Wo bleibt ihr denn so lange?‹ Ich wette nochmal hundert Dollar, dass sie sie nach Opa-Locka geflogen und drauf bestanden haben, sie ins Krankenhaus zu bringen, und sie hat die ganze Zeit gemeckert, und Jerry und Blade sind bei ihr – deshalb hat Al sich auch noch nicht wieder gemeldet. Wenn einer mitkriegt, dass er mit Ihnen spricht, können wir schließlich nicht mehr behaupten, von ihrem Einsatz keine Ahnung zu haben. Sobald er ein öffentliches Telefon findet, das er unbemerkt benutzen kann, ruft er wieder an.«

Cutter tigert nicht durch den Raum, er schlendert.

»Und wissen Sie, was ich noch für ein Gefühl im Bauch habe? Dass Flint jetzt im Augenblick oder in allernächster Zukunft gegen ärztlichen Rat das Krankenhaus verlässt – weil sie bestenfalls nur einen kleinen Hitzschlag erlitten hat, aber mehr nicht. Sie wird zum Haus der Schützin fahren, weil sie sich ausrechnet, dass man über die Tochter am besten an die Schützin rankommt und dass irgendwo im Haus Spuren sein müssen, wo die Tochter zu finden ist.«

»Wie will sie denn da reinkommen? Blade hat den Haustürschlüssel doch der Polizei gegeben.«

»Ja, das hat er gesagt, nicht?« Cutter zwinkert ihm zu. »Rocco, ich wette noch mal hundert Dollar, dass Blade Ihnen eine klitzekleine Einzelheit unterschlagen hat.«

»Er hat einen Nachschlüssel machen lassen?«

Cutter strahlt ihn an.

MIAMI BEACH

41

Auf Wunsch ihrer Tochter hat Mrs. Shinoda zum Abendessen Horenso Gomaae zubereitet: Spinat mit einer Sauce aus Sojabohnenpaste, gemahlenem Sesam und einem Löffelchen Sake. Unagi und Melinda essen aus wunderschön bemalten Schalen in Unagis Zimmer – das haargenau so aussieht wie das von Melinda – im Schneidersitz auf dem Boden, als Melindas Handy klingelt. Sie blickt auf die im Display angezeigte Nummer.

»Hi, Mom. Wo steckst du?«

Schweigen am anderen Ende.

»Hallo?«

»Hallo Melinda.« Flint versucht gar nicht erst, Courtney Morrisons Stimme nachzuahmen, und Unagi bemerkt die plötzliche Anspannung im Gesicht ihrer Freundin.

»Wer spricht denn da?«

»Eine Freundin.«

Melinda steht auf. »Sie sind eine Freundin von Mom?«

»Nein, eine Freundin von dir – ich könnte es jedenfalls werden. In der nächsten Zeit wirst du eine Freundin brauchen, Melinda.«

»Was reden Sie denn da? Wer sind Sie?« Melindas Verwirrung schlägt in Zorn um. »Woher haben Sie das Handy meiner Mutter?«

»Sie hat's hier gelassen. Ich glaube, sie wollte, dass ich es bekomme, damit ich weiß, wie ich dich finden kann. Weißt du, wo sie jetzt ist, Melinda?«

»New …« Sie kann sich gerade noch bremsen.

»New was, Melinda?«

»Weiß ich nicht.«

»Ach, komm schon, Melinda. New York? New Orleans? New Haven?«

»Leck mich, du Miststück«, brüllt Melinda plötzlich hasserfüllt ins Telefon, und Unagis dunkle Augen blicken bestürzt. *Doushita no?*, flüstert sie – *Was ist los?*

Flint fragt unnatürlich gelassen: »Willst du, dass ich dich in Ruhe lasse? Du weißt, dass ich das nicht kann, Melinda. Du weißt, dass ich das nicht tun werde.«

Und dann legt Flint auf.

Flint durchsucht im dämmrigen Licht, das durch die Fenster fällt, Courtney Morrisons Schlafzimmer. Im ganzen Haus brennt keine Lampe. Von der Straße aus sieht das Morrison-Haus verlassen aus.

Durch den Ohrhörer, den Blade ihr gegeben hat – topmodern, hat er gesagt –, hört Flint ein Knistern und dann Wortfetzen von einer körperlosen Stimme. *Besucher* ist das Einzige, was sie versteht. »Wiederholung?«, sagt sie leise, die Lippen dicht an dem Mikro, das am Kragen des orangefarbenen Overalls von der Küstenwache klemmt. »Nicht verstanden. Bitte wiederholen.«

Statt einer Antwort hört sie nur Knistern. *Topmodern, von wegen*, denkt sie, als sie aus Courtneys Zimmer auf den Flur eilt, wo sie sich oben an der Treppe im Schatten versteckt und angestrengt lauscht. Blade und Brendan Glees sitzen in zwei Autos, die im Abstand von hundert Metern vor dem Haus parken, während Jerry Crawford sich ein Versteck im Garten gesucht hat: alle auf Spähposten und alle mit Funkgeräten ausgestattet, aber mit Funkgeräten, die offenbar nicht funktionieren. An den Füßen trägt Flint ein Paar Laufschuhe, die sie aus Courtneys Kleiderschrank stibitzt hat und die ihr fast wie angegossen passen. Die Pistole, die Blade ihr geliehen hat, ist eine neunschüssige Halbautomatik, Kaliber fünfundvierzig, mit Rosenholzgriff und superleichtem Scandium-Rahmen. Topmodern, keine Frage, liegt federleicht in der Hand.

Sie hört nichts, was auf einen Eindringling hindeutet, aber ihr Instinkt rät ihr, auf Nummer sicher zu gehen. Sie schleicht vorsichtig die Treppe hinunter, verharrt auf jeder Stufe und lauscht erneut. Ein Geräusch von unten, und Flint erstarrt, analysiert, was das gewesen sein könnte. Ihre Sinne beschließen, dass es nur eine Tür war, die sich leicht in den Angeln bewegt hat. Weil sich ein menschlicher Körper hindurchgeschoben hat? Flint weiß, mit dem leuchtenden Overall ist sie selbst im Dämmerlicht ein deutliches Ziel, aber sie geht davon aus, dass Melinda, falls sie nach Hause kommt, unbewaffnet sein wird. Im Gegensatz zu Melindas Mutter, falls sie nach Hause gekommen ist.

Durch ständiges Rauschen hindurch hört sie Blade sagen: »… wie ist die Lage?« *Ziemlich unklar*, lautet die Antwort, aber sie kann nicht riskieren, es auszusprechen. Stattdessen kratzt sie mit dem linken Zeigefinger zweimal kurz über das Mikro, dann einmal, dann wieder zweimal – ein abgesprochener Code, der besagt, dass sie unsicher ist. Sie hört ein dreimaliges knappes Klopfen als Reaktion – *Verstanden* –, und das macht ihr Mut, weiter nach unten zu gehen.

Jetzt steht sie am Fußende der Treppe und sucht das Wohnzimmer über das Visier der Halbautomatik hinweg ab. Die Küchentür links von ihr ist halb offen, was sie vorher nicht war, da ist Flint ziemlich sicher.

Flint schiebt sich weg von der Küche quer durchs Wohnzimmer, bis ihr Rücken die Wand berührt. Mit der linken Hand greift sie nach hinten, um die Haustür aufzuschließen und zu öffnen, und sagt laut zu niemandem – weil niemand da ist –: »Okay, Gentlemen, ich brauche Unterstützung. Eindringlinge im Haus.«

Dann ruft sie drohend Richtung Küche: »He da, wir sind bewaffnete Beamte und werden nötigenfalls das Feuer eröffnen. Waffen auf den Boden legen und rauskommen. Hände über dem Kopf.«

Die Stille verhöhnt sie.

Und jetzt?, fragt Flint sich und spürt lähmende Unentschlossenheit. Sie muss handeln, das weiß sie, aber wie sie ebenfalls weiß, hat der Stress im Stirnlappen ihres Gehirns, genau über den Augen, ein Enzym aktiviert, das ihr Urteilsvermögen trüben könnte. Soll sie sich Richtung Küche vorwagen oder durch die Haustür fliehen oder einfach bleiben, wo sie ist? Sie kann sich nicht entscheiden.

Stocksteif steht sie da und starrt die Küchentür an, die sich auf einmal ein Stück bewegt, nicht viel, nur ein paar Zentimeter in ihre Richtung. Jetzt schwingt die Tür wieder zurück, bleibt stehen und bewegt sich wieder nach vorn – und Flint denkt, dass die Ursache ein leichter Luftzug sein muss. Aber wie kann ein Luftzug durch die Küche wehen, wo doch die Hintertür verriegelt und das Fenster fest geschlossen war, ehe sie nach oben ging?

Weil sich daran etwas geändert hat.

»Okay.« Flint lädt die Halbautomatik durch, eine klare Warnung. »Zum letzten Mal, Hände hoch und rauskommen, UND ZWAR SOFORT.«

Nichts, und der Klumpen Gehirnmasse, der Flints Mandelkern ist, läuft jetzt auf Hochtouren und speit unerwünschtes Adrenalin in ihren Blutkreislauf, das das rationale Denken beeinträchtigt. Doch dann setzt das in der Ausbildung antrainierte Verhalten ein, und sie muss nicht mehr nachdenken. Auf den lautlosen Sohlen von Courtneys Laufschuhen durchquert sie das Wohnzimmer, erreicht die Tür in geduckter Haltung und stößt sie, ohne zu zögern, mit der Schulter so fest auf, dass sie gegen die Wand schlägt. Sofort sucht sie Deckung hinter der Küchentheke, kauert sich nieder und lauscht, hört aber nur ihren eigenen Herzschlag und das langsame Tröpfeln eines Wasserhahns.

Man hat Flint beigebracht, in solchen Situationen nicht abzuwarten. Sie springt auf und stellt sich breitbeinig hin, Knie leicht gebeugt, Arme ausgestreckt, die Pistole in dem vertrauten zweihändigen Griff knapp unter Augenhöhe, und schwenkt Kopf und Oberkörper wie den Geschützturm eines Panzers im Bogen herum. Nichts, keine drohende Gefahr.

Jetzt geht sie zum Wirtschaftsraum, in den sie ebenso entschlossen eindringt. Er ist leer, und hier könnte sich nicht mal ein Kind verstecken. Sie kehrt in die Küche zurück, hält die Waffe jetzt zu Boden gerichtet und will gerade ins Mikro sprechen – *Crawdaddy, Blade, Glees? Hört ihr mich?* –, als sie einen Lufthauch im Gesicht spürt und schlagartig weiß, woher der Durchzug rührt.

Die Hintertür ist nicht mehr verschlossen und bewegt sich im Wind.

Sofort geht Flint wieder in Schussposition, und ein einziger Gedanke schießt ihr brennendheiß durch den Kopf. Jerry Crawford sollte diese Tür von seinem Versteck im Garten aus beobachten, und kein Mensch hätte dort reinkommen können, ohne von ihm gesehen zu werden. Er hätte irgendwas gerufen, notfalls einen Warnschuss abgegeben, und Flint hätte es gehört, so jedenfalls war es geplant gewesen. Jetzt muss Flint davon ausgehen, dass es nur eine Erklärung für die unheimliche Stille gibt: Crawdaddy ist etwas passiert!

Fünf rasche Schritte bringen Flint zur Türschwelle, wo sie die Hintertür mit der Schuhspitze ganz aufstößt. Sie macht einen Schritt in den Garten, späht in die Dunkelheit, widersteht der Versuchung, Crawfords Namen zu rufen.

»Hallo, Miststück.«

Die Stimme kommt von rechts, und Flint wirbelt herum, lässt sich auf ein Knie fallen, hebt die Waffe, Finger am Abzug. Sie hat kaum Zeit, ihren ersten Blick auf Melinda zu registrieren, als sie spürt, dass von hinten etwas – jemand – rasch näher kommt. Sie dreht sich halb, bekommt zwei heftige Schläge ab, einen gegen die linke Schulter, den anderen links gegen den Kopf. Sie stürzt, und als ihr rechter Ellbogen aufschlägt, geht die Waffe viel zu dicht an ihrem Gesicht los. Der Knall ist ohrenbetäubend, und sie spürt sengendes Schießpulver auf der Wange.

Zwei weitere Schläge, einer mit voller Wucht auf ihren Hinterkopf, ein schwächerer in die Nierengegend. Instinktiv schützt sie den Kopf mit den Händen. Sie rollte sich auf die linke Seite und schlägt blind mit der Hand um sich, die noch immer die Waffe hält, spürt, wie Rosenholz auf Knochen kracht, und hört jemanden vor Schmerz aufschreien. Flint bietet all ihre Kraft auf, schlägt noch einmal zu, und diesmal meint sie das Brechen von Knochen zu hören.

»Du verdammtes Schwein …«

Melinda liegt auf dem Boden, umklammert ihren Knöchel und flucht aus vollem Halse.

Damit bleibt noch die andere, ein tanzender Derwisch von einem Mädchen, das um Flint herumtänzelt und sie mit schmerzhaften Tritten traktiert. Sie sieht aus wie ein Kind, klein und zartgliedrig und ungemein zerbrechlich, aber sie ist flink auf den Beinen, und sie weiß, wo es am meisten wehtut. Flint windet sich und rollt hin und her, versucht, den Tritten auszuweichen und zum Gegenangriff überzugehen. Aber es ist reines Glück, dass sie schließlich einen Treffer in der Magengegend ihrer Gegnerin landet, der ihr den Atem raubt und Flint Zeit gibt, wieder auf die Beine zu kommen. Die Pistole ist noch immer in ihrer rechten Hand. Sie macht zwei Schritte rückwärts, zielt auf den Kopf des Kindes, senkt dann den Arm wieder.

»He«, sagt sie, »hör auf. Ich will dir nichts tun.«

Unagi betrachtet Flint starr aus leeren Augen. Vielleicht hört auch sie die nahende Kavallerie.

»Hinten im Garten«, ruft Flint.

Blade kommt durch die Hintertür gestürmt und sieht sich um.

»Wer ist das?«

»Melindas Freundin.«

»Und wo ist Melinda?«

Da, will Flint sagen, doch Melinda liegt nicht mehr auf dem Boden. Sie ist verschwunden, wie vom Erdboden verschluckt.

Ob Melindas rechter Knöchel nun gebrochen ist oder nicht, er tut jedenfalls höllisch weh, und sie kann ihn nicht belasten. Sie hält sich mit beiden Händen am Geländer fest und hüpft auf einem Fuß die Treppe hinauf, um etwas aus ihrem Zimmer zu holen, etwas, was sie braucht. Der Rückweg ist noch schwieriger, weil sie jetzt nur noch eine Hand frei hat. Flint wartet auf sie am Fuß der Treppe neben dem Lichtschalter, macht das Licht an und sagt, sie solle stehen bleiben.

»Ist das ein richtiges Schwert, Melinda?«

»Was glaubst du denn wohl, Miststück?«

»Ich glaube, du solltest es weglegen.«

»Könnte dir so passen.« Melinda grinst, macht zwei mähende Bewegung mit dem Schwert, wie mit einer Sense. Sie steht auf der siebten Stufe von unten, noch zu hoch, um von dort zu springen. »Und jetzt? Willst du etwa auf eine Minderjährige schießen?«

»Wenn's sein muss«, sagt Flint.

»Na, supertapfer, echt.« Melinda ist etwa einsfünfundsechzig groß, aber Flint schätzt ihr Gewicht auf gut fünfundachtzig Kilo. Von unten betrachtet sieht es aus, als hätte sie keinen Hals. Sie trägt Jeans, die knapp über dem Knie abgeschnitten sind, und ein schwarzes Tanktop, dass ihre wuchtige Schulter- und Armmuskulatur zur Geltung bringt. Ihre Haare sind so knallorange wie Flints Overall.

»Leg das Schwert weg, Melinda.« Flint weiß, dass Brendan

Glees durch die offene Haustür hereingekommen ist, dass er links hinter ihr steht und mit seiner Pistole vage in Melindas Richtung zielt.

Melinda achtet gar nicht auf ihn. »Zwing mich doch«, sagt sie zu Flint.

»Okay«, sagt Flint und feuert einen Schuss in das Geländer knapp unterhalb der Stelle, an der Melinda sich festhält. Das Holz splittert, Melinda reißt die Hand weg und gerät durch die abrupte Bewegung ins Taumeln. Um nicht das Gleichgewicht zu verlieren, tritt sie instinktiv fest mit dem rechten Fuß auf, und der stechende Schmerz in ihrem Knöchel lässt sie aufschreien. Sie hebt den Fuß sofort wieder, und jetzt hat sie das Gleichgewicht endgültig verloren und fällt nach vorn, kopfüber. Im Fallen – Flint sieht es wie in Zeitlupe – dreht Melinda das Schwert so, dass die Spitze gegen ihren Bauch drückt, und umfasst den Griff mit beiden Händen.

Melindas letzter Schrei besteht aus Worten, die Flint nicht versteht. Sie klingen japanisch: Vielleicht ein Trotz- oder Triumphgeheul, vielleicht aber auch ein Fluch.

42

Natürlich ist kurz darauf die Hölle los. Noch während Blade den Vorfall meldete und einen Krankenwagen anforderte, hielt schon der erste Streifenwagen, der wegen der Schüsse alarmiert worden war, vor Courtney Morrisons Haus. Jetzt parken ein halbes Dutzend Streifen- und Zivilwagen, zwei Rettungswagen und ein Van von der Spurensicherung kreuz und quer auf der

Straße. Jenseits der Polizeiabsperrung stellen Kameracrews ihre Scheinwerfer auf.

Im Haus arbeitet ein Rettungsteam an Melinda, die von dem Schwert durchbohrt noch immer am Fuß der Treppe liegt, während hinten im Garten ein zweites Team Jerry Crawford versorgt. Er hat einen Schlag auf den Hinterkopf bekommen und eine schwere Gehirnerschütterung, wenn nicht noch Schlimmeres, aber zumindest ist er wieder bei Bewusstsein.

»Wir werden allmählich zu alt für so was«, sagt er matt zu Flint, die neben ihm auf dem Boden kauert.

»Das gilt höchstens für dich.« Sie berührt mit den Fingern seine Lippen. »Aber vielleicht hast du recht.«

»Ist sie das?« Crawford kann den Kopf wegen der Halskrause nicht bewegen, aber seine Augen finden Unagi, die mit Plastikfesseln an Händen und Füßen starr wie eine Salzsäule im Lichtschein steht, der aus dem Küchenfenster fällt. »Sieht aus, als würde sie beim leisesten Lüftchen umgepustet.«

»Ja? Na, die blauen Flecke, die ich am ganzen Körper hab, beweisen das Gegenteil. Glaub mir, Crawdaddy, sie ist eine Raubkatze.«

»Weißt du, womit sie mir eins übergebraten hat?«

»Das war eine Betonplatte, die fast so viel wiegt wie sie selbst. Melinda hat ihr geholfen; sie haben das Ding oben auf den Zaun gewuchtet, um es dir auf den Kopf fallen zu lassen, aber zum Glück hat es dich nur gestreift.«

Die Sanitäter sagen Flint, dass sie im Weg ist. Sie überlässt Crawford ihrer Obhut und geht an Unagi vorbei in die Küche, wo Blade und Manny Lucca mitten in einer angeregten Diskussion sind. Angesichts der Umstände wirkt Lieutenant Lucca eigentlich recht entspannt. Als Flint näher kommt, hört sie ihn lachen, als hätte Blade gerade einen Witz erzählt.

»Du bist mir geschickt ausgewichen? Nett formuliert, Blade. Du hast mich angelogen.«

»Nein, ich hab die Wahrheit umgangen.«

»Ha! Umgangen? Sagen wir mal: großräumig umlaufen.« Er zwinkert Flint zu. »Wie fühlst du dich?«

»Kann ich noch nicht sagen. So einigermaßen, glaub ich, aber es war ein langer Tag. Eine Frage: Besteht die Möglichkeit, die Reporter da draußen über Melinda im Unklaren zu lassen?«

»Mann, ich wüsste nicht wie. Da begeht eine Siebzehnjährige in South Beach Harakiri, das erregt Aufsehen, meinst du nicht?«

»Klar, aber ich brauch ein bisschen Zeit.«

Lucca blickt amüsiert. »Wenn dieses Arschloch da hinten« – er deutet mit dem Kopf auf einen Mann, der in der Tür zum Wohnzimmer steht – »seinen Willen kriegt, hast du überhaupt keine Zeit mehr.«

Der Mann heißt Seth Deaver, ist Special Agent beim FBI. Er ist vor zwanzig Minuten aufgetaucht und meinte, von nun an sei das FBI zuständig. Flint hat ihm erklärt, die Zuständigkeit liege weiterhin bei ihr, und da sie in der Hierarchie der Federal Agents um einige Dienstränge höher steht als er, hat sie sich erst mal durchgesetzt. Aber so leicht hat Deaver nicht aufgegeben. Er hat seinen Vorgesetzten angerufen, der prompt die Telefonleitungen nach Washington heißtelefoniert hat, und jetzt ist schon das Justizministerium eingeschaltet, und es hängt alles davon ab, für welche Strategie Cutter sich entscheidet. Wird er die Operation leugnen oder nachträglich die Verantwortung übernehmen? Flint hat Cutter mehrmals dringend um Rückruf gebeten, doch er hat bislang nicht reagiert, und sie fürchtet langsam, dass sein Schweigen kein gutes Zeichen ist. Aber Lucca gegenüber lässt sie sich nichts davon anmerken.

»Das Arschloch telefoniert bestimmt noch immer«, sagt er, ohne sich umzudrehen.

»Handy klebt am Ohr.«

»Dann hört er wahrscheinlich nicht so bald damit auf.«

»Manny, er ist vom FBI. Die halten sich für den Nabel der

Welt. Was erwartest du?« Sie streicht Lucca über die Schulter, lächelt Blade zu und geht weiter. »Achtung!«, blafft sie Deaver von hinten an, der hastig zur Seite springt.

Das Wohnzimmer sieht aus wie ein Schlachtfeld. Die Sanitäter konnten zwar die Blutung eindämmen, aber durch die Austrittswunde verliert Melinda noch immer Blut, das sich um sie herum ausbreitet wie ein See, der über die Ufer getreten ist. Sie geben ihr Sauerstoff und Transfusionen mit 0-negativ-Konserven, sie versuchen, ihren Herzschlag per Defibrillator zu normalisieren, aber sie wissen nicht, was sie mit dem Schwert machen sollen. Es zu entfernen ist ungemein gefährlich. Aber ebenso gefährlich ist es, Melinda zu transportieren, solange das Schwert noch in ihr steckt.

Flint blickt hinunter in Melindas bleiches Gesicht und empfindet plötzlich Mitleid. Doch dann sieht sie Jacks starres Gesicht vor sich, und das Mitleid verschwindet. Der Leiter des Rettungsteams erklärt, dass die Entscheidung von Spezialisten getroffen werden muss. Ein auf Notoperationen spezialisiertes Team, das mit solchen Situationen Erfahrung hat, ist unterwegs. »Hoffen wir weiter«, sagt Flint vage und umgeht vorsichtig die Blutlache, damit Courtneys Laufschuhe keine Flecken abbekommen.

Zwei uniformierte Polizisten, die die Haustür bewachen, lassen sie mit respektvollem Nicken durch. Sie wissen vermutlich nicht mal, wer sie ist, aber irgendwie verleiht ihr der knallorangefarbene Overall eine gewisse Autorität. Der Sergeant an der Absperrung tritt zu ihr. »Brauchen Sie irgendwas?«

»Luft«, sagt sie. »Und außerdem muss ich die Raubtiere füttern.«

Sie meint die Reporter, die sich hinter der Absperrung drängen und mit vorgereckten Mikros lauthals um Informationen bitten. Sie scheint zu zögern und geht dann doch zu ihnen, als würde sie unwiderstehlich angelockt wie eine Motte vom Licht.

Courtney, siehst du dir das live im Fernsehen an?, denkt sie.

»Ma'am, Ma'am, können Sie uns sagen, was passiert ist?«

Sie bleibt vor den Kameras stehen und wartet, bis der Tumult etwas abebbt. Schließlich sagt sie: »Heute Abend wurde hier ein Federal Agent angegriffen und schwer verletzt. Die Rettungssanitäter sind noch dabei, die Schwere der Verletzungen abzuschätzen, ehe der Kollege ins Krankenhaus gebracht wird. Eine der verantwortlichen Personen befindet sich bereits in Polizeigewahrsam. Wir haben Grund zu der Annahme, dass mehr als nur eine Person an der Tat beteiligt waren, aber bislang ist nur eine Festnahme erfolgt. Selbstverständlich sind die Ermittlungen im vollen Gange. Wir rechnen in Bälde mit weiteren Festnahmen.«

Flint verstummt, als hätte sie alles gesagt, was gesagt werden musste. Als prompt zahllose Fragen auf sie niederprasseln, tut sie erstaunt.

Immer schön vorsichtig. Das wird live gesendet und gleichzeitig aufgezeichnet, also schick Courtney eine Botschaft, aber erlaube dir keine einzige Lüge.

»Moment! Bitte nicht alle auf einmal!« Flint hebt beruhigend beide Hände, dann: »Ich werde Ihre Fragen beantworten, so gut es geht. Nein, der Verletzte ist kein FBI-Agent, obschon das FBI an den Ermittlungen beteiligt ist. Zu der Frage, in welchem Fall der Beamte ermittelte, kann ich Ihnen im Augenblick lediglich sagen, dass es sich um ein Verbrechen auf Bundesebene handelt. Ja, die festgenommene Person ist weiblich. Nein, sie hat nicht versucht, sich zu erstechen, auch wenn Sie Gegenteiliges gehört haben. Als ich sie zuletzt sah, und das war vor wenigen Minuten, sah sie … na ja, man könnte fast sagen gelassen aus. Nein, die Festgenommene scheint nicht hier zu wohnen. Nein, die Ermittlungen des verletzten Beamten richteten sich nicht gegen die Festgenommene. Ob noch weitere Beamte beteiligt waren? Ja, ich. Das wär im Augenblick alles, vielen Dank.«

Flint dreht den Kameras den Rücken zu und entfernt sich, reagiert weder auf die weiteren Zurufe noch auf die schneidende Frage: *Und wer zum Teufel sind Sie?*

Noch immer keine Neuigkeit von Cutter, aber als Special Agent Deaver sich verabschiedete, erwies er sich als erstaunlich guter Verlierer: »Also, Ma'am, Sie haben freie Hand, und ich wünsche Ihnen viel Glück.« Offenbar, so Flints Vermutung, hat Cutter in Washington mal wieder ein kleines Wunder bewirkt und das Justizministerium irgendwie davon überzeugen können, dass die Strike Force auch weiterhin eine Operation leiten sollte, die offiziell nie abgesegnet wurde, die es offiziell nicht mal gab.

Das Team der Notfallchirurgen ist eingetroffen und hat beschlossen, das Schwert vor Ort aus Melindas Unterleib zu entfernen, und jetzt wird das Wohnzimmer in einen improvisierten OP-Saal verwandelt. Flint geht zu Crawford, der noch immer im Garten ist. Der Chefsanitäter, auf dessen Namensschild Barney Wallace steht, sagt ihr, dass sie Jerry jetzt ins Krankenhaus bringen werden, aber Flint sagt nein, noch nicht. Und dann entgleitet ihr unversehens die Kontrolle.

Wallace, der ein ganzes Stück größer ist als sie, sagt: »Hören Sie, Lady, das haben nicht Sie zu entscheiden.«

»Doch, und genau das tu ich. Wie sind seine Vitalfunktionen. Ist er stabil?«

»Darum geht's nicht. Es geht darum, dass –«

»Mr. Wallace, es geht darum, dass Sie und Ihr Patient schön hier bleiben, es sei denn, Sie sagen mir, der Patient befindet sich in akuter Lebensgefahr.«

»Ich ruf meinen Vorgesetzten an.«

»Nein, das lassen Sie schön bleiben.«

Wallace hat sein Funkgerät am Gürtel hängen, und er muss eigentlich nur den Sendeknopf drücken und sprechen, aber irgendwas in Flints Auftreten lässt ihn zögern. Über ihren Kopf hinweg sieht er Lucca bei Unagi, und er ruft ihn her: »He, Lieutenant, kann ich Sie kurz sprechen?«

Das wird die Nagelprobe für Flints zweifelhafte Autorität, denn sie weiß genau, dass Manny Lucca hier am Tatort das Sagen hat. Sie sieht ihm entgegen und lächelt flehend.

»Hi, Barney, was ist denn?«

»Die Frau hier –«

»Die Frau hier ist Deputy Director Flint«, unterbricht Lucca ihn, wobei er ihren Rang überdeutlich betont, als wollte er sagen, Barney sollte ihr etwas mehr Respekt entgegenbringen.

»Okay, meinetwegen. Jedenfalls sagt sie, ich kann meinen Patienten nicht ins Krankenhaus bringen, wo er aber dringend hinmuss, und ich übernehme keine Verantwortung für eventuelle Verzögerungen. Entweder Sie lassen mich meine Arbeit tun, oder Sie erteilen mir die ausdrückliche Anweisung, das Leben meines Patienten zu gefährden.« Barney Wallace' ohnehin schon vorstehende Augen treten vor lauter Empörung noch mehr aus den Höhlen.

»Genau«, sagt Lucca.

»Was soll das denn heißen? Können wir ihn jetzt transportieren oder nicht?«

»Sie können ihn nicht transportieren«, sagt Flint. »Solange ich es nicht erlaube.«

»Sie hab ich nicht gefragt.«

»Meine Antwort ist dieselbe«, sagt Lucca, und Wallace sieht aus, als würde er gleich aus der Haut fahren.

Einen Moment lang stiert er Flint und Lucca wütend an, dann: »Okay, ich verschwinde.« Er dreht sich um, hebt die Hand und lässt sie durch die Luft kreisen, um seinem Team zu sagen: Wir sind hier fertig.

»Wallace!« Sein Name aus Flints Mund klingt wie ein jäher Donnerschlag. »Bleiben Sie stehen!« Das sagt sie dermaßen drohend, dass Wallace auf der Stelle erstarrt. »Umdrehen!«, befiehlt sie, und er gehorcht zögernd. »Jetzt hören Sie mal gut zu.« Ihre Stimme ist jetzt viel leiser. »Wir versuchen, einen Profikiller zu schnappen, jemand, der gegen Geld Menschen erschießt, jemand, der den Auftrag angenommen hat, ein Kind zu ermorden. Und ich kann im Augenblick nicht zulassen, dass Sie hier wegfahren, weil Sie dadurch die Operation gefährden und noch weitere Unschuldige getötet werden könnten. Verstehen Sie das? Mr. Wallace, Sie sind hier nicht nur Sanitäter an einem Tatort, Sie sind wichtiger Bestandteil eines Einsatzes, der Menschenleben retten soll. Und, nur damit Sie es wissen, Ihr Patient ist mein Kollege und ein sehr guter Freund von mir, und wenn ich auch nur eine Sekunde lang glauben würde, dass –«

»He, bin ich Luft?«, sagt Crawford leise von seiner Trage aus.

»Was?« Wallace ist perplex.

»Menschenskind, ihr redet über mich, als wäre ich gar nicht da«, stellt Crawford fest. »Hab ich denn gar nichts mehr zu sagen? Barney, ich weiß Ihre Sorge und Ihre Professionalität zu schätzen, ehrlich. Aber in meinem Beruf gibt es genau wie in Ihrem gewisse Risiken. Wenn's brenzlig wird, sind wir die Ersten vor Ort und die Letzten, die sich verdrücken, nicht? Und im Augenblick geht es vor allem darum, den Killer zu schnappen, und wenn ich dafür noch ein Weilchen hier rumliegen muss … tja, dann ist das nicht zu ändern.«

Wallace sagt: »Ist Ihnen klar, welche Folgen eine subdurale Blutung haben kann?«

»Sie glauben, mein Gehirn blutet?«

»Ich weiß es nicht. Bei der Schwere der Verletzung ist das durchaus möglich. Das lässt sich eben nur im Krankenhaus feststellen. Sie können sterben, wenn Sie tatsächlich eine Blutung haben und nicht schnellstens was dagegen unternommen wird.«

Flint läuft es kalt den Rücken runter. Grob geschätzt, beobachten sie jetzt sieben Personen – acht, wenn man Unagi mitzählt –, und sie kommt sich vor wie eine Scharfrichterin mit der Hand am Schalter.

»Grace?«, fragt Lucca unsicher. Er tritt von einem Bein aufs andere.

Bringt ihn weg, möchte sie sagen – würde sie sagen, wenn Jerry sich nicht einschaltet. Er betrachtet sie wie ein gefangener Bär.

»Wartet noch eine Stunde«, sagt er schließlich.

»Nein, dreißig Minuten, höchstens«, entgegnet sie. »Dann wirst du ins Krankenhaus gebracht, komme, was wolle.«

Die Umstehenden wenden den Blick ab, als wollten sie nichts mit Flint Entscheidung zu tun haben. Wallace erklärt: »Eins kann ich Ihnen sagen, Lady. Ich bin verdammt froh, dass ich nicht mit Ihnen befreundet bin.«

Flint liegt in Melindas Zimmer auf dem Bett. Sie hat die Augen geschlossen, Melindas Handy in der Hand, und wartet sehnsüchtig darauf, dass es klingelt.

»Klopf, klopf«, sagt Blade von der Tür aus. »Kann ich dir ein bisschen Gesellschaft leisten?«

»He, ich hab mich schon gefragt, wo du steckst.«

Er schließt die Tür. »Ich hab mich mal kurz verdünnisiert und Cutter angerufen.«

»Und?« Flint steht auf.

»Hab ihn nicht erreicht, weil er unterwegs nach Washington ist. Da herrscht anscheinend helle Aufregung.« Blade schmunzelt und fügt hinzu: »Kann mir gar nicht denken, wieso. Jedenfalls, ich hab Rocco an die Strippe gekriegt, und ich hab gute Neuigkeiten über Jack. Die Ärzte in Lackland sind optimistisch, dass er keinen dauerhaften Hirnschaden hat. Offiziell heißt das, sie sind verhalten optimistisch, aber so reden Mediziner nun mal. Rocco meinte, die haben von einem Ohr zum anderen gegrinst, als sie ihm das gesagt haben.«

Sie begreift nichts mehr, zu viele Informationen in zu kurzer

Zeit. Sie starrt Blade an, als müsste sie überlegen, wer er ist, und bringt nur ein Wort heraus: »Lackland?«

»Der Luftwaffenstützpunkt Lackland. In Texas … wo Jack ist. Wusstest du das nicht?«

Sie nickt, aber Blade weiß, was sie meint. Nein. Ihr geben die Knie nach, als Blade sie in die Arme nimmt. »Grace, ich will damit sagen, Jack wird wieder gesund.«

Es sind noch fünf Minuten, bis Flints Zeitlimit für den Transport von Jerry Crawford ins Krankenhaus abläuft. Sie und Blade sitzen nebeneinander an die Wand gelehnt auf einer Tatamimatte, als lautes Vogelgezwitscher sie hochfahren lässt. Beide brauchen einen Moment, bis sie begreifen, dass Melindas Handy klingelt. Flint grabscht nach dem Telefon, und Blade ist schon aufgesprungen und eilt Richtung Tür. »Noch nicht drangehen, noch nicht«, ermahnt er sie. Auf dem winzigen Display des Handys steht: ANRUFER UNBEKANNT.

Blade reißt die Tür auf, brüllt die Treppe hinunter: »Manny, wir haben Kontakt.«

Es scheint eine Ewigkeit zu dauern, bis Lieutenant Lucca in der Tür erscheint, ein Funkgerät an den Lippen, und eine weitere Ewigkeit, ehe er ihr mit erhobenem Daumen das Zeichen gibt, den Anruf anzunehmen.

»Ach Courtney«, sagt sie ins Telefon. »Was haben wir unseren Kindern nur angetan?«

In South Beach steht Flint oben an der Treppe von Courtney Morrisons Haus und blickt hinunter auf die surreale Szene im Wohnzimmer, wo Notfallchirurgen um Melindas Leben ringen. Auf Sanibel Island, rund zweihundertfünfzig Kilometer weiter nordwestlich, steht Courtney in der Küche eines kleinen Cottage, das nur von einem flackernden Fernsehbildschirm erhellt wird – einer Liveübertragung von ihrem Haus in South Beach. Sie hält ein Handy ans Ohr, weigert sich aber, auch nur ein Wort zu sagen. Aber ihr Schweigen wird das Ergebnis keineswegs beeinflussen. In Jacksonville, Florida, sind Techniker von T-Mobile, angefeuert von Manny Lucca, eifrig dabei, ihr Signal zu orten.

»Courtney, soll ich Ihnen sagen, was ich sehe?«

Lucca gibt ihr hektisch Handzeichen. *Halt sie in der Leitung.*

»Auf Ihrem Esstisch im Wohnzimmer haben sie Laken und Handtücher ausgebreitet, alles, was sie finden konnten, damit Melinda es möglichst angenehm hat. Ist jetzt leider alles dahin, das viele Blut, Sie verstehen. Die versuchen jetzt, das Schwert zu entfernen – das sie an der Wand hängen hatte und das sie sich in den Bauch gestoßen hat –, ohne dass Melinda dabei verblutet. Das ist nämlich die Gefahr, verstehen Sie. Wenn sie das Schwert rausziehen, könnten sie eine Arterie durchtrennen, und dann verblutet Melinda unweigerlich. Deshalb gehen sie sehr behutsam vor, lassen sich Zeit – obwohl ich eigentlich nicht glaube, dass Melinda noch viel Zeit hat. Ich will Ihnen nichts vormachen, Courtney. Melinda geht es sehr, sehr schlecht. Ich kann Ihnen nur versichern, dass die Ärzte alles tun, was in ihrer Macht steht, um sie zu retten. Ehrlich.«

Weiterreden, gestikuliert Lucca.

»Mein Gott, Courtney, ist das alles furchtbar. Mein Baby liegt im Koma, und Melinda ist dem Tode nah. Selbst wenn sie durchkommt, muss sie wahrscheinlich den Rest ihres Lebens einen Kolostomiebeutel tragen, und so wie die Sache aussieht, wird sie ihn im Knast tragen. Weil sie nämlich versucht hat, einen Federal Agent zu töten, und das bedeutet, sie kriegt mindestens dreißig Jahre, und falls er stirbt – und die Möglichkeit besteht, Courtney, weil mein Kollege mit einer möglichen Gehirnblutung in Ihrem Garten liegt –, dann kommt sie wegen Mordes vor Gericht. Vielleicht bleibt ihr wegen ihres Alters der elektrische Stuhl erspart, aber eins muss ich Ihnen sagen, Courtney, so oder so sieht Melindas Zukunft ziemlich düster aus.«

Flint legt eine kurze Pause ein. Dann: »Es sei denn, Sie helfen ihr.«

Lucca schreibt etwas auf einen Zettel, schiebt ihn Flint rüber: *Sie ist in Lee County, irgendwo in der Nähe von Fort Myers Beach. Vielleicht Sanibel Island.*

»Sie können ihr helfen, Courtney. Soll ich Ihnen verraten wie? Oh, Momentchen, ich glaube die Ärzte sind jetzt dabei ... Ich will mal versuchen, ob ich näher rankomme. Da sind so viele Schläuche, die aus ihr rauskommen, genau wie bei meinem Kleinen, nachdem Sie auf ihn geschossen haben ... Okay, jetzt seh ich besser. Ja, ich hatte recht, die ziehen das Schwert raus. Courtney, wenn Sie an irgendeinen Gott glauben, wäre das jetzt ein guter Moment, um zu beten.«

Flint hört etwas im Telefon, das wie ein unterdrücktes Schluchzen klingt. Jetzt setzt sie ihren laufenden Kommentar im Flüsterton fort.

»Immer schön vorsichtig, Leute, immer schön vorsichtig. Ach, was sag ich da? Die verstehen schließlich mehr davon als ich. Wissen Sie, Courtney, seit Sie in mein Leben getreten sind – besser gesagt, seit Sie in mein Leben geschossen haben –, hab ich mehr Notfallärzte bei der Arbeit gesehen, als ich zählen kann, und ich muss schon sagen, die Leute hier sind gut, richtig gut. Ist doch erstaunlich, nicht, wenn man mal drüber nachdenkt? Sie und ich, wir brauchen den Bruchteil einer Sekunde, um abzudrücken und ein Leben zu beenden. Und wenn wir nicht ganz genau treffen und es immer noch ein Leben gibt, das gerettet werden kann, dann tauchen diese Ärzte auf und verbringen Stunden damit zu reparieren, was wir angerichtet haben. Aber das dicke Geld kassieren wir. Ich zumindest. Ich weiß, dass ich besser bezahlt werde als die Ärzte, die mein Baby am Leben gehalten haben. Und ich werde auch besser bezahlt als die Leute da unten in Ihrem Wohnzimmer, die gerade versuchen, Melinda zu retten. Eins würde mich interessieren, Courtney, wie viel haben Gröber und Çarçani Ihnen bezahlt, damit Sie meinen Sohn erschießen? Mehr als … Moment, Moment …«

Lieutenant Lucca hat Telefon und Notizblock an Blade weitergereicht und rennt jetzt die Treppe runter. Blade schreibt etwas auf, zeigt es Flint: *Sanibel Island. Sie sitzt in der Falle. Manny lässt gerade die einzige Zufahrtstraße sperren.*

»Okay, Courtney, das Schwert ist raus. Jetzt versorgen sie die Austrittswunde. So weit, so gut … Es ist …«

Aufgeregte Geräusche kommen von unten, der drängende Ruf: »Los, schnell!«

»Haben Sie das gehört, Courtney? Sie schaffen Melinda jetzt raus. Falls Sie sich das hier im Fernsehen anschauen, dann müssten Sie gleich sehen, wie Melinda zur Haustür rausgetragen wird. Ah, mein Kollege wird jetzt auch abtransportiert. Gott, sieht er blass aus. Wie haben hier zwei Menschen, denen es richtig schlecht geht, Courtney, aber wenigstens sind sie jetzt auf dem Weg ins Krankenhaus. Ich weiß noch nicht in welches. Aber ich werde mich erkundigen.«

Blade kritzelt schon wieder eine Botschaft: *Nahe Rabbit Road und West Gulf Drive.*

Lucca kommt außer Atem die Treppe herauf und flüstert fast unhörbar: »Sanibel ist abgeriegelt.« Er schiebt Flint eine Straßenkarte der Insel in die Hand. »SEK-Team ist unterwegs. Willst du ihr das sagen?«

Flint wartet, wartet, bis sie das Sirenengeheul des Konvois hört, der von Courtneys Haus davonrast.

»Okay, sehen Sie das, schauen Sie zu? Melinda und der Mann, den sie versucht hat zu töten – er heißt übrigens Jerry – sind jetzt unterwegs, im selben Krankenwagen. Ironie des Schicksals, was? Opfer und Täter jetzt Seite an Seite. Aber andererseits ist Melinda ja auch irgendwie ein Opfer.« Flint hustet ins Telefon. »Verzeihung, ich brauch mal eben einen Schluck Wasser.« *Jetzt?* Sie blickt Lucca fragend an. »Ja.«

»Courtney können Sie schon die anderen Sirenen hören? Die

bei Ihnen in der Nähe? Vielleicht nicht. Warten Sie noch einen Moment.« Flints Blick huscht über die Karte, sucht nach der Rabbit Road. »Die müssten jetzt gerade auf der Dammstraße sein ... und gleich in den Periwinkle Way einbiegen, schätze ich. Es dauert nicht mehr lange, bis die bei Ihnen sind, also sollten Sie sich entscheiden, was Sie tun werden. Kämpfen oder fliehen, was Courtney? Tja, ehrlich gesagt, ich glaube keins von beidem ist eine echte Option. Ich meine, Sie sitzen auf einer Insel in der Falle, die jetzt komplett abgeriegelt ist, und falls Sie sich entscheiden zu kämpfen, haben Sie zig Gewehre gegen sich. Gewehre mit Laserzielfernrohr und Männer mit CS-Gas und Blendgranaten – das Übliche eben. Ach, ich weiß, Sie sind eine ausgezeichnete Schützin, Courtney, wahrhaftig, das weiß ich nur zu gut, aber diesmal schießen die Leute zurück, und das ist was völlig anderes. Glauben Sie mir, alles schon erlebt. Courtney, Sie haben keine Chance – und Melinda auch nicht, es sei denn, Sie ergeben sich. Sie sind mir zuwider, Courtney, aber ich verspreche Ihnen trotzdem etwas: Falls Sie sich ergeben, falls Sie mit uns kooperieren, tu ich für Sie, was ich kann, für Sie und Melinda.«

»Fahr zu Hölle!« Die ersten und einzigen Worte, die Courtney Morrison ausspricht.

Auf dem Display von Melindas Handy erscheint die Nachricht: ANRUF BEENDET.

SANIBEL ISLAND

43

Als sie in einer Ecke des Flughafenterminals von Opa-Locka auf den Polizeihubschrauber warteten, der sie nach Sanibel bringen sollte, sagte Lieutenant Lucca zu Blade, es wäre für Flint bestimmt besser, wenn sie nicht mitkäme. Sie habe einen langen, traumatischen Tag hinter sich, meinte er, und sie könne Ruhe gebrauchen. Außerdem werde sie für das Finale nicht gebraucht, und nach Ansicht einiger Leute – beim FDLE und vor allem dem FBI – sei sie ein Risikofaktor, was die Festnahme von Courtney Morrison angeht.

»Eins musst du mir versprechen«, sagte Blade. »Wenn du ihr das sagen willst, dann warn mich rechzeitig vor, ja?«

»Warum?«

»Damit ich in Deckung gehen kann.«

»Was mich nur bestätigt, Al. Mensch, versteh mich nicht falsch, ich mag Flint. Ich mag ihre Haltung, und sie hat Mumm, keine Frage. Aber sie ist manchmal fahrlässig und unbeherrscht.«

»Und woraus schließt du das?«

»Denk doch nur mal an die Nummer, die sie sich heute Morgen geleistet hat. Du hattest deine Hauptverdächtige unter Beobachtung, fest im Griff. Du hättest mich nur noch verständigen müssen. Aber Flint –«

»Und wenn ich dich verständigt hätte, was hättest du dann gemacht, Manny? Morrison festgenommen, weil sie eine von etwa einer halben Millionen Menschen ist, die in der Nähe des Strandes wohnen, wo der Sand herkam? Weil sie eine vage Ähnlichkeit mit der Schützin auf den Fotos hat? Wobei wir nicht mal beweisen können, dass die Frau auf den Fotos tatsächlich die Schützin war. Und was dann? Ich schätze, so ungefähr jetzt würden dich Morrisons Anwalt und die Staatsanwaltschaft fragen, was für Beweise du hast, und weil du außer unseren Mutmaßungen keine hättest, käme Morrison wieder frei. Stattdessen hat Flint ihr Angst eingejagt. Ich weiß nicht, was Grace am Strand gesagt oder getan hat, aber es hat funktioniert, selbst wenn sie fast dabei ertrunken wäre. Und dann hat sie Morrisons Tochter aufgescheucht. Okay, das Mädchen hat sich schwer verletzt, aber das war nicht Flints Schuld, und nur deshalb wissen wir jetzt, wo Morrison ist, und sie ist auch nicht mehr nur eine Verdächtige. Sie ist jetzt eine flüchtige Verdächtige, wahrscheinlich bewaffnet, und sie wird sich nicht ergeben, denn jetzt auf einmal hast du Beweise, und das nur wegen Flint. Okay, zugegeben, Flint ist unberechenbar, kein herkömmlicher Cop und sicher kein gutes Beispiel für deine jungen Detectives. Andererseits ist es manchmal hinderlich, sich immer streng an die Vorschriften zu halten.«

»Al, nochmal, sie muss müde sein, total erschöpft.« Lieutenant Luccas letzter Versuch.

»Flint? Du machst Witze, Manny. Wir beide sind erschöpft – ich jedenfalls ganz sicher. Aber Grace mit dem Ziel im Visier? Glaub mir, eigentlich braucht sie deinen Hubschrauber gar nicht. Im Geist fliegt sie schon längst in zwanzigtausend Fuß Höhe Richtung Sanibel.«

Es ist ihr zweiter Hubschrauberflug an diesem Tag, und Flint ist schon fast gelangweilt. Allerdings ist ihr unangenehm aufgefallen, dass dieser Hubschrauber nur einen Piloten, nur einen Motor und statt vier Rotorblättern nur zwei hat. *Aber er fliegt, was will man mehr?* Sie sind erst seit einer Stunde in der

Luft, und schon sieht sie Sanibel unter sich. Es blinkt wie eine Diskothek von den vielen blauen und roten Lichtern der Einsatzfahrzeuge. Flint sitzt auf einer Bank eingezwängt zwischen Blade und Lieutenant Lucca und lauscht über Kopfhörer auf neue Infos vom Boden, während sich die Schlinge um Courtney Morrison immer mehr zuzieht.

Sie hat sich in einem Ort namens Dogwood verschanzt, eine Ansammlung von zwölf einzelnen Cottages etwas abseits vom West Gulf Drive in üppiger tropischer Vegetation. Courtneys Unterschlupf ist ein schlichtes spitzgiebeliges Holzhaus am Nordrand von Dogwood, das auf drei Seiten von Wasser umgeben ist. Der einzige Eingang führt in eine kleine Küche, und von dort geht es ins Wohnzimmer. Es gibt nur ein Schlafzimmer mit angrenzendem Bad, mehr nicht. Sie wissen das, weil ein aufgeweckter Cop auf Sanibel, einer der neunzehn vereidigten Polizisten auf der Insel, einen Immobilienmakler aufgetrieben hat, der aus den Zeiten, als das Cottage noch als »das ideale Flitterwochennest« vermietet wurde, ein Werbevideo von den Innenräumen besaß. Im Kommandowagen des SEK-Teams aus Fort Myers wird das Video in diesem Moment gründlich studiert.

Rund einen Kilometer entfernt beleuchten die Scheinwerfer von vier Streifenwagen den für den Hubschrauber vorgesehenen Landeplatz.

»Das größte Problem der Polizei auf Sanibel«, sagt Lucca unvermittelt zu Flint, »sind Angriffe durch Alligatoren.«

»Echt?«

»Ja, und Alligatoren gehen nachts auf Jagd. Also denk dran, falls du vorhast, auf Courtneys Grundstück in der Nähe der Seen herumzuschnüffeln.«

»Ich dachte, ich marschier einfach zur Haustür rein.«

»Ja genau«, sagt Lucca, als hätte sie einen Witz gemacht.

Aber genau das ist Flints Plan.

Flint steht in ihrem knallorangefarbenen Overall deutlich sichtbar nur drei Meter von den wenigen Stufen entfernt, die zu Courtneys Cottage führen, und ruft in die Dunkelheit: »Courtney, ich muss mit Ihnen reden, deshalb komme ich jetzt durch die Haustür rein. Ich bin unbewaffnet, und ich komme allein – und Sie sollten genau das tun, was in Ihrem eigenen Interesse liegt. Aber ehe Sie mich erschießen, falls Sie das vorhaben, sollten Sie wissen, dass hier draußen eine halbe Armee aufmarschiert ist. Courtney, wenn Sie mich erschießen, sterben Sie, so einfach ist das.«

»Nein!«, beharrte der Geiselvermittler des FBI zehn Minuten zuvor am Rand von Dogwood, als Flint hastig ihre Strategie darlegte. Er sagte, eine der Hauptregeln bei Verhandlungen sei es, niemals irgendwelche Drohungen auszusprechen. »Sie wollen nämlich etwas verkaufen, und zwar Hoffnung, so dünn sie auch sein mag.«

Und Flint sagte: »Sie sind Lance Agnew, nicht? Wir sind uns schon mal begegnet. Ich hab mir in Quantico zwei von Ihren Vorträgen angehört, und nach dem letzten haben wir hinterher über Ihre Analogie zwischen Autoverkäufer und Verhandlungsführer gesprochen, und darüber, dass es in beiden Fällen unbedingt darauf ankommt, Vertrauen aufzubauen. Sie sagten, wenn man einem Kunden eine Schrottkiste andreht, vertraut er einem nie wieder.«

»Ich erinnere mich.«

»Okay, meine Mitschrift Ihrer Vorträge ist jetzt in der Strike Force Pflichtlektüre, und ich hab mich den ganzen Tag an Ihren Rat gehalten. Ich hab der Verdächtigen ganz bewusst keine Schrottkiste angedreht, alles, was ich ihr gesagt habe, ist wahr, und das weiß sie oder sollte es zumindest wissen. Es müsste mir also gelungen sein, eine gewisse Vertrauensbasis aufgebaut zu haben, damit sie mir glaubt, dass das, was ich ihr zu sagen habe, möglicherweise zu ihrem eigenen Nutzen ist. Und wenn ich ihr sage, sie hat es mit einer überwältigenden Übermacht zu tun, dann ist das keine Drohung, sondern ein Hinweis, ein kluger Rat.«

»Alles, was Sie ihr gesagt haben, ist wahr?«

»Ich denke ja. Warum runzeln Sie die Stirn?«

»Weil ich mir die Aufnahme Ihres Telefonats mit Morrison angehört habe, und da haben Sie ihr zu verstehen gegeben – ach was, Sie haben ihr praktisch versprochen, wenn sie sich stellt, kommt ihre Tochter nicht wegen versuchten Mordes oder noch Schlimmerem vor Gericht.«

»Na und?«

»Sie wissen, dass Sie das nicht zu entscheiden haben. Die Staatsanwaltschaft bestimmt, was Melinda zur Last gelegt wird und was nicht.«

»Stimmt, aber ich weiß auch, dass ich bei dem Prozess gegen Melinda eine Hauptzeugin sein werde, und kein halbwegs vernünftiger Anklagevertreter wird eine Beschuldigung erheben, die ich mit meiner Aussage nicht untermauern werde. *Falls* ihre Mutter sich stellt, *falls* sie kooperiert, *falls* sie bereit ist, gegen ihre Auftraggeber auszusagen, dann, so glaube ich, muss sich Melinda schlimmstenfalls auf eine Anklage wegen schwerer Körperverletzung gefasst machen.«

»Und falls sie sich nicht stellt? Oder falls Jerry Crawford an seinen Verletzungen stirbt?«

Flint kann darauf nur erwidern: »Mr. Agnew, meiner Erfahrung nach sind derartige Katastrophenszenarien kontraproduktiv und blockieren positive Lösungen. Warten wir doch einfach mal ab, was passiert, okay?«

Nicht drohen. Nicht provozieren. Nicht bluffen. Keine unhaltbaren Versprechungen machen. Ihr vermitteln, dass sie Melinda retten kann, wenn schon nicht sich selbst. Nichts überstürzen. Solange die Verhandlungen in die richtige Richtung laufen, einfach mit dem Strom schwimmen.

Flint hat Agent Agnews Ratschläge im Kopf, als sie tief durchatmet und ruft: »Okay, Courtney, ich komme jetzt rein.«

Die Haustür ist nicht abgeschlossen oder verbarrikadiert. Flint drückt sie auf und geht durch die Küche zum Wohnzimmereingang, wo sie stehen bleibt und den Blick durch den Raum wandern lässt. Unmittelbar links von ihr sieht sie ein ungerahmtes Gemälde an der Wand – ein kitschiges Bild von einem Leuchtturm, der in drohende Gewitterwolken ragt – und dahinter eine geschlossene Lamellentür, die, wie Flint weiß, ins Schlafzimmer führt. An der gegenüberliegenden Wand hängt ein kreisrunder Spiegel mit geschwungenem schmiedeeisernen Rahmen, in dem das einzige Licht – die rotierenden Lichter der Einsatzwagen – wie Granatexplosionen reflektiert. Unter dem Spiegel steht ein kleiner Esstisch aus Holz mit einem Klappstuhl und zwei Polsterstühlen. Rechts davon sieht Flint einen passenden Couchtisch und ein geblümtes Plüschsofa. Courtney Morrison steht hinter dem Sofa, und der Lauf ihres Gewehrs ruht auf einem der Kissen. Flint glaubt, in der Waffe ein russisches Dragunow-Scharfschützengewehr zu erkennen, also Einzelfeuer und zehn Patronen im Magazin. *Hast du damit auf Jack geschossen?*, würde sie gern fragen.

»Ausziehen.«

»Was ausziehen?«

»Was Sie da anhaben.«

Flint zögert, aber nur einen Moment. Sie öffnet den Reißverschluss des Overalls, streift ihn sich von den Schultern, schiebt ihn über Taille und Hüften nach unten und überlegt, ob sie aus den Hosenbeinen kommt, ohne zuerst ihre Laufschuhe auszuziehen – genauer gesagt, Courtneys Laufschuhe, und ob Courtney wohl merkt, dass sie bestohlen wurde.

Es geht nicht. Flint zieht also die Schuhe aus, ohne zuvor die Schnürsenkel zu öffnen, und steigt aus dem Overall. Jetzt ist sie nackt bis auf den Slip.

Und nun?

»Arme hoch und einmal drehen.«

Flint beschreibt eine Pirouette wie eine Balletttänzerin, um zu zeigen, dass sie keine Waffe und kein Mikro am Körper trägt.

»Jackson Memorial«, sagt sie, als sie wieder nach vorn schaut.

»Was?«

»Ich hab Ihnen doch am Telefon versprochen, ich würde rausfinden, wo sie Melinda hingebracht haben. Sie ist jetzt im Ryder Trauma Center im Jackson Memorial in Miami, angeblich eines der Besten. Es geht ihr den Umständen entsprechend. Sie hat viel Blut verloren, aber das Schwert hat wie durch ein Wunder nicht die Beckenarterie getroffen, und es gibt auch keine schweren Organ- oder Rückenmarksverletzungen. Sie hat den Dünndarm durchtrennt, und es besteht die Gefahr einer Bauchfellentzündung, aber das kriegen sie in den Griff. Sie wird vermutlich überleben. Was Jerry betrifft, Jerry Crawford, der ist auch im Jackson Memorial –«

»Ist mir scheißegal.«

»Das sollte es aber nicht sein, weil –«

»Halt die Klappe!«, brüllt Courtney plötzlich wütend und so laut, dass das Echo von den Wänden widerhallt, nach draußen dringt und die Nerven der dort wartenden Männer strapaziert. »Ich sag dir, wann du den Mund aufmachen darfst. Jetzt setz dich auf den Boden und leg die Hände auf die Knie und versuch bloß nicht …«

Nicht provozieren.

Andererseits, wenn Flint sich Morrisons Tyrannei fügt, wird das eine endlos lange Nacht, und dazu hat sie nicht mehr die Kraft.

»Courtney, wissen Sie was? Sie können mich mal«, sagt Flint, dreht sich um, hebt ihren Overall auf und fängt an, sich anzuziehen. »Sie sind die Mühe nicht wert.«

»Was soll das denn werden?«

Nicht bluffen.

»Ich geh wieder. Ich hab weiß Gott Besseres zu tun.«

Courtney Morrison hebt das Gewehr an die Schulter, visiert Flints Hinterkopf an. Flint hört das Klicken, als die Waffe entsichert wird, zieht sich aber weiter an, schließt den Reißverschluss und dreht nicht mal den Kopf, als Courtney fragt: »Denken Sie, ich mach Witze?«

»Ich denke, Sie sind durchgeknallt. Ich denke, Sie sind haarscharf davor, Melinda zu einem Leben im Gefängnis zu verurteilen, und wofür? Damit Sie einen heroischen Abgang haben?« Erst jetzt dreht Flint sich langsam um und blickt in die Mündung des Gewehrlaufs. »Aber er wird nicht heroisch sein, Courtney. Er wird jämmerlich und dumm sein und eine ungeheure Verschwendung Ihres Lebens und Melindas.«

In dem zuckenden Licht, das im Spiegel reflektiert wird, sehen Courtneys Augen unnatürlich hell aus, und darunter sind dunkle Flecke, als hätte sie Blut geweint. Ihr Mund ist verkniffen. Auf ihrer Haut glänzt ein Schweißfilm.

»Ich bin sowieso schon tot«, sagt sie tonlos. »So gut wie.«

»Wenn Sie das meinen, Courtney.« Flint beobachtet den Finger am Abzug, wartet darauf, dass er anfängt sich zu krümmen, überlegt sich, in welche Richtung sie hechten wird. »Wenn Sie keinen Mumm haben.«

Da ist er, der Augenblick, in dem Courtney wahrscheinlich abdrückt, und ehe der Schuss fällt, wird Flint eine Millisekunde haben, um den Kopf zur Seite zu reißen, und dann einen weiteren Moment, um sich auf Courtney zu stürzen, ehe sie einen zweiten Schuss abgeben kann. *O ja, und ob.* Aber sobald der erste Schuss fällt, wird die draußen lauernde Kavallerie durch Courtneys dünne Wände brechen und aus allen Rohren feuern. Flint kann sich das Chaos beim Zugriff vorstellen, und wie sehr wahrscheinlich die Schlagzeile am nächsten Tag lauten wird: BEAMTIN VON EIGENEN LEUTEN ERSCHOSSEN.

Nicht provozieren.

»Wenn Sie zu feige sind, das Richtige zu tun, Courtney.«

Der Kolben der Dragunow liegt noch immer an Courtneys

rechter Schulter, und der Lauf ist unverwandt auf das Ziel gerichtet, aber jetzt hat Courtney den Kopf gehoben und blickt Flint verwundert an. »Wovon reden Sie?«, fragt sie.

»Ich rede von Gröber und Çarçani und den Gup-Brüdern und überhaupt allen, von denen Sie glauben, dass sie Sie zum Schweigen bringen wollen. Sie glauben, wenn wir Sie nicht umbringen, dann tun die's, und dass es kein Gefängnis auf der Welt gibt, in dem Sie vor denen sicher sind. Oder dass sie Sie über Melinda unter Druck setzen werden: Ein Wort von Ihnen, und Melinda stirbt. Und Sie haben recht mit Ihren Befürchtungen, absolut recht. Ich will Ihnen mal was über Gröber erzählen.« Flint blickt auf die Uhr, als würde die Zeit knapp. »Der letzte Mensch, von dem ich mit Sicherheit weiß, dass Gröber ihn ermordet hat, ich meine persönlich ermordet hat, mit eigenen Händen, war eine harmlose kleine Lady namens Ilse. Sie war ganz verhutzelt und an den Rollstuhl gefesselt und lebte in einem großen, baufälligen alten Haus in Leipzig. Ein Haus mit einem Garten voller Gartenzwerge, und sie hätte keiner Fliege was zuleide tun können. Aber Gröber war überzeugt, von Ilse verraten worden zu sein, dass sie mir gesagt hatte, wo er sich aufhielt, und etwa ein Jahr danach, als er noch auf der Flucht war, schlich Gröber sich nachts in Ilses Haus. Er zog ihr ein schauriges durchsichtiges Totenhemd an, legte sie ins Bett, zündete Votivkerzen an, legte ihr einen Venentropf und pumpte sie voll mit Morphium, bis sie starb.« Flint hält inne, durchlebt die Erinnerung neu und fügt dann leise hinzu: »Courtney, Ilse war Gröbers Schwester, seine einzige noch lebende Verwandte.«

Draußen vor dem Cottage hält das SEK-Team Funkstille, aber das Zirpen der Grillen wird immer wieder von Knistern und statischem Rauschen durchbrochen.

»Hören Sie, Courtney, ich hab einen langen Tag hinter mir und würde mich gern setzen, möglichst nicht auf den Boden. Ich gehe jetzt rüber zu dem Tisch da. Wenn Sie mich erschießen wollen, tun Sie das ja sowieso.«

»Und? Hat sie?«

»Hat sie was?«

»Hat Ilse ihren Bruder verraten?«

»Nein, überhaupt nicht. Ich hab in ihrem Haus eine Spur zu Gröber entdeckt, aber davon wusste sie nichts. Ich war undercover, für sie ihre Mieterin. Sie hatte keine Ahnung.«

Courtney überlegt kurz, nickt dann Richtung Esstisch und senkt das Gewehr, das jetzt auf Flints Bauch zeigt. »Los, rüber«, sagt sie, und als Flint auf den Tisch zugeht, schiebt sie hinterher: »Dann haben Sie und Karl ja was gemeinsam. Sie bringen gern Angehörige um. Er hat mir erzählt, Sie hätten Ihren Mann ermordet. Stimmt das?«

Courtney schweigt. Aber sie ist hinter dem Sofa hervorgekommen, um sich auf eine Lehne zu setzen, und das Gewehr liegt jetzt auf ihren nackten Knien, Mündung nach unten. Außerdem denkt Flint, dass Courtneys Eingeständnis, Gröber zu kennen – sogar so gut, dass sie ihn Karl nennt –, die Tür einen Spaltbreit geöffnet hat. Dadurch und durch ihre weniger bedrohliche Pose scheint sie Entgegenkommen zu signalisieren.

Alles, was Courtney trägt – das ärmellose Shirt, die kurze Hose, die Nikes an ihren Füßen, die große Uhr, durch die ihr zartes Handgelenk noch betont wird – wirkt in diesem Licht schwarz. Auch das Ka-Bar-Kampfmesser, das an ihre linke Wade geschnallt ist. *Kannst du damit umgehen, Courtney?*

Nachdem Flint am Esstisch Platz genommen hat, sagt sie teilnahmslos: »Ich hab meinen Mann nicht umgebracht. Ich war dabei, als er von einem Boot ins Meer gefallen und ertrunken ist, und ich konnte ihn nicht retten. Ende, aus.«

Courtney kräuselt die Lippen, als wollte sie sagen, dass ihr das egal ist.

»Vielleicht hätte ich Ilse retten können …« Flint verstummt, scheint über diese Möglichkeit nachzudenken. »Ich hätte sie natürlich unter Polizeischutz stellen lassen können, aber ich hab damals gar keine Bedrohung gesehen. Ich hab nicht erkannt, was für ein perverses Schwein Gröber ist.«

»Jetzt wissen Sie's.«

»Das kann man wohl sagen. Hören Sie, Courtney, ich kann Sie schü-«

Eine erhobene Hand lässt sie verstummen. »Wie viel Zeit haben wir? Wann treten eure verdammten Cowboys mir hier die Tür ein?«

Ich weiß es nicht, wäre die wahrheitsgemäße Antwort gewesen, doch stattdessen erwidert Flint: »Nicht, wenn Sie Ihr Gewehr nicht abfeuern und das Messer stecken lassen«, ein beiläufiges Schulterzucken, »Sie können in Ruhe entscheiden, wie es weitergehen soll.«

Daraufhin sagt Courtney etwas so Unerwartetes, Surreales, dass Flint ihren Ohren nicht trauen will. »Na dann, wollen Sie einen Drink? Sie sehen wirklich aus, als könnten Sie einen Schluck gebrauchen?«

Aber ja, Courtney! Trinken wir was zusammen, ja? Wie zwei Mütter, die sich einen schönen Abend machen. Wie alte Bekannte, Busenfreundinnen. Worüber sollen wir denn plaudern, während wir uns die Cocktails schmecken lassen? Über unsere Kinder?

»Klar, mit Ihnen zusammen«, bringt sie heraus.

»Hinten, unter der Spüle.« Courtney zeigt mit dem Gewehr Richtung Küche. »Da sind Gläser und eine Flasche Jack Daniels. Eis ist im Kühlschrank, wenn Sie wollen.«

Dann erzählen Sie mal, Courtney – ja, Prösterchen –, erzählen Sie mal, was Ihnen so durch den Kopf gegangen ist, als Sie das Fadenkreuz auf Jacks Kopf gerichtet haben?

Ziel erfasst.

Ja, klar, aber haben Sie nicht auch gedacht, er sieht niedlich aus? So ein hübscher Junge, er ist seinem Vater nämlich wie aus dem Gesicht geschnitten … Ja, ja – mhm, der tut gut –, der Vater ist der ertrunkene Gatte.

Als sie mit dem Bourbon, zwei Gläsern und Eiswürfeln in einer Schale aus der Küche zurückkommt, passiert Flint das Vorderfenster und späht durch einen schmalen Spalt im Vorhang. Sie glaubt, ein schwarz maskiertes Gesicht direkt an der Scheibe zu sehen, ist sich aber nicht sicher. Durch die Richtmikrophone, die sämtliche Fenster anpeilen, wissen die Beobachter draußen schon, dass Flint jetzt mit dem Feind einen trinken wird.

Hinterher – falls es ein Hinterher gibt – wird Flint diese ungewöhnliche Entscheidung rechtfertigen müssen.

Ich hab mich nur an Ihren Rat gehalten, Mr. Agnew. Wissen Sie noch? Einfach mit dem Strom schwimmen …

Flint schließt nicht aus, dass der Jack Daniels oder das Wasser für das Eis mit Rohypnol oder GHB oder irgendeiner anderen lähmenden Droge versetzt sind. Als Courtney sagt, sie will ihren Bourbon ohne Eis, tut Flint es ihr daher gleich. Sie gießt ein, stellt Courtneys Glas auf den Couchtisch, weicht zurück. Erst als sie sieht, wie Courtney einen kräftigen Schluck Whiskey trinkt, nimmt sie selbst einen Schluck.

»Trinken Sie viel?«, fragt Courtney völlig unvermittelt. »Als ich nämlich Ihre Wohnung durchsucht habe, ehe ich die Videobänder fand, habe ich Ihre Alkoholvorräte entdeckt, ganz ordentlich.«

Erstaunen, Verblüffung, dann das allmähliche Begreifen, was Courtney da gerade eingestanden hat, und sogleich steigt Zorn in ihr hoch, jäh und heftig wie ein Stromschlag – aber auf Flints Gesicht spiegelt sich nichts davon.

»Courtney, ich glaube, wir kennen uns nicht genug, um über meine persönlichen Gewohnheiten zu sprechen.«

»Oje, persönliche Gewohnheiten«, sagt Courtney mit schlecht imitiertem britischen Akzent. »Sie klingen wie eine verklemmte englische Romanautorin – aber Sie sind ja schließlich auch eine verklemmte Engländerin, nicht? Aus Mittelengland, hat Karl mir erzählt. Wie heißt das Kaff noch mal? Mid Compton?«

»Karl erzählt viel.«

»Wo Ihr Vater heute noch lebt?«

»Im Augenblick nicht.«

»Aber, wie Sie schon angedeutet haben, Karl ist ein sehr geduldiger Mensch.«

Die Sache läuft aus dem Ruder. Courtneys Physiologie hat sich verändert. Ihre Gesichtsmuskulatur ist entspannt, sie schwitzt nicht mehr, und ihre Dreistigkeit gibt Flint zu denken. Sie hat sogar das Gewehr aus der Hand gelegt, das jetzt nur noch griffbereit am Sofa lehnt. Allmählich kommt Flint der Verdacht, sie sei in eine Falle getappt.

Jetzt ahmt Courtney Sallys Melbourner Akzent nach: *Gib mir den Ball, bitte, bitte, gib mir den Ball* – täuschend echt. »Und er hat ihr den Ball zugeworfen, nicht? Und dann hat er in die Kamera geguckt und Sie Mama genannt.« Courtney kichert. »Die Jack Flint Show! Mannomann, das nenn ich einen kapitalen Bock.«

»Wie meinen?«

»Dass Sie Ihr eigenes Kind ans Messer geliefert haben. Ihre Tarnung als Kathy McCarry war einfach nicht zu knacken, so gut war die. Ich hab Ihre Wohnung auseinandergenommen und nichts gefunden, was bewiesen hätte, dass Sie nicht McCarry sind, einfach nichts – bis ich auf die Bänder gestoßen bin. Die haben mir verraten, wer Sie sind. Ich wette, Karl ist einer abgegangen, als er sie sich angesehen hat.«

Eine Ader in Flints Hals pocht so stark, dass sie fürchtet, sie platzt gleich. »Gröber war in meiner Wohnung?«, fragt sie, bemüht ruhig.

»Karl? Nicht doch. Der ist allergisch gegen die Staaten, kommt nicht mal in die Nähe, dank Ihnen.«

»Und?«

»Ich hab die Bänder auf DVD kopiert und sie ihm gebracht,

nach … Tja«, Courtney lächelt gequält. »Darüber können wir ja dann ein anderes Mal reden … vielleicht.«

Courtney hat gerade ihr Eröffnungsgebot auf den Tisch gelegt.

Flint reibt die schmerzende Stelle am Hals, trinkt einen Schluck Bourbon, verzieht das Gesicht und sagt entschuldigend: »Ich trinke eigentlich lieber Scotch.«

»Hab ich bemerkt.«

»Courtney, haben Sie was zu schreiben? Und ich brauch eine Kerze, damit ich was sehen kann, weil ich das, was ich jetzt sagen werde, schriftlich machen will, offiziell. Zu Ihrem Schutz.«

Keine Antwort, bloß ein ausdrucksloser Blick.

»Wenn es nämlich zu diesem anderen Mal kommen sollte, dann müssen wir beide genau abklären, was ich für Sie und Melinda tun kann und was nicht und was Sie mir dafür liefern müssen. Wir brauchen einen Vertrag, einen schriftlichen Vertrag.«

Courtney deutet auf den Tisch, an dem Flint sitzt, und Flint sieht eine Schublade an der Unterseite. Darin liegen zwei halb abgebrannte Kerzen, ein Streichholzbriefchen mit dem Goldaufdruck *Lola's Café*, ein Kuli und eine Schachtel mit edlem Mailänder Briefpapier.

Mailand!

Flint zündet die beiden Kerzen an, nimmt mehrere Blätter aus der Schachtel, legt sie auf den Tisch, beginnt zu schreiben.

»Courtney«, sagt sie, »ich biete Ihnen hier einen Deal an, den die meisten Leute ziemlich bizarr finden werden, wo Sie doch auf meinen Sohn geschossen haben. Aber meiner Meinung nach sind Sie bloß ein kleines Früchtchen ziemlich weit unten am Obstbaum – nichts für ungut –, und mir geht's eher um die faulen Äpfel weiter oben, um den Abschaum, der Sie beauftragt hat, meinen Sohn zu erschießen. Und deshalb bin ich bereit, auf die Genugtuung zu verzichten, Ihnen das Rückgrat zu brechen, wenn Sie mir Gröber liefern, Çarçani und –«

»Ich kenne keinen Çarçani.«

»Aber Sie waren in Mailand, nicht?« Flint hält einen Bogen Briefpapier hoch.

»Die Stadt ist groß.«

»Na ja, darauf kommen wir später noch. Zuerst und vor allem will ich Gröber und dann die Gups –«

»Nur einen Gup« – Courtney genießt die Situation.

»Ich will Gröber und jedes einzelne Arschloch, von dem Sie wissen, dass es mit Gröber zu tun hat, und nur so und nicht anders läuft die Sache hier.« Eine kurze Pause tritt ein, während Flint eifrig schreibt. »Also, Sie legen sämtliche Waffen nieder und ergeben sich mir. Wenn wir nach draußen gehen, werden Sie festgenommen und hier in Gewahrsam genommen, aber ich garantiere Ihnen, dass Sie innerhalb von zwölf, maximal vierundzwanzig Stunden in ein Zeugenschutzprogramm entlassen werden –«

»Soll das ein Witz sein?«, fragt Courtney verächtlich.

»Und zwar nicht in den üblichen Zeugenschutz«, spricht Flint weiter, als wäre die Zwischenfrage gar nicht gestellt worden. »Wir, die Financial Strike Force, haben ein eigenes Programm, sehr viel exklusiver und sehr viel sicherer. Sie werden an einen sicheren Ort verbracht – kein Gefängnis, eher eine Art Hausarrest –, und sobald Melinda transportfähig ist, wird sie zu Ihnen gebracht. Sie werden es einigermaßen komfortabel haben und rund um die Uhr von Schutzpersonal der Strike Force bewacht. Wenn Sie möchten, können Sie telefonisch mit einem Anwalt Ihrer Wahl sprechen.«

Im Kerzenlicht überfliegt Flint das, was sie notiert hat, noch einmal, dann schiebt sie das Blatt über den Couchtisch in Courtneys Reichweite. Courtney macht keine Anstalten, es zu lesen. Unbeirrt nimmt Flint ein neues Blatt Briefpapier und schreibt wortlos weiter.

»Erst wenn Melinda bei Ihnen ist, werden Sie anfangen, uns Ihre Informationen zur Verfügung zu stellen. Ich spreche bewusst nicht von Vernehmungen, weil es uns vor allem darum geht, nicht nur die Fakten, sondern auch den Gesamtzusammenhang zu erfassen. Wir wollen nicht nur wissen, wen Sie alles erschossen haben, sondern wie Sie zur Heckenschützin wurden, wieso und warum. In anderen Worten, Courtney, wir wollen Ihre Autobiographie. Wir werden auf Vernehmungsmethoden wie grelles Licht, Schlafentzug usw. verzichten. Aber obwohl ich wir sage …« Flint blickt auf, um deutlich zu machen, dass sie jetzt inoffiziell wird, »werde ich nicht dabei sein. Mein Boss und erst recht das Justizministerium werden dafür sorgen, dass ich nicht mal in Ihre Nähe komme, weil ich, tja, wie soll ich sagen, zu sehr emotional involviert bin? Weil ich ein privates Interesse habe – oder vielleicht eher einen Interessenkonflikt? Schließlich haben Sie meinen Sohn schwer verletzt.«

Courtney zeigt keine Reaktion. Sie beobachtet aufmerksam Flints Gesicht, aber eher wie eine unbeteiligte Zuschauerin.

»Ihr Hauptgesprächspartner wird Rocco Morales sein. Und zwar weil Sie und Rocco so manches gemeinsam haben. Er war wie Sie früher beim Militär, in seinem Fall die Special Forces, und er war ebenfalls Scharfschütze. Er hat für sein Land getötet, natürlich nicht für Geld, aber er wurde dafür bezahlt, auf Menschen zu schießen, nach Ansicht einiger vielleicht kein großer Unterschied. Wie dem auch sei« – Flint fährt sich mit dem Handrücken über die Stelle auf der Wange, die noch immer von dem Schießpulver brennt –, »wenn ich es durchsetzen kann, aber davon gehe ich eigentlich aus, wird Rocco mit Alan Singleton zusammenarbeiten, einem Ex-Marine, der ebenfalls Scharfschütze war. Sehen Sie die Gemeinsamkeiten? Drei Leute, die wissen, wie es ist, durch ein Zielfernrohr zu spähen. Ich hoffe, mit Hilfe von Rocco und Al wird es Ihnen leichter fallen, sich dem zu stellen, was Sie getan haben.«

Flint könnte genauso gut mit der Wand reden, so wenig

Reaktion erhält sie, aber sie lässt sich weiterhin nicht beirren. »Und schließlich werde ich empfehlen, Dr. Marina Przewalski hinzuzuziehen. Sie ist Psychotherapeutin und ...«

Jetzt zeigt Courtney eine Reaktion, nämlich einen Blick, der zu sagen scheint: *Sind Sie noch zu retten?*

»Ich weiß, Courtney, ich hab sonst auch nicht viel für Seelenklempner übrig. Aber Dr. P. ist irgendwie anders. Sie ist eine russische Dissidentin, die sich mit dem KGB angelegt hat; sie hat zwar nicht gewonnen, aber immerhin auch nicht verloren. Sie ist klug und zäh, und ich glaube, sie kann Ihnen helfen, Ihr Leben zu verstehen und zu erklären – und wenn Sie schließlich vor Gericht kommen, wird das wichtig sein. Übrigens, sie fährt gern Fahrrad, und wenn Sie Ihre Dauerläufe machen und gern Unterhaltung dabei hätten, kann Dr. P. nebenher radeln. Ja, Sie dürfen laufen, aber natürlich werden Sie eine elektronische Fußfessel tragen und auf Schritt und Tritt beobachtet werden, und sobald Sie sich weiter entfernen als erlaubt, werden Sie im Handumdrehen überwältigt.«

»Na toll«, sagt Courtney und verdreht die Augen.

Flint übergeht den Sarkasmus und redet einfach weiter.

»Nach Abschluss der Gespräche müssen Sie eine förmliche Erklärung abgeben, die wir als Angebot bezeichnen, in der Sie sämtliche Straftaten aufzählen, die Sie begangen haben, und sämtlich Mittäter nennen. Courtney, hören Sie jetzt gut zu, weil das wahrscheinlich der wichtigste Rat ist, den Sie je in Ihrem Leben bekommen haben. Wenn Sie das Angebot machen, dann lassen Sie nichts aus, stellen Sie nichts falsch dar, beschönigen Sie absolut nichts. Sie müssen den Mord an Rexhep Kastrioti in Tucson gestehen, Sie müssen den Mordanschlag auf meinen Sohn gestehen, Sie müssen alles gestehen, was Sie getan haben. Wenn Sie irgendwas verschweigen und sich später herausstellen sollte, dass Sie noch mehr auf dem Kerbholz haben, dann ist unser ganzer Deal null und nichtig, und ich kann nichts mehr für Sie tun. Gehen Sie auf Nummer sicher,

Courtney. Egal, was Sie angestellt haben, und sei es auch nur eine überfahrene Ampel, listen Sie alles akribisch auf.«

»Crawford«, sagt Courtney.

»Bitte?«

»Sie haben gesagt, der Typ, den Melinda angegriffen hat, heißt Crawford. Ist das derselbe Crawford, der bei einer Bombenexplosion so schwer verletzt wurde? Wo war das nochmal, Kissimmee?«, sagt sie zögernd. Dann: »Ja genau, Kissimmee.«

Flint ist ganz ruhig geworden, betrachtet Courtney, die sie betrachtet, zwingt sich, keine Reaktion zu zeigen. Sie stellt die Frage fast nebenbei. »Soll das heißen, Sie waren das, Courtney?«

»Ich hab davon gehört.«

»Was haben Sie *gehört*?«

»Dass Ihr Freund Crawford Glück gehabt hat. Jetzt liegt er schon wieder im Krankenhaus. Vielleicht ist er doch eher ein Pechvogel.«

»Sehr witzig, Courtney.«

Mit lautem Klatschen landet das zweite Blatt auf dem Couchtisch und wird ebenfalls mit Missachtung gestraft. Courtney unterdrückt ein Gähnen und sagt: »Ich glaub, ich trinke noch ein letztes Glas – aber diesmal mit Eis.«

44

Neben ein paar kümmerlichen Palmen auf der Strandseite des West Gulf Drive findet eine Besprechung statt, um die verwickelte Lage zu klären. Courtney Morrisons beiläufige Anspielung auf die Bombenexplosion in Kissimmee und die damit einhergehende alarmierende Möglichkeit, die Heckenschützin könnte auch eine Bombenlegerin sein, hat den Kommandeur des SEK-Teams veranlasst, seine Leute rund hundert Meter vom Cottage zurückzuziehen. Und dort, so sagt er, blieben sie so lange, bis er absolute Gewissheit habe, dass es keine Bombe gebe, dass es zu keinem zweiten Kissimmee kommen werde.

Diese einsame Entscheidung hat die gesamte Operation ins Chaos gestürzt, aber es ist niemand da, der den Befehl rückgängig machen könnte, weil die Hierarchie in Dogwood völlig ungeklärt ist. Theoretisch ist Chief Pete Hendy von der Polizei auf Sanibel der ranghöchste Beamte vor Ort, aber er hat keine taktische Befehlsgewalt gegenüber dem SEK und auch nicht gegenüber den verschiedenen anderen Einheiten, die sich hier versammelt haben. Außerdem hat er keinerlei Erfahrung mit Geiselnahmen, denn als solche wird die Lage inzwischen eingestuft. Blade und Brendan Glees haben zwar Erfahrungen auf dem Gebiet, sind aber lediglich zivile Beobachter, und Lieutenant Lucca hat auf Sanibel nichts zu sagen, auch wenn ihm das ungemein stinkt. Lance Agnew vom FBI ist natürlich der Erfahrenste, aber seine Anwesenheit ist purer Zufall: Er macht wie jeden Sommer Urlaub auf Sanibel und war zufällig auf ein Gläschen im Haus von Chief Hendy, als die Meldung reinkam.

Die Lage ist insofern verwickelt, als die FSF praktisch den Oberbefehl über den Einsatz hat, aber die einzige Repräsentantin der FSF vor Ort ist Flint, und die ist nun mal auch die Geisel. Das Einsatzteam der Strike Force ist schon von New

York unterwegs, und Rocco Morales wird vom Luftwaffenstützpunkt AFB einfliegen, sobald die Wetterbedingungen es zulassen, aber damit bleibt für die kommenden drei Stunden ein Befehlsvakuum, das Chief Hendy bei der Besprechung unter Palmen zu füllen versucht.

Vom Leiter der Hundestaffel aus Fort Myers will er wissen: »Sind Ihre Hunde darauf abgerichtet, Sprengstoff aufzuspüren?«

»Klar, alle. Aber wenn sie im Cottage eine Bombe gelegt hat, dann müssen wir erst mal drin sein, und ich wüsste nicht …«

Chief Hendy bestätigt das offensichtliche Problem mit einem Nicken. »Lieutenant, haben Sie irgendeine Idee?«

Manny Lucca pflückt sich einen Tabakkrümel von der Unterlippe und sagt: »Die Frage ist doch, wodurch würde eine eventuelle Bombe gezündet werden? In Kissimmee lief das per Fernzündung, von Handy zu Handy, hab ich gehört, und wenn das Morrisons Werk war, dann wird sie wahrscheinlich dieselbe Methode wieder verwenden. Die meisten Bombenleger sind nämlich Gewohnheitstiere. In diesem Fall wirft man ein paar Blendgranaten durchs Fenster, vielleicht noch Rauchbomben oder CS-Gas, damit sie keine Zeit mehr hat, den Anruf zu tätigen. Aber wenn Kissimmee nicht auf ihr Konto geht oder sie vielleicht doch die Ausnahme von der Regel ist, könnte sie die Bombe auch Gott weiß wie zünden. Schlimmstenfalls hat sie einen drahtlosen Sender in der Hand, und die Bombe geht hoch, sobald sie loslässt.« Lucca pustet auf die Asche an seiner Zigarre. »Und dann … WUMM.«

»Oder«, sagt Blade, »im zweitschlimmsten Fall trägt sie einen Sender mit Druckknopf am Körper. Dann muss sie sich nur auf den Bauch schlagen, sobald die Fensterscheiben zerbersten.«

Chief Hendy hat vor zwanzig Jahren aufgehört zu rauchen, aber jetzt hat er den starken Drang, Lieutenant Lucca um eine Zigarre zu bitten. »Also kein gewaltsames Eindringen?«

»Würde ich vorläufig von abraten.«

Lance Agnew hat kein Wort gesagt. Er ist in die Hocke gegangen und malt offenbar gedankenverloren mit den Fingern wahllose Muster in den Sand, ohne dem Gespräch richtig zu folgen. Jetzt steht er auf, bürstet sich den Sand von den Händen und sagt: »Gentlemen, Sie sollten sich Folgendes fragen: Worum geht's ihr, was will sie? Ist sie entschlossen, sich selbst in die Luft zu sprengen und möglichst viele von uns mitzunehmen? Aber warum hat sie dann Kissimmee auch nur erwähnt? Warum die Andeutung, sie könnte eine oder mehrere Bomben versteckt haben? Das ergibt für mich keinen Sinn. Ich glaube eher, sie wollte uns warnen, dass jeder Angriff zur Katastrophe führen würde – oder aber sie blufft nur, und es gibt gar keine Bombe. So oder so, sie versucht, Zeit zu gewinnen, um den besten Deal auszuhandeln, den sie kriegen kann, und ich muss zugeben, bislang macht sie ihre Sache ziemlich gut. Je länger das hier dauert, desto umfangreicher werden Flints Versprechungen. Die natürlich keine Rolle spielen.«

»Nein?«, fragt Chief Hendy. »Wieso denn das nicht?«

»Flint wird mit vorgehaltener Waffe von einer mutmaßlichen Mörderin gefangen gehalten, die möglicherweise auch noch Bomben oder Minen gelegt hat. Wer würde unter diesen Umständen keine Versprechungen machen? Nein, kein Staatsanwalt oder Richter wäre verpflichtet, sich daran zu halten – selbst wenn wir uns tatsächlich daran erinnern könnten, was Flint alles versprochen hat. Chief, wird das Gespräch der beiden aufgezeichnet?«

»Nein. Das konnten wir so schnell nicht deichseln.«

Ein leises Lächeln umspielt Agnews Mund. »Dann würde ich vorschlagen, die Sache erst mal so weiterlaufen zu lassen. Wenn sie Flint alles abgelockt hat, was sie will – von mir aus auch eine Suite im Ritz-Carlton –, werden sie beide rauskommen, keinem passiert was, und wir können alle wieder nach Hause, außer Morrison natürlich. Die kommt nie wieder nach Hause.«

»Lance, Flint gibt ihr einen schriftlichen Vertrag!«

»Ich weiß, und das könnte die Sache verkomplizieren.« Agnew runzelt kurz die Stirn, doch dann hellt sich seine Miene wieder auf. »Aber selbst ein schriftlicher Vertrag ist ungültig, wenn er erzwungen wurde, oder er ist zumindest ... verhandelbar. In wesentlichen Punkten.« Allgemeines Kopfnicken und beifälliges Knurren, und Agnew legt die Hände aneinander, als wäre damit alles geklärt, und dann schiebt er noch einen letzten Gedanke nach: »Nun ja, wenn sie sich ergibt, wird bestimmt alles ein bisschen drunter und drüber gehen, da sollten wir gut aufpassen, dass Flints Vertrag nicht irgendwie abhanden kommt. Hab ich recht?«

Seite drei des Vertrages ist fast fertig. Flints Hand fliegt übers Papier, Courtney sieht schweigend und mit einem fast amüsierten Blick zu. Inzwischen sitzt sie auf dem Sofa, ihr frisch aufgefülltes Glas in beiden Händen.

»Okay«, sagt Flint und legt den Stift weg. »Wenn Sie Ihr Angebot eingereicht haben, wird eine Grand Jury zusammengerufen. Nein, mehr als eine.« Sie greift zum Stift und korrigiert etwas auf der Seite. »In Tucson ganz sicher, und auch in Maryland. Orlando ist für Kissimmee zuständig, glaube ich.« Flint setzt jetzt einfach voraus, dass Courtney mit der Bombenexplosion zu tun hatte. »Dann in Manhattan, da will die Staatsanwaltschaft bestimmt Anklage wegen organisierter Erpressung erheben, und so weiter und so weiter, Courtney.« Nun ist Flint an der Reihe, amüsiert zu blicken. »Eben überall, wo Sie Ihrem Beruf nachgegangen sind.«

Courtney bleibt stumm.

»In jedem einzelnen Fall müssen Sie wahrheitsgemäß aussagen und die Rolle Ihrer Mittäter genau darlegen. Höchstwahrscheinlich werden die diversen Jurys zu dem Ergebnis kommen, dass die Beweislage für eine Anklageerhebung ausreicht, gegen Ihre Mittäter und natürlich auch gegen Sie. Möglicherweise werden auch einige Staatsanwaltschaften Anklage gegen Sie erheben. Aber Sie werden nicht vor Gericht gestellt und ins Gefängnis gesteckt werden. Noch nicht. Sie verbleiben mit Melinda zusammen im Gewahrsam der Strike Force, bis Ihre Mittäter gefasst, gegebenenfalls an die USA ausgeliefert und vor Gericht gestellt wurden. Bei den jeweiligen Verfahren werden Sie wahrheitsgemäß aussagen. Wirklich, Courtney, wahrheitsgemäß ist das entscheidende Wort ...« Flint unterstreicht es gleich zweimal mit dem Stift, »denn wenn Sie, um das nochmal zu sagen, auch nur ein einziges Mal lügen, und sei es auch nur durch Auslassung, dann ist der Deal vom Tisch. Haben wir uns verstanden, Courtney?«

Courtney sagt neckisch: »Was ist mit dem Jungen, der am Strand von South Beach meinen Wagen einparkt? Gilt der auch als Mittäter?«

Flint hört ein Knarren auf den Vorderstufen, und Courtney anscheinend auch, denn ihre Augen schweifen zur Tür. Aber sie greift nicht nach dem Gewehr und verändert auch nicht ihre Körperhaltung. Sie bleibt entspannt auf dem Sofa sitzen, hält das Glas weiterhin mit beiden Händen umfasst (von dem zweiten Bourbon hat sie noch keinen Schluck getrunken, und das Eis ist inzwischen fast geschmolzen) und legt ein lässiges Selbstbewusstsein an den Tag, das Flint beunruhigt. Eine endlos lange Minute verstreicht, während beide darauf warten, dass etwas passiert.

»Vielleicht ein Waschbär?«, sagt Flint.

»O ja, mit Schuhgröße fünfundvierzig, Riesenmuckis und Minischwänzchen.«

Nicht zum ersten Mal an diesem Tag hat Flint das Gefühl, gegen die Strömung zu schwimmen.

»Ehrlich, Courtney, Sie erstaunen mich.«

»Gut«, sagt sie, und ihre Miene verhärtet sich. »Soll ich Ihnen sagen, was Ihr Problem ist? Sie bilden sich ein, mich zu kennen und zu wissen, wie Sie mich manipulieren können. Der ganze Scheiß, den Sie mir hier erzählen! Glauben Sie ernsthaft, ich –«

»Welchen Scheiß meinen Sie, Courtney?«

»Da haben wir's schon wieder! Blablabla, Courtney. Und nochmal blablaba, Courtney. Glauben Sie ernsthaft, ich entwickele irgendeine Beziehung zu Ihnen, wenn Sie mich zigmal pro Minute mit Vornamen anreden, oder zu Ihren zwei tollen Hechten Rocco und Al oder zu Ihrer tollen Kommunistentherapeutin, wenn ich meine Dauerläufe mache und sie – das ist wirklich zum Schreien – nebenher radelt? Sie können mich mal!«

»Wie soll ich Sie denn anreden, Courtney?«

»Ms. Morrison reicht für den Anfang; bis wir unsere persönlichen Gewohnheiten besser kennen.«

»Okay, ich möchte Sie was fragen. Was glauben Sie, warum ich hier bin? Ich meine hier, und nicht auf der anderen Seite der Tür bei den Jungs mit den Riesenmuckis und Minischwänzchen, die es kaum erwarten können, Sie ins Jenseits zu befördern? Was glauben Sie, warum ich Ihnen hier schriftliche Zusicherungen gebe, die Ihnen die einzige Chance bieten, nicht in diesem Raum zu sterben oder auf einem von etlichen elektrischen Stühlen? Warum sollte ich das tun, Ms. Morrison?«

»Schon mal den Ausdruck gehört, nicht das Papier wert …?«

»Ach so, ich verstehe«, sagt Flint. »Sie glauben, was ich Ihnen biete, ist wertlos, weil ich den Vertrag zerreiße, sobald Sie sich ergeben, richtig? Sie glauben, es gehe mir in Wahrheit gar nicht um Ihre Kooperation. Sie glauben, ich will Sie bloß für immer und ewig hinter Schloss und Riegel sehen. Denn schließlich haben Sie auf meinen Sohn geschossen, Sie haben abgedrückt, nicht Karl Gröber. Sie glauben, es geht mir um meine persönliche Rache, und dass ich Ihnen egal was vorlügen würde, nur um Sie zu schnappen. Hab ich recht, Courtney – Entschuldigung, Ms. Morrison? Glauben Sie das?«

Ohne die Antwort abzuwarten, steht Flint auf und lässt den Blick durchs Zimmer schweifen. Als sie nicht findet, was sie sucht, geht sie zielstrebig in die Küche und schaut sich dort um.

»He, was zum Teufel soll das?« Courtney ist halb vom Sofa aufgesprungen und knallt ihr Glas auf den Couchtisch, um beide Hände frei zu haben.

»Ich suche nach Ihrem …« Flint bricht ab. Sie sieht Courtneys Handy neben dem auf stumm gestellten Fernseher auf der Küchentheke, doch was sie wirklich ablenkt, ist die Szene auf dem Bildschirm: wackelige Luftaufnahmen vom West Gulf Drive, wo die flackernden Lichter der Einsatzfahrzeuge aussehen wie Lagerfeuer. Das Dröhnen der Rotorblätter ist gedämpft, und jetzt zoomt die Kamera Dogwood heran und dann unaufhaltsam just das Cottage, in dem sie jetzt steht, bis die Vorderseite und ein Teil des Daches den Bildschirm ausfüllen. Am unteren Bildrand eingeblendet steht: BELAGERUNG AUF SANIBEL. Keine Spur von dem SEK-Team, bemerkt Flint. *Stellen Sie sich vor, Courtney, wir sind live im Fernsehen*, hätte sie vielleicht gesagt, wenn Courtney nicht schon so gereizt wäre.

»KOMMEN SIE SOFORT WIEDER HER!«

Flint geht ins Wohnzimmer zurück, hält das Handy hoch wie eine Trophäe und sagt: »Haben Sie einen Anwalt? Falls ja, rufen Sie bitte bei ihm im Büro an und warten, bis der Anrufbeantworter anspringt. Dann, Courtney … tut mir leid, ich kann Sie einfach nicht Ms. Morrison nennen, das erinnert mich zu sehr an eine Lehrerin von mir. Und sobald das Band läuft, Courtney, geben Sie mir das Telefon, und ich erkläre deutlich und unmissverständlich, wer ich bin. Ich werde die Situation erläutern, in der wir uns befinden, und dann jede Zusicherung und jede Bedingung auf Band diktieren, die ich aufgeschrieben habe, Wort für Wort. Wenn ich fertig bin, sollten Sie Ihren Anwalt zu Hause anrufen – falls Sie die Nummer nicht haben, kann ich sie Ihnen besorgen – und ihm sagen, er soll auf der

Stelle in seine Kanzlei fahren und das Band sicher aufbewahren. Und Sie anschließend zurückrufen. Erst dann gehen wir beide hier raus, wenn Sie das möchten.«

Courtney antwortet nicht sofort. Um sich Zeit zum Nachdenken zu verschaffen, wischt sie mit einem Taschentuch Bourbonspritzer vom Couchtisch. Flint beobachtet sie angespannt, hofft das Blatt zu ihren Gunsten gewendet zu haben, entschlossen, den Bann nicht zu brechen.

Endlich: »Melinda kommt nicht in den Knast.«

»Nicht, wenn ich es verhindern kann. Nicht, wenn Jerry Crawford überlebt.«

»Und was wird mit mir?«

»Courtney, natürlich müssen Sie ins Gefängnis, aber es wird ein Spezialgefängnis sein, ausschließlich für geschützte Zeugen. Nicht gerade ein Freizeitlager, zugegeben, aber auch nicht zu vergleichen mit diesen Hochsicherheitsgefängnissen.« Flint lächelt, um ihr Gesicht weicher wirken zu lassen. »Die Sicherheitsmaßnahmen dienen hauptsächlich dazu, die bösen Buben fernzuhalten und Sie zu schützen.«

»Wo?«

»Das kann ich Ihnen nicht sagen. Noch nicht.«

»Wie lange?«

Jetzt kommt der kritische Moment, der alles zunichte machen kann, wie sich Flint quälend bewusst ist. Das, was sie in den nächsten dreißig Sekunden sagt, sogar wie sie es sagt, kann ausschlaggebend für den Ausgang der »Belagerung auf Sanibel« und ihre eigenen Überlebenschancen sein. *Das müssen die Richter entscheiden*, könnte sie mit Fug und Recht sagen, eine Antwort, die sie die ganze Zeit auch mehrfach erwogen hat. Aber Courtney Morrison wird sich wohl kaum so billig abspeisen lassen, und außerdem will Flint sich dieses eine Mal nicht hinter den vertrauten Deckmantel der Verstellung zurückziehen. Natürlich ist es paradox, dass die Frau, die mit der Täuschung anderer ihre Brötchen verdient, ausgerechnet jetzt den Zwang verspürt, die ungeschönte Wahrheit zu sagen, egal um welchen Preis. Sie stehen zweieinhalb Meter voneinander entfernt, die eine ganz in Orange gekleidet, die andere ganz in Schwarz. Zwei Frauen ungefähr im selben Alter und mit ähnlichem Aussehen, die beide in jungen Jahren ihre Mütter verloren haben, die beide jetzt Mütter von Kindern sind, die schwer verletzt im Krankenhaus liegen, wofür die jeweils andere verantwortlich ist.

»Nach dem, was mir bislang bekannt ist, müssen Sie mit mindestens drei- bis viermal lebenslänglich rechnen, plus hundert oder zweihundert Jahre. Offen gesagt, die genaue Dauer der Haftstrafen ist irrelevant. Wie die Dinge liegen, verbringen Sie den Rest Ihres Lebens im Gefängnis, und zwar ohne Aussicht auf Begnadigung. Immer noch besser als die Todesstrafe, es sei denn, Sie sehen das anders.«

Flint sagt nichts weiter, um den Schlag abzumildern – noch nicht. Erst nachdem Courtney Zeit hatte, diese Information zu verarbeiten, hält sie den richtigen Augenblick für gekommen und fügt hinzu: »Andererseits …«

Courtney zögert, bis sie es nicht mehr aushält, und fragt: »Andererseits was?«

»Andererseits ist unsere Justiz mitunter extrem pragmatisch. Sie macht zuweilen Geschäfte mit dem Teufel, wenn ich so sagen darf. Falls Sie uns alle Informationen liefern, die Sie haben – und ich meine wirklich alle –, dann wird die Staatsanwaltschaft zwar nach wie vor mehrfach lebenslänglich beantragen, aber die Strafen könnten zeitgleich abgesessen werden, nicht hintereinander, und ›lebenslänglich‹ könnte zwanzig Jahre bedeuten, abzüglich Ihrer Zeit in Schutzgewahrsam. Und«, redet Flint fast ohne Atempause weiter, »Sie haben noch ein As im Ärmel: Vor Ihrer Verurteilung werden die Opfer Gelegenheit haben, sich vor Gericht zu äußern, und da mein Sohn zu klein ist, werde ich für ihn sprechen. Sollten Sie bis dahin in meinen Augen eine gewisse Wiedergutmachung geleistet haben, das heißt, alles getan haben, um mir Gröber zu liefern – dann werde ich Nachsicht zeigen. Falls Sie mitmachen, werde ich Ihre beispielhafte Kooperation bezeugen und mich dafür aussprechen, für Ihre Gefängnisstrafe ein Minimum und ein Maximum festzulegen. Sagen wir ein Minimum von zehn Jahren. Und wenn Sie das erste Mal vor einem Begnadigungsausschuss erscheinen dürfen, werde ich bei der Anhörung dabei sein und Sie unterstützen. Mit welchem Ergebnis, kann ich nicht sagen, weil ich da keinerlei Einfluss habe, aber …«

Eine weitere lange Pause, während Courtney überlegt.

»Also Courtney, so sieht's aus. Sie sind jetzt wie alt, neununddreißig? Okay, wenn Sie vernünftig sind und tun, was ich Ihnen vorgeschlagen habe, dann sind Sie vor Ihrem fünfzigsten Geburtstag wieder raus aus dem Gefängnis und leben unter einer neuen Identität an einem Ort Ihrer Wahl.« Flint hebt das Handy, um zu signalisieren, dass sie fertig ist. »Das ist der Deal des Jahrhunderts, Courtney, mehr hab ich nicht zu bieten. Akzeptieren Sie ihn oder nicht. Es liegt bei Ihnen.«

Flint wirkt ruhig, beinahe gelöst, aber dieser Eindruck trügt. Während Courtney weiter schweigt und sie bloß anstarrt, zieht Flint eine traurige Bilanz: Crawford fast verbrannt; Jack angeschossen; sie selbst fast erschossen und fast ertrunken; Crawford unter einer Betonplatte zerquetscht; sie selbst von einer japanischen Mutantin mit Tritten traktiert, bedroht mit einem Schwert und jetzt mit einem Dragunow-Scharfschützengewehr. In Wahrheit hat sie die Nase voll von Courtney – gestrichen voll. Noch zehn Sekunden länger, und sie wird handeln, wird auf sie zuhechten, versuchen, die Augen zu treffen und nach dem Messer zu greifen. *Du magst ja ein hartes Früchtchen sein, Courtney, aber du hast nicht meine Wut in dir.*

In ihr läuft ein stummer Countdown – und sie ist bei vier angekommen, als Courtney sagt: »Geben Sie mir das Telefon.«

45

Flint steht mit erhobenen Händen auf der obersten Stufe vor Courtneys Cottage, und in dem erbarmungslos grellen Licht einer ganzen Scheinwerferbatterie sieht ihr Gesicht kalkweiß aus. »Blade«, ruft sie zum zweiten Mal in die Dunkelheit hinein, erneut ohne Antwort. Sie kommt sich vor wie auf einer Bühne, schutzlos und vor einem schweigenden, ablehnenden Publikum. Einem Publikum, das ihr zudem ihren Triumph vermasselt hat. Sie war so nah dran, Courtney zur Kapitulation zu überreden, und dann haben die Idioten hier draußen dazwischengefunkt. Flints derzeitige Gefühlslage ist mit wütend nicht mal annähernd zutreffend beschrieben.

»Okay, sämtliche Officer da draußen, alle mal herhören. Falls es euch entfallen sein sollte, ich bin Deputy Director Grace Flint von der Financial Strike Force, das hier ist eine Operation der Strike Force, und ihr sollt diese Operation unterstützen und nicht behindern. Wie ihr sehr wohl wisst, ist die Verdächtige bereit, sich zu ergeben, sobald sie mit ihrer Anwältin gesprochen hat. Das ist ihr gutes Recht, Gentlemen. Aber sie kann nicht mit ihrer Anwältin sprechen, weil die Festnetzverbindung gekappt wurde und jetzt auch noch irgendein Schwachkopf hier draußen ihr Handy gesperrt hat.« Flint blickt mit bohrender Verachtung langsam von rechts nach links über eine unsichtbare Menschenmenge hinweg. »Das ist absolut inakzeptabel, und falls ich hier lebend rauskomme, werde ich rausfinden, wer dahintersteckt und ihm die vielversprechende Karriere ruinieren, es sei denn, das Problem wird umgehend behoben. Also, lasst Courtney Morrisons SIM-Karte auf der Stelle wieder freischalten, oder schickt mir ein anderes Handy rein – und zwar dalli, ehe sie es sich anders überlegt.«

Flint dreht sich zur Tür um, blickt aber nochmal zurück. »Ach übrigens, Gentlemen, für den Fall, dass hier irgendwer noch was Dümmeres im Schilde führt: Hinter euch, vor euch, nur wenige Schritte von eurem jeweiligen Standort entfernt, sind selbst gebastelte Sprengladungen, die die Verdächtige per Knopfdruck zünden kann ...«

Courtney hatte ihr Tanktop hochgeschoben und Flint den Sender gezeigt, der knapp unter dem Brustbein klebt.

Wo ist die Bombe?, hatte Flint geflüstert.

Bomben, Plural. Hier drin, da draußen.

Wie viele, Courtney?

Vierundzwanzig.

Verdammt, Courtney!

»Alle, die mich hören können, stehen wahrscheinlich mitten in einem Minenfeld. Also immer schön vorsichtig, Gentlemen!«

Die Seiten vier und fünf von Flints Vertrag enthalten, was Courtney Morrison erwartet, wenn sie ihre Minimalstrafe abgesessen hat: vorübergehende Unterbringung an einem sicheren Ort; die Möglichkeit, ihr Aussehen durch plastische Chirurgie verändern zu lassen; der ausgefeilte Entwurf einer Lebensgeschichte für ihre neue Identität; die erforderlichen Dokumente, um dieser neuen Identität zum Leben zu verhelfen.

Dann geht Flint auf die Frage ein, wo Courtneys neues Leben stattfinden soll und wie. Sie zählt die befreundeten Länder auf, die aufgrund entsprechender Abkommen infrage kommen. Sie nennt die Schutzmaßnahmen, die ihr geboten werden können, sowie die Bedingungen, an die sie sich zu halten hat. Schließlich kommt sie auf die kitzlige Frage zu sprechen, wie das neue Leben finanziert werden soll.

»Normalerweise würden wir Ihnen in der ersten Zeit Finanzmittel zur Verfügung stellen, bis Sie einen Job gefunden haben. Wenn Sie nämlich aus dem Gefängnis kommen, sind Sie praktisch mittellos, da wir gleich nach Ihrer Verurteilung Ihre Vermögenswerte beschlagnahmen werden: Ihr Haus, Ihre Autos, die Bankkonten, Ihre heimlichen Rücklagen, alles, was Sie besitzen.« Flint blickt von dem Blatt auf. »Courtney, Sie sind verpflichtet, Ihre Vermögenswerte umfassend offenzulegen. Das gehört zu unserem Deal.«

Es hat eine seltsame Veränderung in dem Verhältnis zwischen Flint und Morrison stattgefunden, zumindest was die Stimmung angeht. Courtney hat zwar noch immer den Sender am Bauch kleben, aber sie hat Kampfmesser und Gewehr weggelegt. Sie sitzt Flint gegenüber am Esstisch, hat die Ellbogen aufgestützt und sieht zu, wie Flint schreibt, als arbeiteten sie gemeinsam daran, nicht unbedingt als Verbündete, eher als Verschwörer.

Flint gähnt und reckt sich. »Wahrscheinlich haben Sie ein Nummernkonto bei irgendeiner Offshore-Bank und sind überzeugt, dass wir es niemals finden, aber Sie wären nicht die erste Zeugin in unserem Schutzprogramm, die sich da täuscht. Denn unsere Finanzexperten sind wie Maden auf einer Leiche: Die kommen irgendwann überall ran. Glauben Sie mir, das ist das Risiko nicht wert. Außerdem werde ich empfehlen, angesichts Ihrer doch bestimmt beispielhaften Kooperation« – ein vielsagender Blick von Flint, um diese Bedingung zu betonen – »nicht alle Ihre Vermögenswerte zu beschlagnahmen. Sie dürfen einen Teil behalten, den wir dann bis zu Ihrer Freilassung treuhänderisch verwalten. Das Finanzministerium hat da ein gewichtiges Wörtchen mitzureden, und es wird sich wohl kaum auf eine Fifty-Fifty-Teilung einlassen, aber ich denke, ich krieg das hin, dass Sie genug behalten dürfen, um wieder Fuß zu fassen.«

Courtney nickt verstehend, als sähe sie ein, dass die Zeiten schwierig sind und nun mal jeder Opfer bringen muss.

»Damit bleibt die Frage, was mit Melinda geschieht, solange

Sie Ihre Strafe absitzen. Was ich hier aufgeschrieben habe«, Flint schiebt Seite fünf des Vertrages über den Tisch, »ist nicht viel, aber mehr kann ich nicht versprechen. Selbstverständlich erhält sie jede medizinische Versorgung, die sie braucht, und wir werden ihr eine neue Identität verschaffen. Aber wie Sie bestimmt selbst wissen, ist die Frage ihrer Sicherheit bei weitem nicht Melindas einziges Problem. Sie bräuchte professionelle Hilfe, aber das geht nicht ohne ihre Einsicht.«

Der letzte Satz auf Seite fünf lautet: *Melinda erhält die Betreuung, die sie zulässt.*

»Kann Ihre Kommunistentherapeutin da was tun, falls es sie überhaupt gibt?«

»Und ob es sie gibt – und nur nebenbei, sie war nie Kommunistin, das hat sie ja gerade zur Dissidentin gemacht ... Ja, ich glaube, sie könnte was tun, aber nur, wenn Melinda mitmacht.«

»Werde ich sie sehen können?«

»Während Sie im Gefängnis sind? Nein, das wäre für Sie beide viel zu gefährlich. Melinda darf nicht wissen, wo Sie sind, und umgekehrt. Sie können sich Briefe, Tonbänder, Fotos schicken, das lässt sich einrichten, vielleicht auch ab und an mal telefonieren über eine abhörsichere Leitung. Courtney, eins verspreche ich Ihnen –«

Das Handy auf dem Tisch beginnt zu vibrieren. Nachdem Courtney mit einem Blick ihr Einverständnis signalisiert hat, nimmt Flint den Anruf entgegen.

»Hier spricht Lance Agnew. Die SIM-Karte ist nicht mehr gesperrt.«

»Danke.«

»Flint?«

»Ja, Sir?«

»Ich hoffe inständig, Sie wissen, was Sie tun.«

Ich auch, denkt Flint.

Flint spricht den Vertrag auf den Anrufbeantworter der New Yorker Anwaltskanzlei Martin, MacRae & Beauregard. So weit, so gut. Aber als der Leiter der Nachtschicht in der Zentrale der Strike Force versucht, Ms. Beauregard zu finden, beginnen die Probleme und eskalieren rasch. Sie ist nicht zu Hause, und als ein Agent der Strike Force sie schließlich im Museum of Modern Art aufstöbert, wo sie an einem Empfang teilnimmt, sträubt sie sich, die Veranstaltung vorzeitig zu verlassen. Ms. Beauregard ist keine Anwältin für Strafrecht, sondern Spezialistin für Testamente und Nachlässe und Treuhandvermögen, und es kommt so gut wie nie vor, dass ihre Mandanten sie außerhalb der Bürozeiten benötigen.

»Sie sagt, sie macht's nicht.«

»Dann schleift sie eben da raus, notfalls in Handschellen.« Flint ist so entnervt, dass ihr gesunder Menschenverstand sie im Stich lässt.

»Oh, gern! Und mit welcher rechtlichen Begründung bitte schön?«

»Verdammt nochmal, das Band auf dem Anrufbeantworter muss sicher aufbewahrt werden. Vielleicht kann sie ja einer ihrer Anwaltspartner zur Vernunft bringen. Aber Beauregard muss es nun mal selbst machen, sie muss das Band persönlich an sich nehmen, und danach muss sie hier anrufen, weil sie die Einzige ist, der die Verdächtige vertraut.«

»Ich melde mich wieder.«

Während sie warten, setzen sich Flint und Courtney unter dem großen Wohnzimmerfenster auf den Boden, mit dem Rücken gegen die Wand. Flint befürchtet nämlich, dass inzwischen ein paar Scharfschützen in den Bäumen lauern, die Befehl haben – entgegen Flints Anweisung – mit einem einzigen Schuss die Belagerung zu beenden, sobald sich die Gelegenheit bietet.

»Wenn Sie da draußen wären, wie würden Sie es machen?«

»Wenn ich da draußen wäre, würden Sie es nicht wissen,

und sich deshalb auch nicht …« *Unter dem Fenster verstecken*, wollte Courtney sagen, doch Flint legt mahnend einen Finger an die Lippen. Dann hält sie die geöffneten Hände hinter die Ohren, um zu signalisieren: *Die hören mit.* »Und sich deshalb auch nicht bedroht fühlen, und früher oder später würden Sie sich zeigen.«

»Tja, ich bin der beste Beweis dafür, nicht, Courtney? Wie lange haben Sie gewartet, bis ich mich gezeigt habe?«

»Gar nicht.«

»Stimmt, Entschuldigung. Wie lange haben Sie gewartet, bis ich Ihnen meinen Sohn gezeigt habe?«

Courtney antwortet nicht laut. Jetzt ahmt sie Flints Geste nach, legt die Hände hinter die Ohren, schüttelt den Kopf und macht dann eine Bewegung, als ob sie einen Reißverschluss vor dem Mund zuzieht.

»Courtney, es gibt Dinge, über die Sie nicht sprechen sollten, und andere, über die Sie sprechen müssen.«

»Hat meine Anwältin angerufen?«

»Nein, das wissen Sie doch.«

»Dann warten wir lieber noch.«

Darauf fällt Flint keine Antwort ein. Sie legt den Hinterkopf gegen die Wand und sieht zu, wie die Kerzen langsam abbrennen. Das blitzende Licht im Spiegel wird schwächer, weil sich die Einsatzfahrzeuge ein Stück entfernen.

»Was ist heute Morgen passiert?«, will Courtney wissen, um die Zeit zu verkürzen. »Wie weit sind Sie rausgeschwommen?«

»Haben Sie gesehen, dass ich hinter Ihnen war?«

»Klar. Ich bin getaucht, und Sie sind praktisch direkt über mich weg geschwommen, Richtung offenes Meer. Ich hab gedacht: Hoffentlich weiß sie, was da draußen für eine Strömung ist. Aber anscheinend nicht.« Courtney deutet mit dem Kinn auf Flints Overall. »Ist der von der Küstenwache?«

»Ja. Gehört zu der Notausrüstung, die sie vom Flugzeug

aus abwerfen«, erwidert Flint kühl, will sich nicht provozieren lassen. »Und Sie?«

»Ich bin bloß ein Stück parallel zum Strand geschwommen und dann nach Hause gegangen. Wäre ja sinnlos gewesen, wenn wir beide ertrinken, hab ich mir gedacht.«

»Stimmt. Sehr vernünftig.«

Sie fallen in beklommenes Schweigen und warten weiter darauf, dass das Telefon klingelt.

Courtney sagt, sie habe seit ihrer Ankunft auf Sanibel noch keine Zeit gehabt, einkaufen zu gehen, in einem der Schränke seien aber noch ein paar Notvorräte, falls Flint Hunger habe. Da sie nichts Besseres zu tun hat, geht Flint in die Küche und macht sich auf die Suche. Im dritten Schrank findet Flint einen Erste-Hilfe-Kasten, eine Taschenlampe, ein Transistorradio mit Ersatzbatterien, mehrere Rollen Klebeband, ein Schweizer Messer (das sie instinktiv an sich nimmt und in die Tasche steckt), Trinkwasser, eine Rolle Toilettenpapier und ein Dutzend vakuumverpackte Fertigmahlzeiten.

»Okay, Courtney«, ruft sie ins Wohnzimmer, »auf der Speisekarte steht heute: Kräcker mit Erdnussbutter, anschließend Beefsteak mit Kartoffeln, Hühnchen mit Nudeln oder Putenbrust mit Reis. Was hätten Sie gern? Courtney?«

Als keine Antwort kommt, geht Flint ins Wohnzimmer zurück. Courtney ist offenbar eingeschlafen. Sie hat die Augen geschlossen, der Mund ist schlaff, die Hände sind herabgesunken und ein gutes Stück von dem Senderknopf entfernt. Flint denkt kurz, dass ein gezielter Tritt gegen Courtneys Schläfe der Belagerung schlagartig ein Ende bereiten würde, doch sie verwirft den Gedanken gleich wieder. Zurück in der Küche wählt sie für Courtney das Hühnchen mit Nudeln aus und beginnt im Licht der Taschenlampe, die Kochanleitung auf der Packung zu lesen.

»Darf ich Sie was fragen?«

»Sie wollen bestimmt wissen, wie eine nette junge Frau wie ich in so einen Schlamassel geraten konnte.«

»So was in der Art.«

»Ist eine lange Geschichte.«

»Courtney, Sie wissen doch, wir haben wahrscheinlich jede Menge Zeit.«

46

Im Juli 1987 fuhr Private Courtney Morrison, talentierte Scharfschützin und Expertin für die Wartung von Handfeuerwaffen, nach ihrer ehrenhaften Entlassung aus der Army mit ihren gesamten Ersparnissen nach Südflorida. Begleitet wurde sie von der gleichfalls ehemaligen Soldatin Holly York, mit der sie seit drei Jahren eine innige Freundschaft verband. Beide waren jetzt zwar offiziell Veteraninnen, aber noch keine einundzwanzig Jahre alt.

In Fort Lauderdale mieteten sie sich am Ocean Boulevard in einem preiswerten Hotel ein und zahlten einen Monat im Voraus. Sie teilten sich ein großes Schlafzimmer mit zwei Betten, ein Bad und eine kleine Küche und hatten vor, sich erst mal richtig zu amüsieren, während sie überlegten, was sie mit ihrem Leben, sprich den nächsten paar Monaten, anfangen sollten. Holly hatte wegen ihres sonnigen Wesens den Spitznamen Hope, Hoffnung.

Elf Tage nach ihrer Ankunft in Fort Lauderdale ging Holly abends aus und kam nicht wieder. Am nächsten Morgen meldete Courtney ihre Freundin bei der Polizei als vermisst. Sechs Tage später wurde Holly in einem Müllcontainer gefunden, alle Hoffnung erloschen.

»Wissen Sie, was die Cops mich als Erstes gefragt haben?« Courtney hat ihr Essen kaum angerührt und schiebt den Teller nun endgültig weg. »Als Erstes wollten sie wissen, ob Holly sich gern amüsiert hat. Mit anderen Worten, hat sie sich ständig irgendwelche Typen angelacht? Und wenn schon? Deshalb musste sie längst nicht vergewaltigt, geschlagen und mit durchgeschnittener Kehle in einem Müllcontainer enden, oder?«

Flint fragt so ruhig sie kann: »Wurde der Täter gefasst?«

»Nee. Und ehrlich gesagt, ich glaub, die Cops haben sich auch nicht gerade überschlagen. An dem Abend, als Holly ermordet wurde, war sie in irgendeiner Bar gesehen worden, wo sie, so die Cops, unanständig getanzt hätte, was auch immer das heißen soll. Als hätte sie's praktisch drauf angelegt, sich das Gesicht zu Brei schlagen zu lassen. Ich hab sie nicht erkannt. Konnte sie nur an den Ringen identifizieren, die sie trug.«

Courtneys Augen leuchten nicht mehr. Sie sind auf Flints Gesicht gerichtet, aber ihr dumpfer Fokus liegt irgendwo in der Ferne.

»Was haben Sie gemacht?«

»Ich hab gemacht, dass ich wegkomme. Holly hatte keine Familie, also hab ich ihre Sachen zu einem Obdachlosenasyl gebracht und bin in den ersten Greyhound-Bus gestiegen, der den Staat verließ. Wohin er fuhr, war mir egal.«

Flint will wissen, ob Courtney daran gedacht hat, nach Hause zu fahren, zu ihrem Onkel und ihrer Tante nach Portland oder vielleicht zu ihrem Vater nach Tacoma. Nein, lautet die schlichte Antwort, begleitet von einem heftigen Kopfschütteln, aber ohne jede weitere Erklärung. Stattdessen, so sagt sie, ließ sie sich treiben. Zuerst nach Atlanta, dann nach Jackson und schließlich nach Ocean Springs am Mississippi, wo sie sich ein Zimmer nahm und im Aunt Jenny's Catfish Shack als Kellnerin anfing, weil ihre Ersparnisse allmählich zur Neige gingen.

»Es war genau das Richtige für mich, ein Ort, wo man vergessen kann, was man gesehen hat.«

»Bis?«, fragt Flint, weil sie schon eine Vermutung hat, was als Nächstes kommt.

»Ich war etwa vier Monate da. Es war ziemlich ruhig – zwischen dem Festival Anfang November und Weihnachten ist in Ocean Springs nicht viel los –, aber ich arbeitete noch immer fünf Abende die Woche in dem Restaurant. Eines Abends Anfang Dezember ...« Courtney lacht freudlos auf. »Eines Abends? Scheiße, als wüsste ich das nicht mehr genau. Es war Freitag, der elfte Dezember. Gegen acht Uhr kommen zwei Typen rein. Junge weiße Bubis, gutaussehend, teure Klamotten. Ich lass meinen Spruch ab – ›Hi, ich bin Courtney und heute Abend eure Kellnerin‹ –, und die beiden flirten ein bisschen mit mir, aber ziemlich harmlos. Sie haben erzählt, sie sind aus Jackson und zum Fischen hergekommen. Sie essen, sie gehen, sie lassen mir ein anständiges Trinkgeld da, zwanzig Dollar, glaub ich. Nach Feierabend geh ich noch rüber zur Long Lane Bar, wie fast jeden Freitag, weil ich mich ein bisschen mit Soledad angefreundet hatte, einer der Kellnerinnen dort. Jedenfalls, da sitzen die beiden Typen an der Bar, Mac und Larry, so haben sie sich vorgestellt. ›Dürfen wir dich auf einen Drink einladen, Courtney?‹ Klar, warum nicht? Ich hab mir von ihnen ein Bier spendieren lassen und mich dann mit Soledad unterhalten – und auf einmal hab ich das Gefühl, dass mein Bauch in Flammen steht. Ich weiß nicht, was die in das Bier getan haben, aber es war richtig schlimm. Ich winde mich vor Schmerzen auf dem Boden, und Mac und Larry tun ganz besorgt. Die Frau muss ins Krankenhaus! Wir bringen sie sofort hin! Von wegen. Sie haben mich aus der Bar getragen und hinten in ihren Wagen gelegt und gefragt, wo ich wohne – und wissen Sie was? Ich hab denen nicht nur meine Adresse genannt, ich hab ihnen auch noch den Wohnungsschlüssel gegeben. Wie bescheuert kann ein Mensch sein?

Flint schweigt.

»Den Rest können Sie sich denken. Sie haben mich in meine Wohnung gebracht, schön behutsam zum Bett getragen und mich dann vergewaltigt. Sie haben sich abgewechselt und es gleichzeitig getan, wieder und wieder und wieder. Ich weiß nicht, wie lange das Ganze gedauert hat, vielleicht vierundzwanzig Stunden. Die Details erspare ich Ihnen, erspare ich mir. Wahrscheinlich kann ich von Glück sagen – muss ich von Glück sagen, dass sie mich nicht totgeprügelt oder mir die Kehle durchgeschnitten haben.« Courtneys Augen starren noch immer auf irgendeinen unergründlichen Punkt. »Sind Sie schon mal vergewaltigt worden?«

»Fast.«

»Was heißt das?«

»Als junge Polizistin in London – im verklemmten England, wie Sie sagen – hab ich bei der Fahndung nach einem Serienvergewaltiger mal freiwillig den Köder gespielt. Ich bin spätnachts im Minirock und offenbar allein durch sein Jagdrevier spaziert. Natürlich war Verstärkung in der Nähe, und ich hatte ein Funkgerät, aber eines Nachts funktionierte das Ding nicht. Er hat mich erwischt und zusammengeschlagen und versucht, mich zu vergewaltigen. Es wär ihm auch gelungen, wenn meine Kollegen nicht im letzten Moment gemerkt hätten, dass irgendwas nicht stimmt.«

»Und hinterher, wie haben Sie sich da gefühlt?«

Flint erinnert sich an eine verwirrende Vielfalt widersprüchlicher Emotionen.

»Ich meine, wollten Sie den Drecksack umbringen, der Ihnen das angetan hat?«

»Ja.«

»Aber Sie haben's nicht getan?«

»Nein, weil –«

»Ich hab's getan«, sagt Courtney.

In der ersten Zeit nach der Vergewaltigung, so erzählt Courtney, zog sie sich in sich selbst zurück. Und nein, sie ging nicht zur Polizei.

»Damit mich irgend so ein Idiot fragt, ob ich mich gern amüsiere? Ob ich gern rumvögele? Ob ich's drauf angelegt hab?«

»Courtney, die meisten Cops denken nicht so.«

»Ach nein. Schön zu hören. Vielleicht können wir Holly ausgraben und ihr sagen, dass sie doch keine Schlampe ist.«

»Courtney …«

Zwei Tage nach der Vergewaltigung fuhr sie nach Biloxi und kaufte illegal einen nicht registrierten fünfschüssigen Revolver der Marke Smith & Wesson, einen »Lady Smith«. In den folgenden zwei Wochen lag sie zusammengerollt wie ein verwundetes Tier auf ihrem Bett, den Revolver unter dem Kopfkissen. Zwei Tage nach Weihnachten verließ sie Ocean Springs und fuhr nach New Orleans, wo sie Ende Januar feststellte, dass sie schwanger war.

»Ich konnte es nicht fassen. Erst wollte ich es nicht glauben, dann kam der Schock. Und dann hab ich gedacht: Also wer von den beiden Arschlöchern ist der Vater? Wessen Drecksspermien waren schneller? Und dann bin ich wütend geworden – ich meine, richtig, richtig wütend.«

»Haben Sie an Abtreibung gedacht?«

»Klar. Das hatte ich auch vor – aber erst sollten die beiden bezahlen. Ich hab mir überlegt, ich fahr nach Jackson, spüre sie auf und sage: ›Okay, einer von euch ist der Vater meines Kindes, und da wir bis zur Geburt nicht wissen, wer, werdet ihr beide zahlen. Und ich rede hier nicht von einem Zwanzigdollartrinkgeld. Das wird der teuerste Fick eures Lebens.‹ Also bin ich nach Jackson, um denen jeden Cent abzuluchsen, den ich kriegen konnte. Ich hatte nicht vor, sie kaltzumachen. Den Revolver hab ich nur für den Fall mitgenommen, dass sie Ärger machen.«

Courtney durchstöberte in der Stadtbibliothek von Jackson fast eine Woche lang die Ausgaben der Lokalzeitung *Clarion-Ledger*. Schließlich wurde sie fündig: In der Septemberbeilage 1987 entdeckte sie unter den Verlobungsanzeigen ein Foto von Mac und seiner hübschen Braut, mit der Verlautbarung, dass die Trauung von Tammy Jay Laurent und Charles »Mac« Hazlip jr. in der First Baptist Church stattfinden würde.

»Raten Sie mal, wann die Hochzeit stattgefunden hatte?«

»Na, ich schätze, rund eine Woche nachdem er Sie vergewaltigt hatte?«

»Acht Tage.«

»Kommt hin. Da wollten die Jungs nochmal so richtig einen draufmachen, ehe er den Bund fürs Leben schloss. Wahrscheinlich hatte Tammy Jay an dem Wochenende die letzten Anproben für ihr Hochzeitskleid und war froh, dass er beschäftigt war.«

»Nicht zu glauben, was?«

Flint kommen ihre eigenen zwei Ehen in den Sinn und denkt: leider doch.

Tammy Jays Eltern hatten sich die Anzeige, die fast eine volle Seite einnahm, richtig was kosten lassen, um die piekfeine Abstammung der zukünftigen Eheleute auflisten zu können. Die Namen und die Herkunft der jeweiligen Großeltern, Urgroßeltern, sogar der Ururgroßeltern rochen förmlich nach stinkreichen alten Südstaatendynastien. Mac, so erfuhr sie, hatte an der Mississippi State University studiert, wo er ein Topspieler in der Footballmannschaft gewesen war, arbeitete jetzt als Juniorpartner in der renommierten Anwaltskanzlei, die sein Großvater gegründet hatte, und war ein begeisterter Segler. Die Anzeige verriet ebenfalls, dass das Paar sich nach den Flitterwochen auf der Familienjacht in Jackson niederlassen würde.

Courtney fand Mac im Handumdrehen. Noch am selben Abend saß sie, als er sein Büro im Stadtzentrum verließ, auf der Kühlerhaube seines BMW-Sportwagens mit dem Nummernschild MAC ONE, als wäre es ihr eigener.

»Er stutzte, als müsste er überlegen, wer ich bin, und dann, wissen Sie, was das Schwein dann gemacht hat? Er hat gelächelt, als würde er sich freuen, mich zu sehen, als wären wir gute alte Bekannte, die länger nichts voneinander gehört hatten. ›Hallo Courtney, was machst du denn hier? Menschenskind. Wie geht's dir?‹ Ich schwöre, er hätte mich geküsst, wenn ich ihn gelassen hätte. So ein Dreckschwein ... Sauhund ... Scheißkerl ...«

Flint wartet, bis Courtney die Fassung wiederfindet.

»Ich hab gesagt, ich muss mit ihm reden. Er hat gesagt: ›Kein Problem, lass uns irgendwo hinfahren und was trinken, ja?‹ Ich weiß nicht, wo er schließlich gehalten hat, irgendwo am Wasser, ein Fluss oder See. Während der Fahrt hatte er die ganze Zeit eine Hand auf meinem Oberschenkel. Ich wusste, was er vorhat, und als er den Wagen an einer dunklen Stelle parkt – irgendwo unter einer Brücke oder Überführung –, sag ich zu ihm: ›Übrigens, Glückwunsch zur Hochzeit mit Tammy Jay.‹ Und er sagt: ›Danke, Courtney, aber jedes Mal, wenn ich sie vögele, muss ich an dich denken.‹ Und das brachte das Fass zum Überlaufen. Bis dahin hab ich nur an das Geld gedacht, wie teuer es für ihn werden würde. Aber in dem Moment denke ich: Ich will dein Geld nicht, ich will dich tot sehen! Er hat meinen Kopf gepackt und versucht, mich runterzudrücken, damit ich ihm einen blase. Ich hatte den Revolver in der Tasche und schoss ihn in die Eier. Mensch, hat er da erstaunt aus der Wäsche geguckt! Er hatte den hübschen Mund weit auf, als wollte er fragen: *Warum?* Also hab ich ihm den Lauf zwischen die Lippen geschoben und nochmal abgedrückt. Sein Hinterkopf ist weggeflogen. Ich meine, richtig weggeflogen. So viel Blut und Hirnmasse hab ich noch nie gesehen. Ich hab gedacht: Schande, das schöne Auto, das hätte ich vielleicht als Anzahlung genommen. Aber andererseits, selbst die gründlichste Reinigung hätte das nicht mehr richtig hingekriegt …«

»Courtney, reden Sie nicht weiter, ich muss Sie auf Ihre Rechte hinweisen.«

»Kommt ein bisschen spät, finden Sie nicht?«

»Trotzdem. Sie haben das Recht zu schweigen. Sie haben das Recht auf einen –«

»Also hab ich beide abgefackelt, das Auto und Mac. Schien mir die beste Lösung.«

Larry zu finden war leicht. Courtney vermutete, dass er zu Macs Beerdigung kommen würde, also ging sie auch hin und schob sich kurz vor Ende des Trauergottesdienstes auf die letzte Bank in der First Baptist Church auf der North State. Sie hatte sich die Haare geschnitten und schwarz gefärbt, passend zu ihrem Outfit, also hätte Larry sie wohl kaum erkannt, aber er bemerkte sie auch gar nicht. Er kam gleich hinter dem Sarg den Mittelgang herunter und umklammerte Tammy Jay, als fürchtete er, sie würde jeden Moment zusammenbrechen. Sie sahen beide schrecklich aus, sagt Courtney, wie zwei lebende Tote.

»Tja, war ja auch verständlich, nicht? Immerhin war sie erst zwei Monate zuvor denselben Gang in ihrem Hochzeitskleid runtergegangen – ärmellos, diamantweiß mit Paillettenoberteil, ich hab ein Foto in der Zeitung gesehen –, und er war Macs Trauzeuge gewesen, und jetzt trugen beide Trauerkleidung.«

»Was haben Sie dabei empfunden?«

»Ich hab nur gedacht, ich sollte ihr eigentlich sagen, was für einen Riesengefallen ich ihr getan hab.«

Hinterher, als die Trauergemeinde auf dem Weg zum Friedhof war, sprach Courtney in der Kirche einen Hilfspastor an, gab sich als alte Collegefreundin von Tammy Jay aus und fragte höflich: »Wer war denn der junge Mann, der sie so nett gestützt hat?« Laurence Goodall, lautete die Antwort. Der Sohn von Senator Goodall.

»Senator Goodall! Der Senator Goodall? Donnerwetter, das war mein Glückstag. Ich war Senator Goodall nämlich schon mal begegnet. Als ich in Fort Bragg stationiert war und er dort einen Truppenbesuch machte, gehörte ich zu den Auserwählten, die ihm die Hand schütteln und kurz mit ihm reden durften. Und ich hab mir gedacht: Larry, diesmal steckst du wirklich in der Scheiße, weil du nämlich keine Army-Veteraninnen vergewaltigen solltest, wo dein Daddy doch im Streitkräfteausschuss des US-Senats sitzt. Einfach unglaublich. Ich hab mir gedacht: Courtney, das ist besser als ein Lottogewinn.«

In ihrem Hotelzimmer, das sie mit einem Teil der sechshundert Dollar aus Macs Brieftasche bezahlt hatte, setzte sich Courtney hin und schrieb einen Brief an Larry Goodall. Erst nach mindestens einem Dutzend Entwürfen bekam sie die richtige Mischung hin, sie wollte ihm nämlich eine Heidenangst einjagen, ohne sich gleich eine Anklage wegen versuchter Erpressung einzuhandeln. Sie drohte ihm nicht direkt. Sie schrieb ihm als eine verzweifelte junge Frau, die nach einer Nacht ungeschützten Beischlafs – *dem ich, wie Du weißt, Larry, nicht zugestimmt habe* – schwanger geworden war und praktisch mittellos dastand. *Ich empfinde keinen Zorn auf Dich*, log sie. *Ich bitte Dich lediglich, die Verantwortung für Dein Handeln zu übernehmen und mir zu helfen.* Dann kam der Clou: *Larry, glaub mir, ich habe großen Respekt vor Deinem Vater, den ich in meiner Zeit in der Army die Ehre hatte persönlich kennenzulernen. Ich möchte auf keinen Fall Schande über seinen Namen oder den Namen seines zukünftigen Enkelkindes bringen.* Mac blieb in dem Brief unerwähnt. Sollte Larry sich seinen Teil denken.

Courtney redet ohne Unterbrechung, als wäre sie auf verbalem Autopilot. Selbst wenn Flint wollte, sie könnte sie nicht bremsen.

»Ich hab ihn zu Larrys Händen ins Büro des Senators in

Jackson geschickt, und dick und fett PERSÖNLICH/VERTRAULICH draufgeschrieben, damit er nicht versehentlich geöffnet wurde, aber Larry sollte das Gefühl haben, dass der nächste Brief, falls er nicht reagierte, an seinen Vater gehen könnte. Ich hab die Nummer des öffentlichen Telefons in der Hotellobby angegeben und ihm geschrieben, ich würde an den kommenden zwei Tagen um fünf Uhr nachmittags auf seinen Anruf warten, und zwar nur die kommenden zwei Tage. Das war ein Riesenfehler. Hat ihnen zu viel Zeit gelassen, um –«

Courtneys Erklärung wird vom durchdringenden Vibrieren ihres Handys unterbrochen. Der Leiter der Nachtschicht im Marscheider-Gebäude meldet, dass Ms. Beauregard, wenn auch widerwillig, endlich auf dem Weg zu ihrem Büro ist, um das Band zu holen. Er will genauer erläutern, wie die Frau zum Umdenken gebracht werden konnte, doch Flint fällt ihm abrupt ins Wort. »Später«, sagt sie und legt auf. Courtney ist ganz in ihrer eigenen Welt versunken und scheint sich nicht für den Stand der Dinge zu interessieren. Sie starrt auf ihre Finger, zupft an der Nagelhaut, und Flint fürchtet schon, ihr Redefluss könnte für immer verebbt sein. »Erzählen Sie weiter«, sagt sie aufmunternd und mit weit mehr Zuversicht, als sie empfindet.

»Was?«

»Sie sagten, Sie hätten einen Riesenfehler gemacht.«

»Wie?«

»Sie sagten, Sie hätten Larry die Nummer von dem öffentlichen Telefon in der Hotellobby gegeben und ihm eine Uhrzeit genannt, wann er anrufen sollte. Wieso war das ein Fehler?«

Courtney versucht, sich zu erinnern.

»Was ist dann passiert, Courtney? Hat Larry angerufen?«

Nein, nicht am ersten und auch nicht am zweiten Nachmittag. Nachdem Courtney am zweiten Tag fast eine Stunde in der Lobby gewartet hatte, ging sie verwirrt und wütend zurück auf ihr Zimmer. Sie war sicher gewesen, dass ihre Strategie funktionieren würde, und fragte sich, was schiefgelaufen sein mochte. Auf einmal war sie wild entschlossen, sich direkt an den Senator zu wenden. *Okay, Larry, du denkst, ich mach nicht ernst? Dann pass mal auf.*

»Vor lauter Wut bin ich unvorsichtig geworden. Ich hatte die Tür zweimal abgeschlossen, als ich ging, doch das war sie nicht mehr, und ich hab's nur beiläufig registriert. Irgendwer hatte die Vorhänge zugezogen, nicht ich. Ich hab eine ziemlich feine Nase, und ich hab sein Cologne gerochen, und selbst das kam nicht in meinem Hirn an. Ich bin munter in das Zimmer marschiert, hab die Tür hinter mir abgeschlossen und mich umgedreht – und da stand er.«

»Larry war in Ihrem Zimmer?«

»Nein, nicht Larry. Der Kerl war praktisch ein Doppelgänger von Hannibal Lecter, nur mit anderthalb Meter breiten Schultern. Jedenfalls sprach er genauso gruselig: ›Guten Abend, Courtney.‹ Ich fand, er war wie ein Leichenbestatter gekleidet, und ich dachte, Courtney, in diesem Zimmer wirst du sterben. Ich hatte meinen Lady Smith in den Fluss geworfen, nachdem ich Mac erschossen hatte, und ich überlegte krampfhaft, was ich sonst als Waffe benutzen könnte, als er die Tasche, die er bei sich hatte, aufmachte und aufs Bett leerte. Da sah ich nur noch gebündelte Dollarscheine.«

Genauer gesagt, Zwanzigdollarscheine, je hundert in einem Bündel und zehn Bündel insgesamt. Zwanzigtausend Dollar, und Courtney dachte: *Larry, das reicht nicht, aber es ist immerhin schon mal ein Anfang.* Doch dann belehrte er sie eines Besseren.

»Hinsetzen«, sagte er, packte ihren Arm und zwang sie runter aufs Bett. »Courtney, ich schätze, Sie wissen, dass Sie in Schwierigkeiten stecken, Sie haben bloß keine Ahnung, wie groß diese Schwierigkeiten sind.«

»Ich weiß nicht, wovon Sie reden. Lassen Sie mich los …« Sie wollte ihm ihren Arm entwinden, aber er war zu stark.

»Ich rede hiervon«, sagte er und hielt ihr mit der freien Hand ein Foto vor die Augen, das Macs ausgebrannten BMW mit der verkohlten Leiche darin zeigte. Prompt hörte sie auf, sich zu wehren. »Sie haben ein paar sehr mächtige Leute verärgert, Courtney, und die lassen sich nicht gern ärgern.«

Sie wollte gerade sagen: *Und was hat das mit mir zu tun?*, als er ein Mäppchen mit noch mehr Fotos aus der Tasche zog. Er zeigte sie ihr nacheinander: Der Parkplatz, wo sie Macs Wagen entdeckt hatte; sie und Mac neben dem Auto stehend, er leicht zu ihr gebeugt; sie beide beim Einsteigen; der Wagen, wie er vom Parkplatz rollt; der Wagen unterwegs in der Stadt; der Wagen unter einer Überführung geparkt; sie beim Aussteigen mit einer Art weißem Lappen in der Hand; sie, wie sie den Tankdeckel öffnet; den Lappen bis auf ein kleines Stück hineinstopft; ihn anzündet …

»Die können Sie behalten«, sagte Hannibal Lecters Doppelgänger und warf ihr die Fotos in den Schoß. »Die Negative behalten wir.«

»Wer sind Sie?«, war das Einzige, was ihr einfiel.

Auf die Frage erhielt sie nie eine Antwort, nicht an jenem hellen Wintertag des Jahres 1988 und auch nicht bei den verschiedenen anderen Treffen mit Dr. Lecter im Laufe der kommenden zehn Jahre. »Dr. Lecter, so hab ich ihn tatsächlich angeredet«, sagt Courtney. Aber was er war, wurde Courtney sofort klar, als er ihr sagte, was sie tun müsste, damit diese Negative nicht bei der Polizei landeten: »Sie haben Mac Hazlip jr. getötet, und jetzt werden Sie seinen Vater töten. Und Sie werden Larry Goodall und seinen Vater in Ruhe lassen.«

»Moment mal«, sagt Flint geschockt. »Soll das heißen, der Kerl hat für Senator Goodall gearbeitet?«

»Nein, das soll es nicht, denn ich weiß es nicht mit Sicherheit. Aber für wen auch immer er gearbeitet hat, der oder die wollten auf jeden Fall nicht, dass der Familie Goodall ein Haar gekrümmt wurde. Dr. Lecter hat mir erklärt, wenn ich Larry oder seinem Daddy auch nur eine Ansichtskarte schreiben oder sie anrufen oder mich ihnen auf weniger als einen Kilometer nähern würde oder wenn ich je einer Menschenseele erzählen würde, dass Larry mich vergewaltigt hatte und vielleicht der Vater meines Kindes war, wäre ich so gut wie tot.«

»Woher wusste er, dass Larry Sie vergewaltigt hatte?«

»Keine Ahnung.« Courtney lächelt. »Ich schätze, er hat meinen Brief gelesen.«

»Ach, du Schande!«

»Ich hoffe, euer Zeugenschutzprogramm ist wirklich so gut, wie Sie gesagt haben.«

Dr. Lecter wusste, dass Courtney eine ausgezeichnete Scharfschützin war, er kannte ihren gesamten Werdegang beim Militär – wusste zumindest alles, was in schriftlicher Form über sie vorhanden war. Er zeigte ihr die offizielle Personalakte von Private Courtney Morrison, und sie war ziemlich sicher, dass es sich dabei um das Original handelte, keine Kopie. Er wusste sogar etwas, was nicht in der Akte stand: Dass sie nämlich während ihrer Zeit in Fort Bragg locker mit ein paar Jungs vom zweiundachtzigsten Luftlandebataillon befreundet gewesen war und für sie ein Dragunow-Scharfschützengewehr aus Afghanistan getestet hatte. Dabei hatte sie auf eine Entfernung von dreihundert Metern die höchste Punktzahl erreicht.

»Und mit dem Fabrikat werden Sie auch am Sonntag schießen«, sagte Dr. Lecter. »Spielen Sie Golf?« Sie hatte verwirrt den Kopf geschüttelt. »Tja, am Sonntag schon, und zwar im Shady Okay Country Club am Clinton Boulevard. Da spielt Mac Hazlip sr. ab Punkt zehn Uhr in einer Gruppe mit drei anderen. Das ist Ihre Zielperson«, hatte er gesagt und ihr vier Fotos eines silberhaarigen Mannes mit markanten Gesichtszügen überreicht, die denen seines toten Sohnes unheimlich ähnlich waren. *Gute Gene*, dachte Courtney. *So hätte Mac in vierzig Jahren ausgesehen, wenn er nicht so ein Arschloch gewesen wäre.*

Dann hatte Dr. Lecter ihr den Zündschlüssel eines Wagens gegeben und ihr erklärt, wo genau er am Samstagabend parken würde, im Kofferraum eine Golftasche mit dem Gewehr drin. »Der Name Shady Oaks kommt nicht von ungefähr«, sagte er, und sie sah zum ersten Mal ein Lächeln in seinem Gesicht, wenn auch ein gruseliges Hannibal-Lecter-Lächeln. »Auf dem Golfplatz stehen nämlich überall hundertjährige Eichen, aber auch ein paar kirchturmhohe Kiefern. Sie werden die Qual der Wahl haben, wenn Sie sich eine Schussposition aussuchen.«

Und das stimmte. Überhaupt stimmte alles, was er gesagt hatte. Am Sonntag verließ sie vor Tagesanbruch das Hotel und ging achthundert Meter zu dem Parkplatz, wo ein fast neuer Buick an der angegebenen Stelle parkte. Im Kofferraum lag die versprochene Golftasche, Inhalt das Dragunow-Gewehr, ein Schalldämpfer, ein Zielfernrohr, eine Schaftbacke und zwei volle Magazine.

»Die Dragunow da?«, fragt Flint und deutet mit dem Kinn Richtung Sofa, als wäre das eine ganz beiläufige Frage.

»Nein. Er sagte, die Waffe wäre clean und nicht zurückzuverfolgen, deshalb sollte ich sie einfach am Tatort liegen lassen. Ich hab seitdem nie dieselbe Waffe mehr als einmal benutzt. Immer eine Dragunow, aber … ich bin ein bisschen abergläubisch.«

Und raffiniert, denkt Flint, weil es bei Courtneys Morden niemals ballistische Beweise gab, die auf ein und dieselbe Täterin hinwiesen.

Noch vor dem Morgengrauen war sie raus zu Shady Oaks gefahren und hatte den Wagen in einer ruhigen Wohnstraße in der Nähe vom Golfplatz abgestellt. In aller Ruhe hatte sie sich ein ideales Versteck in einem dichten Eichenwäldchen am Rande eines Fairways ausgeguckt, wo sie höchstens entdeckt werden konnte, wenn jemand nach einem missglückten Schlag seinen Ball suchte und sich zufällig der Stelle näherte, aber das passierte nicht. Durchs Zielfernrohr beobachtete sie, wie die Vierergrüppchen vorbeizogen – es waren immer teuer gekleidete weiße Männer –, und sie hatte bald ein Muster ausgemacht. Fast jeder spielte den ersten Schlag vom Tee, wobei der Ball bis zu hundert Meter von ihrem Versteck entfernt landete, und dann galt es abzuwarten, bis das Grün frei wurde. Wenn Mac Hazlip sr. das auch so machte, wäre er kein bewegliches Ziel.

Er tauchte in ihrem Fadenkreuz auf, schritt selbstbewusst das Fairway entlang, während sein Teampartner den Elektrowagen fuhr. Er war von Kopf bis Fuß kastanienbraun gekleidet und hatte den längsten Drive der Vierergruppe gespielt, was bedeutete, er würde als Letzter den zweiten Schlag machen, was wiederum bedeutete, er wäre hundertmal länger, als sie benötigte, ein praktisch stehendes Ziel. Als er seinen Ball erreichte, war er achtzig bis neunzig Meter von ihr entfernt.

»Da war er schon so gut wie tot«, sagt Courtney. »Ich meine, auf diese Entfernung und mit so viel Zeit hätte ich ihn mit geschlossenen Augen und einer Hand auf den Rücken gebunden getroffen.«

»Keine Anfängernervosität?«

Flints Frage ist sarkastisch gemeint, weil ihr Courtneys unbefangener Tonfall allmählich auf die Nerven geht, aber Courtney scheint das nicht zu merken. Sie nimmt die Frage wörtlich.

»Nein, kein bisschen. Und wissen Sie auch, warum? Fast drei Jahre lang hab ich mit zigtausend Pappzielen trainiert, und das kann auf die Dauer ganz schön langweilig werden. Deshalb hab ich mir vorgestellt, um die Sache interessanter zu machen, ich würde auf richtige Menschen in gefährlichen Situationen schießen. Ich hab mir zum Beispiel ausgemalt, da würde jemand in der nächsten Sekunde den Präsidenten der USA erschießen, wenn ich ihm keine Kugel in den Kopf jage. Das hat bei mir ganz gut geklappt. Deshalb hab ich fast immer die volle Punktzahl erreicht. Und ich schätze, der Verstand kann einem so manches Schnippchen schlagen. Jedenfalls hat es auch umgekehrt funktioniert. Als ich auf Macs Daddy angelegt hab, war er für mich keine reale Person, sondern bloß eine Pappzielscheibe.«

Und Jack?, würde Flint gern wissen. *War er auch bloß ein Stück Pappe in deinem Fadenkreuz, ein weiterer imaginärer Attentäter?* Aber sie verkneift sich die Frage.

Courtney sagt, ein Schalldämpfer verringere zwar die Geschwindigkeit einer Kugel, aber da die Dragunow eine tödliche Reichweite von fast viertausend Metern habe und das Ziel höchstens neunzig Meter entfernt war, musste sie sich deshalb keine Gedanken machen. Sie montierte den Schalldämpfer, wartete, bis einer aus der Vierergruppe seinen zweiten Schlag gemacht hatte und alle gespannt in Richtung Grün blickten, und erledigte Mac Hazlip sr. mit einem Schuss ins Herz. Da sie ihn von hinten getroffen hatte, kippte er nach vorn und blieb bäuchlings liegen, und nach Courtneys Kalkulation würde es eine Weile dauern, bis seine Golffreunde die Eintrittswunde registrierten. Sie ließ die Dragunow liegen – mit einigem Widerwillen, wie sie zugibt –, zog die Chirurgenhandschuhe aus, die sie trug, und schlenderte seelenruhig zwischen den Bäumen zur Straße und dem geparkten Wagen. Sie war, so schätzt sie, bestimmt schon wieder auf dem Clinton Boulevard Richtung Jackson unterwegs, als Hazlips Freunde merkten, dass er keinen Herzinfarkt gehabt hatte.

Sie stellte den Wagen wieder an der alten Stelle ab und legte anweisungsgemäß den Schlüssel unter den Fahrersitz. Sie aß in Denny's Restaurant zu Mittag und kehrte dann ins Hotel zurück, wo sie dem Drang widerstand, sich die Lokalnachrichten im Fernsehen anzuschauen. Sie widerstand auch dem Drang zu fliehen. »Bleiben Sie, wo Sie sind«, hatte Dr. Lecter verlangt, »die Polizei wird nämlich als Erstes die Ausfallstraßen kontrollieren und in sämtlichen Hotels nachfragen, wer überstürzt abgereist ist. Bleiben Sie locker. Gehen Sie schön essen und vielleicht ein bisschen shoppen. Gehen Sie ins Kino. Nehmen Sie erst an Ihrem geplanten Abreisetag den Bus zurück nach New Orleans.

Und Courtney«, hatte er mit einer unverhüllten Drohung in der Stimme hinzugefügt, »falls Sie aus irgendwelchen Gründen verhaftet werden sollten, sagen Sie nichts. Sie sprechen mit niemandem. Sie beantworten keinerlei Fragen und erklären sich auch nicht mit irgendwelchen Tests einverstanden. Sie gestatten keine Untersuchung Ihrer Habe und lassen sich auf keine Gegenüberstellung ein. Sie unterschreiben nichts, und Sie verzichten auf keines Ihrer verfassungsmäßigen Rechte. Sie bestehen auf Ihrem Recht auf einen Anwalt und darauf, jemanden anzurufen, und dann wählen Sie diese Nummer hier« – und er hatte ihr einen Zettel überreicht, sein letztes Geschenk.

Na ja, eigentlich nicht sein letztes Geschenk, räumt Courtney ein. Nachdem sie drei Tage wieder in New Orleans war, lag ein unfrankierter Umschlag in ihrem Briefkasten. Darin zehntausend Dollar in Hundertdollarscheinen sowie eine getippte Nachricht von Dr. Lecter: *Sie haben gute Arbeit geleistet, und ich bin sicher, Sie werden wieder gute Arbeit leisten. Ich melde mich.*

Rund vier Wochen später fand sie einen weiteren unfrankierten Umschlag in ihrem Briefkasten, diesmal mit fünfundzwanzigtausend Dollar und Fotos von einer Frau mittleren Alters, ihrer Adresse in Las Vegas und einer genauen Schilderung ihres Tagesablaufs. Präzise Anweisungen, wo und wann ein Wagen in einem Parkhaus in der Innenstadt bereitstände mit einer nicht zurückverfolgbaren Dragunow im Kofferraum. Courtney hatte das Geld gezählt und eine Reihe richtungsweisender Entscheidungen gefällt: Sie würde die Karriere, zu der Dr. Lecter sie zwang, und den damit verbundenen Reichtum akzeptieren; sie würde das Kind in ihrem Bauch nicht abtreiben lassen; sie würde Larry eines vielleicht noch so fernen Tages – trotz Dr. Lecters finsterer Drohung – einen Besuch abstatten.

»Haben Sie?«, fragt Flint.

»Noch nicht«, sagt Courtney neckisch. »Und jetzt wird das wohl auch nichts mehr werden.«

»Sehr richtig.«

Nachdem sie den Auftrag in Las Vegas erledigt und eine weitere Prämie von zehntausend Dollar kassiert hatte, hörte Courtney fast drei Jahre lang nichts mehr von Dr. Lecter. Sie brachte Melinda im Charity Hospital zur Welt und floh dann vor der schwülen Hitze in New Orleans an die Golfküste, zunächst nach Fairhope in Alabama, weil ihr der Name so gut gefiel, und dann im Spätherbst nach Mobile, weil sie irgendwo gelesen hatte, es sei die höflichste Stadt in den USA. Von dem Geld von Dr. Lecter hatte sie noch fast sechzigtausend – »1988 ein kleines Vermögen« –, und so konnte sie es sich leisten, eine möblierte Wohnung in einer guten Wohngegend zu mieten. Sie nannte sich Carol Styles, eine falsche Identität, die sie sich für die Reise nach Las Vegas zugelegt, aber nie benutzt hatte. Sie kaufte sich ein kleines Auto, investierte vorsichtig in Staatsobligationen und erlernte die Kunst des Mutterseins. Dann, als Melinda achtzehn Monate alt war, gab sie sie tagsüber in die Kinderkrippe und nahm ein Studium am Remington College auf. »Nur um mich zu beschäftigen.«

»Was haben Sie denn studiert?«

»Strafrecht«, erwidert Courtney ohne jede Ironie.

Hatte Courtney sich hinter der Carol-Styles-Identität vor Dr. Lecter versteckt? Nicht ernsthaft, denkt sie. Sie hatte immer das Gefühl, dass er sie jederzeit finden könnte, wenn er wollte. Daher war sie im Grunde nicht überrascht, als er Anfang Mai 1991 mit einem Geschenk für Melinda vor ihrer Tür stand und sagte: »Private Morrison, Sie sehen gut aus.« Diesmal bekam sie als Anzahlung fünfzigtausend Dollar. Wohl wegen der Inflation und weil sie für den Auftrag ins Ausland reisen musste. Zielort war die Karibikinsel Saint Kitts und Zielperson der älteste Sohn des stellvertretenden Premierministers.

»Courtney, haben Sie je gefragt, warum Sie diese Leute ermorden sollten?«

»Nein.«

»Waren Sie denn überhaupt nicht neugierig?«

»In gewissen Branchen kann Neugier tödlich sein.«

»Sie machen es sich aber verdammt einfach!« Flints Empörung kocht über wie Milch. »Sie haben, ohne zu wissen, warum, Menschen umgebracht, die Sie nicht kannten, Menschen, von denen Sie noch nie gehört hatten. Und nur weil irgendein Arschloch Sie damit beauftragt hat?«

»Ja, und davor hab ich fast drei Jahre lang Waffen repariert, Hunderte von Waffen, damit Menschen erschossen werden konnten, die ich nicht kannte, Menschen, von denen ich noch nie gehört hatte. Und nur weil irgendwelche Arschlöcher mich damit beauftragt haben.«

»Ach, hören Sie doch auf, Courtney, das ist ja wohl ein Unterschied!«

»Klar.« Auch Courtneys Zorn wächst. »Dr. Lecter trug schicke Anzüge, und die anderen Arschlöcher trugen Uniform, aber alle haben sie Befehle von Leuten bekommen, die ich nicht gewählt habe. Hören Sie, ich weiß hundertprozentig, dass einige der Waffen, die ich für die Army repariert habe, an den Iran verkauft wurden. Das war ein eindeutiger Verstoß gegen geltendes US-Recht, und das Geld, das der Staat mit diesen Verkäufen verdient hat, ging ebenfalls unter Missachtung geltenden US-Rechts an die Contras in Nicaragua, die damit Waffen kaufen konnten, um Sandinisten zu erschießen. Ich hab nie gefragt, warum, oder wie viele Hunderte von Menschen mit meiner Hilfe getötet wurden. Ich hab nur meine Arbeit gemacht. Ja, Sie haben verdammt recht, es gibt einen Unterschied. Wenn die Regierung das Gesetz bricht und Leute ermordet werden und ich als Soldatin dabei mitmache, dann werde ich hinterher ehrenvoll entlassen, mit sämtlichen Vergünstigungen, die Veteranen zustehen. Diesmal wandere ich ins Gefängnis, weil das Arschloch, das mir den Auftrag gab, einen Anzug trug. Vielleicht hätte ich Präsident Reagan schreiben und ihn fragen sollen, warum, aber ich hab's nicht getan, damals nicht und später auch nicht. Ich habe nie gefragt, nie.«

»Vergessen Sie, dass ich davon angefangen hab«, sagt Flint, die das Gefühl hat, in den Treibsand einer Debatte gezogen zu werden, die sie nicht gewinnen kann.

»Ihrem Freund Rocco hat man doch bestimmt Orden dafür angesteckt, dass er Leute erschossen hat –«

»Ich hab gesagt, vergessen Sie's!«

Courtney akzeptiert ihren Etappensieg mit einem kurzen Seitenblick. »Okay. Verschonen Sie mich bloß mit Ihren verklemmten Predigten, ja?« Dann greift sie übergangslos noch tiefer in ihre Überraschungstüte und sagt: »Ich weiß, warum Karl Ihren Sohn erschießen lassen wollte.«

Flint bringt kein Wort heraus.

»Er wollte, dass Sie mit den Ermittlungen aufhören, klar, aber noch mehr wollte er Sie fertigmachen. Er wollte, dass Sie auf Dauer leiden, wollte Sie in den Wahnsinn treiben. Wissen Sie, was er zu mir gesagt hat? ›Ich will Fotos von der Leiche vor und nach der Obduktion, jede Menge Fotos.‹ Es war ihm egal, wie ich die beschaffe oder wie viel das kosten würde. Er wollte sie Ihnen zuschicken, jedes Jahr am Todestag Ihres Kindes ein paar. So sehr hasst er Sie – nein, sogar noch mehr. Als ich das letzte Mal mit ihm gesprochen hab, hat er gesagt: ›Vielleicht können Sie mir ein paar Körperteile schicken? Einen Finger, ein Ohr? Vielleicht die Genitalien? Ja, die Genitalien wären toll ...‹ Wenn er spricht, klingt das übrigens auch richtig gruselig.« Courtney tut so, als ob es sie schüttelt, und dann fügt sie hinzu: »Das hätte ich aber nicht gemacht. Sie halten mich bestimmt für eine Ausgeburt der Hölle, aber pervers bin ich nicht.«

Flint wird von grässlichen Bildern bestürmt und ringt um Fassung. »Sie haben einen Schritt ausgelassen«, sagt sie schließlich, als käme es nur darauf an, die Chronologie gewissenhaft einzuhalten.

»Nicht nur einen.«

August 1991, Saint Kitts: Auftrag erledigt und eine weitere Prämie erhalten. Im Juli 1992 lieferte FedEx ein Päckchen von Dr. Lecter mit einem Laptop und der Anweisung, sich ins Internet einzuarbeiten und zu lernen, wie man Verbindungen herstellt, E-Mail-Adressen einrichtet, die nicht leicht zurückverfolgt werden können, und Nachrichten praktisch bis zur Unkenntlichkeit verschlüsselt. Courtney studierte erneut nebenher, und als Dr. Lecter gegen Endes des Jahres, kurz vor Weihnachten, mit einem weiteren Geschenk für Melinda zu Besuch kam, fühlte sie sich firm genug, um zu sagen, dass sie bereit war. Wozu bereit? Die Antwort befand sich in einem dicken Umschlag, den Dr. Lecter ihr beim Abschied übergab: haargenaue Anweisungen, wie und wo man die Komponenten für eine Bombe bekam und zusammenbaute. »Ich könnte Ihnen richtig Angst einjagen, wenn ich Ihnen sagen würde, wie leicht das ist«, sagt Courtney.

Hast du sowieso schon, denkt Flint, *mehr als du ahnst.* »Genauso leicht hätten Sie auch was falsch machen und sich und Melinda in die Luft jagen können. Courtney, ist das wirklich wahr?«, fragt sie in einem leicht gekünstelten Tonfall. »Sie haben Ihr Kind so einer Gefahr ausgesetzt?«

Nein, so weit war sie denn doch nicht gegangen. Nachdem sie theoretisch wusste, wie man eine Bombe bastelte, und weitere zehntausend Dollar von Dr. Lecter erhalten hatte – »zur Deckung Ihrer Kosten« –, war Courtney in die Rolle einer Malerin geschlüpft und hatte im Zentrum von Mobile ein Atelier angemietet, wo sie viele verschiedene Chemikalien unauffällig lagern konnte. Sie hatte vorsichtig herumexperimentiert. Die ersten kleinen Bomben mit kaum mehr Sprengkraft als ein Knallfrosch baute und testete sie in unbewohnten Sumpfgebieten am Mississippi. Erst als ihr die Technik in Fleisch und Blut übergegangen war, baute sie eine richtige Bombe, die sie dann im acht Stunden entfernten Memphis, Tennessee, im Keller eines stattlichen Hauses im Kolonialstil deponierte. Vier Stunden später legte eine per Zeitzünder ausgelöste Detonation das Gebäude in Schutt und Asche. Zwei Tote, wie Courtney von Dr. Lecter erfuhr, als sie wieder in Mobile war, eine unbeabsichtigte Folge, denn das Haus hatte angeblich leer gestanden, und die Explosion war nur als Warnung gedacht gewesen.

»Wer waren die Toten?«

»Ich weiß nicht. Hat er mir nicht gesagt.«

Flint kann sich nicht bremsen. »Und Sie haben nie versucht, das rauszufinden? Haben sich nie eine Zeitung aus Memphis besorgt oder mal im Internet recherchiert? Ich meine, das wär doch ein Klacks gewesen.«

»Und wieso hätte ich das tun sollen?« Courtneys trotziger Blick sagt: *Du kapierst es einfach nicht, was?* Stimmt. Angeblich zählt es zu Flints großen Stärken, sich in den Feind hineinversetzen zu können, so zu denken wie sie, was sie ja gerade zu einer so furchterregenden Gegnerin macht. Doch bei Courtney hat sie das Gefühl, in einen bodenlosen Abgrund zu blicken oder auf einem endlosen Meer ohne jeden Orientierungspunkt zu treiben. Je länger sie zusammen sind, desto weniger versteht sie. »Egal«, sagt sie und bedauert, überhaupt gefragt zu haben.

»Nein, wirklich, ich würde gern wissen, wieso Sie denken, das hätte mich interessieren sollen. Ich bin beim Militär dazu ausgebildet worden, auf Menschen zu schießen, und da hat man uns nicht beigebracht herauszufinden, auf wen wir schießen. Gehörte jedenfalls nicht zur Grundausbildung.«

»Okay, Courtney, ich verstehe, worauf Sie hinauswollen.«

»Tatsächlich? Verdammt, verstehen Sie wirklich, worauf ich hinauswill?« Courtneys rechter Zeigefinger tippt leicht auf den Senderknopf.

Flint hebt kapitulierend die Hände. »Ist gut, ja? Können wir jetzt weitermachen?« Und ohne die Antwort abzuwarten, nimmt sie eigenmächtig Courtneys Handy, wählt die Nummer des Marscheider-Gebäudes und fragt: »Wieso dauert das so lange?«

Ms. Beauregard hat es sich anscheinend anders überlegt. Sie ist nicht mehr der Meinung, das Band sei unwichtig und bloß eine lästige Unterbrechung ihres Abends. Jetzt will sie es komplett abtippen lassen und sofort als rechtskräftiges Dokument von einem Anwalt der Strike Force beziehungsweise von zwei entscheidungsberechtigten Mitarbeitern gegenzeichnen lassen. Sie besteht darauf, ihre Mandantin erst dann anzurufen, wenn das geschehen ist.

»Dann macht es«, sagt Flint.

»Sind schon dabei.«

Nachdem sie wieder aufgelegt hat, sagt sie zu Courtney. »Wir haben noch etwas Zeit.«

Im Frühjahr 1994 zogen Courtney und Melinda in eine größere Wohnung in Mobile, ein Loft mit hohen Decken und offenen Balken, mit Fenstern bis zum Boden und sogar mit einem Dachgarten. Melinda war jetzt fünfeinhalb und kam gut in der Schule zurecht, Courtney hatte einen Collegeabschluss in Strafrecht. Sie hatte nie die Absicht gehabt, als Juristin zu arbeiten – »Ich wollte nur wissen, wie das System funktioniert«, sagt sie verschmitzt –, und so überlegte sie, was sie mit ihrer Freizeit anfangen könnte, um die großen Abstände zwischen ihren Einsätzen für Dr. Lecter sinnvoll zu überbrücken. Sie hatte noch immer das Atelier gemietet, »Nur für alle Fälle«, und so begann sie eher aus Langeweile zu malen. Ihre ersten Versuche waren Landschaften, Öl auf Leinwand, und was ihr an Talent fehlte, machte sie durch Begeisterung wett. Das kitschige Gemälde an der Wohnzimmerwand ist eines ihrer frühen Werke, gesteht sie.

»Wie finden Sie's?«

»Es ist … originell«, sagt Flint ausweichend, weil der Leuchtturm aussieht wie eine Saturnrakete gleich nach dem Start.

»Es ist Scheiße«, sagt Courtney. »Ich hab's bloß aufgehängt, damit ich nicht vergesse, wie schlecht ich war.«

»Na ja, es hat viel Energie ... wirkt dramatisch.«

»Es ist Schrott, totaler Schrott, und das wissen Sie auch, aber schauen Sie sich die hier mal an.« Auf den Knien rutscht Courtney zu dem Sideboard und holt aus der unteren Schublade eine Mappe mit jüngeren Arbeiten hervor. Es handelt sich um Kopien von Zeichnungen von Saul Steinberg, die zuerst als Titelseiten des *New Yorker* veröffentlich wurden. Für Flint, die sie im Strahl der Taschenlampe betrachtet, sind sie nicht von den Originalen zu unterscheiden. Auf der Glebe Farm hängen vier davon als Lithografien in ihrem Schlafzimmer.

Aber damit nicht genug. Courtney hat auch eigene Bilder im Stil von Steinberg gezeichnet, darunter eines, das sie in Anlehnung an »View of the World from 9th Avenue« den Titel »View of the World from Downtown Barranquilla« gegeben hat; es ist eine gekonnte Ansicht des Hafens der kolumbianischen Stadt, im Hintergrund die strahlend blaue Karibik, mit kleinen Booten und Flugzeugen, die auf einen fernen Horizont zustreben, auf dem in kindlichen Druckbuchstaben AMERICA steht.

Flint entgeht nicht, dass die Fähigkeiten, die für so getreue Kopien und Imitate erforderlich sind – ein präzises Auge und eine ruhige Hand – typische Scharfschützenqualitäten sind.

»In Barranquilla hab ich meinen ersten Auftrag für Karl erledigt«, sagt Courtney. »Aber da kannte ich ihn noch nicht als Karl.«

»Hoppla! Moment.« Flint fühlt sich überrumpelt. »Haben Sie da jetzt nicht so einiges übersprungen?«

Eigentlich nicht, sagt Courtney. Nachdem sie im Hochsommer 1993 in Memphis die Bombe gelegt hatte, hörte sie achtzehn Monate nichts mehr von Dr. Lecter, aber das war ihr auch nur recht. Sie hatte klug investiert und besaß genug Geld für ein sorgloses Leben, und die Malerei nahm sie immer mehr in Anspruch. Aber dann tauchte er wie ein Unglücksbote in ihrem Atelier auf und erklärte, ihre Dienste würden »dringend von einem unserer europäischen Geschäftspartner benötigt, der sich in Kürze mit Ihnen in Verbindung setzen wird«. Courtney war entsetzt. »He, für wen halten Sie mich? Ich bin keine Hure, die Sie mal eben an einen Kumpel weiterreichen können.« Und Dr. Lecter erwiderte: »Doch, genau das sind Sie, weil Sie uns gehören, Courtney, und daran wird sich auch nichts ändern.« Dann zog er das Foto von Mac in seinem ausgebrannten BMW aus der Tasche und erinnerte sie daran, dass Mord nicht verjährt. Am nächsten Tag erhielt sie eine verschlüsselte E-Mail, die mit »Krups« unterschrieben war, sowie etliche verschlüsselte Anhänge mit Einzelheiten über die Zielperson in Barranquilla, aber ohne ein Wort über ihr Honorar oder ihre Unkosten. Noch immer wütend auf Dr. Lecter, mailte sie zurück: *Sorry, aber Huren machen's nicht umsonst.* In derselben Nacht tauchte Dr. Lecter bei ihr auf, versetzte Melinda in Angst und Schrecken, als er die Tür eintrat, und zerrte Courtney bis an den Rand das Dachgartens. Er ließ sie in die Tiefe starren und schwor, er würde sie und Melinda eigenhändig hinunterwerfen, sollte sie sich noch einmal solche Mätzchen erlauben – und in dem Augenblick begriff sie, dass sie Dr. Lecter früher oder später würde töten müssen.

»Und haben Sie ihn getötet?«

Courtney, die noch immer die Szene auf dem Dach durchlebt, geht nicht auf Flints Frage ein.

»Barranquilla war ein einziger Schlauch«, sagt sie mit monotoner Stimme, »der schwierigste Auftrag, den ich je hatte. Aber trotzdem hab ich den Kerl nach zwei Wochen erledigt, und Krups hat mich bezahlt, hunderttausend Dollar, und ich bin zu meinem Leben zurückgekehrt. In den zwei Jahren danach hab ich bloß gemalt und gezeichnet und mich um Melinda gekümmert. Ich hatte zwei, drei Ausstellungen und hab sogar ein paar Sachen verkauft. Hab nichts mehr von Dr. Lecter oder Krups gehört und dachte schon, ich wäre sie endlich los, doch dann …«

Per Einschreiben hatte Courtney – besser gesagt, Carol Styles, das Pseudonym, unter dem sie noch immer lebte – eine Einladung nach Italien bekommen: Flugticket erster Klasse nach Mailand und die Reservierungsbestätigung für ein Zimmer im Hotel Four Seasons. Auf einem beiliegenden Zettel stand: *Bitte enttäuschen Sie mich nicht, Krups.* Sie flog nach Mailand. Am Flughafen Malpensa wartete eine Limousine auf sie und in ihrem eleganten Hotelzimmer Blumen und Champagner. Außerdem lag da eine Nachricht, sie möchte bitte am folgenden Morgen, sobald sie ausgeruht war, in der Kirche die Beichte ablegen.

Eine kalte Hand greift nach Flints Herz. »Irgendeine besondere Kirche?«

»Ja, und auch dadurch haben Sie sich verraten. Da haben Sie einfach zu dick aufgetragen, wenn ich so sagen darf. Als ich den Auftrag bekam, Sie zu überprüfen – Kathy McCarry, um genau zu sein –, wurde mir gesagt, Sie hätten den Gup-Brüdern ein Immobilienprojekt namens San Ambrogio vorgeschlagen, und ich dachte, das hab ich doch schon mal gehört, und schließlich fiel der Groschen: Das war die Kirche, in der ich mich mit Karl – oder Krups, wie er sich damals nannte – zum ersten Mal getroffen hatte. Ich hab gedacht, na wenn das kein Zufall ist ... Und deswegen hab ich beschlossen, mich in Ihrer Wohnung umzusehen, und dabei die Videobänder von Ihrem Jungen gefunden. Die Mühe hätte ich mir vielleicht gar nicht gemacht, wenn Sie sich für das Projekt einen anderen Namen ausgedacht hätten. Verstehen Sie?«

Natürlich versteht sie.

Bewaffnet mit einem Stadtplan, auf dem der Portier im Four Seasons ihr die Route eingezeichnet hatte, erzählt Courtney weiter, machte sie sich zu Fuß auf den Weg zur Kirche San Ambrogio. Als sie den Hof betrat, der bis auf ein paar japanische Touristen fast leer war, fing sie ein junger Mann ab, führte sie in die Kirche und zu einem der Beichtstühle. Sie wartete im Halbdunkel, bis eine Stimme auf der anderen Seite der Trennwand sagte, sie solle niederknien und näher an das Gitter kommen.

Was war denn in Barranquilla das Problem? Wieso hat das so lange gedauert?

Sie haben vergessen, die Bodyguards zu erwähnen, außerdem haben Sie kein Wort davon gesagt, dass er sich nie in der Öffentlichkeit zeigt.

Aber irgendwann ist er dann doch rausgekommen, nicht?

Nein, ist er nicht. Ich musste über eine drei Meter hohe Mauer klettern, auf ein Gelände mit Hunden und Überwachungskameras, und mich in einem stinkenden Misthaufen einbuddeln, wo ich sechs Stunden auf der Lauer gelegen hab, bis ich ihn endlich ins Visier bekam, aus über dreihundert Metern Entfernung, und ich hatte bloß einen einzigen Schuss.

Was beweist, wie einfallsreich Sie sind.

Danke.

Sie müssen noch einmal für mich einfallsreich sein. Trauen Sie sich zu, ein Flugzeug verschwinden zu lassen?

Flint ist halb aufgesprungen. »Courtney, halt, kein Wort mehr. Wenn Sie mir jetzt erzählen wollen, Sie hätten ein Flugzeug zum Absturz gebracht, dann ist unser Deal geplatzt. Ich kann unmöglich –«

»Genau das hab ich auch gesagt. ›Kommt nicht in die Tüte, José.‹ Ich hab gesagt: ›Sie verwechseln mich wohl mit einer Terroristin, Herr Krups oder wie Sie auch immer heißen. Ein Flugzeug sprengen, da spiel ich nicht mit.‹ Und er hat gelacht, so richtig irre – glauben Sie mir, davon kriegt man Gänsehaut –, und dann hat er gesagt: ›Es ist nur ein ganz kleines Flugzeug, Miss Styles.‹«

Eine einmotorige Cessna Skyhawk, wie sich herausstellte, mit nur dem Piloten an Bord. Am einundzwanzigsten April 1997 war die Maschine auf dem Weg von Tampa in Florida nach Jackson, Mississippi, als sie zwanzig Meilen von Pensacola vom Radarschirm verschwand. Kleine Trümmerteile des Flugzeugs wurden später von der Küstenwache im Golf von Mexiko geborgen, davon einige verkohlt, was auf einen Brand oder eine Explosion in der Luft hindeutete. Doch der Rumpf des Wracks und die Leiche des Piloten waren für immer irgendwo auf den Meeresgrund gesunken.

Ja, sagt Courtney, diesmal durchforstete sie die Zeitungen und fand in Jacksons *Clarion-Ledger* einen respektvollen Nachruf auf einen gewissen prominenten politischen Lobbyisten namens Herman Hicks. Der Name sagte ihr nichts, aber den Mann auf dem mit abgedruckten Foto erkannte sie auf Anhieb.

»Lassen Sie mich raten«, sagt Flint, obwohl sie sich ihrer Sache fast sicher ist. »Dr. Lecter?«

47

Mit Anwälten, die vor selbstgerechter Entrüstung beben, ist nicht zu spaßen. Ms. Beauregard ist empört über die Behandlung ihrer Mandantin und entsetzt, weil ihr grundlegende Rechte verweigert wurden. Flint kann sich darauf gefasst machen, dass ihre dreiste Missachtung des Gesetzes noch ein schweres Nachspiel haben wird. Ms. Beauregard ist keineswegs sicher, wer hier vor Gericht gestellt wird, ihre Mandantin oder Flint.

»Wissen Sie was?«, sagt Flint mit einer Stimme, die vor Müdigkeit heiser klingt. »Mich interessiert nur, Ihre Mandantin lebend hier rauszuholen und dafür zu sorgen, dass sie auch danach auf absehbare Zeit am Leben bleibt, und ehrlich gesagt, es ist mir völlig egal, was Sie denken oder tun. Aber nur zu Ihrer Information, ich habe Courtney auf ihre Rechte hingewiesen, es zumindest versucht, und sie hat drauf verzichtet, und ich hätte sie genauso wenig am Reden hindern können, wie ich eine Flutwelle aufhalten kann. Also hören Sie auf, mir zu drohen, oder stellen Sie sich hinten an, falls Sie diese Strategie für unabdingbar halten, weil Ihre Mandantin Ihnen diesbezüglich nämlich ein ganzes Stück voraus ist. Sie droht damit, zahlreiche Sprengladungen zur Detonation zu bringen, und ich glaube, sie meint es ernst, und ich möchte, dass Sie mir dabei helfen, das einzige Recht zu schützen, das im Augenblick zählt, nämlich Courtneys und mein Recht, nicht in den nächsten paar Minuten zu sterben. Kommen Sie von Ihrem Trip runter, Ms. Beauregard, und sagen Sie ihr, was sie wissen will.«

Ohne eine Antwort abzuwarten, reicht Flint das Handy an Courtney weiter und geht mit den Resten ihrer Fertigmahlzeiten, mit den Gläsern und dem letzten Schluck Jack Daniels in die Küche. Sie spült die Gläser, räumt alles weg, wischt die Arbeitsplatte ab. Sie holt den Müllbeutel aus dem Eimer unter der Spüle und stellt ihn neben die Haustür. Sie will eine Botschaft vermitteln: *Courtney, sobald du mit deinem Telefonat fertig bist, marschieren wir hier raus.*

Courtney kommt mit einem amüsierten Ist-das-zu-fassen-Blick in die Küche und hält ihr das Handy hin. »Sie will mit Ihnen reden.«

»Was ist denn so lustig?«

»Sie meint, aus der Sache hier könnte ein Vertrag für ein Buch oder sogar einen Film rausspringen.«

»Echt? Tja, Anwälte haben einfach einen Blick fürs Wesentliche. Ja?«, sagt sie gereizt ins Telefon.

»Ich habe meine Mandantin darauf hingewiesen, dass der von Ihnen angebotene Vertrag bindend und nicht widerrufbar ist.« Trotz ihres exotisch klingenden Namens hat Ms. Beauregards unangenehm schrille Stimme einen unverkennbaren

Brooklyner Akzent. »Ich möchte nur von Ihnen hören, dass auch Ihnen das klar ist.«

»Solange Courtney sich an die Bedingungen hält.«

»Ich habe ihr außerdem empfohlen, kein Wort mehr zu sagen. Ich zeichne dieses Telefonat auf und weise Sie hiermit der Form halber darauf hin, dass meine Mandantin sich weigern wird, weitere Fragen zu beantworten, bis ich bei ihr bin. Ist das klar?«

»Absolut«, sagt Flint. »Wann können Sie hier sein?« Und dann fügt sie rasch hinzu: »Na ja, eigentlich nicht hier, nicht mal in der Nähe von Sanibel; Courtneys derzeitiger Aufenthaltsort wurde nämlich live im Fernsehen bekannt gegeben, was im Grunde heißt, die Jagd auf sie ist eröffnet. Deshalb müssten Sie jetzt so schnell wie möglich in Ihre Wohnung und ein paar Sachen packen, und zwar genug für schätzungsweise sechs Monate, vielleicht auch ein Jahr. Und leben Sie mit jemandem zusammen, haben Sie Kinder oder Haustiere? Denn falls ja, dann müssten wir sie irgendwohin in Sicherheit bringen –«

»Wollen Sie mir drohen?« Ms. Beauregard ist wütend wie nie.

»Aber nein, ich doch nicht. Aber Courtneys Kunden sollten Ihnen zu denken geben. Eins müssen Sie nämlich wissen, Ms. Beauregard: Die Leute, mit denen wir es zu tun haben, spielen nach ganz anderen Regeln, und falls Sie sich öffentlich für Courtney einsetzen – was ich übrigens für durchaus bewundernswert halte – und die Psychopathen, für die sie gearbeitet hat, sie nicht finden können – wofür ich persönlich Sorge tragen werde –, dann werden die Sie aufs Korn nehmen und jeden anderen, der wissen könnte, wo sie ist. Jeden, den sie unter Druck setzen können, und mit Druck meine ich, dass sie Ihren Partner oder Ihre Kinder oder Ihre Geschwister kidnappen, Ihre Haustiere vergiften, Ihr Auto in die Luft sprengen. Diese Leute werden alles tun, absolut alles, um an Ihre Mandantin ranzukommen und sie zum Schweigen zu bringen, weil Courtney als Zeugin für diese Leute nämlich der fleischgewordene Albtraum ist. Sobald Sie wissen, wo wir Courtney festhalten – und das werden Sie wissen müssen, wenn Sie bei jeder Vernehmung dabei sein wollen –, dann stellen Sie ein potenzielles Risiko für ihre Sicherheit dar, und Sie sind selbst gefährdet, was bedeutet, ich muss Sie an einem geheimen Ort rund um die Uhr bewachen lassen. Diesen Fall können Sie nicht zu normalen Bürozeiten bearbeiten und danach nach Hause gehen. Dieser Fall wird Sie vierundzwanzig Stunden am Tag in den Klauen halten, bis wir hoffentlich mit Courtneys Hilfe diese Kreaturen aufspüren und aus ihren Verstecken zerren können. Und wie gesagt, das kann Wochen und Monate dauern. Also frage ich Sie nochmal: Wie schnell können Sie packen, und wer muss noch alles in Sicherheit gebracht werden?«

Flint wartet ab, Courtney ebenfalls.

»Hallo? Ms. Beauregard? Hallo? Sind Sie noch dran?«

Die Leitung ist tot, das Gespräch beendet, und Flint starrt in gespielter Verblüffung auf das Handy-Display. »Courtney«, sagt sie, »ich glaub, Ihre Anwältin hat gerade die Brocken geschmissen.«

»Aber sie kümmert sich doch weiter um den Filmvertrag, ja?«

»Glauben Sie wirklich?«

»Ich glaube, sie ist eine taube Nuss, und ich glaube, Sie haben ihr gerade eine Heidenangst eingejagt, und ich glaube, genau das war Ihre Absicht.«

»Wollen Sie wirklich auf unabsehbare Zeit zusammen mit Ms. Beauregard in einem Haus leben?«

Courtney grinst, schüttelt den Kopf.

»Sie finden zig bessere Anwälte, wenn es so weit ist. Im Augenblick ist entscheidend, dass unsere Vereinbarung in schriftlicher Form vorliegt und verbindlich ist. Glauben Sie das?«

Courtney nickt.

»Dann denke ich, sollten wir jetzt gehen.« Flint streckt die

Hand aus, und Courtney weiß warum, aber sie zögert und erstarrt am ganzen Körper, und es besteht noch immer die Möglichkeit, dass sie es sich anders überlegt. »Wir rufen im Krankenhaus an, erkundigen uns nach Melindas Zustand, und dann gehen wir … Courtney, bitte?«

Hinterher wird Flint in ihrem Abschlussbericht festhalten, dass nur wenige Sekunden vergingen, ehe Courtney reagierte, jetzt jedoch kommt es ihr wie eine Ewigkeit vor, als wäre die Zeit eingefroren. Auch ihre Gesichter sind wie eingefroren, ausdruckslos, während Courtney gegen ihren Urinstinkt ankämpft.

»Bitte.« Flints Hand ist noch immer ausgestreckt.

Schließlich, nach wer weiß wie langer Zeit, zieht Courtney ihr Top hoch, greift nach dem Sender und zupft an dem Klebeband.

Flint sagt: »Vorsichtig, Courtney … Courtney, darf ich Ihnen dabei helfen?«

Blade sagt zu Lieutenant Lucca: »Manny, ich glaub, sie kommen gleich raus, und wenn sie rauskommen, warten hier draußen ein paar ziemlich aufgedrehte Leute, die ganz fickrig sind, und da könnte es leicht, na ja, zu einem Unfall kommen. Deshalb wär es vielleicht nicht schlecht, wenn ich mal da rüber gehe und mich in die Schusslinie stelle. Zur Abschreckung, wenn du verstehst, was ich meine.«

»Zum Donnerwetter Blade, du bist Zivilist. Du hast keine Befugnis, du dürftest nicht mal hier sein.«

»Da ist was dran.«

»Also komm ich besser mit.«

»Genau mein Gedanke.«

»Courtney, noch eins, ehe wir rausgehen. Ich muss wissen, ob die Sprengladungen hier die einzigen sind. Oder haben Sie noch irgendwo welche versteckt?«

Courtney schüttelt den Kopf, aber dann fällt ihr doch noch etwas ein. »Broward Storage bei Fort Lauderdale, Lagerraum 216«, sagt sie.

»Was ist damit?«

»Nicht die Tür aufmachen.«

»Kann sie entschärft werden?«

»Nicht von außen. Sagen Sie den Leuten, sie müssen vom Nebenraum durch die Wand brechen.«

»Wollten Sie das beim nächsten Mal so machen?«

»Ich hatte nicht vor, zurückzukommen.«

48

Flint weiß nicht, wo sie ist, und kann den Lichtschalter nicht finden. Sie stolpert aus dem Bett und tastet sich mit ausgestreckten Händen auf einen schwachen Schimmer zu, der ihr verrät, wo das Fenster ist. Sie fühlt sich völlig benommen, als wäre sie aus dem absoluten Tiefschlaf aufgeschreckt. Sie spürt einen dumpfen Schmerz in der rechten Wade und erinnert sich vage an einen Muskelkrampf. Vielleicht ist sie davon wach geworden.

Sie schafft es ohne irgendwelche Blessuren zum Fenster, zieht die Vorhänge auf und blinzelt in das jähe Licht. Sie sieht einen weiten, penibel gepflegten Rasen mit vereinzelten Blumenbeeten in dezenten Farben und hinter der Rasenfläche ein ruhiges Meer, auf dem ein Segelboot völlig statisch wirkt, wie gemalt. Vielleicht von Courtney gemalt.

Und plötzlich fällt ihr alles wieder ein.

Wie unspektakulär Courtneys Festnahme verlief: keine grellen Lichter oder gebellten Befehle, keine bewaffneten Männer mit Sturmmasken. Bloß Blade und Manny Lucca, die am Fuß der Treppe warteten, und Chief Pete Hendy, der in ihr Blickfeld trat und mit ausgesuchter Höflichkeit zu Courtney sagte: »Ma'am, wir müssen Ihnen leider fürs Erste Handschellen anlegen, wenn Sie also bitte so freundlich wären, vorzutreten und die Hände auf den Rücken zu legen ...«

Chief Hendys schützende Hände auf Courtneys Kopf, als er sie behutsam auf die Rückbank eines Streifenwagens bugsierte. Blades kurze Umarmung und sein geflüsterter Glückwunsch. Der feste Händedruck von Lieutenant Lucca. Nicht mehr als ein langer, durchdringender Blick von Agent Agnew.

Die Ankunft der Hundestaffel und des Sprengmittelräumkommandos, das Haus und Umgebung minutiös durchkämmte und schließlich feststellte, dass Courtney die Gefahr übertrieben hatte: Nur acht von ihren vierundzwanzig Sprengsätzen waren zündbereit.

Rocco Morales' verspätetes Eintreffen vor Ort mit der Neuigkeit, dass Jerry Crawford am nächsten Morgen mit nichts Schlimmerem erwachen würde als fürchterlichen Kopfschmerzen. Kein Schädelbruch, keine subdurale Blutung.

»Und Jack?«

Sie hätte die Frage vor Angst kaum herausgebracht, und Rocco hatte sie fest in die Arme geschlossen, sie regelrecht hochgehoben, ihr sein strahlendstes Lächeln geschenkt und gesagt: »Grace, ich hab ihn gesehen. Weißt du, wie viele Schläuche noch an ihm angeschlossen sind? Einer, und das ist bloß eine Glukoseinfusion. Grace, in einer, höchstens zwei Wochen kann er nach Hause.«

Wo mag das sein?, hatte sie gedacht, aber nicht ausgesprochen.

Die Fahrt zu Chief Hendys Haus – diesem Haus –, wo es, wie der Chief ihr versicherte, Mrs. Hendy nicht das Geringste ausmachen würde, mitten in der Nacht aufzustehen, um das Bett im Gästezimmer zu machen und ihr einen kleinen Imbiss anzubieten. Und er hatte recht behalten. Mrs. Hendy – »Ach nein, nennen Sie mich doch Louise« – war eine große, schöne Frau, fröhlich und großherzig, und sie interessierte sich bloß für Flints unmittelbare Bedürfnisse. Wollte sie ein paar Rühreier, ein heißes Bad, ein Glas warme Milch?

Flint hatte die Milch getrunken und zwei Aspirin geschluckt und war dankbar in das frisch gemachte Bett gestiegen – und wie lange war das jetzt her? Dem Stand der Sonne nach zu urteilen ist jetzt später Nachmittag oder früher Abend auf Sanibel, also bestimmt fünfzehn Stunden oder noch mehr. Kein Wunder, dass sich ihre Haut wie ausgetrocknet anfühlt und sie dringend aufs Klo muss. Sie geht zum angrenzenden Badezimmer und überlegt, wo sie ihre Uhr gelassen hat. Und dann kommt ihr eine weitere Frage in den Sinn: Wo sind der orangefarbene Overall und ihre Unterwäsche und Courtneys Joggingschuhe, die einzigen Dinge, die sie zum Anziehen hat? Sie erinnert sich vage, dass sie ihren Schlüpfer im Waschbecken gewaschen und ihn zum Trocknen auf den Badewannenrand gelegt hat, aber er ist verschwunden. Sie ist nackt und sieht nirgendwo einen Bademantel, und so bleibt ihr nichts anderes übrig, als sich in ein Laken zu wickeln. Sie tritt zögernd aus dem Schlafzimmer und ruft: »Hallo?«

»Na, da sind Sie ja, meine Liebe.« Mrs. Hendy kommt mit freudigem Blick aus der Küche geeilt. »Allmählich hab ich mir schon Sorgen gemacht, dass Sie gar nicht mehr aufwachen. Sie müssen ja –« Als sie Flint in ihrer Bettlakentoga sieht, stockt sie und blickt zunächst verblüfft, dann bekümmert drein. »Haben Ihnen die Sachen nicht gefallen?«

»Die Sachen?«

»Ich hab Ihre Kleidergröße geraten, achtunddreißig, richtig?«

»Mrs. Hendy … Louise, ich weiß nicht, wovon Sie reden.«

»Ach, Sie haben gar nicht gesehen, was ich für Sie besorgt habe?« Ein erleichtertes Lächeln, und schon ergreift Mrs. Hendy Flints Arm und führt sie zurück ins Schlafzimmer und zum Nachttisch, wo drei Päckchen in Geschenkpapier von Ann Taylor darauf warten, geöffnet zu werden.

»Ich weiß natürlich nicht, was Sie sonst gern tragen«, erklärt Mrs. Hendy, »und dieses grässliche orangene Ding, das Sie anhatten, war ja nun wirklich keine Orientierung, deshalb bin ich gestern mit meiner Tochter nach Fort Meyers gefahren, und sie hat ein paar Sachen für Sie ausgesucht. Penny ist ungefähr in Ihrem Alter, und ich hoffe –«

Gestern!

Rocco Morales findet es nicht weiter schlimm, dass ihr Körper mal alle Systeme abstellen musste; ein erholsamer Tiefschlaf sei nun mal die beste Selbstschutzmaßnahme des menschlichen Gehirns.

Flint will nichts davon hören. »Rocco, ich war fast vierzig Stunden weggetreten – das ist kein Schlaf mehr, das ist ein Koma.«

»Und? Wie fühlst du dich jetzt?«

»Gut, aber darum geht es nicht. Wieso hat mich keiner geweckt?«

»Wozu denn? Grace, vergiss nicht, was du in den letzten Tagen oder sogar Wochen alles durchgemacht hast, und Cutter meinte –«

»Cutter?«

»Dein Boss – und meiner.«

»Ich weiß, wer er ist, Rocco. Was meinte er?«

»Lasst sie einfach mal ausschlafen. Das erspart uns einigen Ärger.«

»Sehr witzig, Rocco.«

»Und wahr.«

Sie zanken sich wie bockige Geschwister am Esstisch im Garten der Hendys, wo Louise ihnen ein köstliches Essen serviert hat – gebratene Langusten und Blattsalate aus dem eigenen Garten in einer Zitronenvinaigrette. Sie haben zwei Flaschen Chardonnay geöffnet, die zweite haben Blade und der Chief jetzt mit zur Anlegestelle am Ende des Gartens genommen, wo das Motorboot des Chief vertäut liegt. Louise ist in der Küche und bereitet das Dessert vor.

Flint weiß, dass man sie und Rocco aus gutem Grund allein gelassen hat und dass sie beide mit ihrer Zankerei kostbare Zeit verschwenden.

»Timeout«, sagt sie und formt mit den Fingern ein T, und Rocco erklärt sich mit einem Lächeln einverstanden. »Also, was ist los?«

»Courtney ist in Sicherheit. Wir hatten noch jede Menge juristische Probleme, wie zu erwarten – das FBI vorneweg, wie ebenfalls zu erwarten –, aber Cutter hat sich durchgesetzt, und gestern Abend wurde uns Courtney dann übergeben. Sie ist erfolgreich verlegt worden. Vier Agenten sind zu ihrem Schutz abgestellt, und zwei weitere sind unterwegs, und Kate Barrymore hält ihr Händchen, bis wir bei ihr sind, was irgendwann morgen der Fall sein sollte.«

»Wir?«

»Ich und Blade. Cutter hat deinen Vorschlag akzeptiert. Er wollte auch Dr. Przewalski mit an Bord holen, aber sie kann sich für uns nur ein paar Tage freischaufeln, weil sie noch andere Patienten hat, und das bedeutet, dass sie nicht wissen darf, wo Courtney sich aufhält.« Rocco zuckt die Achseln.

»Wie geht's ihr?«

»Courtney? Ich würde sagen, der geht's gut. Ich würde sogar sagen, sie genießt es. Sie hört gar nicht mehr auf zu reden, aber nur über bestimmte Themen. Bis jetzt hat sie uns die Gup-Brüder geliefert und nicht viel mehr. Sie weiß, dass wir förmlich an ihren Lippen hängen, und sie will das Optimale für sich rausschlagen.«

»Sie hat mir gesagt, sie kennt nur einen von den Gups.«

»Stimmt. Sie hat mit Nathan gesprochen. Aber Cutter meint, wir haben genug gegen Nathan und Joseph in der Hand, um ihnen Unterstützung einer kriminellen Vereinigung anzuhängen, und er will sie heute Abend hopsnehmen.« Rocco blickt auf seine Uhr. »In ungefähr sechs Stunden werden die beiden höchst unsanft aus dem Schlaf gerissen … Aber natürlich will Cutter vor allem an Senator Goodall ran, der ist unser Hauptziel.«

»NEIN!« Flint wollte nicht laut werden, es bricht einfach aus ihr heraus. »Nein«, wiederholt sie etwas leiser, aber nicht weniger bestimmt. »Gröber ist unser Hauptziel.«

Rocco hebt beide Hände, als wollte er sagen: *Was soll ich machen?* »Grace, wir haben eine Informantin, eine Zeugin, die ein angesehenes Mitglied im Streitkräfteausschuss des Senats und noch dazu einen unserer erfahrensten und angesehensten Senatoren belasten kann. Da kannst du dir doch wohl denken, dass Cutter das Wasser im Munde zusammenläuft.«

»Courtney kann ihn nicht belasten. Das hat sie gesagt.«

»Tja, genau das nimmt Cutter ihr nicht ab. Er glaubt, Senator Goodall ist Courtneys Hauptpreis, den sie bis zum Schluss zurückhalten will.«

»Dieser dämliche Senator Goodall ist mir scheißegal, solange wir Gröber noch nicht haben.«

»Grace, das weiß ich, und vielleicht ist genau das das Problem.«

Flint weiß, dass sie diese Debatte mit Cutter führen sollte – und das wird sie auch. O ja, das wird sie. Aber sie ist wütend auf Morales – der doch ihr Schützling ist –, weil er Cutters Partei ergreift. »Vergiss nur nicht, wer dich zu dem gemacht, der du heute bist, Rocco«, sagt sie halblaut.

»Wie bitte?«

»Du hast mich schon verstanden. Und vergiss nicht, wer die Zeugin an Land gezogen hat.«

»Und du denkst, darauf kannst du dir was einbilden?«

»Ich denke, du solltest tun, was man dir sagt.«

»Genau das tu ich gerade, Deputy Director.«

Sie funkeln sich schweigend an und fühlen sich beide im Recht. Blade und Chief Hendy kommen von der Anlegestelle zurückgeschlendert. Der Chief hat eine Hand auf Blades Schulter gelegt, und sie plaudern wie alte Freunde. Wie aufs Stichwort taucht Louise mit einem Apfelkuchen aus der Küche auf.

»Übrigens ...«

»Was?«

»Dr. Przewalski möchte, dass du sie anrufst. Sie will mit dir über Jack reden und wo er hinkommen soll.«

»Ach ja? Denkst du, sie geht das was an? Oder findest du vielleicht, Cutter sollte das entscheiden?«

»Grace –«

»Lass mich in Ruhe, Rocco!« Und mit diesen Worten springt Flint auf und marschiert über den Rasen auf das friedliche Meer zu.

Am Rande des Gartens sitzt Flint im Schneidersitz auf einem schmalen weißen Sandstreifen, während das Licht verblasst und die Farbe des Wassers von Blaugrün zu Tiefschwarz wechselt. Sie ist fasziniert von den Vögeln – Mauersegler oder Schwalben, sie weiß es nicht. Jedenfalls gleiten und kreisen zahllose Schwärme in wundersamen Formationen auf ihrer abendlichen Insektenjagd über ihrem Kopf dahin. In ihrem aufgewühlten Zustand hat sie das Gefühl, sie könnte diesem Ballett bis ans Ende ihrer Tage zuschauen.

»Toll, nicht?«

Sie blickt nach hinten und sieht Blade, der zum Himmel hinaufstarrt.

»Wun-der-schön«, sagt er wie verzaubert.

»Kann man wohl sagen.«

»Wenn wir so fliegen könnten, würden wir die Welt beherrschen.«

»Ich dachte, das tun wir.«

»Nein, wir tun nur so als ob, und dann geben wir uns allergrößte Mühe, das Ganze zu versauen. Sie waren vor uns hier, und sie werden noch hier sein, wenn wir schon längst verschwunden sind.«

»Ich hoffe es.«

»Tja …« Blade streckt Flint mit beiden Armen einen türkisblauen Kaschmirpullover hin, den Louise ebenfalls bei Ann Taylor gekauft hat. »Ich dachte, du brauchst den vielleicht. Falls du frierst.«

Sie nimmt den Pullover, zieht ihn aber nicht an. »Ich friere nicht, ich koche vor Wut, Blade. Ich bin sauer auf Courtney, weil sie nicht ein einziges Mal gesagt hat, dass es ihr leidtut. Sauer auf Rocco, weil er undankbar ist. Sauer, stinksauer auf Cutter, weil er denkt, die Strike Force kommt auf die Titelseite der *New York Times*, wenn er irgendeinen miesen Senator hochgehen lässt, und dass das aus irgendwelchen Gründen wichtiger ist, als Gröber zu schnappen. Sauer auf mich selbst, weil ich sauer auf Rocco bin, weil es nämlich nicht nur seine Schuld ist, dass ich ihm die Karriere, die er mir verdankt, jetzt wieder vermassle.« Sie lächelt und steht auf. »Sauer auf dich, weil du mich hier rumzetern lässt wie eine Irre. Komm schon, Detective Sergeant Singleton, zeig Format. Sag mir, dass es nie persönlich werden sollte.« Sie hakt sich bei ihm unter. »Gehen wir ein Stück spazieren, Al.«

Wortlos schlendern sie eingehakt rund eine Meile am Strand entlang, bis Blade stehen bleibt, ihr seinen Arm entzieht, sie an den Schultern fasst und zu ihm umdreht. »Grace, es ist immer persönlich. Wenn man Schweine wie diesen Gröber nicht aus tiefster Seele verabscheut, wenn einem der Hass auf sie nachts nicht den Schlaf raubt, dann tut man nur seine Arbeit, und wenn dem so ist, dann hat Cutter recht. Dann sollte man sich auf die Ziele konzentrieren, die die Strike Force auf die Titelseite der *Times* bringen, weil das gut fürs Budget ist. Aber du siehst das anders, und ich auch, und Rocco ist nicht der Einzige, der mit Courtney redet ...«

Sie versteht nicht ganz, was er sagen will. »Al?«

Blade lässt ihre Schultern los, dreht sich um und blickt zum Haus der Hendys, das jetzt in der Dämmerung strahlt wie ein Leuchtturm. Die Vögel sind verschwunden. »Wir sollten zurückgehen«, konstatiert er.

»Al? Was willst du damit sagen?«

»Ich will damit sagen, dass ich auf deiner Seite bin. Ich will damit sagen, dass du und ich dasselbe Ziel haben. Ich will damit sagen, dass ich dir geben werde, was du brauchst.«

»Wann?«

»Kehren wir um.«

Auf dem Bett im Gästezimmer der Hendys lehnt ein schlichter weißer Umschlag am Kopfkissen und wartet darauf, geöffnet zu werden. In ordentlichen Großbuchstaben steht darauf: FLINT. Und darunter: MEINE BEISPIELHAFTE KOOPERATION. In dem Umschlag steckt ein einziges Blatt Papier, ungefaltet, auf dem Courtney mit Kohle und Pastell ein neues Bild im Stil von Saul Steinberg gezeichnet hat. Im Vordergrund sind die Straßen und Gebäude einer Stadt zu sehen, dahinter eine weite, leuchtend blaue Wasserfläche und jenseits davon, ganz oben am Blattrand, ein vager, ferner Horizont, der eigentlich nur aus Schnörkeln besteht. Aber Courtney hat ein Gebäude an diesem Horizont hervorgehoben und wie in einer Sprechblase vergrößert: Es ist ein detailliert dargestelltes, dreigeschossiges Haus mit Giebeldach. Hinter dem Haus ist eine Straße angedeutet, die Courtney mit »Via Matteo da Campione« beschriftet hat.

Die Überschrift über Courtneys jüngster Zeichnung könnte aus Steinbergs Feder stammen: »View of Karl's World from Lugano.«

LUGANO

49

Die Staatsstraße 2 lässt die Stadt hinter sich, die sich zwischen das Westufer des Luganer Sees und die Ausläufer der Alpen quetscht. Die Straße ist schmal, in Felsgestein gehauen und an manchen Stellen schwindelerregend, und Flint fährt viel zu schnell. In der Nacht ist ein Gewitter durchgezogen, und der Asphalt ist noch nass. Mitten in einer unübersichtlichen Kurve hat sie plötzlich zwei Fahrradfahrer vor sich, die nebeneinander radeln, und als sie ausweicht, spürt sie nur für einen Moment, wie der Lexus ausbricht. Dann hat sie den Wagen wieder unter Kontrolle und schießt haarscharf an ihnen vorbei. Ihr Begleiter lacht und sagt: »Nigel hat mich vor Ihren Fahrkünsten gewarnt.«

Sie wartet, bis sie die Fassung wiedergefunden hat. »Soll heißen?«

»Er hat gesagt, Sie wären mal mit einem Jeep in der Mitte von zwei Verkehrsspuren hindurchgerast, hätten die anderen Autos einfach beiseite gedrängt. Im türkischen Teil von Zypern, stimmt's? Er hat gesagt, Sie hätten fünfzig Fahrzeuge schrottreif gefahren.«

»Hat er Ihnen auch gesagt, dass ich dabei von der türkischen Armee beschossen wurde? Und es waren keine fünfzig Autos, bloß dreiundzwanzig, meinen Jeep eingeschlossen, und sie waren auch nicht schrottreif. Einige hatten nur ein paar Kratzer.«

»Na ja, Nigel übertreibt nun mal gern.«

Flint schnaubt. »Nigel Ridout lügt wie gedruckt, und zwar meistens.«

Ihr Begleiter heißt Crispin Mallory, so steht es zumindest in seinem MI6-Dienstausweis. »Ist der echt?«, hatte Flint gefragt, und er hatte entgegnet: »Spielt das eine Rolle?« Der Secret Intelligence Service hat ihn geschickt, um, wie er es unverschämterweise formuliert hat, bei ihrer »Moorhuhnjagd« dabei zu sein: eine multinationale, behördenübergreifende Taskforce, die in aller Eile zusammengestellt wurde, um die Festnahme von Karl Gröber und Alexander Çarçani zu überwachen – und sich hinterher zweifellos um die Beute zu kabbeln. Die Verhaftung werden entweder die Carabinieri oder die Polizia Cantonale vornehmen, je nachdem, auf welcher Seite der komplizierten Grenze Gröber und Çarçani entdeckt werden. Aber Roms Interessen werden zudem durch einen Trupp von Agenten des SISDE vertreten, des italienischen Inlandsgeheimdienstes, die sich anscheinend alle demselben trendigen Modediktat unterwerfen, während das Schweizer Kontingent durch konservativer gekleidete Beamte verstärkt wird, die sowohl der Bundespolizei Fedpol angehören als auch dem Strategischen Nachrichtendienst. Die Auslandsgeheimdienste von Deutschland, Frankreich und Albanien haben Beobachter geschickt, das FBI zwei Verbindungsbeamte aus Washington. Ein dritter ist von der amerikanischen Botschaft in Bern gekommen, obwohl Flints kritische Augen in ihm einen CIA-Mann vermuten. Und dann ist da noch die ansehnliche britische Delegation, die Commander Tom Glenning aus seinem National Criminal Intelligence Service, dem Scotland Yard, der Einwanderungsbehörde und – zu Flints unsäglichem Kummer – dem MI6 zusammengestellt hat. Sobald sie erfuhr, dass der MI6 mitmischen würde, rief sie Tom Glenning in London an, um sich heftig zu beschweren, und lief gegen eine Wand.

»Der MI6 hat ein absolut legitimes Interesse daran, bei dieser Operation dabei zu sein, und das wissen Sie.«

»Wenn Sie vom MI6 reden, heißt das Ridout?«

»Natürlich.«

»An Nigel Ridout ist nichts legitim. Was er auch anfasst, es wird verseucht.«

»Schluss jetzt, Grace, seien Sie nicht kindisch. Er wird nicht dafür bezahlt, Schneewittchen zu spielen, aber er ist nun auch nicht gerade der Amokläufer, zu dem Sie ihn machen wollen. Und falls Sie's vergessen haben, Ridouts Leute waren schließlich die Ersten, die Gröber als Zielperson und als Bedrohung britischer und amerikanischer Interessen identifiziert haben, lange ehe Sie überhaupt von seiner Existenz erfuhren. Das MI6 hat das Recht, vor Ort zu sein.«

»Tom, ich fasse es nicht«, sagte Flint und ratterte dann ihre Liste von Vorwürfen gegen Ridout herunter. Wie oft er in den vergangenen Jahren ihre Einsätze gegen Gröber sabotiert hatte. »Und haben Sie schon vergessen, dass Ridout oder einer seiner Leute für diesen widerlichen Billy Goodheart die Namen bei TIPOFF überprüft hat und ...« Sie brach ihre Litanei ab, weil sie merkte, dass Glenning nicht mehr zuhörte.

Nach kurzem Schweigen: »Sind Sie fertig? Jetzt hören Sie mir mal gut zu, Grace, das ist nicht Ihre Entscheidung. Sie können der Regierung Ihrer Majestät nicht vorschreiben, wen sie auf die Party schickt.«

»Meinetwegen, Tom. Aber eines sollte die Regierung Ihrer Majestät wissen: Falls Ridout die Operation durch irgendwas behindert, dann werde ich ihn und seinen verkommenen Laden entlarven. Ich hab eine Akte, in der genau aufgeführt ist, mit welchen dreckigen Tricks er Gröber gedeckt hat, und ich gehe damit an die Öffentlichkeit, das schwöre ich. Das können Sie Ridout von mir bestellen.«

»Sagen Sie's ihm doch selbst.« Commander Glenning verlor die Geduld und legte auf.

Also hatte sie es Ridout gesagt. Über eine nicht gesicherte Leitung hatte sie von Lugano aus die Nummer des Gebäudes

Albert Embankment 85 angerufen – wo, was kein großes Geheimnis ist, das Londoner Hauptquartier des Secret Intelligence Service seinen Sitz hat – und verlangt, Nigel Ridout zu sprechen. Als die Mitarbeiterin in der Zentrale behauptete, bei ihnen im Hause gäbe es niemanden dieses Namens, sagte Flint: »Nigel Ridout ist der Leiter eurer Osteuropaabteilung, und ich bin Grace Flint von der US Financial Strike Force, und es ist dringend. Falls Sie Mr. Ridout nicht finden können, muss ich Sie bitten, eine Nachricht für ihn entgegenzunehmen, die überaus deutlich ausfallen wird. Ich weise Sie allerdings darauf hin, dass diese Leitung nicht gesichert ist. Also, möchten Sie vielleicht doch nochmal versuchen, ihn ausfindig zu machen?«

Als Ridout sich meldete, klang er amüsiert: »Grace, finden Sie das klug?«

»Nigel, ich wollte Ihnen nur sagen ...« Dann hatte sie ihre Schmähungen vom Stapel gelassen. Ihre Wortwahl war umsichtig, ihre Vorwürfe verschlüsselt, aber die dahinter verborgene Drohung unmissverständlich.

»Du liebe Zeit, wir gehen aber auf Nummer sicher, was Grace?« Sie konnte sich Ridout in seinem Büro vorstellen, wie er sich mit dem Ledersessel drehte, um von dem weiten Blick über die Themse – von Westminster Palace bis zur Kuppel der St. Paul's Cathedral – wegzuschwenken und durch die Glasscheibe zu schauen, die ihn von seiner Abteilung trennte: seinem Reich, in dem viele seiner intelligentesten Untergebenen junge, durchtrainierte und ausnahmslos hübsch anzuschauende Frauen sind. »Meine Jungfrauen«, wie er sie einmal Flint gegenüber bezeichnet hatte, um sie zu ärgern. Sie konnte sich auch vorstellen, wie seine Augen kurz auf dem Computermonitor verweilten, auf dem zweifellos angezeigt wurde, woher ihr Anruf kam. »Aber Sie liegen völlig falsch. Ich habe nicht den geringsten Wunsch, Ihre Operation zu sabotieren. Ganz im Gegenteil, meine Liebe. Ich hoffe, Sie haben Erfolg und dieser schreckliche Gröber wird zur Rechenschaft gezogen, und Çarçani ebenso, und es ist mir wirklich egal, in welchem speziellen Hoheitsgebiet ihre Füße ans Kreuz genagelt werden, solange die Nägel lang genug sind. Grace, wir mögen ja in der Vergangenheit gewisse Differenzen gehabt haben, was den guten Gröber betrifft, aber dem ist nicht mehr so. Wir können das alles ja irgendwann mal beim Lunch besprechen, wenn Sie möchten, und ich gehe davon aus, dass einige, wenn nicht sogar etliche Ihrer Vorwürfe berechtigt sind. Ich streite nicht ab, dass uns der eine oder andere Irrtum unterlaufen ist, aber gerade deshalb, Grace, sind wir jetzt umso fester entschlossen, Sie nach Kräften zu unterstützen. Deshalb schicke ich Ihnen auch einen meiner Besten.«

Ach, Nigel, du müsstest dir selbst mal zuhören. »Eine Ihrer Jungfrauen?«, hatte sie zynisch gefragt.

»In gewisser Weise ja, obwohl es sich um einen männlichen Vertreter handelt. Machen Sie es ihm nicht zu schwer, Grace. Mehr verlang ich nicht.«

Crispin. Ende zwanzig, schätzte sie. Gut ein Meter achtzig groß, athletisch, volles dunkles Haar, das ihm in die Stirn fiel, ein ziemlich nichtssagendes Gesicht, das durch ein leicht schielendes Auge und eine dünne weiße Narbe vom Augenwinkel bis hinunter zum Mund an Charakter gewann. Er hatte sie am Vorabend in der Hotellobby angesprochen und sich vorgestellt, und sie waren gemeinsam zum Konferenzsaal gegangen, wobei er die meiste Zeit redete, weil sie eigentlich nichts zu sagen hatte. Bei der Einsatzbesprechung hatte er sich ganz selbstverständlich neben sie gesetzt, und sie hatte es anstandslos hingenommen. Seiner Sprache und seinem Auftreten nach vermutete sie, dass er eine der exklusivsten Schulen Englands besucht hatte – Winchester oder Eton –, aber als das Gespräch auf Taktik und Strategie kam und er sich ein ums andere Mal zu Wort meldete, fiel ihr ein härterer Kern an ihm auf, was vermuten ließ, dass er eine Spezialausbildung durchlaufen hatte, sozusagen eine Fortbildung in einer der streng geheimen Abteilungen der Special Forces.

Die Einsatzbesprechung fand auf Italienisch statt, und er hatte auf die Kopfhörer mit der Simultanübersetzung verzichtet. Später dann, beim gemeinsamen Abendessen, hatte sie ihn fließend deutsch und französisch sprechen hören und eine Sprache, die sie für Albanisch hielt. Er aß wenig und nichts Fettes, und er trank keinen Alkohol, weder beim Essen noch später, als sie zusammen mit rund zwanzig Unermüdlichen noch in die Hotelbar gingen. Flint fiel auf, dass er die ganze Zeit seine Umgebung aufmerksam beobachtete und seine Hände möglichst frei hielt.

Sie saß allein an der Bar und wollte sich gerade unauffällig auf ihr Zimmer zurückziehen, als er zu ihr trat und leise fragte: »Sind Ihnen das auch zu viele Leute? Ich dachte, wir könnten vielleicht ...«

»Könnten vielleicht was?«

»Allein losziehen?«

Sie war von ihrem Barhocker gestiegen und hatte sich mit einem verächtlichen Blick an ihm vorbeigeschoben.

»Ich meinte, morgen früh«, rief er ihr nach. »Kennen Sie sich hier in der Gegend aus?«

Er folgte ihr aus der Bar in die Hotelhalle, holte sie vor den Fahrstühlen ein und hielt sie am Arm fest. »Ich kenn mich nämlich ganz gut hier aus. Vor zwei Monaten war ich ein paar Tage hier und hab am See ausgekundschaftet, von wo aus man den besten Blick auf Campione hat, und –«

Flint riss ihren Arm los. »Und warum sollten Sie das gemacht haben, Crispin?« Beißendes Misstrauen lag in ihrer Stimme.

»Es hatte nichts mit Gröber zu tun«, beteuerte er rasch. »Wie auch? Wir wussten ja gar nicht, dass er hier ist ...« Sie schien ihm nicht zu glauben. »Ehrlich, Grace, ehe Sie Gröber gefunden haben, hatten wir keine Ahnung, wo er steckt.«

»Also?«

»Also …« Er zögerte, und Flint wandte ihm den Rücken zu, um in den Fahrstuhl zu treten, und Crispin lieferte hastig seine Erklärung. Allem Anschein nach war Gröber nicht der einzige Geldwäscher, der sich in Campione d'Italia niedergelassen hatte. Und mindestens zwei davon arbeiteten vermutlich im ganz großen Stil. Es handelte sich um einen Pakistani und seine Frau, die angeblich eine Villa an der Via Posero bewohnten. Die Via Posero lag nur ein kleines Stück oberhalb von der Via Matteo, wo Gröber sein Refugium hatte, und aufgrund dieses Umstands kannte Crispin eine Stelle, von wo aus sie am nächsten Morgen den Verlauf der Operation hervorragend beobachten konnten.

»Von hier aus würden wir so gut wie nichts sehen«, sagte er. »Und offen gestanden, ich hab mich gewundert, dass Pacelli Sie nicht eingeladen hat, beim Zugriff dabei zu sein, und noch mehr hat mich gewundert, dass Sie nicht lautstark protestiert haben.« General Pacelli ist der SISDE-Mitarbeiter, der das italienische Kontingent befehligt, und bei der Einsatzbesprechung hatte er den »Wunsch« geäußert, dass alle ausländischen Beobachter im Hotel in Lugano blieben, bis Gröber und Çarçani festgenommen wären. Auch Flint war verwundert gewesen, genauer gesagt, entrüstet. Sie hatte nicht lautstark protestiert, weil sie keineswegs die Absicht hatte, Pacellis »Wunsch« nachzukommen.

»Haben Sie ein Auto?«

Sie antwortete nicht sofort, weil sie noch unentschlossen war, die verschiedenen Optionen abwog. Einerseits wollte sie Crispin nicht dabei haben, andererseits hatte sie bei ihrer Aufklärungstour am Vortag nur eine Straße entdeckt, die nach Campione führte, und die würden die Carabinieri mit Sicherheit vor den Festnahmen abriegeln. Ohne Ortskenntnisse, die sie sich in der Kürze der Zeit auch nicht mehr aneignen konnte, wusste sie einfach nicht, wie sie näher rankommen sollte.

Fast wider besseres Wissen hatte sie gesagt: »Wir treffen uns morgen früh um sechs in der Lobby.«

»Okay, in circa vierhundert Metern, hinter der nächsten Biegung, ist eine Parkbucht. Halten Sie da.«

Leichter gesagt als getan. Als sie um die Kurve biegen, sieht sie, dass drei Wohnmobile mit niederländischen Kennzeichen die Parkbucht komplett ausfüllen.

»Fahren Sie trotzdem rein«, sagt er.

»Wie denn?«

»Halten Sie einfach.«

Flint quetscht die Vorderräder in die Parkbucht, aber der größte Teil des Lexus befindet sich noch auf der Fahrbahn. »Crispin, drücken Sie die Daumen, dass jetzt kein Sattelschlepper mit hundert Sachen um die Kurve kommt, dann brauchen wir nämlich einen neuen Mietwagen – und ich zahl den Schaden nicht.«

»Kein Mensch fährt Ihnen hinten drauf, Grace.« Crispin steigt aus und zückt seinen MI6-Ausweis. »Das traut sich keiner.«

Sehr witzig, Crispin.

Weiß der Himmel, was er den Holländern erzählt, aber es muss etwas Beunruhigendes sein, denn sie raffen hektisch die Frühstücksreste vom Picknicktisch und steigen in ihre Fahrzeuge. Flint wartet ungeduldig hinter dem Steuer des Lexus, ein Auge sorgenvoll auf den Rückspiegel gerichtet. Endlich ist die Parkbucht frei – Crispin dirigiert die Abfahrt des holländischen Konvois wie ein selbstherrlicher Verkehrspolizist –, und sie kann von der Fahrbahn runter.

»Was haben Sie denen denn bloß erzählt?«

»Ich hab gelogen.«

»Klar. Und?«

»Ich hab gesagt, sie hätten anscheinend die Warnschilder übersehen. Die Parkbucht sei gesperrt, weil wir gleich oben am

Hang eine gezielte Sprengung vornehmen würden, wodurch ihre Wohnmobile und natürlich auch sie selbst unter Tonnen von Gestein begraben werden könnten. Aber ganz sicher bin ich nicht, ob sie mich überhaupt richtig verstanden haben, mein Holländisch ist nämlich alles andere als berühmt.« Er setzt einen besorgten Blick auf. »Was heißt gezielte Sprengung auf Holländisch?«

»Ich glaub, so genau wollten die's gar nicht wissen.«

Er ist jetzt ganz konzentriert, öffnet die Heckklappe des Lexus und holt zwei schwer aussehende dunkelblaue Reisetaschen heraus. Mit denen hatte er schon in der Hotelhalle gewartet, als sie vierzig Minuten früher als verabredet herunterkam und eigentlich vorhatte, sich unbemerkt davonzumachen. »Sie konnten wohl auch nicht schlafen«, sagte er freundlich, als wüsste er nicht, was sie geplant hatte.

Er lehnt ihr Angebot, ihm zu helfen, ab und hängt sich die Tragegurte über die Schultern. »Können Sie damit klettern?«, fragt er und blickt auf Courtneys Joggingschuhe, die sie immer noch anhat, weil sie die völlig irrationale Hoffnung hegt, dass ihr Glück anhält, solange sie diese Schuhe trägt. »Um zu der Stelle zu kommen, müssen wir nämlich eine ziemlich steile Böschung runter, dann über einen Zaun, etwa ein Meter achtzig hoch, über Eisenbahnschienen und dann wieder eine Böschung rauf. Die ist rund sechs Meter hoch und fast senkrecht. Ich könnte vorgehen, die hier abstellen« – er meint die Reisetaschen – »und dann zurückkommen, um Ihnen zu helfen.«

Sie geht gar nicht darauf ein und ist schon halb über die Straße.

Ihr Beobachtungspunkt liegt auf einer kleinen Landzunge oberhalb des Sees, direkt gegenüber dem ursprünglichen Casino Municipale von Campione d'Italia, einem langen geduckten Gebäude am Ufer. Gleich dahinter erhebt sich ein futuristischer Komplex mit einem zehngeschossigen Turm in der

Mitte: das neue städtische Spielkasino, das von Mario Botta entworfen wurde und fünfundsechzig Millionen Dollar gekostet hat, wie Crispin ihr erzählt. An dieser Stelle ist der See sechzehnhundert Meter breit, sagt er, und bis zu zweihundertsiebzig Meter tief.

»Sie sind ein unerschöpflicher Quell überflüssiger Informationen, Crispin.«

»Schauen Sie mal durch.«

Aus einer Reisetasche hat er ein Stativ herausgenommen und aus der anderen ein hochauflösendes Teleskop der Marke Meade, mit dem man Planeten in fernen Sonnensystemen beobachten oder die feinsten Details von Mondkratern erkennen kann.

»Was sehen Sie?«

Unsicher sagt sie: »Sieht aus wie ein Nietenkopf.«

»Okay, die Vergrößerung ist zu stark. Lassen Sie mich das Okular wechseln ... So, was sehen Sie jetzt?«

»Donnerwetter!«

Aus anderthalb Kilometern Entfernung sieht Flint das Gesicht eines Mannes so deutlich, dass sie ihm von den Lippen ablesen könnte, wenn er nicht italienisch spräche.

»Jetzt gehen Sie ein Stück nach links«, sagt Crispin und reicht ihr die Handbox, mit der das Schneckengetriebe des Teleskops gesteuert wird.

»Ich würde sagen, Algen ... Crispin, das ist wirklich ein tolles Teil, aber finden Sie nicht, das ist ein bisschen übertrieben? Wie wär's mit einem normalen Fernglas?«

»Noch ein Versuch«, sagt er und tauscht wieder das Okular aus. »Und?«

Das Ergebnis könnte besser nicht sein. Die Vergrößerung ist nicht so extrem, aber die Straßen und Häuser von Campione scheinen so nah, als würde sie im frühen Morgenlicht drüben am Ufer entlang spazieren.

»Suchen Sie den Jachthafen. Da ist ein Schild mit der Aufschrift La Fornace, Porto Comunale. Haben Sie's? Jetzt vorsichtig nach rechts schwenken, nur ein paar Grad. Sie müssten ein kleines Freibad sehen und direkt dahinter ein Haus mit roter Backsteinfassade und Balkonen in beiden oberen Stockwerken.«

»Ich hab's.« Das Haus, das Courtney gezeichnet hat.

Flint sucht die Fenster ab, hofft, vielleicht Gröbers Gesicht zu sehen, und da schon allein die Möglichkeit sie so gefangen nimmt, achtet sie nicht sofort auf das unterbewusst nagende Gefühl, dass irgendwas nicht zusammenpasst, irgendwas sie stört. *Was stimmt hier nicht?* Sie späht weiter durch das Teleskop, während die Frage in ihrem Kopf immer lauter wird, bis ihre innere Stimme praktisch schreit: WAS STIMMT HIER NICHT? Auf einmal kennt sie die Antwort – oder zumindest den Teil, der wichtig ist –, und sie hebt den Kopf vom Okular, sieht Crispin an und empfindet eine so heftige jähe Wut, dass sie irgendwas tun muss, um sich abzureagieren. Ohne Vorwarnung, ohne nachzudenken, senkt sie den Oberkörper und attackiert ihn wie ein Bulle, rammt ihm den Kopf in die Leistengegend, umklammert seine Kniekehlen, stößt ihn nach hinten, wirft ihn zu Boden. Ehe er weiß, wie ihm geschieht, ist sie schon über ihm, sitzt rittlings auf seiner Brust und versucht, die Hände um seinen Hals zu schließen, und nur weil er sehr schnell und viel zu stark ist, gelingt es ihm, sie an den Handgelenken zu packen und auf den Rücken zu drehen und sie festzuhalten, und jetzt sitzt er rittlings auf ihr.

Er ist atemlos und keucht. »Herrgott nochmal, was ist denn in Sie gefahren?«

»Woher wissen Sie das?« Sie schleudert ihm die Frage entgegen. »Woher wissen Sie, dass das Gröbers Haus ist?«

Sie hat aufgehört, sich zu wehren, weil sie einsieht, dass es sinnlos ist, aber früher oder später wird er einen Fehler machen, und dann …

»Ich versteh nicht, was Sie meinen.«

»Woher wussten Sie, dass Gröbers Haus eine Backsteinfassade hat und Balkone und so weiter? Woher wissen Sie das?«

»Pacelli hat das Haus bei der Einsatzbesprechung beschrieben.«

»Nein, hat er nicht, jedenfalls nicht so präzise, Sie hinterhältiger Scheißkerl.«

»Dann von der Zeichnung Ihrer Informantin.«

»NEIN!«, schreit sie ihm ins Gesicht. »Sie haben die Zeichnung doch nie gesehen – oder wenn doch, dann sagen Sie mir, wo. Sie verlogenes …« Sie reißt die Knie hoch, will sie ihm in die Nierengegend stoßen. Sie hat nicht genug Schwung, und er ächzt nur einmal kurz, aber er lässt ihre Arme trotzdem los und steigt von ihr runter.

»Grace, bitte …« Sein Hals ist blutig zerkratzt.

Sie bleibt auf dem Rücken liegen, starrt zu ihm hoch und überlegt ihre nächste Taktik. Sie hat ein Schweizer Messer in der Tasche – das sie aus Courtneys Küche hat mitgehen lassen –, und sie denkt, dass sie es vielleicht benutzen wird.

»Glauben Sie mir, ich bin nicht hier, um Sie zu hintergehen.«

»Ach ja? Dann frag ich Sie nochmal: Woher kennen Sie Gröbers Haus?«

»Weil …«, sagt er. Dann: »Ich zeig's Ihnen.« Vorsichtig streckt er die Hand aus, um ihr aufzuhelfen. Sie schlägt sie aus, steht aber doch auf und folgt ihm zurück zum Teleskop. »Bitte, schauen Sie durch. Gehen Sie von Gröbers Haus drei oder vier Grad höher. Jetzt ein kleines bisschen nach rechts. Sehen Sie da ein leer stehendes Apartmenthaus? Die Wände sind weiß gestrichen, die meisten Fenster mit Brettern vernagelt. Wenn Sie jetzt ein winziges Stück nach unten gehen, müssten Sie eine große Villa versteckt zwischen den Bäumen sehen können. Haben Sie die? Okay, das ist die europäische Zweigstelle der ZSK Handelsgesellschaft aus Dubai, zumindest wollen uns das unsere amerikanischen Kollegen weismachen.«

Das oberste Stockwerk der Villa war rundum verglast, wie das Aussichtsdeck eines Luxusdampfers.

»Kollegen? Sie meinen Langley?«

»Ja, obwohl wir die Adresse auf der Via Posero eigentlich vom US-Finanzministerium bekommen haben. Nigel hatte gehört, dass die CIA sich in Campione für die ZSK interessiert, und hat mich mit einem Beobachtungsteam hergeschickt.«

»ZSK?«

»Das Z steht für Zahid wie in Zahid Khan«, sagt Crispin. »Seine Frau heißt Safiya, daher das S. Sie stammt aus Tripolis, ist aber inzwischen tunesische Staatsbürgerin. Das K kommt von ihrem Sohn Karim, der anscheinend mehr Pässe zur Verfügung hat als ich. Er ist der Bote, bewegt das Geld.«

Flint will von Crispin hören, was das alles mit Gröber zu tun hat. Während sie auf seine Erklärung wartet, beobachtet sie das Aussichtsdeck, und eine Gestalt taucht in der Linse auf. Männlich, ansonsten kann sie nicht viel erkennen. »Ist er das?«, fragt sie und tritt vom Teleskop zurück.

Crispin schaut hindurch, wechselt das Okular und stellt die Schärfe ein. »Das ist Zahid«, sagt er und bedeutet ihr, erneut durchs Teleskop zu schauen.

Jetzt füllt Khans herrisches Gesicht das Bild. Er steht hinter der Scheibe und starrt über die Dächer von Campione wie ein Potentat über sein Reich, aber nicht unbedingt mit Vergnügen. Seine Mundwinkel sind nach unten gezogen, die Nasenlöcher geweitet, und seine dunklen, weit aufgerissenen Augen blicken unverwandt in die Ferne, als beobachte er etwas Besorgniserregendes, das unaufhaltsam naht.

»Wir waren zu viert«, sagt Crispin. »Ich hab zwei Späher oben auf dem leeren Apartmenthaus postiert. Von da konnten sie eigentlich nur das Dach der Villa sehen, hatten aber auch die einzige Ausfahrt, die ziemlich steil ist, bestens im Blick. Nachdem ich dann diese Stelle hier gefunden hatte, hab ich die ganze Zeit hier draußen kampiert und die vierte Späherin für Beschattungen eingesetzt. Die Khans haben eine Hausangestellte, die bei ihnen lebt und sämtliche Einkäufe und Botengänge für sie erledigt, und ein FedEx-Lieferwagen kommt jeden Tag in der Woche, um Päckchen zu liefern und abzuholen. Ansonsten besucht keiner die Villa, und keiner verlässt sie. Nur am zweiten Tag nach Beginn unserer Überwachung kam Karim, der Sohn, in einem dunkelblauen Fiat mit Schweizer Kennzeichen aus der Ausfahrt. Die Beschatterin nahm am Fuß des Berges die Verfolgung auf und ließ ihn bis zum Flughafen Lugano nicht aus den Augen, wo er einen Flug nach Bern mit Weiterflug nach London nahm. Zahid und Safiya ließen sich dagegen nie blicken. Das heißt, das eine oder andere Mal entdeckte ich Zahid im obersten Stock, wie er durch ein Fernglas auf den See hinausschaute. Ansonsten Fehlanzeige. Soweit wir das sagen konnten, gingen Zahid und Safiya nie aus dem Haus.«

Crispin spricht mit ausdruckloser monotoner Stimme, als durchlebte er erneut die Langeweile dieser öden Tage.

»Doch dann, um neun Uhr morgens am sechsten Tag, meldeten die Späher auf dem Dach, dass ein schwarzer Mercedes aus der Ausfahrt gerollt war. Sie konnten den einzigen Insassen nicht genau ausmachen, aber sie waren ziemlich sicher, dass es ein Mann war. Ich konnte den Wagen kurz sehen, als er den Berg runterkam, und verständigte die Beschatterin. Sie sollte auf einem Parkplatz am Ortsausgang warten, bis er vorbeikam, und sich an ihn dran hängen. Da die Straßen von Campione alles miteinander verbundene Einbahnstraßen sind, dachte ich, es müsste ein Kinderspiel sein, dem Mercedes zu folgen. Eine Kleinigkeit, so was lernt man in der Grundausbildung.«

Flint blickt vom Teleskop auf, reibt sich das rechte Auge, das ein wenig überanstrengt ist. »War die Beschatterin auch eine von Nigels Jungfrauen?«

»Richtig, aber natürlich nicht im wörtlichen Sinne. Genau wie die meisten von ihnen.«

»Er hat mir gesagt, Sie wären auch noch Jungfrau.«

Crispin lächelt, beißt aber nicht an. »Für Nigel sind wir alle Jungfrauen, solange wie noch kein Blut für den MI6 vergossen haben – das eigene oder das von anderen. Nach dieser Definition bin ich keine Jungfrau mehr seit …« Er reibt über die Kratzer, die ihre Fingernägel an seinem Hals hinterlassen haben.

»Erzählen Sie weiter«, sagt sie ungeduldig.

Flint beobachtet erneut Khans Villa durch das Teleskop, und nach kurzem Zögern nimmt Crispin den Faden wieder auf. Der Mercedes tauchte einfach nicht im Rückspiegel der Beschatterin auf, sagt er. Irgendwo auf dem kurzen Stück zum Kasino, also auf einer Strecke von weniger als einem Kilometer, war er einfach verschwunden.

»Ich ließ die Kollegin, wo sie war, nur für alle Fälle, und schickte eine Späherin zu Fuß von der Via Posero zum Kasino. Auf dieser Strecke gibt es kaum Möglichkeiten, ein Fahrrad abzustellen, geschweige denn einen Mercedes, aber sie entdeckte den Wagen nirgendwo. Also setzte sie sich an einen Picknicktisch im Freibad und wartete einfach ab, und rund zwei Stunden später sah sie einen Mann, auf den unsere Beschreibung von Khan passte, wie er an ihr vorbei Richtung Porto Comunale ging. Sie folgte ihm und sah, dass er den Mercedes im städtischen Parkhaus abgestellt hatte. Er fuhr schnurstracks zurück zur Via Posero. Während der Nachbesprechung am Abend stellten wir uns zwei Fragen: Wo war er die ganze Zeit über, und wozu hatte er den Wagen für eine Fahrt von weniger als einem Kilometer gebraucht?«

Khan rührt sich nicht, und Flint weiß, dass es nichts bringt, ihn weiter zu beobachten. Also schwenkt sie das Teleskop langsam von der Via Posero zur Via Matteo und dem Haus mit der Backsteinfassade, das höchstens fünfhundert Meter vom Parkhaus im Porto Comunale entfernt liegt.

»Er hat sich mit irgendwem in der Via Matteo getroffen,

und er hat irgendwas Schweres transportiert«, sagt sie, als läge die Antwort auf der Hand. »Verraten Sie mir eines, Crispin, womit handelt die ZSK? Nein, Moment, lassen Sie mich raten: Goldbarren?«

»Sie sind sehr schnell, Grace.«

»Danke. Und Sie haben meine Frage noch immer nicht beantwortet: Woher wussten Sie, dass das Gröbers Haus ist?«

»Dazu komme ich gleich«, sagt Crispin, der sich nicht drängen lassen will.

Er hatte seine wenigen Leute neu verteilt, und als der Mercedes am siebten Tag erneut aus der Ausfahrt der Via Posero rollte, saß die Beschatterin im Porto Comunale, und eine Späherin behielt die Via Matteo vom Friedhof aus im Auge.

»Khan stellte sein Auto nicht im Parkhaus ab, wie wir erwartet hatten, sondern hielt irgendwo auf der Via Matteo, schaltete die Warnblinkanlage ein und hupte. Unmittelbar darauf kamen zwei junge, ziemlich abgebrüht wirkende Männer aus einem Haus – genau dem Haus, das Sie jetzt im Visier haben – und holten zwei ganz normal aussehende Koffer aus dem Kofferraum, die aber offensichtlich schwer waren. Dann fuhr Khan davon, verfolgt von meiner Mitarbeiterin, und kehrte nach einer Schleife durch das System von Einbahnstraßen nach Hause zurück. Ich glaube, er war nicht mal fünf Minuten unterwegs.«

Der Tag wird heller, mit der Folge, dass das Bild im Teleskop schlechter wird, leicht unscharf. Das seien Wärmeturbulenzen erklärt Crispin, als Flint sich beschwert. Er nimmt ein schwächeres Okular und fragt: »Besser?« Klarer, sagt sie, und obwohl die Vergrößerung jetzt reduziert ist, kann sie noch immer jeden einzelnen Backstein erkennen.

»Was sollte ich machen? Ich hatte kaum genug Leute, um ein Haus zu überwachen, erst recht nicht zwei, und Nigel wollte keine Verstärkung schicken. Ich ließ also die Späher auf dem Dach des Apartmenthauses, um Khan im Auge zu behalten, der hoffentlich nichts Unerwartetes tun würde, während die Beschatterin und ich uns auf das Haus seines Kumpels konzentrierten – wer immer dieser Kumpel auch sein mochte. Das musste London rausfinden, weil wir ja schlecht bei der Stadtverwaltung von Campione nachfragen konnten, nicht?«

»Dann haben Sie also eine inoffizielle Operation geleitet, von der die Italiener nichts wussten?«

»Wie kommen Sie denn darauf?« Er lacht. »Jedenfalls, innerhalb von vierundzwanzig Stunden fand London heraus, dass das Haus auf der Via Matteo einem österreichischen Staatsbürger namens Oskar von Klimt gehörte. Geboren am achtzehnten Juli 1949 in Salzburg, so hieß es. Weitere Recherchen ergaben, dass an diesem Tag in dieser Stadt tatsächlich ein gewisser Oskar von Klimt das Licht der Welt erblickt hatte, um dann die nächsten rund fünfzig Jahre dort zu leben und als Banker mit einem tadellosen Ruf Karriere zu machen. Nach dem Tod seiner Gattin verkaufte er seine Anteile an der Bank und zog nach Campione, um sein nicht unerhebliches Vermögen zu genießen. Es lag nichts gegen ihn vor, absolut nichts … Passiert da drüben was?«

»Es herrscht Friedhofsruhe«, sagt Flint und hebt den Kopf vom Teleskop wie eine Schwimmerin, die nach Luft schnappt. »Entweder die schlafen alle lange, oder sie meiden die Fenster, oder es ist kein Mensch da.«

»Nein, bei der Einsatzbesprechung war Pacelli hundertprozentig sicher, dass Gröber und Çarçani im Haus sind.«

»Ja, aber das war gestern Abend.« Flint fühlt sich ausgepumpt und wünscht, sie hätte sich vom Hotel eine Thermosflasche Kaffee mitgeben lassen. Sie gähnt, reckt sich. »Glauben Sie mir, ich hab so meine Erfahrungen mit Gröber, und der Mann hat ein unheimliches Gespür dafür, wann er untertauchen muss.«

Apropos unheimlich: »Sie könnten bestimmt eine Tasse Kaffee vertragen«, sagt Crispin und greift in ein Seitenfach der Reisetasche.

»Und?« Flint will nach wie vor die Antwort auf ihre Frage hören: *Woher wussten Sie das?*

»Ich hab hin und her überlegt, wieso ein untadeliger Banker sich mit solchen Leuten wie Zahid Khan einlässt: Gier oder Langeweile, vermutete ich. Und dann kam mir der Gedanke, dass der Oskar von Klimt, dessen Haus ich beobachtete, vielleicht ein Hochstapler war. Ziemlich abwegig, zugegeben, aber doch nicht ausgeschlossen. Er könnte den richtigen Oskar eliminiert und dessen Identität gestohlen haben, dachte ich mir. Merkwürdig fand ich nämlich auch, dass er, wie wir aus London wussten, noch immer Kontakt zu alten Bekannten und Kollegen in Salzburg hielt, aber nur durch gelegentliche Ansichtskarten von Campione. Keine Besuche, keine Telefongespräche. In den letzten drei Jahren hatte ihn in Österreich niemand mehr zu Gesicht bekommen. Ich rief Nigel an und schlug vor, wir könnten versuchen, in Oskars Abwesenheit ins Haus einzudringen und Fingerabdrücke beziehungsweise DNA-Proben zu nehmen. Nigel liebäugelte mit der Idee, aber dann überschlugen sich die Ereignisse.«

Crispin atmet tief durch. »Sie haben doch bestimmt die Bootsanlegestelle vorn in Oskars Garten gesehen? Am Tag nach Khans zweiter Lieferung beobachtete ich gerade, wie zwei kräftige Burschen schwere Koffer in die Kajüte eines kleinen Motorboots brachten, als meine Späher anriefen und sagten, dass Khan Besuch bekommen hatte. Aus einer Limousine mit Chauffeur waren drei Männer gestiegen, unverkennbar arabisch aussehend, und in Khans Haus verschwunden. Ich wollte noch wissen, wohin das Boot fuhr, aber Nigel hielt es für wichtiger, dass wir die Identität der drei Männer feststellten. Angesichts unseres ursprünglichen Auftrags war das ja auch ganz verständlich. Und ich fürchte, von dem Moment an haben wir den armen Oskar aus dem Blick verloren. Ich wollte mich später wieder um ihn kümmern und hab ihn völlig vergessen. Erst als wir erfuhren, dass Karl Gröber laut eurer Informantin in Campione ist, und zwar in einem Haus in der Via Matteo, haben wir eins und eins zusammengezählt: Oskar musste Karl sein. Ich meine, so viele Zufälle kann es doch gar nicht geben, oder?«

Flint antwortet nicht. Sie geht im Geist Crispins Erklärung durch, sucht nach Widersprüchen.

»Das heißt leider wohl auch, dass der wahre Oskar von Klimt nicht mehr unter uns weilt«, sagt er. »Vermutlich liegt er auf dem Grund des Sees.«

Sie weiß, dass er ihr was vormacht, und wenn nur durch Auslassung. Da sie weiter schweigt, hat er das Bedürfnis, die Stille zu füllen.

»Nigel war wütend auf sich selbst, als ihm klar wurde, dass wir die Gelegenheit verpasst hatten, uns Gröber zu schnappen.«

»Ihn zu schnappen? Wie das?«

»Wir hätten die Bodysnatcher geschickt.«

»Und das hätte Nigel gemacht?«

»Sofort. Gröber wäre in Campione eingeschlafen und in London wieder aufgewacht, und er hätte gar nicht mitbekommen, was in der Zwischenzeit passiert ist. Aber die Gelegenheit haben wir uns durch die Lappen –«

»C-r-i-s-p-i-n?«, sagt Flint so langsam und gedehnt, dass der Name wie ein Vorwurf klingt.

»Was?«

»Eure Bodysnatcher sind doch im Augenblick nicht hier, oder?«

Er lacht, als hätte sie einen Scherz gemacht. »Noch nicht«, sagt er. »Ich muss zugeben, wir haben dran gedacht, uns Gröber zu schnappen, aber Nigel fand, es würde dann doch ein bisschen zu weit gehen, und außerdem …« Er zögert, als wäre er unsicher, wie viel er ihr anvertrauen kann.

Jetzt kommt's, denkt Flint, *endlich die Wahrheit oder seine dickste Lüge.*

»Wie Nigel sagen würde, wir haben andere Hühnchen zu rupfen. Wir konnten nämlich die drei Kerle aus der Limousine identifizieren, die Khan besucht haben. Zwei von ihnen sind unwichtig, bloß Leibwächter, Muskelprotze. Aber der dritte ist ein Saudi, der unter zig verschiedenen Namen auftritt. Wir glauben, er ist ein Schwager von Osama bin Laden und für dessen Finanzen zuständig.«

»Was? Soll das heißen, Zahid Khan wäscht Geld für al-Qaida?«

»Deshalb bin ich hier«, sagt Crispin. »Sobald wir Gröber einkassiert haben, wollen wir ihn genau das fragen.«

50

Es ist fast neun Uhr, und der Einsatz hätte schon vor knapp einer Stunde beginnen sollen. Crispin sagt, dass er zurück zum Wagen laufen will, um sein Handy zu holen und im Hotel anzurufen, wo er hoffentlich einen der Detectives von Scotland Yard erreicht und herausfindet, was los ist.

Flint konzentriert sich wieder auf ihre Wache, sucht systematisch das Seeufer in Campione ab, von Gröbers Haus in der Via Matteo bis zur Grenze, eine Strecke, die nur gut einen Kilometer lang ist, wie Flint weiß. Es sieht alles schrecklich alltäglich aus, zumindest stellt sie sich so den Alltag in Campione vor. Eine Fähre trifft aus Lugano ein, die ersten Touristen drängen in den Hafen, während die Ladenbesitzer die Rollläden hochschieben und die Türen öffnen. Leute lassen sich in Straßencafés nieder. Ein kleiner, aber steter Strom von Fahrzeugen kommt ungehindert durch irgendwelche Formalitäten aus Italien auf Schweizer Gebiet. Keine Spur, kein Anzeichen von Carabinieri-Einheiten, die sich irgendwo für den Zugriff sammeln, und was noch verstörender ist: kein Anzeichen einer verdeckten Überwachung auf oder in der Nähe der Via Matteo. Sie sucht den See von Gandria im Norden bis Bissone im Süden ab und entdeckt keine einzige Polizeibarkasse.

Hier stimmt was nicht. Die Botschaft empfängt sie nicht nur von ihrem Bauch, sondern auch von ihren Augen. Sie wartet ungeduldig auf Crispins Rückkehr.

Und während sie wartet, stellt sie das Teleskop wieder auf Gröbers Haus scharf und meint, ganz kurz ein Gesicht im rechten oberen Fenster zu sehen. Sie starrt minutenlang auf das Fenster, ändert die Vergrößerung, sieht aber nichts mehr. Aus der Ausbildung weiß sie, dass ein extrem gelangweilter Verstand unsere Wahrnehmung austricksen kann, dass wir mitunter sehen, was wir sehen wollen, obwohl es tatsächlich nichts zu sehen gibt. Dennoch, ihr Instinkt sagt, dass sie sich das Gesicht nicht eingebildet hat, dass das Haus noch nicht leer ist. Sie sucht in Crispins Reisetaschen nach irgendwas, um ihren Schweiß vom Okular zu wischen, und findet ein Päckchen Reinigungstücher.

Dann nimmt sie Gröbers Haus erneut in Augenschein, Zentimeter für Zentimeter, von der Satellitenschüssel oben auf dem Dach, über die Fassade hinunter zum Garten und dann bis zum Bootssteg und dem See. Nichts rührt sich, nichts außer einem Wassertaxi, das auf den Porto Comunale zusteuert.

Crispin kündigt seine Rückkehr mit einem kleinen Erdrutsch an, als er den Rand der Böschung erreicht. Sie dreht sich zu ihm um und sieht, dass er eine finstere Miene aufgesetzt hat, als wollte er sie vorwarnen, dass er der unfreiwillige Überbringer schlechter Nachrichten ist. Und wirklich: »Das wird Ihnen nicht gefallen«, ist das Erste, was er sagt.

Es gebe Probleme mit dem Haftbefehlen, sagt er. Ein Richter in Mailand habe bemängelt, sie entsprächen nicht den rechtlichen Anforderungen, die sich aus Campiones Sonderstatus als italienischer Exklave ergeben. Es gebe Formfehler im Wortlaut, daher müssten die Haftbefehle neu aufgesetzt, dem Richter vorgelegt und genehmigt werden. Kurz gesagt, die Operation finde nicht statt, erklärt Crispin; genauer gesagt, sie sei für zunächst vierundzwanzig Stunden auf Eis gelegt worden.

»Grace, ich kann nichts dafür«, sagt er beschwörend, weil sie ihn anstarrt, als hätte er persönlich die Entscheidung getroffen.

»Welcher Richter? Wie heißt er?«

»Weiß ich nicht. Spielt das eine Rolle?«

»Ja, ich glaube, das spielt eine Rolle, und ich will Ihnen auch sagen, warum.« Ihre Stimme ist eiskalt und trieft vor Sarkasmus. »Weil ich die Aussagen, auf denen die Haftbefehle basieren, beschworen habe, und dann bin ich sie fast zwei Tage in Mailand Zeile um Zeile, Wort für Wort mit Richter Carlo Colonna durchgegangen, der sie dann unterschrieben hat. Es gibt keine Formfehler in diesen Haftbefehlen, Crispin. Sie sind wasserdicht, weil Colonna mich dafür richtig in die Mangel genommen hat, und wer auch immer ihn überstimmt hat, ist entweder ein Idiot oder ein Scharlatan. Er ist manipuliert worden, bestochen oder erpresst – und jetzt raten Sie mal von wem.«

Nach einem Moment: »Sie meinen Nigel?« Crispin scheint ehrlich perplex. »Nun hören Sie aber auf, Grace! Sie glauben doch nicht im Ernst, Nigel könnte einen Mailänder Richter manipulieren. Ich meine, ich weiß, Sie haben Grund, seine Motive anzuzweifeln, aber das ist nun wirklich lächerlich.«

»Ach, leck mich doch.« Sie bückt sich, hebt einen Stein auf und schleudert ihn so weit sie kann in den See. Sie nimmt einen weiteren Stein in die Hand und dreht sich um, als suche sie nach einem Ziel. »Nigel könnte sogar den Papst manipulieren, wenn er müsste. Genau das ist nämlich seine große Begabung: Nigel korrumpiert jeden und alles, um zu kriegen, was er haben will.«

Es hat keinen Sinn, ihr zu widersprechen, obwohl Crispin es versucht. Er sagt, die Haftbefehle könnten trotz aller Mühe, die sie und Richter Colonna investiert haben, fehlerhaft sein, aber sie hört gar nicht zu. Sie will wissen, ob er sein Handy vom Wagen mitgebracht hat, und als er bejaht, streckt sie ihm die Hand hin und lässt es sich geben.

Commander Glennings Durchwahl ist eine der Nummern, die sie im Kopf hat.

»Tom, die Operation ist abgebrochen worden.«

»Hab ich schon gehört.«

»Und das Ziel wird nicht observiert.«

Eine ganz kurze Pause entsteht, ehe Glenning antwortet. »Das ist mir neu. Woher wissen Sie das?«

»Weil ich das Ziel samt Umgebung schon den ganzen Morgen durch ein Teleskop beobachte, und ich kann jeden Eingang, jedes Fenster und jedes Auto sehen, und ich weiß, wie eine Überwachung funktioniert, Tom, und hier gibt es keine, hier ist absolut nichts.«

»Wissen Sie, warum?«

»Ich kann's mir denken – Sie nicht?« Als er nicht reagiert, fügt sie hinzu: »Nigel.«

Diesmal ist die Pause länger. »Ich kann mir nicht vorstellen, wie«, sagt er vorsichtig.

»Ich finde schon noch raus, wie er's gemacht hat, aber das hat Zeit. Im Augenblick brauche ich Ihre Hilfe.«

Sie möchte Glennings Erlaubnis, sämtliche Angehörige des britischen Kontingents, die sich derzeit im Hotel Lugano die Beine in den Bauch stehen, rings um Campione zu postieren. Die Seeseite habe sie mehr oder weniger im Blick, erklärt sie Glenning, aber in den Straßen passe niemand auf. »Die können da ganz nach Belieben zur Haustür rausspazieren, und wir würden es nicht erfahren. Die könnten sogar einen Umzugswagen vor dem Haus stehen haben und jetzt in diesem Moment die Möbel raustragen, und wir hätten keine Ahnung davon. Ich brauche Leute da unten, Tom, jeden Einzelnen, den Sie haben.«

Diesmal zögert Glenning keine Sekunde: »Nein, Grace.«

Nein! Sie traut ihren Ohren nicht.

»Tom, bitte.« Sie bleibt so ruhig sie kann, ist bemüht, die Hysterie aus ihrer Stimme rauszuhalten. »Ich bin nicht so weit gekommen, nur um diese Schweine jetzt entwischen zu lassen.«

»Ich kann Ihnen nicht helfen, Grace.«

»Warum denn nicht, um Gottes willen?«

»Weil wir hier in Europa sind, nicht im Wilden Westen. Weil Sie kein Sheriff sind oder ein globaler Supercop und ich Ihnen kein letztes Aufgebot geben kann, damit Sie ohne Haftbefehl und außerhalb Ihres – und übrigens auch meines – Zuständigkeitsbereichs irgendwen verhaften, nur weil Sie glauben, Sie müssten das tun.«

»Ich will doch niemanden verhaften. Ich will sie bloß im Auge behalten, damit wir ihre Spur nicht verlieren.«

»Trotzdem«, sagt Glenning. Sein Entschluss steht fest. »Aber ich werde Mailand anrufen und herausfinden, warum nicht observiert wird – falls Sie damit recht haben. Rufen Sie mich in zwei Stunden wieder an.«

Damit verabschiedet er sich knapp, und Flint muss fassungslos und wutschnaubend gegen den Impuls ankämpfen, Crispins Handy in den See zu schleudern.

Das also ist Plan B, der einzige, den sie hat: Crispin hat sich einverstanden erklärt, das Haus weiter durchs Teleskop zu beobachten, während sie mit dem Lexus nach Campione fährt und sich eine gute Stelle sucht, von wo aus sie die Via Matteo unbemerkt überwachen und zugleich die Verfolgung von

Gröber und Çarçani aufnehmen kann, sollten die beiden das Weite suchen. Sie und Crispin werden über Handy in Kontakt bleiben, und falls irgendwas passiert … Tja, sagt Flint, dann müssten sie eben von Fall zu Fall entscheiden. Ihr ist schmerzlich bewusst, dass sie keinerlei Grund hat, Crispin zu trauen, und keine andere Wahl. Während sie mehr auf dem Gesäß als auf den Beinen die Böschung hinunterrutscht, fällt ihr eine Karikatur ein, die sie mal im *New Yorker* gesehen hat: Zwei Männer starren auf einen Ordner mit der Aufschrift PLAN Z, und der eine sagt zum anderen: *Aber wenn der schiefgeht, sind wir erledigt.*

Am Wagen angekommen, holt sie das Handy unter dem Fahrersitz hervor und schaltet es ein, und auf dem Display erscheint die Nachricht, dass sie zwei Anrufe von »Unbekannt« verpasst hat. Zwei Anrufe, die vor etwa zwei Stunden innerhalb von fünf Minuten eingingen. Der Anrufer hat keine Nachricht hinterlassen. Nur Cutter, Rocco Morales, der Schichtleiter der Strike Force in New York und jetzt natürlich auch Crispin kennen die Nummer dieser SIM-Karte. Sie ruft im Marscheider-Gebäude an.

»Hat irgendwer versucht, mich zu erreichen?«

»Nicht, dass ich wüsste, DD, aber ich schau mal nach.«

Während sie wartet, studiert sie die Straßenkarte und sucht sich die schnellste Route nach Campione heraus. Etwa zwei Kilometer südlich der Parkbucht liegt ein Ort namens Melide. Dort kreuzt die Staatsstraße 2 die Autostrada A9, die scharf nach links über den See Richtung Bissone führt. Von dort ist es nur noch ein Kilometer bis zur Grenze von Campione. Die gesamte U-förmige Schleife von ihrem jetzigen Standort zur Via Matteo beträgt kaum mehr als sechs Kilometer, und für die wird sie ja wohl nicht lange brauchen.

»Das war Elster«, sagt der Schichtleiter.

Elster ist Rocco Morales derzeitiger Codename, der einzige Name, bei dem er im Marscheider-Gebäude genannt werden wird, solange die Vernehmung von Courtney Morrison andauert. Blade ist Amsel, Courtney ist Drossel.

»Ich kann Sie nicht durchstellen, weil die Leitung ungesichert ist. Elster ruft Sie in dreißig Minuten an.«

»Alles klar«, sagt sie und beendet das Gespräch, will möglichst schnell los.

Aber auf der Strecke nach Melide sind Sonntagsfahrer unterwegs, Ausflügler, die immer wieder durch die herrliche Aussicht abgelenkt werden, und sie kann auf der kurvigen und schmalen Straße nur selten überholen. Als sie endlich in Melide ankommt – die Hände am Lenkrad schweißnass –, verpasst sie die Abzweigung über den See und muss an der nächsten Kreuzung halsbrecherisch wenden. Ein Hupkonzert gellt ihr in den Ohren, und einen Herzschlag lang fürchtet sie, ihr Glück überstrapaziert zu haben. Doch dann winkt sie entschuldigend und lässt mit Vollgas das von ihr angerichtete Verkehrschaos hinter sich. Sie fährt zurück und biegt auf die Straße nach Bissone. Als sie gerade die Grenze von Campione erreicht, die durch Fahnen und Blumen und einen Zierbogen markiert wird, ruft Elster an. Sie fährt weiter, nur eine Hand am Steuer.

»Hi, wie läuft's denn so in Holland?«

»Könnte besser sein. Und bei euch?«

»Gut … sehr gut. Drossel scheint sich in Amsel verguckt zu haben, und sie singt wie …« Morales lacht leise. »Tja, man könnte wirklich sagen, wie ein Vögelchen.« Dann wird er plötzlich ernst. »Ich muss dir was sagen.«

»Moment.« Flint ist jetzt in dem Einbahnstraßensystem von Campione, das sie vom Seeufer wegdirigiert, und sie braucht beide Hände für eine scharfe Rechtskurve. »Okay, schieß los.«

»Drossel hat Hustler dreimal getroffen.« Hustler ist der Codename für Karl Gröber.

»Vom ersten Mal weißt du ja – in der Kirche, im Beichtstuhl, aber da hat sie sein Gesicht nicht gesehen. Und auch Romeo ist sie bei der Gelegenheit nicht begegnet.« Flint hat sich den

Namen für Alexander Çarçani ausgedacht, als ironische Anspielung auf seinen Handel mit Frauenkörpern.

»Okay.«

»Beim zweiten Mal hat sie sowohl Hustler als auch Romeo getroffen, aber nicht in Holland« – das Codewort für Campione. »Das Treffen fand in einem Café am gegenüberliegenden Ufer statt, da, wo die Fähren abgehen. Verstehst du?«

»Ja. Aber woher weiß sie dann –«

»Dazu komme ich gleich. Beim dritten Treffen, wieder in dem Café am gegenüberliegenden Ufer, hat sie den letzten Auftrag erhalten.« Er meint den Auftrag, Flints Sohn zu ermorden. »Und jetzt wird's wichtig. Bei diesem Treffen haben Hustler und Romeo so getan, als wären sie gerade aus der Stadt eingeflogen, wo die Kirche ist. Kannst du mir noch folgen?«

»Ja – Scheiße!«

»Was ist?«

»Moment.«

Mitten auf der Straße stehen zwei Verkehrspolizisten und bedeuten ihr mit erhobenen Händen anzuhalten. Sie lenkt den Wagen an den Straßenrand. »Elster«, sagt sie, »bleib dran.« Und dann lässt sie das Handy in den Schoß fallen.

Die beiden sprechen nur Italienisch, und sie tut so, als würde sie die Sprache nicht verstehen, aber die Gesten, mit denen sie ihre Papiere verlangen, sind universal verständlich. Flint könnte ihnen ihren Strike-Force-Ausweis zeigen und darauf hoffen, dass die brüderliche Verbundenheit der Gesetzeshüter auch hier in Campione ihre Kraft entfaltet, aber der Lexus ist auf den Namen Kathy McCarry gemietet, und sie will die Sache nicht weiter verkomplizieren. Also zeigt sie ihnen Kathys Ausweis, zusammen mit dem Beleg von der Mietwagenfirma. Sie ist angehalten worden, wie ihr pantomimisch erklärt wird, weil sie während der Fahrt mit dem Handy telefoniert hat. Dieser Verstoß wird mit einem Bußgeld von sechshundert Euro geahndet, zahlbar sofort, oder aber, falls ihr das lieber ist, mit dem entsprechenden Betrag in Schweizer Franken.

Sie zeigt ihnen, dass sie nicht so viel Geld dabei hat.

Dann, so gestikulieren sie, können sie sie entweder zum nächsten Geldautomaten begleiten, um die erforderliche Summe abzuheben, oder aber der Wagen wird bis zur Zahlung des Bußgeldes beschlagnahmt. Sie gefallen sich in der Rolle, sind autoritär, aber auch charmant, flirten leicht mit ihr. Genießen ihr bisschen Macht, sie hilflos zu machen. Es dauert zwanzig Minuten, bis sie das Geld abgehoben hat, die beiden ihre vermaledeiten Formulare ausgefüllt und den Lexus daraufhin untersucht haben, ob sie ihr nicht noch mehr zur Last legen können. Erst dann darf sie weiterfahren.

Sie reißt das Handy ans Ohr. »Elster?«

Die Verbindung ist tot.

Gottverdammter, verfluchter Mist!

Flint ruft in New York an, sagt, sie muss dringend nochmal mit Elster sprechen. Der Schichtleiter klingt leicht erstaunt und macht keine Versprechungen, sagt nur, dass er die Nachricht weiterleiten wird. Sie ruft in London an und erfährt von Glennings Assistentin, dass er überraschend wegmusste und den Rest des Tages unterwegs sein wird. Sie ruft Crispin an und bekommt nur die Mailbox. Wahrscheinlich telefoniert er gerade mit dem verdammten Nigel.

Der Lexus kommt ihr mehr und mehr wie eine Falle vor, und sie muss raus aus dem Wagen. Sie knallt die Fahrertür fester zu als nötig, durchquert das Strandbadgelände und geht die Via Matteo entlang, bis sie auf dem Bürgersteig gegenüber von Gröbers Haus stehen bleibt und jedes Fensterpaar mit den Augen absucht. Das ist kaum noch verdeckte Observierung, aber inzwischen ist ihr das egal. Sie ist drauf und dran, die Straße zu überqueren und an die Tür zu klopfen, sie einzutreten, wenn es nicht anders geht.

Und was dann?

Im Schatten ist es kalt, und sie hat nur ein Poloshirt und Jeans an. Sie muss ihre Jacke aus dem Wagen holen, beschließt sie. Auf dem Rückweg, als sie gerade wieder durchs Strandbad geht, ruft Elster wieder an.

»Was war denn da eben los?«, fragt er gereizt, leicht angesäuert.

»Nichts, bloß eine kleine Auseinandersetzung mit den hiesigen Sheriffs.«

»Na, falls du doch nochmal vorhast, mich so lange warten zu lassen, denk dran, dass wir hier mitten in der Nacht haben.«

»Tut mir leid.« Sie hat sich auf dem Kiesstrand ein sonniges Fleckchen gesucht, von wo aus sie Dreiviertel des Hauses sehen kann.

»Okay. Ich verzeihe dir. Wo war ich vorhin?«

»Du wolltest gerade sagen, Drossel ist nicht drauf reingefallen. Sie hat ihnen nicht geglaubt, dass sie extra für das Treffen eingeflogen waren.«

»Genau. Und als die beiden nach der Besprechung zu ihrer Limousine gingen, die sie angeblich zum Flughafen bringen sollte, hat sie sie beschatten lassen. Natürlich sind sie geradewegs nach Holland gefahren. Da sind sie vor einem schicken Haus am See ausgestiegen, und Hustler hatte den Schlüssel dazu. So hat Drossel rausgefunden, wo er wohnt. Aber jetzt kommt das Wichtigste. Nachtigall und ihre Freundin haben noch ein bisschen abgewartet –«

»Was?« Nachtigall ist der Codename für Courtneys Tochter.

»Das hätte ich vorausschicken sollen. Drossel hält die Geschäfte anscheinend gern in Familienhand. Wenn sie hin und wieder mal ein bisschen Hilfe brauchte, hat sie Nachtigall und ihre junge japanische Freundin eingesetzt – die übrigens so jung gar nicht ist. Schon fast fünfundzwanzig.«

Flint hört jedes Wort, das Elster sagt, aber irgendwie ergeben sie keinen richtigen Sinn. Sie kann keinen klaren Gedanken fassen und hat Mühe, die nächste Frage zu formulieren.

»Roc-«, setzt sie an, muss sich bremsen und neu anfangen. »Elster, soll das heißen, Mel-, Nachtigall hat mitgemacht, dass sie wusste, was ihre Mutter treibt?«

»Drossel sagt nein. Nachtigall habe nie genau Bescheid gewusst, aber das muss Drossel ja sagen, oder? Ich bin da für alles offen.«

Flints Augen sind auf Hustlers ruhiges Haus gerichtet, aber im Geist sieht sie nochmal die Szene mit Nachtigall auf der Treppe.

Ist das ein richtiges Schwert, Melinda?

Was glaubst du denn wohl, Miststück?

»Ist Nachtigall mitgefahren, wenn ihre Mutter auf … Gott, ich weiß nicht mal, wie ich das nennen soll. Wenn ihre Mutter …«

»Im Einsatz war?«, schlägt er vor.

»Meinetwegen.«

Kurzes Schweigen am anderen Ende, ehe Rocco antwortet: »Einmal.« Und dann sagt er ihr, was sie bereits vermutet. »Nachtigall hat dich drei Tage lang beschattet, ehe …« Jetzt hat er Mühe, eine möglichst neutrale Formulierung zu finden. »Ehe der Auftrag ausgeführt wurde. Nachtigall und ihre Freundin haben dich jeden Abend verfolgt, wenn du aus dem Büro gekommen bist, um eventuelle Verhaltensmuster herauszufinden. Laut Drossels Aussage hat Nachtigall in seliger Unschuld in einem Kino in Bethesda gesessen, als die eigentliche Tat geschah – aber wie gesagt, ich bin offen für alles.«

Flint fällt nichts mehr ein. Hinterher wird Dr. Przewalski in ihrer Analyse der Geschehnisse schlussfolgern, dass Flint wahrscheinlich in genau diesem Moment ihre Belastungsgrenze erreichte und die Fähigkeit verlor, rationale Entscheidungen zu treffen, sich an irgendwelche Regeln zu halten.

»Es gibt noch was, was du wissen musst«, sagt Rocco hastig,

weil er spürt, dass sie auflegen will. »Romeo hat eine Motorjacht auf dem See. Nachtigall ist ein paar Stunden in Holland geblieben und hat für ihre Mom einige Fotos gemacht, und sie hat gesehen, wie Romeo Hustlers Haus durch die Hintertür, also zum See hin, verließ und in ein kleines Boot stieg. Draußen wartete eine Jacht auf ihn, und dank Nachtigalls Fotos wissen wir, was für eine: eine Ferretti 53. Ich kann dir sagen, das ist kein normales Wochenendmotorbötchen. Soll ich sie dir beschreiben?«

Das ist nicht mehr nötig, denn Flint sieht sie etwa fünfhundert Meter vom Ufer entfernt wie ein Mini-Ozeanriese dümpeln, mit dem Heck in Richtung Gröbers Haus. Aus den Auspuffrohren steigen weiße Rauchwölkchen. Gerade legt ein Wassertaxi mit nur dem Fahrer an Bord von der Ferretti ab.

»Rocco, ich muss Schluss machen, leg dich schlafen«, sagt sie und sprintet Richtung Lexus.

Die Maschinen laufen zwar, aber die Ferretti rührt sich nicht von der Stelle. Durchs Teleskop kann Crispin die einzelnen Glieder der Ankerkette sehen, die vom Wasser hinauf zum Bug läuft. Er stellt das Teleskop auf die Brücke scharf. Çarçani und der Kapitän lehnen an der Reling, trinken Kaffee und plaudern. Çarçani raucht eine Zigarette. Gröber ist nicht bei ihnen – noch nicht.

»Die lassen sich Zeit, was?«, sagt Nigel lakonisch, als Crispin ihm Meldung macht. »Und wo steckt Grace, wenn ich fragen darf? Treibt sie den Feind in die Enge? Wahrscheinlich wird's für Herrn Gröber langsam ein bisschen ungemütlich.«

Die Antwort lautet: in Gröbers Haus. Bestimmt durchsucht sie es gerade von oben bis unten – mit einem Wagenheber in der Hand, der einzigen Waffe, die sie hat. Crispin weiß das, weil er sie gesehen hat, wie sie um die linke Hausecke ins Bild kam, eine Scheibe der Terrassentür einschlug, die Tür am Innengriff öffnete und im Haus verschwand.

»Es ist zu spät. Sie kann nichts mehr machen«, sagt Crispin.

Nigel Ridout lacht. »Tatsächlich? Sie meinen, wir sollten sie abschreiben? Spiel, Satz und Sieg? Und worauf genau stützen Sie bitte schön Ihre Überzeugung? Denken Sie, Sie kennen sie?« Ridout lässt die Frage einen Moment im Raum hängen, und dann sagt er: »Tun Sie mir einen Gefallen, mein Guter; mir zuliebe.«

»Sir?«

»Hören Sie auf zu denken.«

So nah war Flint Gröber noch nie. Sie berührt die Dinge, die er berührt hat, lernt eine Seite an ihm kennen, die sie noch nie gesehen hat. Während sie das Haus nach ihm durchsucht, wobei sie alles außer Acht lässt, was sie je gelernt hat, weil sie einfach nur völlig unvorsichtig von Zimmer zu Zimmer stürmt, sieht sie, womit er sich in Campione vorzugsweise in der Freizeit beschäftigt. Überall sind Bücher, nicht nur in den Regalen, sondern auch auf allen Tischen verteilt: zeitgeschichtliche Sachbücher, Biographien von Schriftstellern, Komponisten; Gedichtbände und Kurzgeschichten; üppig illustrierte Bildbände über Malerei, Bildhauerei, römisches Kunsthandwerk, klassische Architektur; Enzyklopädien, philosophische und literarische Nachschlagewerke. Eine beeindruckende CD-Sammlung ist ebenfalls im ganzen Haus verteilt: Mozart, Bach, Brahms, Händel, Puccini. Es kommt ihr pervers, beinahe obszön vor, dass Gröber sich vielleicht eine Arie aus *Madame Butterfly* anhört, während er das Geld wäscht, das mit Mädchenhandel verdient wurde.

Sie ist im obersten Stockwerk im offenbar größten Schlafzimmer des Hauses. Auf dem Nachttisch liegt ein Fernglas, und sie geht damit zum Fenster, um die Ferretti zu beobachten. Sie sieht Bewegung auf dem Unterdeck und öffnet das Fenster, um besser sehen zu können. Drei von Çarçanis Männern, identisch gekleidet mit dunkler Hose und weißem Hemd, legen Kissen auf den Bänken aus und wischen den Tau von der Reling. Sie ist sicher, dass es Çarçanis Männer sind, weil sie genauso aussehen, genau denselben arroganten Gang haben wie die drei Widerlinge, die in einem Zimmer über einer Pasticceria in Mailand die falsche Frau Fischer mit ihren sexuellen Anzüglichkeiten gequält haben. Ja, es könnten sogar dieselben Männer sein. Wenn Flint sie sprechen hören könnte, wüsste sie es sofort, denn ihre hämischen Stimmen bekommt sie nicht aus dem Kopf.

Jetzt kommt Çarçani selbst an Deck. Er wirkt völlig gelassen, und nichts an seiner Körpersprache verrät, dass er sich beobachtet fühlen oder seine baldige Verhaftung fürchten könnte. Als er ein paar scherzhafte Worte mit seinen Lakaien wechselt, weht der schwache Klang ihres Lachens zu ihr herüber. Sie stellt sich vor, sie wäre Courtney und würde durch ein Fadenkreuz spähen. *Auf diese Entfernung und mit so viel Zeit könnte ich dich mit geschlossenen Augen erschießen …*

Keine Spur von Gröber.

Sie wählt erneut Crispins Nummer, rechnet fest wieder mit der Mailbox. Stattdessen: »Hallo? Grace? Ich versuche schon seit –«

»Crispin, hören Sie zu. Çarçani hat eine dicke Jacht, die im Augenblick rund fünfhundert Meter –«

»Ich weiß. Deshalb hab ich ja die ganze Zeit versucht, Sie zu erreichen, und –«

»Ist Gröber auf dem Boot?«

»Weiß ich nicht genau. Ich hab nicht gesehen, wer an Bord gegangen ist.«

Was? Sie hat das Gefühl, den Sinn für die Realität zu verlieren. »Crispin, wie können Sie das denn nicht gesehen haben?«

»Weil das Teleskop aufs Haus gerichtet war, nicht auf die Jacht. Ehrlich gesagt, ich hab die erst bemerkt, als ich mal die Augen vom Okular genommen hab, um ihnen eine Pause zu gönnen, und den Blick hab schweifen lassen. Da hab ich sie entdeckt – na ja, ist ja kaum zu übersehen –, und irgendwas daran kam mir komisch vor. Deshalb hab ich sie mir durchs Teleskop genauer angeschaut und längsseits ein Wassertaxi gesehen, und dann hab ich die Brücke abgesucht, und, *voilà*, da war unser Freund, klar und deutlich. Seitdem hab ich versucht, Sie anzurufen.«

Das klingt alles völlig plausibel – außer: »Aber Crispin, wenn Sie das Haus beobachtet haben, dann müssen Sie gesehen haben, wie die rausgekommen sind.« *Es sei denn, du warst zu sehr damit beschäftigt, deinen Nigel anzurufen*, denkt sie, spricht es aber nicht aus.

»Nein«, antwortet er betont langmütig, »weil sie nicht aus dem Haus gekommen sind. Ich hab keine Menschenseele gesehen, zumindest nicht, bis Sie mit Ihrem Wagenheber aufgetaucht sind. Und mal ganz nebenbei, Grace, ehe Sie sich zur Einbrecherin gemausert haben, ist Ihnen da nicht in den Sinn gekommen, Sie könnten die Alarmanlage auslösen?«

Die Antwort lautet ja, aber sie schenkt sie sich. »Crispin, was sehen Sie im Moment?«

»Sie.«

»Lassen Sie das. Beobachten Sie das Boot. Bleiben Sie am Telefon und sagen Sie mir, wenn es sich bewegt.«

Flint wird rückfällig und verstößt schon wieder gegen das Gesetz: Sie steuert mit nur einer Hand am Lenkrad durch Campione, missachtet das Tempolimit, überholt trotz durchgezogener Linie, als ob die Straße ihr gehörte. Die Polizei hätte allen Grund, sie zu stoppen, aber diesmal, so ihr fester Entschluss, wird sie sich allein von erhobenen Händen nicht aufhalten lassen.

»Erzählen Sie mir was«, sagt sie.

»Wo sind Sie?«

»Auf dem Weg zu Ihnen. Was passiert im Augenblick?«

»Nichts. Çarçani ist nach unten gegangen, glaube ich. Keine

Spur von Gröber … Nein, vergessen Sie das. Ich sehe ihn – glaub ich wenigstens. Er ist auf dem unteren Deck und spricht mit Çarçanis Gorillas … Warten Sie …«

Flint hat es sicher über die Grenze in die Schweiz geschafft, aber auch die Schweizer Verkehrspolizei wird sich ihrem Fahrstil gegenüber wohl kaum toleranter zeigen.

»Warten Sie«, sagt er schon wieder.

»Worauf soll ich warten? Mann, Crispin, seien Sie nicht –«

»Ich wollte nur ganz sicher sein. Okay, es ist Gröber, kein Zweifel. Und der Anker wird gelichtet. Die setzen sich in Bewegung.«

»Welche Richtung?«

»Na ja, sieht so aus, als wollten sie nach Lugano, aber ich glaube kaum, dass sie so entgegenkommend sind. Ich warte erst mal ab, in welche Richtung sie drehen.«

Jetzt überquert Flint den See auf der A9 und riskiert einen Blick über die rechte Schulter. Die Ferretti ist zu weit weg, um erkennen zu können, ob sie sich bewegt.

»Wo könnten die hin?«, will sie wissen.

»Da haben sie jede Menge Auswahl. Es gibt bestimmt zwanzig bis fünfundzwanzig Anlegemöglichkeiten für sie. Wohlgemerkt … Moment, sie drehen nach steuerbord, Richtung Norden.«

»Verdammt!« Direkt vor ihr hat ein Lastwagen, den sie gerade überholen wollte, auf ihre Spur gewechselt. Sie lässt das Handy fallen, steigt auf die Bremse, weiß sofort, dass sie auffahren wird, und reißt den Wagen im letzten Moment nach rechts. Um Haaresbreite schießt sie am Heck des Lastwagens vorbei – und jetzt ist sie auf der rechten Spur und rast auf einen langsam fahrenden weißen Van zu, den sie mit Sicherheit rammen wird. In ihrer Not gibt sie Vollgas, überholt den Lastwagen auf der rechten Seite und versucht, sich in die immer enger werdende Lücke zu quetschen. Los!

Nigel hat mich vor Ihren Fahrkünsten gewarnt.

51

Der Luganer See windet sich von Porlezza im Nordosten bis Lavena Ponte Tresa im Südwesten, wobei beide Orte in der Lombardei, also auf italienischem Staatsgebiet liegen. Doch das längste Stück seiner rund dreißig Kilometer Länge liegt in der Schweiz, und deshalb holt Flint weiterhin alles aus dem Lexus raus, was rauszuholen ist. Soweit sie weiß, sind die Schweizer Haftbefehle für Karl Gröber und Alexander Çarçani – unabhängig von den Mailänder Winkelzügen – noch immer gültig. Und wenn die Ferretti in Schweizer Hoheitsgewässern abgefangen werden kann …

Sie ist jetzt auf der Staatsstraße 2 von Melide nach Norden unterwegs und knapp anderthalb Kilometer von der Parkbucht entfernt, als sie Crispin am Straßenrand auf sie zulaufen sieht. Sie hält an und kurbelt die Scheibe runter.

»Was ist los?«

»Ich muss kurz verschnaufen«, keucht er atemlos, weil er mit den schweren Reisetaschen für das Teleskop und das Stativ gejoggt ist. Das ist schließlich Staatseigentum, verteidigt er sich, als er ihren Blick sieht. Und ob sie überhaupt wisse, wie teuer so ein Meade-Teleskop sei.

»Crispin?«

»Okay, Sie müssen wenden. Die fahren nach Süden.«

»Was? Vorhin haben Sie Norden gesagt.«

»Sie sind auch nach Norden gefahren, aber dann zurückgekommen. Das wollte ich Ihnen gerade sagen, als … Was war denn?«

Flint winkt bloß ab. »Wo wollen die hin?«, fragt sie und schnappt sich die Landkarte.

»Mal angenommen, sie wollen in Italien bleiben, dann würde ich schätzen, hierhin«, sagt er und zeigt auf den südlichsten

Punkt des Sees, Porto Ceresio. »Oder aber sie drehen, wenn sie erst mal in italienischen Gewässern sind – und das wäre hier, ungefähr anderhalb Kilometer vor Ceresio – nach Nordwesten ab und fahren parallel zur Grenze bis Lavena Ponte Tresa. Das ist hier.«

»Und dann?«

Crispin zuckt die Achseln. »Falls da ein Auto auf sie wartet, können sie so ziemlich überall hin. Hören Sie, wenn wir wissen wollen, wo sie hinwollen, bleibt uns nicht viel Zeit.«

»Dann fahren Sie«, sagt Flint und klettert rüber auf den Beifahrersitz.

Im Laufe ihrer Arbeit hat Flint das Schweizer Bankgeheimnis schon zahllose Male verflucht. Andererseits war Dr. Adele Rentsch, die bei der Schweizer Bundespolizei die Abteilung zur Bekämpfung von Geldwäsche leitet, stets eine verlässliche Verbündete bei Flints Suche nach Gröbers Geld. Auf verschiedenen Schweizer Konten hat sie fast zwei Millionen Dollar entdeckt, die sie als »möglicherweise kriminellen Ursprungs« einstufte und sperren ließ, zumindest vorläufig. Für eine Schweizer Polizistin ist sie erstaunlich respektlos gegenüber den Buchstaben des Gesetzes, denn sie nimmt es mit den Vorschriften nicht immer allzu genau. Außerdem ist sie ungemein schnell von Begriff.

Dr. Rentsch ist eine frische Brise, eine zupackende Frau – und sie ist Flints letzte Hoffnung.

Flint erreicht sie in der Zentrale der Bundespolizei in Bern und wird auf die übliche, heitere Art begrüßt: »Ah, Grace, ein kleines Vögelchen hat mir gezwitschert, dass Sie in Lugano sind. Ihre Kollegen haben Sie beim Frühstück vermisst. Aber ich kann mir nicht vorstellen, dass Sie verschlafen haben. Wie geht es Ihnen, Grace?«

»Gut. Hat Ihr kleines Vögelchen Ihnen auch gezwitschert, was hier los ist?«

»Ich hab gehört, es gibt Probleme mit den italienischen Haftbefehlen; die Carabinieri mussten die Operation verschieben.«

»Die Carabinieri sind von einem korrupten Richter aufs Kreuz gelegt worden, wenn Sie meine Meinung hören wollen. Aber Adele, hören Sie, Gröber und Çarçani haben Campione auf einer Jacht verlassen und fahren jetzt Richtung Süden. Wir glauben, sie wollen in die Lombardei.«

Rentsch versteht sofort. »Im Ernst? Und wo sind sie jetzt?«

»Sie haben gerade den Kanal zwischen Melide und Bissone hinter sich, wo die Straße über den See führt.

»Dann bleibt keine Zeit mehr, Grace.«

»Vielleicht doch«, wendet Flint ein. »Adele, die fahren sehr langsam, höchstens ...« Sie sieht zu Crispin hinüber, der die Finger einer Hand hoch hält, »höchstens vier Knoten. Wir wissen nicht warum, es gibt keinen ersichtlichen Grund. Vielleicht haben die Probleme mit dem Motor?«

»Moment.« Nach einer kurzen Pause hört Flint, wie Rentsch auf einem anderen Apparat irgendwelche Anweisungen auf deutsch gibt. Dann: »Können Sie das Boot sehen?«

»Ja«, sagt Flint. Durchs Teleskop sieht es ungeheuer groß aus.

»Beschreiben Sie es bitte.«

»Da gebe ich Ihnen lieber einen Kollegen, der das besser kann.« Flint reicht Crispin das Handy und hört zu, wie er Adele eine exakte Beschreibung der Ferretti durchgibt – Höhe, Länge, Masthöhe, sogar die Kieltiefe –, und wundert sich nicht, dass er das alles weiß. *Warst schon mal an Bord von einer Ferretti, was, Crispin?*, hätte sie möglicherweise unter anderen Umständen gefragt. *Vielleicht sogar an Bord von dieser Ferretti?*

Als er ihr das Handy zurückgibt, sieht er wohl etwas in ihren Augen, denn sein Gesicht nimmt einen gekränkten Ausdruck an, als wollte er sagen: *Wieso? Was hab ich denn gemacht?*

»Grace, falls sich irgendwas ändert, rufen Sie mich sofort an.«

»Mach ich. Viel Glück.«
»Wo sind Sie eigentlich?«
»In einer Kirche«, sagt Flint. »Ich bete.«

Richtiger gesagt, auf der Terrasse einer Kirche – Chiesa di Santa Maria del Sasso – am Hang eines Zuckerhutberges an der Südspitze der Schweizer Halbinsel, die die Ferretti umfahren muss, wenn sie die Lombardei erreichen will. Crispin war so schnell, wie die Straße es zuließ, nach Morcote gefahren, einem ehemaligen Fischerdorf, das jetzt die reinste Touristenfalle mit kitschigen Souvenirläden ist. Dort hatten sie den Lexus stehen lassen und waren über stufige Gassen den Hang hinaufgerannt. Schilder warnen, dass der Aufstieg zur Kirche steil ist und fünfzehn Minuten dauert, aber sie schafften ihn in der Hälfte der Zeit. Crispin hatte darauf bestanden, Teleskop und Stativ zu schleppen, doch als sie die Kirche erreichten, war Flint noch mehr aus der Puste als er.

»Lassen Sie mich raten«, sagte sie, als sie wieder sprechen konnte. »Im Ceauşescu-Tower nehmen Sie nie den Aufzug, was?« Ceauşescu-Tower haben MI6-Kritiker die Geheimdienstzentrale wegen ihrer größenwahnsinnigen Architektur getauft. »Ich wette, Sie rennen die Treppe sogar hoch bis in den obersten Stock, immer zwei Stufen auf einmal.«

»Ich versuche, mich einigermaßen fit zu halten«, sagte er verkniffen.

»Sagen Sie mal, was waren Sie eigentlich, ehe Sie Nigel in die dreckigen Hände gefallen sind? Soldat? Special Forces?«

»Ungeboren – findet Nigel zumindest.«

Der Blick vom Glockenturm der Kirche Santa Maria über den See ist wahrhaft atemberaubend – und für Flints Zwecke unübertrefflich. Durchs Teleskop kann sie bequem die Ferretti sehen, egal, in welche Richtungen die Jacht auch fahren sollte. Die Wassergrenze zwischen der Schweiz und Italien kann sie natürlich nicht sehen, aber Crispin kennt ihren Verlauf. »Da«, sagt er, nachdem er das Teleskop so eingestellt hat, dass es eine imaginäre gepunktete Linie erfasst.

Aber die Ferretti kommt kaum voran und ist noch weit von dieser Linie entfernt. Dennoch sieht Flint keine Spur von Besorgnis auf dem Gesicht des Kapitäns, der auf der Brücke am Steuer steht, oder in der gelangweilten Haltung des jungen Mannes, der träge an der Reling des Unterdecks lehnt. Außer den beiden ist keine Menschenseele zu sehen. Zum dritten Mal heute signalisiert ihr Bauch, dass da irgendwas nicht stimmt.

Sie geht ein Stück von Crispin weg, bis sie außer Hörweite ist, und ruft Dr. Rentsch an.

»Adele, die bewegen sich kaum, und anscheinend ist ihnen das völlig egal, und ich hab das ungute Gefühl, dass das Ganze hier ein abgekartetes Spiel ist.«

»Wo ist das Boot?«

»Etwa zwei Kilometer von der Spitze der Halbinsel entfernt, also rund drei Kilometer von der Grenze.«

»Dann schaffen wir es vielleicht noch – und dann werden wir's wissen.«

»Was heißt das?«

»In zehn Minuten. Halten Sie die Augen auf.«

Während sie warten, sagt Crispin zu Flint: »Soll ich Ihnen sagen, was mich wundert? Der Zugang zum Maschinenraum ist unter Deck, und ich verstehe nicht, wieso der Kapitän auf der Brücke rumhängt, wenn es irgendwelche Probleme mit der Treibstoffleitung oder der Elektronik oder dem Kühlsystem oder was weiß ich gibt. Man sollte doch meinen, dass der Kapitän sich am besten mit dem Innenleben des Bootes auskennt – also wieso ist er nicht unten? Was denken Sie?«

»Ich denke, Sie kennen sich erstaunlich gut mit Ferrettis aus, vor allem mit dieser Ferretti da. Wie kommt das, Crispin?«

Er schaut sie einen Moment fragend an, dann entspannt sich sein Gesicht, als hätte er gerade ein Rätsel gelöst. »Ach so, jetzt versteh ich … Nein, nicht mit dieser Ferretti, Grace, mit diesem Modell.«

»Weil?«

»Weil mein Bruder auch so eine hat; so eine fährt, wie er gern sagt, und es ihm Spaß macht, mich alle paar Monate zu einer kleinen Kreuzfahrt in die Karibik einzuladen. Dann kann er mich und die jeweilige üppige Freundin, die er gerade im Schlepptau hat, daran erinnern, dass sein kleiner Bruder ein Lakai des Staates ist – seine Worte –, wohingegen er sich mit seinen sechsunddreißig Jahren offiziell zur Ruhe gesetzt hat, ein Boot fährt, das fast eine Million Pfund kostet, und auch ansonsten einen luxuriösen Lebensstil pflegt. Im Augenblick wohnt er in Antigua.« Crispins Stimme hat einen gereizten Ton angenommen. »Er besteht sogar darauf, mein Flugticket zu bezahlen – erster Klasse, natürlich –, und ich lass ihn.«

»Zur Ruhe gesetzt von was?«

»Diebstahl im großen Stil, würde Nigel sagen. Giles – mein geliebter Bruder – hat in London bei einer Privatbank gearbeitet, wo man frühzeitig die finanziellen Möglichkeiten erkannte, die sich in einigen Gebieten der ehemaligen Sowjetunion boten, vor allem in denjenigen mit Ölvorkommen und anderen Bodenschätzen. Giles wurde von seinen Arbeitgebern als Missionar dorthin entsandt, um den Ungläubigen das Evangelium der Privatisierung zu predigen, und er konnte viele Oligarchen bekehren. Ich glaube, er ist dort mit jedem per Du, der was zu sagen hat. Schlauerweise hat er durch seine Machenschaften nicht nur der Bank stattliche Gewinne verschafft, sondern auch still und heimlich in die eigene Tasche gewirtschaftet, und das ganz ordentlich. Wir schätzen, dass er mindestens einhundert Millionen Dollar an Provisionen, wie er es nennt, also an Schmiergeldern kassiert hat.«

Flint ist unsicher, ob sie ihm glauben soll. »Und als der MI6 Sie angeworben hat, wussten die, dass Ihr Bruder ein Gauner war?«

»Ach, Grace«, lacht Crispin, als hätte sie sich einen Scherz mit ihm erlaubt. »Sie kennen doch Nigel, das war der Hauptgrund, warum die mich haben wollten. Damit ich meinen Bruder ausspioniere, der übrigens ein Gauner *ist*, nicht war. Nach seinen Erfolgen konnte er der Bank den Rücken kehren, aber die russische Mafia kennt keine Ruhestandsregelung. Für die bist du entweder nützlich oder tot. Und da Giles sich seines Lebens und erst recht seines Lebensstils erfreut, bleibt er lieber nützlich. Was der Grund dafür ist, dass sein kleiner Bruder – der im Außenministerium in der Russland-Abteilung arbeitet, wie Giles glaubt, und der gesprächig wird, wenn der Whisky in Strömen fließt und er einen über den Durst getrunken hat – mehr Flugmeilen auf dem Konto hat, als Sie sich vorstellen können. Was wiederum der Grund dafür ist, dass ich zumindest teilweise weiß, was die Mafia plant, weil mein Bruder nämlich auch gesprächig wird, wenn er einen über den Durst getrunken hat. Und was auch der Grund dafür ist, dass ich Sie mit einer Aufzählung der technischen Einzelheiten einer Ferretti zu Tode langweilen könnte. Zufrieden?«

Sie antwortet nicht. Stattdessen fragt sie: »Leben Ihre Eltern noch?«

»Ja, und sie sind ganz wie Giles der Auffassung, dass ihr jüngerer Sohn, was beruflichen und finanziellen Erfolg angeht, bislang eine Enttäuschung ist.«

Sein Groll ist offensichtlich, und Flint ist schon fast überzeugt, schon fast bereit zu glauben, dass dieser Crispin ehrlich sein könnte und nicht bloß ein verlogener Mistkerl aus Nigels Zucht. Dass er zwar in Nigels Sumpf schwimmt, es aber irgendwie schafft, den Kopf über dem ganzen Unrat zu halten. »Tja«, sagt sie beschwichtigend. »Ihre Eltern haben eben keine Ahnung.«

»Grace, es stört mich, dass Sie mich für Ihren Gegner halten.«

Sie wendet sich von ihm ab, tritt ans Teleskop und nimmt erneut die Ferretti ins Visier. »Mal sehen, was passiert«, sagt sie.

Sie beobachtet den mürrischen Kerl auf dem Achterdeck und sieht, wie sein Körper sich plötzlich anspannt, als Crispin ruft: »Grace, schauen Sie!« Sie hebt den Kopf vom Teleskop und blickt in die Richtung, in die er zeigt. Eine Polizeibarkasse kommt mit Schnellbootgeschwindigkeit von Westen um die Halbinsel angebraust. »Und da!«, ruft Crispin und zeigt nach Osten, wo eine zweite Barkasse in Sicht kommt, diesmal mit rotierendem Blaulicht auf dem Kajütendach. Dann hebt Flint den Arm und zeigt und ruft, weil sie, als sie wieder zu der Ferretti hinüberschaut, zwei weitere Barkassen erblickt, die sich von Norden in rasendem Tempo dem Heck der Jacht nähern. Crispin stößt einen Jubelschrei aus. »Wer sagt denn, die Schweizer hätten keinen Marine?«

Dann erbebt der Aufbau der Ferretti, und Crispins Grinsen verschwindet. »Ich glaube nicht, dass die Probleme mit der Maschine haben«, sagt er. Und wie aufs Stichwort beginnt das Wasser rund um die Jacht zu brodeln, und sie schießt nach vorn, hebt den Bug, als nähme sie eine Herausforderung an. Die Beschleunigung ist nicht blitzartig, aber unaufhaltsam, zeigt sich in der stetig breiter werdenden milchweißen Heckwelle.

Die Polizeiboote auf ihrer Steuerbord- und Backbordseite nehmen Kursänderungen vor, um sie abzufangen, beschreiben sanfte Bögen.

»Kann sie sie abhängen?«

»Wohl kaum«, sagt Crispin. »Aber sie schafft über dreißig Knoten, und wenn die einem Boot in die Quere kommen, das sechsunddreißig Tonnen wiegt und diese Geschwindigkeit drauf hat, dann werden sie zu Kleinholz und Fiberglasfetzen zerlegt.«

Die Ferretti erreicht die Höhe von Morcote, nähert sich der Spitze der Halbinsel. Nur noch gut einen Kilometer bis zur italienischen Grenze, nur noch zwei oder drei Minuten Zeit. Jetzt sind alle Barkassen längsseits von ihr, wie Bootsausleger, zwei auf jeder Seite. Falls sie irgendwas tun wollen, dann müssen sie es jetzt tun.

»Sie müssen ihn abknallen«, sagt Flint, die laut nachdenkt, ebenso zu sich selbst wie zu Crispin.

»Was! Wen abknallen?«

»Den, der das verdammte Ding fährt.«

»Ein bisschen extrem, finden Sie nicht?«

»Nein«, sagt sie mit Nachdruck.

Und sie denkt, dass sich ihr Wunsch vielleicht erfüllt, denn als die Flotille unterhalb von ihnen vorbeirast, sieht sie Männer in schwarzen Kampfanzügen auf den Decks der beiden vorderen Barkassen kauern, und sie haben ihre Automatikgewehre auf die Ferretti gerichtet. *Macht schon, macht schon*, beschwört Flint sie innerlich, doch plötzlich erbebt die Jacht, als wäre sie auf Grund gelaufen, bremst so abrupt ab, dass alle vier Barkassen an ihr vorbeijagen, ehe auch sie langsamer werden. Jetzt nimmt die Ferretti wieder Fahrt auf, beschreibt einen engen Kreis, bis sie in nördlicher Richtung beschleunigt. Flint begreift nicht, was passiert und weshalb, bis Crispin es ihr erklärt.

»Er hat alle Maschinen gestoppt und die anderen überrumpelt.«

»Weshalb?«

»Weil er sie vor dem Bug haben wollte.«

»Weshalb?«

»Damit er wenden konnte und sie hinters Heck bekommt.«

»Crispin, weshalb?«

»Deshalb«, sagt er und zeigt auf das Achterdeck der Ferretti. »Çarçanis Gorillas.« Die drei liegen bäuchlings nebeneinander hinter dem Heckwerk auf dem Deck. Auch sie haben Automatikgewehre, aber diese scheinen großkalibriger zu sein. »Die gehen zum Angriff über. Rufen Sie Ihre Bekannte an, Grace, sie muss die Polizei warnen.«

Flint hat Dr. Rentschs Nummer schon gewählt. Es meldet sich niemand.

Hilflos kann sie nur zuschauen, wie die vier Barkassen nebeneinander über die glitzernde Wasserfläche rasen und die Ferretti einholen. Als sie etwa fünfzig Meter hinter ihr sind und in ihrer Heckwelle dahinjagen, ertönt das Geräusch schweren Maschinengewehrfeuers vom See. Die beiden mittleren Polizeiboote – vermutlich die Hauptziele – schwenken wie verwundete Tiere aus der Schusslinie, aber genau aufeinander zu, und aufgrund des knappen Abstandes zwischen ihnen ist der Zusammenstoß unvermeidlich. Sie krachen fast Bug gegen Bug und steigen zusammen in die Luft wie zwei Delphine, die aus dem Meer springen. Dann drehen sie sich, kippen weg und schlagen in einem Regen aus Trümmern und zerfetzten Körpern aufs Wasser auf. Es gibt keine Explosion, aber selbst oben auf der Kirchenterrasse kann Flint den Aufprall hören.

Sie sieht Crispin an, der wortlos und wie gelähmt dasteht. Sein Gesicht ist ausdruckslos. »Was jetzt?«, fragt sie, aber er antwortet nicht – nicht sofort. Sie lässt ihm Zeit, wartet, bis er das sagt, was sie im Grunde schon weiß.

»Tja, jetzt haben sie sich wirklich und wahrhaftig ihr eigenes Grab geschaufelt. Die kommen nicht mehr lebend vom See runter. Jetzt nicht mehr.«

Aber noch ist dieser Ausgang nicht zwangsläufig, denn während die beiden unversehrten Barkassen die Verfolgung aufgegeben und gewendet haben und jetzt am Ort der Kollision zwischen den Trümmern nach Überlebenden suchen, hat auch die Ferretti gewendet und rast erneut nach Süden auf die Grenze zu. Sie ist schon vorbei an Morcote, vorbei an der Spitze der Halbinsel, hat nur noch ein paar hundert Meter vor sich.

Jetzt ist sie sicher in italienischen Gewässern, hat die imaginäre Linie überquert und erreicht den Eingang zur Bucht von Porto Ceresio, das jetzt nicht mehr weit entfernt ist.

Flint sieht durchs Teleskop, wie der Bug der Ferretti wieder tiefer ins Wasser sinkt und die Heckwelle schmaler wird. Zwei von Çarçanis Männern gehen nach vorn zum Oberdeck, während der dritte mit einer dicken Taurolle in der Hand beim Heckwerk stehen bleibt. Ihre Waffen sind nicht mehr zu sehen.

Auf einmal wird das Bild unscharf, und Crispin keucht auf und sagt: »Großer Gott!«, und den Bruchteil einer Sekunde später dringt ein Geräusch wie Donner an ihr Ohr. Sie blickt vom Teleskop auf und sieht einen dichten schwarzen Nebel durchsetzt mit orangegelber Gischt von der Ferretti aufsteigen – oder besser gesagt, von der Stelle, wo die Ferretti war. Sie ist verschwunden – als hätte sie sich in Luft aufgelöst.

Crispin schiebt sich an ihr vorbei ans Okular.

»Was ist passiert?«

»Sie ist einfach in die Luft geflogen«, sagt er, während er das Objektiv wechselt und an der Scharfstellung arbeitet. »Wie von einer Rakete getroffen, irgendeinem Sprengkopf.« Jetzt kann er klar sehen. »Allmächtiger! Der gesamte Aufbau ist verschwunden. Da ist nur noch der nackte Rumpf. Hier, schauen Sie sich das an.«

»Das gibt's doch nicht!« Was sie da sieht, ist bloß noch das Skelett eines Bootes, ein rauchender Rumpf, der kaum aus dem Wasser ragt. »Wie kann denn das ... Ich meine, wie ist das möglich? Ist der Treibstofftank explodiert?«

»Nein. Das sind Dieselmotoren, und Diesel explodiert nicht so. Wenn es keine Rakete war, dann hatten sie entweder Sprengstoff an Bord – und warum sollten sie? –, oder ...«

Als er nicht weiterredet, dreht Flint den Kopf und sieht ihn an. »Oder?«

»Oder es war ein Sprengsatz, eine Bombe. Bei dem verheerenden Schaden ist das für mich die einzige einleuchtende Erklärung.«

»Sie meinen, irgendwer hat auf Çarçanis Boot eine Bombe gelegt?«

»Das, oder …« Wieder zögert er, und da sie schon weiß, was er sagen will, spricht sie es für ihn aus.

»Oder es war Çarçani selbst.«

Crispin hängt am Telefon, redet mit London – mit Nigel natürlich – und mit dem britischen Kontingent im Lugano Hotel. Flint kann Adele Rentsch noch immer nicht erreichen, und sie hat schon im Marscheider-Gebäude angerufen, eine Nachricht für Cutter hinterlassen. Während Crispin noch telefoniert, steigt sie den bewaldeten Hang hinter der Kirche hoch, bis sie oberhalb des Glockenturms ist, und sucht sich ein sonniges Fleckchen, wo sie sich hinsetzt, um nachzudenken. Um die Verdächtigungen und Fragen zu sondieren, die ihr durch den Kopf gehen, und vielleicht ein paar Erkenntnisse mehr zu gewinnen.

Von ihrem Sitzplatz aus kann sie sehen, wie zahllose Boote die Überreste der Ferretti umkreisen. Die meisten fahren unter Schweizer Flagge, also scheint die Tatsache, dass die Jacht in italienischen Gewässern explodiert ist, bloß ein Detail zu sein, über das sich die Schweizer hinweggesetzt haben. Nach dem, was Çarçanis Bodyguards getan haben, ist das mehr als verständlich. Flint ist froh, dass sie tot sind. Sie bedauert nur, dass sie keine Zeit mehr hatten, ihren Tod kommen zu sehen.

Also, so fragt sie sich, ist sie deshalb froh, dass Gröber und Çarçani nicht auf der Jacht waren, als die Bombe hochging? Dass die beiden von Bord gegangen sind, nachdem die Ferretti Campione verlassen hatte und ehe sie ihren Kurs änderte und Richtung Süden hielt – denn dessen ist sie sich jetzt absolut sicher. Freut es sie, dass die zwei noch leben, noch immer Ziel ihrer Rache sind, oder wäre es ihr lieber, wenn sie auf der Stelle tot gewesen wären? Sie weiß es nicht. Sie kann sich nicht entscheiden.

Plötzlich durchläuft sie ein Frösteln, als hätte eine Wolke die Sonne verdunkelt. Vier Jahre ist Gröber bereits ihr Hauptziel – ihre Obsession, wie Dr. P. sagen würde –, und jetzt muss sie von vorn anfangen. Vier vertane Jahre und ihr halbtotes Kind im Krankenhaus, von Jerry Crawford ganz zu schweigen, mehr hat sie nicht vorzuweisen.

Sie sieht Crispin unten neben der Kirche, wie er nach ihr Ausschau hält. Sie ruft ihn nicht. Sie braucht noch mehr Zeit für sich.

Nun komm schon, Flint! Selbstmitleid bringt nichts. Konzentrier dich auf das Positive.

Und da gibt es einiges, wie sie einräumt. Gröber und Çarçani auf der Flucht, aus ihrem Versteck vertrieben. Courtney, die singt wie eine Nachtigall – und, wer weiß, vielleicht gelingt es Cutter ja noch, den Senator im Streitkräfteausschuss aus dem Verkehr zu ziehen. Dann wäre da noch die Riesenmenge an Informationen über zahlreiche kriminelle Vereinigungen, die Cutters Terrier aus den topgeheimen Akten der Gup-Brüder gewinnen konnten und noch immer gewinnen.

Ja, toll, höhnt ihre innere Stimme, *und Nigel sitzt jetzt mit breitem Grinsen in seinem Büro, weil er uns mal wieder die Tour vermasselt hat – und du hast nichts in der Hand, um es zu beweisen.*

Ach ja? Na, das wollen wir doch erst mal sehen. Ich hab Nigel nämlich auf meiner Liste, versprochen.

Crispin hat sie entdeckt und kommt jetzt den Hang herauf. Sie weiß noch immer nicht, was sie von ihm halten soll: Ist er Nigels Komplize oder nur sein argloser Mitarbeiter? Vorläufig bleibt er auf ihrer heimlichen Verdächtigenliste: schuldig bis zum Beweis des Gegenteils. Aber das wird sie ihm nicht verraten, erst wenn sie ihrer Sache sicher ist.

Als er sie erreicht, hat er den Anstand, so zu tun, als wäre er leicht außer Atem.

»Crispin, Sie haben doch wohl hoffentlich kein Staatseigentum unbeaufsichtigt zurückgelassen. Wissen Sie eigentlich, wie teuer so ein Meade-Teleskop ist?«

Er grinst. »Ehrlich gesagt, das ist mir jetzt schnuppe. Aber nur zum Beweis, dass ich nicht aus meiner Haut kann: Es ist alles da unten«, er zeigt hinunter zur Kirche, »wo ich es im Auge behalten kann. So, ich hab ein paar Neuigkeiten für Sie, die –«

Flint stöhnt. »Die mir nicht gefallen werden, richtig?«

»Ja und nein«, sagt er und setzt sich neben sie. »Wollen Sie's hören?« Sie nickt. »Die Carabinieri haben herausgefunden, dass zwei Männer, auf die die Beschreibung von Gröber und Çarçani passt, heute Morgen kurz nach zehn per Wassertaxi von einer Motorjacht, höchstwahrscheinlich der Ferretti, abgeholt wurden, die etwa einen Kilometer nördlich der italienischen Grenze ankerte. Das Boot hatte einen Maschinenschaden, das haben sie zumindest dem Taxifahrer erzählt. Er hat sie und vier Gepäckstücke nach Porlezza gebracht, dem größten italienischen Hafen an der Nordspitze des Sees, wo ein Wagen mit Fahrer auf die beiden wartete. Wir haben keine richtige Beschreibung, nur dass der Wagen groß und schwarz war. Sie waren gegen halb elf in Porlezza, was bedeutet, sie haben –« Er sieht auf seine Uhr. »… ungefähr sechs Stunden Vorsprung. Nigel hat von den italienischen Behörden, und zwar von ganz oben, die Zusicherung erhalten, dass die Haftbefehle nicht mehr als fehlerhaft betrachtet werden und dass die Carabinieri jetzt in ganz Italien nach den beiden fahnden. Die Anweisung lautet: auf der Stelle festnehmen, und falls nötig wird von der Schusswaffe Gebrauch gemacht.«

Flint wartet, bis sie sicher ist, dass nichts mehr kommt. »Crispin, vorhin haben Sie ›ja und nein‹ gesagt. Jetzt verraten Sie mir doch mal, welche dieser Neuigkeiten mir gefallen sollte.«

»Na ja, zumindest haben die Italiener jetzt den Hintern hochgekriegt. Zumindest haben sie jetzt die Großfahndung ausgelöst.«

»Super«, sagt Flint und steht auf. »Suchen die auch den Himmel ab, Crispin? Weil es jetzt nämlich kaum noch Sinn macht, die Flughäfen abzusuchen. Was würden Sie schätzen: eine Stunde zu irgendeinem Flugplatz, dann fünf Stunden Flug. Wie weit können die jetzt sein? Spanien? Nordafrika? Griechenland? Türkei? Albanien, Herrgott nochmal?«

»Schon gut, Grace, Sie haben ja recht. Aber zumindest wissen Sie jetzt mit Sicherheit, dass die zwei nicht in kleinen Stückchen auf dem Grund des Sees liegen. Dass sie irgendwo da draußen sind, wo man sie finden kann.«

»Wer ist man?«

»Sie, wer sonst? Sie werden garantiert nicht aufgeben wollen. Oder doch? Natürlich nicht. Das hier war ein Rückschlag, ein richtig beschissener Tag, zugegeben. Aber es ist kein Weltuntergang. Grace? Grace? Wo wollen Sie denn hin?«

Weiter den Hang hinauf, lautet die Antwort, so hoch, wie sie in Courtneys Joggingschuhen klettern kann. Auf einmal hat sie den zwanghaften Wunsch, den ganzen See von Porlezza bis Porto Ceresio zu sehen – als ob ihr dieses Panorama irgendwelche verborgenen Einblicke gewähren könnte, ihren Verdacht klären –, und das geht nur, wenn sie auf den Gipfel des Berges steigt. Sie achtet nicht auf Crispins Rufe, stehen zu bleiben. Sie hört ihn hinterherkommen und stapft weiter, bis sie oberhalb der Baumgrenze ist, vor einer kahlen Felswand steht und nicht weiß, wie sie da hochkommen soll. Sie versucht es trotzdem, ertastet einen Halt, dann einen zweiten, setzt den Fuß auf einen Vorsprung.

Crispin holt sie ein, packt sie an den Waden und zieht sie von dem Felsen. Sie fällt auf ihn, und er umfasst ihre Taille, rutscht dann auf dem losen Gestein weg. Sie landen beide auf dem Boden, er auf ihr. Er will die Situation auflockern und witzelt: »Grace, wir müssen aufhören, uns so zu treffen.«

»Runter von mir!«

»Sofort, aber erst müssen Sie mir versprechen, Vernunft anzunehmen. Diese Kletterei ist dumm und verflucht gefährlich, und wenn Sie sich das Genick brechen, kriegen Sie Gröber erst recht nicht. Bitte. Bitte hören Sie auf, sich selbst zu bestrafen.«

Tut sie das? Gibt sie sich die Schuld an dem Debakel? Oder ist sie einfach nur so wütend, so außer Kontrolle, dass es ist egal ist, ob sie abstürzt und sich das Genick bricht?

»Wo sind Sie, wenn ich Sie brauche, Dr. P.?«, sagt sie unwillkürlich.

»Was?«

»Runter von mir.«

Er lässt sich von ihr wegstoßen, rollt sich auf den Rücken. Sie steht auf und starrt mit ausdrucksloser, unergründlicher Miene auf ihn hinab.

»Sagen Sie mir, was wirklich passiert ist«, fordert sie ihn auf.

»Ich weiß nicht, was passiert ist. Ich kann Ihnen nur sagen, was ich glaube.«

»Dann lassen Sie hören, Crispin, erzählen Sie mir, was Ihrer Meinung nach passiert ist.«

Jetzt steht auch er auf, bemerkt einen Riss in seinem Hemdsärmel, inspiziert eine blutige Schürfwunde am Ellbogen.

»Na los, raus mit der Sprache!«

»Ich glaube, Gröber und Çarçani haben einen Tipp bekommen, dass Sie Haftbefehle gegen sie erwirkt haben. Im Grunde musste das passieren, weil zu viele Leute an zu vielen Stellen davon wussten. Çarçani hat garantiert mindestens einen Informanten bei der albanischen Polizei oder beim Geheimdienst, wahrscheinlich bei beiden, und die wussten, dass Sie zuschlagen wollten. Und die ganze Zeit, während er von Mailand aus seine widerlichen Geschäfte betrieb, ist er gefeiert worden wie ein Modedesigner, was bedeutet, dass er italienische Kontakte hatte, italienischen Schutz, wenn Sie so wollen. Und deshalb glaube ich, ja, wir können davon ausgehen, dass sie gewarnt worden sind, und ich glaube, ja, Sie haben recht mit der Vermutung, dass der Richter, der die Haftbefehle ausgesetzt hat, bestochen wurde. Manipuliert, wie Sie sagen.«

»Durch Nigel.« Keine Frage.

»Grace ...« Crispin seufzt. »Ich weiß, ich kann Sie nicht vom Gegenteil überzeugen, ganz gleich, was ich sage oder tue, aber stellen Sie sich doch bitte mal eine einfache Frage: Wenn Çarçani in Mailand so gute Beziehungen hatte, wieso hätte er dann Hilfe gebraucht, um einen Richter zu korrumpieren? Vergessen Sie mal Ihre schlechte Meinung von Nigel. Wieso?«

Im Augenblick hat sie auf die Frage keine Antwort, also geht sie nicht darauf ein. »Weiter?«, sagt sie.

»Ich glaube, Gröber und Çarçani haben Zeit geschunden, aber nicht sehr viel Zeit – ein oder zwei Tage –, um ihre Flucht vorzubereiten. Sie müssen gewusst haben, dass Sie sich von der Entscheidung des Mailänder Richters nicht würden beirren lassen, und die Schweizer waren ein Unsicherheitsfaktor. Sie brauchten eine List, um aus Campione raus und auf richtiges italienisches Gebiet zu kommen und um Sie – uns – damit abzulenken, dass wir die Ferretti beobachteten, während sie flohen. Die Sache war praktisch narrensicher, denn selbst wenn wir dahintergekommen wären, selbst wenn wir die Möglichkeit gehabt hätten, ihnen von Campione in italienische Gewässer zu folgen, selbst wenn wir gesehen hätten, wie sie in das Wassertaxi stiegen, was hätten wir denn tun können, Grace?«

»Rein gar nichts.«

»Genau. Die einzige Chance, sie zu schnappen, wäre gewesen, als sie Campione verließen und noch in Schweizer Gewässern waren, und das auch nur, wenn die Schweizer mitgemacht hätten. Nur auf diesem fünf Kilometer langen Stück bis zur italienischen Grenze waren sie wirklich in Gefahr. Höchstens fünf oder sechs Minuten.«

Sie sieht, wie einfach der Fluchtplan war – und er hat funktioniert. Aber warum haben sich Çarçanis Bodyguards dann auf ein Feuergefecht mit der Schweizer Polizei eingelassen? Warum hat Çarçani eine millionenschwere Jacht in die Luft gejagt?

»Na ja, ich bezweifle, dass die Ferretti ihm gehört hat – bestimmt nicht offiziell. Vermutlich hat er sie von irgendeiner Scheinfirma geleast, an der er vielleicht beteiligt war, vielleicht auch nicht – das werden wir wohl nie erfahren. Und sie ist garantiert versichert. Was seine Gorillas angeht, da hab ich nur eine Theorie zu bieten.«

»Und die wäre?«

Er schmunzelt ob ihrer Hartnäckigkeit. »Ich schätze, es ging darum, bei Ihnen den Eindruck zu erwecken, Gröber und Çarçani würden sich einen faulen Tag auf dem See machen. Ich schätze, der Kapitän hatte Anweisung, bis zum Abend schön gemütlich hin und her zu schippern und dann in Porto Ceresio anzulegen. Bis dahin wären Gröber und Çarçani längst über alle Berge und Sie wären zu Untätigkeit verdammt gewesen, bis die italienischen Haftbefehle wieder neu ausgestellt worden wären. Der Plan löste sich natürlich in Wohlgefallen auf, als die Schweizer Polizei eingriff. Ob die Bodyguards Befehl hatten, sofort zu schießen, oder ob der Wahnsinn auf ihr eigenes Konto ging … Keine Ahnung.«

»Und die Bombe? Was haben Sie für eine Theorie zu der Bombe, Crispin?«

Er mustert ihr Gesicht über Gebühr lange, so kommt es ihr vor. Dann: »Dieselbe wie Sie, denke ich.«

»Nämlich?«

»Ich schätze, die war für Sie gedacht.«

Er hätte sie ebenso gut ohrfeigen können. »*Was?*«

»Haben Sie sich das nicht schon selbst gedacht?«

»Wovon reden Sie?«

»Grace, ich glaube, Gröber und Çarçani wussten, dass die Polizei früher oder später an Bord der Ferretti kommen würde, ganz gleich, was heute passieren würde, und dass Sie mit ziemlicher Sicherheit dabei wären. Ich glaube, die Bombe wurde ferngezündet, wahrscheinlich über ein Handy, und zwar von Spähern am Ufer, die ursprünglich warten sollten, bis Sie an Bord sind.«

Sie hat Mühe, sich auf das zu konzentrieren, was er sagt, weil Erinnerungen an Kissimmee auf sie einstürmen, sie ablenken. Cutter, der zu ihr sagt: *Die Schweine haben ihn nämlich ferngezündet, per Handy – zumindest sieht die Spurensicherung das so. Wahrscheinlich hatten die jemanden irgendwo auf einem Hügel ein paar hundert Meter weit weg postiert, und der hat euch durchs Fernglas beobachtet und einfach den richtigen Moment abgepasst …*

»Grace, geht's Ihnen nicht gut? Sie sehen so –«

Sie hustet, um die Stimme wiederzufinden. »Und warum haben sie ihre Pläne geändert?«

»Die Schießerei mit der Polizei, vermute ich. Gröber und Çarçani konnten nicht zulassen, dass ihre Bodyguards der Polizei in die Hände fielen, nicht nach dem, was passiert war. Denn man hätte die Burschen zum Reden gezwungen, keine Frage. Man bringt nicht neun Polizisten um, ohne –«

»Neun?«

»Ja. Es gibt leider nur drei Überlebende.« Er würde sie gern trösten – sie in die Arme nehmen, irgendwas –, aber er hat nicht den Mut dazu. »Jedenfalls, ich glaube, ihre Späher haben sie nach der Schießerei angerufen und berichtet, was passiert ist. Gröber und Çarçani mussten sich schnellstens entscheiden: Sie oder ihre Gorillas. Und da Letztere die unmittelbarere Gefahr für ihre Flucht darstellten …« Er zuckt die Achseln. »Wahrscheinlich haben Gröber und Çarçani sich gesagt, wenn ihnen die Flucht gelingt, bietet sich bestimmt irgendwann eine neue Gelegenheit.«

Er muss nicht sagen, wofür.

»Soll ich fahren?«, fragt Crispin, als sie wieder am Lexus sind.

»Klar«, sagt sie und reicht ihm die Schlüssel. »Ich hol nur eben meine Tasche raus.«

Er braucht einen Moment, bis er begreift, was sie meint. »Kommen Sie nicht mit zurück?«

»Nein. Ich hab wirklich keine Lust auf einen Haufen Cops, die sich systematisch besaufen und im Nachhinein alles besser wissen. Ich brauche Zeit zum Nicht-Nachdenken.«

»Aber Sie haben doch noch Ihre Sachen im Hotel? Und wo wollen Sie schlafen?«

Sie überrascht sich selbst, als sie losprustet. »Crispin, Sie hören sich an wie mein Vater – und dafür sind Sie noch nicht alt genug. Das hier ist ein Touristenort voller Geschäfte und Hotels.« Sie deutet mit einer ausladenden Armbewegung auf ihre Umgebung, die das bestätigt. »Und im Augenblick will ich nichts anderes sein als eine Touristin. Ich hab Geld dabei, und mehr brauch ich nicht. Ich komm schon zurecht.«

Er blickt skeptisch. »Soll ich Sie morgen früh abholen kommen?«

»Nein. Ich nehme die Fähre. Die fahren wie Busse. Crispin, nun schauen Sie bitte nicht so besorgt. Fahren Sie einfach.«

»Also gut.« Er sieht verlegen aus. »Dann fahr ich also jetzt … Äh, Grace, eins noch. Was ich vorhin gesagt habe, dass zu viele Leute von der Sache gewusst haben. Wenn Sie Gröber das nächste Mal aufspüren, dann sollten Sie vielleicht nur mir etwas davon sagen und niemandem sonst. Ich meine, falls Sie Hilfe brauchen.«

»Sie meinen, von Nigels Bodysnatchern?«

»Eigentlich eher meine. Es ist meine Einheit, ich hab das Sagen. Es reicht, wenn Nigel hinterher Bescheid weiß.«

»Machen Sie sich lustig über mich, oder ist das schon die nächste Falle?«

»Weder noch. Ich meine es ernst.«

Sie nimmt ihre Tasche. »Ich werd's mir merken.«

In der Drogerie, wo sie eine Zahnbürste und eine Flasche Hautreiniger kauft, erkundigt sich Flint bei der Verkäuferin nach Hotels und beschließt spontan, der Empfehlung der Frau zu folgen. Gleich darauf verlässt sie Morcote über einen steilen Pfad und erreicht nach etwa einem Kilometer das kleine Dorf Vico Morcote mit dem Hotel Bellavista. Flint findet auf den ersten Blick, dass das Hotel keinen treffenderen Namen haben könnte. Das einzige noch freie Zimmer ist eine große Suite im obersten Stock, die von Abendlicht und Kameliendu ft durchflutet wird und halb so teuer ist wie ihr Hotelzimmer in Lugano. Aber Kosten spielen für sie ohnehin keine Rolle mehr. Nach den Ereignissen des Tages hätte sie für die Ruhe im Bellavista jeden Preis bezahlt. Sie isst früh im ausgezeichneten Hotelrestaurant zu Abend und zieht sich dann mit der angebrochenen Weinflasche auf die Terrasse ihrer Suite zurück. Sie versucht noch einmal, Cutter zu erreichen, bekommt aber nur den Schichtleiter im Marscheider-Gebäude an die Strippe, der ihr versichert, der Director werde sich morgen früh, ihrer Zeit, als Erstes bei ihr melden. In einem zweiten spontanen Entschluss ruft sie Dr. Przewalski an und will ihr eigentlich eine Nachricht auf den Anrufbeantworter sprechen. Zu ihrer Überraschung meldet sich Dr. P. jedoch gleich nach dem ersten Klingeln.

»Hallo?«

»Dr. P.? Ich bin's, Grace Flint. Ist es gerade schlecht?«

»Ist was gerade schlecht?«

»Ich meine, sprechen Sie gerade mit einer Patientin?«

»Ja.«

»Dann rufe ich besser später nochmal an, wenn Sie Zeit haben.«

»Ich habe jetzt Zeit, für Sie. Sie sind die Patientin.«

»Ich?«

»Möchten Sie mir erzählen, was heute passiert ist?«

»Geht nicht. Die Leitung ist ungesichert.«

»Ach ja, diese undichten Stellen. Sagen Sie, glauben Sie, diese undichten Stellen sind noch wichtig?«

Flint fragt nach, und Dr. Przewalski gibt zu, dass sie einen Anruf von der Personalabteilung bekommen hat.

»Was haben die gesagt?«, will Flint wissen.

»Nur, dass der Tag für Sie sehr aufreibend war, weil diese Operation geplatzt ist. Dass Sie den Wunsch haben könnten, mit mir zu sprechen, und ich mich bitte für Sie bereithalten sollte. Also, da bin ich.«

»Geplatzt? So kann man es wohl auch ausdrücken.«

»Diese Operation hatte mit diesem Gröber zu tun, vermute ich.«

»Ja, mit Gröber und einem anderen Widerling namens Çarçani. Wegen der beiden sind heute neun Polizisten gestorben, Dr. P., und das war wahrscheinlich meine Schuld.«

»Nur wahrscheinlich, sagen Sie? Dann besteht die Möglichkeit, dass Sie doch nicht die Verantwortung dafür tragen?«

»Ich hab sie in Gefahr gebracht – nicht direkt, aber durch meine Versuche, Gröber und Çarçani zu erwischen. Und diese Polizisten sind völlig umsonst gestorben, weil Gröber und Çarçani nicht mal da waren. Weil ich so verdammt blöd war und nicht gemerkt hab, dass die beiden längst weg waren, abgehauen.« Flint hört, wie sich weinerliches Selbstmitleid in ihre Stimme schleicht, und reißt sich zusammen. »Hören Sie, Dr. P., ich hab Sie nicht angerufen, um über einen beschissenen Tag zu jammern. Ich wollte mit Ihnen über Jack reden.«

»Gut. Wie ich höre, geht es ihm deutlich besser. Das ist wunderbar.«

»Ja, und es kommt mir vor wie ein Wunder. In zwei oder drei Tagen kann er aus dem Krankenhaus entlassen werden, und ich muss entscheiden, wie es dann weitergeht. Ich hab mir überlegt, ich bring ihn besser zu meinem Vater zurück – zu meinem Vater und Sally. Und bitte sie, wieder für ihn zu sorgen, falls sie mir verzeihen können.«

»Ihnen was verzeihen?«

»Dass ich so ausgeflippt bin. Dass ich eifersüchtig war. Dass ich ihnen Jack weggenommen und meinen Vater so habe leiden lassen. Dass ich ihr Leben ebenso in Gefahr gebracht habe wie Jacks … Dass ich sie bitte, wieder für ihn zu sorgen, weil ich nicht für ihn sorgen kann. Noch nicht. Das verstehen Sie doch, oder, Dr. P.? Dass ich jetzt nicht aufhören kann, dass ich von vorn anfangen muss?«

Dr. Przewalski sagt nichts.

»Kann ich Ihnen erzählen, was Drossel mir erzählt hat?«

»Drossel?«

»Die Schützin – was sie mir über Gröber erzählt hat, wie sehr er mich hasst, was er über Jack gesagt hat?«

Courtneys Erinnerung an Gröbers grausige Bitte geht ihr durch den Kopf wie vom Tonband abgespielt.

Ich will Fotos von der Leiche vor und nach der Obduktion, jede Menge Fotos. Vielleicht können Sie mir ein paar Körperteile schicken? Einen Finger, ein Ohr? Vielleicht die Genitalien? Ja, die Genitalien wären toll …

»Ich weiß, sie hat das bei ihren Vernehmungen wiederholt. Ich hab die schrecklichen Dinge gelesen, die er über Ihr Kind gesagt hat. Ich weiß, wie sehr er Sie hasst.«

»Okay, und das war noch vor einer ganzen Weile, als ich lediglich eine Bedrohung für ihn darstellte, einen hartnäckigen Juckreiz, wie nach einem Mückenstich. Jetzt, wo ich ihm richtig wehgetan, ihm echten Schaden zugefügt hab, glauben Sie etwa, da wird sein krankes Hirn umdenken? Ich nicht. Ich glaube, Gröber ist, solange er frei rumläuft, eine direkte und dauerhafte Gefahr für mich, für Jack, für meinen Vater – für alle, die mir etwas bedeuten. Sogar für Sie, Dr. P. Ich muss ihn finden. Das hört erst auf, wenn ich aufhöre.«

Am anderen Ende folgt langes Schweigen, bis Dr. Przewalski fragt: »Denken Sie, das war heute ein Sieg? Obwohl die Männer entkommen sind?«

»Und ob. Sie sind zwar noch auf freiem Fuß, aber Gröbers Versteck ist aufgeflogen und sein Geschäft ruiniert, ebenso wie Çarçanis perverses Imperium. Irgendwo werden sie unterkriechen, ich weiß, aber sie können nirgendwo mehr hin, wo sie nicht ganz oben auf den Fahndungslisten stehen – nach heute nicht mehr. Und jetzt, wo Drossel singt, und mit den Informationen aus den Akten müssten wir in der Lage sein, Vermögenswerte im Wert von mehreren Hundert Millionen Dollar zu beschlagnahmen und viele von ihren Geschäftspartnern aus dem Verkehr zu ziehen. Ein paar von diesen Schweinen werden reden, um ihre eigene Haut zu retten, und die Ermittlung wird immer weitere Kreise ziehen. Ich bin ziemlich sicher, dass sie am Ende sind, zumindest was ihre kriminellen Geschäfte angeht. Wir werden die Schlinge um Gröber und Çarçani immer enger zuziehen.«

Erst jetzt wird Flint das ganze Ausmaß dessen klar, was sie erreicht hat.

»Also, Dr. P., was denken Sie?«

Dr. Przewalski zögert kurz, ehe sie die offensichtliche Wahrheit ausspricht: »Ich mag mich irren, aber vielleicht war der Tag ja doch nicht so beschissen, was meinen Sie?«

EPILOG

VLORË, ALBANIEN

Crispin Mallory vom MI6 sagt lakonisch in ein Handy, das mit einer nicht zurückverfolgbaren SIM-Karte der Swisscom ausgestattet ist: »Teardrop, heute Abend lacht dir das Glück. Der Märchenprinz kommt endlich auf den Ball.«

»Bei mir?«

»Genau. Und er bringt Freunde mit, drei hintereinander, alles Geländewagen.«

»Gibst du's weiter?«

»Schon geschehen. Gleich bekommst du Gesellschaft. Ich dachte, ich komm auch dazu.«

»Verstanden.«

»Und, Teardrop?«

»Ja?«

»Denk dran, immer schön anständig bleiben.«

»Wie bitte?«

»Ich will ihn lebend.«

»Klar. Und seine Freunde?«

»Falls es Kollateralschäden gibt, ist das eben nicht zu ändern. Ist mir eigentlich egal, was aus seinen Freuden wird.«

Von ihrem Beobachtungsposten auf dem Dach des Nachtklubs Armando's aus sucht Teardrop, deren richtiger Name Stephanie ist, den Strand mit ihrem Nachtsichtgerät ab. Es ist ihre dritte und mit Abstand kälteste Nacht hier oben auf dem Dach. Sie zieht ihren Parka enger um sich und wartet auf die Infanterie, die dunklen Gestalten, die bald eine nach der anderen eintreffen und mit den Schatten auf der Straße unter ihr verschmelzen werden. Crispin nicht eingerechnet, besteht das Bodysnatcher-Team aus zwölf Leuten plus der Viererbesatzung des schnellen Patrouillenbootes, das einen Kilometer vor der Küste unter falscher italienischer Flagge wartet. Noch nie hat Nigel Ridout so viele Leute auf eine »Überseeabholung« geschickt. So nennt er euphemistisch eine auf ausländischem Gebiet durchgeführte Entführung.

Stephanie fröstelt, bewegt Finger und Zehen, um die Blutzirkulation in Gang zu halten.

Crispins Plan sieht folgendermaßen aus:

Wenn sich die Zielperson dem Armando's nähert, wird Stephanie eine Rauch- und eine Sprenggranate vom Dach werfen. Um das Chaos nach den Explosionen noch zu vergrößern, feuert sie anschließend mehrere Salven mit Platzpatronen aus ihrer Maschinenpistole ab. Für einen eventuellen Einsatz scharfer Munition, um mit den Freunden der Zielperson fertig zu werden, sind ihre Kollegen am Boden zuständig.

Vier Mitglieder des Teams packen die Zielperson und halten sie fest, während ihr eine starke Mischung aus Pentobarbital und Fentanyl in eine Halsvene injiziert wird. Binnen fünf Sekunden ist die Zielperson bewusstlos, hat eine Kapuze über dem Kopf und Plastikfesseln an Händen und Füßen. Dann wird der Mann wie ein Leichnam zur Kaimauer getragen, die keine fünfzig Meter vom Armando's entfernt ist, und in ein Festrumpfschlauchboot geworfen werden, das mit laufendem Motor wartet. Das Schlauchboot schafft bis zu fünfundvierzig Knoten und müsste innerhalb von zwei Minuten beim Patrouillenschnellboot sein.

Nach Crispins Berechnung werden von dem Moment, in dem Stephanie die erste Granate wirft, bis zu dem Moment, in dem die Zielperson ihre unfreiwillige Adriaüberquerung zur fünfzig Kilometer entfernten italienischen Küste antritt (um von Italien aus in einer Privatmaschine weiter nach England zu fliegen), keine fünf Minuten vergangen sein.

Stephanie hört hinter sich ein Geräusch, aber noch ehe sie sich umdrehen kann, flüstert Crispin schon: »Ich bin's.« Er kauert sich neben sie auf dem Dachrand.

»Alle da und bereit?«

»Ich glaube ja.«

»Du glaubst?«

Stephanie zuckt die Achseln. »Ich hab drei entdeckt, vielleicht vier, aber du wolltest ja Funkstille, deshalb kann ich's nicht bestätigen.«

»Wo?«

Sie zeigt ihm die Stellen, von denen sie sicher weiß, dass dort drei Bodysnatcher in Position gegangen sind. Crispin borgt sich ihr Nachtsichtgerät und sucht selbst den Einsatzbereich ab.

»Ich zähle acht, zwei warten im Schlauchboot, und du bist hier. Also fehlt nur einer – nein, nicht mehr. Siehst du da, in der Reihe von geparkten Autos gleich hinter dem weißen Van, tief geduckt. Was macht er denn da?«

»Kannst du erkennen, wer es ist?«

»Prentice.«

»Soll ich ihn fragen?«

Crispin zögert. Dann: »Nein, nicht nötig. Ich sehe, wieso er da ist. Da sitzt einer im Van.«

»Ein Beobachter?«

»Möglich. Wir werden's bald wissen.«

Drei Scheinwerferpaare nähern sich dicht hintereinander in rascher Fahrt über die ansonsten menschenleere Küstenstraße.

»Okay, gib den anderen Bescheid«, sagt Crispin, und Stephanie drückt auf den Sendeknopf an ihrem Kehlkopfmikro.

»Achtung, Ziel nähert sich.«

Jetzt zieht sie den Parka aus, holt vier Granaten heraus, zwei als Ersatz, die Maschinenpistole und fünf Magazine Munition. Crispin schiebt sich ein Stück von ihr weg, damit sie genug

Platz hat, sich zu bewegen. Er trägt noch immer das Nachtsichtgerät, richtet seine Aufmerksamkeit auf Prentice und die kaum erkennbare Gestalt am Steuer des weißen Vans.

Was hast du vor, Bursche?, denkt er, als er auch schon die Antwort erhält. Der Konvoi von Geländewagen ist nur wenige Meter entfernt, als der Van aus der Parkreihe schießt und den Fahrzeugen den Weg blockiert. Die Tür des Vans fliegt auf, und der Fahrer springt heraus, rennt weg, rennt, als ginge es um sein Leben.

Crispin kann noch einen letzten Blick auf Prentice werfen, ehe der Van in einem Feuerball explodiert.

MID COMPTON

Heute ist Jack Flints zweiter Geburtstag, und auf der Glebe Farm wurde in der Scheune eine Party gefeiert mit einem Wurf ausgesetzter Kätzchen als Ehrengästen.

Wenn man Jack sieht, könnte man meinen, dass er sich von seinen furchtbaren Verletzungen erstaunlich gut erholt hat, doch auf John Flint wirkt er wie ein ungewöhnlich passives und nachdenkliches Kind, ein Kind, das lieber mit kleinen Tieren zusammen ist als mit Menschen. Ganz gleich, was Sally oder die Spezialisten auch sagen, Dr. Flint ist sicher, in den Augen seines Enkels noch immer Angst zu entdecken.

Sally ist unübersehbar und prächtig schwanger. Je mehr ihr Bauch und ihre Brüste anschwellen, desto mehr blüht sie auf. Dr. Flint scheint noch immer erstaunt darüber, dass sie sein Kind in sich trägt, als wären die offensichtlichen biologischen

Vorgänge keine ausreichende Erklärung für ein solches Wunder. Da er weit über achtzig Jahre alt werden muss, um noch zu erleben, wie sein zweites Kind volljährig wird, hat er Sally versprochen, besser auf seine Gesundheit zu achten. Daher ist ein Teil der Scheune vor Sallys besorgten Augen in einen Trainingsraum umfunktioniert worden und beherbergt jetzt ein beängstigend aussehendes Fitnessgerät, das er übers Internet bestellt hat.

Entgegen seinen Befürchtungen hat Grace die Nachricht gut aufgenommen, ebenso wie die Ankündigung, dass er und Sally im März heiraten werden. Kurz vor Weihnachten, als er das Gefühl hatte, nicht länger warten zu können, hatte er es ihr am Telefon gesagt – sie war damals gerade in der Ukraine. Das kurze Zögern am anderen Ende war kaum wahrnehmbar. Dann kam ein leises Lachen und die Frage: »Darf ich Brautjungfer sein?«

Was Grace weniger gut aufgenommen hat, war die dritte Neuigkeit, die ihr Vater für sie hatte: Er, Sally und Jack würden zurück auf die Glebe Farm ziehen.

»Dad, das geht nicht. Ihr seid noch immer in Gefahr. Und zwar solange wir ihn nicht geschnappt haben.«

»Und wann schnappt ihr ihn euch endlich?« Natürlich hat Flint keine Antwort auf diese Frage. »Es tut mir leid, Schätzchen, ich weiß, du tust, was du kannst, natürlich, aber wir müssen nach Hause. Die Praxis wartet, Patienten müssen versorgt werden, und wir wollen endlich unser altes Leben zurück. Mein Entschluss steht fest, und Sally sieht das genauso, weil jeder Tag, den wir länger in diesem verdammten Bexhill-on-Sea bleiben müssen –«

»Nein!«, fällt sie ihm ins Wort. »Bitte! Dad, du darfst nicht sagen, wo ihr seid. Das darf keiner wissen, mich eingeschlossen.«

»Grace, ehrlich gesagt, das ist mir egal. Ich bin Tom Glenning und seinen Leuten wirklich dankbar für alles, was sie getan haben, aber das Leben, das wir hier führen, ist kein Leben.

Ich weiß nicht, welches Durchschnittsalter unsere Nachbarn haben, aber eins weiß ich, ich hab mich noch nie so alt gefühlt. Noch eine Woche länger, und Sally muss mich im Rollstuhl an den Strand fahren, während ich in meine Strickjacke sabbere.«

»Hör mal, ich sorge dafür, dass ihr woanders hinkommt, wo es nicht so –«

»Wir fahren nach Hause, Gracie. Ich hab mit Commander Glenning gesprochen und ihm gesagt, dass wir bereit sind, das Risiko einzugehen, und er versteht uns. Ich glaube, er ist sogar dafür.«

Und Jack? Ist der auch bereit, das Risiko einzugehen?

Sie sprach es nicht aus. Angesichts ihrer eigenen schrecklichen Bilanz würde sie sich diese Frage immer verkneifen müssen.

Auf Anweisung von Commander Glenning schickt die Polizei von Oxfordshire jeden Tag in unregelmäßigen Abständen einen Streifenwagen zur Glebe Farm, und John Flint bewahrt seine Schrotflinte auf einem hohen Regalbrett gleich neben der Haustür auf. Außerdem wurden in sämtlichen Etagen des Hauses und in der Scheune Panikknöpfe installiert, die einen sofortigen Polizeieinsatz auslösen, zumindest theoretisch.

Das wird nicht viel nützen, denk Grace Flint. Sie glaubt, die einzige Möglichkeit, ihre Familie und die Welt überhaupt zu schützen, besteht darin, Gröber und Çarçani unerbittlich unter Druck zu setzen. Sie tut das, indem sie ständig auf Reisen ist und die Behörden der mittlerweile sechzehn an Operation Payback beteiligten Länder bedrängt, auch noch die letzten Reste von Çarçanis Seximperium weiterhin mit allen Mitteln zu attackieren und die Anwälte, Banker, Wirtschaftsprüfer, bestechlichen Richter, Polizisten und Politiker, die dieses Imperium erst ermöglichten, aus dem Verkehr zu ziehen. Sobald sie spürt, dass die Entschlossenheit nachlässt, liefert sie neue Beweise aus den Akten und Geständnissen der Gup-Brüder sowie DVDs mit quälenden Aufnahmen, die bei Zeugenvernehmungen mit einigen von Çarçanis versklavten Frauen gemacht wurden. Sie gibt keine Pressekonferenzen mehr und tritt auch nicht mehr im Fernsehen auf, aber hinter den Kulissen unternimmt sie, was sie kann, um das öffentliche Interesse an Gröber und Çarçani wachzuhalten, damit sie weiterhin zu den weltweit meistgesuchten flüchtigen Kriminellen zählen.

Sie reibt sich dabei auf. Als sie gestern Abend auf der Glebe Farm ankam – viel später als versprochen, weil sie von Budapest kommend zwei Anschlussflüge verpasst hatte, wie sie erklärte –, betrachtete ihr Vater sie sorgenvoll und sagte: »Schätzchen, du siehst völlig erschöpft aus.«

»Mir geht's gut, Dad, ehrlich. Bin nur ein bisschen müde.«

»Nicht nur ein bisschen, glaub ich.« Er schenkte ihr einen Drink ein und bugsierte sie in den Sessel vor dem Wohnzimmerkamin. »Ist es das wert, Gracie? Der Druck und die Anstrengungen, die du dir zumutest, ist es das wirklich wert?«

Ja, denkt sie. Seit dem Lugano-Debakel (und vielleicht zum Teil gerade deshalb) haben die Strafverfolgungsbehörden der sechzehn beteiligten Länder über achthundert Komplizen von Gröber und Çarçani festgenommen und Vermögenswerte beschlagnahmt, deren Gesamtwert auf über eine Milliarde Dollar geschätzt wird. Bei der letzten Anhörung des Senatsunterausschusses zur Bekämpfung von Steuerflucht und illegaler Geldwäsche – eine Anhörung, bei der Flint nicht anwesend sein konnte, weil sie mal wieder unterwegs war – hat Senator Coleman sogar laut darüber nachgedacht, ob Operation Payback nicht vielleicht die produktivste internationale Ermittlungsaktion ist, die von den USA je durchgeführt wurde.

»Wenn Sie so weitermachen, kriegen Sie bestimmt noch einen Orden«, hatte Director Cutter am Telefon zu Flint gesagt.

Sie hatte gelacht und gesagt: »Und was ist der zweite Preis?«, um zu überspielen, dass sie doch ein bisschen stolz war.

Heute Abend, nach Jacks Geburtstagsparty, sitzt sie wieder

im Wohnzimmer am Kamin und hält Jack im Arm, der ruhig ihr Gesicht betrachtet. Er sagt nichts, aber seine Finger sind mit ihren verschränkt, und er wirkt rundum zufrieden. Sally ist in der Küche und macht das Abendessen. Grace' Vater ist in der Scheune, versorgt seine Patienten für die Nacht und füttert noch einmal die Kätzchen.

Sie und Jack sind beide fast eingenickt, als sie plötzlich näher kommende Motorengeräusche hört und dann das laute Knirschen von Reifen auf dem Kies der Einfahrt. Schlagartig ist sie hellwach und Jack ebenso. Sie steht aus dem Sessel auf, legt ihren Sohn aufs Sofa und sagt: »Schätzchen, bleib schön hier. Mummy ist gleich wieder da.« Sie geht aus dem Wohnzimmer, und erst als sie sicher ist, dass Jack sie nicht mehr sehen kann, rennt sie durch die Diele zur Haustür. Sie hört Männerstimmen vor dem Haus, und obwohl sie nicht bedrohlich klingen, nimmt sie doch die Schrotflinte von dem Regal und vergewissert sich, dass beide Läufe geladen sind. Dann drückt sie das rechte Ohr an die Tür und wartet.

Nach einem Moment der Stille hört sie ihren Vater erstaunt fragen: »Was in aller Welt ist denn hier los?«

»John, ich bin's, Aldus Cutter. Schön, Sie mal wiederzusehen.«

Director Cutter ist nicht allein. Als Flint vorsichtig die Tür öffnet, sieht sie außerdem Commander Glenning und ein Dutzend oder noch mehr andere Männer sowie vier, nein, fünf Zivilautos in der Einfahrt stehen. Die Männer tragen keine Uniform, aber einige sind auffällig mit Automatikgewehren bewaffnet, und als sie Flints Schrotflinte sehen, gehen sie in Kampfstellung. Cutter sagt hastig: »Hallo, Grace, das ist ja ein schöner Empfang.«

Sie senkt das Gewehr.

»Und wer sind die?«

»Die gehören zu mir«, wirft Glenning ein. »Eine Sondereinheit. Dürfen wir reinkommen?«

Ehe sie noch etwas sagen kann, erklärt Cutter: »Ihr Wunsch hat sich erfüllt, Grace. Sie haben Ihren Krieg.«

Es war eine gewaltige Explosion, sagt Cutter. Der Größe des Kraters in der Straße nach zu urteilen, schätzen die Forensiker in Vlorë, die sich ganz gut mit selbst gebastelten Bomben auskennen, dass mindestens tausend Kilo Sprengstoff im Van waren, höchstwahrscheinlich Trinitrotoluol. »Kennt unsereins als TNT«, fügt Cutter hinzu.

Sally hat Jack nach oben gebracht. John Flint ist in der Küche und versucht, nicht zu stören.

»Die Arschlöcher, die hinter dem Anschlag stecken, haben sich nur in einem Punkt verrechnet, so wie ich das sehe.« Cutter, der im Wohnzimmer auf und ab geht, während er die Geschichte erzählt, wirkt aufgeregter, als Flint ihn je gesehen hat. »Die haben gedacht, Çarçani säße im ersten Wagen.«

»Çarçani? War das sein Konvoi? Ganz sicher?«

»Ja, und ich erkläre gleich, wieso. Haben Sie ein bisschen Geduld, Grace.«

»'tschuldigung.«

Er tut ihre Entschuldigung mit einer Handbewegung ab, braucht aber einen Moment, um den Faden wieder aufzunehmen. »Wo war ich? Okay. Die Detonation sollte den ersten Wagen erwischen, und das hat sie auch. Die sammeln noch immer Körperteile von den Dächern. Aber Çarçani war hinten im dritten Wagen, und deshalb hat er um Haaresbreite überlebt. Er wurde von Splittern am Kopf getroffen und hatte einen Herzstillstand. Die Rettungssanitäter haben ihn vor Ort stabilisiert. Die Explosion hat ihm aber auch die Beine zerfetzt – sie wurden beide oberhalb des Knies amputiert.«

Das Ausmaß von Çarçanis Verletzungen ist Flint völlig egal.

»Aber die Hände hat er behalten, und deshalb wissen wir, dass er es ist. Die Wucht der Explosion hat ihm die Kleider vom Leib gerissen, er war nackt wie ein Baby. Somit hatte er natürlich keine Ausweispapiere mehr. Die dortigen Kollegen haben seine Fingerabdrücke genommen, ihn als Çarçani identifiziert und Tirana angerufen. Tirana hat dann mich angerufen. Ich war schon unterwegs nach London zu einem Treffen mit Tom, weil wir fünf Tage zuvor von einem anonymen Anrufer den Tipp bekommen hatten, dass Gröber sich in Irland aufhält. Angeblich in einem Ort namens Blackrock, das liegt an der Küste, rund fünf Meilen südlich von Dublin. Der Anrufer hat sogar sein Auto beschrieben, ein blauer Ford Mondeo. Klang nicht sehr glaubhaft, aber ich habe die Garda Síochána trotzdem gebeten, der Sache nachzugehen, und die haben das Haus überwacht. Die Jungs wollten gerade erst Position beziehen, als der Ford aus der Garage geschossen kam, als stünde das Haus in Flammen. Sie konnten ihn unmöglich verfolgen. Die Garda hat eine Fahndung rausgegeben, und zwei Stunden später wurde der Ford verlassen mitten in Dublin aufgefunden. Es war ein Hertz-Wagen, gemietet von einer gewissen Margaret Funder aus Hudson, New York, an Neujahr am Dubliner Flughafen – derselben Margaret Funder, die das Haus in Blackrock für einen Monat angemietet hatte.«

»Gefälschte Papiere?«, fragt Flint.

»Fehlanzeige. Pass, Führerschein und Kreditkarte waren alle koscher. Aber sie nicht. Die Anschrift, die sie in Hudson benutzt, ist ein Postfach, und ihre Post wird an eine Anwaltsfirma in London weitergeleitet.«

»Wollen Sie raten, an welche?«, sagt Glenning.

Flint braucht einen Moment, bis sie begreift, was er meint, bis ihr episodisches Gedächtnis das Bild einer verkniffenen Empfangssekretärin heraufbeschwört und sie sich selbst fragen hört: *Eins würde mich interessieren, behandeln Sie hier alle Mandanten so, oder sind Sie zu mir besonders unhöflich?*

»Marylebone? Die schmierigen Winkeladvokaten der Gups?«

»Volltreffer.«

»Um es kurz zu machen«, sagt Cutter, »wir haben die Garda

gebeten, sich vierundzwanzig Stunden zurückzuhalten, Haus und Wagen nur unauffällig zu beobachten und abzuwarten, was passiert. Tja, nix ist passiert. Also haben sie sich vorgestern Zugang ins Haus verschafft, will heißen, sie haben die Haustür mit der Axt geöffnet …« Cutter wartet, bis Flint lächelt, »und es war offensichtlich, dass die Hütte völlig überstürzt verlassen worden war. Das Bett ungemacht, überall Kleidungsstücke – Männer- und Frauenkleidung – verteilt, Toilettenartikel im Bad, sonstige persönliche Gegenstände. Die Frage ist: warum?«

Flint sitzt auf dem Boden, lehnt mit dem Rücken am Sofa und hat die Arme um die Knie geschlungen. Ihre Augen leuchten, spiegeln das Licht des Kaminfeuers.

»Ach so, das hab ich vergessen: Mehr Fingerabdrücke, als man sich in seinen kühnsten Träumen erhofft.«

»Und?«

Cutter starrt sie mit versteinertem Gesicht an.

»Aldus?«

»Ein Satz bislang nicht identifiziert. Der andere Satz gehört … Gröber.«

»Sicher?«

»Absolut. Na, was sagen Sie?« Cutter wartet, will wissen, ob Flint sich auf die ganze Sache eine Reim gemacht hat.

Sie lässt sich Zeit, ehe sie anfängt. »Der anonyme Anrufer war einer von Çarçanis Leuten. Çarçani hat uns Gröber geliefert, weil er ihm die Schuld dafür gibt, was passiert ist. Sprechen wir's ruhig aus: Er gibt Gröber die Schuld für mich.«

»Keine Frage.«

»Dann, nachdem ich genug Zeit hatte, ein Zugriffsteam zu organisieren, hat Çarçani in Blackrock angerufen und Gröber gewarnt. Er hat ihm gesagt, er wäre drauf und dran, verhaftet zu werden, und er hätte nur ein paar Minuten Zeit, um noch aus dem Haus zu kommen. Er wusste, dass Gröber sich niemals ergeben würde, und mir schon gar nicht. Wahrscheinlich hat er gehofft und erwartet, dass Gröber mitten in einen Kugelhagel reinrennen und getötet würde.«

»Klingt einleuchtend.«

»Aber es hat nicht funktioniert, weil ich nichts von Blackrock wusste und Sie bei der Garda nur um Überwachung gebeten hatten, keine bewaffnete Reaktion.«

»Richtig.«

»Und nachdem Gröber aus Blackrock raus war, wurde ihm klar, was passiert war, dass Çarçani ihm eine Falle gestellt hatte. Daraufhin hat er ein paar Leute in Albanien angerufen, Leute aus einem der rivalisierenden Clans – und jetzt hat Çarçani nur noch Beinstümpfe. Sehen Sie das auch so?«

»Ziemlich genauso.«

»Aber mir ist schleierhaft, was Gröber in Irland wollte? Was hat er da gemacht?« Sie blickt auf die Uhr, hievt sich hoch.

»Ist schon zu spät«, sagt Glenning. »Heute Abend gehen keine Flüge mehr nach Dublin.«

»Wann denn wieder?«

»Der erste Maschine ab Birmingham startet um sechs Uhr dreißig. Und Sie müssen auch nicht mehr anrufen, weil wir schon ein Ticket für Sie gebucht haben.«

Es ist kurz nach vier Uhr morgens, und Flint geht vorsichtig über die vereiste Einfahrt zu ihrem Wagen. Der Leiter von Commander Glennings Sondereinheit flüstert in sein Kehlkopfmikro.

»Nectar geht.«

»Das kann man wohl sagen, und wie sie geht.«

»He, Badger Zwei! Das hier ist keine Lachnummer. Pass bloß auf, dass du an ihr dranbleibst.«

Nach einem Moment: »Roger und aus.«

Danksagung

Alle klugen Verleger erklären stets, dass Figuren und Handlung des Romans frei erfunden sind und eine eventuelle Ähnlichkeit mit realen Personen ... Tja, die ist in diesem Fall eben nicht rein zufällig. Jerry Crawford und Al Singleton, auch bekannt als »Blade«, sind Veteranen der Mordkommission und großartige Freunde, die mir großzügigerweise gestattet haben, ein paar Anleihen bei ihren realen Erlebnissen zu machen. Doch das meiste, was ich über sie sage, ist tatsächlich frei erfunden. Blade meinte, als er an die Stelle kam, wo ich seinem Namensvetter leicht ergraute Schläfen und einen Bauchansatz zuschrieb, habe er gleich gewusst, dass er es mit reiner Fiktion zu tun hatte.

Und Dr. Przewalski hat eine gewisse Ähnlichkeit mit Marina Voikhanskaya, einer weisen und wunderbaren Frau, die sich wie Dr. P. mit dem KGB angelegt hat, weil sie sich dem Missbrauch der Psychiatrie in der ehemaligen Sowjetunion widersetzte. Flints Gespräche mit Dr. P. basieren teilweise auf ziemlich aufreibenden, gespielten Therapiesitzungen, in denen ich Marinas Patienten abgab.

Len Gowland hat mir die Wunder des Meade-Teleskops nahegebracht, indem er mir eins zum Geburtstag schenkte. Dafür und für unsere langjährige Freundschaft bin ich ihm zutiefst dankbar.

Olivia Hill war meine Beraterin bei allen Fragen zu Schwangerschaft, Geburt und Säuglingspflege – Themen, in denen sie sich bestens auskennt. Ihr Hilfe war von unschätzbarem Wert für mich.

Tamara Jones von der *Washington Post* schrieb einen ausgezeichneten Artikel über das Bowie Health Center in Maryland, wo 2002 das jüngste Opfer der Serie von Sniper-Anschlägen in der Gegend um Washington D. C. behandelt und gerettet wurde. Einige Details der Behandlung von Jack Flint im fiktionalen North Bethesda Family Health Center sind diesem Artikel entnommen.

Ed Victor ist und bleibt der beste Literaturagent der Welt, nicht nur wegen der Verträge, die er aushandelt, sondern auch, weil er sich unablässig um seine Autoren kümmert, zumindest um den des vorliegenden Buches. Gráinne Fox tritt in seine Fußstapfen.

Aus verschiedenen Gründen hat die Arbeit an diesem Buch viel zu lange gedauert. Ich danke den Mitarbeitern bei Headline, meinen Verlegern und besonders Martin Neild, Kerr MacRae und Martin Fletcher für ihre Geduld, ihre Unterstützung und vor allem für ihr Verständnis.

Sara Walden war die erste und letzte Leserin jeder Entwurfsfassung und der Grund, warum sie geschrieben wurden.

Ich widme dieses Buch Robert Ducas, seiner Tochter Annoushka und seiner zweiten Frau Louise.

Robert war fünfundzwanzig Jahre lang mein Literaturagent. Auch als diese Arbeitsbeziehung endete, blieb er für mich das, was er immer war: ein wundervoller, unersetzlicher Freund. Robert starb viel zu früh im Februar 2004 an Krebs. Ich bin sicher, wäre er noch am Leben, er hätte mir die Hölle heiß gemacht, weil ich so lange für dieses Buch gebraucht habe – und mich zugleich lautstark gegen jeden verteidigt, der die Frechheit besessen hätte, das auch auszusprechen. Er war extrem loyal; ein Ausnahmemensch.

Er starb in dem Glauben an ein Leben nach dem Tod. Ich hoffe, er hat recht behalten, und ich könnte mir vorstellen, dass er jetzt dieses Buch liest und sagt: »Nicht schlecht, Paul, gar nicht schlecht – aber ein bisschen spät, oder?«

Paul Eddy

Grace Flint

Der 1. Plan

Thriller

Aus dem Englischen von

Ulrike Wasel und Klaus Timmermann

Band 17944

Du stirbst nur zweimal

Grace Flint ermittelt undercover im Kampf gegen ein internationales Geldwäschersyndikat. Als ihre Tarnung auffliegt, wird sie von den Gangstern grausam zugerichtet. Nur mit größter Mühe gelingt es plastischen Chirurgen, ihr ein makelloses Gesicht zurückzugeben – aber es ist das einer Fremden. Grace Flint taucht ab und schwört Rache, gnadenlose Rache …

Fischer Taschenbuch Verlag

fi 17944 / 1

Paul Eddy

Grace Flint

Der 2. Verrat

Thriller

Aus dem Englischen von

Ulrike Wasel und Klaus Timmermann

Band 17945

»Ich werde dich finden!«

Ein verpfuschter Einsatz, eine tote Agentin – jemand muss Grace Flints Operation verraten haben. Die Agentin der Financial Strike Force steht vor dem Unfassbaren: Ihr eigener Mann ist der Verräter! Grace Flint schwört Rache und verfolgt den einst Geliebten gnadenlos um die ganze Welt. Bis sie im Labyrinth der Geheimdienste endlich den entscheidenden Faden in der Hand hält ...

Fischer Taschenbuch Verlag

fi 17945 / 1

Barry Eisler
Tokio Killer
Aus dem Amerikanischen von
Ulrike Wasel und Klaus Timmermann
Thriller
Band 17735

Vor der Kulisse der Mega-Metropole Tokio betreibt John Rain sein Geschäft als Auftragskiller: Er ist Spezialist für »natürliche Tode«. Als er einen hohen Regierungsbeamten ermordet, gerät er zwischen die Fronten des amerikanischen Geheimdienstes und der japanischen Mafia. Und dann verliebt sich John auch noch in die Jazz-Pianistin Midori – die Tochter seines letzten Opfers …

»Raffiniert geschriebener, origineller Thriller.«
Der Spiegel

»John Rain schafft sich als Killer seine eigene einsame Welt jenseits von Gut und Böse.«
taz

Fischer Taschenbuch Verlag

fi 17735 / 1

Barry Eisler
Tödliches Gewissen
Aus dem Amerikanischen von
Ulrike Wasel und Klaus Timmermann
Thriller

Band 16847

John Rain, der Tokio Killer, ist ein Auftragsmörder der besonderen Sorte: Seine Spezialität sind »natürliche« Tode. In seiner Welt gelten andere Gesetze. Er arbeitet für verschiedene Geheimdienste, und die einzige Regel, die er respektiert, ist seine Maxime: keine Frauen, keine Kinder.

Über die attraktive Mossad-Agentin Delilah erhält Rain den Auftrag, den Waffenexperten Manheim Lavi, der sein Know-How an terroristische Gruppen im Nahen Osten verkauft, aus dem Verkehr zu ziehen. Als dieser jedoch mit seinem kleinen Sohn an der Hand auftaucht, ist Rain wie gelähmt. Lavi entkommt. Ein unverzeihlicher Fehler in den Augen des Geheimdienstes. Der Mossad setzt seine beste Waffe gegen Rain ein – die Topagentin Delilah. Und plötzlich hat die Geliebte des Killers eine neue Zielperson: John Rain selbst.

»Der charismatischste Killer seit James Bond!«
San Francisco Chronicle

Fischer Taschenbuch Verlag

fi 16847 / 1